梁羽生作品集
45

鸣镝风云录

壹

梁羽生 著

中山大学出版社
·广州·

图书在版编目（CIP）数据

鸣镝风云录/梁羽生著. --广州：中山大学出版社，2012. 12
（梁羽生作品集）
ISBN 978-7-306-04387-0

Ⅰ. ①鸣… Ⅱ. ①梁… Ⅲ. ①侠义小说—中国—当代 Ⅳ. ①I247.5

中国版本图书馆CIP数据核字（2012）第299730号

广东省版权局版权合同登记图字：19-2012-055号

朗聲圖書

本书版权由集锐传意有限公司授权广州市朗声图书有限公司在中国大陆（不包括香港、澳门、台湾地区）专有使用

版权所有·侵权必究

封面题字：黄苗子　书名篆刻：张贻来

鸣镝风云录

出 版 人　祁　军
策　　划　欧阳群
责任编辑　何　娴　熊锡源
封面设计　林卓萍　德斯裴设计
内文插画　江郁之
文字编辑　林卓萍　林春光
出 版 社　中山大学出版社
（地址：广州市新港西路135号　邮政编码：510275）
电　　话　编辑部020-84111996　传真020-84036565
网　　址　http://www.zsup.com.cn　E-mail:zdcbs@mail.sysu.edu.cn
代理发行　广州市朗声图书有限公司（电话：020-34297719）
印　　刷　湛江南华印务有限公司
规　　格　880mm×1230mm　1/32　61.75印张　1748千字　插图38幅
版次印次　2012年12月第1版　2015年3月第2次印刷
总 定 价　142.00元（全五册）

目　录

第一回　珠帘半卷香车过
响箭连飞剧盗来

千古江山，英雄无觅、孙仲谋处。舞榭歌台，风流总被、雨打风吹去。斜阳草树，寻常巷陌，人道寄奴曾住。想当年，金戈铁马，气吞万里如虎。

元嘉草草，封狼居胥，赢得仓皇北顾。四十三年，望中犹记，烽火扬州路。可堪回首，佛狸祠下，一片神鸦社鼓。凭谁问，廉颇老矣，尚能饭否？

——辛弃疾《永遇乐》

白云伴秋雁，黄叶舞西风。西风残照中，淮右平原上，影绰绰的有二三十骑人马，簇拥着一辆骡车正在红草覆盖的荒原上，向南奔驰。这是一支镖局的人马，走在前面的四个“趟子手”（走镖时喝道开路的伙计）拉长了声音叫道：“虎啸中州——虎啸中州！请江湖朋友借道！”荒原上唯见乱鸦惊飞，除了这支镖局的人马，连一只野兽的影子也没发现。但“趟子手”按照走镖的规矩，走进了这个可能有“藏龙卧虎”的草莽之中，还是不能不提起精神，卖气力地吆喝。

他们这个镖局本来是开设在洛阳的，洛阳号称“中州”，故而喝道的是“虎啸中州”四字，让江湖的朋友一听，就知道是洛阳的“虎威镖局”的镖车过境。

这趟保镖由“虎威镖局”的总镖头孟霆亲自出马。孟霆是镖局世家，二十年前，在他父亲死后，镖局曾经一度歇业。孟霆在江湖上闯荡几年，闯出了比他父亲更大的名头，回转洛阳，恢复故业。“虎威镖局”的生意更加兴旺，声名也更远播四方了。从洛阳到淮右的颍上平原，数千里路，仗着孟霆的声名和“虎威镖局”几十年的字号，虽然是在烽烟遍地的乱世，一路上也得以平安无事。不过，这条路线是“虎威镖局”以前未走过的，所以孟总镖头还是不得不特别小心在意。

那辆骡车是上好的梨花木特制的宫车，车中铺有锦垫，车厢悬有珠帘，华丽堂皇，和普通的骡车有天渊之别。

珠帘半卷，车轮滚动，车厢里响起了环珮叮咚，原来坐在车上的是个年约二十的富家小姐，从半卷的珠帘中望进去，隐约可见她那羞花闭月的艳丽姿容。此时，这位小姐正在弹着琵琶，弹的就是辛弃疾这首《永遇乐》词谱成的曲调。这辆骡车后面跟着两个老苍头，他们是这位小姐带来的家人。其中一个听曲低吟，不觉潸然泪下。

辛弃疾是南宋的大词人，他的每一首词都几乎传遍大江南北，会歌辛词的不知多少。不过，以这位小姐的身份，此时此地弹奏辛弃疾这一首词，却使得孟总镖头不无有点诧意。

这首词是辛弃疾驻兵瓜州时候的作品，其时距离南宋在采石矶大破金兵之役已有二十余年，当年的主将虞允文早已去世，辛弃疾已年过六旬，故此颇有“廉颇老矣，尚能饭否?”的感慨。辛弃疾回顾当年“金戈铁马，气吞万里如虎。”的盛事豪情，而今人事全非，眼看南宋的半壁江山，已是无人支撑了。“千古江山，英雄无觅、孙仲谋处。”兴亡之感，家国之悲，遂令他不禁生出无穷感叹。对南宋的国运，也隐隐有着“舞榭歌台，风流总被、雨打风吹去”的预感。

这样沉郁雄奇，苍凉悲壮的词章，只适宜于关东大汉用铁板铜琶弹奏出来，如今在一个深闺弱质的纤纤十指之中弹出，却是大不相称。而且这位富家小姐是即将做“新娘子”的身份，一路上她都是羞答答、怯生生的模样，话都不愿意多说半句的，如今在这荒原之上，却突然有兴致弹奏辛弃疾的雄词，孟霆自是不能不感到几分诧异。

琵琶声歇，那老苍头叫骡车停下，上前说道："小姐，你今天好点吗？现在该吃药了。"车中的少女咳了几声，说道："比昨天似乎好了一些，心头还是烦闷得很。"苍头倒了一碗药酒，给她几片药片，和酒服下，叹口气道："小姐，你一向娇生惯养，如今要你在荒年乱世，奔波万里地到扬州完婚，真是委屈你了。"这位准新娘子颊晕轻红，娇羞无语，轻轻放下了珠帘。

孟霆手下的镖头石冲悄悄说道："这位韩姑娘的病今天似乎更重了，面色很不好呢。现在天色已晚，不如就在这里找个地方过一夜吧。"孟霆摇了摇头，说道："前面的老狼窝是个险地，要歇息也得过了老狼窝再说。这段路虽然不大好走，但她躺在车上，稍微忍受一点颠簸，想来还是受得起的。"

石冲笑道："凭着总镖头的威名，老狼窝那班强人总得给咱们几分薄面。而且那位程舵主门槛极精，听说他下手之前，必定打听清楚，没有油水的买卖他是不肯做的。他又不是好色的人，难道他要劫这位生病的新娘子吗？"

孟霆道："话不是这么说，咱们受人之托，必须忠人之事。劫了货物咱们还好赔，劫了人咱们可是赔不起啊！即使那位程舵主不伸手，咱们也不能不预防万一。还是过了老狼窝再歇吧。"石冲不敢多言，于是这一行镖队继续赶路。

镖队提心吊胆地进入了老狼窝，这是一个流沙冲积成的荒原，两面丘陵夹峙，好像一条巨蟒张开大口。里面长满高逾人头的红草，也不知里面有没有埋伏人。

出乎孟霆的意外，竟是风不吹草不动地过了老狼窝。镖队在一片野林之中歇下来了。

依孟霆的意思，本来还是想往前走的，因为离老狼窝不过十余里，还未走出那股强人的势力范围。但因一来天色已黑；二来跑了一整天，人纵未疲，马也累了；三来这条路是他们第一次走镖，人地两生，在这险恶的荒原上走夜路尤其不便；四来那位韩姑娘身体又感不适，需要休息。有这四个原因，孟霆不能不顺从众意，在这野林歇马。

石冲笑道："仰仗总镖头虎威，把这窝野狼吓住了。连一头狼子狼孙，都不敢露面。”

孟霆沉吟道：“是呀，这的确是有点出乎我的意外。我以为他们即使不来骚扰，至少也会有人露面，出来‘盘个海底’（黑道术语，查问来历之意）的，哪知风不吹草不动地就过了老狼窝，正因此事颇是反常，我心里着实有点忐忑不安呢。”

石冲道：“程老狼想必早已打探清楚，咱们这趟走镖是你总镖头亲自出马的，保的又不是什么‘红货’（值钱的货物），只是一个‘病新娘’，他们也犯不着做这个没油水的买卖。”

孟霆摇了摇头，说道：“去年大都三家镖局联保的一支镖，就是在老狼窝失事的。这三家镖局的实力只有在咱们虎威镖局之上，决不在虎威镖局之下，程老狼也敢把他们所保的‘红货’全都吃掉。所以你说他是怕了我们，这个恐怕不见得吧？咱们保的虽然不是‘红货’，但咱们所受的保银却是比那三家镖局所受的红货更大。一支‘镖’值不值钱，是要看它所受的保银多少而定的。何况货物有价人无价，倘有失事，这支‘镖’咱们是赔不起的。程老狼门槛极精，他若打听清楚的话，不会不来动手。”

石冲道：“但咱们毕竟是过了老狼窝了。在那样险要的地方，他们不设埋伏，想来是可以平安无事的了。”

孟霆叹口气道：“但愿如此。”

此时那两个老苍头正在忙着替他们的小姐煎药，药材是他们从洛阳带来的，每晚宿店之时，必定要煎熬药茶给他们的小姐喝。路上煎药不便，才用药酒药片替代，今晚在荒原找不到客店，镖队在这里扎营，燃起篝火，那两个老苍头一歇马也就生火煎药了。

孟霆计算行程，说道：“还有三天，就可以把这位姑娘送到扬州。路上不出岔子，咱们也得求上天保佑，保佑这位姑娘身体平安才好。唉，不瞒你说，我保镖以来，最担心的就是这一次了。咱们可是担着两重关系的呀！一要路上无人劫‘镖’，二要新娘子平安送到她丈夫家里。石镖头，你在镖行二十多年，资格比我老，保这样的‘镖’，恐怕还是从未有过的吧？”石冲笑道：“是未有过。不过，别人不敢保咱们来保，这才亮得起咱们虎威镖局的招牌！”

孟霆默然不语，脑海里翻起了在洛阳接受保这个最古怪的

“镖”的那一幕。

这一日阴雨霏霏，这样的天气已是连续多日了，洛阳最繁盛的一条大街，街上也是行人寥落，开设在这条大街上的虎威镖局，已经有一个多月未接过生意，今天又碰上这样坏的天气，眼看是没有客人登门的了，镖头们都闷得发慌，聚集在镖局后面的暖阁聊天。

有的人谈起时局，据说蒙古的西征大军已经班师回国，就要移师南向，侵犯中原。有的人谈起绿林盟主蓬莱魔女已经发出了绿林箭，号召各路英雄，团结一致，外抗蒙古，内抗金兵，保境安民。有的人谈起各处义军，如今都在揭竿而起，眼看天下大乱的局势已成。

石冲是虎威镖局资格最老的一个镖头，却叹气道：“天下大乱，咱们要管也管不来。可是却把咱们的镖局害惨了。路途不靖，商旅裹足，哪里还有买卖可做？寻常的逃难人家，财物无多，用不着保镖。富豪们又大都是抱着听天由命的打算，与其冒着在路上被劫的危险，不如守在家里，蒙古鞑子来了，受点损失，或者也还不至倾家荡产。何况天下大乱，逃难又能逃向何方？镖局没有生意可做，再这样下去，过不了几个月，恐怕咱们就要喝西北风啦。”

大家正在唉声叹气，趟子手忽然来报有贵客上门，来的是父女二人，带着两个老苍头。他们乘的两乘轿子，是抬到镖局的内院才歇下来，让那女子露面的。

父亲自称姓韩，名大维，道达来意，原来他是要镖局送他的女儿到扬州就婚。

孟总镖头也曾考虑过这个关系太大，洛阳到扬州，迢迢万里，路上怎保得毫无差错？人不比货物，货物被劫可以凭着镖局的面子讨还，讨不回至多也是赔偿损失，新娘子倘若被劫，即使可以讨回，新郎还肯要么？

可是那韩老头子千求万求，说是镖局若不肯保，他是无法送女儿到扬州的，女儿的终生就要误了。他愿出二千两黄金作酬，镖队出发之时即付黄金千两，另外一半，回来之时付清。

孟霆一来是却不过韩大维的求情；二来镖局几个月没有生意，也实在需要钱用。二千两黄金做保银，这是“虎威镖局”自从开设以来，从未做过的大生意，考虑再三，孟霆最后终于是答应下来了。

一路上孟霆提心吊胆，幸而有惊无险，数千里长途，竟然没出过半点事情。如今最险恶的老狼窝也过去了，只要程老狼不来找他的麻烦，前面已没有大股强人，再过三天，就可以平安抵达扬州了。

但老狼窝虽然过去，还未曾走出他们的势力范围。程老狼孟霆虽未会过，却深知他的手段狠辣，他手下有四个儿子，号称青狼、黑狼、黄狼、白狼，个个都是杀人不眨眼，黑道白道全不卖账的魔君。

正在孟霆忐忑不安之际，忽地就听得一声响箭，划破长空。

“趟子手”连忙扬起镖旗吆喝：“虎啸中州，虎啸中州，请江湖朋友借道!”镖旗上绣着一头斑斓猛虎，斗大的一个“孟”字迎风招展。

响箭过后，只听得人马喧腾，脚步声马蹄声杂成一片，草原上出现了一股强人，有的骑马，有的步行，步行的是早就在红草丛中埋伏的。这股强人，转眼间便即一字漫散开来，把野林的出口封住了。

为首的那个强盗头子身材很高，身披狼皮外套，头戴一顶熊皮筒子帽儿，帽檐压着霜白的两鬓，估量他的年纪，总有五十开外。但满面红光，双眼奕奕有神，却是丝毫不现老态。镖队中有两个老资格的趟子手认得此人，正是老狼窝的瓢把子程老狼程彪。程彪后有四个汉子，最小的一个年纪不过二十多岁，白脸膛，浓黑眼眉，目似朗星，丰神俊秀。这是白狼程玉。最大的一个年近四十，青面獠牙，相貌丑陋，和程玉的俊秀相映成趣。这是程老狼的大儿子青狼程浩。中间两个三十岁左右的中年汉子，一个披着黄色的狼皮斗篷，一个穿着黑貂皮袍。这两个人是程老狼的二、三两子黄狼程挺与黑狼程苏。

老狼程彪手持一支旱烟袋，烟杆子三尺多长，核桃般粗，黑黝黝的也不知是竹是木是铁？程老狼吸了两口旱烟，溅出几点火星，哈哈笑道：“猛虎过狼窝，我程老狼大着胆子，倒要来冒犯冒犯虎威了。这位就是孟总镖头吧？听说总镖头凭着一面镖旗，走遍大江南北，威镇中州，江湖上无人不钦仰大名。可惜在下缘浅，地方又远，不能到中州瞻仰虎威。想不到今日在此野地相逢，真是三生有幸！”程老狼自报外号，毫无避忌，的确是一派绿林枭雄的气概！

孟霆连忙施礼答道：“不敢。虎威镖局的招牌不过是江湖朋友赏面捧起来的。这次路经贵地，来不及备帖拜山，还望程舵主见谅，借个道儿。待孟某回来，自当再行拜山之礼。”

程彪道：“好说，好说。孟总镖头是镖局世家，想必知道江湖规矩？”

孟霆道：“请舵主指教。”

程老狼磔磔笑道：“我们一班苦哈哈的兄弟请总镖头赏赐，让他们也好混混日子。不敢要多，只按规矩，把你所保的货物分个一半就行。”

孟霆道：“实不相瞒，我们保的不是红货，是护送一位娘子到扬州去的。这趟保镖，不过是给朋友帮忙性质。货物可分，人可不能撕开两半，请程舵主见谅，高抬贵手。”

程老狼面色一沉，说道：“真人面前不说假话，说什么给朋友帮忙，你若是不贪姓韩的钱财，怎会给他护送女儿？不错，人不能撕开两半，但黄金却是可以分开两份的。你把一千两黄金留下，我立即放你们过去！”

孟霆好生惊诧，要知他受了那姓韩的二千两黄金保银，这是一个业务上的秘密，外面的人照理说是不可能知道的，但现在这程老狼一开口就索取一千两黄金，恰好是他所要求的半份，这不分明是已知道了他的秘密吗？

可是那二千两黄金的保银，孟霆只是先收了一半，另外的一千两要待回到洛阳，完成任务之后，才能向那姓韩的讨取的。已收到的那一千两黄金，在镖队出发之时，早已分发给各人做安家费了。如今即使是罄各人身上所有，也凑不到一千两银子，却怎能交出一千两黄金？

孟霆苦笑道：“程舵主开价未免太大了吧？我们镖局的弟兄也是苦哈哈的，还望程舵主高抬贵手……”

话未说完，程老狼已是一声冷笑，打断了他的话，说道："程某人的说话，向来是说一不二。咱们以前虽然未曾有过交易，但总镖头想来也应有所耳闻！"

孟霆沉住了气，想道："以我们镖队的实力，未必就斗不过程家五狼。但一动起刀枪，死伤只怕是难免的了。尤可虑者，韩姑娘非但一点不会武功，她还是有病在身的。当真大打起来，只怕吓也吓死了她。"

孟霆打定了委曲求全的主意，抱拳说道："咱们走江湖的哪里不交个朋友，程舵主看得起我，我本应如命。无奈手头不便，还望程舵主宽限一些时日。待我们回到洛阳之后，再把一千两黄金奉送到贵寨如何？"

这已经是等于答应了程老狼所提的条件了，不过把付款的日期推迟而已。镖队里的人想不到总镖头如此示弱，大家都是愤愤不平。不料这程老狼还是不肯应允，只见他面孔一板，随即冷笑说道："那也行呀！不过，我们按规矩可要把你这支'镖'先扣起来，待你将一千两黄金送到，便即发还。另外，你的这面镖旗么，对不住，我也要把它留下了。"

虎威镖局凭着这面镖旗走遍大江南北，几十年来，从来未有人敢对它小觑，如今这程老狼居然说要将它留下！这一来，泥塑的人儿都会冒火，孟霆登时翻了脸，虎眉一扬，纵声笑道："程舵主，这是你有意要较量我了，嘿！嘿！你要想留下虎威镖局这面旗，那也不难……"

眼看双方已经说僵，就要动手的了。忽听得又是一片蹄声，孟霆抬眼一看，只见迎面半里之外，高逾人头的红草丛中，突然又出现了两骑快马，飞一般地来到，从群盗身旁掠过，跑到了程老狼的面前，这才勒住了坐骑。骑在马上的人红颜白发相映成趣，一个是年过六旬的老者，一个却是十六七岁的小姑娘。程老狼见他们来到似乎也是吃了一惊，笑道："周老爷子，你们的耳朵倒是扯得好长啊！"

那姓周的老者淡淡说道："你是怕我的手伸得长吧？"

程老狼赔笑说道："周老爷子说笑话了。这点小生意你老人家哪会放在眼内？实不相瞒，我做这趟买卖充其量也不过是得到一千两金子的好处。你老人家的手指缝儿放宽一些，就不止漏出这点金子了，你还在乎？”

姓周的老者双眼一翻，说道：“这么说，你是不欢迎我们祖孙到这里来了？”

那小姑娘“蔑”着小嘴儿笑道：“狼性最贪，爷爷，程老狼是怕咱们分他的金子，不得不捧捧你老人家。他是要用说话先堵住咱们的嘴。”

程老狼对付镖队的那股凶霸霸的神气此时已不知到哪里去了，这小姑娘讥刺他，他竟是不动怒，依然赔笑说道：“哪里，哪里。周老爷子和你凤姑娘来到，我是欢迎之至。凤姑娘今年十七岁了吧，有了婆家没有？”

那小姑娘嗔道：“程老狼你瞎扯什么？正经事你避而不谈，却扯到我的身上，乱语胡言，你以为我不敢打你一个老大的耳刮子！”

程老狼哈哈笑道：“凤姑娘，我这是和你说正经事呀。这点金子，你爷爷是不会放在眼内的。但你们来了这一趟，我也不能不表示一点敬意。我是打算待你凤姑娘出阁之时，稍稍送点薄礼给你添妆，多的我送不起，五百两金子请你赏面收下。”

程老狼一出手就答应送这小姑娘五百两金子，可见得他对这祖孙二人是何等忌惮了。虎威镖局的总镖头听了，不觉好生诧异，心里想道：“这姓周的老者是个什么人呢？程老狼都这样惧怕他，要向他讨好？”孟霆交游极广，对江湖上的成名人物即使没有见过，十九也都知道，但他想了又想，却是猜不透这祖孙俩的来历。

那小姑娘又冷笑道：“程老狼，你倒说得漂亮。你说你欢迎我们，却为何逃出狼窝，跑到这儿做案？这不是分明躲避我们吗？”

程老狼装作惶恐的神气，说道：“哎哟，原来你们已经到了老狼窝了？恕我不知，有失迎迓。我是怕惊动了你的爷爷，所以特地走远一点做案。凤姑娘，你可别要误会。但你既然来了，这五百两金子，我总是要送给你压嫁箱的。”

那小姑娘道：“谁稀罕你的五百两金子？”

程老狼道：“那么，请问周老爷和凤姑娘来意如何？我总不能叫凤姑娘空着手回去。”

那小姑娘道：“不错，我当然不能空着手回去。我不要金子，我要人！”

程老狼吃了一惊，道：“你要人？要什么人？”

那姓周的老者这才笑道：“程舵主，实不相瞒，我本来不想来的，小凤吵着要看新娘，我只好陪她来了。”

程老狼诧道：“哪里来的新娘？”

那小姑娘道：“你装什么蒜，在骡车上的这位韩姑娘不就是新娘子么？我听说新娘子长得美貌，特地来看新娘的！”

恰好一阵狂风吹过，卷起了珠帘，众人把眼望去，只见新娘子端端正正地坐在车上，面上虽带病容，却也不露惊惶的神色，看她的样子，对外间的一切，竟似视而不见，听而不闻。孟霆本来担心她会吓昏了的，如今见她端坐如常，不禁大感意外，想道：“这新娘子倒是有点胆量。”

那小姑娘啧啧赞道：“果然名不虚传，真是个美人儿，爷爷，我喜欢这位姐姐，我想接她到咱们家里住几天。”

老者笑道：“那你得问问这位孟总镖头，人家是负责护送这位新娘子的。”

孟霆不知道他们祖孙的来历，见这老者说得客气，连忙说道：“不错，我们是受了她家人所托，要送她到扬州完婚的。这个，可不便，可不便——”

那小姑娘笑道：“我和她都是女子，我和她作伴，有什么不便？我只接她去住几天，也耽误不了她的婚事。我会亲自送她到扬州小东门的谷家去，用不着你费心。这对你不是更好么？最少你就不必害怕这一窝野狼把新娘子抢去了。”

孟霆见这小姑娘说得出新娘子的夫家所在，更是吃惊，心里想道：“怎的他们好似全部知道底细？难道韩家、谷家都不是普通的人家，韩家要嫁女儿的消息，他们早就注意了？”

孟霆还未答话，那白狼程玉已是忍耐不住，说道：“凤姑娘，你想做这宗买卖我们也是无可如何。可是按江湖上的规矩，也总有个先来后到之分。”原来程玉见了这样美貌的新娘，不禁怦然心动。起初他本来是和他父亲一样，志在钱财不想劫人的，如今却是想抢这个新娘做他自己的娘子了。

那小姑娘双眼一翻，冷冷说道："你不答应，是不是？"

程老狼连忙说道："凤姑娘别开玩笑，咱们说正经的，你让这位新娘子过去，我送你五百两金子添妆，你就别难为人家了吧。"

那小姑娘冷笑道："谁稀罕你五百两金子？我接这位姑娘回去，倒过头来，我送你五百两金子，你就别管这桩闲事了！"

程玉叫道："不行，不行！人有面，树有皮，程家寨做的买卖叫人半路截了去，以后咱们还能在江湖上立足吗？爹爹，你可千万不能答应！"

程玉深知那老者的厉害，但心想以自己父子兄弟五人，拼他们祖孙两个，还是赢面占多。

正在闹得不可开交，忽听得健马嘶鸣，又是一个不速之客来到。这人却是个年约三十左右的白面书生，手中摇着一把折扇，一来就笑道："新娘子在哪儿？让我也看看！"

骡车上的少女刚刚放下珠帘，但已给这书生瞟了一眼。这一眼登时把他的灵魂勾上九霄，乐得他哈哈笑道："妙呀，妙呀！标致的大姑娘我见得多，像这样的美人儿却是罕见。程老狼，我送给你一千两金子，这个美人儿你就让了给我做新娘吧！"

程老狼怒道："放屁，我是给你拉皮条的吗？你这骚狐要采花走远一些，老狼窝百里之内，我姓程的可不许你伸手！"

这满面邪气的书生摇了摇手中的折扇，打了个哈哈说道："程老狼，你别假正经。你想人财两得，这样的如意算盘是打不通的。不如你要黄金，我要美人，各得其所，岂不是好？"

程老狼对这书生本来颇有几分顾忌，如果那姓周的老者不在此地的话，说不定他会与这书生讨价还价。但现在当着外人，这书生说得太过难堪，他好歹是一寨之主，却怎丢得下这个面子？当下气呼呼地喷出了一口浓烟，说道："你这骚狐懂不懂黑道的规矩？这个热馒头还轮不到你吃，我说不许你伸手就不许你伸手！"

那书生嬉皮笑脸地道："我偏要伸手，你又怎样？"

程老狼未曾答话，那小姑娘已先说道："姓安的你要伸手也成，可得先留下一样东西！”那书生歪着眼睛笑道：“什么东西？你凤姑娘要的，就是天上的月亮，我也得给你摘。”那小姑娘冷笑道：“我要的就是你的两个‘招子’（眼珠），好，你挖下来吧！”

那书生笑道：“挖了招子，可就看不见美人了。那还有什么意思？凤姑娘，你这玩笑开得太过分了吧？”

那小姑娘道：“谁和你开玩笑？爷爷，他不肯自己挖掉眼珠，只好咱们替他动手了！爷爷是你动手还是我动手？”那老者道：“别忙，他现在还没伸手呢！”言下之意，这书生若是动手抢人的话，他就要挖掉他的眼珠！这书生虽然嬉皮笑脸，外表很不在乎，其实心中却也是有几分害怕，给这小姑娘一吓，只好停下脚步。

孟霆听了“骚狐”二字，心中一动，想了起来：“敢情这个妖里妖气的书生就是江淮一带著名的采花贼野狐安达？若然是他，可又是一个劲敌来了。”原来这个野狐安达有一手独门的点穴功夫，轻功更是非常之好。

孟霆估量了一下双方的实力，心里想道：“一窝野狼再加上一个妖狐已是极难对付，这姓周的老者武功深浅未知，但程老狼和这妖狐对他都似颇为忌惮，以此看来，他的武功最少也不在程老狼之下了。”

孟霆虽然毫无取胜的把握，但虎威镖局的声誉却是决不能在他的手上葬送的。

眼前这三伙强盗吵吵闹闹，争着要黄金，要美人，根本就不把镖队的人放在眼内，孟霆不禁勃然大怒，一声长啸，说道：“哪位要想伸手，可得先问一问我手中这把利剑点不点头。”他这啸声乃是备战的讯号，镖队的人登时散开，四个镖头保护那辆骡车，其余的人抢占了有利的位置。趟子手和车夫则双手抱头，各自找了个地方遮掩，蹲了下去。这是黑道上的规矩，劫镖的强人是只对付和他们动手的镖头的。镖局所雇佣的人，只要不是参加战斗，就可以免受杀戮。

姓周的老者笑道：“正主儿出头啦，咱们怎么样？”

程老狼磕了磕烟袋，说道：“虎落平阳，吓不了人。我程老狼倒想斗一斗这头猛虎。周老爷子，我若是给这头猛虎咬了，那时请

程老狼喷出一口烟，冷冷说道："且看是狼入虎口还是虎陷狼窝？"

你老爷子再出手吧。”

言下之意，是要照黑道的规矩，先来先得。姓周的老者哈哈笑道：“也好，这样免得伤了大家的和气。安老弟，你跟在我的后面，我若是吃不下这个烫口的馒头，自然会拱手让给老弟！”

安达本来不很愿意，可是转念一想，让他们先斗镖队的人，于己未尝无利。只要他们斗个两败俱伤，自己就可以坐享其成。当然，这也需要冒一点风险，假如程老狼一出手就把镖队的人杀得大败亏输的话，美人儿就轮不到自己了。不过，若不同意，自己可就得先斗程家五狼，更不合算。安达暗自盘算了一会，把利害关系仔细衡量之后，终于也就点了点头，表示同意。

那小姑娘冷笑道：“好，现在就看看你这头饿狼有没有虎口夺食的本事了！”

程老狼心头气愤，冷笑道：“不劳侄女挂心，程某不论是胜是败，你那五百两金子总可以省下的了。”心想：“我可不能让这小丫头看小。”当下提起了旱烟袋，迈步向前。

大狼程浩抢过父亲的前头，说道：“什么虎威镖局的总镖头，在我眼中，只是个丧家之犬。爹爹，割鸡焉用牛刀，杀狗何须宝剑。让我来会会这位孟大镖头。”

老狼程彪笑了一笑，说道：“丧家之犬，也会咬人，你小心了！”看似叮嘱儿子莫要轻敌，实是不把孟霆放在眼内。

孟霆的副手石冲大怒，立即也抢上前去说道：“总镖头，请让我给你剥一张狼皮。就只怕这张癞皮狼不合你的心意。”孟霆笑道：“癞臭的狼皮披不上人身，但可以作包尸之用。这张狼皮，你可以送给程舵主。”孟霆是总镖头的身份，平素对江湖人物都是很讲究风度的，只因对方太过无礼，这才激得他反唇相讥。

程浩喝道：“休逞口舌之能，看棒！”他的身高七尺，手中拿的是根粗大的狼牙棒，一棒打下，确是威势惊人。

正是：荒原逢恶寇，猛虎闯狼窝。

欲知后事如何，请听下回分解。

第二回　纤纤素手挑狐目
赫赫凶狼犯虎威

石冲使的是一柄厚背斫山刀，横刀一立，把程浩的狼牙棒碰了回去。石冲虎口酸麻，身形微晃；程浩气血翻涌，胸口发热，也是立足不急，禁不住退了两步。

双方拼了一招，气力竟是一般大小，谁也没有吃亏。程浩碰上对手，杀得性起，一声大吼，狼牙棒又再横扫过来。石冲心想："老狼未出，我可得保留一点气力。"当下一个盘龙绕步，避招进招，迅速使出"凤凰夺窝"的招数，身随刀走，反客为主，一下子就抢了程浩所占的有利位置，刀锋以"斜切藕"的式子削出。

石冲这一个飞身夺位，完全是以巧降力的打法，刀法一展，程浩的左右中三路，全都在他的刀光笼罩之下，镖队的人，轰然喝彩。

程浩大声喝道："我与你拼了！"他比石冲高半个头，狼牙棒猛打下去，心里想道："我拼着受你一刀，也要砸碎你的天灵盖！"他是打着这样的如意算盘：石冲的一刀未必斫得中他的要害，他这一棒打下去，却可以取了石冲的性命。

镖队的人本来是在大声喝彩的，此时见程浩使出了如此凶暴的打法，不由得又是大吃一惊，登时全场静寂，人人都是捏着一把冷汗！

刀光剑影之中，只听得"铿"的一声，程浩横跃三步，石冲却是气定神闲地站在原位，手抚刀臂，微笑说道："多承少寨主让了一招！"

程浩低头看时，只见狼牙棒上的铁钉已经断了三口。他这一棒是自上而下地打下去的，石冲用斜切藕的刀式削上去，削断了棒上的铁钉，而未伤及他的手臂，这一刀当真可说是使得恰到好处！镖队的人松了口气，这才喝得出彩来。

按说程浩输了一招，就该认败，可是他动了野性，却是不肯服输，满面通红之下，依然又是退而复上，狼牙棒再打过来，喝道："姓石的，今日不是你死便是我亡！有本事的你把我的首级拿去。"

镖队的人不齿程浩所为，冷嘲热讽之声此起彼落，有的说道："好个泼皮无赖，死不要脸！"有的说道："石大哥，不必和他客气，剥下他这张狼皮！"

程浩受激，怒吼如雷，狂冲猛打。石冲对付他这样拼命的打法，也还不敢不凝神应战。转瞬间两人又斗了十来招，石冲心里想道："我若杀了他，这窝野狼一定要和镖队拼命；但不杀他，这厮却又不知进退，倒是教我好生为难了！"要知石冲是个资历极深的老镖师，临阵必定考虑周详，顾全大局的。虽然他曾声言要剥狼皮，那只不过吓吓对方，兼之口头不能示弱而已。

老狼程彪看得眉头紧皱，说道："不要蛮打！"可是程浩已打得发昏，虽得父亲指点，也是不能冷静下来。

石冲给他杀得火起，心里想道："人不伤狼狼要伤人。好，这厮既是不知进退，我不剥狼皮也要剥他面皮！"当下使出了一路泼风刀法，把厚背斫山刀舞得虎虎生风，登时就把"青狼"程浩迫得手忙脚乱。要不是他想选择不是要害之处才斩一刀，早就可以把程浩伤了。

程彪眉头一皱，说道："玉儿，你上去把你的大哥替回来。"原来在程彪的四个儿子之中，"白狼"程玉虽然是他最小的一个儿子，但本领却比他的三个哥哥都高，是以程彪叫他去接替长兄。

话犹未了，只见刀光一闪，石冲已经使出了一招杀手，拨歪了程浩手中的狼牙棒，眼看刀尖一挺，就要在程浩身上搠个透明的窟窿！

程玉叫声"不好！"急忙跑去，人还未到，忽觉微风飒然，一条黑影从他身旁掠过，石冲的刀尖此时正是堪堪的就要刺到"青狼”程浩身上。

忽听得“当”的一声，石冲的那柄厚背斫山刀给一根烟斗压住，竟是动弹不得。原来从“白狼”程玉身边掠过的那个人正是老狼程彪，恰好及时赶到。

石冲的厚背斫山刀有五六十斤重，程彪小小的一支旱烟袋只是在刀背上轻轻一敲，便把他的大斫刀压了下去。石冲只觉虎口酸麻，刀背就似给千斤巨石压住一样，想要把刀尖向前移动分毫都不可能。

程彪哈哈笑道：“石镖头，好刀法！小儿冒犯虎威，还望高抬贵手。”

石冲又惊又怒，满面通红，用足气力，把大斫刀抽了出来，说道：“程舵主要来较量，石某敢不舍命奉陪？”为了顾全虎威镖局的威名，明知不敌，也决不能丢了镖局的面子。

镖队的人哗然指责：“儿子输了，老子又来，好不要脸。”“对付咱们的一个镖头，也要用上了车轮战，嘿，嘿，这也很好啊，当真是抬举了咱们了。”

孟霆正要出去，只见程老狼已把烟杆收回，叼着烟斗，悠悠地吸了两口烟，笑道：“这一场当然是石镖头赢了，不过，我还有一个小儿子，他不知天高地厚，却是想要再领教领教石镖头的高招。石镖头若是怕车轮战，那也就算了。”

众人这才知道，不是程老狼要和石冲较量，而是代他的小儿子向石冲挑战。

石冲怒道：“我怕什么车轮战，老狼也好，小狼也好，来吧！”

镖队中有一人挺枪而出，说道：“石大哥，不要中了激将之计，待我来会一会这头白狼。”这人是虎威镖局中四大镖头之一的徐子嘉，在镖局中的座位，仅次于石冲，但年富力强，枪法纯熟，人称“白马银枪”，论起真实的功夫，恐怕还在石冲之上。

徐子嘉曾在江淮地区走过私盐，对程家五狼的底细比较清楚，知道五狼之中，除了老狼程彪之外，就要数到“白狼”程玉。石冲已经恶斗了一场，徐子嘉恐防他气力不加，吃了“白狼”的亏，是以挺身而出，将他替下。

“白狼”抱拳一揖，朗声说道：“程玉末学后进，素仰贵局盛名，但求得方家指教。哪一位镖头肯来赐招，程某都是感激不尽。”程玉生得眉清目秀，一表斯文，说起话来，又是这样彬彬有礼，镖队的人听了，无不诧异。心中俱是想道：“怎的这个小老弟却是和他的哥哥完全两样？”

镖队的人不知底细，只有徐子嘉知道，这个“白狼”外貌斯文，看来不似哥哥粗鲁，其实却是十分阴险，比他的三个哥哥都难对付。不过“白狼”程玉只有二十多岁，徐子嘉自忖凭着自己手中这根烂银枪，即使未必能胜，也不至于败了给他。

当下徐子嘉提了银枪，上前还了一礼，说道：“少寨主客气了，请亮兵刃，在下奉陪。”程玉道：“不敢，你们远来是客，还是请徐大镖头先行赐招。”

那小姑娘“噗嗤”笑道：“又不是对亲家，哪有这许多话说？你们不怕腻，我可是等得不耐烦呢！”

徐子嘉道：“好，那我就不客气了。少寨主接招！”一晃手中枪，枪头的红缨颤起了二尺多的圆轮，银枪红缨，就似一团红霞裹着一条白练，向前扎去，好看之极！一招刚出，已是赢得一片彩声。

程玉赞了个“好”字，亮剑出鞘，一捏剑诀，步伐迅疾，剑走轻灵，把徐子嘉的银枪拨开。跟着抖腕欺身，猛地就是“拨草寻蛇”，斩向徐子嘉的右腿。

徐子嘉心中一凛：“这厮的剑法果然灵巧。”连忙一个旋身，枪锋从左往右一领，刷地直奔“白狼”胁下的“气愈穴”，这一招是攻敌之所必救，程玉立即变招，攻中带守，不让徐子嘉有可乘之机。闪开银枪，一招“白鹤亮翅”，剑削徐子嘉的琵琶骨。这琵琶骨是人身的要害之处，徐子嘉焉能给他削着，当下用了个“斜插柳”的招数，一跨右腿，身往左斜，往外一磕，随即展开了“银枪三十六式”独门枪法，红缨飞舞，枪尖乱颤，指东打西，指南打北，斗起来宛如腾蛇翻浪。程玉的一口剑遮拦刺削，使到急处，只见剑光，不见人影。双方当真是旗鼓相当，难分高下，转瞬间已是斗到三十招开外。

徐子嘉起初以为程玉武功即使不错，年纪毕竟还轻，火候定然未到，时间稍长，总可以找得到他的破绽，哪知连斗了三数十招，徐子嘉不论招数如何紧，对方仍是能够应付裕如，教他递不进枪去。

群盗虎视眈眈，徐子嘉不禁心中着急，暗自想道："敌众我寡，天色一黑，更不好办。我若是连一头乳狼也打不过，岂不令镖队的人泄气？"

高手搏斗，怎容得气躁心浮？徐子嘉沉不住气，接连使出进手的招数，激战中忽见程玉挺身展剑，好似只顾拨枪，却忘了封闭门户，上身露出了老大一个破绽。徐子嘉以为有机可乘，刷的一抖银枪，"白蛇吐信"直向程玉的丹田点去。程玉陡地一个"旱地拔葱"，平地拔起了七八尺高，把这一招闪开。徐子嘉一枪刺空，却大喝一声："着！"右手抓着枪钻，抡得这杆枪虎虎生风，刷的就是一个"盘打"。这是徐子嘉独门枪法中一招险中求胜的绝招，以为"白狼"身子悬空，决避不开他的连环"盘打"，哪知程玉是故意卖个破绽，诱他上当的。徐子嘉这一招凌厉的后着，早已在他意料之中。

剑光枪影之中，只见程玉疾如鹰隼般的从徐子嘉左肩头上飞掠过去，程玉拿捏时候妙到毫巅，徐子嘉的连环"盘打"，竟然连他的鞋底都没碰上。这一下大出徐子嘉意料之外，说时迟，那时快，只听得背后金刃劈风之声，程玉已经到了背后，出剑刺他的脑袋。

徐子嘉也非易与之辈，在这性命俄顷之际，喝道："不是你死，便是我亡！"头也不回，反手一枪，枪尖从腋下反刺过去。

这一下若是双方招数用实，徐子嘉的后脑定要给程玉的利剑刺穿，程玉的胸膛只怕也要开一个洞。不过，徐子嘉若然脑袋中剑，必死无疑；程玉胸部受伤，却不一定丧命，是以若论形势，还是徐子嘉更为险恶。

这一瞬间，两方面的人都是不禁骇然惊呼。镖队与群盗之中，各有一人奔出。

从镖队中飞身而出的正是总镖头孟霆，孟霆不但膂力沉雄，轻功也是超卓之极，只见他脚尖一点，身形一掠，已是挡在徐子嘉与程玉之间，左手铁牌一举，“当”的一声，程玉的剑刺在铁牌上，震得他虎口流血，青钢剑脱手飞上了半空；孟霆不单打落了程玉的剑，右手大袖一挥，徐子嘉的烂银枪也给他卷去了。

程玉又惊又怒，倒退三步，喝道：“孟总镖头，你——”孟霆笑道：“少寨主，这一场是你赢了。线上的朋友点到即止，何必两败俱伤？在下不过效法令尊，志在免伤和气而已。”刚才石冲与“青狼”程浩那场搏斗，石冲本来可以取了“青狼”的性命，是程老狼替他儿子化解了的。故此孟霆这次插手替徐子嘉化解，自是振振有辞。何况他也夺了徐子嘉的枪，免了程玉受伤，并非厚此薄彼。

从群盗之中飞身而出的那个人是“老狼”程彪，他见儿子没有受伤，心上的一块石头这才落地。

程老狼猛一抬头，朗声说道：“天色不早，弟兄们还要上路，此事快些了结吧！总镖头，程某可要来犯虎威了。”那小姑娘拍掌笑道：“不错，一场闷战，把我看得都想打瞌睡了。这一场狼虎相斗，大约还有点看头！”刚才那两场惊险的搏斗，在她眼中，竟似视若无物，口气之狂，当真是无以复加。镖队的人倒抽一口冷气，心中俱是想道：“这小姑娘若不是不知天高地厚，信口雌黄，就是有惊人的武功，至少也要比青狼白狼高出许多了！但一个黄毛丫头，本领再高也高不到哪里去，看来多半还是信口雌黄。”

“野狐”安达伸了个懒腰，说道：“我不管谁胜谁负，只想早点完场。这场戏要唱到大轴才有意思。”

小姑娘哼了一声道：“放你的屁，你想要抢新娘，这一世都想不到！”

安达淡淡说道：“不必争吵，咱们走着瞧吧！”

孟霆厉声说道：“好，我倒要看看是虎落平阳，还是狼入虎口。程寨主，你接招！”孟霆左手拿的是一面铁牌，右手使的是一柄长剑，“招”字一吐，倏地进步欺身，左手的铁牌已是猛的向前推压过去。

程老狼不慌不忙，容得铁牌堪堪砸到面门，这才随手将旱烟杆一伸，烟杆搭着铁牌，一按一推，只听得“当”的一声，孟霆的铁牌，竟给他推开了。

孟霆这面铁牌，是一件沉重的兵器，镖队的人，又都知道总镖头膂力惊人，刚才那一招“泰山压顶”，铁牌推出，少说也有七八百斤气力，不料竟给程老狼小小一根烟管接了下去，镖队的人无不大吃一惊，心中想道：“虎威镖局十几年来没出过事，这次只怕真的要虎陷狼窝了！”

孟霆心中微凛：“这头老狼原来也会借力打力的功夫！”虽然心中微凛，却也并不慌忙，铁牌往旁一偏，右手的长剑在铁牌掩护之下已是“刷”的一招攻出。

这一招剑走轻灵，凌厉之极，程老狼也不由得心头一震：“虎威镖局威名远振，这总镖头果然是有点真实功夫。”当下烟管一斜，形如雁翅，一掠一敲，“当”的一声，又把孟霆这口长剑荡开了。

孟霆向下一扑身，倏地一个盘旋，铁牌横展，向程老狼肚腿打去。程老狼搂膝绕步，一招“倒洒金钱”，向后一甩腕子，烟管挟着寒风，点打孟霆的左肩井穴，这一招是攻敌之所必救，孟霆急把铁牌一扑，照烟管猛砸过去。程老狼喝声：“好！”烟管伸缩不定，俨如毒蛇吐信，倏然间已是变了招式，倒持烟杆，戳向孟霆的咽喉！

孟霆微微一偏头，闪开杆尖，一甩右手剑，“拨草寻蛇”，转向对方右腿膝盖削下。程老狼一撤右腿，使个“怪蟒翻身”的身法，烟杆反点孟霆膝盖的“环跳穴”，哪知孟霆腿上的功夫也是一绝，只见他身躯往后一仰，右腿疾发如风，向程老狼丹田穴猛然踢去。这一招有个名堂，叫做“巧踹金灯”，这一脚若然踹实，武功再好，不死亦伤。程老狼识得厉害，赶紧退步收招。说时迟，那时快，只听得“当”的一声，孟霆的右手剑已经拨开烟杆，敌退己进，如影随形，跟得极紧，左手的铁牌挟着劲风，已是向着程老狼的右肩削去。程老狼为救险招，倏地一矮身，身形扑地，铁牌挟着劲风，刷的擦头皮而过。这一招程老狼虽然侥幸未曾受伤，也是十分狼狈的了。镖队的人，见总镖头得利，彩声雷动。

那小姑娘笑道：“看来只怕是狼入虎口了。”程老狼大怒，铁烟斗往右一探，喝声："打!"点向孟霆脐旁的"商曲穴"，孟霆忙将左手铁牌遮拦，不料程老狼的打穴招数虚实莫测，兵器未曾碰上，他已是倏地变招，右腕微沉，改奔"命门穴"打去，孟霆身手矫捷，百忙中一个"盘龙绕步"，身似陀螺旋转，脚踏碎步，闪出了几尺之外，恰恰躲过了这一招。孟霆避开这招，虽然不似程老狼刚才那样狼狈，但毕竟也是输回一招。群盗狂呼喝彩，孟霆禁不着脸上发热。

两人由合而分，再度由分而合。程老狼把浑身本领都拿了出来，一支铁烟杆指东打西，指南打北，时而当作点穴橛使，时而当作小花枪用，变化奇诡，迅捷莫测，招招都是指向孟霆要害，孟霆以铁牌掩护长剑，也是将平生绝技都施展出来，铁牌砸、打、劈、压，长剑刺、削、斫、挑，以沉稳雄浑的铁牌招式配合着长剑轻灵迅捷的招数，攻守兼施，与程老狼打得难分难解。

夜幕低垂，月亮已上林梢。野火熊熊，镖队的人屏息而观，人人都是头面淌汗。火烧得旺，这一场恶斗打得比野火还更炽烈。

"白狼"程玉忽道："抢镖!"群盗纷纷抄起兵器，直扑那辆镖车，孟霆又惊又怒，喝道："程老狼，你……"程老狼笑道："时间还早，单打独斗难分胜负，只好群殴了。我可没有说过由你我的胜负来决定呀！虎威镖局保镖，我们劫镖，保得住保不住这是你们的事，你不能怪我们不顾江湖规矩!"

石冲喝道："好，来吧！咱们的弟兄也该活动活动手脚了!"青狼程浩喝道："姓石的，咱们未分胜负，再来，再来!"

石冲冷笑道："不要脸!"大斫刀一摆，敌住程浩，这一次他是为护镖而拼命，手下毫不留情，程浩只接了几招，就险些给他斫着。

忽听得呼呼风响，一个西瓜大小的铁锤斜刺打来，石冲横刀一挡，"当"的一声，火花四溅。石冲定睛一看，只见来的是个披着黄色狼皮斗篷的汉子，这人是程老狼的第二个儿子，"黄狼"程挺。

程挺使的是一对链子锤，左锤方被磕过，右锤迅即打到，叫道："大哥，让我来收拾这头肥羊!"石冲怒道："好，不管你青狼也罢，黄狼也罢，石某就是要剥狼皮!”此时双方已是展开混战，有的群殴，有的独斗，江湖上的单打独斗的规矩，无人再加理会。

“黄狼”程挺的本领不及他的小弟弟“白狼”程玉，却又胜过他的大哥“青狼”程浩。他的一对链子锤利于远攻，在一丈多外打来，石冲的大斫刀却劈不到他的身上，在兵器上“黄狼”先占了便宜。“青狼”程浩见弟弟敌得住石冲，抽身出去扑攻守护镖车的镖师。

此时“白狼”程玉已是冲破了守护骡车的第一道防线，徐子嘉挺枪拦堵，白狼笑道：“你是我手下败将，何必再战?”一闪身，“黑狼”程苏从他背后抢上，一摆掌中的藤蛇棒，喝道：“给我躺下!”

藤蛇棒软中带硬，可作鞭使，善能以柔克刚，是一件很难练得好的兵器。武功稍差的人决不敢用。徐子嘉是个行家，一见棒到，识得厉害，不敢给它缠上，当下赶紧抽枪，倏翻手腕，用了一招“偏花七星”，枪尖上抖起点点寒星，斜刺他的小腹。这一招“偏花七星”是徐子嘉的得意枪法，可以同时刺敌人七处穴道。程苏知遇劲敌，一声“来得好!”急展藤蛇棒，“斜挂单鞭”往外一挂，只听得叮叮当当之声，宛如繁弦急奏，瞬息之间，徐子嘉的烂银枪和程苏的藤蛇棒已是碰击了七下。徐子嘉这一招“偏花七星”竟然给程苏在举手之间破了。

程苏抽招换式，棒随身转，亮出“铁锁横舟”的招数，藤蛇棒直奔对手，来个“拦腰缠打”。徐子嘉识得藤蛇棒的招数，不慌不忙，把枪一挑，枪杆抡得悠悠带风，不让他缠上。双方的得意招数，都没得手，给对方破了。

藤蛇棒盘前绕后，当真就似一条灵活的长蛇；但徐子嘉的枪法使开，也是俨如怒龙飞舞。“黄狼”程苏的本领稍稍不如“白狼”程玉，和徐子嘉做对手，却是功力悉敌，旗鼓相当，杀得个难解难分。

“白狼”程玉直奔骡车，虎威镖局坐第三把交椅的镖师秦干喝道：“休得猖狂”，秦干使的是镔铁杖，杖重力沉，朝着“白狼”的青钢剑硬砸。

程玉笑道："省点气力吧！"使出"四两拨千斤"的巧劲，轻描淡写的只是轻轻一拨，就把秦干的"铁杖"拨开了。

秦干吃了一惊，镔铁杖哗啦啦一响，腕劲一挺，又打了出来，这一招名为"换巢鸾凤"，刚中带柔，是缓和敌方攻势的巧招。秦干名列虎威镖局四大镖头，武功亦非泛泛，虽惊不乱。

程玉吐气开声："嘿，变招好快！"说犹未了，青钢剑疾发如风，"鹰击长空"，"鱼翔浅底"，"三环套月"，"倒打金钟"，一连四记连环招数，剑走轻灵，刺咽喉，挂两肩，削膝盖，其疾如风，其锐如箭。秦干快，他比秦干更快，使到了第四招"倒打金钟"猛地喝声："着！"秦干应声中剑，肩头给划开一道三寸多长的伤口，血流如注，还幸未曾伤着琵琶骨，但亦已不堪再战了。"白狼"程玉击败了秦干，直奔骡车。

"青狼"程浩杀了到来，与虎威镖局的第四名镖头交上了手。这镖头名唤孙华，使的是一对判官笔，在点穴功夫上也颇有独到之处。可是程浩使的狼牙棒有七尺多长，气力又大，招数又熟，判官笔利于近身搏斗，孙华在程浩的狼牙棒遮拦劈打之下，无法近得他的身，不到三十招，程浩一棒打飞了他的一支判官笔，孙华也败了阵。

总镖头孟霆眼看镖队就要一败涂地，手下四个得力镖头已有两个受伤败阵，只有石冲和徐子嘉还在勉强支撑，不由得心中大急，钢牙一咬，舌绽春雷，怒喝道："程老狼，我与你拼了！"铁牌一沉，猛地砸出，右手长剑，同时出招，指向对方胁下的"气愈穴"，一连几招两败俱伤的打法，杀得程老狼不得不连连后退。

程老狼笑道："总镖头要拼命，嘿，嘿，我只好让你了。"身形一闪，孟霆冲了出去，奔向骡车，决意死战护镖。

孟霆击退了程老狼，宛如猛虎出柙，把挡路的强盗杀得四散奔逃，正要与徐子嘉会合，杀进重围，抢救骡车上的那位准新娘，忽听得背后微风飒然，程老狼又已追到，孟霆听风辨器，反手一剑，"当"的一声，把程老狼的旱烟杆荡开。

程老狼冷笑道："总镖头，你认输了吧！"烟袋一磕，火星蓬飞，与此同时，他一张大嘴，一口浓烟喷出。原来在孟霆冲击群盗之际，程老狼好整以暇地装了一袋烟，他把这袋烟吸了一大半，才追上来与孟霆交手的。程老狼有个绝技，可以把吸进肚里的烟再喷出来，助他克敌制胜。

孟霆想不到他有此一着，冷不及防，双眼被浓烟熏得睁不开，程老狼何等矫捷，喝声："着!"孟霆腕骨火辣辣作痛，给他吸得滚热的烟锅烫了一下，青钢剑"当"的一声响跌落了。孟霆闭上双眼，也是大喝声"着!"铁牌挟风劈去。程老狼一侧身，左臂给铁牌擦过，擦伤了一层皮肉。

程老狼哈哈笑道："毕竟是虎陷狼窝！嘿，嘿，我不打瞎了眼的老虎，失陪啦!"程老狼受的不过是皮肉之伤，并无妨碍，大笑声中，径向骡车奔去。

孟霆双眼只觉阵阵辛辣，好像给人撒了一把胡椒粉似的，禁不住泪水直往外淌，双眼竟是张不开来。孟霆这一惊非同小可，心想："莫非他喷的乃是毒烟?"恐防盗徒乘机暗算，孟霆既然不能前进，只好舞起铁牌防身。

趟子手张勇冒险跑来，盗徒与镖队正在围绕着骡车展开混战，无人截他，张勇跑到了孟霆身边，说道："总镖头，让我给你洗洗眼睛。"孟霆认得张勇的声音，收起铁牌。张勇取了一条手巾，在水囊中浸湿，蒙着孟霆双眼，辛辣的感觉渐渐减轻，孟霆放下了心上的一块石头，知道自己这双眼睛，大约是可以保全了。

张勇道："总镖头，好一点吗?"孟霆道："好。你再给我绞一把湿手巾。嗯，那边打得怎么样了?"张勇道："你老人家不要挂心，治伤要紧。我有同仁堂的眼药水。"张勇给孟霆洗抹干净，擘开他的眼皮，把药水滴进去，孟霆感到一片清凉，说道："这眼药水很是不错。"缓缓张开眼睛。原来程老狼的烟叶是混和有辛辣的药物的，给他喷了一口，若不立时救治，也有眼盲的危险，但却并非毒烟。

孟霆双眼一张，正好见着徐子嘉"哎哟"一声，给"黑狼"程苏的藤蛇棒绊着，摔出了一丈开外。孟霆大叫"不好!"声犹未了，石冲在混战之中也给"黄狼"程挺的链子锤打着，晕倒地下，也不知是死是生。徐石两镖头的武功本来不在"黑狼"、"黄狼"

之下的，只是双拳难敌四手，能打到此际方始落败，已经是极不容易了。

镖队的四大镖头都受了伤，余众只好扶起受伤的人逃窜。只有那两个老苍头还没有逃，站在骡车前面，守护他们的小姐。孟霆倒吸了一口凉气，顿足长叹。心里想道："这回虎威镖局可是一败涂地了！此'镖'一失，叫我还有何面目再走江湖？"要知孟霆此次保的"镖"是个"准新娘"，倘若给贼人劫去，讨回来事主也是不肯干休。孟霆丢不起这个面子，也负不起这个责任，故此在镖队一败涂地之际，不由得万念皆灰，顿萌短见。

青狼程浩哈哈大笑，喝道："你这两个老家伙还不滚开，要我动手么？"那两个老仆道："你杀了我，我也不能让你上这辆骡车！"程玉叫道："大哥，别伤他们性命。"程玉是想抢骡车中的女子做他新娘，是以不想杀新娘的家人，好叫新娘领他的情。程浩笑道："好，那就让我打发他们吧。"右手的狼牙棒停下，张开了蒲扇般的左手，便向一个老仆抓去。

孟霆正想拔剑自杀，张勇忽地叫道："咦，总镖头，你看！"

孟霆定睛一瞧，只见被抓起来的，不是那个骨瘦如柴的老苍头，反而是那巨无霸般的"青狼"程浩。

程浩被他抓着足踝，高高举起，两只手还能活动，狼牙棒想要打下来，老苍头哈哈大笑，高举程浩身体，作了一个旋风急舞，程浩的狼牙棒在空中东打西劈，好像给耍猴戏似的，哪里打得着老苍头？程浩水牛般的庞大身躯，少说也有二百来斤，给那老苍头舞弄起来，胜于任何沉重的兵器，谁敢给他碰着？群盗吓得慌了，纷纷后退，"三狼"也都不敢走近。转瞬间，骡车周围，给那老苍头舞出了一块空地。孟霆又惊又喜，他是武学的大行家，一看就知那老苍头使的是一种极为狠辣的擒拿手法！气力的惊人还在其次。

那老苍头作了一个旋风急舞，笑道："好在你尚无杀我之心，我也不妨饶你一命。"大喝一声："去！"把程浩水牛般似的身躯，摔到六七丈外，群盗发一声喊，纷纷躲闪！

"三狼"早已蓄势伺机攻击，那老苍头摔出了"青狼"，"三狼"立即一拥而上，黑狼程苏先到，藤蛇棒抖得笔直，朝老苍头下三路盘打，扫击劈打之中暗藏一个“缠”字诀，这是藤蛇棒独特的招数，对方若是不懂其中巧妙，避得开“盘打”，也避不开“藤蛇缠树”的恶招，定要给它绊倒！

那两个老苍头一胖一瘦，程苏的藤蛇棒向瘦的那个缠来，胖的那个一晃身躯，却抢到了同伴前面，笑道：“这个让给我吧！”往下一矮身，一个盘旋，顺着旋身之势，避过棒头，抓着棒腰，喝声：“撒手！”程苏的藤蛇棒脱手飞出，说时迟，那时快，胖苍头夺过了棒喝道：“来而不往非礼也！”手起棒落，依样画葫芦的也是使出了那一招“藤蛇缠树”，把程苏绊得登时跌倒，四脚朝天！孟霆暗暗喝彩：“好一手漂亮的空手入白刃功夫！”

“白狼”程玉运剑如风，喝道：“老贼休得逞能！”刷的一剑，刺向胖苍头胁下的“气愈穴”，胖苍头抡棒隔开，“白狼”剑锋一转，横刺小腹，斜削膝盖。胖苍头“咦”了一声，把藤蛇棒抛开，笑道：“你这头白狼倒还会咬人，好，我就空手要狼，博各位英雄一笑。”原来这胖苍头擅长七十二把大擒拿手法，藤蛇棒却是使得不太顺手。“白狼”在兄弟中武功最高，苍头可以用藤蛇棒击倒“黑狼”，对付“白狼”则是非要用他拿手的功夫不可。

“黄狼”程挺抖起链子锤，喝声“打！”一对西瓜大的链子锤，流星般地向那瘦苍头打去。瘦苍头笑道：“来得好！”微微一侧身，让过锤头，双指一钳，已是钳着铁链，也是喝声：“打！”链子锤倒打回来，和程挺的另一只链子锤碰个正着，双锤交击，火星蓬飞。程挺受不了对方反击的那股大力，大吼一声，身躯震翻，倒在地上，晕过去了！

程老狼又惊又怒，三步并作两步地匆匆赶去，一口浓烟喷出，喝一声：“打！”铁烟杆一招“白虹贯日”，竟然使出了五行剑的招数，向那瘦苍头的咽喉扎去。瘦苍头霍的一个凤点头，左掌划了一道圆弧指出，右掌五指如钩，硬抓烟杆，冷笑说道：“好呀，你会咬人，我就会剥狼皮！”

掌风呼呼，浓烟四散，程老狼心头一凛：“这厮功力决不在我之下，怪不得浩儿挺儿折在他的手里。”眼看对方的五指已然堪堪抓到，程老狼识得是大力鹰爪功，这支铁烟杆若然给他抓着，只怕也会抓裂。程老狼急急变招，身随势转，倏地一个旋身，已袭到瘦苍头背后，倒转烟杆，烟袋照后心的“灵台穴”便点。瘦苍头好像背后长着眼睛，头也不回，反手便抓。程老狼的招数变化得也真迅捷，烟杆微抖，早已变作了“金蜂戏蕊”。烟杆倏上倏下，抖起两朵枪花，又变成了小花枪的招数，分向敌人两肋急点。那瘦苍头也是不由得心头一凛，暗暗佩服，想道：“这老狼号称江淮一霸，果然名不虚传。一支小小的烟管，居然可以当作三种不同的兵器使用，使得如此出神入化！”

双方旗鼓相当，打得难分难解。镖队的人看呆了！此时盗党已把受伤的“三狼”拖了出来，忙于救治，混战无形中停止。

徐子嘉裹好了伤，走到孟霆身边，说道：“总镖头，咱们这支镖大约可以保住了。奇怪，这两人的武功如此高强，却怎的肯屈身做人家的仆人？咱们和他们同行了几千里路，也真可说是走了眼了！”

孟霆吁了口气，暗暗道了声“惭愧”，说道：“今日纵得平安度过，我也无颜在镖行混下去了。说是咱们给人家保镖，其实却是人家保了咱们。我这个总镖头，还比不上人家的仆人！”

徐子嘉道：“总镖头莫灰心，胜败兵家常事，哪一个镖局保得住没一次失败，你又并没有输给程老狼。”歇了一歇，续道：“不过，今日之事，却是太过出人意料！”

孟霆道：“是呀，我也是百思不得其解，那姓韩的既然有两个本领这样高强的仆人，却为何还要用重金聘请咱们保镖？”徐子嘉沉吟道：“总镖头你可看得出这两个老苍头的家数来历？”孟霆道：“这两人一个精通大擒拿手法，一个擅长于大力鹰爪功。看来都是外家登峰造极的高手。我所知道的外家高手之中，没一个比得上他们！说来惭愧，我真的是摸不透他们的来历！”

说话之间，斗场的形势已是起了变化，程老狼与那瘦苍头还是打得难解难分，但他的儿子“白狼”程玉，已是抵挡不住那胖苍头咄咄迫人的攻势。

骡车上那少女揭开珠帘，打了个呵欠，说道：“展大叔，时候不早，我想歇啦！”言下之意，显然是在催促她的两个老仆，赶快打发敌人。

那瘦苍头道："是，小姐，你请安歇。老奴马上给你赶开这群野狼!"口中说话，手底招数丝毫不缓。"白狼"程玉立足不稳，给他迫得连连后退。瘦苍头陡地喝道："咄，还不撒剑!"程玉一剑横封，忽地只觉虎口一麻，那瘦苍头横跨上一步，左手托起他的肘尖，右手五指如钩，已是抓着他的虎口。

程老狼眼观四面，耳听八方，一见儿子遇险，倏地身形一转，避开了胖苍头的一招擒拿手，铁烟袋用了一招"金鸡点头"，烟管向瘦苍头面门点到。说时迟，那时快，瘦苍头已是劈手夺下了程玉的青钢剑，喝声："去!"把程玉推开，青钢剑一架，"当"的一声，青钢剑损了一个缺口。瘦苍头笑道："这口剑不济事，还你!"脱手掷出，长剑化作一道青虹，直取程玉的后心。程玉刚刚被他一推，脚步踉跄，尚未站稳，焉能抵挡?

眼看这柄长剑就要插入"白狼"的背后心，程老狼喝道："休得伤害我儿!"铁烟袋飞出，磕落那口长剑。与此同时，那胖苍头亦已是一抓抓到了他的后心。程老狼为救儿子，手上已无兵器，双方空手，他可不是那胖苍头的对手。程老狼反手擒拿，意欲扣着对方虎口，那胖苍头变招快极，双掌一合，"啪"的一下，已把程老狼的手臂夹住。胖苍头喝道："我不打断了爪的老狼，给我滚开!"掌力一撤，程老狼腾身飞起，落在三丈之外。低头一看，只见一条右臂印着鲜明的五个指痕，就好像烙上去似的，筋骨火辣辣地作痛。程老狼暗暗吃惊："若是他刚才稍稍用力，只怕我这条手臂已是卖给他了!"一败涂地，只好垂头丧气地走开。那胖苍头也是颇感意外，心想："这老狼吃了我一记虎爪擒拿，居然还能够纵跃如飞，也算是难得了。若然单打独斗，我还未必就能够准赢他呢。"

那小姑娘笑道："爷爷，该咱们去请新娘子啦!"话犹未了，只见那书生手摇折扇，已是飞一样的抢上前去，说道："新娘子是我的，金子让给你们!"

那小姑娘怒道："骚狐，你讲不讲黑道的规矩?"正要追上去截他。那老者却将她拉住，笑道："就让他先去，省得咱们多费气力。嘿，嘿，这烫口的馒头，谅他也吞不下。"

野狐安达对那姓周的老者委实有几分顾忌，但也正因如此，他才要抢先动手，免得那少女给他们抢去。安达自恃轻功盖世，心想只要占先一步，抢了那个女子，姓周的老者就追他不上了。

霎眼间安达已抢近骡车，那两个老苍头并肩而立，喝道："来吧！"

众人见过这两个老苍头的功夫，心中俱是想道："五头凶狼都折在他们手下，这只狐狸居然胆敢张牙舞爪，也当真是色迷心窍，不知死活了！"

"野狐"安达急于抢那少女，二话不说，立即动手。只见他折扇一举，急如电火，直奔那胖苍头顶门的"华盖穴"敲下，这"华盖穴"乃人身死穴之一，胖苍头大怒，掌护额门，喝道："好狠的妖狐！来而不往非礼也，还招！"左拳如风捣出。安达招数未曾使老，一个斜身滑步，折扇又已指到瘦苍头右臂的"曲池穴"。胖苍头一拳捣了个空，瘦苍头的右臂受攻，左掌忙于应敌，招数被安达封住，无法施展，只好闪开。说时迟，那时快，安达反手一指，折扇挟着一股劲风，又点到了胖苍头背心的"志室穴"，胖苍头连忙滑步回身，只听得"嗤"的一声，对方的点穴虽然避了过去，长衫的下摆却已给"野狐"安达撕破。

安达不过三招，便迫得两个老苍头手忙脚乱，镖队的人，本来正在暗笑这"野狐"太过不自量力，此时不禁都是瞠目结舌，人人惊骇。

安达着着抢攻，招数越展越快。激战中，安达忽地折扇一张，朝着胖苍头的面门一扇。胖苍头大怒，出掌撕他的扇子，安达横扇如刀，倏地从他左臂削过。胖苍头大叫一声，倒跃三步，一条袖子，已是给鲜血染红了一片。原来安达这把折扇，扇骨乃是磨利的钢片做的，可以当作刀剑使用。他向那胖苍头面门一扇，乃是有意扰乱他的眼神。胖苍头猝不及防，着了他的道儿，左臂被划开了一道三寸多长的伤口，虽然未曾伤了骨头，也是疼痛难当。

镖队的人失声惊呼，就在这一瞬间，忽见瘦苍头一把抓着了他的扇子，他是趁着安达全神袭击他的同伴之际，使出了他的看家本领擒拿手的绝技的。

镖队的人以为瘦苍头业已反败为胜，惊呼变作欢呼。徐子嘉笑道："这正是螳螂捕蝉，黄雀在后……"孟霆忽地叫道："不对！"

话犹未了，只见瘦苍头一个踉跄，双方已是分开，瘦苍头立足不稳，跌跌撞撞地退出了六七步之外，方能稳住身形。

原来在这瘦苍头抓着扇子的时候，安达已是用上了"隔物传功"的本领，他的内力比这瘦苍头还要胜过一筹，瘦苍头只觉掌心一震，掌握不牢，安达的折扇倏地一转，又把他的手心割伤了。

胖苍头挺身再斗，安达喝道："你当真不要性命了么，滚开！"折扇倏张倏合，不过数招，胖苍头左股的"浮稀穴"又给点中，胖苍头扑通倒下。瘦苍头护着骡车，安达喝道："哼，你还要打？跟你的老伙伴去吧！"

瘦苍头顽强之极，明知不敌，依然挡着骡车，寸步不让。安达一柄短短的折扇，倏张倏合，忽上忽下，张开时当作五行剑使，合起来又可当作点穴的判官笔，当真是变化莫测，迅捷异常。他这柄折扇比程老狼用的那根烟管更短小，招数的凌厉则有过之而无不及。镖队的人刚才见了程老狼用烟管打穴，已是叹为绝技，如今看了安达折扇上的功夫，更是娇舌难下！始知天外有天，人外有人，一山还比一山高，此话当真是半点不假。

不过数招，瘦苍头身上已受了两处伤，但伤得也还不算很重，瘦苍头带伤苦斗，依然不肯让开。

孟霆双眼的疼痛已止，提剑上前，心里想道："新娘子若是给这妖狐抢去，虎威镖局非得关门不可。说不得我只好不顾身份了。"孟霆是想上去助那瘦苍头以二敌一，但他是总镖头的身份，以二敌一，纵然胜了，也是自坏声名，何况还未必能胜。因此他一步一步地向前走去，心情就似去跳火坑一般。

车上的少女忽地开声说道："展大叔，你退下去！"瘦苍头应了一个"是"字，虚攻一招，闪到骡车后面，说道："妖狐，我是奉了小姐之命，可并不是怕你！"

瘦苍头一退，镖队的人惊诧不已。不知这瘦苍头何以肯听小姐的命令？这么一来，岂不是等于把小姐交到了贼人手中？

孟霆还未曾赶到，此时那两个老苍头，一个给点了穴道，还躺在地上，一个又已退下，即使孟霆能够及时赶到，单打独斗，他也绝不能胜过野狐安达的了。孟霆不禁顿足叹气，心里想道：“糟了，糟了！这支‘镖’失在我的手上，镖局固然要关门，我孟霆的一世英名，也是要付之流水了！”

说时迟，那时快，安达无人阻拦，已是长驱直入，揭开了骡车的车帘，哈哈笑道：“小姐莫惊，我会怜香惜玉的。你想早点安歇，我这就带你去安歇。”口中说话，一只手已是伸了进去。

孟霆气急败坏，那小姑娘却格格笑道：“嘻嘻，有好戏看了！”

小姑娘话犹未了，忽听得一声撕心裂肺的惨叫，野狐安达忽地缩手倒纵，就好像给毒蛇咬了一口似的。小姑娘拍手笑道：“谁叫你有眼无珠？活该，活该！”

这一下变化大出众人意料之外。孟霆定睛看时，只见安达以手掩面，面上鲜血淋漓，没命飞奔，转眼间已是跑得无踪无影。小姑娘笑道：“这头狐狸倒是跑得很快！嘿，嘿，我本来要废掉他两个‘招子’的，如今韩姐姐只是挖掉他一只眼珠，却是便宜他了。”

车上那少女掀开珠帘，把瘦苍头招到跟前，递出一支玉簪，说道：“污了我这支玉簪，我可不能要了。你拿去施舍给穷人吧。”正是：

谈笑自如惩恶贼，谁知弱质是英雄。

欲知后事如何，请听下回分解。

第三回　抱病新娘终袖手
拦途好友斗机心

孟霆此时距离骡车已近，看得分明，只见玉簪上挑着一只血淋淋的眼珠。

孟霆暗暗叫了一声“惭愧!”心想：“我也真是有眼无珠，竟然不自量力，要来‘保护’这位身怀绝技的新娘子!”同时又是不禁暗暗起疑：“这一主二仆，武功都是远远在我之上，却为何还要花费二千两黄金，雇用我们护车？这新娘子身怀绝技，又为何不早点出手，却叫这两个老苍头受了野狐的伤?”

孟霆呆在原地，做声不得。只听得那瘦苍头恭恭敬敬地说道：“老仆无能，挡不住贼人，以至污了小姐的玉簪，罪该万死。”那少女道：“你们都已尽了力了，我怎还怪你们？玉簪拿去吧。”瘦苍头应道：“是!”接过玉簪，那少女又道：“你会解野狐的点穴吗?”瘦苍头道：“请小姐指点。”那少女道：“你用这玉簪轻轻挑他肋下三寸的浮稀脉。这野狐用的是点奇经八脉的偏门功夫。”

瘦苍头一口咬去了玉簪上的眼珠，在嘴里咀嚼得刷刷声响，恨恨说道：“这野狐胆敢对小姐不敬，小姐只废掉他一只招子，真是太便宜他了。”镖队的人，见他这副咬牙切齿的形状，生吞安达的眼珠，无不骇然。

瘦苍头依照这少女所教，解开了胖苍头的穴道。两人再一同上来，向小姐请罪。少女道：“我累你们受了伤，也很是过意不去。要不是我身上有病，我岂能任凭这妖狐欺侮你们?”孟霆这才知道，少女之所以不早些出手，敢情是因为行动不便之故。但她身上有病，居然还能够轻描淡写地一举惩凶，孟霆心中更是佩服不已。

胖苍头道："小姐千金之体，本不该出手对付一个下三流的贼人，这都是老奴无能之故。小姐，现在好一点吗？"少女道："我没事了，你们受了伤，快去裹好了伤，歇一歇吧。"

那两个老苍头刚刚退下，那个程老狼叫她做"小凤"的小姑娘跟着就跑上来，笑道："恶狼和野狐都打发了，我可要来请韩姐姐的大驾啦，不知姐姐可肯赏面？"

车上的少女卷起珠帘，微笑说道："好伶俐的小姑娘，但我可不认识你啊，你住在哪儿？"

这辆骡车的车把手刚才曾被安达一按，以致车身倾斜，前面的两只轮子也有一小半陷入泥中，未曾恢复原位。少女俯身伸出头来，柳腰轻轻一摆，好像是受了颠簸，险些倾扑的样子。

那小姑娘道："请姐姐坐好了受我一礼，我叫周凤，住在凤凰山百花谷。"口中说话，两只小手已是握着车把，轻轻一抬，那辆骡车登时给她抬了起来，两只前轮露出地面，端端正正地恢复了原来的位置。镖队的人都是不禁一惊，这小姑娘好大的气力！

周凤继续说道："韩姐姐不认识我，我可是常常听得表姐说起你。这次务必请你赏面。"说罢，敛衽合掌，盈盈一拜。

那少女四平八稳地坐在车上，当周凤施礼之时，笑道："不必多礼！"笼手袖中，长袖一挥，以袖代手，扶着周凤的腰，周凤用尽气力，竟然拜不下去，终于给她衣袖一挥的那股力道扶了起来。周凤不由得满面通红。

那少女道："哦，原来奚玉瑾是你的表姐吗？你住在她的家中？"

周凤道："正是表姐叫我来促驾的。"

那少女道："多谢你表姐的好意，但我一来是有病在身，二来还要赶到扬州，我不想去给你表姐多添麻烦了。"

周凤道："韩姐姐的事情，表姐都已知道了。她只是想和你聚一聚首，耽搁不了几天工夫。这些镖队的人反正也济不了事，我的表姐自会护送你到扬州的。你那一千两金子省下来吧。"

那少女笑道："这可不成，我怎好意思要你表姐侍奉汤药。再说，我也不能坏了镖行的规矩。”

周凤哭丧着脸道：“韩姐姐，你不肯去不打紧，我请不动你，表姐可是一定要责怪我了。”

那少女道：“你只管把我的说话回复你的表姐。待我病好了，我亲自到百花谷向你表姐谢罪。”

周凤显出很为难的神色，叫道：“爷爷，怎么办，我请不动韩姐姐的大驾，你也不上来帮帮腔。”

那老者迈步向前，先向车上的少女施礼，双掌合拢，作了一个长揖，说道：“老奴周中岳拜见韩姑娘！”

此言一出，镖队的人都是大感诧异，他的孙女与那少女以姐妹相称，他却自称“老奴”，未免不合情理。江湖上的人物都是重视面子的，即使是出于谦虚，也不该以老奴自称。

车上那少女道：“不敢当。”坐着还了一揖，就在彼此揖让之际，只见那辆骡车忽地向后滚动，姓周那老者也“登、登、登”地向后退了三步。

孟霆大吃一惊，连忙跑去扶着车把。他是从小练过硬功的人，双臂有千斤之力。不料仍然不能稳住骡车，反而给这辆滚动的车子带着他的身子跑了几步。

那少女举足轻轻踹下，使出“千斤坠”的身法，孟霆陡地觉得双臂一轻，骡车已是停了下来。少女微微一笑，说道：“多谢总镖头。你下去歇歇吧，我和这位周老先生说几句话。”孟霆满面通红，知道自己的本领和他们差得太远，讪讪地退过一旁。

少女淡淡说道：“周老先生好功夫！”周中岳长须抖动，喘了口气，皱脸微泛红晕，说道：“老奴奉家主之命，务必要请动姑娘的大驾。无可奈何，只好不自量力。叫韩姑娘见笑了。”要知骡车有着四个轮子，他用劈空掌的掌力推动骡车，比较容易。那少女用劈空掌的掌力将他震退三步，却是艰难得多。何况那少女还是有病在身？因此这老者在暗中和那少女较量了一招之后，亦已知道自己不是那少女的对手。

那少女道：“我还是刚才那句话，请你回复你家小姐，待我到了扬州之后，迟则三月，少则一月，我亲自到百花谷回拜你家小姐就是。”

周中岳情知不敌，不敢强邀，当下说道：“老奴遵命。我家小姐的拜帖请你收下。”掏出一张大红帖子，把手一扬，帖子便即向那骡车飞去。此时双方的距离已在六七丈外，帖子不过是一张稍为厚点的纸片，居然能够在六七丈外掷来，这手功夫，虽然吓不到那少女，却已吓得镖队的人目瞪口呆了。

少女微微一笑，把手一招，接下帖子，说道：“你家小姐真是客气得紧。好，你们可以回去了。”

周中岳施了一礼，说道：“老奴告退。小凤，走吧！”这回他是真真正正地施礼，不敢再用劈空掌力了。那小姑娘笑道：“韩姐姐，我请不动你的莲驾，不瞒你说，委实是有点失望。但盼我不必在一个月之后，才能和你再见。”话中有话，少女神色微变，笑道：“你表姐当真是这样急着要见我么？好吧，那我只好看她的了。”

周中岳和他的孙女走后，荒林中就只剩下镖队的人了。（程老狼那班人在程老狼败给那两个老苍头之后，早已跑得干干净净。）总镖头孟霆满面羞惭，过来与那少女重新见过了礼，说道：“孟某有眼无珠，不知韩姑娘身怀绝技。今晚全仗姑娘吓退贼人，保全了虎威镖局的这支镖旗，请受孟某一拜。”

那少女还了一礼，说道：“一路上我多承你的保护，我也还没有多谢你呢。”

孟霆满面通红，说道：“姑娘取笑了，这‘保护’二字，应该颠倒过来说才是。”

那少女道：“总镖头不必过谦，这一路来，若不是仰仗你的虎威，只怕早已出事了。”

副镖头徐子嘉裹好了伤，欢天喜地地说道：“我在镖局将近三十年，走镖不止百次，这次可说是最凶险的一次了。幸而遇上了韩姑娘你这位贵人，得以逢凶化吉，遇难呈祥。镖队的弟兄无不感激你韩姑娘。请让我代表他们向你致谢。”他忍不住心中的兴奋，说话不免有点唠叨。

那少女“噗嗤”一笑，说道：“你们太客气了。是我爹爹请你们保镖的，咱们同在一起，本来就该患难与共，怎说得上是‘遇上贵人’？现在也还未到扬州呢，以后还要仰仗你们的。”

徐子嘉道：“姑娘，你这么一说倒教我羞惭无地了。我枉练了几十年功夫，还及不上你韩姑娘一根小指头。不过经过了今晚一战，群盗谁不知道姑娘的厉害？此去扬州只有三日路程，料想是可以平安无事的了。”

少女秀眉微蹙，说道：“这个可说不定。”

孟霆心中一动，问道：“那个小姑娘的表姐是什么人?”

少女道：“她名叫奚玉瑾，是我以前相识的一位闺中密友，不过也已隔别了好几年了。她不是江湖中人，你们不会知道她的。”言下之意，似乎不想向镖队的人说这奚玉瑾的来历。

孟霆老于世故，人家不愿意说的他自是不便再问下去。心里想道：“程家五狼、野狐安达、周氏祖孙，这几拨强盗都败在韩姑娘主仆手下，那姓奚的女子料想也动不了她。”孟霆与徐子嘉都有着同样的疑问：“为什么这位韩姑娘的父亲要不惜重金，来请他们保镖?”但这事却也不便坦直地去问作为“被保护”的准新娘子身份的韩姑娘，而且这少女此时亦似乎露了疲倦的神态。

那老苍头过来说道：“小姐，你再吃一次药。”少女接过药丸，和水吞下，打了一个呵欠，说道：“你们都辛苦了，早点歇吧。明天一早还要赶路呢。”

此时已是将近三更时分，镖队的人经过刚才一场混战，有七八个人受伤，其中伤得最重的是副总镖头石冲，他给“黄狼”程挺的链子锤打了一锤，打破了脑袋，敷上了金创药，流血仍然未止，没有受伤的也都疲累不堪。孟霆以总镖头的身份，自是应该去给他们慰问、扶伤，于是在向这少女道谢过后，便退了去料理镖队受伤的兄弟。

经过了一番折腾，幸而受伤的都没有性命之忧，石冲伤得最重，但他功力也较为深湛，在服下了孟霆家传秘制的内伤丸药之后，呼吸已经调和，不久就睡着了。

孟霆放下了心，抬头一看，只见那两个老苍头还在烤火，未曾睡觉。于是孟霆就走过去和他们搭讪。

那两个老苍头道：“总镖头还未安歇?”孟霆施了一礼，说道：“请恕我有眼无珠，一路同行，却不知高人就在身旁！”那两个老苍头笑道：“总镖头别这么说，好在这里没有外人，若叫外人听见了，可不笑掉了牙齿。我们这两副老骨头，越老越不济事，怎当得起‘高人’的称号?”孟霆苦笑道：“若不是两位老哥出手，我们镖队第一仗就已输给程家五狼啦，更不要说后来的野狐安达和周氏祖孙那些人了。对啦，我还未请教两位老哥的高姓大名呢。”原来孟霆与他们一路同行，只当他们是普通的仆人，压根儿连他们的姓名都未问过，想起来也感到十分惭愧。通过了姓名，这才知道胖苍头名叫陆鸿，瘦苍头名叫展一环。

展一环人较爽直，笑道：“总镖头你别客气，以你的功夫，在镖行中也算是顶儿尖儿的角色了。各凭真实本领的话，程老狼不是你的对手。当然，倘若和那周中岳交手的话，总镖头，你是可能会吃点亏的。但我们二人也绝不是那姓周的对手。今晚之事，还是多亏了我们小姐。比起小姐来，我们是差得太远了。”说到此处，发觉说溜了嘴，这“我们”二字，已是把孟霆包括在内，连忙补上一句道：“总镖头，你不要难过，你今晚亦已是尽了力了。要不是你们镖队的人个个拼死力战，只怕我们也是寡不敌众。”

孟霆苦笑道：“多谢展大哥给我脸上贴金。客气的话我不会说，总之，韩姑娘和两位的恩情，我姓孟的今生也是不能报答的了。但我有一事不明，却想向两位老哥请教。你家小姐身怀绝技，却不知贵主人何以要雇我们保镖?”

陆鸿道：“洛阳的镖局，除了你们虎威镖局，还有哪一家敢走这趟镖?总镖头你别多疑，即使是路上出了事，我家主人也决不怪责于你，保银还是一样照付。”此话其实并没有回答孟霆的问题，不过也透露了一点消息，那韩大维雇他们保镖，其实不过是要“虎威镖局”作幌子而已，并不指望他们当真能够退敌。

孟霆怫然不悦地说道：“我知道我们对付不了强敌，可是我们也不能无功受禄。两位老哥若不肯给我说明个中原委，我回到洛阳之后，只好将镖局的招牌收起，拼着变卖产业，也一定要退回贵主人那已经付了的一千两金子！”有两句话孟霆藏在心里还未说出来的是："你家主人钱多不在乎，我孟霆可不能为一千两金子受你们的戏耍！"

瘦苍头展一环似乎很欣赏孟霆这份江湖豪气，说道："总镖头，你别过意不去。你一点不是无功受禄，走到这里才出事，已经是你的大功了。你要知道我家主人请你保镖的原因吗？好，我和你说！"孟霆拱了拱手，道："请你老哥指教，以开茅塞。"

展一环道："我们的小姐是要到扬州成婚去的，一个就要做新娘子的人，怎好抛头露面，和强盗随便打架呢？若给人家知道新娘子是从洛阳一路打架来的岂不变成了笑话？何况我们小姐还是抱病在身，她也没有那么多精神一路打架。"

孟霆道："话说得是，但以你们两位老哥的身手……"

展一环道："不错，我们这两副老骨头都还硬朗，对付一些小毛贼是对付得了的。但从洛阳到扬州，可是有几千里路的途程啊！假如一开始碰到强盗，就由我们动手，打发了他们，这不立即就要惹起黑道上的注意么？黑道的朋友闻风而来，一路和我们纠缠，我们又怎么打发得了？最后还不是要让小姐出手？我家主人曾经千叮万嘱，除非万不得已，决不能让小姐出手的。"

胖苍头陆鸿接下去说道："实不相瞒，不但我们的小姐不愿意在江湖抛头露面，就是我们，也不想给人家知道我们的身份。打架的事情么，可免还是免了的好。"

孟霆已知道这两个老苍头不是寻常人物，心里想道："说不定他们是江湖上大有来历的人，不知什么缘故，才屈身为奴的。他们隐姓埋名了许多年，当然不想给外人知道。"江湖上禁忌甚多，打听别人的私事就是禁忌之一，孟霆自是不便查根问底。

展一环继续说道："贵镖局在江湖上最吃得开，是以家主想仰仗你们虎威镖局这支镖旗，希望得以一路平安无事，到达扬州。谁知道几帮强盗的消息竟然如此灵通，结果还是给他们打听出我们的来历。小姐的行踪也瞒不过那女魔头，只好迫得出手吓退那姓周的老者了。"孟霆知道展一环所说的"女魔头"，定然是指那百花谷中的奚玉瑾。心里颇是有点诧异，想道："韩姑娘说这姓奚的女子是她闺中密友，但在她仆人口里却变成了女魔头，看来只怕她们两家又是有点过节的了。这是怎么一回事呢?”

陆鸿道:“好了,请你们保镖我们已经说得清清楚楚,能够到得这儿,方才出事,我们已经是感激你总镖头了。明天一早还要赶路,请总镖头早点安歇吧。”

孟霆知道这两个老苍头是怕他再问下去,有许多事情他们是不便说的,那就难免尴尬,于是只好怀着一些未解的疑团,退了下去。

孟霆是个极有经验的总镖头,虽然是睡着了,在梦中也还保有一份警觉,放眼一看,只见已是第二天的清晨时分,一望无际的红草荒原,远处出现了两个黑点。

孟霆连忙把镖队的人叫醒,说时迟,那时快,那两个黑点已经渐渐扩大,看得分明,是两个骑着马的女子。

红草是江淮平原上一种奇特的植物,叶背青棕,叶面殷红,长得长的一条红草,扯直了足有六尺多长,高逾人头。这时正是红草成熟的季节,一望无际的荒原,都在茂密的红草覆盖之下,红如泼天大火,红如大地涂硃。

一马当前的那女子,头上飘着红巾,身上穿着大红衣裙,脚上穿的是红缎绣花鞋,胯下的坐骑也是点点红斑的“汗血桃花马”。朝霞映照之下,红草已是分外鲜明,加上这样的一个红衣女子骑着小红马在红草上飞驰,当真就像一团火似的猎猎烧来。那股气焰,那股“泼辣”的味道,令得镖队的人无不目瞪口呆。当前的景象构成了一幅绝美的“动画”,但美得却令人惊心动魄!

跟在这红衣女子后头的是一个小姑娘,穿着一身湖水绿的衣裳,和前头的红衣女子相映成趣,色调配合得十分谐和。这个小姑娘就是昨晚来请新娘子的那个小姑娘周凤。众人虽然不认识前面的红衣女子,但见了后面的这位小姑娘,大家也都可以料想得到:前面这个红衣女子是她的表姐奚玉瑾了。

孟霆心里正打不定主意,回头一看,只见那两个老苍头站在骡车两旁,相对皱眉。胖苍头陆鸿搓着手叹气道:“怎么办?小姐五更的时分吃了一次药,刚刚睡着了。她的病似乎又加重了,咱们可不能让她出手。”

说时迟，那时快，这红衣女子已是驰过红草覆盖的荒原，“刷”的一鞭，那匹小红马箭一般地“射”进这座树林来了！怎么办？怎么办呢？

孟霆的镖局是已经收了人家一千两金子的，莫说那位“准新娘”韩小姐是在病中，她那两个老苍头不肯让她出手；就是可以出手的话，孟霆护镖有责，也是决不能袖手旁观的。主人家既然没有吩咐下来，说是来人乃是朋友，孟霆当然是要率领镖队上前迎敌了。

孟霆依照江湖的规矩，让趟子手吆喝了三遍“虎啸中州！”便即上前拦着那女子的马头，抱拳说道：“请问姑娘来……”“来意如何”四字还未说得完，红衣女子已是飞马直冲过来，扬鞭喝道：“你们是明知故问，给我滚开！”

副总镖头徐子嘉忍不着气，窜上前去，一枪挑出，说道：“姑娘你不讲理，可休怪我无礼。请下马吧！”他这一枪是刺马而非刺人，可是刚说到“下马”二字，陡然间只觉手上一轻，原来是那红衣女子一鞭打下，闪电般的已是卷着了他的长枪，徐子嘉的长枪脱手，失了重心，登时跌倒。

徐子嘉昨日虽是受了一点伤，但以他的本领，照面一招，便给这红衣女子夺了他手中的兵器，这女子的武功之强，已足以令得镖队的人个个惊心，大感意外了。孟霆明知不敌，仍然拼命阻拦，小红马冲来，他舞起铁牌就向马头推去。

红衣女子喝道：“给我躺下！”当的一声，马鞭击在铁牌之上，小小的一根马鞭，竟然把他的铁牌打歪，震得孟霆的虎口火辣辣作痛。孟霆这一招本来是牌剑兼施的连环招式，刚使到一半，铁牌反砸回来，却把他的长剑砸开了。连环招式变成了连环反打自身。那柄长剑插进了身后的一棵大树。这一招孟霆端的是避得好险，若非他当机立断，把剑抛开，这一剑反刺回来，他已是没有了性命了。现在虽然保住了性命，却也禁不住接连退出了六七步，方能稳得住身形。

说时迟，那时快，红衣女子一提缰索，小红马已是从孟霆让开的缺口驰过。红衣女子笑道：“虎威镖局的总镖头果然是名不虚传!”孟霆没有如她所料的躺下，红衣女子已是颇感意外，这句说话，并无嘲讽的成分，但听到孟霆的耳中，却是不由得他不满面通红，恨不得有个地洞钻下去。

在孟霆堵截红衣女子之时，镖队的人和那小姑娘周凤也交上了手。周凤笑道：“咱们昨晚曾经会过，凭着这点香火之情，我倒是不能太过难为你们。”她也并没亮出兵器，就在马背上挥舞皮鞭，指东打西，指南打北，不消片刻，已有两杆长枪，一柄大刀，一支铁棒给她的马鞭卷脱了手，还有两个镖头给她的马鞭打着关节，倒在地上。虎威镖局的四大镖头，石冲、徐子嘉、秦干昨晚就已受了伤，轻伤的徐子嘉刚刚又给红衣女子夺了他的长枪，伤上加伤，不堪再战。唯余一个使判官笔的孙华，可以勉强和周凤一战。但孙华的判官笔是短兵器，马上交锋，甚不适宜，不到十招，给周凤喝声“着!”鞭梢轻轻地在孙华的“曲池穴”一点，孙华应声落马！周凤纵声笑道：“孙镖头的点穴功夫小女子领教了，我可要过去啦。你也不用着急，一个时辰之后，你的穴道自解!”孙华擅于点穴，不料反而给周凤点了他的穴道，而且用的还只是一根马鞭。孙华倒在地上，也不能不暗暗佩服。

此时孟霆已是给那红衣女子迫退，镖队的人有几个还想追上去，阻拦那女子夺“镖”，孟霆叹了口气，顿足道：“咱们认栽了吧!”

周凤格格笑道：“韩姐姐，我又来看你啦!”那两个老苍头道：“奚姑娘，你好。我家小姐可是有点不大舒服。”红衣女子道：“是吗？那我更应该来看她了。”那两个老苍头正不知如何是好，忽见珠帘一卷，车上的少女已是笑盈盈地走出骡车。

红衣女子笑道：“珮瑛，真对不住，我这个不受欢迎的客人到得这样早，把你吵醒了。”镖队的人一直只是知道他们护送的新娘子乃是姓韩，如今方始知道她的名字叫做“珮瑛”。

韩珮瑛道：“哪儿的话？奚姐姐，你来看我，我是盼都盼不到的呢！什么风把你吹来的?”孟霆猜得不差，这红衣女子果然是奚玉瑾。孟霆心里想道：“看她们这副亲亲热热的神气倒真是像姐妹一般，谁知内里却是勾心斗角。”

奚玉瑾道："小凤请不动你的大驾，我只好亲自来啦!"

韩珮瑛道："小凤没有对你说么？我是因为患了一点不大不小的病，所以不想去给你多添麻烦了。"

奚玉瑾道："你有病在身，更应该有个亲人照料了。咱们情如姐妹，难道你不放心让我照料你么?"

韩珮瑛苍白的脸上泛起红晕，心里想道："她如此咄咄迫人，我只好和她打开天窗说亮话了。"心念未已，奚玉瑾又已笑道："珮瑛，你别瞒我，你是急着要去做新娘子，有了丈夫，就忘了姐姐，是么?"

瘦苍头展一环乘机说道："奚姑娘原来你已经知道了，那就不应该怪我们的小姐啦。男家早已择好日子，等待我们的小姐去成亲的。待他们成亲之后，小姐和姑爷一定会到百花谷回拜奚姑娘。"

奚玉瑾忽地纵声笑了起来，笑了许久，方才停止，说道："妹夫可是扬州的谷啸风吗？若然是他，你可不用到扬州去了。我已经将他请来了百花谷，你们在百花谷成亲也是一样。"歇了一歇，又忍不住笑道："幸亏你是遇上了我，要不然你们到扬州就要扑个空了。新娘子找不着新郎岂不是笑话?"

此言一出，几乎把韩珮瑛吓得呆了，心中惊疑不定："她怎么全知道了？谷啸风武功不弱，难道当真给她绑了票么?"原来她们二人虽是好友，但韩珮瑛却从来没有和她说过自己的未婚夫是谷啸风，奚玉瑾打听得她到扬州成亲不足为奇，知道她要嫁给谷啸风，这却是大大出她意料之外。韩珮瑛本来准备给谷啸风捏造一个假姓名的，如今只好默认了。

韩珮瑛不肯告诉好友她已有了夫家，倒不是由于女孩儿家的害羞，而是另有缘故。

韩珮瑛想起了她和奚玉瑾结织的经过，那是四年前的事情了。四年前韩珮瑛只有十六岁，为了一桩事情，替父亲送一封信给济南的一位老朋友，路上碰到强盗劫掠客商，韩珮瑛忍不住拔刀相助，那时她的武功远不如现在，而那帮强盗之中又很有几个高手，韩珮瑛险些自身难保，幸亏恰巧遇上奚玉瑾路过，两人合力，这才把群盗杀退。

奚玉瑾那年十八岁，比韩珮瑛年长两岁，但因出道得早，江湖上的阅历比韩珮瑛深得多。两人年纪相若，情性相投，谈得很是投机。韩珮瑛因为要到济南送信，不得不与奚玉瑾匆匆分手。分别之时，韩珮瑛约她到洛阳相会，奚玉瑾也答应了。

济南之行，顺利完成。韩珮瑛回到家中，少不得把路上的遭遇告诉父亲，韩大维听得十分留意，听了之后，若有所思。

韩珮瑛稚气地问道："爹，你怎么不高兴了？我知道你不喜欢我在江湖上随便结交朋友，但这位奚姐姐是个女的，有什么打紧？"原来韩珮瑛自幼许配扬州谷家，是以她父亲在她出门之时，曾经郑重吩咐过她谨慎交游，以免惹出闲话。

韩大维道："不，我并没有不高兴的意思，你结交了这样一位武艺高强的姐姐，我也是替你高兴。但我只想知道一件事情，你这位奚姐姐，是否家住凤凰山的百花谷？"

韩珮瑛说道："爹，你怎么知道？不错，她是住在凤凰山的百花谷，她说这百花谷当真是名实相符，有四时不谢之花，八节长青之草，花草的种类都极繁多，说不定还不止一百种花。她本来请我到那里去的，我因为要赶着给你送信，只好邀她到咱们这儿了。"

韩大维面色倏变，说道："你可有告诉她你已经许配了扬州谷家？"

韩珮瑛满面通红，说道："我与她刚刚相识，相聚不过半日，哪会把什么事情告诉人家？"

韩大维道："她有问你到济南送信之事吗？"

韩珮瑛道："我告诉她我有事要去济南，她就没有再问下去。爹，人家可没有你这样喜欢啰唆呢。"

韩大维笑了一笑，说道："你没有告诉她就好。记着，你以后也切莫向她提起扬州谷家。"

韩珮瑛好奇心起，问道："为什么？"

韩大维这才告诉她，凤凰山百花谷的奚家和扬州谷家有点小小的"过节"，但却不肯告诉女儿是什么"过节"，只说这是一件不适宜让她知道的事情。韩珮瑛笑道："我只当他们两家有什么血海深仇呢，既然只是小小的过节，那我也就不怕招待奚姐姐了。"

韩大维的面色却是十分凝重，说道："虽然他们两家并无杀父之仇，但也千万不能让她知道你和谷家的关系。"

过了三个月，奚玉瑾果然到了她家作客，韩珮瑛听父亲的吩咐，丝毫没提及谷家的事情，两人只是白天练武，晚上聊吟，相处得十分快乐。这奚玉瑾和她一样，是个文武双全的才女。

奚玉瑾在韩珮瑛家里住了一个多月才走，以后就没有再来过。想不到今天在韩珮瑛要去做新娘的途中，她却突然来劫镖了。

如今奚玉瑾就站在她的面前，要请她到百花谷去与谷啸风相会，去呢还是不去？

韩珮瑛想起了爹爹的吩咐，暗自寻思："爹爹说他们两个是有过节的，爹爹连谷郎的名字都不许让她知道，可见他们的过节即使不是血海深仇，也是很难化解的了。谷郎在成婚的前夕，又岂肯到她的家中作客？除非是给她捉了去的。她邀我去，想必也是不怀好意的了。"心中又想："但我若不去的话，势必要和她动手的了。她与我交情非浅，即使不怀好意，也未必就会害我？"再又想道："可是即使她说的是真，我又岂能与谷郎在她的家里成婚？这不但丢了谷郎的面子，别人知道了，也是个大大的笑话！"跟着想到："谷郎的本领不弱，至少也不在奚玉瑾之下，又怎能轻易让人捉去？唉，此事不知是真是假？"

韩珮瑛思潮起伏，片刻之间，转了几个念头，但去呢还是不去，心中还是委决不下。奚玉瑾好像等得已不耐烦，微微笑道："好妹子不必犹疑了，谷啸风等着你呢，跟我去吧！"说罢就走上前去，扶韩珮瑛上车。

事情已不容韩珮瑛再加考虑，"不管是真是假，我总要到扬州去打听一个明白。"韩珮瑛打定了主意，于是当奚玉瑾上来拉她的时候，她衣袖轻轻一拂，说道："多谢姐姐的好意，但我还是不想打扰姐姐。"

韩珮瑛面上堆满笑容，在旁人看来，她们一个劝驾，一个推辞，虽然是在拉扯，却看不出在这拉扯之间，她们已是各自使出上乘武功暗中较量了好几招了。

韩珮瑛穿的是新做的嫁衣裳，衣袖很长，掩过手背。"揖让"

之际，中指从袖中伸出，闪电般的就向奚玉瑾的虎口点去。有长袖遮掩，连孟霆那样的武学行家也看不出来。

这一指是韩珮瑛家传的“兰花手拂穴”的功夫，非同小可。韩珮瑛因为自己是在病中，自忖若是真的打起来，决不是奚玉瑾的对手。迫不得已，这才使出了家传绝技。

哪料一指点去，却给奚玉瑾的衣袖裹住，奚玉瑾笑道：“妹妹，何必客气！”左手中指依样画葫芦地从袖中伸出，反点韩珮瑛的穴道。

韩珮瑛咬一咬牙，心中想道：“你既不顾姐妹之情，如此相逼，我也只好不客气了！”玉腕微弯，只待奚玉瑾手指戳到，就要施展小擒拿手的绝技，把她的中指拗折。心念方动，奚玉瑾似是已料到她有此后招，轻轻一托她的肘尖，韩珮瑛一条手臂登时麻木，不能动弹。奚玉瑾笑道：“时候不早，上车吧。这辆骡车很不错，咱们姐妹俩可以躺在车厢里聊天。”韩珮瑛受她挟制，无可如何，只好装做却不过情面的样子，微微一笑，摇了摇头，跟她上车。正是：

说甚情如亲姐妹，勾心斗角为何来？

欲知后事如何，请听下回分解。

第四回　荒原镖客惊鸣镝
月夜佳人响珮环

韩珮瑛身受挟持，镖队的人看不出来，那两个老苍头则当然是知道的，这一惊非同小可，明知不敌，无暇思索，也要扑上去阻拦了。

周凤站在车前，"噗哧"笑道："我的小姐请客，可没有请你们啊!"奚玉瑾已在车上坐定，珠帘未放，叫道："小凤让开!"衣袖轻轻往外一拂，说道："展大叔、陆大叔，你们要到百花谷，我当然是欢迎的。但这可得先问过你家小姐。"这两个老苍头本来是采取"冲刺"的态势跑步的，突然间觉得一股无形的潜力向他们推来，虽然不至于给推得踉跄倒退，却也不由得身形连晃，好不容易才稳住了身形，就像碰着了一堵墙壁一般。两个老苍头嗒然若丧，不得不停了脚步。

韩珮瑛说道："奚姐姐盛情难却，我到她家里住几天。你们回去吧，不必跟来了。"韩珮瑛是不得不如此说，那两个老苍头也不得不应了一个"是"字，双双退下。

镖队的人职责攸关，见这骡车要走，都着了急，孟霆一马当先，连忙跑过去叫道："奚姑娘，你可得给我们一个交代。"

奚玉瑾格格一笑，说道："总镖头，你不必着慌，你们是给韩家保镖的，如今就当如是我接手保这支镖好啦。不过，我也不是抢你们的生意——"说至此处，玉手一扬，一支短箭射了出来，孟霆听风辨器，知道这支短箭射出的劲道不大，显见对方并无恶意。孟霆绷紧的心情放松，将短箭接了下来，入手清凉，仔细看时，却原来是一支碧绿色的玉箭，箭杆上雕有一个小小的“奚”字。

奚玉瑾接下去说：“你把这支箭拿回去给我的韩伯伯看，就算是交了差了。我敢担保，他该付的保金，一定照付。珮瑛，你的爹爹绝不会吝惜那一千两金子的，是不是？”

韩珮瑛道：“我们虽然家道贫寒，一千两金子却还出得起。孟总镖头，多谢你们送了我几千里路，你回去就照奚姐姐的交代回复我的爹爹，爹爹绝不会怪责你的。”

孟霆虽然不知道她们的话是否兑现，但三面言明，有了交代，也总算是给了他们虎威镖局的面子了。孟霆情知要阻拦也阻拦不来，也只好让她们去了。

周凤跨上奚玉瑾那匹小红马，牵着一匹空骑，跟在骡车后面，扬手笑道：“展大叔，陆大叔，孟总镖头，再见啦。你们的小姐我们会好好看待的，两位大叔回去尽可请韩伯伯放心。”

骡车走后，那两个老苍头道：“总镖头，请借我们两匹坐骑。”孟霆怔了一怔，说道：“你们不和我们一道回去么？”

那两个老苍头说道：“小姐给人家抢去，我们还有什么面目回去见主人？”孟霆道：“那么两位打算如何？”瘦苍头展一环恨恨说道：“我们虽然打不过那丫头，也决不能丢了主人的面子。俗语说天外有天，人外有人，那丫头虽然厉害，也不见得就没人胜得过她，百花谷即使是龙潭虎穴，我们也是决意去闯它一闯的了。”言下之意，自是要去邀请能人，到百花谷夺回他们的小姐。

孟霆说道：“我们虽然本领不济，也可以给两位跑一跑腿。”胖苍头陆鸿说道：“总镖头的好意我们心领了。事已如斯，恕我直言，这件事你们也是插不进手的了。你们已是尽了责，敝主人决不会怪你的，你们还是早早回去吧。”这两个老苍头选了两匹坐骑，说完了话，马上就走。

孟霆顿足长叹，心里想道：“我哪还有脸皮去收那一千两金子，回转洛阳，把镖局歇了，从此做一个隐姓埋名的闲散之人吧。”徐子嘉一跛一拐地走过来道：“总镖头，咱们是——”孟霆挥一挥手，说道：“还有什么好说的？把镖旗收起来，回去吧！”抬头望时，那辆骡车早已走得不见了。

按下镖队的人不表。且说韩珮瑛被迫上了骡车之后，不由得又是惊惶，又是气愤，许久许久，都没有说话。

奚玉瑾“噗哧”一笑，轻轻地给韩珮瑛理好了乱发，说道：“好妹子，你生了我的气啦！”听她说话，温柔体贴，就好似从前相处一般。

韩珮瑛说道：“我怎敢生姐姐的气？嗯，三年不见，姐姐的武功是大大长进了。我应该给姐姐贺喜。”

奚玉瑾笑道：“原来你是为了我破了你的独门点穴手法，心里很不舒服，是么？告诉你老实话吧，我这全是取巧。那一年我在你的家里和你研讨武功，早已对你的独门点穴手法特别留意，所以我是以有备攻你无备，这才侥幸胜你一招的。你若是病好了，我未必是你对手。不过，我也不希望今后咱们还会交手了。咱们毕竟是好姐妹，是不？好妹子，你别怪我，我决不是想欺负你的，我这是不得已而为之，到了百花谷你就明白了。”

韩珮瑛心想：“原来她早已料到有今日之事，预先偷学了我的独门功夫。”心里恨她狡诈，索性闭上眼睛，不再理睬奚玉瑾。

奚玉瑾轻轻说道：“对啦，珮瑛，你身子不大舒服，还是好好睡一觉吧。”韩珮瑛感觉得到奚玉瑾的衣袖从她脸上拂过，一缕幽香，沁入鼻观，叫她说不出来的舒服，韩珮瑛想叫叫不出来，不知不觉就睡着了。

也不知过了多久，韩珮瑛悠悠醒了过来，张眼一看，只见红烛高烧，炉香袅袅，床雕飞凤，帐绣蟠龙，原来是置身在一间华丽的绣房中了。

韩珮瑛醒来之后，只觉气健神清，宿疾爽然若失。这几天她病势加重，气喘心跳，本来是不能运用内功了的，如今试一试吐纳的功夫，只觉精力弥漫，内息绵绵不绝，运气三转，气达重关，竟是畅通无阻，丝毫没有头晕眼花的现象。韩珮瑛好生诧异，心里想道：“怎的我睡了一觉，病都好了？”

妆台上有一面磨得亮晶晶的铜镜，韩珮瑛对镜梳妆，镜中映出她清丽的姿容，端的是“芙蓉如面柳如眉”！韩珮瑛对镜凝眸不禁痴了。少女都是爱美的，但韩珮瑛之所以如痴似呆，倒不是完全出于自我陶醉的爱美心情，而是因为她在镜子里看到“失去的自己”，那是她没有生病之前的自己，镜中的少女神采飞扬，憔悴的颜色已是完全看不见了。

桌子上烧有一炉檀香，檀香是有宁神的功效的，韩珮瑛吸了几口香气，把乱麻似的心情宁静下来，想道：“难道是奚姐姐在我不知不觉之中给我医好了病？”又想道：“这间房不知是奚姐姐的卧房还是她特别给我布置的？但不管怎样，看来她对我倒不像是不怀好意了。”

韩珮瑛眼光一瞥，梳妆台上方的墙壁挂有一张条幅，上面写着一首词，韩珮瑛认得是奚玉瑾的字迹，词道：

“淮左名都，竹西佳处，解鞍少驻初程。过春风十里，尽荠麦青青。自胡马窥江去后，废池乔木，犹厌言兵。渐黄昏，清角吹寒，都在空城。

杜郎俊赏，算而今重到须惊。纵豆蔻词工，青楼梦好，难赋深情。二十四桥仍在，波心荡、冷月无声。念桥边红药，年年知为谁生？”

韩珮瑛轻轻念了一遍，不觉一片茫然，心中只是想道：“奚姐姐为什么特别喜欢姜白石这一首词？她书写这一首词，挂在当眼之处，是不是就为了留给我看的呢？”

原来这首词是南宋词人姜白石填的《扬州慢》（词牌名），是姜白石的自度曲，慨叹战乱之后扬州的荒凉。词前有一小序：“淳熙丙申至日，予过维扬。夜雪初霁，荠麦弥望。入其城则四顾萧条，寒水自碧，暮色渐起，戍角悲吟，予怀怆然，感慨今昔，因自度此曲。千岩老人以为有黍离之悲也。”

南宋词人怆怀家国，拿战乱之后的荒凉做题材的甚是平常，这首《扬州慢》虽然是同一类词中的出类拔萃之作，按说也不应使得韩珮瑛特别诧异。但引起韩珮瑛异样的感觉的却是因为这首词的背景乃是扬州。她的未婚夫谷啸风正是家住扬州竹西路的。而且这首词除了感怀战乱荒凉之外，隐隐约约写了一段爱情的故事，词人在扬州有一个旧好，重来寻觅，已是如梦如烟，“纵豆蔻词工，青楼梦好，难赋深情”了，韩珮瑛不由得心念一动，暗自思量：“她特地写这首词，莫非是与谷郎有关？"

韩珮瑛又再想道："杜郎俊赏，算而今重到须惊。这'杜郎'又是指谁呢？若说是比拟谷郎吧，却又不像。谷郎本来就是家住扬州的，有何'重到须惊'？再说，这一首词乃是感旧怀人缠绵悱恻的哀怨之词。奚姐姐写下这一首词留给我看，而我却是就要和谷郎成婚的，虽说我不忌讳，她也不该这样大杀风景。"韩珮瑛疑团满腹，想不出个所以然来，只好自慰自解，哑然失笑，想道："也许奚姐姐根本就是并无寄托，只是我自作聪明而已。她兴之所至，随便地写下这一首词，我却来给她猜哑谜了。"

韩珮瑛等了许久，不见有人进来，故意咳嗽两声，外面也没丫头答应。韩珮瑛心里有气，想道："奚玉瑾嘴巴说得这样亲热，却又不来理我。好，她不来难道我就不会找她吗？"

韩珮瑛急于揭开的哑谜，还是关于她的未婚夫之事，奚玉瑾说过她已经把谷啸风"请"来了，只要韩珮瑛到了百花谷就可以和谷啸风会面的。如今韩珮瑛就是想要知道此事是真是假。

可是韩珮瑛毕竟是个"准新娘"的身份，倘若径直地跑去向人家讨未婚夫，又怕惹人笑话。但若果不去，闷坐房中，也是无聊。

韩珮瑛心想："现在不知是什么时候了？"打开窗子一看，只见月在天心，清辉如水。窗外是个大花园，园子里静悄悄的也看不见有人。

韩珮瑛开了房门，走进花园，园中处处都有奇花异草，有许多花草，韩珮瑛连名字也不知道。花木竹石，依着地形布置，构成假山、幽径，中间又点缀有亭台楼阁，端的是美妙清雅，有如图画，韩珮瑛禁不着欢喜赞叹："怪不得奚姐姐说她的百花谷是世外桃源，只是这座花园，就不亚于神仙洞府了。"

园中景色虽美，可惜韩珮瑛心事重重，却是不能把全副心神用来欣赏美景，她走了一会，又自想道："我如今功力已经恢复，此地又没看守，我不如逃出去到扬州亲自查个水落石出。不过，现在还没见着奚玉瑾，一走了之，又似乎不大妥当。"韩珮瑛想了又想，仍是踌躇莫决。

韩珮瑛怀着满腔心事，穿过回廊，绕过假山，忽地眼睛一亮，原来面前是个荷塘。月色澄明，荷塘泛影，田田荷叶，朵朵莲花，翠盖红裳，景色佳绝。

韩珮瑛给这荷塘夜色迷住了，不知不觉地抛开了心事，临流照影。忽然看见水中多了一个影子，是个男人的影子。

韩珮瑛吃了一惊，回头看时，只见一个白衣少年正在她的背后，倚着花树，含笑看她。

韩珮瑛呆了一呆，蓦地变了面色，喝道："你是谁?"

原来她最初还以为是谷啸风偷来会她，待到看得清楚了，才发觉是个从未见过面的陌生男子。

她和谷啸风是自小订婚的，订婚那年她才三岁。那年谷啸风的父亲谷若虚作客洛阳，就住在她的家里。谷啸风比她大五岁，已经是开始练"童子功"的八岁大的孩子了。谷若虚十分疼爱这个孩子，到什么地方都是把孩子带在身边的。

韩珮瑛的父亲韩大维和谷若虚是老朋友，彼此都很欣赏对方的子女，就这样给他们订下了婚事。韩珮瑛只有三岁，还未懂事，对于"订婚"，只是觉得"好玩"而已，对谷啸风并未留下印象。

谷家父子回去之后，由于路途遥远，两家很少往来。十年当中，只有韩大维去过一次扬州。韩珮瑛一来因为年纪小，二来因为是未过门的小姐身份，自是不便跟她父亲同去。

韩珮瑛再见到谷啸风的时候，她已经是十四岁了。那次谷啸风是来报丧的，他的父亲谷若虚已经在原籍逝世。

韩大维听得老朋友逝世的消息，很是伤心，不免也谈起了他们的婚事。谷啸风推说年纪还小，二来他要按照古礼服三年之孝，不便接个"童养媳"过门。韩大维也是有点舍不得这样小的女儿离开他，终于同意了谷啸风的意见，待他三年脱孝之后，再来迎亲。不料自此之后，时局日非，马乱兵荒，南北阻隔。谷啸风不能来迎亲，韩大维又因遭了一次意外，得了一个内伤的病，武功虽然未失，行动已是不便，因此也不能亲自送女儿去完婚。于是一个三年又一个三年，终于拖到了今年，韩珮瑛二十岁了，她的父亲才决定由虎威镖局"护送"她到扬州完婚。

奚玉帆微笑道："韩姑娘的病好了么？"

那次谷啸风到她家报丧，韩珮瑛害羞，不敢出去和未婚夫见面，但也在帘后偷偷地看过。这次当然是和三岁的时候不同，未婚夫的面貌已经是深印她的脑海。她见未婚夫长得英俊，心里也曾暗暗喜欢。

现在站在她面前的这个男子，和谷啸风差不多一样年纪，相貌也很英俊。所以韩珮瑛骤眼看时，还以为是谷啸风，再看了看，才知不是。这一下韩珮瑛当然是不免大吃一惊，连忙喝问。

白衣少年微笑道："韩小姐别慌，玉瑾是我妹子。我是她的哥哥玉帆。"

韩珮瑛隐约记得奚玉瑾似乎提过她有一个哥哥，当下紧张的心情稍稍松了一些，但仍然板着脸道："这么晚了，你来这里做什么？"这句话说出了口，方始觉得有点不妥。这是他的家里，他到自己的花园来玩，有何不可？

话已出口，难以收回。韩珮瑛感到自己理亏，不禁窘得面都红了。

好在奚玉帆却似毫不介意，微微一笑，淡淡说道："今晚月色很好……"韩珮瑛碰着他带着笑意的目光，不觉又是心头一跳，暗自寻思："这人说话好奇怪，答非所问，不知他是什么意思？"

奚玉帆似笑非笑地瞅着她，接下去说道："我想在月光下睡莲一定更美，我想来看看睡莲。听得这边似有珮环声响，我还以为是玉瑾呢，想不到却是韩姑娘。我冒昧走来，惊动了韩姑娘了。嗯，韩姑娘，你别见怪。"

韩珮瑛双颊微泛红晕，低声说道："没什么。"

奚玉帆笑道："原来韩姑娘也有这样雅兴，来看睡莲。"言语间似把韩珮瑛引为知己。

韩珮瑛有点着恼，脸上更似抹了一抹胭脂，但人家是好意和她说话，她也只好淡淡说道："我不过随便出来走走。我回去啦。"

奚玉帆轻轻跟了上来，说道："这花园你没来过吧，也还值得看看。嗯，韩姑娘，听说你身体不大舒服，现在可全好了？"

韩珮瑛道："只是一点小小的毛病，多谢你的关心，现在已经好了。"

奚玉帆道："好，那就好了。舍妹很担心，还怕你不会这样快好呢。她本来要我早点过来问候你的，我怕你还没睡醒。"

韩珮瑛怔了一怔，心想："原来果然是奚玉瑾给我医好的。但为何她自己不来，却要她哥哥来'问候'我。哼，真是岂有此理！"

奚玉帆似笑非笑地接下去又道："韩姑娘，你患的这个病有一年多了吧？朱九穆修罗阴煞功甚是厉害，恐怕也不能算是小小的毛病了！"

此言一出，韩珮瑛大吃一惊："原来他们连我受的是什么伤都知道了！"

奚玉帆说的这个朱九穆，正是韩珮瑛父亲韩大维的大仇家。

八年前，就是韩大维从扬州探访谷若虚回来的那一年，韩大维在途中遇上了这个大仇家，给他的修罗阴煞功伤了下盘，双膝的关节受了阴寒之气，从此跳跃不灵，只能勉强地一步步行走，像绅士般地踱着方步。旁人看不出来，韩珮瑛则是明白：她父亲的武功已是等于废了一半。那次韩大维回来，还没有告诉女儿他这个大仇家的名字。

一晃过了七年，七年中韩大维对女儿勤加督促，韩珮瑛终于练成了一套上乘的刺穴剑法，这套剑法以快、狠、准见长，能在一招之内刺敌人七处穴道。韩大维要女儿苦练这套"惊神剑法"，为的就是要防备这大仇家再来。果然到了去年春初，这个朱九穆上门来了。

韩珮瑛想起那天的恶斗，心中犹有余怖。

她父亲盘膝坐地上，朱九穆猛如怒狮，捷似猿猴，一进门来，便即连番猛扑。手脚起处，全带劲风。韩珮瑛躲在房内，兀自觉得窗摇屋动，冷气侵肤，奇寒难耐。这间房和客厅相连，四壁都嵌有高逾人头的大镜，有光线从四面窗户透进来，不必打开房门，客厅里的一举一动，从镜子里都可以看得清清楚楚。

朱九穆绕着她爹爹的身子疾转，越转越急，陡然间一掌击下，她爹爹倒了下去，韩珮瑛倏地便跳出来，以迅雷不及掩耳的手法向朱九穆奇袭！

这是她父亲预先教她准备好的，朱九穆这一招杀手，早已在她父亲意料之中，韩大维以“鹤膊手”诱他发出这招，“鹤膊手”善能消解敌势，但仍是抵御不了对方的修罗阴煞功，因而势必跌倒。但朱九穆俯身击下之时，肩后也势必露出“空门”。（武学术语，防御不到之处，谓之空门。）

韩珮瑛苦练了七年的剑术，为的就是这一瞬间的出击！

两父女配合得妙到毫巅，韩珮瑛闪电般的一剑刺出，朱九穆大吼一声，反手一掌，韩珮瑛早已跳开，掌风剑影之中，只见朱九穆狂冲出去，转眼之间，他那怒吼之声已像是从很远很远地方传来一样，耳鼓还是嗡嗡作响，但已细不可闻了。

她父亲坐了起来，喘着气笑道：“可惜，可惜！”

韩珮瑛问道：“可惜什么？”

“可惜你这一剑只是刺着他的三处穴道，不过加上了我的一掌，也足以令他三年之内，无法恢复武功了，嘿，嘿，八年前我受他一掌之仇，虽未全报，也算得是出了口气了。”韩大维说。

韩大维又说：“朱九穆本是不会和小辈动手的，但你刺了他这一剑，三年之后，却不能不提防他来向你报复。所以，你必须要在今年出嫁了。”

韩珮瑛已经有二十岁，按照当时习俗，早已到了出嫁年龄，但听得她爹爹这样说，当然仍是免不了要问为什么。

韩大维说：“你试运气，胸口是不是觉得发闷。”韩珮瑛试了一试，果然如此。

韩大维说：“你已经受了这大魔头修罗阴煞功的寒气所侵，虽然不很严重，却难医治。你的夫家有家传的少阳神功，少阳神功不能破修罗阴煞功，但却可以防御。你嫁了之后，可以求你丈夫教你修习少阳神功，这病就会好了。你们夫妻两人联手，三年之后，那大魔头即使来向你寻仇，那时他的功力一定不比如今，你们夫妻二人，料想是可以应付的了。”

但想不到的是，韩珮瑛尚未出嫁，也未修习少阳神功，这病已经由奚玉瑾替她治愈了。

宿疾霍然而愈，韩珮瑛的欢喜自是可想而知，但也因此不能无疑，心里想道："奚玉瑾为什么偷偷给我医好了病，不肯让我知晓？她把我接到百花谷来，为的就是给我医病么？还有，她说谷啸风在这儿，这究竟是真的呢，还是这只是她要我来百花谷的一个借口？"

韩珮瑛正自迟疑，不知该不该把这些问题向奚玉瑾的哥哥请求解答，奚玉帆已是望着她微笑道："韩小姐，请你给我把一把脉。"

对方是好友的哥哥，又是给自己看病，韩珮瑛自是不便推辞，当下默默无言地把手递过去。但虽说江湖儿女不避男女之嫌，这却是韩珮瑛有生以来第一次给少年男子抓着她的手，韩珮瑛不自禁地有点异样的感觉，颊上飞起一朵红云。

奚玉帆凝神听了一会脉息，放开了韩珮瑛的玉腕，笑道："恭喜韩小姐，你体中的阴寒之气已是尽都消净，不会复发了。"

韩珮瑛苦笑道："原来是你们替我医好了病，我却犹在梦中，真是太不好意思了。但却不知奚姐姐用的是什么灵丹，令我好得这样快？实不相瞒，我的爹爹曾和我说过，我所受的修罗阴煞功之伤，虽然不算严重，但因此而得的病，也是很难医治的呢！"

奚玉帆笑道："你既然问起，我也不妨老实地告诉你，不是我替舍妹表功，她为了你这个病，也确实是费了一点心思。医病用不了半天，但她为了医好这个病，已是足足用了三年多的准备功夫了！"

韩珮瑛诧道："我这病才不过得了一年多，难道奚姐姐有能知过去未来的神通么？"

奚玉帆道："舍妹那年从你家作客回来，已预防有今日之事。那时令尊早已受了修罗阴煞功之伤，以至下半身不大灵便的了。是么？"

韩珮瑛道："不错。"心想："原来她也是早早知道我爹爹受伤之事的了。"

奚玉帆道："舍妹估计，那大魔头决不会轻易放过令尊，迟早会再到尊府寻仇的。她是这样想：即使不是你受了伤，她学会医治修罗阴煞功的医术，也可以为令尊效劳。"

韩珮瑛心中感动，说道："原来如此。奚姐姐真是用心良苦了。”

这“用心良苦”四字是韩珮瑛随口说出来的，说者无心，听者有意，奚玉帆不禁面上一红。韩珮瑛看在眼里，根本莫名其妙，倒是觉得有点奇怪：“咦，这人怎的无端端面红起来？”

奚玉帆继续说道：“舍妹从尊府回来之后，曾特地去求峨眉山的无相神尼，求她授以金针解毒之法，在她门下学了一年多。

“只会金针解毒还是不能医治这病的，幸亏我们又正好是住在百花谷……”

韩珮瑛诧道：“这百花谷果然似是世外桃源，但和我的病又有什么关系？”

奚玉帆道：“韩小姐有所不知，这百花谷是我们世代在此住的，已有百多年了。”

韩珮瑛道：“这又怎样？”

奚玉帆道：“先祖喜爱名花，这里本来是个荒谷，是先祖从各处搜罗了奇花异草到这里来，经过了百多年的培养、繁殖，才成为今天的百花谷的。”

韩珮瑛不觉笑道：“前人种树，后人遮阴。这话果然不错。这里的一花一草，原来都是经过了这许多年前人的心血。但这些花草和我的病……”

奚玉帆接下去说道：“也很有点关系。百花谷的花草之中，有几种是外间难以得见的珍贵药物，恰恰可以祛除人体的阴寒之气。其中一种，六十年开花一次。韩小姐，也是你的运气好，这种奇花去年恰值是它开花之期。舍妹这才为你酿制成功了‘九天回阳百花酒’。

“昨晚你熟睡的时候，舍妹灌你喝了一壶九天回阳百花酒，然后给你用金针拔毒。她又怕你功力不足，叫我用少阳神功为你推血过宫，助你运行药力。”

韩珮瑛这才知道奚玉瑾为了医她的病，费了这许多心力。但听到奚玉帆说到最后一段，却禁不住面红起来。心里想道：“原来他也会少阳神功。哎呀，他为我推血过宫，我的身体岂不是给他抚摸过了？”

奚玉帆好似知道她在想些什么，神态也是有点不大自然，跟着说道："实不相瞒，这少阳神功，是我去年才开始练的。我与谷啸风切磋武功，承蒙他授我少阳神功的心法。我们兄妹用家传的两种武功与他交换的。

"韩小姐，你这病要复原得快，必须三管齐下，金针拔毒、九天回阳百花酒与少阳神功，这三样缺一不可。否则你若只练少阳神功，虽然也可以慢慢自疗，但却最少需要两年才能病好了。为了替你治病，我只好权宜行事。韩小姐，请你恕我冒昧！"

韩珮瑛满面通红，当然她不能怪奚玉帆为她治病。可是她却因此而又添了两个疑团，暗自思量："玉瑾说谷啸风在这里，谷啸风的少阳神功当然比她的哥哥纯厚，为何玉瑾不把谷郎叫来为我推血过宫，却要她的哥哥代劳？还有，我爹说他们两家是有过节的，但照他们兄妹所说，似乎他们和谷郎又是好朋友了。这是什么缘故？"

奚玉帆说道："韩小姐好得这样快，我们兄妹都很高兴。这也证明九天回阳百花酒是有功效。舍妹打算明天就叫人送一坛去给令尊，以令尊的功力，无须金针拔毒，只要喝完这一坛酒，料想也可以好了。"

韩珮瑛大为感动，说道："奚姐姐对我恩重如山，我真不知应当如何报答她才好。奚姐姐呢？请你让我见她拜谢。"

奚玉帆道："韩小姐不用着急，你把事情都明白了，再见舍妹不迟。"

韩珮瑛怔了一怔，想道："他要我明白什么呢？"于是乘机问道："不错，我正有一事不明。奚姐姐给我治病，为何却瞒着我？"

奚玉帆微笑道："若是事前和你说好，舍妹怕你不肯受她的医治。"

韩珮瑛禁不住疑云陡起，寻思："莫非她真是想要我的报答？"

心念未已，只听得奚玉帆果然说道："舍妹想请求韩小姐一件事情，不知韩小姐肯否应承？不过，请求韩小姐休要误会，舍妹决无挟恩求报之心，这只是情商，倘若韩小姐不愿应承，舍妹也不敢勉强。"话虽如此，但在给她医好了病之后才提出要求，这已分明是有点要挟的企图在内。韩珮瑛留心观察，奚玉帆说话之时虽是满面笑容，但笑得却是极不自然，好像也为他妹妹的要求觉得碍难出口似的。

韩珮瑛说道："我与玉瑾情如姐妹，何况她又给我医好了病，她有什么为难之事，我岂能袖手旁观？只要我做得到的，赴汤蹈火，在所不辞！"

奚玉帆吞吞吐吐地说道："那也不用赴汤蹈火，只不知韩小姐肯不肯而已。"

韩珮瑛道："请说！"

奚玉帆道："舍妹邀你来百花谷之时，可曾对你说了些什么？"

韩珮瑛心头一震，想道："来了。"想起爹爹说过他们两家是有过节的，心想："若是他们要拿我的谷郎报仇，哎呀，这事可真是难答应了。"

在奚玉帆目光迫视之下，韩珮瑛只好含羞说道："奚姐姐说啸风，他、他在这儿，她要我来与他相会。不知，不知——"

奚玉帆微笑道："你是现在就想与啸风相见？"韩珮瑛默默地点了点头，红霞染上双颊。

奚玉帆道："啸风是在这儿，可是他现在却是不便与你相见！"

韩珮瑛吃了一惊，顾不得女儿家的矜持，连忙问道："为什么？"心想："对了，他一定是被奚家兄妹关起来了。"

奚玉帆并不直接回答她的问题，却绕个弯问道："你们有许多年不见了啊，是吗？"

韩珮瑛情知其中定有蹊跷，她本是巾帼须眉，此时为了自己的终身大事，也顾不得什么害羞了，于是柳眉一竖，说道："不错，我们已有六年不见了，怎么样？"

奚玉帆又问道："你们是自小订婚的，订婚之时，你只有三岁，是么？"

韩珮瑛愠道："你查根问底，究竟是什么意思？"

奚玉帆赔笑道："没什么意思。不过，你们是小时候订下的婚事，两家相隔，又是水远山遥。韩姑娘，你可曾想过，这婚事，这婚事……"

韩珮瑛不觉动了气，说道："我的婚事但凭父母之命，媒妁之言，适不适合，不用你管！”

奚玉帆道：“我知道你是来做新嫁娘的，但谷啸风不在扬州等你成亲，却到了我们这儿，你难道不觉得有点奇怪吗？你不想知道其中缘故？你的婚事当然不用我管，但无奈却和舍妹有关联，我做哥哥的也就不能不理理闲事了！”

韩珮瑛给他这一席话说得惊疑不定，惶惑异常，心里想道：“他既然打开了天窗说亮话，好，我就问他个水落石出吧。”

于是韩珮瑛定了定神，沉住了气，问道：“玉瑾要我来与啸风相会，何以我又见不着他，究竟他是不是还在这儿？”

奚玉帆笑道：“你以为舍妹是骗你吗？你看这个。”说罢拿出一支珊瑚，递给韩珮瑛，说道：“这是啸风兄还给你的，你收下吧！”

这支珊瑚正是当年他们订婚之时，她的父亲交给男家做信物的，韩珮瑛大吃一惊，颤声叫道：“这是什么意思？”

奚玉帆道：“你不要难过。姻缘有定，人力勉强不来……”

韩珮瑛道：“有话你爽爽快快地说吧，他是不是要退婚？”

奚玉帆道：“六年的时间，说长不长，说短不短，其间的人事变化，实是难以预料。啸风与玉瑾彼此相爱，此事他们也是始料不及的！”

韩珮瑛呆了一呆，几乎不敢相信自己的耳朵，茫然道：“你说什么？”

奚玉帆叹了口气，说道：“玉瑾并不想伤害你，她是无可如何。四年前，在她认识你以前，她和啸风已是山盟海誓，私自订终身了！”

谜底揭开，一切都明白了。原来奚玉瑾将她劫到百花谷，为的是这样一桩事情！她悄悄地给她医好了病，果然是施恩要挟，要她让出丈夫来作报答。

韩珮瑛面上一阵青一阵红，奚玉帆站在旁边，也是极为难堪，半晌说道：“我知道这是不情之请，强人所难。但事已如斯，他们两人是决不愿分开的了。还望韩小姐冷静地想想，婚姻是双方的事……”韩珮瑛涩声道：“你叫他们出来见我！”

奚玉帆尴尬笑道："韩小姐，待你心平气和之后，再见他们不迟。"

韩珮瑛又羞又气又怒，蓦地一甩衣袖，飞快地跑。奚玉帆慌忙地追上去叫道："韩小姐有话好说！"

韩珮瑛冷笑道："还有什么好说的？奚玉瑾既然如此处心积虑，我就让她称心如意好啦！"说罢，手一扬，一点银光向奚玉帆流星闪电般地射去。奚玉帆苦笑道："咦，怎么怪上我了？"衣袖一卷，把那"暗器"接了过来，一看，却原来是镶着一粒夜明珠的玉簪。韩珮瑛说道："这是谷啸风的东西，你拿去给奚玉瑾吧，现在这东西应该是她的了！"原来这支玉簪乃是当初谷家给她的聘礼。

奚玉帆呆了一呆，叫道："韩小姐……"话犹未了，只听得又是当啷啷的一片声响，韩珮瑛把那支珊瑚在假山石上摔得粉碎，头也不回地越过围墙去了。

奚玉帆叹了口气，心里想道："她一定难过极了。"可是他还能够说什么呢？这不是谁的过错，错的只是两家的父母当初不该那么小就给他们订下了婚姻。如今即使奚玉帆追上了她，又能够怎么样？安慰她么？劝解她么？这只可能是越说越糟而已。奚玉帆无可奈何，只好眼睁睁地看着她走了。

韩珮瑛一口气跑出了百花谷，百花谷名不虚传，处处都是奇花异草。月光给花草蒙上一层薄雾轻绡，更添了几分朦胧的幽美。但可惜韩珮瑛已是无心欣赏了。

一阵冷冷的山风吹来，韩珮瑛吸了一口凉气，心中的烦躁好像给这股清风吹开，稍稍冷静下来，蓦地想道："不对。我怎能就完全相信了他们兄妹的说话？"

在韩珮瑛最初听到这个意外消息的时候，她是满肚子都是气的，她想不到情如姐妹的奚玉瑾会这样的工于心计，谋夺她的丈夫。她更恨谷啸风对她的欺骗，骗她到扬州完婚，却叫她受到这样难堪的侮辱。她曾经想要找着他们两人痛骂一场。可是，这有什么用呢？如果他们两人是真心相爱的话。因此，她只好把眼泪往肚子里吞，忍辱含羞地跑出了百花谷，但愿这是一个噩梦，很快地就会忘记的噩梦。从今之后，她是不愿意再见到这两个人了。

可是韩珮瑛还是不能甘心的，她怎能忘掉这样的耻辱呢?

谷啸风英俊的影子出现在她的眼前。她对谷啸风有感情吗?她不知道。订婚的时候，她根本毫无所知。六年前也不过是在屏风后面偷偷地看过他，连一句话都没有和他说过。可是她究竟是他名分上的未婚妻，她不能忍受谷啸风的欺骗和侮辱。

就似一个溺在水里的人抓着一根稻草似的，这根稻草就是在她心中突然升起的念头:“焉知这不是奚玉瑾骗我的呢?”是啊，他们两家是有过节的，也许这正是奚玉瑾一种恶毒的报复手段。

“无论如何，我应该亲自去查个水落石出。”韩珮瑛心想。于是她冷静下来，决定到扬州去了。正是:

美满姻缘成泡影，波翻情海事离奇。

欲知后事如何，请听下回分解。

第五回　往事成尘休再问　此心如水只东流

两天之后，扬州城中来了一个单身的卖解女子，这女子便是本来要到扬州做新娘的韩珮瑛了。

谷家住在扬州的竹西巷，是一个颇有名望的旧家。韩珮瑛在一个小客店开了房间之后，当日便到竹西巷寻访谷家，很容易地便打听到了。

只见谷家大门紧闭，门前的一对石狮子脚踏苍苔，檐头的蛛网都未清除，更莫说张灯结彩了。看这情形，一点也不像办喜事的样子。

韩珮瑛心里想道："如果我不是在路上出事的话，明天就是喜日，谷家此时应该已是贺客临门的了。何以这样的冷冷清清？难道他们已得了我家那两老苍头的报讯？嗯，如果不是这样的话，那就是谷啸风根本没有打算和我成亲的了。"

韩珮瑛以一个少女的身份，不便找人打听谷家是否要娶新媳妇的事情。谷家的大门紧闭，她也不便在青天白日之下，登门造访。要知她毕竟是谷家的新娘，假如谷家并没有发生什么事情，新娘子莽莽撞撞地跑来找丈夫，那岂不是要闹出天大的笑话。韩珮瑛想了又想，终于按捺下急求揭开哑谜的心情，暗自想道："且待今晚三更时分，我亲自来探个明白。谷郎即使不在家中，我也总可以见着婆婆的。"

韩珮瑛听得父亲说过，谷啸风的母亲娘家姓任，是苏州的一个名武师，但她却是从不在江湖走动的。"婆婆也是武林中人，今晚我偷偷地去探望她，若是给她发现，我给她说明原因，想来她也不会见怪。”韩珮瑛心想。

三更时分，韩珮瑛换过一身黑色的夜行衣，神不知鬼不觉地离开客店，悄悄地进入了谷家。

这晚没有月亮，也没有星星，偌大一个谷家，阴沉沉静悄悄的看不到一个人影。“谷啸风究竟在不在家呢?”韩珮瑛心里惴惴不安，可又不敢呼唤。

进了后院，发现有间房子灯光未熄，韩珮瑛躲在假山石后，张望进去，只见一个妇人的影子出现在窗纱上，她正在屋中走来走去。韩珮瑛想道：“这一定是婆婆了，这么晚了，她还未睡，敢情也是和我一样，有着很重的心事了!”

“我怎么和她说呢?”韩珮瑛心想。

本来这是一个最好的婆媳相见的机会，房中只有她的婆婆，可以让她哭诉委屈。但韩珮瑛毕竟是有几分羞怯，比如说见面的第一句话她就不知应当如何张口，叫“婆婆”么?她是未过门的媳妇，这头事也不知能不能成?直率地就问谷啸风在不在家么?脸皮又似乎太过厚了。

韩珮瑛腹稿未定，正自踌躇。忽听得谷夫人沉声说道：“谁在外面?”韩珮瑛吃了一惊，以为婆婆已经发现了她，正要应声，就在此时，只见一条人影出现在假山前面，韩珮瑛这才知道是另外有人，心中更是大大吃惊。

这个人是个年近六旬的老者，似乎并未发觉躲在假山后面的韩珮瑛，只见他缓缓地向那间房子走去，打了个哈哈说道：“三妹，还认得老哥哥吗?”笑声极不自然。

房门打开，谷夫人站在门口，面色很是难看，冷冷说道：“任天吾，你来干什么?”那老者说道：“三妹，我是特地来看你的呀!咱们兄妹有三十年没见面了吧，我不应该来看你吗?”

谷夫人冷笑道：“多谢。可我还没有死呢!当年我嫁给谷若虚的时候，你说除非到我死的那天，你才会上谷家的门收我的骸骨。这句话你总还应该记得!”

任天吾极是尴尬，说道：“当年我是不赞成你嫁给谷若虚，但现在谷若虚也已死了，你毕竟是我嫡亲妹子，兄妹一时的口角，还能永远记在心上？”

谷夫人道：“你忘记了我可记得。你说我丢了任家的面，你说我做了谷家的媳妇就不能再做任家的女儿。是你把我赶出家门的，如今你又来叫我妹妹了？”

任天吾道：“你受了三十年的委屈，也难怪你心中有气。好啦，你现在气平了一点没有？兄妹总是兄妹，我当年说话过火一点，如今就当我来给你赔罪好不好？”

韩珮瑛颇感诧异，心里想道：“原来他们当真是一母所生的同胞兄妹，听这个姓任的说话，他是为了不满意这门亲事以至兄妹失和的。谷家是武林世家，谷若虚生前是有名的大侠，连我爹爹都很佩服他的。何以这任天吾要反对他妹妹这头亲事呢？”

谷夫人面色这才稍稍缓和，说道：“赔罪不敢当，大哥既然还肯认我这个不成器的妹妹，我也应该感激大哥的宽宏大量。好，大哥，请进！有什么指教，我自当洗耳恭听。”兄妹虽然重认，但话中愤愤不平之气仍是未能全消。

任天吾苦笑道：“三妹还是小时候的脾气。”坐定之后，问道：“啸风甥儿呢？”

谷夫人淡淡说道：“啸风可不知道有你这个舅舅，我说我娘家的人都死绝了！”

任天吾面色陡变，说道：“三妹就这样恨我么？”谷夫人道：“你不是也巴不得我早死，好来收我的骸骨么？”

任天吾似是想要发作的神气，但随即就哈哈笑道：“三妹真是半点也不肯饶人。但我这次是讲和来的，可不想和你再吵架了。年轻的时候，你我火气都大，以前说过的话，大家都不必放在心上。”

谷夫人也似乎觉得自己过分了一些，任天吾既然一再忍让，于是她在一口怨气发泄过后，也就缓和下来，说道：“你找啸风有什么事？”

任天吾打了个哈哈说道：“趁我这几根老骨头还硬朗，在未进棺材之前，特地来看看我的从未见过的甥儿呀。”

谷夫人冷笑道：“难得大哥这样关心我们母子，我真是要多谢大哥了。可是你妹夫死了也有多年了，大哥今日才来，恐怕不只是为了看看我们母子，想来还有别的事情吧?”

任天吾道：“听说啸风要成亲了，是么?以前我知道三妹怪我，我不好厚着面皮登门。现在啸风要成亲了，我这个做舅舅的前来贺喜，三妹总不能怪我了。”

谷夫人道：“亲事是早已定了，成亲可还远呢。你来得早一点了。”

任天吾道：“哦，我听说明天就是佳期，怎的改了日子么?”

谷夫人淡淡说道：“不错，改了。”

韩珮瑛伏在假山后面，听到这里，心情甚是紧张。她以为任天吾接着一定要问是什么原因的，竖起耳朵来听。不料任天吾却忽地改转话题，说道：“新娘是不是韩大维的女儿?”谷夫人道：“正是。你和韩家相熟吗?”

任天吾道：“曾经在江湖上见过一两次面，算不得很熟。但听说韩大维受了朱九穆的修罗阴煞功所伤，你知道吗?”

谷夫人道：“知道又怎么样?”

任天吾道：“少阳神功可以抵御修罗阴煞功，韩大维和你结这门亲事，对他倒是大有好处呢！三妹，那十三篇少阳图解，你给了甥儿没有?”

谷夫人忽地冷笑道：“哦，我明白了。你原来是为了那十三篇少阳图解来的。”

任天吾道：“这是任家的家传秘笈，我自是不免关心。”

谷夫人冷笑道：“不错，这是任家的东西。但也是爹爹生前早就答应给我做嫁妆的。”

任天吾道：“爹是答应给你做嫁妆，但却并不是准备送给谷家做嫁妆的。爹爹生前，根本就不会想到你嫁的是谷若虚!”

谷夫人面上一阵青一阵红，似是给哥哥的说话触痛了疮疤似的，过了半晌，冷笑说道：“你若认为我嫁给谷家丢你的脸，你就不必上我的门！如今我的丈夫死了，我的儿子也都要娶亲了，你却来这里挖苦我，你这是什么意思?”说到此处，陡地提高声音喝道：“任天吾，你说老实话！你是要算旧账呢，还是想趁我丈夫死了，要来讨回你任家的少阳图解？”

任天吾淡淡说道：“事情你早已做了，旧事不必再提。少阳图解是爹爹给你做陪嫁的，尽管你所嫁的人不是爹爹给你定的那门亲事，我也不管了。三妹，你不必大发脾气，我还不至于觊觎你的少阳图解。”

谷夫人道：“那么，你刚才说那些话是什么意思？”

任天吾道：“我并不想讨回少阳图解，但我也不能让任家的祖传秘笈落在外人手上！”

谷夫人道：“哦，你是怕啸风把这少阳神功偷偷传给韩家？”

任天吾道：“韩大维受了修罗阴煞功之伤，这少阳神功正是他梦寐以求的东西。他结这门亲事，嘿嘿，恐怕就是为了这个吧？”

韩珮瑛听到这里，不禁又羞又气，想道：“幸亏我的病已经好了，不必求你任家的什么少阳神功。哼，这任天吾真是岂有此理，他把我爹爹看成什么样的人了？我这门亲事是从小定下的，给他这么一说，倒像是爹爹早已处心积虑，要把女儿来当作交换的了。”想到这里，倒有点感激奚玉瑾替她医好了病，免得她受嫌疑。但转念一想：“谷家的亲戚既然有了这样的闲话，我还好意思嫁给啸风么？”韩珮瑛是个好强的人，受不了半点委屈的，她固然是不甘心受奚玉瑾的侮辱，但也不甘心受谷啸风舅父的猜疑。

幸而谷夫人马上说出几句话来，消了韩珮瑛的气。谷夫人说道：“这门亲事是十七年前，啸风的爹爹给他定的。那时韩大维与朱九穆未曾结仇，朱九穆的修罗阴煞功也还没有练成呢！”

任天吾道：“你这么说，倒像我是以小人之心度君子之腹了。但不管韩大维与你家结亲的目的如何，如今他需要少阳神功总是事实。”

谷夫人道：“我就是叫啸风用少阳神功去给他岳父医好了病，也是应该！”

任天吾道：“是呀，帮助至亲，谁说不应该呢？但焉知这不是韩大维布下的陷阱？”

谷夫人道：“什么陷阱？”

任天吾道：“比如说，他和朱九穆串通好了，故意受他的修罗阴煞功之伤，好骗取你的少阳神功？以韩大维的武学造诣，不必你授他图解，只要是用这神功给他医好了病，他就可以参透其中的秘奥！”

韩珮瑛心里想道：“怪不得婆婆兄妹失和，她这哥哥真不是个东西，怎能这样猜疑我的爹爹？”其实任天吾一生规行矩步，在江湖上虽然还未能说是德高望重，声名已经比韩珮瑛的父亲好得多。只是韩珮瑛因为听得他如此猜疑她的父亲，心中自是难免大起反感。

谷夫人道：“韩大维的为人我不清楚，但啸风他爹生前和韩大维相交甚厚，毫不踌躇地就和他结了儿女亲家，我信得过啸风他爹还不至于是个有眼无珠的人！”言下之意，亦即是说她信得过韩大维是个好人了。韩珮瑛心中大慰，想道：“毕竟是婆婆有见识。只要她不相信谗言，我就安心了。”

心念未已，只听得谷夫人又道：“你也用不着太早担忧，这头婚事能不能成，也还说不定呢。”

任天吾道：“这却为何？”

谷夫人似有难言之隐，想说又不想说，喝了口茶，沉吟不语。

任天吾道：“对啦，我听说啸风甥儿要在明日成婚，我才特地赶来的。如今看这景象，好像你并没有打算替他办喜事，可是出了什么事了？”

谷夫人本来不想说的，但转念一想，哥哥在江湖上交游广阔，耳目灵通，这件事情只怕还得靠他帮忙，于是说道：“大哥，你既然是诚心与我讲和，又是为了喝啸风的喜酒而来，我也不能再瞒你了。啸风，他，他已经走啦！”

任天吾好像并不怎样惊异，说道：“走啦？走到哪儿去了？”

谷夫人道：“我不知道。我只知道风儿不满这头婚事，他推三托四，不愿成亲，给我责骂了一顿，他就偷偷走了。我足不出家门，江湖上的事情隔膜得很，也不知他交了什么朋友。我现在正在为难，不知怎样把他找回来。”言下已是露出求助之意。

韩珮瑛伏在假山石后偷听，听到此处，只觉脑袋里轰的一声，眼前金星飞舞，地转天旋，险些气得昏了过去。想道：“谷啸风果然是看不起我，他不要我了。哼，我才不稀罕他呢！只是，只是这口气我却怎生吞得下去？”

韩珮瑛是个要强的人，因此她虽然感到极度的难堪，但也因此激起了她的傲气。心里想道：“啸风为了玉瑾逃婚，我还有什么面子做他家媳妇？哼，海阔天空，哪里没有我立足之处？一生不嫁那也算不了什么。将来就是啸风后悔，请八人大轿抬我，我也决不能再嫁给他了！如今真相既明，我还留在这里做什么？”韩珮瑛心里想走，但气还未过，双脚却是不听使唤。

只听得任天吾淡淡说道：“三妹想知道啸风的下落么？我倒知道！”

谷夫人惊喜交集，心里想道：“原来你是站在亮处，什么都已知道，却来试探我的。”但她心里虽然对哥哥不满，却也无心和哥哥吵了，当下赶忙问道：“他在哪儿？”

任天吾缓缓说道：“甥儿现在百花谷奚玉帆的家中。”

此言一出，俨如晴天打了个霹雳，把谷夫人吓得呆了。只见她面上一阵青一阵红，过了好一会子，方才像是自言自语地说道：“百花谷奚家。”

任天吾道：“不错。这奚玉帆就是奚璞的儿子。奚璞是谁，想必你还记得吧？他——”谷夫人颤声叫道：“你不必说了！”但任天吾还是在她喝止声中说了出来：“奚璞，他，他就是当年与你订了婚而你不肯嫁他的那个人，奚璞有一子一女，他的女儿奚玉瑾听说和啸风十分要好，啸风这次就是为她逃婚的！”

窗里窗外气坏了两个女人，窗外的韩珮瑛虽然早已知道此事，但是如今在任天吾口中得到了证实，证实了奚玉瑾说的不是假话，韩珮瑛还是不能不感到好似有利针刺在心上般难过。窗里的谷夫人也是一样，显然是受了这个突如其来的消息的刺激，颓然地倒在椅上，喃喃说道：“这，这真是——真是太巧了！”任天吾也在同时说道：“这，这真是报应！妹妹，你不怪我这样直说吧？当年你抛弃了人家，这事未免做得有点过分。奚家是最要面子的，为了这事，令得奚璞一生都不能在人前抬起头来。”

这“报应”二字本来就是谷夫人想说而不敢说出口的，她现在又正在为她儿子担心，是以任天吾的说话虽然大大地刺激了她，但她的全副心神放在儿子的事情上，自己倒是不觉如何难堪。窗外的韩珮瑛可是难堪极了，心里想道：“岂有此理，这报应却报应在我的身上！”如今她方始恍然大悟，原来她爹爹所说的奚谷两家的“过节”就是这件事情。此事有关私隐，怪不得爹爹当年没有明说。

谷夫人半晌说道：“哥哥，这会不会是奚家的一种报复手段？”

任天吾说道：“奚璞的子女是否知道他们父亲的当年之事，我不敢妄自猜测。但有一事我却是知道了的，这就是我今天要来找你的原因了。”

谷夫人道：“什么事？”

任天吾道：“啸风已经把少阳神功传与奚玉帆。听说这是出于奚玉瑾的意思。奚玉瑾想要哥哥去替韩大维治伤，借此化解因此事而可能引起的韩家的仇恨。看来这位奚小姐倒是颇工心计，比起你来，她的行事是要圆滑多了。三妹，将来这个媳妇入门，你倒是要小心应付呢！”

谷夫人不理哥哥的冷嘲，问道：“你怎么知得这样清楚！是谁的主意你都知道？”

任天吾道：“你还记得周二么？”

谷夫人道：“哪个周二？哦，你说的可是我的奶娘周二嫂子的男人？小时候我见过他几次面，印象早已模糊了。周二嫂子好吗？我已经有三十年没见过她了。”

任天吾道：“你那奶娘早已去世了。周二现在奚家。”

谷夫人叹口气道：“自从我嫁到谷家之后，就一直没有见过奶娘。她什么时候死的，我也不知道。我想照顾他们，可惜不能如我心愿。”谷夫人自幼失母，由奶娘抚养成人，这奶娘对她也是十分疼爱。是以任天吾一提起来，倒不觉撩起她的伤感了。

任天吾道：“奚家对他们倒是很好。你知道周二和奚家有点亲戚关系，大约是什么疏堂的表亲。当年爹爹将你许给奚家，也曾向周二问过奚家的情形的。说起来他虽然不是大媒，但实际上却算得是你的媒人呢。”

谷夫人面上一红，说道：“这些陈年烂账，还提它作甚?”原来她的奶娘当年就是最热心劝她嫁给奚家的人，也正是因此，她嫁给谷若虚之后，就与奶娘疏远了。但现在她想起了奶娘的好处，却不禁有点内疚了。

任天吾道：“你问起啸风甥儿的事，这必须从周二说起。”

谷夫人瞿然一省，说道：“对啦，我倒忘了，周二现在奚家。”

任天吾道：“你嫁给谷若虚之后，奚璞就把周二夫妻接到百花谷去。这些年来周二在江湖上也很有点名气了，你说周二没人知道，但说起周中岳来，江湖上许多人还要尊他为老前辈呢。

“周二有个孙女儿名叫小凤，自小陪伴奚玉瑾。周二以奚家的老仆自居，他的孙女儿却是和奚玉瑾以表姐妹相称的。

“啸风甥儿这次逃婚，逃到了百花谷，奚玉瑾替他出主意，想用少阳神功来给韩大维治伤，化解因此可能引起的仇恨，这种种事情，我都是从周二口中打听到的。周二则是从他孙女儿那儿听来的，一定靠得住。”

谷夫人甚是尴尬，心里想道：“风儿跑到了奚家，这可是很难向他们讨人了。”

任天吾道：“我对韩大维相信不过，实是不愿少阳神功的秘奥落在他的手中。”

韩珮瑛听到这里，心中冷笑，想道：“我爹爹才不稀罕你们的什么少阳神功呢。不过，你们也未免小觑奚玉瑾了，奚玉瑾的工于心计还在你们意料之外！她是在我熟睡之中给我医病的，她也只打算送九天回阳百花酒给我爹爹，又怎能泄漏你们少阳神功的秘奥?”

谷夫人沉吟未答，就在此时，一个丫头匆匆走来。

那小丫头刚踏进门，就慌慌张张地叫道：“主母，不，不好了!”蓦地看见一个老头子坐在房中，她不认得任天吾，呆了一呆，登时噤声。

谷夫人道：“何事大惊小怪?这位是舅老爷，有话但说无妨。她是服侍啸风的丫头，名唤兰花。”后面两句话是和她哥哥说的。

兰花说道：“少爷有了消息了!”

谷夫人淡淡说道：“那很好呀。”

兰花道："少爷是在百花谷一个姓奚的人家家里。那家的大少爷派人来报讯了。"

谷夫人心道："想必是奚玉帆要我答应风儿和他妹妹的婚事。"于是问道："人呢？"

兰花道："我没有见着。丁大叔在外头招待那个人。刚才他抽空来告诉我，叫我立即来禀告主母的。""丁大叔"是谷家的管家老仆，他是知道奚谷两家当年的那桩"过节"的。

谷夫人道："老丁也是大惊小怪，这件事我早已知道，他明天告诉我也不迟。"此时已是将近四更的时分，那管家老仆不便进内堂惊动主母，是以叫小丫头代为禀告。

任天吾道："你家的老丁素来老成稳重，他不会知道你还未睡，若不是有紧要的事情，他一定不敢叫小丫头把你从梦中惊醒的。"

兰花忙道："舅老爷明鉴。这事的确是十分紧要，否则我也不敢惊动主母。"

谷夫人瞿然一惊，说道："什么事情，那你就快说吧！"

兰花道："那人是来告急的，百花谷奚家已经给敌人包围了。"

谷夫人诧道："奚家兄妹武功不弱，在江湖上也没听说有什么仇家，怎的惹来了强敌包围？那些人是哪条线上的朋友？"

兰花讷讷说道："听说是韩亲家请来的许多高手。有淮阳的左臂刀管昆吾，有武进的名武师鲁大猷，有江南黑道上的著名人物邓铿、蒙铣，还有白马湖的王寨主，……丁大叔和我说了许多名字，我也记不了那许多。"

谷夫人吃了一惊，说道："韩大维远在洛阳，难道他会知道啸风逃婚到奚家之事？但即使知道，也用不着这样小题大作呀！"

韩珮瑛在假山后面偷听，听到这里，又是吃惊，又是欢喜。谷夫人莫名其妙，韩珮瑛可是心里明白，想道："一定是展一环和陆鸿用爹爹的名义，约了这些人来向奚家讨人了。奚家兄妹说我已经不在百花谷，想来他们必定不肯相信。为了我爹爹的面子，展陆二人即使相信，也必定还是要捣乱一场，给我出口怨气的。哼，哼，叫奚玉瑾受场虚惊也好。"展一环和陆鸿就是护送韩珮瑛的那两个老苍头。

谷夫人道："此事因何而起，丁大叔可曾问过那人？"

兰花道："问了。听说是韩亲家要向百花谷的奚家讨人。"

谷夫人不悦道："讨什么人？"她以为韩大维是要向奚家讨她的儿子，心里想道："我的风儿虽然行为不当，但并非入赘你家，你怎么可以到百花谷去抢新郎？事先又没有和我商议？你们韩家闹出笑话不打紧，连我的面子也丢了！"

兰花道："讨新娘子！"

谷夫人吃了一惊，道："什么新娘子？"

兰花道："就是咱们家未过门的大少奶，他们家的女儿呀！"

谷夫人诧道："这是怎么一回事？"

任天吾道："如此说来，这件事情竟是真的了！"

谷夫人道："哦，你已经知道了吗？快告诉我！"

任天吾道："听说韩大维托虎威镖局护送他的女儿前来扬州完婚，路经老狼窝，新娘子不幸被劫！"

谷夫人惊道："被劫？是程氏五狼干的吗？奚家也牵涉在内？"

任天吾道："奚家和程老狼并非一伙，他们是各干各的，程老狼志在钱财，奚玉瑾则是要劫人。最后是奚玉瑾得手，把你的未过门媳妇劫到她家去了。"

谷夫人大惊道："有这样的事！哎呀，这可真是不妙了！"心想："倘若奚玉瑾心狠手辣，把韩大维的女儿害了，这可如何是好？韩家不但要向奚玉瑾兄妹报仇，只怕和我们谷家也要从亲家变作仇家了！"

心念未已，只听得兰花说道："奚家来的那个人说，他家的小姐和韩姑娘是结拜姐妹，这次只是请她到百花谷作客的。谁知惹出了这场风波！"

谷夫人道："韩姑娘是来成亲的，奚玉瑾这么做不是开玩笑吗？不过咱们也不理它，只要韩姑娘没事就好了！"

兰花道："那人又说，韩姑娘已经不在他家了。"

谷夫人忙问："去哪里了？"

兰花道："不知道。只是韩家的那班朋友不肯相信奚家的话，一定要他家交出人来！”原来奚家派来报讯的这个人也并不知道底细，他家的小姐替韩珮瑛医病的事他就不知。

任天吾道：“你家这位新娘子是韩大维的独生女儿，本领定然不错，想必是她发觉奚玉瑾不怀好意，逃跑了的。”

谷夫人抹了抹冷汗，说道：“兰花，你下去叫丁大叔好好款待那人。明天再作区处。”

兰花应了一个“是”字，临走之时又道：“那人说咱们的少爷现在他家，请主母看在少爷的份上帮忙他家解围。”

谷夫人苦笑道：“我的儿子我不挂心？要他多说？”

小丫头退下之后，任天吾道：“三妹，你打算怎样办？”

谷夫人茫然道：“大哥，你有什么主意？”她本来是个很有决断的人，否则当年也不会毅然逃婚，和谷若虚私奔了。但此事牵涉到韩谷奚三家，其中的关系甚为微妙。是以谷夫人甚感为难，不得不向她的哥哥讨教。

任天吾道：“奚家若是另有办法可想，决不会登门求助。我看你也只好放下面子，出头给他们解围了。”

奚玉瑾的父亲是和谷夫人订过婚的，虽然早已死了，但两家的嫌隙兀是未能消除，也从无来往。任天吾话中有话，指的就是这件事情。

谷夫人面上一红，说道：“事已如斯，我当然是不能不管了。可是我和围攻奚家的那班人不熟，他们未必会卖我的账。若是用武力解围，大哥，即使你肯助我，咱们也未必能操胜算。而且一动起武来，帮了奚家，却要得罪了韩亲家了？”

任天吾道：“当然是不能动武。”

谷夫人道：“然则又有何善法可解此围？”

任天吾道：“解铃还得系铃人。三妹你是个聪明人，这句话怎么忘了？”

谷夫人道：“你的意思是想请韩亲家出来调解？这一层我也想过了，恐怕很难做得到吧？”

任天吾道：“韩大维现在洛阳，这次发生的事情，想必是他的家人用他的名义干的，韩大维只怕还未曾知道呢。而且远水不救近火，纵然韩大维肯卖你的面子也来不及了。”

谷夫人道：“那么只有从他的女儿身上设法了？”

任大吾道：“是呀。啸风甥儿虽然对她不住，你总还是她的婆婆。为今之计，只有把她找来，由你演一出婆婆向媳妇求情戏了。”

谷夫人苦笑道：“怎知到哪里找她？找得她来，我又如何对她言说？啸风和奚玉瑾也不知私自成亲没有，如果他不要我给他接来的媳妇，岂不坑害了韩家的女儿？”

韩珮瑛心里想道：“婆婆倒是通情达理，她也还能为我着想。却不知我已经来到你家了。”心里又想：“但在这样的情形之下，我还能做你家的媳妇吗？”

心念未已，只听得任天吾已在说道：“不要管啸风如何了，先解燃眉之急再说。只要你有诚意，我设法帮忙你找韩大维的女儿。在这方圆数百里之内，我可以请托武林朋友寻觅她的行踪。”

谷夫人道：“你要我有什么诚意？”

任天吾道：“向她赔个不是。向她保证：你的儿子一定和她成亲。”

谷夫人道：“只怕风儿未必依从。”

任天吾道：“你是他的母亲，你晓以利害，压一压他，怕他不依？”

谷夫人苦笑道：“风儿的性子和他爹爹一样，十分倔强。如果他真是爱上了奚玉瑾，他就决不会再娶别人。我怎能向韩大维的女儿保证？”其实谷夫人自己也是个性情倔强的人，她儿子的性格大半还是受了她的影响。

任天吾板起脸道：“他不听话你也得要他听话！此事非同儿戏，你自己错了一次，可不能让儿子再错了！”

谷夫人面色一变，忽地冷笑说道：“迫有什么用？当年你们不是要迫我嫁给奚家吗？我还不是和谷若虚私奔了？

“我嫁给谷若虚，我从来没有后悔！你说我错也好，不错也好，如果时光倒流，回到三十年前，让我再有一次选择机会，我还是会这样做的！

“我是过来人！我不能迫我的儿子！”

任天吾道："那就没有办法了！"

韩珮瑛心中阵阵翻滚，谷夫人的说话虽然伤了她的自尊，她却不能不感激她说了真话。韩珮瑛暗自想道："婆婆说得不错，婚姻之事岂能勉强？俗语说强扭的瓜不甜，我又何必争这口气？我的婚姻只是凭着父母之命，媒妁之言，即使啸风娶了我，我也不知道以后我会不会喜欢他？"想至此处，气平了许多，不觉哑然失笑："我是决不会做谷家媳妇的了，怎能还把谷夫人当作我的婆婆！"

房中静默了好一会儿，才听得任天吾低声说道："还有一个法子可以试试。"韩珮瑛凝神静听，却听不见他说的什么。"这老头儿鬼鬼祟祟，想必打的不是好主意。"韩珮瑛心想。蓦地起了疑心，不禁又想道："房中并无第三个人，他为什么要和妹妹耳语？难道、难道他已经知道我在外面偷听？"

忽听得谷夫人大声说道："什么？你是教我哄骗人家的好姑娘！"

任天吾面色一沉，说道："你怎么说得这样难听，我这不过是权宜之计。"

谷夫人愤然说道："我不能这样做！你如果能够把韩姑娘找来，我是会感激你的。但我一定要和她实话实说，她愿不愿意帮忙，只能凭她定夺。我可不能用谎言欺骗她！"

任天吾一副啼笑皆非的神情，指一指窗外，"哼"了一声说道："你，你呀，你真是——好糊涂！"

谷夫人怔了一怔道："什么，外面——""有人"二字未曾出口，只听得"叮咚"一下的珮环声响，谷夫人出去看时，只见一条黑影已经越过了墙头。韩珮瑛走了，她走得匆忙，不小心给树枝触着她的耳环。

任天吾道："三妹，不要去追！"

谷夫人虽然没有看见韩珮瑛的庐山真貌，但从她的背影，从听到的那一声珮环声响，已知是个女子。谷夫人本来也是个聪明人，怔了一怔之后，立即恍然大悟，说道："来的敢情就是韩大维的女儿？"

任天吾道："不错。正是你家的未过门媳妇，我进来的时候，早已发觉她了。”

谷夫人道：“你何不早说？”

任天吾顿足叹道：“你好糊涂，她是你家未过门的媳妇，我一声张，她的面子往哪里搁？”

谷夫人哑然失笑，说道：“这么看来，她可能还未知道啸风与奚玉瑾的事情，这次是想偷偷地来打探消息的。哎呀，咱们说的话，她一定听见了。”

任天吾道：“我正是要说给她听的。我已经向你暗示，你却不懂我的意思。刚才只要你有个肯定的表示，表示一定要维护她，她自必感激你的。那么一来，她为自己着想，也会去给啸风解围了。现在好啦，你说了相反的话，把她气跑，只怕她再也不会做你家的媳妇了。”谷夫人不悦道：“我就是知道她在外面，也还是要这样说的。我不像你这样工于心计，我不能用谎言哄骗一个比我年轻三十年的小姑娘。”

任天吾苦笑道：“三妹，你的脾气还是像做闺女之时的一样执拗，那我就无话可说了。”

谷夫人忽地想起一事，说道：“你既然知道是她在外面，何以你又和我说她父亲的坏话，不怕她听见？”

任天吾道：“那是两回事。说她父亲坏话的是我不是你，她要怪也只能怪我不能怪你的。我之所以要故意说给她听，当然有我的理由。但现在你已经把她气跑，我也不想再和你解释原因了。”

原来任天吾与韩大维有点私怨，他真正的心意，实是不愿韩珮瑛与他的甥儿成婚。另外还有一层，他也不愿意少阳神功的奥秘让韩大维得到。是以他打了个如意算盘，由妹妹来笼络韩珮瑛，利用韩珮瑛给奚家解围，但又不想韩珮瑛嫁给谷家。他知道韩大维是最要面子的，他说的话传到韩大维的耳朵里，韩大维一定要退婚，也一定不肯接受少阳神功的治疗。

谷夫人哪里猜得到他这曲曲折折的心事，叹口气道：“我本来就是要她知道真相，今晚的结果也正是我所希望的。她愿不愿给啸风解围，那就只能任凭她的心意了！”

“去不去给他们解围呢？”韩珮瑛此时也正是心乱如麻，好生委决不下。正是：

无端乱点鸳鸯谱，惹得情怀暗自伤。

欲知后事如何，请听下回分解。

第六回　恩仇纠结芳心碎
刀剑争雄胆气豪

韩珮瑛一口气跑出了十多里路，渐渐冷静下来，此时已是第二天的早晨了。旭日初升，朝霞灿烂，晨风吹来，精神顿爽。韩珮瑛沐浴在阳光之下，心底的一片阴霾也好似给阳光融化，不禁暗自失笑，想道："谷夫人光明磊落，我的胸襟岂可就不如她？奚玉瑾给我医好了病，这正是报答她的一个好机会，我又不想和她争男人，为什么不去？"想至此处，心中顿然开朗，决意为奚家解围。韩珮瑛并无行李留在客店，房钱也早已付了，不用回转那个客店，于是就迎着朝阳，往百花谷那条路走去。

从扬州往百花谷韩珮瑛来时走了三天，现在回去，为了急于救人，韩珮瑛兼程赶路，一见路上无人，便即施展轻功。第二天的下午，就经过了万松岭。万松岭与百花谷遥遥相对，距离不过百里之遥了。

韩珮瑛看看天色，心里想道："我加快脚步，今晚就可到百花谷。奚玉瑾见我回来，一定大出她意料之外。嗯。奚玉瑾倒也罢了，谷啸风我是见他呢还是不见？"

韩珮瑛正自胡思乱想，脚步也正在加快奔驰，忽听得一片金铁交鸣之声随风飘来，韩珮瑛好生诧异，心中想道："咦，白日青天，林中怎的有人厮杀？"

韩珮瑛虽然是急于赶路，但听得林中的厮杀之声，却不由得她不停下脚步。暗自寻思："展陆两位大叔正在用爹爹的名义邀请武林朋友到百花谷助拳，这些人可能与此事有关，我且进去看看。"

韩珮瑛悄悄走入林中，走得比较近了，定睛一看，不禁大吃一惊。

只见三条汉子围攻一个少年，这少年不是别人，正是奚玉瑾的哥哥奚玉帆。

这三条汉子都有一身超卓的本领，一个使的是左手刀，刀法别出心裁，变化莫测，与任何一家的家数都不相同。一个使的是右手刀，刀法是大开大阖的家数，与使左手刀的刚好配合得天衣无缝。他的招数虽不如左手刀的奇幻，但功力则还似稍胜一筹，每一刀劈出，都是虎虎风生，令人惊心动魄。还有一个使的是三股叉，叉上三个铜环，抖起来哗啷啷作响。三股叉本来是比较沉重的兵器，不适宜用作点穴的。但这人居然用三股叉使出了判官笔的招数，叉尖所指，尽是对方的要害穴道。

韩珮瑛经常听得父亲与她谈论江湖上的成名人物，心里想道："使左手刀这个一定是淮阳的名武师管昆吾，使右手刀的这个应该是武进的大名家鲁大猷，他们二人是八拜之交，曾在一起钻研了十年刀法。使三股叉这个想必是黑风林的寨主蒙铣。"

这三个人固然厉害，但奚玉帆的武功更是好得出奇。一看之下，令得韩珮瑛又惊又喜。

只见奚玉帆的一口长剑矫若游龙，指东打西，指南打北。横一剑，拨开了管昆吾的左手刀，直一剑，迫得鲁大猷的右手刀回招自保，脚跟一个盘旋，又避开了蒙铣的钢叉点穴。进退自如，攻守兼施，各尽其妙。刀光剑影之中，四条人影俨若穿梭，看得韩珮瑛眼花缭乱。

韩珮瑛又惊又喜，心里想道："当真是天外有天，人外有人。我学成了惊神剑法，自以为在江湖上是罕遇对手了，如今看来，可真是还差得远呢。不但奚玉帆的剑法远远在我之上，管昆吾、鲁大猷、蒙铣这三个人，任何一个，只怕我也打他们不过。难为奚玉帆以一敌三，还是可以应付自如。但这样的剧斗下去，只怕总有一方难以避免受伤。"

韩珮瑛正要现出身形，上去调解，陡然间，忽听得奚玉帆一声长笑，剑光圈了一道圆弧，"当当"两声，管昆吾的左手刀和鲁大猷的右手刀，给他的长剑一迫，碰个正着。奚玉帆身形一转，倒纵丈许。

那三人齐声喝道："哪里走!"双方兔起鹘落之中，只听得"哎哟，哎哟!"的连声惨叫，鲁大猷和蒙铣已似断线风筝的从空中跌下！奚玉帆闷哼一声，晃了两晃，忽地"哇"的一口鲜血喷了出来，跟着也倒下去了。看这情形，伤得比鲁蒙二人还重。

这一下突如其来的变化，大出韩珮瑛的意料之外，她见奚玉帆和这三个人打得难解难分，本来以为最少也要到百招开外，才能分出胜负的。哪知双方各出绝招，一下子全都伤了。

韩珮瑛惊得呆了，惊魂未定，只见管昆吾喝道："好小子，我毙了你!"管昆吾身上一片血红，看来伤得也是不轻，但在四个人中，他却还是较轻的一个。他的右臂给奚玉帆的剑尖划开了一道长长的伤口，换过右手提刀，挣扎着向前移动，一步一步地向奚玉帆迫近。奚玉帆躺在地上，却是动弹不得。原来他的膝盖的"环跳穴"，已经被蒙铣的叉尖戳着，背心又给鲁大猷的刀中夹掌打个正着。

韩珮瑛大吃一惊，叫道："管老前辈，手下留情!"此时韩珮瑛和他们的距离还在十数丈开外，她怕管昆吾不肯听她的话，心里想道："说不得只好冒犯一下老前辈了。"信手拾起一颗石子，双指一弹，石子打出，"当"的一声，打落了管昆吾手中的利刀。

管昆吾本来受伤不轻，利刀打落，骤吃一惊，立足不稳，也倒了下去。心里想道："糟糕，糟糕！这回可真是一败涂地了。这小子在林中还伏有党羽。"睁眼看时，韩珮瑛已走到他的面前。

管昆吾见是一个妙龄少女，惊疑不定，喝道："你是谁?"

韩珮瑛喘着气道："韩大维是我爹爹。"

管昆吾吃了一惊，坐起身来，双眼直瞪着韩珮瑛，心里想道："这女娃儿倒是有着像韩大嫂的模样。"三人之中，他曾见过韩大维去世的妻子，那是二十年前的事了。

三人之中，蒙铣脾气最为暴躁，他受了伤，一口怒气正自无处发泄，不由得就骂起来："胡说八道，韩大维哪来的这个女儿？他的女儿被囚在百花谷中，奚家的兄妹就是她的仇人。即使她当真是逃了出来，碰见了奚玉帆这小子，也非一刀杀了他不可。那有反而救护仇人之理？你这妖女胆敢来骗我们，哼，哼，老子岂能——”“岂能”怎么样呢？他本来想说：“老子岂能饶过了你”的，但此时他已受了伤，要爬起来都感觉艰难，更不用说和人动手了。韩珮瑛只用一颗小小的石子，在七八丈之外，就能够打落管昆吾手中的利刀，这份本领决不在他们三人之下。目前的形势，不是他饶不饶人，而是人家肯不肯饶他。话到口边，说不下去，蒙铣一口气转不过来，晕过去了。

管昆吾大惊道：“三弟，你，你怎么啦？”韩珮瑛道：“不用惊慌，他只是一时闭气。”当下替蒙铣推血过宫，蒙铣一口浓痰吐出，醒了过来，叹口气道：“老子可不能受你消遣，你干脆把老子一刀杀了吧！”

韩珮瑛道：“此事乃是一场误会，只怪我来迟了。”

鲁大猷比较老成，说道：“什么误会？展一环与陆鸿为你急得四处奔波，兴师动众，难道竟是开玩笑的吗？”

韩珮瑛道：“难怪你们不肯相信，这事一时间也难以说得清楚，且让我先救了奚公子再说吧。”

奚玉帆受的乃是内伤，伤得最重。韩珮瑛先行给他解穴，这穴道是给蒙铣用独门的钢叉点穴手法点着的，韩珮瑛却解不开。

韩珮瑛道：“蒙老前辈，请你告诉我应当如何解穴？”

蒙铣“哼”了一声，说道：“你用重手法拍他的环跳穴。”他本来不想说的，但看到管昆吾以目示意，终于还是说了。

奚玉帆解开了穴道，说道：“我身上有金创药，韩姑娘，请你替我取出来给这三位老前辈敷伤。”

百花谷的金创药远近闻名，江湖中人都知道这是世上无双的金创药。管昆吾等人虽然也随身携带，效力比起来却是差得太远，因此他们都没有拒绝韩珮瑛用百花谷的金创药替他们敷伤。

他们三人伤得虽也不轻，但只是外伤，敷上了世上最好的金创药，不用多久，就慢慢地可以站起来了。

奚玉帆道：“在下误伤了三位老前辈，抱歉之至，还望见谅。”

蒙铣道：“刀枪见面，难保伤亡。我们三人挂了彩，你这小子也伤得不轻，谁也不必怪谁，这件事就算扯直了吧。但百花谷之事如何了结，那就是另一件事了！”

韩珮瑛道：“这件事实在是一场误会，奚玉瑾和我本是义结金兰的姐妹，她邀我到百花谷作客，展陆两位大叔却以为我是给她绑了票——”

话未说完，蒙铣冷笑道：“展一环、陆鸿也不是小孩子，他们都是五六十岁的老江湖了，哪有这样小题大作，无风起浪之理？”

韩珮瑛面上一红，说道：“难怪三位不肯相信，内里因由，实在是一言难尽，一言难尽。”

韩珮瑛甚是感到难以启齿，要知她毕竟是个“准新娘”的身份，怎好意思将自己在婚姻上受到的挫折告诉外人？尤其是婚变的起因是由于新郎移情别恋，说了出来，岂不更伤了她少女的自尊？

管昆吾咳了一声，缓缓说道：“韩姑娘既是不便言说，我们也无需知道。只要知道这是一场误会已经够了。”管昆吾得她推血过宫，他是知道韩家的手法的，对她自称是韩大维的女儿的说话，已是确信无疑。见她似有难言之隐，是以给她解围。

奚玉帆松了口气，说道：“是呀！你们都是为了韩小姐才到百花谷讨人的，如今韩小姐平安无恙，出现在你们的面前，这场误会总可以化解了吧？”

蒙铣冷冷说道：“怎知道这位韩姑娘是真是假？”管昆吾相信，他却不肯相信。

韩珮瑛道：“这个容易，你们把我这枚指环带回去，交给展大叔或陆大叔，他们一看就会明白。解围要紧，你们先走一步。我给奚公子治伤，可能要明天才能够赶到百花谷和你们会面。”

管昆吾心里想道：“是了，她的难言之隐想必就是她喜欢上了这个小子。谷家怎能与他们干休？不过，他们这一笔糊涂账我又何必理它？”当下接过指环，说道：“好吧，我给你把话带到就是。有你的家人在场，该当如何了断，我们不便擅作主张，就是这样了，你留在这里，慢慢给奚公子治伤吧。”

管、蒙、鲁三人是骑马来的，管昆吾撮唇一啸，把坐骑唤来，三个人跨上坐骑，绝尘而去。寒林寂寂，此时已是将近入黑的时分了。

奚玉帆道："韩小姐，舍妹对不起你，难得你肯为我家解围，真不知叫我怎么说才好？"

韩珮瑛道："你不知道怎么说那就不必说好了，我也不想再提。我给你先敷伤吧。"

奚玉帆苦笑道："我这金创药恐怕济不了事。"

韩珮瑛吃惊道："那怎么办？"

奚玉帆道："只有我自己运功疗伤了。但却不知要多少时候？如今天色已晚，韩小姐，你——"

韩珮瑛何等聪明，一听便知其意。原来自行运功疗伤，必须全神贯注，做到视而不见，听而不闻的地步。因此，在行功时间，倘有猛兽袭击，性命定将不保，就是有一只小兔子从面前跳过，心神不定的话，骤然受惊，也会走火入魔。若然碰上强敌，那就更不用说了。韩珮瑛心知他是想求自己陪伴，但却不便启齿。

韩珮瑛心想："莫说他是为了我的缘故，无辜受累；即使与我无关，我也不能将一个受了重伤的人，抛下不理。"于是说道："你放心运功疗伤，我给你看守。但你的外伤虽然不重，也要敷上金创药才好。"

奚玉帆敷上金创药之后，便即盘膝静坐，默运玄功。韩珮瑛站在一旁，给他小心防护。夜幕降下，月上枝头。不知不觉已是二更时分。寒林寂寂，林中只听得虫声唧唧，和风吹来时树叶的沙沙作响。韩珮瑛心想："幸喜这林子里没有猛兽。"但在这静夜空林，和一个只见过一次面的男子长夜相对，这却是韩珮瑛从来没有经历过的事。韩珮瑛心中不禁有点异样的感觉，想道："世事变化，真是往往出人意外。我本来要去报答奚玉瑾救我之情的，谁知却在这里，先救了她的哥哥。嗯，我这是为了救人，即使有人知道，我也不怕人家闲话。"

月光下只见奚玉帆头顶上方升起热腾腾的白雾，面上也渐渐有了一点红润的色泽。韩珮瑛好生欢喜，心想："原来奚玉帆不但剑法精妙，内功的深厚，也是远远非我所及。看这情形，不到天明，他可能就会好了。他受了这样重的内伤，居然能够运功自疗，实是令人惊服！”

心念未已，忽见奚玉帆面色转青，黄豆般大小的冷汗一颗一颗从额上滴下来。韩珮瑛是个武学行家，一见这情形，便知奚玉帆的运功正到了关键之处，有了窒碍。不禁大吃一惊。

救人要紧，韩珮瑛无暇考虑，立即紧紧握着奚玉帆的双手，用本身真力助他推血过宫。这是她爹爹所传授的武学秘法，很有功效。不久，奚玉帆的面色恢复正常，冷汗也已止了。但韩珮瑛从他的脉搏跳动，知道还未过危险关头，救人救彻底，于是仍然紧握着他的双手。

月光如水，两人盘膝而坐，面面相对。韩珮瑛可以感觉到对方呼出的气息，好像“粘”在她的面上似的，令她有几分不安，又有几分舒服的感觉。韩珮瑛有生以来，这还是第一次和一个少年男子如此亲近。韩珮瑛想起那晚在百花谷之夜，奚玉帆给她把脉的情景，如今恰好转移过来，是她紧握着奚玉帆的手了。韩珮瑛不禁芳心微荡，面红耳热。

忽地一个念头升起：“那晚玉瑾叫她哥哥替她看我，是不是别有用心，要为他撮合吗?”此念一生，不禁又羞、又喜、又恼，种种复杂的情绪，纠结心头，就像打翻了五味架似的，心中也不知是个什么滋味?

奚玉帆忽地轻轻的“哎哟”一声，额角汗珠又沁出来。原来是因为韩珮瑛心神分散，她是正在以本身真力助他活血舒筋的，以致影响了他。韩珮瑛瞿然一惊，连忙镇慑心神，屏除杂念，助奚玉帆把真气导入丹田。

月影西斜，不知不觉已是四更的时分了。奚玉帆面色渐渐恢复红润，张开眼睛，说道：“韩姑娘辛苦你了。”

韩珮瑛放开双手，说道：“没什么，你好了么?”

奚玉帆道：“好多了。我试试看，能不能走动?”韩珮瑛扶他起来，奚玉帆摇摇晃晃走了几步路，脚下绊着一颗石，险些跌倒。韩珮瑛红着脸将他抱着，说道：“你刚刚好转，不要勉强。”

奚玉帆笑道：“我的内伤大约没有妨碍了，只是没有气力。”

韩珮瑛蓦地一省，说道：“是了。你一路奔波，白天又激斗了那一场，想必是肚子饿了。我这里带有干粮，你吃一点。”

韩珮瑛找到一条山溪，盛满水囊，带回来让奚玉帆和水送服干粮。奚玉帆吃了个半饱，果然精神大振，试一试活动手足，已不再摇摇晃晃了。

奚玉帆道：“韩小姐，我真不知应当如何感谢你才好？你给我喝的清泉，对我来说，真不啻是玉液琼浆。”

韩珮瑛道：“你们给我医好了病，我更应该感谢你呢。你家酿的百花九天回阳酒才是真正的玉液琼浆。”

奚玉帆道：“说起百花九天回阳酒，我本要派人送到洛阳给你爹爹的，不幸遇上这桩事情，耽搁下来了。待解围之后，我想亲自送去，就不知你爹爹会不会恼我？”

韩珮瑛何等聪明，一听就知其意。心里想道：“以我爹爹的脾气，他的女儿给人抛弃，他一定是认为大失面子的了。说不定他真的会迁怒于奚家兄妹。”韩珮瑛懂得，奚玉帆说的这个话，实是意欲求助于她。

韩珮瑛叹了口气，说道：“这酒送不送也罢。不过，你也不必担心，这一次的事情怪不了谁。爹爹面前，自有我和他分说。你回去和玉瑾姐姐说，我和她还是姐妹，我不会让爹爹把你们当作仇家的。”

奚玉帆大为感动，说道：“韩小姐，你真是个好人。怪不得玉瑾时常赞你，文才武艺还在其次，难得你又有这样宽广的胸襟！”说话之际，不知不觉又把韩珮瑛的手握起来了。

说也奇怪，韩珮瑛得他一句赞美，就好像在三伏天时，喝了一口冰凉的井水似的，好不舒服。听了奚玉帆这几句话，她所受的种种委屈，也好似都是值得的了。韩珮瑛杏脸飞霞，甩开奚玉帆的手，说道：“你别给我脸上贴金，我可没玉瑾姐姐说的那么好。”

奚玉帆凝视着她微带羞态的面庞，心中也不禁起了奇异的感觉，想道：“这位韩姑娘的胆识、气度、人品、武功，不但在女子之中少有，即使是须眉男子，只怕也罕能及她。对人又是这样温柔体贴，哎，这样一个十全十美的美人儿，谷啸风竟会不喜欢她，这也真是一件怪事！”想至此处，不禁又哑然失笑：“怎的我却为她抱起不平来了？啸风若是和她成了亲，又把玉瑾放到哪里去？呀，这或者就是佛家所说的缘分吧？一株草有一滴露珠，每个人有每个人的缘分。这都是勉强不来的。”

不知不觉东方已发出了鱼肚白，奚玉帆道：“咱们可以走啦。玉瑾见你回来，不知道该有多欢喜呢！”

韩珮瑛道：“你现在可以走动了么？”

奚玉帆道：“多谢你的干粮，我现在已经可以走路了。”随手拔剑出鞘，划了一道圆弧，斜劈出去，“喀嚓”一声，把一株如儿臂的树枝劈了下来。韩珮瑛吓了一跳，说道：“你干什么？”奚玉帆笑道：“我的武功大约也恢复了五成了。我好得这么快，都是拜你之赐。昨晚累你一晚未睡，我真是过意不去。”

韩珮瑛“噗嗤”笑道：“你早已多谢过啦，我可不喜欢人家这样婆婆妈妈。好啦，你现在本领已然恢复，那你就赶快回去吧。见了玉瑾，请代我问好。”

奚玉帆怔了一怔，说道：“你不和我一同回去？”

韩珮瑛道：“展陆两位大叔，见了我的指环，一定不会再与你们为难的。这个围不用我去解了。”

奚玉帆好生失望，心里想道：“是了。想必她是不愿意再见谷啸风。这样也好，免得彼此尴尬。不过这一分手，以后可不知能不能再见她了！”

两人走出树林，正要道别，忽见一骑快马驰来，来的不是别人，正是韩家的老家人展一环。

韩珮瑛喜道：“展大叔，你来了。我叫管昆吾把我的指环带给你，你见着了他吧？百花谷之围是不是已经撤了？”

展一环心里却是惊疑不定，想道：“小姐果然是和奚家的这小子同在一起，要不是我亲眼见到，我还不敢相信管昆吾的说话呢。呀，这事可怎么在主人面前交待？”

展一环下了马，支支吾吾地说道：“小姐的吩咐，岂敢不依，不过——”韩珮瑛道：“不过什么？”

展一环看了奚玉帆一眼，却不作声。奚玉帆顿然一省，心里想道：“是了，想必他是碍着我在这儿，有些话不便当着我的面说。”

于是说道：“韩小姐，请把水囊给我，我去盛水。”其实水囊里还有大半袋清水，足够路上喝用。他不过是借故离开而已。韩珮瑛知道他的用意，把水囊解下给他。

展一环不见了奚玉帆的背影，这才低声说道：“小姐，你是什么时候逃出来的？你在百花谷中，可见着了姑爷没有？”

韩珮瑛面上一红，说道：“他是他，我是我。从今之后，我与他两不相干。谷啸风是哪一家的‘姑爷’我管不着，你们可不许胡乱叫人姑爷！”

展一环摇了摇头，叹道：“怎的闹到这步田地？”心想：“如此看来谷啸风移情别恋之事果然是真的了。”于是垂手应了一个“是”字，紧接着重复问道：“那么小姐究竟见着了谷啸风没有？”

韩珮瑛这才回答他先前的问题，说道：“我不是逃出来的，奚玉瑾给我医好了病，我自己走出来的。到了百花谷后，我就只见过奚玉瑾的哥哥，其他的人都没有见着。”

展一环道：“我们包围了百花谷之后，已打听到确实的消息，谷啸风早已到了奚家，而且听说是打算和奚玉瑾成婚的。怪不得你到了百花谷，这小子不敢和你见面。但这些事，小姐你都知道了么？”

韩珮瑛淡淡说道：“知道了。这是我和谷啸风之间的事情，我不管你们也不必替我多管闲事。我只问你，你究竟有没有依从我的吩咐，撤了百花谷之围？”

展一环讷讷说道：“老奴怎敢不从小姐的吩咐，不过，这件事却也没有如此简单。”

韩珮瑛大为着急，说道：“那边究竟怎样了？快说！”

展一环道：“请让老奴从头说起。怪只怪我和陆鸿鲁莽，以为你是被奚玉瑾所劫，迫不得已，用了主人的名义，邀了许多武林朋友，到百花谷讨人。

“奚玉瑾曾出来答话，说是你早已离开她家，但我们却怎敢相信她的说话？”

韩珮瑛道：“但你们见了我的指环，总该相信了？”

展一环道：“可是在接到你的指环之前，大错已经铸成。如今要想调解，只怕也是有点困难了。”

韩珮瑛吃了一惊，说道：“你们攻进了百花谷，把奚玉瑾和谷啸风伤了？”

展一环道：“这倒不是。我们是曾强攻了的，奚家的人防守得很严密，直到我昨晚离开之前，还未攻破。但在好几次攻守之中，两边的人都有不少已经受伤。谷啸风这小子也公然露面助奚家防御，这小子最为厉害，我们的人，有好几个就是伤在他的剑下的。”

韩珮瑛吃了一惊道：“可有死亡？”

展一环道：“有几个人伤得很是不轻，还好没有死亡。”

韩珮瑛叹口气道：“想不到闹出这样大的乱子来。不过，好在还没有人送了性命。奚家也有受伤的人，只要双方各退一步——”

展一环道：“奚家伤的只是家丁，我们这边伤的却是成名的人物。”

韩珮瑛道：“他们不肯善罢甘休？”

展一环道：“是呀。俗语说，人争一口气，佛争一支香，江湖上的人物，尤其是谁都不肯失面子。这次围攻百花谷的主持人是邓铿和管昆吾，邓铿的弟弟邓昌就是伤在谷啸风的剑下的。因此他们对谷啸风更是恨得厉害。我们也做不了主。”要知这班武林人物虽然是展陆二人邀来，但用的却是韩珮瑛爹爹的名义，他们不过是韩家老仆的身份，别人对他们虽然也有相当尊重，但一到事情闹大，这些人当然是不会听命于他们的了。

韩珮瑛心里想道：“若然如此，只怕我到了百花谷，他们也未必就肯听我的话。除非是我的爹爹亲自到来。”

展一环接着说道：“奚家曾有几次求和，可是都谈不拢。为的就是谷啸风的缘故。”

韩珮瑛道：“他们要把谷啸风怎样？”

展一环道：“我们起初是只求奚家把你送回来的，奚家交不出人。后来我们打听到了谷啸风和奚玉瑾的事情，只道他们因为要除去你这颗眼中钉，已经将你谋害——”

韩珮瑛插口道：“这误会可真是冤枉！”

展一环接下去说道：“加上谷啸风又伤了我们这边几个成名人

物，是以群情汹涌，说是既然交不出韩大维的女儿，那就要这小子偿命!”

韩琊瑛大惊道：“这怎么行?”

展一环道：“还好我比较慎重，我说真相未明，你们就杀了我家姑爷，叫我们怎好向主人交待。做好做坏，后来由陆鸿提出折衷的办法，讲和可以，但必须谷啸风到洛阳亲自向你爹爹谢罪，并着落在他身上，把你找回成婚。成婚之后，才可饶他。”

韩琊瑛皱眉道：“你们也未免太多事了。谷啸风怎能答应?”

展一环道：“是呀，所以百花谷之围也就不能撤了。”

韩琊瑛道：“我自愿和他解除婚约，是否可以转圜?”展一环道：“依我看来，只怕还是免不了要谷啸风到咱家赔罪。昨晚我接到你的指环的时候，陆鸿早已去潍县邀请金刀雷飙去了。陆鸿也是坚持要把这小子俘虏的。”韩琊瑛大惊道：“请出金刀雷飙，这事情就更闹大了。”原来金刀雷飙乃是江南七省的武林领袖之一，和韩琊瑛的父亲乃是至交。

展一环忽地低声说道：“小姐，你现在打的是什么主意?”

韩琊瑛怔了一怔，道：“什么主意?我不是对你说过了吗?如今我只是想解百花谷之围，人家的闲事，我可没有工夫多管了!”话中之意，即是不再追究谷啸风悔婚之事。

展一环道：“不是这个意思。我是想问小姐，小姐——”韩琊瑛道：“你问好了，何以吞吞吐吐?”

展一环道：“请恕老奴冒昧，小姐，你，你对这位奚少爷——”

韩琊瑛方始恍然大悟，原来展一环是在思疑她和奚玉帆有男女私情。韩琊瑛面上一红，正容说道：“他妹妹医好了我的病，我不应该报答他吗?你想到哪里去了?”

展一环道：“那么解围之后，你怎么样?”

韩琊瑛道：“解围之后，我自然是和你们回家，还有怎样?”

展一环道：“你爹爹问起，如何交待?”

韩琊瑛道：“一切有我，不用你们担心。”

展一环叹口气道：“事已如斯，也只好如此了。但百花谷之围却不知能不能解呢？陆鸿已去了多天，金刀雷飙今天可到。他一向为人古板，他若认为是不合规矩的事情，他是一定要管的。小姐，你肯原谅谷啸风，只怕雷飙他也不肯。”

韩珮瑛道：“好，我和你到百花谷走一趟。我亲自向他求情。”

刚说到这里，只听得一声咳嗽，原来是奚玉帆已经盛水回来，但因不知他们说完了没有，故而不敢行近，远远的咳嗽示意。

韩珮瑛道：“快来，快来！我和你一同回百花谷去！”

奚玉帆大喜过望，说道：“这是求之不得！”

韩珮瑛道：“展大叔，你让这匹坐骑给奚公子乘坐。”

展一环应了一个“是”字，把马牵到奚玉帆面前。奚玉帆道：“不必，我可以走路。”韩珮瑛道：“你的伤刚刚好，还是骑马好些。”展一环心里想道：“小姐对他这样体贴入微，还能说不是喜欢他吗？唉，事情真是越来越弄得复杂了。但若能这样解决，也未尝不好。就不知她爹同不同意？”

奚玉帆正在推让之际，忽听得马铃声响，只见有两个人快马驰来，后面还跟有两匹空骑。这两个人一个是白苍头老者，一个是红颜少女。正是周中岳和他的孙女儿周凤。

奚玉帆又惊又喜，叫道：“你们怎么出得来的？”要知百花谷给围得水泄不通，第一次奚家派人到谷家求援，那个人是从一条秘密地道出去的。后来那条地道也给对方发现，堵塞了。待到第二次奚玉帆出来之时，乃是晚上冲杀出来的。以奚玉帆的本领，终于还是免不了受伤，何况周氏祖孙？是以奚玉帆见他们无恙来到，甚感诧异。

周中岳道：“他们放我们出来的。”周凤却叫道：“表哥，不好了！”祖孙俩争着说话，听得奚玉帆莫名其妙。

奚玉帆道：“他们肯放你出来，是不是已经讲和了？”周中岳喘着气点了点头。奚玉帆道：“那不是很好吗？小凤，你又为什么说是不好？”周凤望了望韩珮瑛一眼，说道：“他们要把谷少爷押去洛阳，表姐不知如何是好，这才叫我来找你回去的。”

奚玉帆大吃一惊道：“雷飙已经到了？啸风被他捉去了么？”

周中岳道：“不是的。是谷少爷答应了他们的条件，但又闹翻了。”

奚玉帆道：“究竟是怎么回事，你不要着急，慢慢地说。”

周中岳道：“昨晚我们又伤了三个人，是给邓铿的妹妹邓兆兰用独门的喂毒暗器打伤，必须他们的解药。今日一早，雷飙来到，限令我们即时交人，否则就要强攻，难保玉石俱焚。谷少爷说此事都是因他而起，他不忍我们受累，小姐劝他不住，他就单骑出去与雷飙谈和，愿意接受对方的条件，到洛阳向韩老爷子赔罪，任从韩老爷子发落，但要他们交换解药。邓铿立即表示同意，我们的人也已治愈了。”

韩珮瑛心里想道：“这一来，更是弄得一塌糊涂。唉，我还要谷啸风到我家里去做什么？但谷啸风却又怎舍得丢下奚玉瑾呢？”她有所不知，原来周中岳故意隐瞒了一节，谷啸风是向奚玉瑾发了誓，发誓宁死也不做韩家的女婿，此去洛阳，一来赔罪，二来向韩大维要求退婚，韩大维若是不许，他把话交待清楚，也就不理那么多了。即使韩大维杀了他，他也决不屈服。谷啸风发了誓，奚玉瑾才无可奈何，只好让他去的。这一节，周中岳自是不便在韩珮瑛面前说出来。

奚玉帆道：“那么后来又怎样闹翻了？”

周中岳道：“谷少爷的意思是自己到洛阳赔罪，但雷飙与邓铿却要缴了他的宝剑，押他同往，这也就是说要把谷少爷当作俘虏看待了。你是知道谷少爷的脾气的，他怎能忍受对方如此侮辱？因此一言不合，立即闹翻。如今谷少爷和雷飙已经约好，在今日中午时候，由他们二人比武，要是谷少爷败在他的手下，任由他们处置。要是那雷飙败了，他们就要答应撤围。从今之后，奚谷二家的事情，他们也答应决不再管。”

韩珮瑛心想：“谷啸风倒是颇有骨气，雷飙也是骄傲得紧。但只怕两虎相斗，必有一伤。”看看天色，已是日上三竿，大约还有一个时辰，就是正午时分。

周凤忽地上前，抓紧着韩珮瑛的手，说道：“韩小姐，你救救我的表姐吧。表姐虽然对你不住，但也曾给你医好了病。她是不会向你求情的，但我必须为她向你求情！”

韩珮瑛微笑道："我正是要和你的表哥回去的。多谢你给我备了马，我不客气了。好，咱们这就走吧。"

韩珮瑛和奚玉帆跨上了他们带来的空骑，五人一道，立即快马加鞭向百花谷赶去。将近百花谷的那一段山路很险峻，周凤年纪最小，气力较弱，骑术也不及韩珮瑛精良，但却不甘落后，赶得吁吁气喘。韩珮瑛恐她有失，说道："小凤，我有一事不明，想要问你。请你走慢一些。"她找周凤说话，实是想让她有个喘息的机会，以便过了这段险峻的山道，再行赶路，不过，这个疑问，也的确是她早已想问了的。

周凤放慢坐骑，与韩珮瑛并辔而行，说道："姐姐，请说。"韩珮瑛道："你怎么知道我和你的表哥在这儿?"

周凤道："是管昆吾告诉我的爷爷的。他说表哥打伤了他，他也打伤了表哥，而且伤得比他更重，所以这件事就算扯直了，有账下次再算。不过他又说他受了表哥的金创药，因此他觉得他应该向我们报讯，报答表哥这次的人情。他和我爷爷本来也是有点交情的。"

韩珮瑛笑道："管昆吾倒是有点江湖义气。"殊不知管昆吾之所以肯卖这个人情，还是看在她的份上，因为管昆吾已确实知道她是韩大维的女儿。

韩珮瑛又问："你表姐知道了吗?"

周凤道："我告诉表姐。表姐当然是十分盼望你来，不过她却并没有要我向你求情，向你求情，这是我自己的主意。"

韩珮瑛微微一笑，说道："你的表姐一向是有几分傲气的。不过，却也未免把我看得气量狭窄了。"

周凤又道："表姐知道，但谷公子还没知道，那时他正在和雷飙大开谈判。"韩珮瑛正是关心这件事情，只是不方便问。

韩珮瑛暗自思量："闹出了围攻百花谷这桩大事，谷啸风不明真相，很可能以为是我指使的了，他的心里说不定已经对我痛恨了呢！不过，反正我也不会嫁给他，管他恨不恨我。"又想："谷啸风比奚玉瑾还要骄傲，他一定不愿意领我的情，怪不得周中岳和小凤要把请我回去解围的消息瞒住他。"设想和谷啸风会面的情景，韩珮瑛不禁感到尴尬。但此围非她去解不可，她只好顾不了那么多了。

两人说话之间，正自走入了一个险峻的山坳，山坳侧边突然奔出两骑快马，由于有山坳屏障，事先双方都没发现，待到发现，已经迟了。这条羊肠窄道，是只能容得单骑通过的。

眼看双方就要碰撞上了，对方前面的一骑，那个汉子刷的一鞭就向韩珮瑛打过来。

韩珮瑛大吃一惊，来不及拔剑，呼的发出一掌。她的病好了之后，内功已经恢复，这一掌之力足可以裂石开碑。

一掌打出，韩珮瑛这才知道错了。原来那人的长鞭并不是打她，而是要制止她的奔马的。只见长鞭一落，鞭梢勒着马口所衔的铁环，韩珮瑛那匹正在向前奔跑的青骢马登时停止，可是她那一掌也早已打出了。

一个年纪轻轻的姑娘会有这样刚猛的掌力，也是那人始料之所不及。他似乎全无防备，给韩珮瑛的掌力一震，从马背上抛了起来。韩珮瑛这一惊更是非同小可，暗自叫道："糟糕，糟糕！他原是一番好意，制止奔马，免得碰撞的。我却怎能伤他？"可是后悔已经迟了，那人已经落马，韩珮瑛想要救他，也来不及，心念未已，后面那一骑的汉子早已赶了到来，呼的也是一鞭打出，就在那瞬息之间，长鞭一挥，恰恰卷着了被抛起来的那个汉子，那人长鞭一抖，一挥一送，他的同伴在半空中翻了个筋斗，不偏不倚地恰恰落在马上。说时迟，那时快，两匹坐骑都已风驰电掣地越过了前头，走出了险地。远远地只听得前面那骑的汉子"咦"了一声，说道："这女娃子的本领倒是不错呀！"声音远远传来，显得十分充沛，韩珮瑛知他并没有受伤，这才放下了心。

周凤赶了上来，说着："好险，好险！刚才真是险些把我吓死了！"韩珮瑛回头问周中岳道："周老爷子，你是老江湖，见多识广，这两个是什么人，你可知道？"

周中岳摇了摇头，说道："这两人各自显露了一手功夫，和中原的各大门派都不相同，我不但没有见过，连听也没听过。"

韩珮瑛叹道："这两人的功夫远远在我之上，想不到在这穷乡僻壤，会碰上如此高明的武林人物，当真是天外有天，人外有人了！”

那两人已经去得远了，韩珮瑛急着要到百花谷解围，自是无暇去追问他们的来历，惊诧了一会之后，也就把这件事情搁开，一行五众，继续赶路。

出了险峻的山谷，前面都是平地，不到半个时辰，已是望见了百花谷。远远的在一块大草坪上，黑压压的堆满了人。

进入谷口，金铁交鸣之声隐隐传来，韩珮瑛叫道：“不好，敢情是打起来了！”

话犹未了，猛听得喝彩之声，如雷震耳，仔细听时，有的在叫：“好一招连环夺命剑法！”有的叫道：“可惜，可惜，这一刀没有劈着！”虽然还没有看得见场中交手的人，但从这些人的叫喊之中，韩珮瑛已是可以知道交手的人是谁了。

韩珮瑛惴惴不安，连忙飞骑奔去，走到近处一看，只见剑影刀光，打得难分难解，交手的双方果然是谷啸风和雷飙。正是：

刀剑争雄犹自可，情仇纠葛最伤心。

欲知后事如何，请听下回分解。

第七回　琼浆有效医心病
宝镜何缘托玉台

旁观的好汉里里外外围了三重，每个人都是聚精会神地观战，看到精彩之处，就情不自禁地喝起彩来，对奚玉帆、韩珮瑛等人的来到，竟是谁都没有留意。

韩珮瑛定睛看去，只见谷啸风的一口长剑轻若游龙，指东打西，指南打北，虚实相生，变化莫测，金刀雷飙却是沉稳非常，见招拆招，见式拆式，金刀起处，光华闪烁，隐隐挟着风雷之声。转眼间，金光大炽，谷啸风的长剑好似变作了一条青蛇，在金光之中出没不定，看来就要给金光包没，但仍然伸缩自如。

韩珮瑛心中暗暗着急，想道："这样的恶斗下去，终须有一人受伤，伤了啸风，固然不好；伤了雷飙，则更是难以收拾。可是，我怎样给他们化解呢?"喝彩之声，此起彼落，一直没有断过。她是个女孩儿家，总不好意思大叫大嚷，叫嚷里面的人也未必听得见，而且观战的人围得水泄不通，她根本就挤不进去。

展一环拍拍一个人的肩膊，说道："借光，借光，请让一让。"胖苍头陆鸿这才发现他们回来，连忙过来，向韩珮瑛行礼，又惊又喜，说道："小姐，你回来了!"一眼看见奚玉帆跟了上来，陆鸿又不禁心中嘀咕："我只道管昆吾是胡说八道，谁知小姐真的是和这小子一起。怎么办呢?"他心有所思，不觉就说了出来。韩珮瑛不知他语带双关，只当他指眼前之事，说道："你先让我进去。"

展陆二人高声叫道："我们的小姐回来了，请让让路。"此言一出，全场轰动。大家都把注意力转移到韩珮瑛身上，要看这位

“新娘子”如何处置这事，喝彩之声寥寥落落，渐渐归于静寂。大家也让出了一条路来。但场中的雷飙与谷啸风都是斗得正酣，对周围的一切，好似视而不见，听而不闻。

韩珮瑛挤到前面，此时谷啸风正使到一招“大漠孤烟”，剑直如矢，但明晃晃的剑尖却又俨如毒蛇吐信，伸缩不定，看似要点对方胸口的“璇玑穴”，又似要点胁下的“气愈穴”。雷飙喝声：“来得好！”身形一个盘旋，使出了“猛禽夺窝”的招数，金刀反手斜劈过去，当的一声，荡开了谷啸风的长剑，占了他原来的方位，第二刀第三刀连环劈下。

韩珮瑛顾不得害羞，连忙叫道：“雷叔叔，我在这儿，我没事。请你们不要打了，好吗？”雷飙和她的父亲乃是至交好友，常常到她家中的，韩珮瑛和他当然是比和谷啸风熟得多。本来她是应该劝两人同时住手的，但“啸风”二字，她却是不好意思说出来。

话犹未了，只见两人倏地由合而分，雷飙斜跃一步，手按刀柄，说道：“侄女，你不要着急，我给你料理此事！”当下，双目一瞪，说道：“谷啸风，你怎么说？祸福无门，唯人自招，现在就只是看你的了！”

谷啸风淡淡说道：“我的话早已和你说了，你还要我说些什么？”言下之意，他仍然是要按照原来讲好的条件办事，亦即是这场比武还要继续下去。输了，他就缴出兵器，让雷飙押他到洛阳韩家；赢了，雷飙这些人就不能再管他的闲事。谷啸风对韩珮瑛的到来打岔，只当作是节外生枝，根本不予理会。

雷飙是姜桂之性，老而弥辣，听了这话，勃然大怒。但转念一想：“韩家侄女总是许配给他的了，她这次到来给谷啸风解围，当然是希望婚姻能够保持。唉，不看僧面看佛面，韩大维是我的知交，我可不能不为他的女儿着想。”

想至此处，雷飙强忍住气，说道：“谷啸风，我有两条路给你选择，你再仔细想想。”

谷啸风道：“哪两条路？”

雷飙道：“第一条，你和韩姑娘就在此地成婚，我给你主持婚礼。”

韩珮瑛满面通红，说道：“雷叔叔，我、我不是来求、求——”她又羞又气，讷讷不能出之于口。下面的话未曾说出，谷啸风早已在大声说道：“这个万万不能！”

韩珮瑛的话虽然未曾说得完全，但也可以听得出来，她的意思并不是要和谷啸风成婚。不过，雷飙却以为这是女孩儿家的羞涩、矜持，并不看重她的说话。倒是对谷啸风的坚决悔婚，气得一佛出世，二佛涅槃，当下按着刀柄喝道：“好，第一条路你不走，第二条路我和韩姑娘送你到洛阳见她的爹爹，到了韩家，我即置身事外！”

谷啸风冷冷说道：“何必把韩小姐牵涉在内。我早已答应了你，只要你赢了我，我就由你处置。好汉一言，快马一鞭，你我大可不必多说废话。”

雷飙怒不可遏，喝道：“好个狂妄小子，我若不教训教训你，你只当我是怕了你。看刀！”

双方再次交锋，比刚才更为激烈。雷飙长须抖动，一片金光上下挥霍，劈、斫、截、挑，招招都是凌厉异常的杀手。谷啸风的一口长剑矢矫如龙，刺、抹、遮、拦，每一招也都是攻守兼备、法度谨严的上乘剑法。论功力是雷飙较高，论招数则似乎是谷啸风还更精妙。刀剑争雄，一个是金刚猛扑，俨如骇浪狂涛；一个是迅捷轻灵，宛若惊飙闪电。当真是旗鼓相当，杀得个难分难解。

韩珮瑛劝解不成，暗暗叫苦。她处在这样的局面之下，本来就已尴尬透了，劝解不成，哪还有面皮再试下去？只好僵在那儿，不知怎么做才好。

正自心焦，忽觉有人捏着她的手。原来奚玉帆也是一样着急，不知不觉，就紧紧抓着她的手。待到双方发觉，不由得都是面上一红。

韩珮瑛抽出玉手，为了掩饰窘态，只好找话来说：“两虎相斗，必有一伤。怎么办？”

奚玉帆小声说道：“咱们仔细留神，待到他们同时换招之际，咱们一同出去拆解。”

韩珮瑛道：“雷叔叔功力深厚，咱们未必拆解得开。而且这也不是根本的办法，他们两人都很强硬，即使拆解得开，还是会再打的。”

奚玉帆默然不语，眼看场中愈斗愈烈，手心不禁直淌冷汗。

雷飙是个临敌经验极为丰富的大行家，表面看来，他似乎是全神贯注，对周围一切，视而不见，听而不闻。其实他却是眼观四面，耳听八方，虽在激斗之中，周围的一切，仍是瞒不过他的耳目。

奚韩二人此时已是挤到最前一列，他们的神情动作，雷飙已都看在眼中。他们悄悄的耳语，雷飙虽然听不完全，也隐约地听到几句。

雷飙心里想道：“看这情形，韩家侄女好似真的是喜欢了奚玉帆这小子。”

原来管昆吾早已把昨夜之事告诉了雷飙，并说出了自己的看法，认为韩珮瑛以一个准新娘的身份，肯陪一个男子在荒林过夜，必然是已经有了很不寻常的交谊。雷飙素知韩大维家教甚严，韩珮瑛决非一个放荡的女子。因此管昆吾虽然说得确凿，他仍是半信半疑，如今亲眼看见他们亲昵的神态，对管昆吾的判断，不觉多信了几分。

雷飙暗自思量：“倘若是真的话，岂非变成了乱点鸳鸯了？但只要他们是你情我愿，我又何必多管他们的闲事？”又想：“不过，这样一来，韩大维是个最要面子的人，他又岂能由得他们胡搞？唉，但这毕竟是他们的家事，我可是爱莫能助了。”

高手搏斗，哪容得心神稍分？就在雷飙踌躇难决之际，险些着了谷啸风的一剑。

雷飙禁不着又再火起，想道：“闲事可以不管，这狂妄的小子，却不能不给他一点厉害尝尝！”

其实谷啸风的傲气倒是有的，狂妄却不至于。设身处地地为他着想，他只有打败雷飙才能免于受辱；也只有打败雷飙，才能争取婚姻自主，是以他当然要全力求胜了。

谷啸风急于求胜，一招得手，便即反攻。哪知不急犹好，一急更糟。他的剑法属于轻灵迅捷一路，应当以柔克刚才有取胜之机。

硬打强攻，这就恰恰变成了以己之短攻敌之长了。

刀光剑影之中忽听得雷飙大喝一声："还不服输么？我断了你这条臂膊！"话犹未了，一刀斜劈下来，谷啸风的上身已在刀光笼罩之下！

奚玉帆、韩珮瑛大吃一惊，不约而同地双双跃出。但另外的两个人却比他们更快，这两人都是手持钢鞭，就在场中刀剑相交，生死立决之际，倏地挡在雷谷二人之间。

这两人叫道："雷大哥，请住手！""谷少侠，这场架不必再打啦！"只听得"当，当"两声响，左面的汉子架开了雷飙的金刀，右面的汉子格住了谷啸风的长剑。

雷谷二人心里都是暗暗叫了一声"好险！"原来他们已是各出绝招，倘若没有这两个汉子将他们分开的话，雷飙那一刀固然可以劈断谷啸风的一条胳膊，谷啸风那一剑只怕也要在雷飙的身上搠一个透明的窟窿。

这一下突如其来的变化，登时令得全场轰动，纷纷打听这两人的来历。有认得他们的人叫道："咦，金鸡岭的大头领怎么也来了？""难道这点小事居然惊动了盟主么？"

韩珮瑛又惊又喜，原来这两个来做鲁仲连的汉子正是她刚才在路上遇见的那两个人。"幸亏他们来劝架，免掉了我许多为难。但他们早已走在我的前面，却为何这个时候方才出现？"韩珮瑛心想。但此时韩珮瑛是只求平息这场风波，也无暇推敲一些细节了。

雷飙斜跃三步，金刀一收，抱拳说道："杨四哥，杜八哥，什么风把你们吹到这儿来的？有何指教？"

那位被唤作"杨四哥"的汉子笑道："雷大哥，今天怎的这样好兴致和谷少侠在这里比武？这位谷少侠不是韩大维的女婿么，你和老韩的交情可是很不浅呵！"

雷飙愤然道："还不是为了韩家的儿女之事。韩姑娘如花似玉，文武双全，哪一点配不上他？这小子，他，他竟然要悔婚！我可不能不为韩大维出一口气！这场比武，必须分出胜负才能罢休，我还要将他押上洛阳呢。你们两位的好意我心领了，可是还是请你们不要劝阻的好。"

雷飙是个耿直的人，心中藏不着说话，坦率地就说了出来。谷啸风听了固是尴尬之极，韩珮瑛听了更是难堪。幸而她是个要强的女子，否则真会哭了出来，但泪珠儿也在眼眶打转了。奚玉帆也是好生难过，只有将身子挡住了韩珮瑛，免她受人注视。

“杨四哥”笑道：“清官难管家务事，这些事还是让韩大维自己去伤脑筋吧，雷大哥犯不着操心了。而且只怕雷大哥你也没有工夫再上洛阳呢!”

雷飙怔了一怔，道：“为什么?”

“杨四哥”道：“实不相瞒，我们并不是为了调解此事而来，而是奉了盟主之命来请你的，这是绿林箭。”说罢将一支碧绿的玉箭交给雷飙。

原来这两个人乃是北方的绿林盟主蓬莱魔女手下的大头目，这个“杨四哥”名唤杨匡，“杜八哥”名唤杜复。雷飙少年时候也曾在绿林中混过几年，和杨杜二人也都是颇有交情的。

扬州位于长江北岸，正当长江和运河的交叉点，是南北相会的一个重镇。隔岸的瓜州就是韩世忠昔年大破金兵之处。但如今扬州则已是在金人的统治之下，早已变成了沦陷区了。在一般人的观念上扬州已是属于“江南”，但因一来是在长江北岸，二来又是沦陷区，故此武林中人仍然是奉北方的武林盟主蓬莱魔女的号令。

蓬莱魔女的绿林箭发到扬州，这是从所未有之事。雷飙吃了一惊，恭恭敬敬地接过了令箭，问道：“不知柳盟主有何吩咐?”

杨匡说道：“柳盟主邀请雷大哥到金鸡岭共商大计，还有邓大哥，管鲁两位庄主和蒙寨主也都是一并要邀请的。难得各位齐集在此，这是最好也没有了。”

此言一出，场中的英雄好汉个个关心，杨匡指名邀请的邓铿、管昆吾、鲁大猷、蒙铙四人固然是忙不迭地走上前来，其他的人也都纷纷围拢，争着打听：“是何大计?”“什么事情?”

杨匡咳了一声，等待嘈嘈杂杂的声音静止之后，方始说道：“蒙古的大军已经开始进犯中原。柳盟主就是为此邀请各位共商对策!”

蒙古的入侵虽然早已在众人意料之中，但听到这个消息，大家仍是禁不住血液沸腾，人人激动。

杨匡接下去说道：“蒙古国力强大，看形势金人是必败无疑。咱们汉人应当如何自处，这问题很不简单。柳盟主的意思是：乘势而起，光复故土。一方面抵御蒙古鞑子的入侵，一方面推翻金虏的统治。”

众人齐声说道：“这意见好得很啊！咱们当然不能接二连三地再受亡国之痛！”

杨匡说道：“但还有许多具体细节需要熟商，例如在金蒙两军交战之时，咱们是两方都打呢还是暂时联合一方？抑或是只图自保袖手旁观呢？抑或是待他们两虎相伤，咱们再打得胜的一方呢？这恐怕都要看当时当地的具体情形而定。此外还有好些问题都是要待各方豪杰共同商讨的。”

杜复接着说道：“我们来的时候，已经知道确实的消息：蒙古的大军进入了河南，看他们的行军路线，大约是先占汴京（即今开封）然后北上攻取大都。韩大维那儿我们已经派有人去联络，此时说不定洛阳亦已在烽烟笼罩之下。因此雷大哥的洛阳之行，我看是大可不必去了。”

雷飙说道：“大敌当前，私事自该抛过一边。我当然听盟主号令。”

杜复说道：“还有未受邀请诸人，也请各回原处，早早准备抵御强敌。”

正在众人议论纷纷之际，忽见一骑马跑了出去，骑马出走的人正是谷啸风。

谷啸风今日与雷飙比武，正如唱一出大戏中的主角一样，本来是最受人注意的角色。不料末后却来了一出“压轴戏”，蓬莱魔女的两个使者来到，带来了蒙古入侵的消息，大家都被这消息吸引围拢了来，议论纷纷，不自觉地参加了这场“压轴戏”，前面一场戏的主角反而撇开一旁，无人理会。直到此时谷啸风骑马出走，众人方始发现。

杨匡怔了一怔，叫道：“谷少侠，你上哪儿？”

谷啸风远远地扬声答道：“君子一言，快马一鞭。我答应了雷飙，不论这场比武胜负如何，我都是要到洛阳向韩老前辈解释明白的。如今我侥幸未输，不用劳烦雷飙押解我了。”

谷啸风的马跑得飞快，说到一半，已是不见了他的影子，但声音远远传来，还是听得清清楚楚。场中不乏武学的高明之士，听出他用的是“传音入密”的内功，不禁都是暗暗佩服，想道：“刚才他和雷飙打得旗鼓相当，我们还以为他只是仗着剑法的精妙，勉强扳成平手，如今看来，他的内功造诣也实是不凡。更难得的是年纪轻轻，就有了这样的造诣，前途真是无可限量。”雷飙也自心想：“论功力的深厚，当然我还是比他稍胜一筹；但若论内功的纯正，只怕我还是不如他呢！倘若再打下去，我未必能够如他持久。”想至此处，不禁暗暗道了一声：“惭愧！”觉得自己这次强自出头管闲事，实是不自量力。

杨匡摇了摇头，说道：“这位谷少侠也当真是傲气得紧。这个时候，怎能还往洛阳？我本来有话要和他说的，如今只好算了。”

此时大事的商讨已告一段落，雷飙走到韩珮瑛面前，说道：“侄女，我本来要替你出一口气的，如今落得这个结局，实是始料之所不及。不过，你现在已经是一个有见识有本领的女中豪杰，你自己的终身大事，你也应该懂得自己处理了，不用叔叔替你担心。我奉盟主之命，刻下就要动身。你好自为之吧。我走了！”雷飙是不赞成她和奚玉帆要好的，不便明言，话中之意，暗暗含有劝讽的成分。韩珮瑛听了，也不知是否明白，只是轻轻地道了“多谢叔叔关心”六个字。双颊微晕轻红。

两位使者之一的杜复忽道：“原来姑娘就是韩老前辈的千金，怪不得本领这样了得！柳盟主最喜欢年轻有本领的女子，她也曾听过你的名字，不久之前还和我说过你呢。你现在恐怕是不能回家了，你愿不愿和我们到金鸡岭去？”

韩珮瑛想了一想，说道：“多谢好意。柳盟主我是很想拜见的。但现在我还有点小事，只好留待他日再去了。”原来韩珮瑛已经看见奚玉瑾走出门来，看样子是在等她相聚了。

韩珮瑛虽然不怪奚玉瑾抢了她的未婚夫，但因少女的自尊心受打击，心里总还是多少有点疙瘩。不过，奚玉瑾已经亲自出来迎接她，她念着往昔的姐妹之情与及奚玉瑾给她治病的恩德，于理于情，似乎也不能拒人于千里之外。“我就敷衍她一会，谅她也不会把我强留。”韩珮瑛心想。

此时围攻百花谷的各路好汉都已走了，杨匡说道：“既然韩姑娘还有事情，那么我们先走了。韩姑娘什么时候有空到金鸡岭，我们都表欢迎。”

杨匡、杜复二人和雷飙一起走了之后，韩家的那两个老苍头展一环和陆鸿走了上来，说道：“都是老奴糊涂，惹出了这场是非，实在愧对小姐。”

韩珮瑛道：“我不怪你们，事情已经过去，你们也不必再提了。”展陆二人满怀愧怍，齐声答了一个“是”字。

韩珮瑛瞧了瞧他们的神情，说道：“你们好像有什么话要和我说，是么？说吧！”

陆鸿道：“小姐，你准备去哪儿？”要知他们是奉了韩珮瑛的父亲之命，护送韩珮瑛来扬州完婚的，如今闹出了这场婚变，实是始料之所不及。替韩珮瑛设想：谷家已非她栖身之地，住在奚家也似不宜，回洛阳吧，说不定中途就会遇上战事。是以他们很替小姐为难。

韩珮瑛心里已有主意，但却不愿当着奚玉帆兄妹说出来，正想砌辞，奚玉瑾已经走过来笑道：“你们的小姐到了我这儿，就是我的客人。百花谷地方不大，但给你们小姐的安身之地总是有的。你们两位若不嫌弃，也请一并住进来吧。”

韩珮瑛当然不想在奚家长住，但也不急于立即说明。当下淡淡说道：“你们二人可有地方好去？”

展一环道：“正要请小姐示下。”

韩珮瑛七窍玲珑，一听便知他们的心意。想道：“他们本来是应该回家复命的，如今这样问我，想必是不愿回去的了。这也难怪，如今战事已起，他们回去，担当的风险，只怕要比来时更大。”

韩珮瑛想了一想，说道：“我的爹爹从来没有将你们当作仆人看待，这次你们亦已算得是尽了职了。以后我自会向爹爹交代。你们欢喜上哪儿，随你们的便。即使我想回家，也不必你们护送了。”

陆鸿这才说道：“多谢小姐的恩典。我们并非不想回去侍候老爷，但青龙岗的朋友却想我们去帮帮忙，他们的寨主丁四爷从前曾经对我们有过恩惠。青龙岗位当豫南鲁北交界之处，历来是兵家必争之地。他们恐怕抵挡不了鞑子的侵袭。”

韩珮瑛甚是欢喜，心里想道：“原来他们之所以不回洛阳，乃是为了这样一桩大事，我却以为他们害怕担当风险，倒是小觑了他们了。”当下说道：“保国卫民，侠之大者。你们往青龙岗相助丁寨主抵御鞑子，爹爹知道了也定必赞同的。好，你们去吧。”

展一环、陆鸿施了个礼，齐声说道：“那么，小姐你善自保重，老奴去了。”看来他们对韩珮瑛的住在奚家，多少还是有点不大放心，但为了大事在身，也只好走了。

奚玉瑾笑道：“你这两位老家人对你倒是忠心得紧。”当下就过来挽韩珮瑛的手，领她回家。再度进入奚家，韩珮瑛心里有说不出的感慨。她想起第一次来的时候，奚玉瑾也是和她手挽手进去的，那时是彼此勾心斗角，自己也捉摸不定奚玉瑾究竟是友是敌。但如今则似乎又恢复了往日的交情了。不过这也只是“似乎”而已，往日的纯真得如姐妹般的情谊，经过了这一场暴风雨，即使没有冲散，也总是有了裂痕，要想修复，只怕已是难乎其难了。

踏入大门，韩珮瑛忽地发现她来时所坐的那辆骡车就摆在院子当中，四头青骡都套上了缰绳，珠帘脱落的珠子也已补上，透过珠帘，隐隐可见车厢中堆有行李。韩珮瑛心念一动，颇感诧异，心想：“难道他们要出远门？但却为何要借用我的骡车？”奚玉瑾明知她在注意这辆骡车，却一句话也不解释，韩珮瑛本来想要问的，也不便说了。

进了客厅，奚玉帆兄妹陪她坐下，殷勤招呼。不过，彼此却都是难免觉得有点尴尬。坐定之后，奚玉瑾首先道歉：“瑛妹，这次使你受了许多委屈，我真是过意不去。”

韩珮瑛面上一红，说道：“过去的事，何必再提。你给我医好了病，我也还没有向你道谢呢。你别多心，我对你还是如同姐姐一样。”

奚玉瑾微笑道：“但愿你我能永远相聚一起，比同姓的姐妹更亲。”话中有话，韩珮瑛听了，不禁又是面上一红。

韩珮瑛恐怕她说出更不中听的话来，当下淡淡说道：“天下无不散之筵席，如今百花谷之围已解，你我也叙过了姐妹之情，我可是应该走了。”奚玉瑾笑道：“我也不是想留你在我家长住。但你却想往哪儿呢？”

这是展陆二苍头曾经问过韩珮瑛的问题，如今又由奚玉瑾来问她了。韩珮瑛可以不答仆人，对奚玉瑾却是不能不答的。

韩珮瑛心里想道：“我若据实答她，不知会不会引起她的猜疑？”原来韩珮瑛是想赶回家去，与老父共同患难。要知她的父亲虽然武功高强，但因受了朱九穆的修罗阴煞功所伤之后，已是行动不便。韩珮瑛已知蒙古兵要打洛阳，岂能不挂念父亲？

韩珮瑛想要回家，可是她的心中又有一重解不开的烦恼。因为谷啸风已经先她而去，他是去找她的爹爹办理退婚的。

本来这头婚事就是谷啸风不提异议，她也是要解除婚约的了。不过，她却不愿意碰上这样尴尬的事情。

但是，虽不愿意，也还是要回去的，她怎放心得下让行动不便的老父独自困在危城？

她的烦恼隐藏心中，不愿意让任何人知道，甚至她要回家的决定，她也不向任何人说，尤其是对奚玉瑾，免得奚玉瑾以为她是要回去追求谷啸风。

韩珮瑛想了片刻，说道：“我看你们也好像是要出远门的样子，不知你们又是要去哪儿？”她不答复，先提反问，准备在试探了奚玉瑾之后，随机应变。

奚玉瑾却是落落大方地笑道：“我们正是要到你那里去呢！”

奚玉帆接着说道：“是这样的：我们本来想托谷、他替我们带一坛九天回阳百花酒送给你的爹爹的，不料他走得匆忙，忘记了这件事情了。如今我们只好自己去啦。”奚玉帆倒是颇为细心，他知道韩珮瑛不愿意听到谷啸风的名字，说了一个“谷”字，看到韩珮瑛不愉快的面色，连忙就用了一个“他”字代替。

说罢，只见周中岳已经捧着一坛酒出来，装上骡车。奚玉瑾笑道：“你坐这辆车子来，也坐这辆车子回去，好不好？”

原来奚玉瑾比她更工心计，她这样安排，由他们兄妹送韩珮瑛回家，一来可以去会谷啸风，二来可以借送药酒来讨好韩大维，以便化解两家嫌隙，三来和韩珮瑛同去，倘若退婚之事闹出纠纷，韩珮瑛一定会劝阻她的父亲生气，这样就可以免掉他们许多尴尬。最后，她还可以利用这个数千里同行的机会，撮合韩珮瑛和她哥哥的好事。

奚玉瑾打得如意算盘，却不知韩珮瑛虽然没有她这样七窍玲珑，心思也并不笨。韩珮瑛可不愿意随她摆布，这也并不是她讨厌她的哥哥，而是经过了这场婚变之后，她需要独自休养她受创的心灵。在创伤未愈之前，她又怎能强作欢颜和奚玉帆兄妹同在一起？

韩珮瑛听了奚玉瑾的话，面色登时变了，淡淡说道："玉瑾姐姐，我想请你借我一匹坐骑，行吗？"

奚玉瑾怔了一怔，道："你不是要回家？"

韩珮瑛道："家里我总是要回去的，不过，我要先到别个地方打一个转。"

奚玉瑾好生失望，暗自想道："想不到这小妮子的心思我还是捉摸不透。"但她是个聪明人，此际她已经窥察到了韩珮瑛的心思，也就不便再问下去了。当下笑道："也好。我叫周二给你挑一匹好马。"

韩珮瑛道："多谢姐姐。"奚玉瑾笑道："一匹马换你的骡车，算来还是占了便宜呢。不过你似乎还需要一样东西。"韩珮瑛怔了一怔，道："什么？"奚玉瑾微笑道："一套男子衣裳。"原来韩珮瑛身上穿的还是她准备出阁之时所做的新嫁衣。

韩珮瑛瞿然一省，心道："不错，一个单身女子在兵荒马乱之中行走江湖确是不便，但急切之间却哪里找得到合身的男子衣裳？"

奚玉瑾笑道："我早已替你准备了，你跟我来。"

奚玉瑾带她进一间卧房，也就是她上次住的那一间，床上整整齐齐地放着一叠衣裳，奚玉瑾道："我给你准备了三套，供你路上替换，你试试合不合身？"又笑道："要是咱们三人同走，你不换男装也可以。但我也想到未必能如所愿，所以一听到你和大哥回来的消息，昨晚就替你赶制出来。好了，你换衣吧，我出去打点打点。"奚玉瑾念念不忘替哥哥撮合，明知韩珮瑛要走，言语之间，还是隐隐约约地透露了口风，希望她能改变心意。

韩珮瑛虽然有点恼恨奚玉瑾的工于心计，却也暗暗感激她为自己设想得这样周到。三套新衣好像是给她量了身做的一样，十分称身。

眼光一瞥，忽地发现墙上挂的那幅中堂已经换了一幅新的，上面写的也还是姜白石的词，旧的那幅写《扬州慢》，现在写的则是姜白石的另一首词《淡黄柳》。

韩珮瑛喜爱诗词，不觉跟着念道：

"空城晓角，吹入垂杨陌。马上单衣寒恻恻。看尽鹅黄嫩绿，都是江南旧相识。　正岑寂，明朝又寒食。强携酒，小桥宅。怕梨花落尽成秋色。燕燕飞来，问春何在，惟有池塘自碧。"

旧的那首《扬州慢》曾引起她的疑团，这一首《淡黄柳》却引起了她的伤感。她偶然来到了江南，如今又匆匆回去，来时一大堆人护送，去时却是只影单身，"马上单衣寒恻恻"，这不正是为她吟咏吗？忽地她又心念一动，想道："但从另一方面解释，也可以说是奚玉帆为我离开而起的怀念和伤感，莫非他是有意换上这一首词给我看的？好让我知道他的心事？好像上次来的时候，玉瑾有意让我看那首《扬州慢》，暗暗透露她与谷啸风的隐情一样。"想至此处，不觉杏脸飞霞，连忙镇慑心神，换了男装出去。

奚玉瑾笑道："好一个俊俏的小子！你这一去，只怕有人要抢新郎，可不必害怕有人抢新娘子了。"此时马已备好，韩珮瑛佯嗔说道："贫嘴！但我也无暇和你斗嘴啦！"跨上马背，挥手道别，在日影西斜之中离开了百花谷。

奚玉帆引领遥望，心中无限惆怅，奚玉瑾"噗嗤"一笑，说道："走得远了，看不见啦。但你大可放心，我敢担保，咱们到了洛阳，一定可以再见到她。"奚玉帆道："她不是说要到别个地方去的？"奚玉瑾道："这不过是她的饰辞罢了。你想，如今战祸已将波及洛阳，她岂能不回去探望她的爹爹？"奚玉帆默然不语，心里想道："再见又能怎样？看适才的情形，显然她对妹妹还是芥蒂未消，只怕她的心里还是想着谷啸风呢。"

奚玉瑾道："我知道你放心不下。好啦，那咱们现在就走吧！"奚玉帆瞿然一省，笑道："我知道你也是放心不下谷啸风，咱们是该早到洛阳的好。好，走吧！"奚玉瑾给哥哥说中心事，不禁满面通红。

此际，韩珮瑛单骑独行，也正自浮想联翩，愁难自解。

韩珮瑛和奚玉瑾一样，都在为着谷啸风而心神不安。不过奚玉瑾是想和谷啸风相会，韩珮瑛却是想避开他。她可以原谅奚玉瑾，但不能原谅谷啸风。她觉得这一场婚变，她所受的委屈与难堪都是谷啸风给她的！"你和奚玉瑾相好，我不怪你。可是你却不该眼睛里全没有我！"韩珮瑛心想。

韩珮瑛哪里知道，就在她心里责怪谷啸风的时候，谷啸风却正在深感内疚，为她难过，对她同情。

他可以想象得到：一个准备做新娘的女子，从数千里外前来完婚，到来之后才知道未婚夫爱上了别人，她会是怎样伤心，怎样气愤？倘若是一个寻常的女子，只怕还会寻短见呢！想到这层，他对韩珮瑛也不禁暗暗佩服："我对不住她，她却不怕旁人讪笑，亲自来百花谷给我解围。以德报怨，这在男子当中也是不可多得的！可是我给她的损害，却是没有补偿，受她的恩惠，也是没法报答的了！"

但是谷啸风并不后悔他的抉择，因为他和韩珮瑛只是凭着父母之命、媒妁之言订了婚的，两人之间，根本还谈不到认识，更无从说到感情。谷啸风对她开始有些认识，还是在这次事情之后的，而他和奚玉瑾已经是有了根深蒂固的情谊了。

"情之所贵，人力难移。这也是没有办法的事。情之所贵，也就是贵在一个专字。莫说奚玉瑾的才貌不在韩珮瑛之下，就是远不如她，我也决不能背弃了海誓山盟！天下好女子很多，或许还有比她们更强的，难道我能见一个爱一个么？不过，我这次令得韩珮瑛受了这许多委屈难堪，总是对她不住。补偿或者报答都是没法的了，我只想求她原谅，唉，但只怕这个希望也属渺茫。"谷啸风心想。

正在胡思乱想之际，忽听得马铃声响，有人叫道："前面走的是谷啸风吗？"一骑马从后面飞快地追来。正是：

薄幸自知难自解，情关终古是难关。

欲知后事如何，请听下回分解。

第八回　忏情无计筹良策
结客存心访侠踪

谷啸风回头一望，只见来的是个将近六旬的老者，相貌甚是威严，但却是他从未见过的人。谷啸风勒住马头，说道："不错，我就是谷啸风。恕我眼拙，认不得老前辈，不知老丈找我，有何指教?"

老者道："说来话长，咱们到那边谈谈如何? 路上人来人往，可不是谈话之所。"

谷啸风道："好。"翻身下马，牵着坐骑，跟这老者走到山边的一棵柳树之下，老者说道："就在这里好了。"

谷啸风系好坐骑，抱拳说道："请问前辈高姓大名，何事见教?"

老者哈哈一笑，说道："老朽任天吾，和你母亲是一母所生的同胞兄妹，你我正是甥舅至亲哩!"

谷啸风为之愕然，心里想道："外祖父家里的人，妈说都已经死了，却哪里钻出来这个舅舅?"

任天吾道："你母亲性子倔强，当年我们兄妹为了一点小事失和，你母亲一怒之下，拂袖而去，从此不再回娘家。她大约没有和你说过我吧? 不过，这点过节现在也已化解了。我正是从你家里来的。"

谷啸风半信半疑，暗自思量："这人看来不似个说谎话的。但人不可貌相，江湖上龙蛇混杂，许多奸诈的手段往往就是貌似正人君子的人干出来的，我怎能凭他的片面之词就相信了他，认错了舅父，岂不教人笑话？可惜我要赶回洛阳，又不能回家去问个明白。”

谷啸风正在犹疑，那老者忽地折下一根柳枝，说道：“你家传的七修剑法练得如何？接招！”声出招发，柳枝一扬，点向谷啸风的面门。

谷啸风吃了一惊，慌忙后退，说时迟，那时快，任天吾的柳枝又点过来，喝道：“还不亮剑？”

柳枝虽然柔弱，但在这老者手中挥动，却是虎虎生风，点过来的势道，也极凌厉，正是七修剑法中的一招杀手绝招。

谷啸风本来想用空手入白刃的功夫夺他这根柳枝的，一看这个劲道，已知非得拔剑抵挡不行，否则眼睛只怕也会戳瞎。谷啸风心头火起，想道：“就是试招，也不应用如此狠辣的手段。好，我倒要试试你是否真的会七修剑法？”

谷啸风心念一动，身形已是一飘一闪，一个“倒踩七星步”闪开了对方的攻击，就在这一飘一闪之间，剑已出鞘，横削过去。他避招、拔剑、迈步、还招，四个动作一气呵成，姿势美妙之极，任天吾微一点头，赞了一个“好”字，柳枝斜掠，拂他手腕，谷啸风转锋反戮，长剑给他的柳枝轻轻一带，竟然斜过了一边。

谷啸风心头一震，赶忙抓牢剑柄，身躯一个盘旋，长剑划起一道圆弧，防备对方乘虚点穴。这是一招攻守兼备的招数。任天吾道：“封闭谨严，但若碰上高手，却是仅能自保，久战下去，必然不利。你这招该用‘闲云出岫’，柔中带刚，反攻才行。”

谷啸风听他说得出七修剑法的诀窍，也确实比自己还要高明，心中已有几分相信，但他少年气盛，却还是不甘就此服输。原来他刚才的那一招用意只是在想削断对方的柳枝，故此并未用上全力，他心里还是有点害怕伤了对方的。

此时，谷啸风试出对方比他高明得多，于是不再顾虑，立即运剑如风，一招“分花拂柳”，径刺过去，这是他最得意的一招，昨日他与雷飙比武，就是凭了这一招“分花拂柳”，在紧要的关头克制了金刀雷飙的杀招的。此时他全力施为，使出了这招，比起昨日和雷飙相斗还要厉害。

任天吾把柳枝一扬，顿然间只见四面八方都是他的影子。谷啸

任天吾笑道：“你这七修剑法学得还未到家。”谷啸风方信他是舅舅。

风识得这是一剑刺七穴的招数，正是“七修剑法”中最奇妙的一招，他练了几年，还未能完全练成功的。谷啸风心头一凛：“糟糕，只怕要败在他手下！”

剑光人影之中，只听得“喀嚓”一声，接着“当啷”一声，任天吾的柳枝给他削剩了短短一截，但谷啸风的虎口亦给对方点着，长剑把握不牢，脱手坠地。

任天吾笑道：“你能削断我手中的柳枝，七修剑法也算学得不错了。”

“七修剑法”乃是任家所创，天下会使这套剑法的人，必然与任家有关。尤其是最后那一招一剑刺七穴的招数，更是任家的不传之秘。就是异姓弟子，任家也不会教的。

至此，谷啸风哪里还敢再有怀疑，连忙插剑入鞘，恭恭敬敬地施了一礼，说道：“甥儿不知舅父驾到，多有失礼。”

任天吾哈哈笑道：“你不怪我使得狠辣吧？现在你相信我是你的舅父了。”

谷啸风道：“多谢舅父手下留情。但不知娘和舅父——”

任天吾道：“当年之事，不说也罢。你们小辈也用不着知道。”要知任天吾是为了阻止妹妹嫁给谷啸风的父亲才致兄妹失和的，此事他当然不便和谷啸风说。

谷啸风满腹疑云，心里想道：“若是寻常小事，娘决不至于不认自己嫡亲的哥哥。莫非这个舅父不是好人。好，且听他要和我说的甚事？”由于有此猜疑，谷啸风虽然把任天吾当作舅父尊敬，但心中却是不无警惕。

任天吾道：“你是要到洛阳去吧？”

谷啸风道：“不错，舅父有何指教？”

任天吾道：“我正是为了阻止你此行而来！你和韩家的事情我都知道了。”

谷啸风听了，很不舒服，但因对方乃是舅父，只好沉住了气，说道：“舅舅，你说前几天见过我娘，请问这是我娘的意思吗？”

任天吾道：“不，这是我的意思。”

谷啸风道：“为什么？”心想：“舅父虽亲，总亲不过亲娘。我娘都不管我，你凭什么干涉我的婚事？”

任天吾好似猜着他的心意，缓缓说道：“你别误会，我不是想要干涉你的婚事。我不妨告诉你，你的母亲很不愿意你反悔这头婚事，还是我给你说情的呢。”

谷啸风淡淡说道：“哦，那么我倒要多谢舅舅了。”

任天吾道：“我和你家虽没往来，但我只有一个嫡亲妹子，我对你们还是一直关心的。说老实话，你那死去的爹爹给你订下这门婚事，我是不赞成的。如果只在奚家和韩家之中选择，我倒是宁愿你和奚家联婚。”

谷啸风心想：“这是我自己的终身大事，别人赞同与否，与我都不相干。”但他不愿顶撞舅父，于是说道：“既然如此，那么舅舅何以阻止我洛阳之行？”

任天吾道：“你既然下了决心不和韩大维的女儿成婚，何必还要跑去洛阳见他？”

谷啸风道：“大丈夫来得光明，去得磊落，这门婚事我虽然并不同意，也该去向女家交代明白，岂能糊里糊涂地就算退婚？”

任天吾道：“韩大维的脾气岂能饶你？”

谷啸风道：“我只问事情该不该做，是祸是福，我就管不到那许多了。”

任天吾心想：“这小子倒是和他爹娘的性情一模一样。”当下说道：“你自己愿意去碰韩大维的钉子，我不管你。不过，我却要问你一件事情。”

谷啸风道：“请说。”

任天吾道：“我知道你的母亲已经把少阳神功传授给你。那十三篇少阳图解在不在你的身上？”

谷啸风道：“在又怎样，不在又怎样？”

任天吾道：“若是在你身上，我就不能让你前往洛阳！”

谷啸风道：“为什么？”任天吾道：“也许你还未知道，这少阳神功并不是你谷家的，是你母亲从任家带去的。我不能让任家的武功秘笈落入韩大维之手！”

谷啸风心中有气，冷冷说道：“韩大维也不见得就稀罕任家的这部秘笈。”

任天吾道：“那是你的‘以为’！好，但我也不管他姓韩的是稀罕还是不稀罕，我只问你：这十三篇图解，究竟在不在你的身上？”

谷啸风道：“不在！”硬帮帮地吐出了这两个字，便即回头，准备上马走路。

任天吾道：“且慢，我还有话说！”

谷啸风愕然止步，说道：“舅舅还有什么吩咐？”

任天吾冷冷说道：“图解虽然不在你的身上，但这少阳神功的心法，想必你早已是熟极如流的了！”

谷啸风怫然不悦，说道：“哦，原来舅舅还是信不过我，恐怕我把舅舅家传秘法，泄漏给外人。好，我给舅父发个毒誓，若是你还不信，那我也没办法。”

任天吾道：“这倒不必，我只要你说句老实话。”

谷啸风心里有气，说道：“甥儿从来不说谎话。好吧，你要我说些什么，尽管问吧！”

任天吾道：“韩大维受了朱九穆的修罗阴煞功之伤，你是知道的了。”

谷啸风道：“不错，是已知道。”

任天吾道：“你此去是否打算用少阳神功给韩大维治伤？”

谷啸风道：“是又怎样，不是又怎样？”

任天吾道：“我不能让你给韩大维治伤！”

谷啸风其实并不打算用少阳神功给韩大维治伤，以韩大维的内功造诣，只要有奚家的九天回阳百花酒，便足以令他复原。但谷啸风也是个倔强的人，听了任天吾的说话，却不由得越发心头火起，想道：“天下哪有这样蛮不讲理的人，纵然你是我的舅父，我也不能依你。”于是说道：“舅舅，你的手也未免伸得太长了吧？”

任天吾双眼一翻，峭声说道：“哦，你是嫌我多管闲事了？”

谷啸风道：“不敢。但凡事抬不过一个理字，只要舅父说得有道理，甥儿不敢不依。”

任天吾冷笑道：“你何不干脆骂我没有道理！”谷啸风默不作

声，索性给他来个默认。

任天吾缓缓说道："你为什么一定要给韩大维治病，我倒想先听听你的道理。"谷啸风本来以为他要暴怒如雷的，不料他却缓和了许多。

谷啸风也不想过分和舅父抬杠，于是平心静气道："我去退婚是一回事，给韩伯伯治病又是另一回事，韩伯伯是一位德高望重的武林前辈，如今他受了邪派的大魔头所伤，我们做小辈的理该给他医治，何况他还是家父生前的好朋友呢！"

任天吾道："这么说你倒不是出于私心想要讨好韩大维，以便利于退婚，才给韩大维治病的了？"

谷啸风道："我早就说过这是两回事！"心想："你这简直是以小人之心度君子之腹。"

任天吾打个哈哈，说道："如此说来，这倒好办了。"

谷啸风莫名其妙，说道："舅父的意思是——"

任天吾道："我的意思是你不该给韩大维治病！"

说来说去，还是不许。谷啸风不禁气往上冲，大声问道："为什么？"

任天吾道："正是为了你刚才所说的理由。依你刚才所说，你是因为钦敬韩大维的为人，才想给他治病的，是不是？"

谷啸风道："至少韩伯伯是个好人！"

任天吾道："如果他是个坏人呢？"

谷啸风怔了一怔，愤然说道："你有什么证据说韩伯伯是个坏人？"

任天吾道："证据我拿不出来。但我知道韩大维决不是你所想象的好人，他实在是个老奸巨猾之辈！"

谷啸风焉能相信他片面之词？不由得冷笑说道："拿不出证据也总得有点事实为凭吧？否则只凭舅舅的说话，请恕甥儿无礼，甥儿实是不能相信！"

任天吾沉吟片刻，说道："本来我应该告诉你的，但现在却还不是时候。让你过早知道，恐怕反而误事。当然我也知道我这样说你是不会相信我的，但你可以回去问问你妈，我相信她虽然与我不和，最少她也会承认我是个正直的人，决不至于胡乱说别人的坏话！”

谷啸风淡淡说道：“我是要问娘，但现在却还不是时候，现在我要赶回洛阳，为了问一句话，似乎不值得往返千里，耽误时间。舅父消息灵通，想必应该知道蒙古鞑子已经入侵，我可以等待，蒙古的骑兵可是不会停留。我必须赶在洛阳未失陷之前，见着韩伯伯。请恕甥儿少陪了。”

任天吾“哼”了一声，拦住马头，说道：“依我之见，你还是不去也罢！”

谷啸风动了气，大声说道：“给不给韩伯伯治病是我的事，但洛阳我非去不可！”

眼看就要闹僵，忽见一骑飞奔而来，骑在马上的是个中年妇人，远远地就扬声叫道：“咦，你们在这里闹什么？风儿，他是你的舅父，你知不知道？”

谷啸风喜出望外，叫道：“妈，你来了！舅舅他不许我前往洛阳！”

谷夫人赶了到来，说道：“风儿，你也太过自作主张了，你这次逃婚，闹出这样大的乱子，你也不想想妈妈怎样为你担心，几乎把我急死了！但过去的我也不说你了，现在你要前往洛阳，我倒是认为应该的！大丈夫理该光明磊落，事情既然做了出来，就该有勇气到韩家负荆请罪！”谷啸风正担心母亲责骂，不料谷夫人口风一转，反而赞同了他去洛阳。谷啸风大为欢喜，心想：“早知妈是如此通达人情，其实我这次大可不必逃婚。”

任天吾甚是尴尬，说道：“三妹，你、你有所不知——”话犹未了，谷夫人早已拿出一卷东西，向他抛去。

任天吾一见就知是家传的那册“少阳神功十三篇图解”，不觉愕然，说道：“三妹，你这是什么意思？”

谷夫人冷冷说道：“好男儿不要爹田地，好女不要嫁衣裳。爹爹给我的嫁妆，现在我退还给你，你总可以放心了吧？省得你去盘问风儿！”

任天吾满面通红，欲待不接，但这卷秘笈，乃是他梦寐以求的东西，只好厚着面皮收了下来。原来他虽然练过少阳神功，但还未曾练得成功，父亲就给了妹妹做嫁妆了。他当然是希望传下去给自己子孙的，但这十三篇图解，繁复奥妙，他少年时候学过，时久日远，凭着记忆，已是难以复制。

但任天吾也是个死要面子的人，妹妹若是好言好语地归还给他，也还罢了，若今加上这句冷嘲热讽，却叫他怎受得了？他满面通红，说道："三妹，你误会了我的意思了。我并非要讨回爹爹给你的嫁妆，也不是不放心让你们母子保存。我不放心的只是给那韩大维——"

谷夫人说道："大哥，你无须多说了。好吧，你不放心的事，我也一并叫你放心好了，啸风，我要你答应我：决不用少阳神功给韩大维治病！否则我就不认你这个儿子！"

谷啸风道："我答应娘，我决不用少阳神功给韩伯伯治病！"

谷夫人笑道："大哥，现在你可以放心了吧？其实给韩大维治病，也并非一定要用少阳神功！"

任天吾叹了口气，说道："本来我还不想告诉你们的，你们既是对我有这许多误会，我只好告诉你们了。三妹，你知道我为什么不许甥儿给韩大维治病，并非仅仅是恐防少阳神功的秘笈泄漏给他之故啊！"

谷夫人道："那又是为了什么？"

谷啸风早已按捺不住，抢先说道："舅父说，韩伯伯不是好人！"

此言一出，谷夫人也不禁愕然，满面怀疑的神色看着她的哥哥。

任天吾道："三妹，难怪你不相信。韩大维老奸巨猾，我若不是知道清楚，也会把他当作好人的。"

谷夫人道："你知道了什么？"任天吾道："我知道他私通蒙古鞑子！"

谷夫人大吃一惊，说道："你有什么证据？"

任天吾道："上官复这个人你知道不知道？"

谷夫人想了一想，说道："是不是早就在武林中销声匿息了的那位老前辈？我记得爹爹曾经谈过他的事情，说他和青灵师太似乎有过一段孽缘，因此逃情海外。这都是几十年前的事情了，你为何要提起这个人？”

任天吾冷冷说道：“这个人现在是蒙古国师尊胜法王的副手，也很得成吉思汗的宠信。”

谷夫人道：“这和韩大维又有什么关系？”

任天吾道：“当然大有关系。韩大维与他往来已非一日。”

谷夫人道：“爹爹生前也曾与这上官复往来。”

任天吾道：“那是在上官复未投蒙古之前，韩大维与他往来。则是在上官复已经做了蒙古国师的副手之后。”

谷夫人道：“你怎么知道？”

任天吾道：“那年我到洛阳，韩大维不敢邀我到他家中，你知道为了什么？就是因为他家中正巧来了一位贵客！”

谷夫人道：“是上官复？”

任天吾冷笑道：“若不是他，我也不用和你说了，俗话说得好，若要人不知，除非己莫为，韩大维这事虽然做得秘密，总是瞒不过洛阳城中每一个人的耳目。”

谷夫人道：“告诉你这秘密的人是谁？”

任天吾道：“是丐帮在洛阳分舵的一位香主。”谷夫人道：“可是刘昆？”任天吾道：“正是。”谷夫人心想：“丐帮消息最为灵通，这位刘香主又是个正直的人，而且也没听说他和韩大维有甚嫌隙。如此说来，只怕此事当真不是无风起浪的了？”

谷啸风却忍不住问道：“舅舅，俗话也说：人言是假，眼见方真。你可有在韩家亲眼见到这个名叫上官复的蒙古奸细？”

任天吾冷冷说道：“正是给我亲眼见着了。你想要知道，现在我就详细告诉你。”

任天吾面向着妹妹，往下说道：“那晚刘昆告诉我这个消息，我气愤不过，约了他同往韩家，揪那上官复出来，也好揭开韩大维这伪君子的面目。哪知他们的消息也很灵通，闻风就走。我们未到韩家，在宝鸡巷就碰见这个从韩家溜出来的上官复，我、我给他打了一掌，刘昆也捉他不住，给他跑了。”

谷啸风道："你怎知他是从韩家溜出来的？"

任天吾道："韩家坐落在宝鸡巷的对面，附近又并无武林人物的住宅，这上官复不是从韩家溜出还有哪儿？"跟着又叹了口气，说道："不过你这一问也问得有点道理，当时我是顾虑到这一点，虽然明知他是从韩家出来，但苦于不是当场抓着，韩大维一定不肯承认，我们也难兴问罪之师。"

谷夫人心里想道："我只道大哥因为韩大维没有尽地主之谊，以致对他不满。却原来还有这桩事情。"

任天吾接着说道："韩大维的奸谋未曾败露，以他在武林中的地位，我们暂时还不能动他。所以我刚才说的时机未至，还不想让甥儿知道。现在你们迫得我不能不说，我可要劝劝啸风了。啸风，你知道了这件事情，可要守口如瓶，千万不能泄漏。否则只怕你要遭韩大维的毒手！当然，最好你还是根本取消了洛阳之行！"

谷啸风听了这话，心乱如麻，只是把眼望着母亲，却没回答。

谷夫人道："多谢你的关心，这事我得好好地想一想，我会给他拿主意的。"

任天吾冷笑道："当然，他是你的儿子，我自是不能越俎代庖，替他做主。我只是要你明白，我劝阻甥儿，不想他给韩大维治病，并非出于私心，这就够了。好，你好好想吧，我走了！"

任天吾走后，谷啸风道："妈，你听了舅舅的话，你说他的话能不能相信？"

谷夫人脸上也是一派惶惑的神情，许久许久，都没说话，似乎是正在用心思索。

谷啸风满腹疑团，忍耐不住问道："妈，你们当年是为了何故兄妹失和的？"

谷夫人道："你舅父不许我嫁你爹爹。"说到此处，不觉微笑道："你既然知道了这件事，我也不妨告诉你，我和你爹爹的婚事是自己做主的。就是为了这个缘故，所以我也不想干涉你的婚姻，免得将来你像我恨大哥地一样恨我。虽然我觉得韩大维的女儿也很是不错。"

谷啸风满怀喜悦，说道："妈，你真是个通情达理的好妈妈。

说老实话，舅父那一脸刮得出霜的古肃样儿，我也是有点看不顺眼。”谷夫人给他逗得噗嗤一笑，说道：“你一个做晚辈的人可不能信口讥诮长辈！”

谷啸风又问：“舅舅和韩伯伯的过节，究竟是怎么一回事？他刚才说的似乎还有一两处没有交代。”

谷夫人道：“是这样的，那年你舅父到了洛阳，洛阳的武林朋友争着为他设宴洗尘，但作为豫、鲁、冀三省的武林领袖韩大维却没有请他。”

谷啸风道：“这是什么时候的事情？”

谷夫人道：“正是在你爹爹给你订下这头婚事的第二年。我曾经以为韩家不请我的哥哥，是因为他知道我与娘家不和的缘故。现在才知道还有这么一个秘密！”

谷啸风道：“妈，这么说，你是相信了舅舅的话了？但焉知他不是因此怀恨于心，觉得韩伯伯看不起他，这才说韩伯伯的坏话。”

谷夫人道：“不，你舅舅不是这样的人，我虽然和他合不来，但他耿直的脾气我是知道的。”

谷啸风颓然说道：“这么说韩伯伯真是坏人了！”

谷夫人又摇了摇头，说道：“韩伯伯是你爹生前最要好的朋友，你爹爹素有知人之明，韩大维若是坏人，他决不会和他结为亲家的。倘若你爹爹还在，这次他一定不会许你退婚！”

谷啸风道：“妈，那么你相信爹爹还是相信舅舅？”

谷夫人道：“我当然相信你爹爹的。但我也相信舅舅说的不是谎话。哎，也许其中另有别情，韩大维虽然与上官复有往来，未必就是想要投靠蒙古鞑子。韩大维的为人不但你爹爹信得过，我也是信得过的。当年我和你爹爹行走江湖，得过他的帮忙很是不少。不过，他应该知道上官复的身份的，为何还与他来往呢？”她刚刚说了“也许其中另有别情”，跟着又自己发出了疑问，显然她也是给任天吾的一席话，说得对韩大维的信心有了一点动摇。

谷啸风惶然道：“妈，然则依你之见，我这洛阳之行，是去呢还是不去？”

谷夫人想了一想，说道：“你舅舅说的只是一个疑案，咱们和韩家可是有几十年的交情。这次的事情你已经很对不住韩家，若是不去向韩大伯赔礼道歉，交代个清楚明白，那就更说不过去了。”

谷啸风点了点头，说道：“对，我也是这么想。”

谷夫人道：“但舅父的话，你也不能完全不信。总之你此去多加小心就是。最好这次洛阳之行，能够求得个水落石出。”

谷啸风道：“孩儿谨记妈的吩咐。妈，请你放心。”

谷夫人道：“我给你换一匹坐骑，你骑我这匹‘小白龙’去吧。”原来这匹“小白龙”是谷啸风父亲在青海所得的一匹宝马，名为“小白龙”，马龄已有十几岁。但马龄虽然不小，仍有日行千里之能。

谷啸风感激母亲的体贴，别离在即，不禁蕴泪说道：“妈，我累得你为我这样操心，我真是惭愧得很！”

谷夫人微笑道：“我只想你得到幸福，我也就欢喜了。那位奚姑娘我见过了，的确长得很俊，怪不得你喜欢她。”她不愿意母子离别伤心，是以特地找点高兴的话和儿子说笑。

谷啸风怔了一怔，道：“妈，你和奚玉瑾会了面了。她知道你吗？”

谷夫人道：“她可不认识我，我怕她难为情，也没有和她搭话。她和她哥哥同坐一辆骡车，我已经打听明白，车上载有一缸九天回阳百花酒。”

谷啸风恍然大悟，说道：“怪不得刚才敢对舅舅保证，无须我用少阳神功给韩伯伯治病。原来你已经知道奚玉瑾要去洛阳。”

谷夫人道：“小白龙比那辆骡车跑得快得多，我把它给你，就是想你早两天到洛阳。你懂得我的用意吗？你这次退婚，韩大维定不高兴，若是你同奚玉瑾一同去见他，他就更不高兴了。所以尽管你们两人恩爱，还是不必和她同行的好。”

谷啸风面上一红，说道：“孩儿懂得。”忽地想起一事，问道：“妈，你见过那位韩姑娘了吗？”

谷夫人微微一笑，说道：“见过。她长得很美，本领也很不错。”

谷啸风诧道：“你怎么知道？”

谷夫人笑道："她到咱们家里来过呢！"当下将那晚的事告诉了儿子，说道："我和大哥在房里说话，她大约是想来会我的，发现房里有人，遂躲在假山背后。我和你舅舅说的话，也不知她听见没有？待到我知道外面有人，出去看时，她刚好走了。她的轻功是我亲眼看到的，确是不凡。听说她在老狼窝曾轻描淡写地打发了'程氏五狼'，又打败了'野狐安达'等人，依此看来，她的武功自必也是相当了得的了！"

谷啸风暗自寻思："那晚想必她是来探求真相的，待到知道了实情，遂悄然走了。唉，当时她不知道是如何伤心？"谷夫人笑道："你为什么忽想起了她？"

谷啸风道："这次她到百花谷来给我们解围，我虽然要去退婚，对她这份人情，也还是要感激她的。我以为玉瑾会把她留下，但现在你既然在路上碰见玉瑾和她哥哥，韩姑娘当然是不会单独留在百花谷的了。就不知她是否回家？所以我想问你，在路上是否也曾见着了她？"

谷夫人道："哦，原来你是怕与她中途相遇，彼此尴尬？奇怪，她应该是回家的，但我在路上却没有见着她。或许她走的是另一条路也说不定。但你这匹小白龙走得快，总会比她先到洛阳。嗯，如果你见到她，也该对她好些，千万不能使她更难堪了。"

谷啸风红着脸答了一个"是"字，说道："玉瑾和她本来也是情如姊妹的，但愿不要因我的缘故坏了她们的交情。好了，时候不早，妈，你回去吧。"

谷夫人道："听说蒙古的大军正在向洛阳进犯，你一路上也要多加小心。"

母子分手之后，谷啸风跨上了"小白龙"，快马加鞭，赶往洛阳，按下不表。且说韩珮瑛在路上的遭遇。

谷夫人猜得不错，韩珮瑛正是为了不愿与谷啸风中途相遇，才选择了另一条路回家。谷啸风走的是官道，她走的是小路。

韩珮瑛已经改了男装，开头几天，一路无事，投宿客店，也没有人发觉她是女子。但到了第七天，她过了山东济南之后，却碰上了一件奇怪的事情。

那晚她在一个名叫“齐河”的小镇投宿，客店的小主人对她殷勤招待，不用她吩咐，就给她备办了上好的酒菜。韩珮瑛已是有点诧异，自忖自己又不是达官贵人，行头也不似殷商富贾，不解主人何以将她当作贵客。

韩珮瑛还只道这是客店主人做生意的手法，虽然有点奇怪，也不怎样在意。不料在第二天临走之时，当她结账的时候，客店主人却不收她的银子。韩珮瑛当然大为惊异，问他缘故，客店主人这才说出，原来早已有人替她付了。

齐河是个小地方，韩珮瑛暗自思量，她在江湖上结识的朋友，除了奚玉瑾之外，并无他人。也没听她父亲说过在齐河有什么朋友。为何会有人替她付账呢？既然要套交情，为何又不露面呢？

韩珮瑛在大感诧异之下，仔细盘问这个人是谁，店主人赔笑说道：“是个四十左右，相貌普普通通，说不出什么特征，但衣服却很华贵的汉子。他在昨日午间，便到小店定下房间，说了你的相貌，叫我们好生招待。他留下银子便走了，却没留下姓名。这人想必是贵友吧？我以为你老早就知道了。”店主人见她盘问不休，也是好生诧异。

韩珮瑛默察情形，情知店主是得了那人的好处，但却并非串通的同党，再问想必也不会问出什么来了。韩珮瑛不愿多惹猜忌，当下装作恍然大悟的神气，说道：“哦，原来是他。这人一向是喜和朋友开玩笑的，这次想必也是他有心和我开开玩笑的了。”

韩珮瑛出了这小镇，心中奇怪不已，寻思：“这只有两种可能，一是有人要讨好我，存心与我结纳；一是意图不利于我，故此暗地跟踪。老狼窝一役，我结了不少仇家，也说不定就是哪个仇家派来的人？但不管是哪一种，我的身份，只怕是已给人看破了。”

韩珮瑛想来想去，觉得这两种推想都有可能，但也都有破绽。最大的破绽是为什么要让她先知道呢？若是仇家跟踪，何必如此故弄玄虚？若是有心讨好，又何以连名字也不留下？何况自己只是一个初出道的黄毛丫头，又有什么值得人家巴结的？

韩珮瑛想不出个所以然来，只好多加小心，继续前行。心想：“讨好也罢，仇家也罢，想来他们还是要露面的，到时我随机应付就是。我总不能给他们这一吓，就不敢回家?”

这晚韩珮瑛在黄河南岸的一个小镇住宿，这个小镇只有一间客店。韩珮瑛投宿之时，店主人早已站在门边迎接，韩珮瑛一问，果然又是有人为她定了房间，吩咐店主人的说话和齐河镇的那人一样。不过这个人却是个秃头的汉子，又不是齐河镇主所描绘的那个人了。

韩珮瑛提心吊胆了一晚，一点事情也没发生，倒是颇出她的意料之外。正是：

谁为东道主，何故弄玄虚?

欲知后事如何，请听下回分解。

第九回　逝水移川怀禹绩
醇醪结客感朋谊

韩珮瑛不禁又是好恼，又是好笑，心里想道：“这人还未露面，我已给他弄得寝食不安。”她自我嘲笑一番，把紧张的心情放松下来，便即离开客店，觅船渡河。

其时黄河以北风声已紧，连日都有难民逃过河来，往北走的客人却是少见。韩珮瑛好不容易找到一条船，许以重赏才肯渡她过河。

这日天气不大好，虽是晴天，却刮着不大不小的风。韩珮瑛站在船头，只见大河上下，浊流滔滔，不禁心头怅触，想道：“清者自清，浊者自浊。在乱世中做人可不能随流浮沉。”又想：“黄河浪滚波翻，正好像当前的时局一样。却不知鞑子兵打到了洛阳没有？爹爹身处危城，一定是很挂念我了。”

正自浮想联翩，忽见一条小船，从后面追上来，疾如奔马，转瞬间已越过她的前头。撑船的是个大约十八九岁的少年，相貌颇为清秀，身上穿的衣裳也很整洁，不像是个舟子。韩珮瑛觉得有点奇怪，当他这条小船在旁边经过的时候，不免多看了一眼。这少年似乎也发觉了韩珮瑛在注视他，越过了她的前头，忽地回眸一笑。

韩珮瑛心头一动，问舟子道：“这人是谁，好俊的驶舟本领！”舟子道：“我以前也没有见过这人，恐怕是新来的船家吧？近日也有不少难民雇了船逃难的。”韩珮瑛道：“看来他不像是个船家，而且逃难应该逃向南方，他却是往北逃的。”舟子道：“这我可就不知道了。不过他虽然不似船家，驾船的本领却实在高明，我撑了大半辈子的船，还没有见过这样熟练的舟子!”韩珮瑛心想：“莫非故弄玄虚的就是此人?”随即又在心里暗笑：“这人看来年纪比我还小，哪有这样的神通?”要知这两日给她预先打点宿处的，并不是同一个人，而且那两个人都是四十岁以上的中年人。显然是一帮有组织的江湖人物已经跟踪上她。这少年看来还不满二十岁，依常理推测，绝不可能是一个帮会的头子。

韩珮瑛暗自好笑自己多疑，转眼间那条小船已是去得远了，韩珮瑛也不怎样放在心上。过了黄河，舍舟登陆，骑着马走，日头未落，便到了禹城。

禹城是黄河北岸一个比较大的县城，相传是大禹治水时所建的城池。禹城又以产酒著名，城中有座酒楼，脍炙人口，名为“仪醪楼”，高出城中的民居之上，便于客人眺望黄河。韩珮瑛虽然未到过禹城，也知道禹城有这座著名的酒楼。原来据说最先发明酿酒的人是大禹的臣子仪狄，他制作酒醪，“禹赏之而美，遂疏仪狄。”（见《说文》）禹城中的这座“仪醪楼”自是含有纪念仪狄之意，久而久之也就成为禹城的一个名胜了。

韩珮瑛因为禹城是个比较大的县城，倘若错过宿头，又不知还要走多远才能找得到一个有客店的小市镇，而且禹城的佳肴美酒脍炙人口，韩珮瑛连日奔波，也想在禹城享受一下，因此天色虽然未晚，便进禹城找寻住处。

韩珮瑛有了前两日的经验，心里想道：“我且找一间比较小的客店，看看那帮人是不是也预先给我订了房间?”当下牵了坐骑，便往横街小巷里寻找。

正行走间，忽地有个背着一篓煤球的小厮与她擦肩而过，韩珮瑛怕他腌臜，侧身闪避。但小巷街道狭窄，韩珮瑛牵着坐骑，闪身不便，还是给那小厮揩了一下。那小厮“哎哟”一声叫道：“对不起，对不起!”弯下腰伸出手替韩珮瑛拂拭。这小厮的头面手脚沾满煤灰，不拂拭也还罢了，一拂拭韩珮瑛的衣裳更脏。韩珮瑛又是气恼，又是好笑，赶忙推开了他，说道：“你走你的吧，我不怪你就是。”

这小厮钻进了一条小巷，韩珮瑛才蓦地想起，这小厮好像是在哪里见过似的？他脸上虽然肮脏，但眉目清秀，仍是掩饰不了的。韩珮瑛终于想了起来，这小厮正是她渡河之时所见的那个少年舟子。那舟子本来是穿着一身整洁的衣裳的，相隔不过半天，摇身一变，就变成了一个脏兮兮的小厮，是以韩珮瑛想了许久方才想起。韩珮瑛心想："这小子只怕是当真有点邪门。"

转了几条横街小巷，韩珮瑛在一间毫不起眼的小客栈前面停下脚步，门口连招牌也没有，只从檐角伸出一支竹竿，挂有"客栈"的布招。墙壁黑黝黝的，显然是许久未加粉饰的了。韩珮瑛暗自想道："那帮人总想不到我会找到这个地方投宿吧？"不料心念未已，只见掌柜的已是走了出来，躬腰哈背地说道："难得你老光临，小店深感荣宠。房间已经准备好了，你老看看合不合意。"说罢，就要替韩珮瑛牵马。

韩珮瑛道："且慢。你知道我是谁？为什么预先替我准备了房间？"

掌柜的怔了一怔，说道："有位大爷告诉我的，你老的相貌和坐骑的毛色他都说得很清楚，吩咐小的好生伺候你老。房间也是那位大爷订下的。"心想："该不会是我接错了人吧？"

韩珮瑛不想多费唇舌，说道："你错了。我只是路过，并不想在你这儿住宿。"说罢，便即牵了坐骑走开。掌柜的睁大眼睛，寻思："分明是那个人说的模样，怎会错了？但管他是对是错，反正我已经收了房钱。"

韩珮瑛多少有点江湖经验，试了一次，心中已是明白，想必禹城中的大小客店，那帮人都已给她订下一个房间！

韩珮瑛没有工夫再试，心里暗笑，想道："既然有人做东道主，我乐得住舒服些。"当下转出小巷，走上大街，找寻禹城最大的那家客店投宿。

走了一会，暗地留神，韩珮瑛发觉似乎又有两个人跟踪着她。一个是有着三绺长须的老头儿，一个是秃顶的中年汉子。这两个人傍着一边商店的檐阶走，并非是在街道当中，韩珮瑛初时以为他们是购买货物的，但走过了一条长街，回头看时，这两个人仍然没有走进哪一间商店。

这两个人也似乎发觉了韩珮瑛在注视他们，此时他们正好走到禹城最著名的酒楼“仪醪楼”前面，老者说道：“这儿的汾酒听说比山西的汾酒还要好，咱们哥儿俩喝一杯。”秃头的中年汉子笑道：“难得老哥有此雅兴，小弟自当奉陪。”两人遂相偕上楼去了。

韩珮瑛想起前晚在黄河边上的那个小镇投宿，据客店主人所说，给她订下房间的正是一个秃顶的汉子，心里想道：“莫非就是此人？好，待会我也上仪醪楼去，看看他们对我如何，就可以知道是也不是了。”

韩珮瑛找到了最大的一家客店，进去投宿，客店的主人亲自出来迎接，一问之下，果然又是有人给她订下了房间，但这一次却是个书生模样的人。韩珮瑛听了，暗自寻思：“这帮人出来办事的每日不同，看来人数还似乎当真不少呢。”

韩珮瑛进了房间，放下行李，客店主人说道：“酒菜已备好了，也是那位大爷给你订下的。”韩珮瑛道：“不，我想到仪醪楼喝酒去，不在这儿吃饭了。”客店主人点了点头，说道：“不错，仪醪楼的酒菜是禹城最出名的。那么那桌酒席——”韩珮瑛道：“你们吃了吧，不必留给我了。”

韩珮瑛上了酒楼，游目四顾，只见有十多桌客人，她怀疑是跟踪她的那两个汉子也在这酒楼上还没有走。韩珮瑛留意他们的动静，只见他们的目光似乎是在向自己投来，但随即就把目光移开，只顾喝酒。韩珮瑛怀疑不定，找了一副靠窗的座头坐下，招手叫伙计过来。恰好此时那个三绺长须的老者也在叫一个伙计到他们那桌，低声地吩咐了那伙计几句，韩珮瑛坐得远，满楼客人划拳猜酒，嘈嘈杂杂，听不清楚那老者说些什么。

韩珮瑛道：“我要一壶汾酒，半只烧鸡，一碟卤牛肉。”伙计应了一个“是”字，便即走了。

韩珮瑛看了看楼上的客人，除了那两个汉子之外，似乎没有什么值得可疑的人物。但这“仪醪楼”因是一处名胜之地，楼中倒是悬有几副楹联，还挂有一幅草书。韩珮瑛等候酒菜，闲着无事，遂抬头观赏这幅草书。

这幅草书写得龙飞凤舞，笔力甚是遒劲，写的是南宋词人吴梦窗的一首词，词牌名《齐天乐》，词道：

“三千年事残鸦外，无言倦凭秋树。逝水移川，高陵变谷，那识当时神禹？幽云怪雨，翠萍湿空梁，夜深飞去。雁起青天，数行书似旧藏处。　　寂寥西窗久坐，故人悭会遇，同剪灯语。积藓残碑，零圭断壁，重拂人间尘土。霜红罢舞，漫山色青青，雾朝烟暮。岸锁春船，画旗喧赛鼓。”

这是吴梦窗登禹陵所作的词，禹陵在浙江绍兴的会稽山，与山东的禹城相去不止千里，但因是歌颂大禹功业的词章，故此放在这座“仪醪楼”上也是甚为恰当。在这座酒楼上远眺黄河，就正是大禹当年治水之处。

上半阕写的是大禹的功绩。大禹治水是三千年以前的往事了，三千年沧桑变化，往事消沉，早已杳不可寻，消逝在“寒鸦影外”。当年水道不知已经几度迁移，耸拔的高山也许已沦为深谷了。大禹治水的往迹如今已是不可复识，但他的功业谁能忘记呢？

吴梦窗当年登禹陵之时，是和好友冯深居同去的，下半阕：“寂寥西窗坐久，故人悭会遇，同剪灯语。积藓残碑，零圭断壁，重拂人间尘土。”这几句写的就是他游罢禹陵，回家之后，和好友剪灯夜话，抒发日间所见所触的感慨。最后几句写的则是承平景象，由于大禹治了水患，后世的百姓得以安居，因此每到春日，在山前就可见到岸锁舟船，画旗招展，赛鼓声喧。“岸锁春船，画旗喧赛鼓。”描画了太平年月百姓祭祀大禹时的欢乐。

韩珮瑛读了这一首词，心中也是甚多感触，想道：“为百姓做了好事的人，百姓是不会忘记他的。一个人的能力有大小，我虽然比不上大禹，也应该将他当作榜样。”又想：“如今战乱已起，眼看胡骑来到，就将饮马黄河，太平的年月，不知何时方可重睹？”“吴梦窗写这首词的时候，有好友与他剪灯夜话，如今我却只是孤单单的一个人在这里远眺黄河，独自怅触，可以倾诉胸臆的知己不知到何处找寻？”

韩珮瑛正自浮想联翩之际，只见两个伙计，已经把酒菜端来。一个端来的是她原来所点的卤牛肉和半只烧鸡与一壶汾酒，另一个端的却是一尾鲤鱼和四式精致的小菜。这四式小菜是樱桃乳酪、凤肝鹿脯、獐腿拌鸡丝和翡翠羹。四式小菜色香味样样俱全。韩珮瑛家里是讲究饮食的，一见这四式小菜，就知道不知费了厨子多少心思！

可是这都并不是韩珮瑛所点的菜，如今给她端来，韩珮瑛当然大为诧异！

伙计把酒菜一一摆上桌子，一面说道："翡翠羹要趁热喝的好。凤肝鹿脯和獐腿拌鸡丝是送酒的小菜，但做起来可是很费工夫，是小店的大司务（厨子）特地为你老动手做的。樱桃乳酪留到喝完了酒才吃，有解腻醒酒之功。这尾鲤鱼是刚从黄河打上来的，嘿嘿，我们这儿的黄河鲤鱼也还有点小小的名气。你老尝尝，看满意不满意？"这伙计唠唠叨叨地说了一大篇，就像献宝似的，生怕韩珮瑛不懂这几样名贵的食物，辜负了他们的苦心烹调，另一个伙计笑道："三哥，你这不变成了老王卖瓜，自卖自夸了吗？别叫客人笑甩了牙啦！"

韩珮瑛道："可是这几样菜都不是我点的呀！"伙计一瞧，客人非但没有笑，反而是板起脸了。

伙计怔了一怔，抬眼向那三绺长须老者望去，老者点了点头，似是有所暗示，叫他但说无妨。伙计得了暗示，躬腰说道："这几式小菜是西座这位老先生吩咐小店孝敬你老的。"

韩珮瑛淡淡地说道："我为什么要受你们的孝敬，拿回去！"

伙计吃了一惊，连忙摇手道："不，不，不！这是付了钱的，我们怎好拿回去？"看他的神气，似乎不仅是为了酒店的规矩，而是恐怕韩珮瑛不受，那老者会责怪他。

那老者站了起来，说道："兄台初到此地，恐怕不大熟悉这间酒楼的名菜，是以小老儿不揣冒昧，越俎代庖，替兄台点菜。一点小意思，实在不成敬意，请兄台赏面。"

韩珮瑛道："我与老先生素不相识，老先生因何请客？"

老者笑道："萍水相逢，尽是他乡之客。难得与兄台相遇，又何必曾相识呢？嘿，嘿，小老儿借花献佛，敬兄台一杯。"他偌大一把年纪，却口口声声尊韩珮瑛为"兄台"，听来很是有点滑稽，但也显出了他对韩珮瑛的尊敬。韩珮瑛心想："莫非他还未知道我是个女子？看他的神气，倒不像是对我含有恶意。”

心念未已，那老者已经把酒杯端了起来，韩珮瑛只道他是要“先干为敬”，正自踌躇与不与他干杯，不料那老者把一杯斟得满满的酒，忽地向韩珮瑛这张桌子飞来，韩珮瑛这才知道他是借敬酒为名，炫耀功夫。

韩珮瑛不动声色，看他功夫怎样。只见那杯酒缓缓飞来，刚好落在她的面前，平平稳稳地就像旁边的伙计端上桌子似的，满满的一杯酒，一滴也没溅出。

韩珮瑛暗吃了一惊，心想：“这百步传杯的功夫确是不凡，我倒是不可小视他了。”当下拿起酒杯，说道：“不敢当。长者为尊，应该是我先敬老先生才对。”说罢，伸出左手食指在酒杯上一弹，酒杯又向那老者飞了过去。

韩珮瑛用上了家传的“弹指神通”功夫，酒杯宛似离弦之箭，去势甚急。老者一看来势，就知道这酒杯是向他面门飞来，不会落在桌子上的。

酒杯是盛满酒的，老者要接下这一杯酒不难，难的是在接杯之时，不能让杯中的酒溅出，否则就是输了招了。

老者见韩珮瑛使出这手功夫，心里又惊又喜，想道：“这一定是我们帮主所要巴结的那个女娃儿了。”他喜的是没认错了人，但却有点害怕不能滴酒不溅地接下这一杯酒，失了面子。

老者正在聚精会神，准备接下这一杯酒，忽地有个人刚好走上来，一伸手就把这一杯酒接了过去，说道：“你们推来让去，都不肯喝，那就让我喝了吧。”一张口把这杯酒喝得干干净净，没有溅出半点。

这一下两张桌子上的人都是大吃一惊，韩珮瑛尤其惊诧。原来这半路杀出来的程咬金不是别人，正是刚才在小巷里背着煤篓，碰了她一下的那个小厮，也即是她渡河之时所见的那个少年舟子。

这小厮仍然是穿着那身肮脏的衣服，脸上的煤灰也并没有洗擦干净。

和三绺长须的老者同坐一桌的那个秃头汉子怔了一怔，满面怒容地站了起来，喝道：“你是什么人，来这里做什么？出去，出去！”话犹未了，就使劲地向那小厮一推。

那小厮一个“乌龟缩头”，闪开了秃顶汉子一推，躲到了韩珮瑛的身边，说道：“岂有此理，这里是酒楼，谁都可以来喝酒的，你管得着我是什么人？”

酒店的伙计肉眼不识高人，见这小厮一身肮脏的衣裳，不禁皱起了眉头，说道：“话说得不错，可是也得有钱才能喝酒的。”小厮叫道：“哈，原来你是看不起我，你准知道我是没钱么？”一面说一面作出赌气掏钱的模样，忽地哎哟一声说道：“糟糕，糟糕，我当真是忘记带钱了。”

伙计冷笑道：“没钱就请你老让开。”小厮苦着脸说道：“别忙，别忙！我虽没钱，你怎知没人请我的客？嗯，哪位客人帮忙？”酒楼上的客人哄堂大笑。

韩珮瑛道：“这位小哥是我的客人，伙计，摆副座头。”伙计愣了一愣，只好应道：“是。”当下拿来杯筷羹碗，端端正正地给那小厮摆好，又故意拂拭了一下座位，说道：“你老坐好。”

小厮大马金刀地坐了下来，“哼”了一声道：“你怕我弄脏你的椅子吗？弄脏了也不打紧，大不了也有这位相公替我赔你。喂，这位相公，你肯替我赔吗？”韩珮瑛道：“小哥说笑了，请喝酒。”

老者与那秃顶汉子本来是要和韩珮瑛说话的，给这小厮插进来一闹，倒是不由得僵在一旁。秃顶汉子满面怒容想要发作，老者悄悄地把他按住，示意叫他不可节外生枝。待那小厮坐好之后，老者走过去道：“小老儿这厢有礼了。”

韩珮瑛还了一礼，说道：“不敢当。请教老先生高姓大名，因何赐我佳肴美酒？”那小厮插嘴笑道：“原来你也是别人请的客么？嘿，嘿，那么我吃了你的也不用你破钞了，哈哈，那还客气什么？”

那老者道：“这只是一点小意思，不值一提再提。小老儿楚大鹏对令尊钦仰已久，虽然不配高攀，但提起贱名，令尊或许还会知道。”

韩珮瑛心道：“原来他是要巴结爹爹的。但这楚大鹏的名字，我却从未听见爹爹说过。”当下说道：“晚辈这几日来，一路上都有人招待，不知可也是出于老先生所赐？”

楚大鹏道："这是我们黄河南北几个帮会对贤乔梓略表一点敬意，但求兄台他日在令尊跟前给我们问候一声，我们就感激不尽了。"这次说到"兄台"二字，却似漫不经意地对韩珮瑛斜睐一眼，似笑非笑。韩珮瑛七窍玲珑，登时明白这个楚大鹏已经知道她是女子。

楚大鹏说了这段"引子"，随即把曾做东道主的那几个帮会与及首领的名字向韩珮瑛一一报道。那小厮似乎听得很不耐烦，说道："你们说完了没有？我可不客气了，这翡翠羹是要趁热喝的才好呀!"说罢拿起匙羹就喝。韩珮瑛笑道："小哥请先用菜，恕我失陪。"小厮道："我是最不懂客气的了，你请我吃我就吃。你'失陪'只是你自己吃亏。"当下果然斟酒就饮，举筷就食，一面吃喝，一面啧啧称赏。

韩珮瑛听楚大鹏说那几个帮会的名字，不觉起了一点疑心，暗自想道："爹爹的朋友我虽然未必全都知道，但爹爹一向崖岸自高，尤其对邪派中人不屑一顾。这几个帮会在江湖上的名声都似乎不大好，爹爹却是几时和他们有过来往的呢？"

韩珮瑛心有所疑，问道："不知这几位舵主有何事要我代禀家父？楚老前辈和家父以前见过面么？"

楚大鹏恭恭敬敬地说道："我们不敢惊动令尊，只是想请令尊下次重履中原之时，能赏我们一个面子。"韩珮瑛一听这话，不禁大感奇怪。要知韩珮瑛家在洛阳，洛阳处天下（中国）之中，正是中原之地，不解楚大鹏何以会用上"重履中原"这四个字？

楚大鹏以为韩珮瑛不懂他的话，说道："只要兄台和令尊这么一提，令尊就会明白的了。"

韩珮瑛莫名其妙，只好含含糊糊地应了一声。楚大鹏接下去说道："前年令尊登临泰山，小老儿曾跟随敝帮帮主上山拜谒，兄台提起此事，令尊或许会记得。"

韩珮瑛听了这话，惊诧不已。要知她的父亲韩大维早已在五年之前受了朱九穆的修罗阴煞功之伤，行动不便。这五年来都是闭门不出与韩珮瑛朝夕相伴的。哪能在二年前登临泰山？

小厮嘴嚼着鹿脯，摇了摇头，一面咀嚼，一面说道："你们的话有说完的没有？翡翠羹都快冷啦。你再不吃，这凤肝鹿脯也要给我吃完了。”

楚大鹏甚是尴尬，赔笑说道：“是小老儿啰唆了。请两位不要见怪，小老儿这就告退。”当下又向韩珮瑛施了一礼，这才回转自己的座位。

韩珮瑛心里想道：“他在泰山所会的那人，一定不是爹爹。他认错了人，我却莫名其妙地叨了那个人的光了。”

想要过去与楚大鹏解释，但转念一想：“爹爹受了朱九穆的修罗阴煞功之伤，这件事爹爹是不想外人知道的。而且我若加以解释，首先也要泄露了自己的身份。还有一层，探听别人秘密，这是江湖上的一大禁忌。这些人拜托我的事情，显然内中含有秘密。我虽然不想打听，但我过去辩白，即使不加盘问，他们也会当我是来查根问底的了。这样，岂非也要令到他们为难？那时他们知道我是一个毫不相干的人，又岂能容忍我知道他们的秘密？”

韩珮瑛正自心里踌躇，只见楚大鹏与那秃顶汉子已经离座下楼。韩珮瑛心想：“多一事不如少一事，好，他们既然认错了人，我乐得吃他们一顿。”韩珮瑛已知道这些人是帮会中人，而且是在江湖上名声不大好的帮会，她也实在是不大愿意和这些人再打交道。

那小厮吁了口气，笑道：“阿弥陀佛，你们说完了，快点吃菜吧！”殷勤劝菜，好像反而把韩珮瑛当作了他的客人。

韩珮瑛道：“小哥，你是从南岸来的吧？我看见你驾一叶轻舟，横渡黄河，驾船的本领，实是令人佩服。”

小厮笑道：“你的眼力不错，果然还认得我。”韩珮瑛道：“却不知小哥又何以改了这副装束？”小厮道：“我们穷家的子弟，总得找活做才有饭吃是不是？上午在黄河打鱼，下午跑进城来拾煤渣，我常常都是这样的。这有什么奇怪？”

韩珮瑛起初怀疑这小厮是那帮人中的一个，如今已知不是，但对他的好奇之心却是没有消除。心里想道：“凭他刚才那手接酒杯的功夫，他一定不是寻常人家的孩子。看来他也好像是有心跟踪我的，却不知他又是什么来历？”

那小厮喝了口酒，举筷说道：“黄河鲤鱼的做法与寻常不同，你尝得出来吗？”

韩珮瑛道：“味道的确是特别鲜美，但看来也不过是清蒸鲜鱼的家常做法，却又有什么与别不同？”

小厮笑道：“这你就外行了。看似清蒸，其实并不是清蒸的。”韩珮瑛道：“哦，那又是怎么个做法？倒要请教。”

小厮道：“先烧一锅滚水，要用井水，不能用河水。待沸水起了鱼眼泡，大约过一寸香的时刻，把火熄掉。将鲜鱼放进滚水，盖上锅盖，再过一会，这尾鱼熟得将透未透之际，便拿出来，加上作料，这样鱼肉保持原味，就特别美了。”

韩珮瑛笑道：“你倒是很在行呀。”

小厮道：“我是常在黄河里打鱼吃的，穷人家又不能请厨子做菜，只能自己弄，不在行也得在行了。”又道：“这翡翠羹你可也别看轻了它，虽然只不过是豆腐和豆苗两样，但要弄得这样好吃却是难事。豆腐当然是要山水豆腐，豆苗也只能要最嫩的叶尖。还有煮豆腐的汤最少要用三只鸡熬出来的鸡汤，掠去了鸡油之后，方才能用。”

韩珮瑛道：“想不到小小的一碗豆腐羹也有这么讲究。这味菜你也常做的么？”心想：“你这可露出马脚来了，一个穷人家的孩子，岂能用三只鸡来熬汤？”

小厮说道：“不是豆腐羹，是翡翠羹。翡翠羹虽是豆腐和豆苗两样做的，但最紧要的还是细心挑选出来的嫩绿的豆苗。这味菜我没做过，不过在朋友家里吃过，懂得它的做法罢了。”

小厮喝了几杯酒之后，脸上微泛红晕，他的脸本来是沾有许多煤灰的，但仍然掩盖不了本来的妩媚，尤其是在喝酒之后，现出两个酒窝，更是好看。韩珮瑛心想：“他一定是平日养尊处优的美少年，却不知何以要扮一个穷小厮的模样？”因为两人是对面而坐，韩珮瑛看得仔细，还隐隐感觉得到这小厮的“美”美得有点异样，比如谷啸风和奚玉帆也长得很俊，说得上是美男子，但谷奚二人的漂亮透着男子的英气，这小厮的“美”却似带有几分女子的“秀气”，这是一种只能意会而难以言传的感觉。

韩珮瑛在打量这个小厮，这小厮也是目灼灼地在看着她。韩珮瑛不禁面上一红，想道："他虽然貌似女子，毕竟不是女子。我这样看他，别叫他误会了。不过他的年纪看来比我还小，我把他当作弟弟一样看待，那也无妨。他未必看得出我是女子吧?"不知怎的，韩珮瑛好像和这小厮一见投缘，当她记起自己乃是"男子"身份之时，心神也就定了下来，把少女应有的羞涩掩藏了。

忽听得楼板格登格登地响，上来了一个大汉。身披黑狐裘，头戴熊皮帽，衣装华贵，相貌却甚粗豪。一坐下来，就大声叫道："拿一坛酒来!"

店小二吃了一惊，以为自己听错，问道："客官，你要的是一壶还是一坛？一坛酒最小的一号也有十斤，最大的一号有一百斤。中号的有三十斤、五十斤、七十斤三种。"

那汉子道："别啰唆了，就拿三十斤一坛的来吧。另外给我来两只烧鸡，五斤白肉。"店小二伸了伸舌头，说道："客官，你是请客吧，要摆几双筷子?"

那汉子道："就只我一个人。怎么，你开饭店的还怕大肚皮吗？啰里啰唆，问些什么?"店小二心想："我只怕你没银子，哪怕你大肚皮。"他看这汉子衣装华贵，料想绝不至于是喝霸王酒的一流人物，于是诺诺连声，退下去取酒。

这汉子拣的座位正是刚才楚大鹏和那秃顶汉子空出来的那张桌子，在韩珮瑛的斜对面。韩珮瑛暗地留神，只见那汉子的眉心隐隐似有一股青气。若非留心细察，也看不出来。

韩珮瑛心里想道："爹爹说过，眉心若呈现黑气、紫气或青气的定非善类，要嘛就是他中了别人的毒，要嘛就是他本身练有毒功。这人说话中气充沛，绝非中毒。如此看来，只怕定是邪派中人了。"

店小二捧了一坛酒放在桌边，那粗豪汉子道："不要酒杯，给我换一只海碗。"店小二道："是。"再转一趟，把两只烧鸡、五斤白肉和海碗筷子等物摆在桌上。

这粗豪汉子斟了满满一海碗酒，一饮而尽，击桌赞道："好酒，好酒!"接着一手抓起烧鸡，撕开就吃，也不用筷子。

韩珮瑛心道："似这样牛饮鲸吞，可是糟蹋了这上好的汾酒了。"心念未已，和她同桌的小厮噗嗤一声地笑了出来。

那汉子双眼一瞪，说道："黑小子，你笑什么？"小厮道："我喜欢笑就笑，你管不着！"

那汉子把海碗重重一顿，看样子就要发作，就在这时，酒楼上又来了几个客人。

走在前面的是楚大鹏和那秃顶汉子，跟在后面的还有四个人。其中一人，额角长着一个大瘤，两齿獠牙凸出唇边，最为异相。

韩珮瑛颇感诧异，心想："怎的这两个人去而复来？还带来了许多人！"

楚大鹏经过自己刚才的座位，对那粗豪汉子看了一眼，似乎也是有点诧异，却不做声。暗自思量："这人不知是哪一条线上的朋友？"原来他已经看出这汉子身具武功，不过却未看出他练的乃是邪派毒功。

店小二连忙上前招呼，躬腰说道："楚大爷、赖大爷，你们回来啦。两位大爷刚才酒未喝完就走，掌柜的还正在抱歉小店的拿手菜式还未得有机会奉献呢。"说罢又对众人作了个罗圈揖，跟着向那额角生瘤的汉子说道："洪老爷子，什么风把你老吹来的？难得列位大爷光临，要点什么酒菜，请吩咐小店备办。"

楚大鹏摆了摆手，说道："别忙，别忙。我们不是冲着你的酒菜来的，你先沏两壶茶来，别打搅我们的正事。"

楚大鹏支开了店小二，随即带领众人走到韩珮瑛面前，说道："这几位朋友听说公子在此，特来拜见。"

韩珮瑛皱了皱眉，说道："不敢当。"

额角生瘤的那个汉子弯下粗腰，一膝着地，行了个"半跪"的参拜大礼，说道："宫小——公子，我们都是久仰令尊的大名，难得公子驾临敝地，我们理当进谒。小人是海砂帮的副帮主洪圻，这是小人的拜帖。"

在洪圻说话的时候，刚刚说到第二个字"小"字之时，站在他后面的楚大鹏悄悄地拉了他一把，以致他顿了一顿，方才说出后面的"公子"二字。韩珮瑛暗地留神，看在眼内，甚感奇怪。

“宫”字与“公”字同音，韩珮瑛不知对方是称她的姓——对方把她当作一个姓“宫”的人，“宫公子”三字是连称的。心里想道：“公子就是公子，为什么却加上一个‘小’字？楚大鹏拉他一把，想是暗中提醒他的意思。不过，这个‘小’字虽然并无加上的必要，加上了也不算是什么失敬。不知楚大鹏何以如此紧张？”韩珮瑛哪里知道，原来这些人把她错当作姓“宫”的那个人也是一个女子，而那位“宫”小姐也正是女扮男装在江湖上行走的。洪圻本来想说的是“宫”小姐，给楚大鹏提醒，猛地想起“宫小姐”不愿让人知道她的本来身份，是以立即改口以“公子”相称，不过那个“小”字却已说了出来，收不回去了。

不过韩珮瑛虽然不懂这层曲折，额角长瘤的汉子自报姓名之后，她却知道这个姓洪的来历，这人有个浑名，名唤“独角龙”，练有毒砂掌的功夫，虽然只是海砂帮的副帮主，武功之强却在正帮主刘坚武之上，在江湖上也算得是一流高手的。

跟在洪圻之后，那几个人陆续地呈上拜帖，自报姓名。韩珮瑛这才知道那秃顶汉子名叫赖辉，是青龙帮的首席香主。

和她同桌的小厮又显出了不耐烦的神气，说道：“唉，你们这些人搞些什么，老是来打扰我们，叫我喝酒也喝得不舒服！好了，好了！你们的拜帖都已递了，可以走开了吧？”

这些人都是江湖上杀人不眨眼的大盗，给这捡煤球的黑小子一顿排揎，当然个个都是心头火起。但因他与韩珮瑛同座，这些人碍着韩珮瑛的面子，却又都是敢怒而不敢言。那秃顶汉子赖辉说道：“多谢公子赏收拜帖，小人告退。”退下时狠狠地瞪了那小厮一眼，那小厮只是自管自地喝酒，当作不知。

另几个人也跟着告退，最后只留下了楚大鹏和那额角长瘤的汉子——海砂帮的副帮主洪圻。

此时店小二已经拉开了一张八仙桌，摆好了座位，那些人说是“告退”，其实并未下楼，而是转过那张桌子喝茶，四个人八只眼睛仍然紧紧盯着韩珮瑛这边的动静，颇有点“山雨欲来风满楼”的气氛。

就在这异乎寻常的气氛之中，又听得登楼的脚步声，上来了一个背着黄包袱，身穿蓝布衣裳的少年，看他一副忠厚老实的模样，像是个农家子弟。

店小二轻轻地“嘘”了一声，示意叫他不可开口，免得触怒了这些人，随手给他拉开一张座位，招手叫他入座，给他冲了一壶茶，就不再招呼他了。在店小二的心目中，一个“乡下佬”大不了是喝壶茶，吃两碟点心，值不得他殷勤服侍。何况此时正是有事，他也无心招呼客人。

这朴实的少年似乎有点惶恐，说道：“这是怎么一回事，你们不做生意吗？我是来喝酒的呀！”

秃头汉子赖辉怒道：“你大呼小叫做什么，我们在这里办事，你懂不懂？别吵乱了我们，给我滚下楼去！”

那小厮忽道：“你们怎能这样欺负人，我请这位大哥喝酒，店小二，给他烫一壶上好的汾酒，外加一只叫化鸡。”

店小二望望赖辉，望望那个小厮，好像拿不定主意，生怕得罪了任何一边。小厮道：“你怕我没钱请客吗？好，先把银子拿去。这一锭总够了吧，多下的赏你！”话声未了，只听得“叮”的一声，一锭雪白的纹银从他手中抛出，端端正正地落在柜台上。说是“落”其实却“嵌”在柜台上，掌柜先生竟然拿不起来。

赖辉冷冷一笑，走到柜台前面，一掌拍下，这锭银子跳了出来，柜台裂了一块。小厮冷笑道：“就只这么一点本领，也敢在人前现世！”原来若是功力炉火纯青的话，这一掌拍下，柜台就不致碎裂的。因此赖辉虽把银子震得跳出，却是露了底了。

楚大鹏皱皱眉头，说道：“宫公子的朋友请客，赖二弟，你不要多事了。”赖辉悻悻地退回自己的座位。那少年站了起来，捧着酒杯，对小厮微微一笑，说道：“多谢。”正是：

张冠李戴多奇事，山雨欲来风满楼。

欲知后事如何，请听下回分解。

第十回　毒手伤人疑玉女
神刀化血慑群豪

小厮笑道：“咱们衣裳褴褛，他们狗眼看人低。我给你出一口气，这是应该的。”举杯一饮而尽，又摇头晃脑地说道：“别人请我的客，我白吃白喝，过意不去。让我也过过请客的瘾。怎么，你们还不走开，是想我也请你们的客吗？哼，你们有钱，这个东道我可不做。”

楚大鹏道：“小哥说笑了。我们是有紧要之事求贵友帮忙的。”

韩珮瑛道：“你不是说过对我并无所求吗，怎的忽然又有起事来了？”

楚大鹏道：“这是这位洪帮主的事情，我刚刚知道。洪帮主，还是由你自己说吧。”

洪圻心中恼怒，想道：“你这是明知故问。”但因他一来有事求人，二来他把韩珮瑛当作一个姓宫的女子，而那位宫小姐的父亲正是他最忌惮的一个大魔头。因此尽管心中恼怒，却还是不能不毕恭毕敬地说道：“请宫、公、公子高、高抬贵手！”心中怒气难宣，说话不觉颤抖，听了似是口吃的模样。“宫”、“公”同音，韩珮瑛只道他连说三个“公”字，仍未知道他是称呼自己的姓氏。

韩珮瑛愕然道：“你这话是什么意思？”

洪圻道：“敝帮有两位香主，不知何事得罪了公子，请公子饶他们一命！”

韩珮瑛诧道：“这事从何说起？我与贵帮上下人等无一相识，我怎会要你们的两位香主的性命？”

洪圻嘘了口气，说道：“谢宫公子开恩，那就请公子你驾临敝帮，给他们解救吧。可怜他们已是病在垂危，恐怕过不了今晚了！”

韩珮瑛吃了一惊，说道：“这是怎么一回事？我又不是医生，怎么请我解救？”

洪圻怒道：“你装什么糊涂！”呼的一掌向桌子拍下。他一时火起，也就顾不了后果了。

楚大鹏连忙握住他的手腕，不让他这一掌拍下去。就在此时，只见那小厮伸出一只筷子，冷冷说道：“你干什么？我还没有吃饱呢，你要打翻这桌酒菜？”筷头正对准他掌心的“劳宫穴”，幸而楚大鹏把他的手拉开得快，要不然“劳宫穴”给对方点中，洪圻这一身横练的功夫就算完了。洪圻心头一凛，趁势把手缩回，赔礼说道：“是小人鲁莽了，但求公子开恩。”

韩珮瑛道：“我委实不明白这是怎么一回事情，你把话说清楚点好不好？”

楚大鹏恐怕洪圻暴躁的性子误了事，当下说道：“洪大哥，我和你说。事情是这样的，海砂帮的两位香主昨晚受了伤回来，看他们受伤的情形，想必是公子惩戒他们的。洪帮主不知他们因何得罪公子，是以一来向公子赔罪，二来还得请公子开恩，救一救他们的性命。”

韩珮瑛好生诧异，说道：“洪帮主，你们弄错人了。”此言一出，楚大鹏与洪圻都是为之愕然。洪圻心想：“她一定要抵赖到底，恐怕也只有动武了。”当下讷讷说道：“我们的眼力虽然不够，大约还不至于弄错了人。”

韩珮瑛道：“洪帮主，你可曾看见那个伤人的凶手？”

洪圻道：“没有。”

韩珮瑛道：“贵帮那位香主受伤之时，有没有旁人？”

洪圻道：“他们是在河边巡视之际，突然遭人暗算的，待我们发现的时候，这两人已是昏迷不省人事，直到如今也尚未醒来。”

韩珮瑛道：“然则你们何以就认定是我所伤？”

洪圻道：“这两人受伤之后，汗出不止。流出的汗珠都是渗有血水的红汗！天下除了令尊之外，还有何人会使这种七煞掌的功夫?”言下之意，当然是指韩珮瑛用家传的这种功夫伤了他们的人了。

韩珮瑛冷冷说道：“这是我第一次听到有‘七煞掌’这个名称!”

洪圻怒形于色，正要发作，只听得一片错杂的脚步声，又上来了几个人。有的叫道：“赖香主，不好了，咱们的巡河二头领受人暗算，血汗流个不停!”有的叫道：“谢大哥，咱们青龙帮的内三堂香主都受了暗算，命在垂危!”一个个的抢着报告，所说的受伤之后的症状，都是和洪圻刚才所说的相同!

这么一来，不但洪圻怒形于色，在那桌子喝茶的赖辉等人，也都走了过来，群情汹涌地把韩珮瑛围住。

小厮冷笑道：“你们想怎么样，要打架么?”

赖辉怒道：“不关你的事，闭上你的鸟嘴!”

洪圻道：“宫公子，人命关天，你可不能推得一干二净！如今我们只是要讨你一句回话，你肯不肯解救我们受伤的兄弟?肯的话，我们自认晦气，吃了亏也就算了。否则可休怪我们不顾令尊的面子，我们可要得罪你了!”

小厮笑道：“看来这一场打架是不可免了!”赖辉喝道：“不错，你要助拳也行，我们早已把你算在内了。”

小厮摇了摇头，慢条斯理地喝了一杯酒，说道：“我喝酒喝得好好的，我为什么想要打架?依我说，你们这一场架不打也罢!”

赖辉怒道：“你以为我怕你不成!”

楚大鹏比较稳重，向赖辉抛了一个眼色，说道：“大家先别动气。我们也不想打架，小兄弟，你既然这样说，你就劝劝贵友吧。”

小厮道：“他根本就不会医治七煞掌。再说，你们委实是瞎胡闹，你们那些人受的也根本就不是七煞掌的伤!”

此言一出，群豪都是大吃一惊。洪圻喝道：“你是什么人?你怎么知道?”

小厮冷冷说道：“我是在这城中捡煤球的小厮，怎么样?”楚大鹏哼了一声道：“你既然是个捡煤的小厮，你又焉能知道这不是七煞掌之伤?”

小厮冷笑道："你别门缝里看人，把人看小了。捡煤球的小厮的见识，难道就一定比不上你们么？七煞掌也不是什么稀奇的事物，值得这样大惊小怪！"

楚大鹏暗暗吃惊，心里想道："难道我们认错了人，这个小厮才是宫岛主的女儿？"仔细一瞧，这个小厮果然似有几分女孩儿家的体态。

洪圻性情最为暴躁，喝道："好，你说得这样稀松平常，想必你是会使七煞掌的了，我倒要领教领教！"

小厮道："我会什么武功，无须说给你听。你要打架，我奉陪就是！哼，对付你这样的草包，难道一定要使七煞掌吗？"

洪圻大怒，就要动手，楚大鹏连忙把他拉开，说道："小哥，你是从东海黑风岛来的么？"

小厮道："我不是对你说过，我是在这城里捡煤球的么？什么黑风岛，我没听过！"

楚大鹏惊疑不定，说道："你说我们的人不是受了七煞掌所伤，那又是什么伤？请你指教！"

小厮道："我怎么知道？"楚大鹏道："但你说——"小厮大声说道："我说了什么？我只是说这不是七煞掌之伤，别的我都不知道！我还要喝酒呢，你们啰哩啰唆，有完的没有？"

洪圻叫道："楚大哥，这小子胡吹大气，你就相信他了？"他见楚大鹏对这小厮越来越是恭敬，忍不住气得七窍生烟。

身披黑狐裘、独自占住一张桌子喝酒的那个粗豪汉子忽地站了起来，说道："这位小哥说得不错，你们的人受的的确不是七煞掌之伤！"

小厮冷笑道："如何？你们没有见识，总还有个见识的。这下子你们还说我是吹牛么？"作出一副不屑再理闲事的样子，坐下来自顾喝酒。

这粗豪汉子一出声，把这些人的注意都吸引过去，当下这些人全都转过了身，围着那个汉子，也就无暇再理这个小厮了。

楚大鹏抱拳说道："不是七煞掌之伤是什么伤，请高明指教！"

粗豪汉子道："是化血刀之伤！"

“化血刀”三字从这汉子口中吐出，楚大鹏不禁大吃一惊！其他的人却不知道什么叫“化血刀”，都在面面相觑，莫名其妙。

洪圻说道：“我们那两位香主受的可并非刀伤呀！”

楚大鹏说道：“化血刀是桑家的两大毒功之一。二十多年前，桑家堡的堡主，天下第一邪派高手公孙奇曾经倚仗‘化血刀’与‘腐骨掌’的两大毒功称霸天下，据说中了‘化血刀’的，在七日之内，就会血液干枯而亡，不知我说得对还是不对？”

楚大鹏加以解释之后，众人无不大大吃惊。要知公孙奇逝世不过二十年，这些人在公孙奇生前虽然没有资格与他结交，对他的事迹却都是或多或少有过耳闻的。公孙奇练的毒功伤人无救，他们也都知道，不过不知道桑家两大毒功的名称以及有何奥妙而已。如今知道了他们的人中的是“化血刀”，焉得不慌？

粗豪汉子道：“你大致说得不差。不过中了‘化血刀’也并非一定是七日而亡，化血刀练得高明的可以任意施为，随心所欲，叫对方在一个月之后伤亡也可以，在三天之后伤亡也可以，甚至一个时辰之内伤亡亦无不可。但七煞掌之伤却是当场七窍流血而亡的。七窍流血，流的是大量的血，和中了化血刀之后流出的汗中渗有微量血水的血也不相同。所以这位小兄弟根据伤势，判断你们的人受的不是七煞掌之伤，一点也没有说错！”

洪圻连忙问道：“那么依高明之见，敝帮的两位香主还能活得多久？”

粗豪汉子喝了一碗酒，冷冷说道：“你们那些人中的是重手法化血刀，恐怕都活不过明日午时！”

洪圻倒抽了一口冷气，正想恳求那人解救，楚大鹏忽道：“我有一事不明，想要请教。听说公孙奇死后，桑家的两大毒功早已失传，何以还有人会使化血刀呢？”

粗豪汉子冷笑道：“你怎么知道它是失传？”

楚大鹏面上一红，说道：“我虽然孤陋寡闻，但也曾听得老前辈说过，说是公孙奇当年就是为了练这两大毒功，以致走火入魔而死的。死在何时，丧在何地，并无人知。二十年来，从没听过有人再练那两大毒功的。练这两大毒功，必将死于非命，因此，推想桑家的毒功秘笈即使还留在人间，也是无人敢练。”

粗豪汉子摇了摇头，说道：“不对，不对！你是只知其一，不知其二。那两大毒功早已有了传人，而且比公孙奇高明得多，绝不至于有走火入魔之险！”

洪圻忍不住问道：“你怎么知道？”

那汉子哈哈一笑，说道：“我就是会使化血刀的人，实不相瞒，你们那些人都是给我打伤的！”

此言一出，群豪都是又惊又怒，洪圻最为暴躁，猛的就扑上去，楚大鹏叫道：“洪大哥，不可！”

洪圻叫道：“来而不往非礼也，他用毒掌伤人，难道我就不能以其人之道还治其人之身么？”不理楚大鹏的劝阻，呼的一掌，就向那粗豪汉子当头击下。他练有毒砂掌的功夫的，一掌打下，心里想道：“且让这厮也尝尝我的毒掌滋味，待他受了重伤之后，才好迫他交换解药！”距离既近，出手又快，楚大鹏想要把他拉开，亦已来不及了。

那粗豪汉子冷冷说道：“来得好，我正要领教洪帮主的毒砂掌功夫！”话犹未了，只听得“砰”的一声，洪圻跌了个四脚朝天，骨碌碌地从楼梯口直滚了下去！这一招快如电光石火，群豪连他用的是什么招数，都还未曾看得清楚。

秃头汉子赖辉与洪圻相交最厚，大怒喝道：“咱们黄河南北的五大帮会岂能平白受人欺负！”他们这一伙有十数人之多，在赖辉鼓动之下，同仇敌忾，一拥而上！

粗豪汉子道：“要打架么？这里可不是地方！这里是酒楼，我先请你们喝喝酒吧！”大口一张，忽地一股“酒浪”喷出来，群豪给酒浪洒了满头满面，只觉火辣辣地作痛，无不大骇。而且酒浪一喷，群豪眼前都是白濛濛一片，视物不清。在这霎那，人人都是恐防对方偷施暗算，于是不约而同地以手护眼，连忙后退。

在那粗豪汉子张口喷出酒浪之时，和韩珮瑛同桌的那个小厮笑道：“好热，好热！”取出一柄折扇，轻轻摇拨，向他们这边飞溅的酒珠，都给这柄折扇扇开。韩珮瑛本来想要躲开，免得给浊酒溅污衣裳，此时有这小厮给她防护，也就无须避开了。当下笑道：

"是呀，打得真是火爆，咱们就看看热闹吧。"

这粗豪汉子早已喝下的半坛汾酒，此时都化作了酒浪喷将出来，把那些人喷得跌跌撞撞地往后直退。那个貌似农家子弟的少年仍然大马金刀地坐在他的座位上，对周围的一切，好似视而不见，听而不闻。有一个人眼看就要撞到他的身上，却不知怎的，忽地脚步一斜，跄跄踉踉地从他身边滑了过去，连他坐的椅子也没碰着。韩珮瑛暗地留神，看在心里，不觉吃了一惊！心道："这是沾衣十八跌的上乘功夫！呀，真想不到这个貌不惊人的少年也是一个武学高手！"

楚大鹏叫道："且慢动手，我有话说！"

此时已是有人把洪圻扶上楼来，群豪抹干脸上的酒珠，定睛一看，只见洪圻面色灰黑，衣裳却是点点鲜红，原来是他身上流出的"血汗"染红的。这个伤势，正是和那些中了"化血刀"之伤的人一模一样。洪圻的额上本来是有一只大瘤的，此时那只大瘤亦已裂开，流出脓血。

粗豪汉子哈哈笑道："独角龙的角拔下来了！"

楚大鹏把手一挥，群豪四面散开，把那粗豪汉子围在当中。楚大鹏道："你是哪条线上的朋友，我们与你往日无冤，近日无仇，请问你因何下此毒手？"

粗豪汉子笑道："你们不是不信我会使用'化血刀'吗？没办法，只好露一手给你们开开眼界，这你可该相信了吧？"

此时洪圻仍是汗流不止，气息奄奄。流出的汗都渗有血水。那两个扶着他的汉子想要给他裹伤，也不知从何下手。情急之下，顾不得在人前示弱，叫道："不好了，洪帮主恐怕活不成啦！你们快来看看！"

粗豪汉子昂头冷笑，说道："不错！这位洪爷因为是练有毒砂掌的，毒上加毒，当然伤得比另外的那几个人更厉害了。那几个人可以活到明日午时，这位洪爷么，恐怕顶多只能活一个时辰了！"

楚大鹏情知己方的本领与对方差得太远，无可奈何，只好忍气吞声，向那汉子施了一礼，说道："我是有眼不识泰山，请阁下恕罪。但阁下既然是和洪帮主并无大恨深仇，还望阁下高抬贵手，饶他一命。”

粗豪汉子哈哈一笑，说道：“杀人不过头点地，你们既肯低首服输，我也不为已甚。好，就先卖给你们一个人情，让这位洪帮主活了过来再说吧。”

粗豪汉子把洪圻拉了过来，也不知他用的是什么手法，只见他把洪圻的下巴一托一捏，洪圻的嘴巴登时张开。粗豪汉子提起未喝完的半坛汾酒，就往洪圻的嘴巴里灌。洪圻似乎有了知觉，呛得眼泪鼻水直流。众人心里暗暗嘀咕，不知这汉子是救他还是将他折磨？

不过片刻，那半坛汾酒都已灌入洪圻肚内，肚皮胀得好似一面大鼓。粗豪汉子这才慢条斯理地给他推血过宫，众人暗地留神，只见洪圻流出的汗渐渐少了，汗水也不似先前的鲜红，显然汗中所渗的血也是越来越稀。

粗豪汉子推拿了约半支香时刻，洪圻喉头咯咯作响，忽地把灌进去的汾酒都吐了出来。酒色如墨，腥臭扑鼻。洪圻大叫一声：“胀死我也！”人却醒了过来。

和韩珮瑛同桌的那个小厮把酒杯一顿，说道：“岂有此理！好好一座酒楼，竟给伧夫弄得臭气熏天，这酒不能喝啦！”韩珮瑛道：“小兄弟，别多事！”她看了这粗豪汉子所显露的几手功夫，已知此人的本领远远在她之上。好在楚大鹏那些人都是全神贯注在洪圻身上，谁也没有注意这个小厮说些什么。那粗豪汉子侧目斜睨，盯了小厮一眼，但也没有发作。

伙计连忙洗扫污秽。酒楼上普通的客人早已走得干干净净，此时除了楚大鹏这帮人之外，剩下的就只是韩珮瑛和那小厮和独坐一桌的乡下少年了。

粗豪汉子道：“好了，你们这位洪帮主的血毒已经给我用这半坛汾酒涤荡无遗，他的性命是可保无忧啦。咱们也可以好好地坐下来谈了。”

洪圻经过了这么一番折腾，醒了过来，有气没力地瘫在一边，心中气愤之极，却是敢怒而不敢言。这粗豪汉子又笑道：“洪帮主，你着了我的一记‘化血刀’，虽然吃了一点苦头，但你额上的毒瘤，却也恰恰因为给我以毒攻毒的缘故医好了。说起来你还应该多谢我呢！”洪圻涩声说道：“你老哥这份恩情，洪某永远不会忘记！”说的当然乃是反话。粗豪汉子哈哈大笑，说道：“你感激我也好，怨恨我也好，我都毫不在乎，只要你肯低头就行。好，好，你也坐下来谈吧。”

楚大鹏代表这帮人向那粗豪汉子问道：“不知我们黄河两岸的五个帮会，有什么地方无意中开罪了阁下？”

粗豪汉子打了一个哈哈，傲然说道：“没有呀！我不是早已说过了么？”

楚大鹏忍着气说道：“那么我们那些受伤的兄弟——”

粗豪汉子淡淡说道：“你是想要我继续给你们医治受伤的人吗？嘿，嘿，我已经送给了你们一份人情，我可不能老是做亏本的生意吧？”言下之意，即是要有条件才能给他们医治，群豪都是老江湖了，一听全都明白。虽然恨他强词夺理，但在他要挟之下，却是不敢不从。

当下仍然由楚大鹏充当代表，说道：“请问阁下高姓大名，驾临敝地，有何贵干？倘若有什么要用到我们之处，请阁下尽管吩咐，只要是我们办得到的，决不推辞。”这番说话，已经是差不多等于无条件投降。

粗豪汉子大为得意，又喝了一碗酒，然后说道：“西门牧野的大名你们听过没有？”

群豪听了，都是不禁一怔。不仅是因为他们没有听过这名字，而且从来没有人自报姓名而称“大名”的道理。但在这粗豪汉子的气焰所压之下，只好个个抢着回答道：“西门先生的大名如雷震耳，我们是久已敬仰的了，今日幸得识荆——”

楚大鹏想起，去年有一个关东的武林朋友和他说起关东新近出现的一个大魔头，正是叫做西门牧野。但据那人所说，西门牧野却是个老头，他是销声匿息了二十年之后再出山的，似乎不应该是眼前这个中年汉子。

心念未已，只听得这粗豪汉子已是哈哈大笑起来！

群豪心中惴惴，问道：“西门先生因何发笑？”

粗豪汉子道："我不是西门牧野。西门牧野乃是家师，我是他的掌门大弟子濮阳坚。"一面说一面伸出指头在桌子上画，画出了"濮阳坚"三字，入木三分。群豪这才知道拍马拍错了人，但想好在他们乃是师徒，错得也还不算离谱。

楚大鹏道："听说令师前年东山复出，威震关东。可惜我们俗务缠身，路途又远，不能前往拜谒令师，瞻仰颜色。"这几句话表明了他对西门牧野并非全无所知，多少给自己这一帮人挽回了一点面子。

濮阳坚哈哈笑道："你们想要拜见他老人家，那也不难。实不相瞒，我就是给家师来打前站的。多则半年，少则三月，家师就会来到此间，与各位相会。"

濮阳坚说出"打前站"这三个字，这即是说他是奉了师父西门牧野之命，有所为而来的了。楚大鹏连忙说道："不知令师有何吩咐，请阁下赐示，好教我们知道应该如何迎接。"

濮阳坚道："我来的时候，他老人家吩咐我说：咱们关东和幽州、蓟州等地总算是闯出道儿来了，但中原的朋友，咱们还是陌生得很，你给我去打一个转，与中原的武林俊杰结交结交。嘿，嘿，我这个人笨得很，路经贵地，想与各位结交，却想不出有什么好法子。没奈何，只好略施小技，请各位到来。因此，我虽然是伤了你们的人，但也是出于一番想与各位结交的心意，还望各位不要见怪才好。"

群豪心想哪有这样交朋友的道理，但慑服于对方的武功之下，人人都是敢怒而不敢言。半晌，楚大鹏说道："多蒙令师青睐，肯与我等折节下交。那么，我们那些受伤的兄弟，濮阳兄想必是可以高抬贵手了？"

濮阳坚道："别忙，别忙，他们可以活到明日午时，时间有的是。我救他们不难，可是这还得要看你们——"

楚大鹏忙道："濮阳兄有何吩咐，请明白见告。"

濮阳坚道："这也是家师的意思。家师现在已是关东武林盟主，他希望中原的武林朋友知道他的身份。家师志在四方，不仅仅是要做关东的武林盟主。嘿嘿，我的意思，各位明白了么？"

图穷匕见，群豪这才恍然大悟。原来西门牧野是遣一个徒弟前来收服他们，要他们奉西门牧野做天下的武林盟主。群豪忙不迭地齐声说道：“令师武功盖世，理当做天下的武林盟主。请濮阳兄回去，转达我们的推戴之诚。但我们那几个人——”

濮阳坚哈哈笑道：“只要你们对我们师徒心悦诚服，那几个人我当然给你们医好。但现在我还有一点小事要办。”说罢，就向韩珮瑛和那小厮这张桌子走去。

那小厮笑道：“糟糕，糟糕！我只道是看旁人的热闹，但现在看来，这热闹怕要闹到咱们这边来啦。”

话犹未了，濮阳坚已是来到他的面前，喝道：“你们两个是什么人？”

小厮笑道：“我可没有这样大的面子和你们师徒结交。你还是回那边喝酒去吧。”

楚大鹏低声说道：“濮阳兄，这位宫公子的尊翁是东海黑风岛的宫岛主。这位小兄弟恐怕也是黑风岛的人。”要知那黑风岛的宫岛主乃是这帮人最忌惮的一个大魔头，如今虽然是有了新的靠山，也还是害怕惹这魔头不起。故此楚大鹏悄悄地出言提醒。

这次韩珮瑛是听得清清楚楚了，心中不禁大为诧异：“爹爹从未到过海外，与这个什么黑风岛的岛主实是风马牛不相及，怎的他们却会把我当作了什么宫公子了？”

濮阳坚哼了一声，傲然说道：“黑风岛的宫岛主又怎么样？碰上了我，也得叫他向我讨饶。哼，你们倚仗是黑风岛的人，就胆敢在这里招摇撞骗么！”

韩珮瑛忍住怒气，淡淡说道：“谁招摇撞骗来了？黑风岛这三个字，今天我才是初次听见。我与它本来毫无关系，什么宫岛主、宫公子，这都是你们的自说自话！”

楚大鹏吃了一惊，叫道：“你当真不是宫公子？”赖辉道：“那你又为什么收了我们的拜帖？”

韩珮瑛冷笑道：“这是你们自己递上来的，谁稀罕你们的拜帖？”那小厮道：“对，发还他们，也免得弄脏了咱们的桌子。”

韩珮瑛把手一扬，那叠拜帖向四方飞出，说道：“原物奉还！”

话声未了，只见濮阳坚双手在空中一阵乱抓，霎眼之间，那叠拜帖全都落在他的手中。他打了个哈哈，说道：“你不要我要。也省得他们费神再行备办。”

拜帖不过是轻飘飘的一张纸，韩珮瑛能够把一叠拜帖当作暗器使用向四方飞出，功力已是不凡。濮阳坚把这些拜帖全都抓到手中，这种接暗器的功夫更是罕见。这一下双方的暗中较量，当真是针尖对上了麦芒，把群豪都看得呆了。

濮阳坚收了拜帖，转过头来，向那小厮道：“你懂得七煞掌的功夫，你是黑风岛的什么人?”

那小厮笑道：“你懂得化血刀的功夫，你是公孙奇的儿子还是孙子?”又是一个针锋相对，言下之意即是说懂得七煞掌也未必就是黑风岛的人。那独坐一桌的乡下少年听了这话，似乎是忍俊不禁，忽地笑出声来。

濮阳坚怒道：“你们不说，难道我就不能知道你们的来历!”突然双手齐出，左手抓那小厮，右手抓韩珮瑛。小厮举起筷子便点他的脉门，韩珮瑛则端起酒杯朝他面门一泼。

濮阳坚中指一弹，“当”的一声，酒杯片片碎裂，紧接着双指一挟，“卜”的一声，小厮伸出来点他脉门的那双筷子也给他挟断了。可是他也给韩珮瑛那一杯酒泼得满头满面，濮阳坚喝道：“好无礼的两个小子，你们不想活啦!”腾的一腿飞出，横掌如刀，便向韩珮瑛砍下。

“轰隆”一声响，那张桌子给濮阳坚踢翻。那小厮早已闪开，绕到濮阳坚的背后，一掌拍下。濮阳坚不理不睬，那一掌仍然朝韩珮瑛劈过去。

小厮叫道：“不可让他毒掌沾上!”韩珮瑛一个转身，挥袖一卷，袖底藏指，点他胁下的“气愈穴”。

只听得“嗤”的一声，韩珮瑛的衣袖给他撕去一幅。紧接着“蓬”的一声，濮阳坚也给那小厮结结实实地打了一掌。但韩珮瑛的一指，却没有点着他的穴道。

濮阳坚冷笑道：“七煞掌又能奈我何哉！如今你该知道七煞掌远远比不上化血刀了吧？回去和你爹爹说，叫他向我的师父递门生

濮阳坚怒道："你们不说，难道我就不能知道你们的来历！"突然双手齐出，左手抓那小厮，右手抓韩珮瑛。

帖子吧！”

此言一出，群豪都是大吃一惊，心里想道：“原来这个黑小厮才是宫岛主的独生爱子，糟糕，糟糕，这场打斗，我们可是两边都惹不起的。”

濮阳坚反手一掌把那小厮迫退，回过头来，又向韩珮瑛冷笑道：“你这小子也泄底啦，你是洛阳韩家的什么人？”

群豪不禁又是一惊，洛阳韩大维的名头他们是知道的，不过因为韩大维闭门隐居多年，他们却不知韩大维有没有收下门人弟子，也不知韩大维只有一个女儿。但无论如何，只要是韩家的人，他们自忖，也是同样的招惹不起。

此时濮阳坚展开拳脚，已是把几张桌子打翻，酒楼上空出了一块地方，楚大鹏等人，一来因为插不上手，二来也是不敢插手。因此只好远远地躲开。

那个独坐一桌的乡下少年拿起了桌上的包袱，摇摇头，说道：“没来由的打什么架，弄得我喝酒也不能安然。伙计过来，给我搬到那边的桌子去。”说罢，找了一张靠近角落的桌子坐下。

伙计怎敢去搬，连忙说道：“客官，算是小店倒霉，我给你换过一壶酒，添上两样小菜，就当作是我们孝敬你的，你别多事了。”少年说道：“我怎能白受你的孝敬。你别慌，我是这位朋友请我的客，你添上酒菜，他自会给我一并付钱的。是不是？”小厮避开了濮阳坚的一招，笑道：“你这个人倒是很爽快，不用担心，尽管吃吧，我这个东道主是作定了。”

濮阳坚趁那小厮说话分心，倏地进步欺身，五指如钩，闪电般向他抓下。小厮笑道：“好，请你吃东西！”举掌相迎，濮阳坚心想：“奇怪，他怎么敢和我对掌，莫非有甚诡计？”心念未已，只觉手心油腻腻的，原来是那小厮把一只鸡腿塞到他的手心。小厮好不溜滑，身形一飘一闪，早已躲过一边。濮阳坚接着的左手一抓，抓了个空。小厮叫道：“哎呀，好险，幸亏没给你抓着！”

濮阳坚怒道：“好小子，胆敢将我戏弄！”把手一扬，那只鸡腿箭一般地向小厮射去，小厮霍地一个“凤点头”，鸡腿从他头顶飞过，飞到那乡下少年的面前，乡下少年拿起酒壶一挡，“当”的一声，鸡腿落地，酒壶上现出了一道凹痕。旁观诸人，无不大骇，心想：“怪不得这小厮不敢接他这条鸡腿，原来比暗器还要厉害！”乡下少年摇了摇头，说道：“可惜，可惜，糟蹋了好好的一条鸡腿！”低下头又斟酒自喝了。

濮阳坚心想：“我若是连两个乳臭未干的小子都收拾不了，如何能够压服众人？”杀机陡起，一个转身，运起了化血刀的功夫，横掌便向韩珮瑛劈去。

韩珮瑛闻得一股腥臭的气味，中人欲呕，识得厉害，忙使“蹑云步法”躲开。濮阳坚喝道：“往哪里逃！”手臂一伸一缩，如影随形到了韩珮瑛身后，眼看就要抓着她的背心。说时迟，那时快，那小厮退而复上，骈指如戟，从侧面袭击，手指到了濮阳坚的面门，要挖他面上双眼。

这一招是攻敌之所必救。濮阳坚怒道：“好，先打发你这臭小子！”一个侧身，左手扬起，要用擒拿法来拗折他的手指，小厮手掌伸开，斜削而下，劈濮阳坚的肘窝，濮阳坚一个肘锤撞过去，把那小厮撞得歪歪斜斜地倒退几步。可是濮阳坚的肘尖给那小厮削了一下，也自觉有点火辣辣作痛。原来那小厮已经戴上了一只金丝手套，故此才不怕与他的毒掌碰上。

小厮叫道：“韩兄，对付这等狠毒妖人，不必和他客气！”濮阳坚冷笑道：“对，你这两个小子就亮兵器吧！”

韩珮瑛因为不敢给他的毒掌碰上，很是吃亏，但听得濮阳坚这么一说，心想：“我若用剑，倒是给这妖人看小了！”当下信手拿起一双筷子，说道：“好，我就和你玩玩。”

濮阳坚曾经折断过那小厮用来向他点穴的一双筷子，如今韩珮瑛又是依样画葫芦地向他点来，不禁又是好气，又是好笑，说道：“好，我就和你玩玩。”重施故技，伸出双指挟韩珮瑛点过来的筷子。

哪知韩珮瑛的点穴手法却比那小厮高明得多，筷子一沉，已指向了濮阳坚手心的“劳宫穴”。

濮阳坚吃了一惊，连忙把手缩回。原来“劳宫穴”乃是少阳经脉的起点，练毒功的人，最忌的就是给对方用重手法点着这个穴道，即使以濮阳坚的功力，虽然未必就会受伤，只怕也要损了几年功力。

濮阳坚连使几次“化血刀”，都没伤着对方，自己反而要险些吃亏，大怒之下，双掌挥舞，掌风呼呼，韩珮瑛近不了他的身，只好连连后退。

那小厮则展开绕身游斗的法子，身似穿花蝴蝶，步如点水蜻蜓，绕着濮阳坚的身子转。濮阳坚猛攻之时他就闪开，待到濮阳坚放过他时，他又上来，乘暇偷袭，濮阳坚竟是无可奈他何。韩珮瑛本来有好几次就要给濮阳坚抓着的，幸亏得这小厮和她配合得好，方始没有遭受濮阳坚的毒手。这小厮的点穴功夫虽然不如韩珮瑛，但奇招妙招，层出不穷，却是在韩珮瑛之上。

韩珮瑛心里想道：“爹爹常说天外有天，人外有人，这话当真不错。今天幸亏有这小厮相助。”

但韩珮瑛虽然还可以勉强支持，亦已是感到十分难受。原来濮阳坚毒掌发出的腥风，若是呼吸多了，也会头晕眼花。那小厮的功力似乎比韩珮瑛略胜一筹，脸上还没有变色。但在过了三五十招之后，时间一久，身法也渐渐不若先前的轻灵了。

坐在角落的那个乡下少年忽然站起身来，说道：“小兄弟，多谢你请我吃了一顿，但我可不能白吃你的，这一架我帮你打吧。”

小厮道：“你很好心，可是一顿饭却值不了一条性命呢。你不怕他的化血刀？”

乡下少年淡淡说道：“他的化血刀尚未练得到家，我正想指教指教他，免得他在这里夸口，动不动就用化血刀来欺侮人家。”

此言一出，连濮阳坚在内，人人都是大吃一惊，心想：“难道这个貌不惊人的乡下小子竟然也会使化血刀么？”这话未免令人太难相信。

濮阳坚更是不能相信，原来公孙奇所藏的毒功秘笈早已落在他的师父手中，除了他们师徒之外，天下无人再会使“化血刀”，对这点濮阳坚是深信不疑的。

说话之间，这乡下少年已经走到濮阳坚面前，插进他和那小厮的中间。濮阳坚冷笑道：“好，好，我倒要看你如何指教我！”

韩珮瑛与那小厮见这乡下少年一脸自信的神气，心中也都是惊疑不定。小厮笑道：“好吧，我们就看你的。”当下与韩珮瑛退过一边。

濮阳坚手掌缓缓举起，冷冷说道：“好吧，来指教吧！”正是：

真人不露相，露相不真人。

欲知后事如何，请听下回分解。

第十一回　邪正须分行侠义
雌雄莫辨惹相思

只见濮阳坚的掌心，浓黑如墨，腥气四溢。旁观的韩珮瑛和那小厮见了，都是不由得暗暗惊心。原来濮阳坚因这少年大言炎炎，恐怕他当真有点本领，是以全力施为，毒掌的功夫已经使到了十足。他是想要一掌击毙这个少年，以便收到“杀鸡儆猴”的作用。

众人的眼光都集中在这少年身上，看他如何应付。只听得他淡淡说道：“你练这化血刀大约有七年工夫了吧?”濮阳坚吃了一惊，心里想道：“这小子当真有点邪门，他怎么一眼就看得出来?”这乡下少年似乎知道他在想些什么，接着就道：“化血刀的功夫练到炉火纯青之际，掌心的颜色和普通的肉色完全没有分别。绝不像你这样浓黑如墨，臭气熏人。像你这样，一出手人家就知道了。所以我说你不够高明，没有说错吧?”

濮阳坚惊疑不定，隐隐知道不妙，但箭在弦上，却是不得不发，当下说道：“好，那就请你这位高明的大行家指教!”

少年待对方的掌心堪堪就要拍到他的面门之际，这才举掌相迎，说道：“像你这点微末功夫，本来我还不屑指教你的。但我既是有言在前，也就让你见识见识吧。”

少年举掌之际，旁观的人看不出有何异样；濮阳坚仔细留神，却是不由得不暗暗吃惊。原来这少年的掌心微泛红晕，那一圈红晕转瞬即逝。这正是“化血刀”的功夫练到已将接近“炉火纯青”的境界才有的现象。

濮阳坚大惊之下，心里想道：“这小子最多不过二十来岁，难道他在娘胎里就能练功？”原来他的师父西门牧野，练“化血刀”练了二十年，也不过只是达到这个境界。

一来是箭在弦上，不得不发；二来濮阳坚也不相信这乡下少年当真就有那个造诣，若然是他故弄玄虚，给他吓退，岂非笑话？于是濮阳坚咬紧牙根，一掌就拍下去。

只听得“蓬”的一声，乡下少年蹬、蹬、蹬地退出了四五步，方始稳住身形。濮阳坚却是纹丝不动。楚大鹏等人欢呼道：“濮阳先生好功夫，这小子该知道厉害了！”

韩珮瑛和那小厮大吃一惊，不约而同地拔剑出鞘，连忙过去，一左一右地护着这个少年，以防濮阳坚扑过来再施杀手。

突然间，楚大鹏这帮人的欢呼像是给人扼住了喉咙似的寂静无声，他们看到了濮阳坚一脸恐怖的神情，而那乡下少年却是神色自如。这帮人的见识虽然并不很高，但在这样强烈的对比之下，亦已是隐隐知道不妙了。

乡下少年冷笑道：“你是不是还要再试一试？”濮阳坚颤声说道：“多，多谢你不杀之恩，你，你是谁？”少年喝道：“既然不敢，还不给我快滚！”

少年指着濮阳坚一声大喝，声犹未了，只见濮阳坚面如死灰，往后退了一步，跟着又退一步，退了几步，不知不觉地退到了楼梯口。少年的一个“滚”字吐了出来，濮阳坚如奉纶音，果然就从楼梯上骨碌碌地滚下去了。

楚大鹏这帮人大吃一惊，纷纷抢着卜楼。少年冷笑道：“濮阳坚，你回去告诉你的师父，他偷了我家的东西，我迟早要去找他算账的，到时你就会知道我是谁了！”

转瞬间这帮人已是走得干干净净，酒楼上除了伙计之外，就只剩下他们三个人了。

那小厮笑道：“痛快，痛快！这位大哥，多谢你给我们解围了！”

那乡下少年道：“这算不了什么，你请我喝酒，我也应该多谢你呢。”

小厮道：“大哥，你姓甚名谁，可肯告诉我么？”

少年道："你把我当作朋友，我当然可以告诉你。我复姓公孙，单名'璞'，表字'去恶'。那些人刚才骂的那个大魔头公孙奇，正是先父。"

小厮"啊呀"一声叫了出来，似乎想说什么，张开了口，却不知是说的好还是不说的好。公孙璞道："打扰了你们两位，告辞了！"背起包袱，也不请教那小厮的姓名，便即下楼。

小厮道："韩兄，咱们还喝不喝酒？"

韩珮瑛已经知道这小厮是什么黑风岛的人，对他的好感不觉减了几分，心里想道："这种邪派妖人，还是不要深交为妙。"当下笑道："这间酒楼已经给他们闹得一塌糊涂，要喝酒也不能在这里喝了。他日若是有缘，咱们再来喝过。"话中已有与那小厮道别之意。

小厮说道："你是主人，客随主意。你既然不想喝，我也只好不喝啦。"看来他倒是未曾尽兴。

店小二抖抖索索地从角落里钻出来，说道："客官的账，那位楚大鹏已经付了。"

韩珮瑛道："我不要他请。打烂了你们许多东西，我也应该赔给你们。"

小厮道："对，对。咱们可不能让店家吃亏。还有那位公孙大哥的账，请你也一并算吧！"

店小二喜出望外，说道："多谢两位相公好心。那就请相公随便赏赐几文，小店可不敢说是算账。"

韩珮瑛道："给你十两银子，够么？"一面说一面伸手去掏钱包，忽地变了面色，甚是尴尬，原来她的钱包本来是放在贴身的内衣袋的，不知怎的竟不见了。就在此时，那小厮却笑嘻嘻地拿出一个钱包。

韩珮瑛吃了一惊，不由得粉脸通红，原来这个钱包乃是她的。韩珮瑛这也才恍然大悟，心里想道："是了，想必是我在那条小巷给他撞了一下，他就乘机扒去了我的钱包，当时我竟丝毫没有发觉。这人的妙手空空本领委实惊人，但却也未免是太恶作剧了！"

要知韩珮瑛是个女子，这个钱包她藏在内衣袋里，竟然给这个小厮摸去，是以她在佩服之余，自也难免有几分气恼。

小厮笑道："韩兄请莫见怪，我身上无钱，只好借花献佛了。"当下打开韩珮瑛的钱包，把碎银子都倒了出来，说道："掌柜的你称一称，够不够十两?"

掌柜的是个老行尊，用目光一测，便即笑道："用不了这许多，你老给的已经不止十两银子了。"小厮把手一摇，说道："多下的给你。"一副满不在乎的豪阔气概。掌柜的眉开眼笑，连连说道："多谢两位客官厚赐。"

小厮笑道："我给你做了人情，现在应该物归原主了。"韩珮瑛有几分气恼，淡淡说道："你手头既然不便，你留着用吧。"小厮笑道："韩兄你真够朋友。你既然这样慷慨，那我就不客气了。"

两人走出酒楼，韩珮瑛道："多谢兄台今晚相助之德，咱们后会有期。"

不料这小厮却并不与她道别，依然跟了上来，说道："韩兄且慢，我还没有请教你的大名呢。"

韩珮瑛虽然是有几分气恼。但无论如何，她总是得过这小厮的帮助，人家既然请教她的姓名，在人情上也不能不寒暄几句，当下说道："小弟单名一个英字，英雄的英，对啦，我也还没有请教你的姓名呢。"韩珮瑛因为不愿意对方知道自己是个女子，故此把女子的名字改成了男子的名字，省掉一个"珮"字，又把"瑛"字去了玉旁。

小厮道："小弟姓宫，宫廷的宫，名叫锦云。他们所说的那位黑风岛主，正是家父。"韩珮瑛早已料到他的身份，故此并不怎么惊诧。不过，在这小厮自报姓名之后，她却不禁心中一动，暗自想道："宫锦云，这倒像是个女子的名字。"但因不能肯定，韩珮瑛恐怕闹出笑话，却也不敢出言试探。

宫锦云接着说道："说起来，公孙璞和我家还是世交呢，不过，他却未必知道。"

韩珮瑛心想："这些邪派中的人物，还是少交为妙。"正想摆脱这个小厮，忽听得健马嘶鸣之声，韩珮瑛抬头一看，只见长街那边，一骑马正在疾驰而去。骑在马背的人看不清楚，但那匹马却正是奚玉瑾送给她的那匹坐骑。韩珮瑛吃了一惊，展开轻功就追，但她轻功虽好，却总不如奔马。转瞬间那匹马已出了城门，去得远了。

韩珮瑛赶回那间客店，店中正在乱成一片。店主人见韩珮瑛回来，满脸惶恐作揖说道："小店疏于防范，来了个盗马贼，别的不偷，单单偷了你老的坐骑。不知你老这匹坐骑是多少钱买的，小店——"韩珮瑛料想这个盗马贼定是为她而来，绝不是普通的小贼，她不愿听这店主的啰唆，当下说道："世乱年荒，盗贼如毛，防不胜防，这是怪不得你们的。追不回来，那就算了，你不必放在心上。"

背后有个人接声说道："对，区区一匹坐骑算不了什么。韩大哥，你也不用担忧没有代步，别人会偷，我也会偷，过两天我偷一匹骏马给你，包管比你原来的坐骑还好。"韩珮瑛回头一看，只见宫锦云笑嘻嘻地站在她的后面，也不知他是什么时候进了来的。

宫锦云脸上的煤灰还未洗抹干净，身上穿的又是一件打着补丁的衣裳，更加上口中说出了这样的话，客店里的掌柜和伙计无不愕然，人人向他注视。

韩珮瑛道："宫兄说笑了。不劳宫兄操心，请宫兄回去吧。"掌柜的见韩珮瑛与他称兄道弟，更是诧异。有几个伙计本来想要赶这小厮的，当然也不敢动手了。

宫锦云笑道："回去？你叫我回哪里去？我正是因为无家可归，所以才到这里找你的。"

韩珮瑛甚是气恼，心想："这个人怎的这样不识趣，我要摆脱他，他却偏偏要来缠我！"当下淡淡说道："找我做什么？"

宫锦云道："找地方住呀。你不是在这里开了房间吗，咱们今晚正好联床夜话。"

韩珮瑛面上一红，冷冷说道："对不起，我可是不惯和人同房的。而且我明日还要赶路，恐怕也没有精神和你作长夜之谈。"

宫锦云皱了皱眉，笑道："好吧，你不肯收留我，我只有自己想法子了。"说罢，掏出韩珮瑛那个钱包，说道："好在你这个钱包里还有钱，掌柜的，给我一间上房！"当下从钱包里拈出一颗金豆递给掌柜，掌柜的睁大了眼睛，想接又不敢接。宫锦云道：“呆看什么，难道金子也没见过吗？你将它折作房钱，多下的算作小账。韩大哥，这是你送给我的，你不怪我将你的钱拿来乱用吧？”韩珮瑛没好气地说道：“送了给你就是你的，你怎样用我当然是管不着。”宫锦云笑道：“好，那么多谢你再请我一次客了。”

掌柜的听了他们的说话，知道这金子的确是韩珮瑛所送，并非贼赃，这才敢收下。登时改了副面色，叫伙计带宫锦云住一间最好的房间。

韩珮瑛当下也回到自己的房间，她还有点害怕宫锦云再来纠缠，幸好宫锦云并没跟来。可是当韩珮瑛关上房门点亮油灯之后，一看房中景象，却是不禁又吃一惊。

只见床上被褥凌乱，行囊打开，显然是给人搜查过了。韩珮瑛的行囊有奚玉瑾送的两套男装衣裳，有自己原来准备做新嫁娘的两套女装衣裳，有几件首饰，还有三十多两银子，打开一看，衣裳没动，首饰和银子都不见了。

韩珮瑛是个多少有点江湖经验的人，心中一想，已是恍然：“一定是楚大鹏那些人在怀疑我的身份，他们把我当作宫锦云，还不敢十分肯定，是以他们一面与我在酒楼上打交道，一面却派人来搜查我的行囊。派来的这个人发现我不是什么黑风岛的人，遂顺手牵羊，偷了我的首饰、银子和坐骑，作为报复。他们一路上招待我，大约也用了不少银子了。”韩珮瑛料想与这客店无关，当下也就没有声张。

失了银子和首饰本来算不了什么，但韩珮瑛的钱包已经送给了宫锦云，如今她的身上已是不名一文，这却是令她碰上了难题了。此去洛阳，还有七八百里，路上用些什么？韩珮瑛心想：“好在房钱已经有人给我付了，要不然明天就会出乖露丑。但以后怎么办呢，难道叫我也学宫锦云去做妙手神偷么？”

韩珮瑛闷闷不乐地躺在床上，整夜不敢阖眼。一来是怕楚大鹏那些人再来骚扰；二来也怕宫锦云前来缠她。但出她意料之外，这一晚却是毫无动静，平安度过。

韩珮瑛为了想要摆脱宫锦云，天没亮就起身，告诉伙计一声，叫他不可惊动宫锦云，就离开客店。

出了禹城，天色才亮，韩珮瑛趁着清晨没有行人，正在路上施展轻功赶路之际，忽听得一个清脆的声音叫道："韩大哥，等等我！你怎么悄悄就走，累我赶得好苦!"

正是韩珮瑛所要摆脱的宫锦云，偏偏他又赶来了。只见宫锦云已经换了一套簇新的衣裳，一张俊秀的脸孔早已洗得干干净净，十足一个风度翩翩的美少年，哪里还有丝毫腌臜小厮的模样?

韩珮瑛满肚皮没好气，说道："你又来做什么？咱们萍水相逢，分开手就是各走各的了。我可不敢有劳宫兄相送。"

宫锦云笑道："我不是来送行的，我来给你还钱。"

韩珮瑛道："我说过是送给你的，不用你还。"

宫锦云道："那就当作是我送给你吧。昨晚我做了一票生意，偷来的钱也用不了这许多。我是不惯受人恩惠的，礼尚往来，你可不能推却。"说罢掏出一个荷包递给韩珮瑛，却并非韩珮瑛原来那个钱包。宫锦云道："这是我自己绣的荷包，请你留下来作个纪念。"

韩珮瑛正苦于路上没有盘缠，想了一想，也就不客气地收了下来，说道："好吧，多谢你的厚礼。那么咱们后会有期了。"

宫锦云噗嗤一笑，说道："你这个人呀，怎的老是这样爆仗的性子，才不过说了几句话，你就要赶我走么?"虽然笑着说话，却带着几分幽怨的神情，显出了一副楚楚可怜的模样。韩珮瑛本来是个举止温柔的大家闺秀，这次还是第一次听得有人说她是"火爆性子"，听了不觉暗暗好笑，心里想道："这人倒是比我更像一个爱使小性子的女孩儿家。"

韩珮瑛无可奈何，说道："实不相瞒，我是急着要赶路的，并非要赶你走。"

宫锦云道："韩兄，你是要上哪儿?"

韩珮瑛心想，昨日在那酒楼之上，濮阳坚已经说破了她是洛阳韩家的人，当时宫锦云和她同桌，当然也是听见的了。既然瞒他不过，索性就老老实实地说道："我想在七天之内赶到洛阳。"

宫锦云拍掌笑道："那就正好有伴了，我也是要去洛阳!"

韩珮瑛倒抽一口冷气，心想：“我要摆脱他，反而给他缠上了。”

宫锦云见韩珮瑛不作声，眉头一皱，说道：“韩大哥，你是不是讨厌我呢?”韩珮瑛道：“哪里的话？你别多心。我不过顾虑这条路不好走，我的仇家又多，只怕连累了你。”

宫锦云手指轻轻点着面颊，斜着眼睛，嫣然一笑，说道：“韩大哥，你当真不讨厌我么？那我就放心了。”嫣然一笑之下，风韵更觉迷人。韩珮瑛疑心大起，心想：“越看他越像女子，莫非他真的就是一个女子？像我一样，女扮男装。”

宫锦云接着说道：“韩大哥，你不必顾虑，有我与你同走，包管你一路平安。就是有什么仇家找你麻烦，咱们二人联手也总比你一人应付好些。而且我还可以带你走一条近路，你用不着七天就可以赶到洛阳。”

韩珮瑛一来推却不掉；二来她已怀疑宫锦云是个女子，和一个女子同行也没有什么不便了。韩珮瑛暗自思量：“且待我和他走了一程，相熟之后，再试探他。他若是个女子，一路同行，也总会露出痕迹的。”于是说道：“好，那么咱们就赶路吧!”

韩珮瑛有心试他本领，进入山路，立即施展轻功，跑得飞快。宫锦云笑道：“韩大哥，好本领!”亦步亦趋地跟在她的后面，一口气跑了七八里路程，韩珮瑛感到有点累了，这才停了下来。回头一看，只见宫锦云面不红，气不喘，看来他的轻功竟是比自己还要高明，韩珮瑛不禁暗暗道了一声：“惭愧!”

此时已是中午时分，宫锦云道：“韩大哥，咱们到林子里歇一会，吃点干粮再走。”韩珮瑛说道：“好!”于是两人走进树林，找了一块草地，就坐下来。

宫锦云取出了一个盒子，说道：“想必你没准备干粮，我请你吃仪醪楼的著名糕点。”打开盖子，递到韩珮瑛面前，只见里面果然是贴有仪醪楼招纸的各式糕点。韩珮瑛诧道：“昨日并没见你要这些东西，你几时又到过仪醪楼了?”宫锦云道：“昨晚我做了一票买卖，回来的时候，经过仪醪楼，忽地想起，你虽然吃过仪醪楼的酒菜，还没尝过他们的糕点，是以我就悄悄进去，每样拿了两块。唉，韩大哥，你别瞪着眼看我，我留下了银子的，并没叫他们亏本。喏，这是核桃酥，这是杏仁饼，这两样虽是普通糕点，处处都有，但仪醪楼的却特别好吃，与众不同。不信，你试尝尝！”

韩珮瑛摇了摇头，笑道：“小兄弟，你真淘气！”

宫锦云撅着小嘴儿道：“韩大哥，我这是为了讨你喜欢，你还忍心责备我么？”神情体态，越发像个女孩儿家了。

韩珮瑛笑道：“你为什么对我这样好？”

宫锦云喜道：“韩大哥，你不生我的气了？”

韩珮瑛道：“你昨天帮了我的大忙，我感激你还来不及呢，怎会生你的气？”

宫锦云道：“我昨天戏弄了你，你也不怪我么？”

韩珮瑛道：“当然不会。不过我却有点奇怪，你为什么扮成一个捡煤球的小厮？”

宫锦云道：“我不想给那些人知道我的身份，免得被他们纠缠不休。一给他们纠缠上了，我可就不能自由自在了。”说至此处，不觉又笑起来，说道：“想不到他们却把你当作了我。你尝够了苦头了吧？”

韩珮瑛笑道：“可我也沾了你的光呢。”

宫锦云道：“刚才你问我为什么对你这样好，现在我可以告诉你了。这是因为你对我好的缘故。我昨天扮成一个小厮，弄污了你的衣裳，你非但不恼怒我，还请我喝酒。从来没有人待我这样好的。”

韩珮瑛心想：“这是因为我早就看出了你不是常人的缘故。不过，倘若我一开始就知道你的爹爹是一个什么黑风岛的大魔头，恐怕我也不会和你结交了。”宫锦云接着说道：“我是在东海的黑风岛长大的。海岛周围风涛险恶，船只也不会经过那个地方的。岛上只有我的爹爹和几个老仆人，我从小就没有人和我玩。”

韩珮瑛深表同情，说道：“唉，那也真是够寂寞的了。”

宫锦云道：“是呀，所以我才瞒着爹爹偷跑出来。”

韩珮瑛道：“原来你是偷跑出来的？”

宫锦云道：“我跑出来本来想要结交几个好朋友的，可是令我失望得很!”

韩珮瑛道:“是不是因为你的眼界太高了。”

宫锦云苦笑道:“不是我的眼界太高,是我的爹爹名头太大了。知道我的身份的人,不是怕了我远远躲开,就是千方百计地来巴结我,要我在爹爹面前给他们讲好话,没有一个是真心和我好的。所以我一气之下,才扮作舟子,扮作小厮,扮作各式各样的下等人,叫那些人捉摸不透。”

韩珮瑛笑道:“原来如此,你一直没有交上朋友。”

宫锦云道:“昨天我碰见了你,楚大鹏那些人把你当作了我,我好奇心起,是以暗中跟踪你,想要知道你是个什么样的人。”

韩珮瑛道:“那么现在你知道了?”

宫锦云笑道:“你是个心地很好的人。我知道你是完全不知道我的来历的,难得你对我这样好。嗯,韩大哥,我偷跑出来,地北天南,到处乱跑,已经半年有多了,你还是我第一个交上的朋友。”

韩珮瑛笑道:“是么,多承你青眼有加了。”

宫锦云忽道:“韩大哥,你家里有什么人?”

韩珮瑛道:“只有一个年迈的爹爹。”

宫锦云道:“没有兄弟和姐妹?”

韩珮瑛道:“既无兄弟,亦无姐妹,也没有订过亲!”这几句话她一口气说出来,心里暗暗好笑:“看来她对我倒是有点意思了。”此时韩珮瑛已经有了八九分把握,敢断定宫锦云是个女子了。

宫锦云色然而喜,说道:“怪不得你好像心事重重的样子,原来是记挂着你年迈的爹爹。”韩珮瑛道:“正是。”

宫锦云道:“你也不必太过忧虑,蒙古兵还没有打入河南,你家里会平安的。”韩珮瑛道:“但愿如此。”

宫锦云忽地笑道:“韩大哥,你若心中愁闷,我给你唱支曲子解闷可好?”

韩珮瑛道:“这正是求之不得。”

宫锦云轻启朱唇,曼声唱道:“晚风前,柳梢鸦定,天边月上。静悄悄,帘控金钩,灯灭银缸。春眠拥绣床,麝兰香散芙蓉帐。猛听得脚步声响到纱窗。不见萧郎,多管是要人儿躲在回廊。

启双扉欲骂轻狂，但见些风筛竹影，露坠花香。叹一声痴心妄想，添多少深闺魔障。”

这是一支民间流行的小调，曲调轻快，把一个情窦初开的少女盼望与情郎相会的心情写得很“绝”。韩珮瑛听了这支曲子，已有十成把握，断定宫锦云定是女子无疑！

韩珮瑛正在考虑要不要把自己的本来面目告诉她。宫锦云说道：“韩大哥，你等等，我去找水回来给你喝。”韩珮瑛道：“让我去吧。”宫锦云道：“不，你坐在这里不许动！”不由分说地拿了韩珮瑛的水壶，一溜烟地就跑了。韩珮瑛心想：“不知她又要弄什么玄虚？”

韩珮瑛正在疑猜之际，忽地眼睛一亮，只见一个婀娜多姿的少女，正自分枝拂叶，袅袅娜娜地向自己走来。原来宫锦云已经换了女装回来了。

韩珮瑛虽然早已看出她是女子，并不感觉惊奇，但此际见她改装回来，打扮得如此标致，仍是不禁看得呆了。

宫锦云见她目不转睛地盯着自己，不禁又是欢喜，又是害羞，脸上泛起红晕，嗔道：“韩大哥，你不认识小弟么？”她与韩珮瑛一路上以兄弟相称，已成习惯，一时改不了口。

韩珮瑛“噗嗤”一笑，说道：“宫兄弟，真想不到你是这样的一个美人儿！”其实她是早已想到了的。

宫锦云见韩珮瑛赞她貌美，心里更是喜欢，当下敛衽一礼，说道：“韩大哥，你不怪我欺瞒你吧？”韩珮瑛心里暗暗好笑：“彼此，彼此。”说道：“宫姑娘，为什么你肯让我知道你的庐山真相？”

宫锦云含情脉脉地说道：“韩大哥，你对我这么好，我想我不该欺瞒你的。我让你看上一看，待会儿我再改回男装。”

韩珮瑛笑道：“你回复本来面目比扮男人好看多了，何必又再改装？”

宫锦云低声道：“一男一女，路上同行，可是有点不大方便。”

韩珮瑛心想：“她是个大魔头的女儿，我的身份还是暂时不告诉她的好。对，有了，我正好抓着这个借口摆脱她。”于是笑道：

“但我现在已经知道你是女子了，你是女扮男装，也还是不方便呀!”

宫锦云满面娇羞，说道：“韩大哥，你是个正人君子，给你知道不打紧，只要旁人不知，也就不怕人家闲话了。”

韩珮瑛摇了摇头，故意装作一脸正经的神气说道：“我虽然自信可以不欺暗室，但总是有点不大妥吧。”

宫锦云嗔道：“韩大哥，你别以为我是个不识羞的姑娘。我，我只是想和你同行，谁要和你同住一室呢？昨晚我是和你开玩笑的，你别当真。”

宫锦云昨晚在那客店一时淘气，提议要与韩珮瑛“联床夜话”，给韩珮瑛拒绝，心里不免有个小小的疙瘩，生怕韩珮瑛对她误会。

韩珮瑛道：“不是这个意思。”顿了一顿，问道：“宫姑娘，你不是一定要到洛阳去的吧？”

宫锦云道：“韩大哥，你不喜欢我和你同行？”

韩珮瑛微微一笑，握着她的手道：“宫姑娘，你别误会。你对我这样好，我怎会不喜欢你呢？我是在想——”

宫锦云面上一红，甩开她的手道：“韩大哥，你在想些什么？”

韩珮瑛忽道：“宫姑娘，你听过蓬莱魔女柳清瑶的名字么？她是北五省的绿林盟主，堪称当今的第一位女侠。”

宫锦云面色微微一变，说道：“怎么样？”

韩珮瑛道：“柳盟主很喜欢有本领的姑娘，目前她正需要多一些女头目帮她。我有一位世伯名唤雷飙在她山寨，我回家一趟之后，也准备去投奔她的山寨的。”

宫锦云道：“你的意思是——”

韩珮瑛道：“宫姑娘，你目前既是无处好去，不如你先到蓬莱魔女的山寨等我。你只要找着雷飙，说是我介绍你来的，他自会把你引见给蓬莱魔女了。”

韩珮瑛打的这个算盘乃是一举两得之计，一来可以帮蓬莱魔女的忙，二来宫锦云见了雷飙，说明了原委，雷飙自然会把真相告诉她，那就不必现在忙着告诉她自己是个女子了。“她若肯听我的话投奔蓬莱魔女，和我就是一条路上的人。让她到了蓬莱魔女的山寨才知道我的身份，那也自是无妨的了。”韩珮瑛心想。

岂知宫锦云却摇了摇头，说道：“我才不去投奔那个魔女呢！”

韩珮瑛诧道：“为什么？”

宫锦云道：“她是我爹爹的仇人！”

韩珮瑛吃了一惊，问道：“令尊怎地和蓬莱魔女结上了冤仇？”

宫锦云道：“我不知道。爹爹没有把详情告诉我。我只知道爹爹当年就是因为给她迫得不能在中原立足，这才逃到海外去的。”

韩珮瑛道：“你爹爹还说了些什么？”

宫锦云道：“爹爹说这魔女心狠手辣，她有一个叔父就是死在她的剑下的。”

原来宫锦云的父亲名唤宫昭文，正是蓬莱魔女的叔父柳元甲的大弟子，柳元甲投靠金廷，多行不义，后来因为偷练桑家的两大毒功，以致引起走火入魔而亡。（事详拙著《狂侠·天骄·魔女》）宫昭文失了靠山，又害怕侠义道找他算账，这才逃到海外，苦练武功。苦练了二十年，如今已是差不多可以及得上当年的柳元甲了。

但在二十年前，宫昭文只是个二流角色。是以韩珮瑛只在她父亲口中听过蓬莱魔女与柳元甲之事，对宫昭文则还是毫无所知的。

韩珮瑛想了一想，说道：“宫姑娘，有句话不知我该不该说？”

宫锦云道：“韩大哥但说无妨。”

韩珮瑛道：“令尊与蓬莱魔女结仇，谁是谁非我不知道。但蓬莱魔女却是武林人士都敬佩的一个女侠。令尊说她杀死叔父的那件事，据我所知也不是这样。”

宫锦云听了韩珮瑛的话，暗自想道：“难道是我爹爹错了？”心念未已，忽听蹄声得得，有两个汉子骑着马还带着一匹空骑来到。

来的这两个人是楚大鹏和洪圻，他们带来的那匹空骑却正是韩珮瑛失去的那匹“一丈青”。

宫锦云板起了脸孔道：“你们来做什么？我可没有工夫与你们胡缠！”

楚洪二人双双跪下，各自掏出一把明晃晃的尖刀，说道：“我们有眼无珠，不识姑娘，特地来向姑娘请罪!”说罢，两人都是手起刀落，向自己的大腿插下。

宫锦云长袖一挥，“当，当”两声，把他们的尖刀拂落，说道：“我不想看你们鲜血淋漓的惨状，这三刀六洞的刑罚就免了吧。”原来帮会中的规矩，若然做了很大的错事，要求对方恕罪，就得用利刃在自己的身体上对穿三个窟窿，这就叫做“三刀六洞”。“三刀六洞”是一种仅次于“自尽”的自我刑罚。

洪圻说道：“多谢姑娘宽宏大量。但姑娘虽然饶恕了我们，我们可不能原谅自己。洪某实在该死，不但冒犯了姑娘，还冒犯了姑娘的贵友。”说罢，噼噼啪啪地打了自己两记耳光，转过身来，又向韩珮瑛磕头说道：“洪某糊涂，昨晚派遣了一个糊涂的手下到那客店侍候你老。这厮胆大妄为，见你不在，竟然顺手牵羊偷了你老的坐骑和银子。你老的坐骑现已牵来，另外有一点菲薄的程仪，请你老赏脸收下。”

洪圻满口“糊涂”，宫锦云给他逗得笑了起来，说道：“我看你是假装糊涂吧？说什么遣人侍候，分明你是叫人去搜查韩大哥的房间。”

韩珮瑛一笑说道：“算了，算了。我但愿得回坐骑，不必深究了。但洪帮主的厚赐，我可是不敢接受。”

宫锦云笑道：“这叫做利上加利，你又何必和他客气。嗯，我本来想给你偷一匹坐骑，如今你得回原物，倒省了我的一番气力了。”

宫锦云做主替韩珮瑛收下了那封“程仪”，捏了一捏，笑道：“银子换金子，这桩交易倒真是不坏。”纳入韩珮瑛的行囊，挥手说道：“好了，好了，韩大哥已经答应了不追究你们，你们还跪在这里做什么?”

楚大鹏道：“宫姑娘，我们黄河两岸的五大帮会，还想恳求你的恩典。”

宫锦云恍然大悟，拍了拍脑袋，笑道：“这回倒是我糊涂了，你们在我的面前自行‘三刀六洞’，当然不是仅仅为了赔罪而来。但我不愿意别人在我的面前矮了半截，起来说!”

楚大鹏与洪圻站了起来，说道：“我们五大帮会遇上灾星，只有姑娘可以解救。”

宫锦云冷笑道：“你们不是有了靠山么，又何须再来求我？我也没有那样的本领！”

洪圻苦着脸道：“实不相瞒，濮阳坚正是我们的灾星，把我们害得惨了。”

楚大鹏道：“请姑娘看在我们一向对令尊恭顺的份上，帮帮我们的忙。”

宫锦云好奇心起，问道：“濮阳坚这厮怎样将你们害得惨了？我打不过他，又怎能帮你们的忙？”

楚大鹏道：“濮阳坚这厮用‘化血刀’伤了我们的人，要胁我们奉他的师父做绿林盟主。”

宫锦云道：“这个我早已知道，但当时你们不也是心甘情愿的吗？”

洪圻恨恨说道：“我们是迫于无奈，只好忍受他的欺凌。谁知他得寸进尺，非但没有给我们治伤，反而得寸进尺，借此挟持，要我们都做他的奴仆，永世不得翻身！”

宫锦云道：“昨天在仪醪楼上，他不是已经给你解了化血刀之毒么？”

洪圻苦笑道：“不错，他是曾经给我解毒，但这也不过是等于‘缓刑’罢了。”

宫锦云道：“他没有给你悉心治疗，依然留下后患？”

洪圻点了点头，说道：“化血刀之毒可以立时发作，也可以在一年之后发作，他让我苟延性命，并非存着好心。不但对我如此，他给其他的人‘解毒’，用的也是同样的手段。”

楚大鹏接下去说道：“濮阳坚这厮居心险恶，他用这样的手段，实是要令我们五大帮会全部都受他挟持。将来他的师父做了绿林盟主，我们这些人就更要变成他们师徒二人的奴仆了。”

宫锦云笑道：“怪不得你们愤愤不平，你们都是一方之雄，又怎能甘心做人奴仆？”

楚大鹏道：“就是呀，我们与其做濮阳坚的奴仆，宁可做令尊的奴仆。濮阳坚把他师父的本领夸得天上有，地下无，我想令尊也未必会服气的！”

宫锦云笑道：“哦，原来你们是想要我代传说话，激我爹爹出山，帮你们对付西门牧野。但那不是远水难救近火吗？”

楚大鹏道：“西门牧野要三个月之后才来。”

宫锦云冷冷说道：“但我还没有玩够，我可不想这样快就回家呢。”楚大鹏道：“我们当然不敢阻碍姑娘的游兴，但却有一个双管齐下的办法，只须耽搁姑娘几天工夫。”

宫锦云道：“如何双管齐下？”

楚大鹏道：“一方面是暂解燃眉之急，请姑娘帮忙我们，把濮阳坚这厮赶走，救救我们那些中毒的弟兄。几时姑娘兴尽回家，那时再请令尊出山给我们做主。在令尊未到之前，西门牧野若来兴师问罪，我们只好暂避他的锋头了。”

宫锦云皱眉道：“我不是说过吗，一来我打不过濮阳坚，二来我又不会解毒。这个忙我怎能帮得上？”

楚大鹏躬腰说道：“昨天在酒楼上将濮阳坚打得狼狈而逃的那位少年侠士，我们已经打听到了他的来历，他是公孙奇的儿子，化血刀的造诣远远在濮阳坚之上，只要他肯相助，赶跑濮阳坚和替我们解毒都不过是举手之劳。可惜我们与公孙少侠毫无交情，不便开口。”

宫锦云道：“哦，原来你们是要我代请能人。”心想：“他们以为我和公孙奇的儿子是好朋友，岂知我和他虽是世交，却也是昨天才见面的呢。”

楚大鹏与洪圻齐声说道：“正是。务请宫姑娘帮忙。”

宫锦云道：“他昨天已经走了，却叫我到哪里找他？”

楚大鹏道：“我们已得报讯，公孙少侠走的乃是官道。从这里一条小路翻过山去，准可以截在他的前头。”

宫锦云道：“对不起，我要陪韩大哥前往洛阳，没工夫理你们的闲事。”韩珮瑛道：“宫姑娘另外有事，不必为我挂心。我一个人也是走惯了的。”

宫锦云道：“你不是恐怕有仇家骚扰吗？”

楚大鹏忙道："韩、韩相公，你放心走，不会有人骚扰你了。前几天的事都出于误会，以后我们的人只会在暗中保护你，绝不会找你的麻烦。"

韩珮瑛微微一笑，说道："宫姑娘，救人要紧，你对我的情谊，我心领了。咱们后会有期。"一面说话，一面还抓着了宫锦云的手轻轻地摇了一摇，表示感激之意。

宫锦云心花大放，暗自思量："爹爹本来就想打听公孙奇这个儿子的下落，如今我行藏已露，也不便和韩大哥作伴了，既然韩大哥已经知道我的情意，我就抽个空去找公孙璞，这也是一举两得之事。"

于是宫锦云面带红晕，抽出手来，说道："你们一定要我帮忙，我就勉为其难吧。韩大哥，过几天我再到洛阳找你。"

韩珮瑛道："好，那么我走了。"跨上坐骑，与宫锦云挥手道别。心里暗暗好笑："想不到我还会惹得这位宫小姐害了一场单思。"

楚洪二人牵着马跟上宫锦云说道："姑娘，你要不要我们陪你同去?"

宫锦云道："不用，不用!"楚大鹏道："那么请姑娘用我们的坐骑吧。"宫锦云恼道："别啰唆了，我不用坐骑。"原来她之所以愿意去会公孙璞，还有她的私事，当然不愿意有人跟她。她是在海岛长大的，骑术并不精妙，走崎岖的山路不如走平路更好。楚洪二人不解她何以突然发气，只好诺诺连声，让宫锦云自去。正是：

一缕柔情何处系，雌雄莫辨费疑猜。

欲知后事如何，请看下回分解。

第十二回　芳心何属空惆怅
好梦从来是渺茫

楚洪二人有所不知，宫锦云此时正是有着一桩心事，情绪不佳，他们是恰好碰上，以致给宫锦云发了一顿脾气。

宫锦云一面走一面思量："偏生是这么凑巧，爹爹三次足履中原，都找不着这个人，我一来就碰上了。听说他的母亲是还活着的，那件事情，不知他的母亲告诉了他没有？"

原来宫锦云的父亲宫昭文是柳元甲的大弟子，公孙奇当年与柳元甲狼狈为奸，是以和宫昭文也深相结纳。当他们二人的妻子各自怀孕的时候，曾经指腹为婚，说明若是一男一女，就得结为夫妇。

公孙璞生下之后，未到周岁，群雄大破桑家堡，公孙奇与柳元甲逃至蒙古，他的妻子桑青虹得蓬莱魔女之助，挣脱了魔掌，母子二人给送到了光明寺。当时光明寺中有明明大师、柳元宗和公孙隐三位武学大师，柳元宗是蓬莱魔女的父亲，公孙隐是蓬莱魔女的师父，是以蓬莱魔女把他们母子送到光明寺，好让他们有个照顾。（事详拙著《狂侠·天骄·魔女》）

群雄大破桑家堡之时，宫昭文早已逃走。后来公孙奇在蒙古因走火入魔而亡，宫昭文仅仅知道他是死了，详情则并不知道。是以在这二十年来，宫昭文遁迹海外，心上始终记挂着两件事情，一是公孙奇这个儿子的下落，二是公孙奇那本桑家毒功秘笈，不知落在谁人之手。这两件事一而二，二而一，因为在宫昭文的想象中，这本毒功秘笈，公孙奇当时即使来不及传给儿子，找着了他的儿子，也总可以查究得一个下落，或者至少也可以互通消息，找寻"线索”。因为他们母子若是得不到公孙奇的遗物，自必也是会去找寻的。当然，这只是宫昭文的想法。

宫昭文因为有这个想法，故此对这桩婚事并不向他女儿隐瞒，在宫锦云十八岁生日那天，就原原本本地告诉了她。并把自己的打算也告诉了女儿：倘若找着了公孙奇的儿子，如果他是会桑家那两大毒功的话，这桩婚事当然是要维持原约；如果不会，但有线索可以得那本毒功秘笈的话，婚事可以缓办，但也不能推翻。如果公孙奇的儿子只是一个武功平庸的人，既不会那两大毒功，也无线索可以寻找那本毒功秘笈的话，嫁不嫁给他，那就任凭女儿的喜欢与否了。

宫锦云想起了这件事，心里不禁甚为烦恼，暗自想道：“公孙璞用化血刀打败了濮阳坚，显然桑家这两大毒功，他不但懂得，而且是精通的了。他的武功远远在我之上，当然也不是一个平庸的人。看来他的为人也很厚重。不过，韩大哥的武功虽不如他，但品貌双全，却是不止胜过一筹，而且知情识趣，公孙璞这个土头土脑的少年，更是远远比他不上！”

想到此处，宫锦云不禁面上一阵发热，又再想道：“指腹为婚这桩事情，不知他已经知道了没有？他父亲死的时候，他才不过是一岁多的婴儿，但想来他的母亲是应该知道的，就不知有没有告诉他了？如果他已经知道，我去见他，岂不是有点尴尬？”

想来想去，宫锦云终于得了一个主意：“不管他是不是知道，我只佯作不知。看他怎么说？如果他先提起，那时我再和他退婚也还不迟。看来他像是个忠厚老实的人，总不至于强迫我嫁给他吧？”

宫锦云心事满怀之际，公孙璞也正在想着心事。不过公孙璞却并不是为着婚姻之事苦恼。

他的母亲桑青虹当年是迫于无奈才嫁给他的父亲公孙奇的。桑青虹在公孙奇死后仍是恨意未消，对他生前的朋友，没一个她不憎厌。与宫家指腹为婚这桩事情她根本就不放在心上，并不把它当作一回事情，当然也就没有告诉她的儿子。

公孙璞的心事是因为他发现另外有人会使“化血刀”这门毒功。

他可以说是自有生以来，就和“化血刀”这门毒功分不开的。他曾经受过“化血刀”的伤害，他不想练这门毒功终于还不能不练，“化血刀”对他的影响实在是太大了。

公孙璞一面走一面想，二十年来的往事一幕幕地翻过他的心头。

他记得他自小体弱多病，经常是三天两日就要吃药，从他开始有记忆的时候起，他的童年，就是“泡在”苦茶之中的。

他还依稀记得母亲在喂他吃药的时候流下的眼泪，他也记得常常在夜里痛得醒来，那时柳公公或者他的爷爷（公孙隐）就抱着他，紧紧握着他的小手，于是他感到有一股暖流好像从他的掌心注入，流遍他的全身，使得他十分舒服，这才能够睡觉。

到了七八岁之后，吃药的次数渐渐减少，他的体质也渐渐强壮起来，十岁那年，他完全不用吃药了。

那一年来了一位耿叔叔，这位耿叔叔就是后来做了他的师父的江南大侠耿照。

他的母亲要他拜这位耿叔叔为师，他第一次离开了母亲，离开了光明寺，这才开始练习武功，耿照只有一个女儿，比他小三岁，对他非常疼爱，把他当成儿子一般。

他当然是很感激这位恩师的，但有一件事他却感到有点奇怪。在光明寺之时，他并不知道他的爷爷和柳公公和明明大师是当世顶儿尖儿的三位武学大师，跟了师父之后，他师父交游广阔，那些人一提起这三位武学大师都是备极景仰，他这才知道，原来自幼与他作伴的人，竟是武林中的泰山北斗。

爷爷、柳公公和明明大师，任何一个人的武功都比他的师父高得多。这也是他拜了耿照为师之后，见闻增长，才知道的。

他并非不佩服师父，但他却不能不有了这样的怀疑：“为什么我娘舍近图远，不叫爷爷教我武功，却要我拜耿叔叔为师呢?”

另外一件事情他也感到有点奇怪的是：他的母亲和师父从来不提他的父亲的事情，他只知道父亲是在他周岁过后就死了的，别的就一概不知道了。

这两个闷葫芦，直到他十八岁那年方才打破。

那一年他已经在耿照门下学了八年，艺成出师，回到了光明寺。第二天，他母亲带了他上山，指着一座坟墓对他说道："这是你爹爹的衣冠冢，你磕个头吧。"他当然免不了要问："妈，你为什么从来不带我上爹爹的坟？又为什么只是一座衣冠冢？"

母亲这才告诉他："我告诉你你不要伤心，你爹爹是个无恶不作的大魔头，你自小体弱多病，就因为是受了你爹爹的毒害。要不是他临终之前深自忏悔，今天我也不会让你给他磕头！"

这话若不是从他母亲口中说出，他几乎不敢相信自己的耳朵！俗语说虎毒不食儿，他怎敢想象他的父亲曾经亲手害他？

听了母亲的话，他方才知道在他父母之间，竟是有着那么深的怨毒！

原来他父亲公孙奇的元配本是他母亲的姐姐，公孙奇谋夺桑家的毒功秘笈，谋害了第一个妻子桑白虹，然后又使用毒辣的手段，迫小姨嫁给他做续弦。另外还和一个绰号"玉面妖狐"的女魔头勾勾搭搭。

他的母亲为了替姐姐报仇，故意引导丈夫走上错误的练功途径。群雄大破桑家堡之日，正是公孙奇"走火入魔"开始发作之时。

公孙奇明白真相之后，想到了一个最恶的主意，要害他的妻子一辈子！他竟然用"化血刀"伤了他的亲儿！

公孙奇的"化血刀"用得恰到好处，婴儿不会死亡，但却必须母亲用她家传的内功心法，给孩子悉心调治，到孩子十八岁之后，这毒方能化净。而且由于桑家的内功心法与"化血刀"毒功相生相克，母亲悉心给儿子疗毒，十八年过后，孩子的毒完全移到母亲身上，母亲就会"走火入魔"而亡！

幸亏柳元宗是天下第一神医，仗着他的精妙医术和三位武学大师深湛的内功，这才无需桑青虹以家传的内功心法替儿子治疗，不到十年，便把她的儿子医好了。公孙璞且因祸得福，因为自小得三位武学大师以内力相助，打下了以后修习上乘内功的坚实基础。

病虽医好，他的母亲还怕留有后患，因此要他拜耿照为师。耿照的武学造诣虽然不如三位大师已到登峰造极境界，但他曾得异人传授，懂得逆行经脉的功夫，练了他这门正邪合一的内功，可以根除走火入魔之患。

公孙璞知道了自己的身世之后，不禁放声痛哭。桑青虹让他哭过之后，说道："璞儿，你现在该明白我给你取的名字，有什么用意了吧？你名'璞'字'去恶'，我要你如璞玉之厚重、无瑕，我要你一生行侠仗义，去恶迁善，为你爹爹赎罪，你做得到不？"

公孙璞在父亲坟前发誓："孩儿一定做到！"

桑青虹这才现出一丝笑容，说道："好，那么从明天起我就教你练我桑家两大毒功！"

公孙璞吃了一惊，说道："我一出生就受'化血刀'之害，我憎恨这种狠毒的武功，我不练这两大毒功！"

桑青虹道："我本来也是痛恨这两大毒功，从没想过要你练的，但现在你却是非练不可了！"

公孙璞道："为什么？"

桑青虹道："你爹爹死后，那部毒功秘笈不知去向，我以为从此失传的了。哪知最近又发现有人会使这两大毒功，这人名叫西门牧野，是关外的一个大魔头。倘若你不练这两大毒功，武林中就无人能够克制他了。"

公孙璞道："为什么一定要我练呢？别人不可以么？"

桑青虹轻抚爱儿，又道："而且，这对你来说，是责无旁贷。你曾受过化血刀的伤害，你岂能让人用这种毒功再去害人？你若能除了西门牧野，这也是替你爹爹赎罪啊！"

公孙璞瞿然一省，说道："娘教训的是。孩儿为了憎恨这种毒功，就不想练，这是太自私了。"

于是公孙璞就在光明寺中，开始练"化血刀"与"腐骨掌"这两大毒功。练了三年，方始练成。在这三年之中，柳元宗和公孙隐也教了他许多上乘的武功。是以他今年虽然只有二十一岁，武功之强，已可以及得上当世的一流高手！

本来他练了这两大毒功之后，就想去关外找寻西门牧野的，但因蒙古入侵，故此他奉母之命，往金鸡岭相助蓬莱魔女。想不到他未曾出关，在途中就遇上西门牧野的大弟子濮阳坚。

公孙璞正在沉思，忽听得路上有人大声呼喝，抬头一看，只见一骑骏马，正在追赶一个少年。骑马的正是濮阳坚，给他追赶的则是昨日在酒楼上请他喝酒的那个少年。

且说宫锦云在密林深处重新换过男装，翻过了那座山头，按照楚大鹏的指点，抄近路来截公孙璞。还未曾找着公孙璞，正行走间，忽听得马蹄声响，一个粗豪的声音哈哈大笑道："好小子，天堂有路你不走，地狱无门你偏闯进来！今日陌路相逢，看你还逃得到哪里去?"

原来濮阳坚在制服了黄河两岸五大帮会的首脑人物之后，料想他们在一年之内绝不敢反叛自己，这个五大帮会的太上皇的位子反正自己是坐定的了，不必忙在一时，于是就放心地回辽东去，准备向师父交差，并迎接师父到中原来做绿林盟主。

他见宫锦云一人落单，心中大喜，想道："黑风岛的宫岛主是我师父争霸的一大劲敌，前日听那些人的说话，这小子乃是黑风岛的人，很可能就是宫岛主的儿子，哈，哈，我正好拿他当作人质，献给师父。这小子孤掌难鸣，哈，哈，我要拿他，这正是大好机会!"

宫锦云大吃一惊，说时迟，那时快，濮阳坚已经飞马追来，人未离鞍，"刷"的一鞭就向宫锦云打下。

宫锦云拔剑一撩，鞭剑相交，"当"的一声，火花四溅，宫锦云虎口隐隐作痛。濮阳坚用的不过是一条普通的马鞭，但鞭上附有他的内力，一条普通的马鞭就变得似钢鞭一样，宫锦云的宝剑非但削它不断，反而给他打得宝剑几乎脱手。

宫锦云一个转身，闪开了第二鞭，濮阳坚冷笑道："跑是跑不了的，乖乖地跟我回去吧!"拨转马头，马鞭挥了一个圆圈，向宫锦云搂头套下。宫锦云轻功不弱，一个"燕子穿云"，跳了起来，斜飞出去，可是她那柄宝剑，却已给濮阳坚的马鞭卷去。

濮阳坚第三鞭打下，宫锦云脚踏"之"字，又再闪开。濮阳坚拨马直冲过来，宫锦云一个打滚，躲得十分狼狈，可是终于还是躲开了濮阳坚的第四鞭。濮阳坚的马冲得太快，冲过了她的前头十数丈之遥，方始勒住，又再回来。

宫锦云情知若是在大路上往前跑的话，轻功多好，也是跑不过奔马，于是展开“穿花扑蝶”的身法，左面一兜右面一绕，走着“之”字路，向着树林逃走。

马要在直路上才跑得快，倘若要随时转方位，拨转马头，却是远远不如宫锦云的灵活。濮阳坚心头火起，喝道：“好呀，你还要跑，我就把你毙了！”他怕宫锦云逃进林中，更难擒捉，杀机一动，陡地就从马背上跳起来，张开蒲扇般的大手，向宫锦云的头顶疾抓下去。

眼看宫锦云已是逃不开这“饥鹰扑兔”的一扑，就在此时，忽听得“嗤”的一声，一枚小小的石子，突然从林中打出。

濮阳坚人在半空，躲避不开，掌心给石子打个正着。他是练过铁砂掌的功夫的，寻常的刀剑也未必就刺得穿他的掌心，不料此时给一枚小小的石子打着，竟是痛逾刀割，不但掌心穿了一个小孔，鲜血汩汩流出，而且脉搏受了震荡，胸中登时气血翻涌，如受火焚。

濮阳坚这一惊非同小可，心道：“怪不得这小子向树林逃跑，原来他在林中藏有埋伏！”濮阳坚的本领也委实了得，跌下之时，单掌在地上一按，一个筋斗翻起来，又坐上了马背。

宫锦云死里逃生，大感意外，抬头一看，只见一个穿着灰布衣裳，背着黄色包袱的少年正从树林里走出来。宫锦云喜出望外，叫道：“哈，原来是你，这可真是巧极了！”她开口说话，忽地感到有股冷气寒透心头，不由得机伶伶打了一个冷战，说到最后几个字，几乎抖不成声。宫锦云吃了一惊，慌忙调匀气息。

公孙璞缓步出林，指着濮阳坚喝道：“你回去从头再练吧，若要报仇，叫你师父到金鸡岭找我！”原来公孙璞那枚小石子打穿了濮阳坚的掌心，那个部位正是手少阳经脉的终点“劳宫穴”，濮阳坚的内功有限，“劳宫穴”一伤，真气宣泄，他辛辛苦苦练成的十年以上的化血刀功夫已经化为乌有！

濮阳坚一见克星来了，当真是吓得魄散魂飞，但求逃得性命，哪里还敢多说半句。跳上马背，慌忙逃跑。他那匹坐骑是一匹辽东产的骏马，骨骼粗壮，善跑长途，转瞬之间已是绝尘而去，去得远了。

公孙璞这才回转身来，与宫锦云打了一个招呼，笑道："是呀，真是巧极了。你怎么一个人来到这儿？"

宫锦云道："我是特地来找你的。"正想告知原委，公孙璞忽地面色一变，慌忙摇手说道："别忙说话，你随我来！"

宫锦云甚是诧异，不知他要做什么，心里想道："反正我是要找你说话，这里不是谈话之所，我就随你到林中又有何妨？"她是个黄花闺女，公孙璞的武功又比她高得多，和他走入人迹罕至的荒林，她本来是应该有点顾忌的，但不知怎的，她却是毫不踌躇，觉得这个诚实的少年大堪信赖。

走到密林深处，公孙璞停了下来，向宫锦云凝神观看，宫锦云给他看得不好意思，笑道："你不认得我了么？"

公孙璞道："别说话！"忽地一把抓着她的手腕，宫锦云吃了一惊，却是挣扎不开，但见他面容肃穆，毫不似轻薄的举动，这才放下了心。

公孙璞三指搭着她的脉门，半晌说道："宫兄，你受伤了，你知道么？"

宫锦云这才知道他是给自己把脉，吃了一惊，说道："我怎么受了伤了？"刚才她与濮阳坚交手，一个在马上，一个在马下，根本就没有给濮阳坚碰着她的身体。

公孙璞道："濮阳坚的化血刀已经练到了第五重，他刚才凌空抓下，毒掌虽然未碰上你，但有一丝毒气已经侵入了你脑后的风府穴。幸而也只是一丝毒气，中毒不深。"

宫锦云不禁骇然变色，心里想道："化血刀的功夫练到第九重方始是功行圆满，濮阳坚练到第五重已经这样厉害，练到第九重那还了得？公孙璞的造诣比他高得多，不知练到了第九重没有？即使没到，想必也是可以随意取人性命的了。"

公孙璞道："中毒虽然不深，但也还是赶紧治疗的好。宫兄，请你解开衣裳。"

宫锦云满面通红，说道："做什么？"

公孙璞道："我给你推血过宫。隔衣推拿，见效不快。"

宫锦云道：“既然中毒不深，那就不必这样麻烦了，我、我最怕痒。”

公孙璞不禁暗暗好笑，想道：“怎的这位宫大哥还是稚气未除，怕人抓痒，扭扭捏捏，又似个女孩儿家？”他哪里知道宫锦云就是个女孩儿家。当下笑道：“好吧，那就不必解衣了。我这里有颗碧灵丹是用天山雪莲做主药的，能解百毒，请你服下。不过因为不是对症的解药，恐怕要得三天才能把余毒拔清。这两天早午晚三个时辰，如果你觉得胸口发冷，不必惊异。”

服下了碧灵丹，只觉有一股细如游丝的暖气，瞬息之间，流遍全身，十分舒服。宫锦云精神一振，忙向公孙璞道谢。公孙璞道：“谢些什么，昨天你请我大吃大喝，我也没有和你客气。”宫锦云见他一本正经，不觉笑了起来，说道：“一顿吃喝换了一颗解毒的灵丹，你这药未免换得太便宜了。”公孙璞笑道：“是吗，那么你就请我再吃一顿好了。”宫锦云见他待人诚恳，说话也有风趣，对他的好感不觉增了几分。虽然芳心并不属意于他，但也觉得这个人并不讨厌。

公孙璞道：“宫兄，你刚才说是特地来找我的，不知是为了何事？”

宫锦云道：“就是为了濮阳坚这厮而来，如今你已经把他打跑了，别人要我代求你的事情，你已经做了一半啦。”

公孙璞道：“你说的‘别人’可是楚大鹏、洪圻这些人么？”

宫锦云道：“不错。他们想请你做两桩事情，第一桩，替他们驱逐濮阳坚，第二桩，给他们那些中了化血刀之毒的人治病。不知你可肯应承。”

公孙璞想了一会，摇了摇头。

宫锦云道：“这些人本来也是罪有应得，不过比起濮阳坚来，他们却又好得多了。我并非替他们求情，但如果他们的毒伤无人救治，就难免要受到濮阳坚的挟制。濮阳坚回去把师父请来，黄河两岸的五大帮会只怕也难免要落到他们师徒手中。濮阳坚的师父野心不小，若给他控制了这五大帮会，各地绿林好汉只怕也是难以与他相抗。这一层却是可虑。”

公孙璞缓缓说道："这一层我也想到了，我并没有说不救他们啊!"

宫锦云怔了一怔，心道："那你又为什么摇头?"

公孙璞道："濮阳坚既是要用化血刀的毒功挟制他们，想必不会要他们在十天半月之内便即毒发身亡的，是不是？至少也要等到他的师父来吧?"

宫锦云道："不错，据洪圻所说，他们受的毒伤，是一年之后才会致命的。"随即恍然大悟，说道："对了，你是要让他们多吃一点苦头，才给他们解救，小小地惩罚他们一下，对吧?"

公孙璞笑道："宫兄猜得不错，不过小弟之所以不马上给他们救治，其中却还有另外一个原因。"

宫锦云道："那又是如何?"

公孙璞道："实不相瞒，小弟要到金鸡岭拜见柳盟主的。宫兄，你可知道北五省的绿林盟主是位女子吗?"

宫锦云刚刚听韩珮瑛说过，答道："是不是外号'蓬莱魔女'的柳清瑶?"

公孙璞道："不错。这位柳盟主正要号召义军，抵御蒙古鞑子的入侵。此事应该禀明柳盟主，若是她认为可行，就由她派遣使者和我同往。医好了那些人，也好收伏这五大帮会在义军的旗帜之下。"接着说道："西门牧野不度德，不量力，也想当绿林盟主当真是痴心妄想！有柳盟主在，哪容得他胡作非为?"

宫锦云道："你和蓬莱魔女是早就相识的吗?"

公孙璞道："小时我见过她，相信她还会记得的。"其实公孙璞的爷爷就是蓬莱魔女的恩师，当年群雄围攻桑家堡之时，也正是蓬莱魔女把公孙璞救出桑家堡，送上光明寺的，两家关系非比寻常。不过公孙璞不愿交浅言深，是以轻描淡写地将他与蓬莱魔女的关系带过。

宫锦云道："蓬莱魔女的武功如何？听你之言，似乎她的武功是应该远胜西门牧野了?"

公孙璞道："西门牧野的武功我没见过，但徒弟如此，师父可知，再高明也高明不到哪里去。米粒之珠焉能与盟主相比?"

公孙璞又道："而且江湖上也不是只凭武功就可以称雄称霸的，必须以德服人！柳盟主不但是本领高强，更难得的是她大公无私，虽然是个三截梳头两截穿衣的女子，见识却是尤胜须眉，处处令人钦敬。"

宫锦云笑道："听你这么说，你对这位柳盟主真是佩服得五体投地了！"

公孙璞道："岂只是我佩服她，你想假如我说的是不实在的话，她又焉能约束群豪，做了二十年的绿林盟主？"

宫锦云暗自思量："公孙璞说的蓬莱魔女和我爹爹说的完全两样，但仔细想想，倒是公孙璞说的有道理得多。但蓬莱魔女乃是我爹爹的仇家，如果她当真那么好，那岂非，那岂非反而是我爹爹的不是了？哼，我可不能相信我的爹爹是个坏人！"宫锦云第一次想起这个问题，不由得心乱如麻，隐隐有点害怕。

公孙璞道："和你同行那位韩大哥呢？"

宫锦云芳心历乱，颊晕轻红，说道："他家住洛阳，他回家探亲去了。"心想："看来公孙璞还未知道我是女子，当然更不知道我是他的未婚妻了。我要不要透露一点口风让他知道呢？但我喜欢的是韩大哥，却又怎好意思向他表白？不表明的话，他知道我是他的未婚妻，这又更是尴尬！"

公孙璞道："哦，他回家探亲去了。那么你孤身无伴，又准备上哪儿呢？"

宫锦云踌躇半晌，说道："还没一定。"

公孙璞道："何不与我一同去金鸡岭，目下鞑子入侵，风云激变，柳盟主正是需要用人。"

宫锦云道："听你所说，蓬莱魔女乃是当世罕见的女中豪杰，我也是想去见见她的。不过现在还不是时候。"心里暗自好笑："公孙璞和韩大哥都约我到金鸡岭去，岂知我正是要避免三个人同在一起。"

公孙璞道："你是否要上楚大鹏那儿？"

宫锦云皱了皱眉，说道："你怎的会这样以为？我对那些人根本瞧不起，怎会去投奔他们？"

公孙璞笑道："我看他们对你倒是很不错啊！那位韩兄也沾了你的光，一路上得到他们招待。"

宫锦云道："你怎么知道？"

公孙璞道："你忘记了那天我也是在仪醪楼上么？几方面的说话凑拢起来，事情的经过也可以知道个七七八八了。"

宫锦云笑道："你倒是细心得很。"

公孙璞道："我只不明白那些人为何对你这样恭敬？"

宫锦云心中一动，寻思："我还未试探他，莫非他就先来探我了？"

宫锦云笑了一笑，说道："那是因为爹爹的缘故。这些人要巴结黑风岛的宫岛主，知道宫岛主是我的爹爹，当然也就要讨好我了。"

宫锦云接连提及"黑风岛宫岛主"的名号，看看对方有何反应。公孙璞点了点头，说道："令尊想必是一位武学大宗师了。"

宫锦云听他这样发问，心里十分奇怪。因为问话中用上了"想必"二字，显然是公孙璞根本就不知道有"黑风岛宫岛主"这个人。

宫锦云是和他指腹为婚的，宫锦云诞生的时候，他们两家已经分开。公孙璞不知道未婚妻的名字并不奇怪，但不可能不知道岳父的名字，除非是他的母亲根本没有告诉他这桩订婚的事情。

姓"宫"的人不多，又即使公孙璞不知道"黑风岛宫岛主"就是他的岳父宫昭文，但如今既知宫岛主是位武学宗师，至少也该有点猜疑："这个宫岛主和我的岳父宫昭文不知是否同一个人？"或者就要这样地问："有位宫昭文老前辈不知是否贵本家？"可是公孙璞并没有这样发问，神情也没有什么特异之处，宫锦云不禁好生纳罕："难道他真的不知？"

于是宫锦云就再一次加以试探，说道："家父说不上是武学的大宗师，不过比起楚大鹏那些人大约是要高明一些，那些人很想奉家父做盟主。"说至此处，笑了一笑，道："幸亏家父没有答应，否则就要得罪了蓬莱魔女了。"

公孙璞道："柳盟主并非气量浅窄之人，不过绿林既然有了一位盟主，令尊避免受人利用，这也是明智之举。”

说至此处，公孙璞还没有向她请问她父亲的名字，宫锦云忍不着说道：“家父对令尊佩服得紧，令尊当年威震天下，这才是名副其实的武林大宗师！”

公孙璞脸上现出痛苦的神色，叹了口气，说道：“我知道我的爹爹是无恶不作的大魔头，哪值得令尊佩服？宫兄不是耻笑我吧？”

宫锦云吃了一惊，惶然说道：“余生也晚，上一代的事情我是毫无所知，公孙大哥不要多心。”心里却自想道：“做儿子的这样骂自己的父亲倒是少有，那么公孙奇想必真的是个坏人了？然则爹爹何以当年又要与他指腹为婚呢？”

心念未已，忽听得公孙璞“咦”了一声，说道：“好像是有人来了！”话犹未了，只见人影一晃，一个三绺长须的青袍老者已经出现在他们的面前。来得如此迅速，宫锦云竟没听到丝毫声息，不禁大吃一惊。

青袍老者凝神地盯着他们，忽地指着公孙璞问道：“你就是前天在仪醪搂上打败濮阳坚的那个小子吧？”正是：

有意寻仇来怪客，无心相遇斗魔头。

欲知后事如何，请听下回分解。

第十三回　诚朴少年能补过
机伶玉女探因由

这青袍老者双眸炯炯，凛若冰霜，令人感到他的目光也似乎带着一股寒意。公孙璞吃了一惊，心里想道："这人练的似乎是邪派内功，功力已到了一流境界。莫非他就是西门牧野，已从关外来到，得知濮阳坚给我打败，赶来为他的徒儿报仇的？"当下不动声色，淡淡说道："不错，老先生有何见教？"

青袍老者"哼"了一声，转过头来，又指着宫锦云问道："黑风岛的宫岛主宫昭文是你爹爹吧？听说昨天你也在仪醪楼上？"

宫锦云道："一点不错。出手打濮阳坚的我也有份，你要为他报仇，我们两人奉陪就是！"宫锦云心直口快，公孙璞藏在心中的说话，她却抢着说了出来。

青袍老者冷笑道："濮阳坚是什么东西，值得我为他报仇？你们两人家传的功夫我倒是想见识见识的，可惜公孙奇已死，宫昭文又远在海外！"言下之意，公孙璞和宫锦云的功夫，他是连"见识"也不屑的了。

宫锦云怒道："那你来找我们做什么？"

青袍老者道："还有一个人呢？"

公孙璞道："老先生要找何人？"

青袍老者道："你们装什么糊涂，有一个姓韩的人那天在仪醪楼上是不是和你们一起的，他到哪里去了？快说！"宫锦云冷笑道："韩大哥的去处我倒知道，但我为什么要说给你听？"

青袍老者踏上一步，喝道："小子无礼，你说不说？"宫锦云道："不说！"

青袍老者在距离十步之外，"呼"的就向宫锦云发出一掌。公孙璞连忙拦着宫锦云，替她挡了一掌。两股劈空掌力相撞，声似郁雷，公孙璞身形摇晃，青袍老者的青袍也似被吹皱的湖水一样，荡起了一圈圈波纹。

青袍老者的掌力并没有打到宫锦云身上，可是宫锦云已自感到冷得难受，忍不着牙关格格作响。

只听得青袍老者"咦"了一声，似乎对公孙璞的功力颇感意外。喝道："好，我且看你的化血刀练到了第几重？"

话犹未了，青袍老者已是迅若飘风地欺到了公孙璞面前，这一掌打下已经不是劈空掌了。一掌打出，登时有如寒飙卷地而来，连公孙璞都不禁感到皮肤起栗！

公孙璞心道："我与你无冤无仇，何必用邪派毒功与你较量？"青袍老者一掌打到他的胸前，公孙璞这才倏地伸出中指，向他掌心戳去。这一指却是柳元宗所授的"惊神指法"。

幸亏公孙璞是用惊神指来对付这青袍老者，否则双方各用邪派的内功，碰上了就是力强者胜，力弱者败，青袍老者固然要受重伤，公孙璞却难免有性命之忧了！

青袍老者练的是一门极为厉害的邪派功夫，但公孙璞用的"惊神指"却恰巧是他这门功夫的克星。不过公孙璞的"惊神指"还未练到炉火纯青之境，如果这青袍老者和他力拼，鹿死谁手，殊难逆料，只怕还是公孙璞吃的亏更要大些。但这青袍老者是个识货的人，一见对方使出了"惊神指"，如何还敢冒着奇险，和他硬拼。

青袍老者的功夫早已到了收发随心的境界，就在这瞬息之间，公孙璞的指尖堪堪就要点到他的掌心之际，只见一团青影，挟着寒风而去。当真就似八月十八的钱塘江潮水一般，来得快退得也快，转眼之间，这青袍老者已是走出了他们的视野之外。

公孙璞抹了一额冷汗，说道："原来是朱九穆这个老魔头，怪不得如此厉害！"

宫锦云运功御寒，不料不运内息还好，一运内息更是冷得难受。正自牙关格格作响，忽觉一股热气从掌心透入。原来是公孙璞已坐在她的旁边，紧紧地握住她的双手。

这股暖流瞬息间流遍全身，宫锦云只觉如沐春风，有说不出的舒服。但她有生以来，这还是第一次和一个男子如此亲近，却也不由得羞得满面通红。好在此时她已是大汗淋漓，就是不害羞，脸上发烧也是应有的现象。

阴寒之气随着汗水蒸发出来，宫锦云胸中的烦闷之感亦已尽都消失。公孙璞放开双手，笑道："好啦，好啦！幸亏这老魔头的毒掌没有打到你的身上。"

宫锦云伸了伸舌头，说道："这朱九穆是什么人，他用的是什么功夫，如此厉害！"

公孙璞道："这老魔头的底细我也不知，只知道他是当今之世独一无二的把修罗阴煞功练到了第八重的人！"

宫锦云吃了一惊，说道："修罗阴煞功？这不是早已失传的一种西域奇功吗？"

公孙璞道："不错，这门功夫是从天竺传来的，据说在百余年前传到了一位西藏密宗的高僧之手，这位高僧觉得修罗阴煞功太过歹毒，将练功的秘笈毁去，从此不再传授弟子。"宫锦云道："然则朱九穆这老魔头却又从何处学成？"公孙璞道："后来不知怎的，大约在二三十年之前，修罗阴煞功又再出现人间。这人是金国的国师，名唤金超岳。但他似乎还未深悉练功的秘奥，修罗阴煞功只练到了第三重。金超岳别出心裁，把修罗阴煞功与他本门的雷神掌合练，练成了阴阳五行掌。双掌发出的掌风一冷一热，等闲之辈，受不了他的一掌。金超岳倚仗这门绝技，纵横江湖，做到了金国的国师。后来碰到了笑傲乾坤与蓬莱魔女这对夫妻，这才将他除去。"

宫锦云暗暗吃惊，心里想道："原来我的外公是死在蓬莱魔女夫妻之手，怪不得爹娘对这魔女如此痛恨。但外公做过金国的国师，这件事他们却从来没有对我说过。"

原来宫锦云的母亲就是金超岳的女儿金鼎娘。金超岳的修罗阴煞功只练到第三重，金鼎娘的武学造诣远远不及父亲，知道父亲所得的口诀并不完全，不敢再练。因为练这修罗阴煞功必须有深厚的内功基础，否则非但无益，反而有害。金超岳在未练修罗阴煞功之前，早已足以跻进当世的一流高手之列，但饶是如此，他也只不过练到第三重。

宫锦云从小就听得母亲说过修罗阴煞功的厉害，直到今天，方始见到。心中不禁骇然。

公孙璞继续说道："修罗阴煞功每进一重，功力增强一倍。倘若练到第九重的最高境界，只须指尖触体，就可以令对方血液为之冷凝！幸亏朱九穆只练到第八重，我还可以勉强和他对掌。"

宫锦云忽地叫道："不好！"公孙璞吃了一惊，问道："你是发冷还是发热？"他只道宫锦云体中的阴寒之气还未除净，以致感觉不妥。

宫锦云道："都不是。朱九穆这老魔头向咱们打听韩大哥，只怕他是要找韩大哥的晦气！韩大哥的本领虽然很是不错，但决打不过这老魔头！"

公孙璞道："你可知道这位韩大哥是何来历？"

宫锦云道："我也是前天才认识他的，但他对我很好，他有灾难，我决不能置之不理！"心想："韩大哥是骑着马的，朱九穆未必追得上他。但这老魔头已知韩大哥是洛阳人氏，路上追不上，难道不会追到他的家里？"

宫锦云想至此处，心急如焚，立即便走。未曾跑出林子，公孙璞已经追来，笑道："宫兄，我和你一同去。"

宫锦云道："你不是要到金鸡岭去会蓬莱魔女的么？"

公孙璞道："此去洛阳，不过五六天工夫，即使加上几天耽搁的时间，走一个来回，也用不了半个月。"

宫锦云喜出望外，说道："你已经帮了我很多的忙，我不敢累你再受危险。"

公孙璞笑道："你的功力尚未完全恢复，赶去斗这魔头，不是更危险么？"

宫锦云面上一红，说道："我知道我和韩大哥联手，也还是斗不过这老魔头的，但为朋友不惜两肋插刀，也顾不了这许多了！"

公孙璞道："着呀！江湖上以义气为先。你可以为朋友两肋插刀，难道我就不可以吗？除非你觉得我不配做你的朋友，否则你的朋友不也就是我的朋友么？”

宫锦云又是欢喜，又是羞惭，暗自想道：“他把我当作朋友，却不知我本来只是要找他退婚的。”当下笑道：“我正愁打不过这老魔头，有你这样的高手同行，正是：是所愿也，不敢请耳！”公孙璞笑道：“好，那你就不必多说客气了。事不宜迟，这就走吧！”

两人急于赶路，遂各自施展轻功。好在山路荒凉，行人稀少，施展轻功，不怕惹人注意。宫锦云对于自己的轻功本是颇为自负的，但与公孙璞同行，一较之下，却是不由得她不自愧不如。宫锦云已是尽展所长，但公孙璞不疾不徐，始终都是保持着和她并肩前进的姿势，既不超过她的前头，也不落在她的后面。宫锦云好胜心起，好几次加快脚步，都未能将他甩开。宫锦云知道公孙璞未出全力，他之所以不肯越过自己的前头，都是为了便于照顾自己的缘故，心中暗暗感激。

公孙璞沉默寡言，一路上没有与宫锦云交谈，只是偶尔在险罅之处，提醒宫锦云小心。山石嶙峋，山坡陡峭，有两次宫锦云因为跑得快了，脚踏苍苔，险些碰着尖利的石笋，公孙璞衣袖一挥，轻轻将她带过。

宫锦云满怀心事，想道：“我本来是要找他退婚，从此避免再见他的，哪知却又与他同行。不知他知道了我的身份没有？”又想：“公孙璞待人诚恳，与我不过一面之交，就肯为了我的缘故，急人所难，这样的朋友真是难得。假如我不是先碰着了韩大哥，说不定我也会喜欢他的。只可惜他的武功虽高，却欠缺几分风流潇洒，做朋友很好，要我与他一生相处的话，那我就宁愿选择韩大哥了。”想至此处，不由芳心荡漾，脸上发烧，一个疏神，险些绊着粗藤，又是公孙璞轻轻将她拉了过去。宫锦云想着心事，公孙璞既然没有与她交谈，她也不想多说话了。

不知不觉已是黄昏日落的时分，公孙璞听她气喘吁吁，说道：“前面有个小镇，咱们也该歇歇，找点东西吃了。明早再赶路吧。”

宫锦云好生为难，心想：“我是一个女子，怎好与他同宿？”

到了客店，公孙璞正在向店主讨一间上房，宫锦云忽道：“要两间。”公孙璞怔了一怔，宫锦云笑道：“我生来不喜欢与人同房，还是各人一间，舒服一些。”原来她因一时找不到借口，想起“韩大哥”拒绝与她同房的事，依样画葫芦地就说了出来。

兵荒马乱的年头，往来的客商极少，店主人巴不得多做生意，连忙说道：“有，有！有两间上房恰好是相邻的。”

两人虽不同房，吃饭总是要在一起的。宫锦云跑了大半天，肚子也实在饿得难受了，当下点了几个酒菜，叫伙计搬进她的房中，与公孙璞同进晚餐。

喝了几杯，公孙璞见宫锦云秀眉微蹙，笑问她道：“宫兄，你是嫌这酒菜不好么?”宫锦云笑道：“比那天在仪醪楼的酒菜还要好吃，我吃起来，简直像是琼浆玉液，海味山珍。”公孙璞怔了一怔，说道：“宫兄说笑了，这淡酒粗肴怎比得上仪醪楼天下闻名的酒菜?”宫锦云道：“你不觉得好吃么?哦，我明白了，那是因为你的内功比我深厚的缘故。我听说内功练得极高的人，可以三五天不吃一点东西，也不会觉得肚饿。”公孙璞这才恍然大悟，笑道：“不错，俗语说饥不择食，怪不得我也觉得很有滋味。”他不擅言辞，宫锦云说了几句俏皮的说话，他好不容易方才明白意思。明白了意思之后，对答得也还是十分笨拙。宫锦云不禁又皱起眉头，想道：“如果换是韩大哥，他的脑筋一定不会这样笨。”

公孙璞问道：“既然不是酒菜不好，宫兄是有什么心事么?”

宫锦云道：“我是在想着一件事情，觉得有点奇怪。”

公孙璞道：“什么事情，可不可以告诉我?”

宫锦云道：“我爹爹是很少到中原来的，不知朱九穆这老魔头何以会知道我爹爹的名字?”

宫锦云的用意是想试探公孙璞的。要知朱九穆曾经两次提起宫昭文的名字，如果公孙璞知道有与宫家指腹为婚这件事情，那就不应该不知道宫昭文的名字。

宫锦云心想：“即使他不知道我父亲只有一个女儿，如果他知道这桩婚事的话，也该把我当作小舅子呀，何以他不问我?难道他当时是因全神打斗，过耳即忘?”宫锦云就是因为有这个想法，故此再度提醒他的。

公孙璞哈哈一笑，说道："这有什么奇怪？令尊是武学名家，名扬四海，楚大鹏那些人都知道，朱九穆这老魔头怎会不知？"

宫锦云又是失望，又是欢喜，心想："他原来果然是不知此事。"当下装作恍然大悟的神气，陪着他哈哈大笑，说："我真是糊涂了，这样显浅的道理我竟然想不起来。公孙大哥，你真是聪明。"心里却在暗笑公孙璞是个"笨蛋"，对她这样的问话，竟然丝毫不起猜疑。

说话之间，忽听得车声辚辚，有辆骡车来到这间客店，停在院子里。店主连忙出去迎接客人。

此时已是二更时分，但因月色很好，店主又是打着灯笼出去迎接的，宫锦云这间房间窗口正对着院子，故此对这拨新来的客人，看得相当清楚。

首先映入眼帘的是那辆华贵的车子，车子珠帘半卷，隐约可以看到里面的客人是一男一女。此时车子刚刚停下，他们还未曾走出来。

宫锦云喝彩道："好一辆漂亮的车子，来客想必是非富则贵了！"

公孙璞道："车子还在其次，你注意了这四头骡子没有？这四头青骡腰细腿长，但比寻常的马匹还要高大，看来乃是千挑万选的口外健骡，这种健骡走长途，脚力不输骏马。更难得是四匹骡子一般毛色。"

宫锦云笑道："公孙大哥，原来你不但会相马，还会相骡。但这样漂亮的车子，主人竟然舍得驾着它跑夜路，又不知道爱惜坐骑，可也有点奇怪。"

公孙璞道："恐怕也是像咱们一样，是有急事在身的。"

他们在房中窃窃私议之际，院子里那两个客人已经下了骡车。男的说道："有房间吗？我们要两间上房。"

宫锦云悄声说道："想必是对兄妹。哈，兄妹俩长得一般的俊，真是一对璧人。"

公孙璞道："他们身上都藏有兵刃，你看得出来么？"

宫锦云点了点头，说道："不知他们的本领如何？我倒想试他们一试。”公孙璞连忙说道：“江湖上能人甚多，宫兄不可多惹闲事。”宫锦云笑道：“我只是说说罢了，咱们的事情还嫌不够麻烦么?”

只听得店主叫道：“小乙，来给客官搬行李。”那女子道：“这坛酒我自己拿，不用你们费神。”

那是一个中型酒坛，可盛酒三十斤的。酒坛样式古拙，并无招纸标明是什么酒。两边坛耳有粗绳贯串，那女子只用一根食指轻轻一提就提了起来。

店主吃了一惊，心里想道：“看她是个娇生惯养的小姐，想不到竟有这样大的气力!”但转念一想：“在这兵荒马乱的年头，若不是有几分本领，一个女子恐怕也不敢出门了。”店主是个老于世故的人，心里吃惊，可不敢说出来。当下恭恭敬敬地带这对兄妹进去。

宫锦云见此情形，心中也是好生诧异。当然她不至于像店主人那样惊奇于这个娇生惯养的小姐，能用一根手指挑起一个三十多斤重的酒坛，而是诧异她对这一坛酒如此宝贵。

宫锦云喝了一杯，笑道：“想不到这个如花似玉的姑娘，竟是一个酒鬼!”

公孙璞道：“你怎么知道?”宫锦云道：“否则她为什么不让别人碰她的酒坛，想必是珍贵她的美酒，生怕别人失手打碎的了。”公孙璞道：“或者坛子里不是酒是珍宝呢?”宫锦云“噗嗤”一笑，说道：“不错，不错，你很聪明，这一层我倒没有想到。”

公孙璞其实亦非是很笨，只是欠缺江湖经验，脑筋转得不如宫锦云的灵活，他想了一想，也不觉笑了起来。

公孙璞笑道：“不错，以他们的本领而论，坛子里即使满是金银珠宝，也不会这样看重的。”

宫锦云有了几分酒意，忽道：“公孙大哥，你订了亲没有?”

这个问题突然而来，公孙璞怔了一怔，说道：“小弟自小奉母山居，尚未订亲。宫兄问这个干吗?”

宫锦云笑道：“我想给你做媒。”

公孙璞见她双颊晕红，心想：“原来他是不会喝酒的，敢情已有七八分醉了。”笑道：“我尚无成家立室之念，多谢宫兄的美意了。”宫锦云道：“你不问问我是想替你说哪家的小姐吗?”公孙璞道：“不知是哪位令亲?”

宫锦云又喝了一杯，笑道：“这女子与我非亲非故，但却是远在天边，近在眼前。就是刚来投宿的这个女子，你说她美不美？你若是合意的话，我就想个法子结识她，给你做媒。”

公孙璞哈哈笑道：“宫兄，你的酒喝得多了，明天还要赶路呢，咱们还是早点歇息吧!”

那个女子此时已进了房间，宫锦云这间房在东边，她那间店在西边，中间隔着一个天井，恰好遥遥相对。那女子也不知是否听到他们的说话，心中着恼，“砰”的一声，重重地把窗门关闭了。

公孙璞悄声说道：“宫兄不可胡言乱语，早点睡吧!”

公孙璞离开之后，宫锦云暗自思量：“我如此试探他，他仍是懵然不知，那就一定是真的不知道有那桩事情的了。”

宫锦云本来是为了不知如何启口退婚而烦恼的，此时放下了心上的一块石头，待伙计收拾了酒菜之后，她带着酒意也就上床睡了。

睡到半夜，宫锦云忽地给异声惊醒，刚刚睁开睡眼，忽见一条人影，已是来到床前。

宫锦云吓了一跳，酒意睡意全消，慌忙拔剑就刺。那人用双指挟着她的剑脊，低声说道：“噤声，是我!”

宫锦云这一惊非同小可，说道：“公孙大哥，你来做甚?”公孙璞道：“那老魔头来了!”原来公孙璞是怕她酒醉未醒，着了朱九穆的暗算，故而来叫醒她的。

只听得“叮当”一声，那是刀剑触物的声音，随即听得朱九穆的声音哈哈笑道：“姑娘，你别误会，我可不是采花的淫贼，我是来向你讨一样东西的!”

宫锦云连忙戴上帽子，心想：“幸好我是和衣睡觉，公孙璞大约还不会知道我是女子吧?”悄悄地走近窗口，向外望去，只见那个女子已经手持长剑，和朱九穆在院子里交手了。

这女子刷刷刷连刺三剑，姿势美妙之极。第一招似是少林派达摩剑法的“金针度劫”，第二招忽地变成了武当派连环夺命剑法中的“龙顶夺珠”，第三招却又似是峨眉派越女剑法中的“织女投梭”。但仔细看来，每一招均是似是而非，却比原来的剑式好看得多。宫锦云暗暗喝彩：“好剑法！”但这到底是什么剑法，她可说不上来。

朱九穆侧目斜睨，连避三招，待这女子刺出第四招的时候，他忽地伸出中指一弹，“铮”的一声，将这女子的长剑弹开。这女子退了三步，机伶伶地打了一个寒噤。

朱九穆冷笑道：“百花剑法……”话犹未了，只听得金刃劈风之声，一个男子突然从屋顶跳下来，喝道：“百花剑法怎么样？”原来是这个女子的哥哥到了。

朱九穆长袖一挥，把哥哥的这柄长剑引过一边，冷笑道：“没怎么样，就可惜你们还未练得到家！”

男的“哼”了一声道：“练不到家也能收拾你这老贼！”朱九穆道：“你试试看！”五指如钩，反手夺剑，这一招擒拿手又狠又准，眼看就要扣着了哥哥的脉门，妹妹身形一晃，身随剑进，赶忙刺他后心“风府穴”，这一招是攻敌之所必救，朱九穆一个“弹腿”，向后踢出，把妹妹迫开，就在这瞬息之间，只听得“嗤”的一声，朱九穆的衣袖给削去了一大幅，那男子的手腕也给朱九穆的手指轻轻拂过，登时虎口迸裂，手中的长剑几乎掌握不牢。

这一来双方都知道是遇上了劲敌，这男子固然是震惊于朱九穆武功的狠辣，心想：“要不是妹妹配合得好，只怕我已是废在他的毒爪之下！”朱九穆也觉得这男子的剑法出乎他的意料之外，心想：“他们兄妹联手，只怕我也没有必胜的把握。除非我不顾一切，使出了修罗阴煞功。”但因这对兄妹乃是武林世家，朱九穆倘若使出了修罗阴煞功，只怕会立即就伤了他们的性命。朱九穆虽然是个杀人不眨眼的大魔头，却也不能不有着顾忌。

朱九穆趁着这对兄妹给他迫退的时机，又再说道：“我只是来向你们讨酒喝的，并无意伤你们性命！解事的快快给我，免得自误！”

哥哥怔了一怔，说道：“你要讨什么酒喝？”

朱九穆道："把你妹妹房中的那一坛九天回阳百花酒给我，我拍腿就走!"

宫锦云听到此处，不禁"咦"了一声，心道："原来是九天回阳百花酒!"

原来这对兄妹乃是百花谷的奚玉帆与奚玉瑾，他们正是要把这坛九天回阳百花酒送到洛阳，给韩大维治病的。

朱九穆笑道："我是准备给韩大维送丧去的，所以我知道他要这坛九天回阳百花酒，我就不能让他到手。你明白了吧?"

奚玉瑾运气三转，兀自觉得寒意未消，听了这话，恍然大悟，叫道："原来你是朱九穆这老魔头!"

朱九穆哈哈笑道："你们既然知是老夫，还不快快把酒拿来。"

奚玉瑾怒道："你这老贼，想要我的九天回阳百花酒，万万不能!"

朱九穆冷笑道："你不给，我就不会自己取么?"呼呼两掌，分击奚家兄妹，奚玉瑾禁受不起他的掌力，侧身闪避，朱九穆身形一晃，俨如鹰隼穿林，倏地从他们兄妹中间穿过，便要入房盗酒。

奚玉瑾这间房在东边楼上，和宫锦云的房间正好遥遥相对。宫锦云轻声说道："公孙大哥，你还不出手?"公孙璞道："别忙，看看再说。"公孙璞已经看出奚家兄妹武功甚强，料想朱九穆不能轻易得手。心里想道："这对兄妹不知是何来历，但以他们的本领而论，即使打不过朱九穆，一时三刻，也还不至于便即落败。且待他们消耗了这老贼的一些气力，我一出手，就可以稳操胜算。"要知公孙璞在日间虽然凭着惊神指法吓退了朱九穆，那是因为朱九穆尚未摸清他的底细的缘故，说来甚属侥幸。若然真个较量，公孙璞自问只怕还不是朱九穆的对手。但若果是在朱九穆消耗了几分真力之后，公孙璞再行出手，说不定就可以将他除去。

朱九穆眼观四面，耳听八方，宫锦云和公孙璞虽然是贴着耳朵说话，他亦已听到了声息，只是听不清楚他们在说些什么罢了。朱九穆听得声音颇熟，吃了一惊，心道："难道公孙璞这小子也到这儿来了，不会这样巧吧?"

朱九穆心神稍分，那一跃就未能跳到楼上，他一手勾着栏杆，正要翻过身去，说时迟，那时快，奚玉帆已是飞身跳起，刷的一剑，向他背心刺来。

朱九穆身子悬空，无从抵挡，百忙中横掌一扫，“喀喇”一声，栏杆断折。朱九穆掌力一带，一段木头，飞了起来，撞向奚玉帆的长剑。奚玉帆一剑削断木头，余力已衰，但剑尖仍然划破了朱九穆的一片皮肉。奚玉帆被那股力道跌下地来，跟着朱九穆也跌下来了。

两人都是跌而不倒，说时迟，那时快，奚玉瑾亦已扑到，两兄妹两口长剑，指向朱九穆的要害。

朱九穆虽然伤得不重，但像他这样顶儿尖儿的角色，伤在一个小辈剑下，焉能不怒？本来他因为奚家是武林世家，多少有点儿顾忌的，一怒之下，可就顾不了这许多了。奚家兄妹双剑齐到，朱九穆一掌轻轻拍出，奚玉瑾剑到中途，倏地收招，向后倒跃。月光下只见她面色苍白，牙关格格作响的声音隐隐可闻。奚玉帆虽然没有这样狼狈，也是禁不住身形一晃，退后两步。

宫锦云诧道：“这一掌看来并不沉重，怎的他们反而禁受不起？”

公孙璞道：“这老魔头已经用上了第八重的修罗阴煞功！”原来修罗阴煞功练到了第八重，掌力发出，无声无息，端的有如暗流汹涌，虽无狂涛骇浪，海底的岩石也会给它冲开。宫锦云日间所受的那记劈空掌，却只是朱九穆使出的三成功夫。

奚玉帆一退复上，喝道：“我倒要看看修罗阴煞功能奈我何？”青钢剑扬空一闪，一招“白虹贯日”，当胸刺来。朱九穆冷笑道：“你恃着有九天回阳百花酒，就以为可以不怕修罗阴煞功了么？哼，哼，只可惜你们的功力太浅，若是连受三掌，只怕你喝完了那一坛酒，也救不了你的性命！”

奚玉帆冷笑道：“真的么？我倒要试试！”朱九穆大怒，喝道：“这是你自己讨死，须怪不得我手下无情！”口中说话，一瞬之间已是接连发出三掌。掌力把奚玉帆的长剑荡开，奚玉帆连连后退，可是却仅是打了个乞嗤，并无受伤模样。朱九穆拍出第三掌之时，奚玉瑾亦已挥剑攻到，朱九穆反手一掌，又再将她迫开。奚玉瑾似

朱九穆发现了楼上的公孙璞，大吃一惊。

乎不敢与他正面交锋，但牙关已不再打战，看来也是未曾受到修罗阴煞功之伤。

朱九穆吃了一惊，心念一动，蓦地喝道："你们是不是练了任家的少阳神功?"奚玉帆冷笑道："是又怎样?"朱九穆喝道："这我就更不能饶你了!"

原来在各种正派的内功之中，只有少阳神功可以抵御修罗阴煞功，奚家兄妹既然练有少阳神功，那就不用九天回阳百花酒也可以给韩大维治病。韩大维是朱九穆的大仇家，他岂能让奚家兄妹活着走到洛阳?是以他起了杀机，心想："即使不把他们杀掉，至少也要废了他们的武功!"心中同时又不禁暗暗觉得奇怪："任家的少阳神功是决不会传给外姓的，怎的他们也练成了?"

朱九穆有所不知，奚玉帆的"少阳神功"是谷啸风转授的。不过，却只有六七分火候，尚未"大成"。奚玉瑾的火候更浅，若然不是与哥哥联手，她是一掌也禁受不起的。如今她与哥哥联手，也只能侧面进扰，不敢直撄其锋。

朱九穆双掌盘旋飞舞，越打越急，片刻之间，攻出了十七八掌，每一掌都用上第八重的修罗阴煞功的掌力。奚玉帆绕着院中的两株槐树，步步后退。只见他大汗淋漓，头上升起热腾腾的白气。奚玉瑾更是不住地连连闪躲，与朱九穆的距离越来越远了。她牙关打战，格格作响的声音又再传到公孙璞的耳朵。

公孙璞心里想道："这老魔头如此猛攻，真力消耗定然不少。只须再过片刻，待他以全力发出修罗阴煞功之际，我一个凌空下击，便能取他性命!"

但关键之处，在于奚家兄妹能否支持这个"片刻"?公孙璞本来是藏匿在窗子后面偷看的，到了战情紧张之际，不自觉地就探首窗外，凝神观战，生怕看走了眼。倘若奚家兄妹是有性命之忧的话，他也就要不顾一切地出手了。

朱九穆早已有了怀疑，无时不在留心周围的动静。眼光一瞥，忽见公孙璞现出身形，不由得大吃一惊，心里想道："这小子果然是在此间!是了，他们一定是串通好的，布下这个陷阱让我中伏!"

朱九穆要胜奚家兄妹也甚艰难，何况还有一个他所忌惮的人在旁窥伺，他如何还敢恋战？当下虚晃一招，立即飞身上树，跳过围墙。奚玉帆莫名其妙，不解敌人何以会突然逃走，自是不敢去追。

这小客店只有奚家兄妹与公孙璞、宫锦云两伙客人，因此这场打斗并没有惊动谁人，那小伙计早已吓得躲在被窝里不敢伸头，店主人到了打斗结束之时才大着胆子出来。

店主人少不免要加慰问：“想不到这个小地方也会闹贼，幸喜两位本领高强，把贼人赶跑了。两位没有什么损失吧？”

朱九穆刚才逃走之际，正当奚玉瑾从旁侧袭使出一招杀手之时。奚玉瑾以为敌人是给她的杀手绝招吓走的，心里甚为得意，冷笑说道：“一两个小贼，要偷我们的东西，只怕也没那么容易！店家，你不必担忧，放心回去睡觉吧。”

宫锦云一听，就知奚玉瑾已是对她起了怀疑，心里冷笑：“若不是公孙大哥露面，只怕你性命难保。你反而把我们当作贼人，真是岂有此理？哼，你说得这样的大话，我倒是要试一试。”

公孙璞放下窗帘，低声说道：“咱们还是早点睡吧，别叫他们起疑。”

宫锦云道：“说几句话再睡也还不迟。公孙大哥，我想问你一桩事情。”公孙璞道：“什么事情？”宫锦云道：“他们说的那个韩大维是什么人？听他们刚才的说话，似乎这场打斗和这个姓韩的颇有关系，却不知是怎么一回事情？”正是：

千里奔驰为良友，两人心事一般同。

欲知后事如何，请听下回分解。

第十四回　心似断云空出峡
身如飞絮已无家

公孙璞道："多年前我似乎听得师父说过，这韩大维是个武林隐士，号称拳剑双绝，但因久已不在江湖走动，知道他的人却是不多。但这对兄妹和韩大维有何关系，这我就不知道了。听他们的口气，似乎朱九穆与韩大维有仇，但何以要争夺这一坛酒，我也不懂。"

宫锦云道："韩大维是哪里人氏？"

公孙璞道："听师父说他早年浪迹江湖，后来突然销声匿迹，隐居何处，却是不知。"

宫锦云道："韩家既以拳剑双绝驰誉江湖，韩大维虽然隐居，他的子女总会得到他的传授吧？难道他的子女还没出道吗？"

公孙璞道："对，你不提起，我倒忘了。听说他有个女儿，家学渊源，甚是了得。四年前曾在江湖出现过一次，打败过冀东独脚大盗邓灵官。"

宫锦云道："韩大维女儿叫什么名字？"

公孙璞道："不知道。邓灵官是从她的剑法知道她是韩大维的女儿的。"

宫锦云道："韩大维有没有儿子？"

公孙璞道："听说他是只有一个女儿，并无儿子。"

原来公孙璞是在光明寺练了三年武功，新近才下山的。韩珮瑛在老狼窝大败群盗，其后又因与谷啸风的婚变，引起群雄围攻百花谷的轩然大波，这些事情，在江湖上闹得沸沸扬扬，公孙璞却还未知道。他所知道的仅是四年之前的一桩事件。

公孙璞回房之后，宫锦云独自思量："天下姓韩的多得很，这个韩大维既然没有儿子，当然不会是韩大哥的父亲了。不过，也说不定是他的同宗叔伯？"跟着又想："这俩兄妹是要把那坛九天回阳百花酒送给韩大维的，我倒希望他是韩大哥的家里人，但万一不是，这就错过了机会了！"

原来"九天回阳百花酒"有何功能，公孙璞不懂，宫锦云却是懂的。她的父亲是邪派大魔头，对邪派中的几种绝顶神功，虽未学过，亦有所知。是以宫锦云也从她父亲口中得知，这九天回阳百花酒乃是世间唯一可以医治修罗阴煞功之伤的灵药。

倘若宫锦云已知韩大维是韩珮瑛的父亲，她当然不会动这偷酒的念头，但因她不敢断定，这偷酒的念头却是不禁油然而生。她心里想道："朱九穆这老魔头意图对韩大哥有所不利，这是我已经知道了的。万一韩大哥受了这老魔头的修罗阴煞功之伤，这九天回阳百花酒就正是合他用了。那女子对我已然起疑，人又骄傲得紧，我向她明讨，她一定不肯给我。"

待到三更过后，宫锦云悄悄摸到奚玉瑾的窗下，取出一支吹管，把"鸡鸣五鼓返魂香"吹了进去。她知公孙璞是个正人君子，是以只好瞒着他单独行事。

"鸡鸣五鼓返魂香"本是江湖上常用的一种迷香，但黑风岛秘制的这种迷香，却是另有一功，与众不同。黑风岛的迷香加多了两样特别的药物，不但见效极快，而且令人吸了这种迷药就会骨软筋酥。

奚玉瑾早有提防，此时她正在床上盘膝而坐，运行正宗内功的吐纳之法，调匀呼吸，恢复战后的疲劳。

迷香吹来，中人如醉，奚玉瑾初闻迷香之时，心里还在暗笑："这种下三滥的江湖伎俩，岂能奈我何哉？"不料吸了一口迷香之后，只觉舒服无比，迷迷糊糊的就想睡觉。奚玉瑾吃了一惊，知道不妙。连忙一咬舌头，借着舌尖上的疼痛之感打消了睡意，随即躺下，闭了呼吸，假装熟睡。心想："待他进来，我正好来个人赃并获。"

奚玉瑾的内功已经颇有根底，闭了呼吸，也可以支持一盏茶的时刻。但她却不知道黑风岛的迷香是有令人筋酥骨软的功效的，虽然吸进一点，功力亦已消耗几分。她因恐过早声张，会把贼人吓跑，一心想要人赃并获，这就着了道儿。

宫锦云也是犯了轻敌的错误，却不知对方早有准备，尚未昏迷。她见里面毫无动静，便即破窗而入。

正在她弯下柳腰，要提起那坛酒的时候，忽觉微风飒然，奚玉瑾的一柄长剑已经向着她的背心插下。

这一剑奚玉瑾也并非要取她的性命，而是要刺她背心的“风府穴”的。但这一剑的手段却是用得狠辣无比，试想当一个人正在弯腰的时候，如何能够抵挡背后插来的一剑？

幸而宫锦云见机得快，就在这间不容发之际，她忽地放平身子，“咕咚”一声倒了下去。奚玉瑾吃了一惊，心道：“我好像还未刺着他的身子，怎的他就倒了？”

宫锦云左脚一勾，勾着了那个坛子，足尖轻轻的一挑，把一个三十多斤重的坛子挑了起来，喝道：“你刺！”

奚玉瑾恐怕刺破酒坛，连忙收剑。可是，这一剑去势极快，急切间哪里能够收发随心？只听得“叮”的一声，剑尖已经碰着酒坛。好在她的长剑虽然来不及收回，劲力已是收了一半，这一剑并没将酒坛刺破。

宫锦云一跃而起，立即抓着贯串坛耳的绳索，把酒坛接到手中。

说时迟，那时快，奚玉瑾的第二剑第三剑跟踪刺到。

宫锦云无暇拔剑，连着剑鞘，反手一拨，奚玉瑾气力不加，这两记凌厉之极的剑招，竟然给她拨开。

宫锦云提起酒坛，从窗口跳出。奚玉瑾叫道：“哥哥，快来！”追上去，刷刷刷又是连环三剑！

宫锦云此时方能拔剑出鞘，她窜出窗口之时，反手也是连环三剑。当、当、当三声响过，奚玉瑾虎口一麻，青钢剑当啷坠地。

她们二人的本领本来是各有擅长，难分高下的，但奚玉瑾因为吸了一口迷香，当然就打不过宫锦云了。她长剑坠地，还想追去，忽觉头晕眼花，几乎站立不牢。奚玉瑾吃了一惊，连忙吸了一口新鲜的空气，这才觉得舒服一些，稳定了身形。

宫锦云还未穿过走廊，陡听得一声喝道："放下！"一条黑影，扑到了她的面前，来的正是奚玉瑾的哥哥奚玉帆。

宫锦云一听掌风，就知奚玉帆的功力远在她之上，这一掌只怕化解不开，急中生智，故伎重施，笑道："何必这样小气，还你就是！"酒坛一抛，竟然向奚玉帆劈面掷去。

奚玉帆也怕打碎酒坛，当下立即改劈为抓，一抓抓着酒坛。叫道："妹妹，你怎么啦？"奚玉瑾道："不碍事，你快点把这小贼拿下！"

岂知宫锦云不待他拿，先自扑了上去。一招"玉女投梭"，长剑直指奚玉帆的咽喉。奚玉帆怒道："好狠的小贼！"中指一弹，"铮"的一声，正弹着剑脊，宫锦云的长剑竟然给他弹得反刺回来！

黑夜之中，奚玉帆出指弹剑，这一招当真是使得险极、妙极！但这一招却也早已是在宫锦云意料之中，当奚玉帆弹开她的长剑之时，她的左掌亦已抹到了奚玉帆的胸口，奚玉帆迫于腾出左手招架，手一松酒坛立即又给宫锦云夺去了。

宫锦云笑道："你本领很高，我是伤不了你的。我只是向你讨这坛酒而已。"随口把一顶高帽送给奚玉帆，同时亦是为自己出手的狠辣辩护，意思是说："我明知伤不了你，你又何必骂我狠辣呢？"

奚玉帆给她弄得啼笑皆非，怒喝道："你不放下酒坛，你不伤我，我可要伤你了！"他与宫锦云交手两招，已知她的本领甚为了得，当下也是不敢轻敌，拔出剑来截着宫锦云与她交手。

宫锦云提着酒坛，左摇右晃，料准奚玉帆不敢打碎酒坛，这就等于给她添了一面盾牌。

奚玉帆斗了几招，长剑倏地一指，使出了一招精妙绝伦的招数，恰好割断穿着坛耳的绳索，却没有碰着坛身。奚玉帆抢先一步，把酒坛接到了手中。

宫锦云道："呀，你真的这样小气！好，这坛酒索性大家都不喝好了!”剑掌兼施，竟然向奚玉帆猛攻过去。

奚玉帆怕她打碎酒坛，小心招架。宫锦云格着他的长剑，左掌轻轻地一推一拍，掌势飘忽无方，奚玉帆一个疏神，给她的手掌按着了酒坛。

奚玉帆的气力虽然比宫锦云大得多，但他只用一只手搂着酒坛，酒坛滑不留手，气力再大，也是不易掌握得牢。宫锦云使了个巧劲，一掌拍下，轻轻地一按一推，那个三十多斤重的酒坛，登时又离开了奚玉帆的掌握，飞向空中。宫锦云斜身掠出，一掌拍向空中，平平稳稳地托着了酒坛。

这几下兔起鹘落，快得难于形容。这一坛酒在两人之间已是易手三次。

奚玉帆得而复失，勃然大怒，喝道:“好小贼，你是要命还是要酒?”一个“盘龙绕步”，青钢剑吐出碧莹莹的寒光，闪电般地又指到了宫锦云的后心，这一招凌厉无比，奚玉帆已是动了杀机了。

双方动作都快，宫锦云在夺酒之时，早已看准方位，只见她斜身一闪，“喀喇”一声，踢断栏杆，托着酒坛，便往下跳。

不料正在她腾身跃起之际，忽听得金刃劈风之声，一口明晃晃的利剑突然从左边袭到，原来是奚玉瑾喘息已过，上来助她哥哥。

宫锦云被夹在当中，决难闪避两边刺来的长剑。不由得心里一惊，暗叫:“我命休矣!”

就在这间不容发之际，斜刺里忽然伸出一柄雨伞，“当”的一声，把奚玉帆的长剑格开。宫锦云喜出望外，连忙反手一剑，拨歪了奚玉瑾的剑尖，奚玉瑾用力太猛，后劲不继，长剑脱手坠地，又是“当”的一声清脆的音响。

宫锦云笑道:“对不住，我酒也要喝，命也要活，恕不奉陪了!”跃下院子，立即奔向骡车。

奚玉帆被那人用雨伞格开他的长剑，又惊又怒，喝道:“好呀，原来你这两个小贼都是卧底的!”狠狠地又是连环三剑猛刺过去!

那人用伞头轻轻点了两下，“铮铮”两声，化解了奚玉帆两记凌厉无伦的剑招。奚玉帆的连环剑法一招猛过一招，第三招已是用到了九成力道，中宫直进，那人手腕一抬，雨伞拍下，压住了奚玉帆的长剑，这才松得口气，叫道："宫兄，这是怎么一回事情?"

这个用雨伞当作兵器的人，看官一定猜想得到，就是公孙璞了。

宫锦云叫道："这是性命交关之事，我无暇与你细说，你赶快来!"

奚玉帆功力不弱，手腕一翻，抽出长剑，喝道："可惜你一身本领，竟甘心与那老魔头同流合污！哼！你还想跑吗?"剑中夹掌，使出了少阳神功。

公孙璞心里想道："宫兄偷他们的东西，这事总是做得不对，不过听他说得这样严重，内中必定另有原由，只好先帮他这个忙再说吧。"心念未已，奚玉帆的剑中夹掌已然打到，公孙璞忽地转过了身，背向奚玉帆，纵身就跳。

搏斗之际，突然背向敌人，等于完全撤消防御，任由敌人攻击，这是大大违反武学原理之事！奚玉帆吃了一惊，不知敌人有何诡计，也怕一掌就打死了对方，心想："九天回阳百花酒虽然宝贵，但失了还可重酿，人死却是不能复生，总不能为了一坛酒就要了人家的性命!"心念电转，连忙缩手。可是因为他的掌势去得实在太快，掌锋仍然是触着了公孙璞的背心！公孙璞道："多谢兄台掌下留情，待我问明真相之后，再觅兄台赔罪!"说话声中，已是从楼上跳下去了。

奚玉帆的手掌触着对方身体，陡然间只觉如受电震，浑身发热，不由自己地"登、登、登"倒退三步。原来他是受了公孙璞的护体神功反震回来。他这一掌是用上了少阳神功的，少阳神功乃是纯刚掌力，反震回来，就不由得浑身发热了。幸亏他一念慈悲，已经收回了六七分掌力，否则只怕还要受伤。奚玉帆吸了口气，心中一片茫然。

奚玉瑾心犹不忿，双手齐扬，六柄飞刀向骡车飞去，此时公孙璞已经跑到骡车旁边，与宫锦云站在一起。

公孙璞听得暗器破空之声，微微一笑，说道："请姑娘恕罪!"

雨伞张开，团团一转，只听得铮铮之声不绝于耳，六柄飞刀都给他的雨伞荡开，满空飞舞，却没有一柄能够打着对方。他的雨伞不过是粗布做的，居然能够荡开飞刀，这手功夫一显，令得奚玉瑾也不禁目瞪口呆了！

宫锦云跨上骡背，笑道："咱们再借他两匹坐骑吧，反正一件是秽，两件也是秽了！"公孙璞一想不错，既然偷了人家十分珍贵的九天回阳百花酒，那也就不在乎多偷一匹骡子。是以心中虽是极为抱歉，但为了不愿与奚家兄妹缠斗下去，也只好跨上骡背，和宫锦云逃出这间客店。

奚玉帆调匀了气息，叹口气道："这少年的本领比咱们的本领高得多，不要去追了！"又道："看来他们未必是朱九穆的同党，否则刚才不会手下留情。"

奚玉瑾道："但咱们失了九天回阳百花酒，却怎么办？洛阳是去呢还是不去？"

奚玉帆笑道："谷啸风已经去了，你怎能不去？失了九天回阳百花酒，我就拼着耗损一年功力，用少阳神功替韩大维治病吧。"奚玉瑾面上一红，说道："亏你还有心情拿我取笑。"但既无他法可想，也只好如此了。

那两匹骡子跑得很快，天亮之时，他们已经离开了那小镇二十余里。宫锦云笑道："可以歇歇了。公孙大哥，昨晚真是多亏你了！咦，你怎的好像很不开心呢？"

公孙璞道："偷了人家的东西，我总是觉得过意不去。"

宫锦云噗嗤一笑，说道："这一年来我已不知偷了多少人家的东西了，否则我早就饿死啦！"要知她的父母都是邪派中著名的大魔头，她虽然本质纯良，毕竟也沾染了不少邪气。她从黑风岛私逃出来，一路上的使用，都是从富户中偷来的，并不觉得偷东西是件坏事。

公孙璞微微一笑，心想："你偷为富不仁的东西和偷好人的东西怎能相提并论？"但因相交不深，此时也不想与她斗口。

宫锦云道："以往我偷东西是为了养活自己，这次偷这一坛酒却是为了救活别人的。酒虽珍贵，人命更是珍贵，你说不应该么？"

公孙璞道：“哦，原来这酒是可以治病的么？”

宫锦云笑道：“你会破解修罗阴煞功，却怎的不知此酒功用？这个九天回阳百花酒正是世间唯一可以治修罗阴煞功之伤的灵药。”

公孙璞恍然大悟，说道：“哦，你是为了韩大哥偷的？”

宫锦云道：“正是。但盼咱们能够及时赶上，韩大哥尚未受到朱九穆的毒掌之伤，那么这酒就可以物归原主了。”

公孙璞苦笑道：“但如此一来，那两兄妹却把咱们当作了那老魔头的同伙了呢。”

宫锦云知道他心意，笑道：“明讨不如暗偷，那两兄妹虽然不是坏人，但他们把这九天回阳百花酒视同拱璧，若然请他相让，只怕纵然能够说动他们，也得唇焦舌烂，煞费周章。救人要紧，不如一偷了事。”

公孙璞瞿然一惊，说道：“不错，救人要紧。那咱们就赶快去找韩大哥吧。”

在这件事情上公孙璞虽然同意了宫锦云的主张，但却也总觉得与她有点气味不投。宫锦云则恰恰相反，一路与公孙璞同行，渐渐地不知不觉地为他纯朴的性格所吸引，不过她的一缕情丝仍是紧紧地系在韩珮瑛身上，觉得若是拿公孙璞和她的“韩大哥”相比，公孙璞又是远远不及“韩大哥”的潇洒风流、知情识趣了。

且说韩珮瑛那日与宫锦云分手之后，心里暗暗好笑：“想不到我冒充男子，却害得这位宫小姐为我害了相思！”

但她急于回家见父，这点“游戏人间”的小事也不放在心上，她已经得回了坐骑，当下便即兼程赶路。

这匹“一丈青”是奚玉瑾所赠的良马，跑得很快，韩珮瑛估计可以在五天之内赶到洛阳，心里甚为高兴。不料在走了两天之后，路上便不断地发现难民，距离洛阳越近，路上的难民越多。她不能恣意奔驰，只好放慢坐骑。第五天走到离洛阳百里之地，正在山路上策马缓行之际，忽见有个年老的难民盯着她看，好像想招呼而又不敢招呼的神气。

若是在平地上放马奔驰，韩珮瑛决不会留意路人对她的眼色，此时她刚好走到一段狭窄的山路，不能不小心翼翼地策马缓行，以免失足伤人。路旁那个老头盯着她望，恰好与她打了一个照面。两人目光相接，韩珮瑛不觉“咦”的一声叫了出来，原来这个老头姓王，正是和她同一个村的人。

韩珮瑛连忙下马，将坐骑牵过一边，前面来的一辆骡车只道她是有心让路，忙不迭地道谢。一大批难民潮水般地随着骡车涌过。王老汉和他的家人仍然停在路旁，向着她微微一笑，说道：“是韩、韩小——小哥吗？”显然亦已是认出她了。

韩珮瑛道：“这里不方便说话，咱们到那边树下歇歇好吗？”

王老汉一家五口，两个儿子一个媳妇和一个七岁大的孙女儿，那女孩子眯着眼睛，好像十分好奇地打量着韩珮瑛问道：“你不是韩姑姑吗？听说你做新娘子去了，怎的现在变成了新郎官回来？”韩珮瑛穿的一身衣裳是奚玉瑾给她缝制的新衣，虽然沾了风尘，那绣工精美的青天缎袍子还是光彩夺目，在一个穷家的女孩子心目之中，只有做新郎的人才穿这样华美的衣裳的。

韩珮瑛面上一红，笑道：“伶伶，亏你还认得我。哎呀，你的脚都已经起了水泡了，让姑姑抱抱你吧。”

韩珮瑛和王老汉一家人在山坡上的一棵大树下坐了下来，王老汉道：“韩姑娘，你怎的一个人在这个时候跑回来？听说你嫁到南方，我正替你欢喜呢！在这兵荒马乱的年头，还讲什么‘回门’的礼法？就是‘回门’也该叫姑爷陪你啊！唉，你不知道咱们这里的人正是巴不得跑得越远越好呢！”

韩珮瑛不愿多所解释，说道：“我放心不下爹，跑回来看看。蒙古鞑子打来了吗？洛阳怎么样了？”

王老汉道：“廿四那天，听说鞑子已经占了汜水，第二天我们全家就逃难了。现在是怎么个情形，我们就不知道了。”

汜水是洛阳东面的一个市镇，距离不到二百里。韩珮瑛吃了一惊，道：“鞑子来得好快呀！”

王老汉的大儿子安慰她道：“今天是廿八，四天工夫，鞑子料想还未曾打到洛阳的。”

韩珮瑛道：“王伯伯，你们临走之前，可有见着我的爹爹？”

王老汉道：“韩姑娘，你是知道的，我王老汉一生，曾受过你爹爹不少恩惠。我的风湿病是你爹赠医赠药医好的。甲子那年大旱，我几乎过不了年，也是多亏了你爹爹的周济。我如今离乡背井，不知何日方得还家，怎能不向你的爹爹道别？”

老年人说话习惯啰唆，王老汉唠唠叨叨地说了一大段这才说到正题。韩珮瑛连忙问道：“我爹爹怎么样，他的病好了点吗？你可知道他有没有走难的打算？”

王老汉道：“好得多了，那天他还扶着拐杖送我出大门口呢。”说至此处，叹了口气继续说道：“你爹是咱们村子里的富户，一旦鞑子打来，只怕不遇兵灾，也会遇上盗劫。我得过你爹恩惠，岂能不为他着想？所以廿四那天晚上，我到你家劝你爹和我们一同逃走，你爹说他走路不便，宁愿留在家里听天由命。我说你走路不便，可以坐骡车呀。咱们一路上也好互相有个照顾。但你爹却不肯听从我的劝告，他送了几十两银子给我做盘缠，他自己却不肯走。”

韩珮瑛家住洛阳城外的一个山村，村子里的人只道她的父亲是个外来的富户，却不知他是一位武学的大名家，而韩珮瑛家中的富有也远远超过村人的想象之外。

韩珮瑛听说父亲没事，放下了心，说道：“多谢老伯对我爹的关心。”

王老汉道：“你这话说颠倒了，是应该我多谢你爹爹才对。对啦，你这次回来，还是劝你爹爹走难的好。我们劝他他不曾听，或许还会嫌我这老汉啰唆，只有你劝他才劝得动。”

韩珮瑛笑道：“老伯多心了，我爹怎会嫌你啰唆了。这次回去，我是要劝爹的。”

王老汉道：“廿五那天早上，临走之前，我还到过你家辞行，不知你爹是否讨厌了我的啰唆，他没有开门见我。”

韩珮瑛吃了一惊，说道：“也没有人应门么？”

王老汉道：“没有。也许是我去得太早了。”

王老汉的大儿子笑道：“那天天刚亮你就去拍人家的大门，富户人家都是习惯睡得很迟的，那时候只怕韩老爷子还在梦中呢。韩姑娘，我爹是个老懵懂，他说错了话，你别放在心上。”

韩珮瑛好生诧异，心里想道：“爹爹的内功何等深厚，即使是在梦中，只要有一丝声响也会惊醒他的。何况还有厨子、花王和两位老家人，难道他们也没有听见拍门之声？”

韩珮瑛隐隐感到不妙，但心想以她父亲的武功而论，即使是在病中，江湖上等闲之辈也还不是他的对手，除非是碰上了武林中顶儿尖儿的大仇家。何况王老汉前一晚还见过他，一晚之间，难道就会出了什么意外？

韩珮瑛怀疑不定，暗自思量：“反正不过百多里路程，今晚就可到家，何必在这里猜度？”当下说道：“王老伯，我这匹坐骑送给你。我走了，太平之后，咱们再聚吧！”

韩珮瑛是嫌路上的难民拥挤，骑马反而不便走路。

王老汉年迈体衰，在走难中得韩珮瑛送他坐骑比送他银子更为实用，当下连声多谢，说道：“韩姑娘，你真好心，愿老天爷保佑你逢凶化吉，遇难呈祥，夫妻和好，百年偕老。”时逢乱世，平安第一，是以王老汉首先祝她“逢凶化吉，遇难呈祥”。又因见她独自回转娘家，并无新郎作伴，猜想她可能与丈夫可能不大和睦，故此跟着就祝她“夫妻和好，百年偕老”。

韩珮瑛面上一红，只好说道：“但愿如你贵言。”与王老汉分手之后，心中伤感不已。

韩珮瑛一面走一面思量：“爹爹决想不到我落得这个光景回来！唉！还说什么夫妻和好，百年偕老？我这次千里就婚，无辜受辱，经过了这场风波，婚姻一事，我早已是心灰意冷了。天下男儿多薄幸，我这一生，但求能够侍奉老父天年，丫角终老，于愿已足。但这件事却怎生和爹爹说呢？”

韩珮瑛是知道谷啸风要去她家的，又再想道：“谷啸风委实也是太大胆了。他居然还敢去见我的爹爹！爹爹的脾气我是知道的，他最是疼我爱我，怎能让我受人侮辱？他的性情又是那么刚烈，只怕知道了这件事情，一时暴怒之下，说不定就会伤了谷啸风的性命，谷啸风虽然对不住我，我也只能怨自己的命苦，却不能让爹爹就杀了他。唉，我一定要赶在他的前头，回到家中，先见我的爹爹。”

路上难民拥挤，不便施展轻功，韩珮瑛索性离开大路，独自找了一条荒僻的山路行走。她的家就在这座山的南面，翻过这座山头直走下去便可到达。这样走可以缩短许多路程，但因山路崎岖，韩珮瑛虽有轻功，也是很不好走。踏进村子的时候，早已是月上梢头的时候了。

一路行来，但见家家闭户，没有碰到一个村人。韩珮瑛早已从王老汉的口中得知全村的人均已走难，因此也不以为怪。

但当她走到家门的时候，却是不由得惊骇之极了！

她的家是个古老的大宅院，有二三十间房子之多，依山建筑，有围墙围住的。此时只见墙坍壁倒，正中间的几座房子开了天窗，月光之下，隐隐可见烧焦了的梁木。看情形是曾经失火，不久就给扑灭，是以只烧了几间房子。大门是坚厚的橡木，略有烧焦的痕迹，还在紧紧关着。

韩珮瑛定了定神，心想："不知是给人放火的，还是家人不慎失火所至？既然尚未全毁，或许是后者居多。但愿爹爹无恙！"心里这么想，却已无暇推敲，当下立即从一个缺口钻进去，叫道："爹爹，爹爹，女儿回来啦！"

韩珮瑛连声呼叫，非但听不到父亲的回答，连家人也没应声，心里不由得越发慌了！忽地闻到一股腥臭的气味，眼光一瞥，只见院子里的花坛底下有一具尸体，正是她家的花王。

韩珮瑛走近去仔细一瞧，花王头上开了个洞，一看就知是给人用重手法击毙的！以她父亲的绝世武功，竟然不能保护家人，来人之厉害可想而知。

韩珮瑛的心几乎要跳出腔子，想叫也叫不出来。她亮起火折紧握剑柄，小心翼翼地走进去，在台阶上发现两个老仆的尸体，在后堂又发现她的一个婢女的尸体。这两个老仆人的本领虽然比不上护送她往扬州完婚的展一环与陆鸿二人，但也都是有一身武艺的，等闲二三十个壮汉，当真还近不了他们。她的那个侍女是跟她学过剑法的，本领更在这两个老仆之上，但现在竟是剑未出鞘，就给来人击毙了。看这情形，竟是任由那人杀戮，丝毫也没有抵抗的余地！

韩珮瑛愤恨之极，心想："是什么人如此狠毒？"怒火激起，反而不觉得害怕了，"大不了与他拼个你死我活，我倒宁愿这仇人还未离开!”韩珮瑛心想。

被烧毁的那间房子正是她父亲的卧室和书房和一间大客厅，另外还有两间收藏古玩的房子也给烧毁了大半，珍贵的古玩都变了瓦砾堆满了一地。

瓦砾场中却找不到她父亲的尸体，韩珮瑛生了一线希望:“爹爹或者未遭那人毒手，但他是已经逃走了呢，还是因为受了重伤，躲在哪一间密室里呢?”如此一想，不禁又叫了起来，“爹爹，爹爹!”叫了几声之后，便即凝神静听，希望听得见父亲的回答。

不料父亲的回答未曾听见，却听见了一个令人毛骨悚然的阴恻恻的笑声。

韩珮瑛抬头一看，淡淡的月光之下，只见一个人已是站在客厅当中，这个人的身法当真是快到极点，韩珮瑛竟然不知道他是什么时候进来的!

这个人不是别人，正是韩家的大对头——朱九穆这老魔头!

四年前朱九穆用“修罗阴煞功”伤了韩大维，但他本身也受了重伤，伤势之重不在韩大维之下。当时韩大维曾对女儿言道:“在我的病未曾治愈之前，这老魔头的武功也未必能恢复，他若有胆再来找我，我虽是半身不遂，也足以与他较量较量!”正是因为这个缘故，韩大维才敢遣女儿远嫁。而韩珮瑛刚才猜度是哪个仇家的时候，也还未曾想到是他。

但现在朱九穆已经出现在她的面前，听他的笑声，中气充沛，武功显然也已是恢复的了！正是:

小别归来家已毁，伤心横祸太堪哀。

欲知后事如何，请听下回分解。

第十五回　意冷神伤谁可语
人亡家破太堪哀

韩珮瑛吓了一跳，大怒喝道："你，你，你，你这老魔头，你——"朱九穆突然在她面前出现，她自是不免吃惊。但虽然吃惊，却也并不畏惧。

韩珮瑛想问的是："你把我的爹爹怎么样了？"但转念一想，这样问法，似乎是向敌人示弱。如果朱九穆回答："我把你爹爹杀了，你又怎样？"自己又将如何？说到最后，还不是只有和敌人拼命，那又何必再问？韩珮瑛并不畏惧强敌，但却有点害怕当真从朱九穆口中证实她父亲的死讯。

韩珮瑛声音颤抖，问不下去，朱九穆却在阴恻恻地一笑之后，又打了个哈哈说道："呀，可惜呀，可惜！"

韩珮瑛怒道："什么可惜？"她以为朱九穆是猫哭老鼠假慈悲，一怒之下，就想动手。但她深知敌人的厉害，若然鲁莽抢攻，只怕未曾碰着敌人，就要伤在对方的修罗阴煞功之下。因此惊魂稍定之后，反而沉着下来。她父亲教过她一路"惊神剑法"，正是用来对付朱九穆的。当年他们父女联手，朱九穆就曾经给她刺了一剑。韩珮瑛自知功力不足，只凭一己之力，这路剑法决计不能打败对方。但若想拼个两败俱伤，或者可以侥幸做得到。依照武学原理，弱者一方不宜抢攻，若要与强手拼个两败俱伤，只有待对方先行出手，留心看他有何破绽，这才可以收后发制人之效，当下韩珮瑛手按剑柄，强摄心神，心中暗暗盘算使哪一招狠辣的杀手。

不料朱九穆却似乎并不急于出手，听了韩珮瑛这么一问，又再笑道："你爹爹自以为用得好计谋，可惜他的这条诡计却是瞒不过我！"

此言一出，倒是令得韩珮瑛怔了一怔，不觉问道："什么诡计？"

朱九穆哈哈笑道："也好，你既然明知故问，且待我揭破你爹爹的诡计，也好叫你知道我的厉害！

"你的爹爹是个鬼灵精，我在江湖上重新出现，料想他已得知风声。我要找他报仇，他也当然知道。是以今日之事，料想早已在他所算之中……"

韩珮瑛禁不住插口问道："那又怎样？"

朱九穆道："于是你的爹爹就挖空心思，想出这条诡计。他自己放一把火把屋烧了，让我以为他已遇上别的仇家，家毁人亡，那么他岂不是可以避过我了？"

这的确是匪夷所思的"诡计"，韩珮瑛焉能相信朱九穆的这个猜测？当下冷笑说道："那么我那几个无辜被害的家人呢，又是谁下的毒手？"

朱九穆也冷笑道："你倒很会演戏，哼，哼，这还用得着我说吗，当然是你爹爹下的毒手！"

韩珮瑛气得柳眉倒竖，大怒斥道："胡说八道！"

朱九穆见她激愤之情，不似做作，倒是有点奇怪："难道是我猜想错了？"问道："你是刚刚回到家中的不是？"韩珮瑛道："是又怎样？"

朱九穆哈哈笑道："这就对了。怪不得你也给你爹爹瞒过！"

韩珮瑛怒道："我这几个家人分明是你杀的，你，你好狠毒！你要报我一剑之仇，尽管把我杀了，我可不能让你诋毁爹爹！"

朱九穆道："谅你也逃不出我的手心，我何须急呢？但你定要为你爹爹辩护，我倒想揭破他的奸谋，让你知道韩大维的本来面目。"心想："这女娃儿以为父亲是正人君子，待我揭穿了他，这女娃儿自然是要伤心之极的了。嘿，嘿，这样的报仇，比一掌打死了她还更痛快。"想得得意，不觉又是哈哈大笑。

韩珮瑛道："你笑什么？你凭什么说是我的爹爹杀的？"

朱九穆道："你又凭什么说是我杀死的？不错，我素来是除非不下手，下手不留情，倘若我早来几天，说不定我也真会杀尽你的全家。但倘若是我杀的，他们身上应该不见伤痕才是。一掌就能击碎别人天灵盖的功夫，我可不会。

"你这几个家人并非武功泛泛之辈，他们的尸身料你也察视过了，是不是仅仅一掌就将他们击毙的？如此武功，如此掌力，当今之世，除了你的爹爹之外，恐怕只有少林寺的方丈和武当派的掌门方才能够，难道这两个人会来杀害你的家人？"

这话说得倒是颇有道理，要知朱九穆的修罗阴煞功虽然厉害之极，但用修罗阴煞功杀人，凭的却不是刚猛的掌力，而是那股阴煞之气。倘若是给朱九穆一掌打中的话，这人全身的血液将会冷凝，死后身上不见伤痕。韩珮瑛曾经和朱九穆交过手，仔细一想，朱九穆要一掌击毙她的老仆，这样的本领朱九穆也的确没有。

韩珮瑛虽然绝对不相信她的爹爹会下这个毒手，杀掉跟他一生的老仆，但也不觉起了一点疑心，心里想道："这样看来，凶手似乎是另有其人了，那又是谁呢？朱老魔的说话当然不能相信，但他说谎话也该有个目的，何必无端端说谎骗我？"

朱九穆笑道："好啦，你相信也好，不相信也好，现在我可要报仇啦！"

韩珮瑛咬了咬牙，拔出宝剑，喝道："来吧！"

朱九穆却又笑道："你是我的晚辈，论理我不该以大欺小，但你曾经刺我一剑，这仇却也不能不报。这样吧，你磕头拜我为师，我就饶你！"

韩珮瑛斥道："放屁！"刷的一剑就刺过去。一剑刺出，这才猛然省悟，中了对方的诱敌之计。

要知任何高明的武学，都是不能在一招之内既攻击敌人又将本身防御得毫无破绽的，要想克敌制胜，必须善于寻觅对方的破绽，否则机会稍纵即逝，强手也往往会给弱手所败。（当然这里所说的"强手"、"弱手"是比较而言，相差仍然不能太远的。）

韩珮瑛自知不及对方，是以她原来的计划乃是蓄势待敌，以收后发制人之效，虽不敢望就能战胜敌人，至少也要与敌人拼个两败俱伤。不料却因一时气起，按捺不住，中了朱九穆的激将诱敌之计，先行出手。

掌风剑影之中，猛听得一阵叮叮咚咚的繁音密响，宛似琵琶高手的轮指急弹，接着急促一声，声如裂帛，两人身形霍地分开，韩珮瑛的衣袖被撕去了一幅！

原来在这一招之间，韩珮瑛已是闪电般地刺出了一十三剑，剑尖颤动，每一式都是刺向对方的穴道；朱九穆则是在她的长剑上连续弹了九下，每一下都是弹在无锋的剑脊或者剑柄之上，妙到毫巅。最后的一弹本来可以弹中韩珮瑛的虎口，令她长剑脱手的，但因韩珮瑛省觉得快，倏地一个变招，这才得以免遭毒手。但虽然如此，亦已吃了点亏。

朱九穆哈哈笑道："好个机灵的女娃儿！"霍地一个转身，双掌齐出，急抓韩珮瑛两肩的琵琶骨，韩珮瑛身形微动，长剑一招"金针度劫"反挑上来。朱九穆似乎早已料到她有此招，抢前一步，韩珮瑛剑尖在他肋旁倏然穿过。朱九穆双掌合拢，左右一分，使出了"阴阳双撞掌"的招数，斫韩珮瑛的手腕。这一招本是极狠毒的杀手，但他双掌所向手腕，却并非致命之处，看来他的用意，还是只想夺剑，至多令韩珮瑛受点轻伤，却避免伤了她的性命。

但韩珮瑛本来是拼着豁了性命的，对方的招数稍欠狠辣，她立即便是"玉女投梭"，剑锋反弹，反刺朱九穆胁下的"期门穴"，朱九穆曾经在她剑下受过伤，对她这路剑法颇也有点顾忌，当下身形一缩，避开这招。双方各退三步。韩珮瑛回想刚才之险，吓出了一身冷汗。朱九穆哈哈一笑道："你知道厉害了吧？要打你是打不过我的，还是乖乖地跟我回去吧，否则你可要大吃苦头了！"

韩珮瑛怒道："打不过也要打！"剑锋斜指，凝眸静待对方来势。朱九穆冷笑道："你要拼命，我偏偏令你不能如愿，非要抓着你不可！嘿，嘿，抓着了你这臭丫头，看你的老子还能不露面么？"

韩珮瑛这才知道朱九穆何以不用"修罗阴煞功"的原因，原来是想把她擒为人质，迫使她的父亲露面。

韩珮瑛懂得了对方的用意，在吃惊之中有几分庆幸，心里想道："依此看来，爹爹的确是未遭他的毒手了，否则他还何须顾忌？但他要捉我，我可是决不能落在他的手中。好，只要爹爹还活在人间，我死何足惜！当真给他捉住的时候，我不会自断经脉而亡吗？"

韩珮瑛抱了决死之心，不管对方是要捉她也好，是要杀她也好，全副心神应付强敌，心无顾虑，把"惊神剑法"的精华发挥得淋漓尽致！她父亲创的这路剑法，本就是用来对付朱九穆的，韩珮瑛虽因功力未到，未能制胜，但朱九穆几次抢攻，却也未能得手。

朱九穆心里想道："想不到才不过三年工夫，这丫头的剑法竟是精进如斯，我不伤她，只怕她要伤我！没奈何，只好叫她小病一场吧。"觑个真切，中指一弹，"铮"的一声，正中无锋的剑脊，手法和刚才一样，但这一次却是用了两成的"修罗阴煞功"。

陡然间韩珮瑛手中握着的剑柄其冷如冰，原来朱九穆早已练成了隔物传功的本领，那股阴寒之气，从剑柄传入了韩珮瑛的掌心。

韩珮瑛打了个战，但长剑仍然紧紧握在手中，并未脱手。朱九穆好生诧异，正要加强力道，出指再弹，韩珮瑛已是刷的一剑，当胸刺到。这一剑招里藏招，式中套式，正是"惊神剑法"中一招最精妙的招数！

朱九穆给她一轮抢攻，忙于招架，急切间倒是无暇施展隔物传功的本领。要知他的以指弹剑，这是相当冒险的怪招，必须找到了对方的破绽，才能放心使用的。否则若是有丝毫差错，这根手指岂不是要给剑锋割了。

可惜韩珮瑛的剑法虽然精妙，功力毕竟是不如对方，抢攻了十数招之后，又给对方的掌力迫开，剑势一缓，朱九穆立即反攻。此时朱九穆对她的"惊神剑法"已是了然于胸，算准了她在七招之后，必定要露出破绽。

但在未曾露出破绽之前，这七招剑法却是紧密无比。朱九穆步步为营，迫她露出破绽，眼看韩珮瑛已经使到第六招，再有一招就要暴出破绽的当儿，忽听得有人叫道："好剑法！"

朱九穆端的是功夫老到，虽然骤吃一惊，却是丝毫不乱。

“铮”的一声，弹开了韩珮瑛的长剑，立即便是反手一掌，喝道：“好小子，滚下来吧！”

这一掌，朱九穆已是用上了第八重的“修罗阴煞功”！

“蓬”的一声，墙头上跳下一个人，韩珮瑛抬眼望去，和那人打了一个照面，不觉呆了！

她家的屋顶是已给烧毁，开了天窗的。这晚正是阴历十六，月色明亮，月光之下，只见一个英俊的少年站在她的面前。这个人正是谷啸风！

离开百花谷之时，谷啸风本来是先动身的。但因韩珮瑛是抄近路，故此反而比他先到。谷啸风来到韩家，刚好看见她在施展那七招精妙的“惊神剑法”。

“惊神剑法”本是一路以柔克刚的剑法，在一个美貌的少女手中使出，当真是有如落英缤纷，春花葳蕤，谷啸风看得心旷神怡，不觉出声叫好。他一出声，朱九穆的修罗阴煞功也就向他发出了。

这霎那间，断壁残垣之下，屋中的三个人各有各的心情。

朱九穆大感诧异，因为谷啸风是跳下来的，不是“滚”下来的。而且跳了下来，还是气定神闲，身体不见发抖，牙关也没打战。朱九穆这一掌已是用上了第九重的修罗阴煞功掌力，即使是内功深厚的高手，在他这掌风笼罩之下，也会感到如坠冰窟，奇冷难堪，决不能如此的气定神闲。“怎的这个年纪轻轻的小伙子居然也能禁受得起？唉，我闭关四年，练成了前高一重的修罗阴煞功，只道从此可以无敌于天下，哪知这几年间，后辈之中，竟然出了这许多能人！前几天那个土头土脑的少年，居然能够克制我的修罗阴煞功，如今这个俊俏的小子，也居然不畏我已发到了第九重的掌力！仅仅数天之内，我就碰上了这样的两个人，未碰上的不知还有多少？唉，难道我苦苦练成的绝世奇功，竟然是没有用了？”想至此处，不觉雄心顿挫，意冷心灰。

谷啸风则是对眼前的景象大感意外，不解声威显赫的韩家，何以会给人放火烧了？他是来找韩大维退婚的，不料却在这瓦砾场中见着了韩珮瑛。“韩大维哪里去了呢？”他深知韩大维身具绝世神功，但可惜却是半身不遂，“难道韩伯伯已是丧身火窟？”谷啸风心想。心中不禁又是惊疑又是恐慌，“如果韩伯伯真的死了，我却找谁退婚?”

但眼前的形势已是不容他思量私事，他虽然不认识朱九穆，但接了这一掌“修罗阴煞功”，已知这人定是四年前打伤韩大维的那个老魔头无疑。谷啸风本来对韩珮瑛怀有负疚的心情，难得有这个机会为她出一点力，当下毫不迟疑地就走到了韩珮瑛身边与她并肩而立，低声说道：“不必害怕，咱们联手对付这个魔头!”

韩珮瑛则是大感尴尬！谷啸风虽然移情别恋，但名义上还是她的未婚夫，对这一个她曾经寄托过幻想，而又曾经令过她大大难堪的男子，饶是她如何心胸宽大，也决不能释然于怀，完全谅解。这霎那间，韩珮瑛心乱如麻。也不知是欢喜还是恼恨?无言以对，只好默默的点了点头。

朱九穆杀机陡起，喝道：“好，且看你能接我几掌?”心想：这少年如今已能够抵御我的修罗阴煞功，再过几年，那还了得?不如趁早除他，免得将来多个强敌！至于韩家这个丫头，就让她遭受池鱼之殃，那也是顾不了这许多了!

这一掌来得又快又狠，韩珮瑛但见对方肩头微动，已是感到奇寒袭胸！谷啸风左掌一勾，轻轻一带，将韩珮瑛推过一边；右掌伸出，“乓”的与朱九穆对了一掌!

韩珮瑛被他握着手臂带过一边之际，只觉一股暖气从他掌心传来，压在胸口的“冰块”登时如受暖流融化，舒服了许多。朱九穆第九重修罗阴煞功的掌力发出，冷风呼呼从她身边掠过，她也只不过是打了一个寒战，迅速又从旁边挥剑而上!

朱九穆刚才用隔物传功的本领奈何不了韩珮瑛，已是颇感诧异，但隔物传功只不过使上一两分功力，此际他已是发出了第九重的修罗阴煞功，韩珮瑛居然还能挺得住，朱九穆就不止诧异，而是大感惊奇了。

韩珮瑛在第九重的修罗阴煞功之下能够挺住，不但朱九穆惊奇，谷啸风亦是始料不及，心里想道：“原来她的功力远远在我估计之上，她没有练过少阳神功，居然也能禁受，这我可真是自愧不如了!”

原来谷啸风之所以能够抵御修罗阴煞功，那是因为他从小就跟母亲修习少阳神功之故。少阳神功并不能“克制”修罗阴煞功，但却可以免受它的伤害。

韩珮瑛之所以禁受得起，却又是另有几个原因。第一，她曾经受过修罗阴煞功的伤，后来喝了“九天回阳百花酒”医好的，这就等于患过某一种病的人，用特效药医好之后，身体内自然而然的就增强了抵抗这种病毒的能力。第二，她得了谷啸风一臂之助，少阳神功又加强了她抗御的功能。第三，她只是给朱九穆的掌风波及，并非正面和他的第九重修罗阴煞功对抗。

韩珮瑛本来最怕对方的修罗阴煞功，经过了这一掌之后，自己不过打个寒战，登时勇气倍增，心知只要避开正面，对方的掌力就难以伤她。于是使出了轻灵翔动的惊神剑法，从旁配合，专施侧袭，招招抢攻。

谷啸风去了顾虑，他的看家本领也就更能施展了。接过了朱九穆两掌之后，谷啸风“刷”地拔剑出鞘，喝道：“来而不往非礼也，看剑！”

谷啸风的少阳神功是母亲所授，剑法则是父亲所传。谷家是以剑术著名的武学世家，家传的“七修剑法”只有在韩大维所创的惊神剑法之上，决不在惊神剑法之下。只见他在一声“看剑”之后，剑尖已是抖出了七朵剑花！

这七朵剑花，其实亦即是七个剑点，只因谷啸风的长剑使得太快，这七个剑点竟似同时落下，每一个剑点都是指向朱九穆的一处大穴！

朱九穆吃了一惊，心道：“七修剑法，果然是非同小可！”挥袖一拂，只听得“当”的一声，剑光流散。谷啸风虎口发热，剑尖竟然歪过一边。一热之后，跟着又是一冷，饶是谷啸风身有少阳神功，也不由得机伶伶打了一个冷战。

谷啸风这一惊更是非同小可，衣袖本来是柔软之物，但经过了朱九穆的玄功运用，拂在他的剑上，竟然就似铁石交击一般。谷啸风这才知道，朱九穆不仅是“修罗阴煞功”厉害，内功的深厚，也是远远在己之上！

但谷啸风却不知道对方也是同样吃惊。原来朱九穆在那一招之间，同时使出了第九重的“修罗阴煞功”和“铁袖功”，这两种功夫都是颇为消耗功力的，决不能接连地同时施展。朱九穆退开三步，偷偷一瞧，只见衣袖上已是给剑尖刺破了七个小孔！幸而谷啸风没有一退即上，跟踪追击，否则朱九穆在他们联手夹攻之下，已是难以招架。

谷啸风吃了点亏，不免加了几分谨慎。朱九穆怕伤了元气，不敢把两种邪派奇功同时使用。这么一来，双方恰好打成了个平手。

朱九穆将“修罗阴煞功”与“铁袖功”交互运用，数十招过后，谷啸风还不怎么，韩珮瑛已是渐渐有点支持不住。朱九穆每拍出一掌，寒气就加重一分。寒气越来越浓，韩珮瑛喝过的“九天回阳百花酒”在她身上产生的药力，已是不足与寒气相抗。

谷啸风遮在她的面前，加强了少阳神功的掌力，掌风发出，令韩珮瑛如沐春风，这才好过一些。但谷啸风的功力不及对方，两股掌风激荡之下，仍然是寒气侵肌。不过由于产生了中和的作用，减少了几分寒冷而已。

朱九穆久战不下，心里想道：“要胜他们不难，但只怕至少也要在百招开外。”他有自知之明，倘若过了百招，对方纵然毙在他的修罗阴煞功之下，他自已恐怕也会元气大伤，说不定还得大病一场。

就在此时，忽然听得似乎有人轻轻地咳嗽了一声，声音极轻，转瞬即过。朱九穆听见了，谷啸风听见了，韩珮瑛却没听见。

这一声咳嗽声极为怪异，好像是病人临终之际的咳声，上气不接下气，似是咳嗽，又似是轻微的叹息，但朱九穆是个武学的大行家，从这一声咳嗽还可以听得出此人是个内家高手，纵然他在病中。

朱九穆不觉毛骨悚然。这一声咳嗽来得实在是太怪异了！在这瓦砾场中，只有几具尸体，除了他们三人之外，根本就看不到第四个活人！

这霎那间，朱九穆心中起了无数猜疑，最初想道：“难道是这几具尸体之中，有一个还未断气的?”这个猜想迅即就给推翻，

“不对，不对！听这一声咳嗽，显然是元气还未大伤，垂死之人，焉能如此？除非是装死的！但韩大维的仆人能有多大本领，又焉能给韩大维打了一掌仍然未死？”自我否定了这个猜疑之后，顺理成章地就推想道：“莫非这人就是韩大维？他还躲在这儿，诱我自投罗网。待我们斗到两败俱伤之际，他再出来，收取渔翁之利？”又想：“也许是哪一个高手藏匿暗处，将我戏弄？”不论是哪一种情形，总之是对他不利的了。朱九穆本身是个奸险的小人，是以种种猜疑，总离不开是猜疑别人对他的暗算。他对付谷韩二人已是颇感吃力，如果当真还有一个高手的话，不论是不是韩大维，对他都是危险之极的了。

朱九穆越想越惊，寻思：“三十六计，还是走为上计！”陡然拍出三掌，后一掌的掌力推动前一掌的掌力，三重掌力加在一起！谷啸风回掌防身，只听得嗡嗡之声不绝于耳，他右手递出去的长剑竟是给掌力震荡得晃动不休。谷啸风大吃一惊，连忙把韩珮瑛拉过一边。就在此时，朱九穆一声长啸，身形已是越过墙头，跑了！

谷啸风正在恐防朱九穆要乘胜追击，不料他竟然逃之夭夭，当真是大大出乎他意料之外！

过了半晌，韩珮瑛低声说道：“咦，这老魔头真的是跑了！”想起刚才的惊险，不禁出了一身冷汗。谷啸风轻轻握着她的手，运用少阳神功为她驱祛寒气，说道：“韩姑娘，你没事么？”韩珮瑛挣脱了他的手涩声说道：“没事。”心想：“我才不要你献假殷勤呢！”

此时正是皓月当空，月光下只见韩珮瑛粉脸微泛轻红，谷啸风深感抱愧，一时间竟不知说些什么话好。

两人无言相对，都是大感尴尬，过了一会，谷啸风道：“对不住——”韩珮瑛板起脸道：“什么对不住？”谷啸风道：“我来迟了一步，几，几乎——”韩珮瑛咬了咬牙，淡淡说道：“是呀，我几乎丧在这老魔头掌下，多谢谷公子你的救命之恩了！”

谷啸风知她对自己气恼未消，只好另外找个话题，忽地瞿然一省，说道：“你这位家人是给朱九穆打死的吧？”

韩珮瑛怔了一怔，说道：“我虽然没有见到，但不是他却还有谁？哼！”

谷啸风莫名其妙，说道：“韩姑娘，我什么话得罪你了？”

韩珮瑛按捺不住，说道：“那老魔头混赖，他下了毒手，反而诬赖是我爹爹杀了自己的家人！哼，难道你也怀疑我的爹爹了？”

谷啸风暗暗叫了个撞天屈。连忙分辩：“不！不！这老魔头说的什么，我根本没有听见。哼，他竟敢如此胡说八道，这当真是岂有此理！”他口里痛斥朱九穆，心里却不由得忽地想起了他的舅父任天吾警告他的说话来，寻思：“难道韩伯伯当真是如舅舅所说，是个假仁假义的奸恶之徒？不，不，我怎能这样想！我爹爹和他有几十年的交情，焉能不知他的为人？如果真是那样的话，我爹也不会为我订下这门亲事了。”想至此处，不禁又看了韩珮瑛一眼，心中大感抱疚。

韩珮瑛听他痛斥了朱九穆，心里这才稍稍舒服一些，说道：“那么，你何以还是明知故问？”

谷啸风道：“你刚才有没有听到一声咳嗽？”

韩珮瑛诧道：“没有呀，此处除了咱们之外，哪里来的活人？”

谷啸风道：“朱九穆的修罗阴煞功不一定能够令人当场毙命，或许还有未曾死的，咱们再去仔细瞧瞧如何？”要知谷啸风的武学造诣不及朱九穆，他听得出那一声咳嗽是出自病人之口，但却听不出那个“病人”身具内功。他想假如那人还有一口气在，他就可以仗着少阳神功救人一命。

韩珮瑛讷讷说道：“我，我已经仔细瞧过了，他们都是给重手法击毙的，早已死了多时啦。”

谷啸风诧道：“是么？但他们既然死了，咱们也该给他们埋葬。”

韩珮瑛隐隐感到无名的恐惧，但这几个仆人都是自幼看着她长大的，亲如家人，韩珮瑛当然应该给他们料理后事。当下点了点头，说道：“好，我去找两把铲，请你帮我掩埋。”

谷啸风把四具死尸移在一处，仔细察视，只见四个人都是脑门破裂，果然是给重手法击毙的，早已死了多时了。谷啸风暗自沉吟：“这并不是修罗阴煞功之伤，朱九穆这老魔头也似乎没有如此掌力?”

韩珮瑛尖声叫道：“不是我的爹爹，不是我的爹爹!”谷啸风回头一看，只见韩珮瑛手拿两把铁铲站在他的身旁，脸色灰白，眼眶里泪珠打滚。此时她也相信不是朱九穆下的毒手了，但无论如何她也不敢想象凶手乃是她的父亲。

谷啸风道：“当然不会是你爹爹，但也可能是另一个人下的毒手，不一定是朱九穆。咱们先让死者入土为安，然后再设法访查凶手，给他们报仇吧。”他口里是这样安慰韩珮瑛，心中却已不由得暗暗起疑了。

谷啸风接过一把铲子，正要铲土，忽然发觉其中一具尸体紧握拳头，指缝中露出一片纸片。这具尸体正是跟随了韩大维几十年的一个老仆人。

谷啸风心中一动，慢慢扳开这具尸体的拳头，只见他紧紧抓着的是一张撕去了一半的纸片，看情形他在临死之前定然是和人争夺这一张纸的，给人撕去了一半，他死了还是不肯松手。

谷啸风把这张撕去了一半的羊皮纸拿到手中，只见上面写的是些奇形怪状的蒙古文字，他知道这是蒙文，但他却不认识蒙文。当下问韩珮瑛道：“你见过这张东西么?”韩珮瑛道：“从未见过。我也不认识上面的文字。奇怪，他为什么要舍命保护这个纸头，那人既然能够将他打死，又为何不把另一半取去?”

谷啸风道：“这是一个线索，你让我保管如何?”韩珮瑛道：“不错。你在江湖上认识的人比我多，由你去访查真相当然最好。”此时她的心中正是一片混乱，但她心中的混乱只因为不知谁是真凶的缘故，可没想到她的爹爹可能私通蒙古。

谷啸风却想到了这一层，心道：“舅舅说韩伯伯和上官复暗中来往，交情不浅，这上官复乃是蒙古国师的副手，因此他断定了韩伯伯已与鞑子有了勾结。舅舅的话我本来是不敢相信的，但现在在他家老仆的手中，却发现了这样一张东西，难道，难道果然是空穴来风，其来有自么?”又想：“珮瑛坦然地让我保管，即使韩伯伯有甚怀疑，至少她却不是同谋的了。”想至此处，松了口气。

这几具尸体死状十分可怖，韩珮瑛不敢再看。突然丢下铲子，掩面就哭起来。谷啸风柔声说道："你歇一歇吧。这儿的事，我来料理好了。"

那老仆人的天灵盖开了个洞，伤口旁边有凝结了的血块，微呈青紫之色。谷啸风蓦地又是心头一动，当下也不知会韩珮瑛，悄悄地取出一条手帕，刮下了一小片血块，包在手帕之中。

就在此时，忽地又听到一声微弱的呼喊，此时连珮瑛也听得见了，那人在叫道："救命——救命！"

韩珮瑛吓了一跳，顾不得再哭，跳起来道："当真有人！"

两人循声觅迹，在花园的一角找到了那个人，但更确切地说，是只发现了那个人的头部。

原来那个人是给活埋了的，颈部以下的身子尚在土中。旁边有扒开的一层松散的泥土。谷韩二人见此情景，都是不禁惊得呆了。半晌，韩珮瑛才说得出话来："你是谁？"

这人翻了翻死鱼般的眼珠，似乎没有听见韩珮瑛的问话，继续发出微弱的呻吟："救——救命！"看情形似乎随时就会断气！

谷韩二人都是又惊又喜，喜者是可能从这人身上获得线索，惊的是他身体如此孱弱，只怕未必能够救活。无暇多问，连忙挥铲挖土，不消片刻，四周泥土已给铲掉。

谷啸风轻轻将那人抓了起来，再轻轻地给他按摩，以便舒筋活血。过了片刻，那人喉头喀喀作声，吐出了一口带血的浓痰。

谷啸风道："你是什么人，何以会在此处？"韩珮瑛却问："我爹爹呢？"要知他们虽然都是想从这人身上获得线索，但着重之点却又有所不同。谷啸风是想试探他的口风，看看他对韩大维知道多少，故而首先盘问他的来历与遭遇。韩珮瑛则是急于知道父亲的下落。

那人抖抖索索，颤声说道："水，水，水！"看来他还没有气力说话。

韩珮瑛进去取水，那人张开双眼，缓缓地将头移动，东张西望，脸上现出一片茫然的神气，目光似在询问："这是什么地方？"

谷啸风道："你不知道这家人家是谁？"那人点了点头。谷啸风大为诧异，说道："那你怎么会到这里来的？"

那人没有回答。谷啸风省起他还没有气力谈话，只有先回答他的疑问，使他安心，于是说道："这家人家姓韩，是我的世伯。那位姑娘是这家人的女儿。只要你说实话，我们决不加害于你。"那人听了谷啸风说出韩珮瑛是这家人家的女儿的时候，忽地"啊"的一声叫了出来，好像听到十分可怕的事情，脸上神色更为恐惧。

谷啸风疑心大起，寻思："他为甚吓成这样，难道他竟然是给韩伯伯活埋的不成?"厨房尚未焚毁，韩珮瑛找了一个大花瓶，盛了满满的一瓶水出来，灌给他喝。让他喝了之后，便即问道："好了点吗？你可知道我的爹爹——"仔细打量那人，心想："在我知道的爹爹的朋友之中，似乎并没有这样一个人。"

那人喝饱了水，气力似乎稍稍恢复，忽地用力一推，这一推颇出韩珮瑛意料之外，手上的花瓶当啷堕地，裂为八块!

那人发出野兽般的"荷、荷"的叫声，好像是只受伤的野兽，而在他面前的韩珮瑛则是猎人。他一推之后，气力用尽，身形不稳，"扑通"便倒。

韩珮瑛给他吓了一跳，叫道："咦，你怎么啦?"谷啸风也是莫名其妙，连忙将他扶起，说道："放心，我们决不会无缘无故伤害你的。"

就在此时，谷啸风忽地有个异样的感觉，原来在他扶起这个人之时，拿着他的手腕，发觉这人的脉息，一点也不像他想象中的微弱。

谷啸风不是医生，但普通的常识总是有的，一个垂危的病人，脉息岂能和常人一样? 当下心念一动，想道："我且试他一试!"伸出中指，突然就向他胁下的"气愈穴"重重一点!

这一指乃是重手法点穴，"气愈穴"是人身上三十六道大穴之一，倘若给人用重手法点着了，立时就会气闭身亡。韩珮瑛大吃一惊，叫道："不可!"

那人却似毫不知道危险，谷啸风的指尖触及他的穴道之时，他只是本能地微一抖颤，并没闪避。指尖触及他的穴道，也没发觉他在运气抵抗。

谷啸风试出他毫无内力，心里想道："原来我是猜疑错了!"

立即把手指缩回。他的劲力可以随心控制，是以指尖虽然触及那人穴道，但劲力未发，当然也不会伤他性命。

韩珮瑛方始恍然大悟，说道："他没有内功?"谷啸风道："不错，他确实是身子虚弱，并非假装。"韩珮瑛道："那么何以你要试他?"

谷啸风笑道："谨慎一些，总是好的。"韩珮瑛嗔道："这人从鬼门关走了一转，本来就已吓得有点痴呆了，再给你这么一吓，只怕什么话也问不出来!"谷啸风甚是尴尬，说道："咱们待他歇一会儿，再问他吧。咦，这是什么声音?"韩珮瑛怔了一怔，道："难道还有活人?"她功力不如谷啸风，尚未听得清楚。

话犹未了，只听远处似有一怪啸之声，隐隐传来。谷啸风凝神静听，还听出不止一人，这些人正在高呼酣斗。

谷啸风吃了一惊，说道："是那老魔头!但却不知他在和谁交手?"韩珮瑛道："不错，是那老魔头的啸声。他在和人交手么?"此时，那怪啸之声她是听见了，但尚未听出厮杀之声。

谷啸风道："你守着他，我去看看。"心里想道："能够和朱九穆交手的，定是高手无疑。但朱九穆的修罗阴煞功邪毒无比，虽是高手，只怕已会受伤。"

谷啸风练的少阳神功是唯一可以抵御修罗阴煞功的正派功夫，他生怕去得迟了，那高手业已受伤，于是立即施展轻功，循声觅迹，匆匆赶往!

韩家大宅是依山而建的，谷啸风跑上后山，刚刚踏进一个林子，人还未见，已听得掌风呼呼，沙飞石走。谷啸风大吃一惊，心道："难道是韩伯伯吗?"要知韩大维号称剑掌双绝，他的大力金刚掌的功夫，当今之世，只有寥寥几人，可与比肩。

心念未已，脚步已经踏入林子，谷啸风远远望去，只见那个发出怪啸之声的果然是朱九穆，但和朱九穆交手的，却是一个老叫化。正是：

连番怪事惊心魄，又见荒林斗老魔。

欲知后事如何，请听下回分解。

第十六回　帮主生疑真或假
神偷作证是耶非

谷啸风不禁又惊又喜，心道：原来是丐帮的陆帮主到了，怪不得有这样刚猛的掌力。原来这老叫化正是丐帮的帮主陆昆仑。丐帮的伏虎拳与降龙掌以刚猛见长，决不在大力金刚掌之下。

另外还有一对也在高呼酣斗，其中一方也是个叫化子，谷啸风认得是洛阳丐帮分舵的舵主刘赶驴。另一方是个虬髯汉子，谷啸风却不认得。

陆昆仑叫道："这人使的是'化血刀'，不可让他的手掌沾上身子！"刘赶驴道："是！"使开一条杆棒，东一指，西一画，横挑直劈，忽而滴溜溜地转，忽而抖起棒花，乱画圈圈。看来似是不成章法，但那虬髯汉子却给他迫得手忙脚乱，只能在离身八尺之外的圈子之外招架。

那虬髯汉子道："你这驴贩子的棒法倒也有点邪门，是丐帮的打狗棒法么?""打狗棒"三字出口，忽地发觉是给人占了便宜，一张黑脸泛红。

刘赶驴笑道："不错。我会赶驴，也会打狗。今日就让你试试我这打狗棒的滋味！"原来刘赶驴是驴贩子出身，穷人的孩子没有名字，长大之后，就以"赶驴"为名。

那虬髯汉子"哼"了一声，说道："狗嘴里不长象牙，我不与你斗口。你的棒法虽然不错，打下去你不是我的对手！"

谷啸风此时还在数十丈之外，已是闻到一股血腥气味。朱九穆的修罗阴煞功只是掌风奇寒，却并无气味的。因此，不问可知，这股带有血腥气味的掌风，乃是那个虬髯汉子所发的了。

谷啸风不知什么叫做“化血刀”，心想：“原来这人练的又是一双毒掌。但他近不了刘舵主的身子，虽有毒掌，亦无所施其技。不知他何以大言炎炎，竟似颇有自信?”

陆昆仑和朱九穆拼掌，一正一邪，双方都是一等一的功夫，但因这样的拼掌纯是以内功取胜，掌法上倒不见得有什么奇妙之处。

刘赶驴的打狗棒法可就不同了，谷啸风看了片刻，只见他已换了十七种棒法，怪招叠出，每一次出手，都在谷啸风的意料之外。

谷啸风心里想道：“早知是这两位前辈，我也不用急急赶来了。”但再看下去，只见那虬髯汉子虽然还是给刘赶驴迫得在离身八尺之外，好像只有招架之功。但刘赶驴的面色，却越来越是沉重。

原来这虬髯汉子，不是别人，正是韩珮瑛数日之前，在仪醪楼上所见的那个濮阳坚。濮阳坚的“化血刀”乃是桑家两大毒功之一，虽然不及朱九穆修罗阴煞功的功力，但邪毒却有过之。刘赶驴与他交手已有百招，那股血腥的气味越来越浓，令他不禁心头烦闷。

刘赶驴发觉不妙，暗暗吃惊，心里想道：“桑家的两大毒功果然名不虚传，百招之内，我若胜不了他，只怕当真要着了他的道儿。”他是个惯经阵仗的人，虽然着急，却毫不慌乱，全副心神，都用在如何可以速战速胜之上，打狗棒法发挥得淋漓尽致，奇招妙招，层出不穷，看得谷啸风目不暇接。

丐帮帮主陆昆仑和朱九穆的恶斗则是陆昆仑颇占上风，朱九穆修罗阴煞功发出的阴寒掌力，都给他以浑厚无比的阳刚掌力化解于无形，就像冰块投入了洪炉一样，冰块消融，火势却至多只是稍弱而已。朱九穆暗暗叫苦，心里想道：“我若不是给那姓谷的小子耗了我的几分功力，这老叫化未必是我对手。如今却是胜负难料了。”须知他的修罗阴煞功虽然厉害，但每用一次，就多耗一分元气。对付像陆昆仑这样功力深厚的人，若是不能速战速决，久战下去，必定吃亏。即使能够全身而退，只怕也难免要大病一场。

正在双方都求速胜的时候，忽听得有人高声叫道：“妙呀，好一招棒打恶犬!”原来是谷啸风看到精彩之处，情不自禁的喝起彩来!

朱九穆大吃一惊，连忙叫道:“风紧，扯呼!”朱九穆的武功比濮阳坚高强十倍，连他都叫“风紧”，濮阳坚焉得不慌?只道是来了极厉害的对头，虽然胜算在操，也顾不得了。岂知刘赶驴的打狗棒法精妙非凡，濮阳坚转身一跑，背心露出破绽，刘赶驴杆棒递出，一挑一绊，登时跌了他个狗吃屎。

朱九穆身形晃处，呼的一掌向刘赶驴打来。陆昆仑斜身插入，隔在两人之间，替刘赶驴挡了一掌。朱九穆一声长啸，已是携了濮阳坚而去。

刘赶驴运气三转，方始解了胸中烦闷之感，好不骇然，想道:“幸亏此人吓走了这两个魔头，否则陆帮主自是无妨，我却难逃一败。只不知此人是谁，竟有如此威势?”抬头一望，只见一个白衣少年从林中走出，刘赶驴又惊又喜，叫道:“原来是谷公子，你是几时来的，到过韩家没有?”

谷啸风上次来洛阳报丧之时，曾经到过丐帮分舵，与刘赶驴见过面。至于陆昆仑则是他父亲旧友，更是见过不止一面。当下谷啸风以晚辈之礼见过丐帮两位前辈，说道:“我是今日刚到的，正是从韩家出来。”

陆昆仑道:“听说你要退婚，闹出了偌大的风波，有这事么?”丐帮消息最为灵通，韩家的展陆二仆邀集群雄围攻百花谷之事，陆昆仑自是早已知道。

谷啸风面上一红，说道:“不错，有此一事。”陆昆仑道:“你这件事做得很对。你不必怕韩大维找你麻烦，有甚后患，老叫化给你一力担承。”

谷啸风心头一凛，暗自想道:“他为什么说我做得很对?”要知他之所以要向韩家退婚，纯粹只是为了一个“情”字。他与韩珮瑛不过小时候见过一面，糊里糊涂的就凭父母之命媒妁之言订下亲来，两人之间，根本谈不上有什么感情。与奚玉瑾则是彼此相悦，情难自休。这件事情，算不得是“移情别恋”，他也并不认为自己是做得错了。但他知道，陆昆仑说他“做得对”，一定是另有原因，想法当然不是和他一样。

心念未已，果然便听得刘赶驴说道："你不要韩大维的女儿，那么想必是知道韩大维的事情了？"谷啸风道："不知是指哪桩事情？"刘赶驴道："当然是指他和蒙古鞑子勾结之事了，还会有别的么？"谷啸风道："韩、韩伯伯当真是和鞑子勾结么？"声音不觉微微发抖。

刘赶驴道："你的舅父任天吾还没有告诉你么？"谷啸风道："说了。他说，他发现韩伯伯与上官复有所往来。我正想请问刘老前辈，此事是真是假？"

刘赶驴一伸手扯开胸口衣襟，只见有一块乌黑的疤痕。刘赶驴道："那天晚上，我得到密报，说是上官复躲在韩大维家里。我和任天吾便同往韩家，想给他来个当场揭破，剥下韩大维的画皮。不料他们忒也机警，我们未曾到达，上官复早已从韩家逃了出来。我们在中途碰上了他，惭愧得很，我与你舅舅联手，兀是拦不住他。我这胸口的伤疤，就是上官复给我留下的！"

谷啸风知道这是两年前的事情，心想："隔衣一掌之伤，瘀积两年未散。这上官复也当真是个厉害的脚色了。"思之不禁骇然。又想："如此说来，舅舅的话是真的了。但韩伯伯即使是和上官复有来往，也似乎还不能说是他和蒙古鞑子有了勾结。"

刘赶驴道："不错，当时战事未起，蒙古和大宋且有联盟之议，韩大维招待上官复住一晚，也算不得罪大恶极。不过，上官复是蒙古国师的副手，韩大维与他来往，总是难免嫌疑。如今战事已起，我们当然要更加防备了。谷贤侄，你说是么？"谷啸风低声说道："是。"

陆昆仑道："鞑子的前锋，如今距离洛阳已是不到百里。我这次特地赶来，正就是为了对付韩大维的。宁可错杀了他，决不能让他与鞑子里应外合。"

刘赶驴道："对啦，你从韩家来，见到韩大维没有？"

谷啸风道："韩家已经给人烧了，韩大维也不知是死是活。"此时他在丐帮的两老辈面前，已是不便再称韩大维作"韩伯伯"了。

刘赶驴道："我刚才听得本帮弟子的禀报，说是昨晚起的火，火势不大。那两个发现韩家失火的弟子，来到韩家之时，火头已熄。他们深恐是韩大维的诡计，不敢进去。"

谷啸风茫然道："什么诡计？"

刘赶驴道："说不定是韩大维自己放火烧的。那两个弟子恐怕进去碰上了韩大维，难免遭他毒手。"

谷啸风道："他为什么要自己放火烧自己的家？"

陆昆仑哈哈大笑道："这正是一条妙计呀，他假装遇上仇家，家破人亡，那么岂不是无人再来追究他与鞑子私通之事了？待到鞑子兵临城下之时，他再露面，为鞑子立功。我们还能够奈何他吗？"

朱九穆的猜测是韩大维为了避仇，陆昆仑的猜测是他为了避免侠义道的追究，想法虽然并不一样，但认为这把火是韩大维自己放的却是相同。谷啸风不觉毛骨悚然，心里想道："人心难测，难道韩伯伯当真是如此卑鄙的奸滑之徒？"

陆昆仑道："韩家还有什么人没有？我料韩家的仆人，恐怕也难免遭了毒手，被韩大维杀掉灭口了吧？"

谷啸风道："不错，是否韩大维杀的虽还未知，但他家的仆人的确是已遭毒手。"

刘赶驴道："哼，好狠毒的手段。师叔，你当真是料事如神，韩家果然是没有活人留下了。"

谷啸风道："不，还有两个活人！"

刘赶驴怔了一怔，道："这两个人是谁？"

谷啸风道："一个是韩大维的女儿。"

陆昆仑诧道："是你和她一同回来的吗？"谷啸风道："不是。她先回家。我到她家的时候，刚好碰上朱九穆前来寻仇，与她动手。"

陆昆仑点了点头，说道："这就对了。想来你已经不要她，自是不便和她同行了。"又道："那么朱九穆这老魔头是你和她联手打退的了？"谷啸风道："这倒不是，是朱九穆自己跑的。"刘赶驴道："这却为何？"谷啸风道："因为他发现还有一个活人，猜想他可能怕是韩大维的伏兵，故此跑了。"

陆刘二人大为诧异，齐声问道：“这人又是谁呢？”谷啸风道：“我也不知此人是谁。”当下将发现那人的经过和在韩家听、见到的情形都说了出来。陆昆仑道：“哦，竟有这样的事，那么，咱们先到韩家看看。”刘赶驴道：“你说在那老仆手中找到半张写有蒙古文字的纸头，这纸头在你身上吗？”谷啸风道：“在。我看这可能是个线索。”刘赶驴道：“交给我吧。敝帮六袋弟子中有个人懂得蒙古文字。”谷啸风道：“贵帮有人懂得翻译，这就最好不过了。”于是把那半张纸交给刘赶驴。

一行三人，走出林子。此时已是东方翻出鱼肚白的清晨时候，陆昆仑健步如飞，起初担心谷啸风跟他不上，后来一看，谷啸风与他始终是不即不离，这才放下了心。

陆昆仑忽道：“谷贤侄，你此次来找韩大维，是否只是为了退婚之事？”谷啸风道：“不错。我想大丈夫行事，理当来得光明，去得磊落。”陆昆仑点了点头，道：“这话也说的是。”谷啸风却在心想：“他以为我还会为了什么事呢？”

陆昆仑又向他瞧了一眼，说道：“谷贤侄，恭喜你的少阳神功已练成了。”谷啸风怔了一怔，说道：“还只有六七分火候。”心里颇为诧异。要知他这少阳神功乃是出于母亲的传授，并非谷家家传的武功，不解陆昆仑何以知道。

陆昆仑道：“朱九穆的修罗阴煞功非同小可，他唯一忌惮的就是少阳神功。你和他交手，并没有受伤，是以我猜想你已经练成了少阳神功，谷贤侄，有句话我想问你。”谷啸风道：“请说。”陆昆仑道：“你是否想用少阳神功替韩大维治伤？”谷啸风道：“不错，这次退婚，我觉得对他父女不住，是曾有过这样的念头。但听了舅舅的话，我已打消原意了。”

陆昆仑微微一笑，说道：“韩小姐才貌双全，你是否对她尚有余情未断？”

谷啸风面上一红，说道：“她虽然不是我的妻子，但我也总不能让她给朱九穆这老魔头欺负。陆老前辈敢情是责备我这件事情做错了么？”陆昆仑道：“抑强扶弱，我辈侠义道理所当为。只要你不为私情所误，那我也就放心了。”

谷啸风心道："我心里只有一个奚玉瑾，韩小姐再好，我也不能娶她。"但这样的男女私情，却是不便向陆昆仑启口，当下说："依我看来，韩大维即使是私通鞑子，他女儿决不是和他一路。"陆昆仑道："你怎么知道？"谷啸风道："如果她与父亲同谋，那张纸头，她决不会坦然无疑的就给了我。"原来谷啸风虽然决意退婚，但自从他开始对韩珮瑛有所认识之后，却不禁对她颇有佩服之意，是以言辞之间，不知不觉的要为她辩护，为她"开脱"。

三人到了韩家，韩珮瑛见谷啸风与两个化子同来，颇是诧异。谷啸风道："这位是丐帮的陆帮主，这位是刘舵主。那老魔头刚才碰上了陆帮主，吃了大亏，已经逃了。"韩珮瑛认识刘赶驴，却不认识陆昆仑，当下上前行过了礼，说道："家父不幸遇仇，生死未卜，请两位老前辈念在武林同道的份上，帮一帮忙，查明此事。"韩珮瑛只知丐帮消息最为灵通，却哪里知道丐帮的首脑对她的父亲早已起了怀疑。

刘赶驴道："我正是闻得府上失火，特地来探问令尊的。侄女放心，我一定尽力而为，务必找到令尊的下落。"虽然是隐瞒来意，说的却非敷衍言辞，他既已怀疑韩大维私通蒙古，焉能不去设法找他？

陆昆仑道："不知府上除了令尊下落不明之外，还有何人脱难？"

韩珮瑛垂泪道："舍下家人尽遭毒手，如今只发现一个活人，却是个不相识的外人。"当下带领陆刘二人，走进烧毁的内院。

那个被挖出来的"活人"，此时仍然靠着墙角，双手捧着头，对这些人进来，好像视而不见，听而不闻。

刘赶驴道："这人是谁？"

韩珮瑛道："他好像是给什么可怖的事物吓得傻了，我盘问他，他只会荷荷的叫。"

陆昆仑轻轻移开那人的手掌，托起他的下巴，定睛一瞧，失声叫道："你不是包灵吗？"

谷啸风吃了一惊，原来这个包灵乃是江湖上著名的妙手神偷，夜走千家，日走百户，从无失手。想不到竟会在韩大维的家里遭人活埋。

包灵抬起一双茫然失神的眼睛，凝视陆昆仑，好像是认得他了。陆昆仑一把他的脉息，心里大为奇怪。要知陆昆仑的见识当然还在谷啸风之上，他不但探出包灵脉息正常，而且内力未失。虽然身子虚弱，却绝不至于奄奄一息，像他目前这个样子的。

陆昆仑知道内中定有因由，于是不露神色在包灵身上搓搓捏捏，装作是给他推血过宫，输送内力，过了半晌，包灵咯出一口浓痰，忽地跪在陆昆仑面前，说道："帮主，救，救我。"说话仍然是有气没力，一副虚脱的病人神气，丝毫也没有露出破绽。

陆昆仑道："你放心，你的病我会给你医好的。"韩珮瑛暗暗佩服陆昆仑的内功了得，快要咽气的人，他的内力输送进去，居然就能给他续命。

陆昆仑道："韩姑娘，这人你让我带回去给他调治如何？他现在还没有气力说话，待他身体稍稍复原，倘若从他口中问出什么线索，我再告诉你。"

韩珮瑛家破人亡，正愁无法收留病人，说道："有劳帮主如此费神，侄女感激不尽。侄女还有一事，恳求两位老前辈帮忙。"

陆昆仑道："不必客气，请说吧。"

韩珮瑛道："家父生死未卜，他遗下的财产侄女毫无用处，想请两位前辈带去，代我送给义军做军饷。"

韩家财富惊人，此时他们站在院子里，可以看到书房里未受焚毁，散落在地上的古玩。只就这批古玩而论，已是价值连城！

陆昆仑道："那人对贵府的财富丝毫不取，倒是有点奇怪。"心想："杀人放火之事，倘若是韩大维自己干的，何以事先他不早作安排，把家中的珍宝搬迁别处？但若当真是他的仇家干的，即使那人目的是只在'害命'而非谋财，但见了这等价值连城的珍宝，又岂有不动心之理？"这也不是，那也不是，陆昆仑实是百思不得其解。本来他最初的判断是认定了韩大维自己干的，此刻对自己的判断却不禁起了怀疑。

谷啸风则是想到了另外一层，韩珮瑛把家财送给义军做军饷，这就足以洗脱她的任何嫌疑了。谷啸风不禁赞道："韩姑娘仗义疏财，非但巾帼之中少有，求之须眉男子，亦是不可多得。韩姑娘真是无愧一个侠字！”

刘赶驴却道：“韩姑娘慷慨输将，为国为民，老叫化十分佩服。但若令尊回来，却不知会不会怪责姑娘擅自做主？”

韩珮瑛道：“家父如今下落不明，也不知何时方得回来。目下洛阳危在旦夕，舍下又无人看守，这些阿堵（钱财）之物，与其给鞑子、乱兵抢去，何如送给义军。贵帮与各处义军首领想必多有往来，是以侄女要恳求两位前辈相助。”

陆昆仑道：“好，韩姑娘一片诚意，这又是个大大的好事，咱们倒不必替义军的弟兄谦辞了。赶驴，你留下来办这件事。我带包灵先回分舵。”刘赶驴应道：“是。”

陆昆仑背起包灵，说道：“谷贤侄，你也一道来吧。”谷啸风道：“好。韩姑娘，请你在此等候，回头我再来找你。”

当下谷啸风和陆昆仑、包灵三人离开韩家，走上了山坡，陆昆仑把包灵放了下来，说道：“包老三，不必装神弄鬼了，下来自己走吧！”

包灵苦着脸道：“陆老爷子，我已经饿了两天了。走是勉强走得动的，就只怕跟你老不上。”

陆昆仑笑道：“馋嘴的小贼，好，老叫化就先喂饱你吧。”把背着的一个大红葫芦取下，说道：“这是刘赶驴特地给我酿的葡萄美酒，便宜了你这小贼了。这两个羊肉馍馍，也一并给你，塞不满你的贼肚皮，至少也可以得个半饱。”

包灵喝了酒，吃了馍馍，抹一抹嘴，说道：“真是好酒，可惜少了一点。好，走吧！”走起路来，健步如飞，谷啸风都有点自愧不如，心想：“原来包灵刚才那副气息奄奄的神气果然是假装出来的，但他为什么要如此呢？”

到了丐帮分舵，陆昆仑将包谷二人带入密室，说道：“好了，包老三，你可以说了！这是怎么一回事情？”包灵望了望谷啸风，有点忸怩的神态，陆昆仑笑道：“谁不知道你是妙手神偷，你这贼骨头进了韩家还有什么好事，说吧，不必顾忌了。”

包灵道：“陆老爷子明鉴，小人做的是没本钱的生意，这次当然是想去韩家发财的了。”陆昆仑又是好气又是好笑，说道：“你这个大胆贼，哪里不好偷，怎地却要去偷到韩大维的头上！”包灵道：“再给我一点酒喝喝，好让我壮一壮胆。”喝过了酒，继续说道：“洛阳城里，虽然也有不少的豪富人家，但据我所知，却没有一个比得上韩大维的。我包三虽然是个小贼，寻常的财主，还不放在我的眼内。古人说良禽择木而栖，贤臣择主而事。我包三也是一样，要择人而偷。我看不上眼的人家，打开了大门，我也不会向他下手。”谷啸风听他说这比喻不伦不类，不觉失笑。

陆昆仑笑道：“你怎么知道韩大维有钱？”

包灵道：“干我这一行的，消息还能不灵通吗？韩大维哪年哪月，收买了什么奇珍异宝，自有同道中人打探出来，我包三是这一行的状元，别人得到的消息，迟早都会送到我的耳朵。是以韩家有多少油水，我包三是一清二楚。一般人只当韩大维是个土财主，只有我包三知道，他不但是富甲洛阳，而且是富可敌国！”

陆昆仑道：“你既然打听得这样清楚，何以不知道韩大维是个武学高手，身负绝世神功？他家里的一个老仆人，只怕你也是惹不起的！你偷到他的头上，难道当真是财迷心窍，要钱不要命了。”

包灵叹了口气，说道：“我倒不是财迷心窍，这叫做‘隔行如隔山’，你老爷子是丐帮帮主，当然知道谁是顶儿尖儿的武林高手；我包三却只知谁是数一数二的豪门。”

陆昆仑点了点头，说道：“这也说得是，韩大维匿名隐居，闭门封刀已有二十年，武林中的等闲之辈，也不知道他是顶儿尖儿的高手。”包灵道：“是呀。要不然虎威镖局的孟总镖头怎会替他保镖，送他那个如花似玉的女儿到扬州去？”说罢，似笑非笑的望了谷啸风一眼，也不知他是否知道谷啸风就是韩大维的女婿。谷啸风不禁面上一红。

陆昆仑道：“好了，闲话少说。你到了韩家之后，又怎么样？”

包灵说道：“我到了韩家，看见他的书房灯火未熄，有人说话。我就悄悄伏在后窗，准备用鸡鸣五鼓香吹进去。”

陆昆仑道：“吹了没有？”包灵道：“幸亏没有，否则我早就要给他们发现了。那时韩大维正在和一个人说话，我只听了两句话，心里已是暗暗吃惊。”

陆昆仑道：“那人是谁？他们说了些什么令你吃惊的话？”

包灵道：“那人是韩大维的仆人，我躲在窗外之时，刚好听得他说：我这次杀了河北三雄，真是后悔莫及！”

谷啸风吃了一惊，心里想道：“河北三雄解氏兄弟乃是侠义道中响当当的角色，那老仆人怎的却会把他们杀了？”

心念未已，果然听得陆昆仑问道：“因何缘故，那老仆人可有说么？”包灵道：“说了。”声音颤抖，又喝了一口酒，这才接下去说道：“那老仆人说：‘我回来的时候，在云岗碰上了他们三兄弟，他们向我盘问，问我在和林见了些什么，做了些什么事。我说这些事情，我只能向主人说，旁人可管不着。’韩大维夸赞他道：‘很好，你很忠心。’”“和林”乃是蒙古的都城，谷啸风听得韩大维派遣老仆人到和林去，心里也不禁震颤，寻思：“四年前上官复路过洛阳，当时战事未起，韩伯伯看在武林同道份上，招待上官复住一晚，那还情有可原。如今蒙古鞑子已经兴兵侵我中华，韩伯伯还差人到和林去，这可就是当真和鞑子勾结了。”

陆昆仑连忙问道：“后来怎样？”包灵道：“韩大维夸奖那老仆人对他忠心，那老仆人的神色却是十分难过。”陆昆仑道：“他怎么说？”包灵道：“他说：‘解老大见我不肯告诉他，便道：‘好吧，你不说也不打紧。我已经查得清楚，你这次是奉了主人之命，到和林去见上官复的。上官复一定会有书信给你带回，你把这封信给我看看。’我说，不错，信是有的，但不能给你看。解老大登时发了怒，他说：‘好，你不肯自己交出来，那我们只有自己拿了。’就这样，我和他们动起手来。他们志在必得，招数狠辣之极，我只好尽力抵挡。唉，我虽然不想杀他们，但可惜我的功夫还未练到随心所欲的境界，出手不知轻重，竟然把他们三个都打死了。”

陆昆仑叹了口气，说道：“想不到河北三雄，竟然这样冤枉的死去。但这老仆知道后悔，倒也还算得有点良心。”

包灵接着说道：“是呀，我也是如此想，但韩大维可不是如此想。他说：‘河北三雄明知你是我的家人，居然还敢与你为难，而且还要索阅别人给我的书信，这种不知天高地厚的狂妄小子，死了

也是活该！’

“那老仆人却道：‘主公，话不是这么说，解氏兄弟都是行侠仗义之人，为了一封信而杀了他们，我，我的心里怎能自安？唉，我今年活了六十多岁，平生虽然做了不少不该做的事，但这一次做的却是最大的错事！’

“韩大维听了，很不高兴，说道：‘你不必自怨自艾了，把那封信拿给我吧。’那老仆人道：‘主公，请你原谅。’期期艾艾，一副惶恐的神情，信却没有拿出来。韩大维变了面色，问他：‘怎么，这封信你失了么？’那老仆道：‘不是。’”

包灵把碗中余酒一喝而尽，继续讲述当晚的所见所闻。

“那老仆人迟迟疑疑不肯交出书信，韩大维问他缘故，那老仆人说道：‘信并没失掉，但已经拆开了。因此我要请主人原谅。’

“韩大维变了面色，问道：‘是谁拆开的？’那老仆道：‘是我。’

“‘你为什么要拆开我的信件？’

“‘因为我觉对不住河北三雄，我要在解老大临死之前，满足他的愿望。’

“‘这么说，这封信你已经给解老大看过了？’

“那老仆点了点头，说道：‘不错。那时河北三雄中的老二老三已经死了。解老大功力比较深厚，尚未断气。他说：‘你忠于主人，我不怪你。但这封信关系重大，你一定要给我看看，我方能死得瞑目。’

“‘我想他反正是快要死的人了，让他看这封信，他也是决不能泄漏秘密的了。

“‘我拆开信封，把信笺拿在手上，凑近他的眼帘，让他仔细阅读。他看了之后，叹了口气，说道：‘果然不出我之所料。’

“‘我不禁好奇心起，问道：‘什么不出你之所料？’

“‘解老大说道：“你懂不懂蒙文？”我说：“略懂一些。”解老大道：“你自己看。你若忠于主人，这封信就决、决不能给韩大维！”说这几句话的时候，他已经是气若游丝，我正要问他因由，他双脚一伸，人已死去。想来他是自知油尽灯枯，无法给我说得清楚，这才叫我亲自看信的。’

“听至此处，韩大维板起脸道：‘你看了没有？’

“那老仆人道：‘看了。老奴甘愿受主人的任何处罚。’

“韩大维道：‘你跟了我几十年，想不到你也竟会如此。念在你这次送信不无微劳，这顿处罚暂且留下，待你以后将功赎罪。你把上官先生的信拿出来吧。’

“那老仆人道：‘老奴还是劝主人不要看这封信的好！’

“韩大维怒道：‘为什么？’

“那老仆人道：‘解老大说得有理，这封信主人是看不得的。看了只怕会身败名裂。’

“韩大维更怒，斥道：‘胡说八道！看不看是我的事，不必你自作主张！’

“那老仆道：‘主人一定要看，那就请主人先把老奴杀了！’

“韩大维又惊又怒，说道：‘这么说，你一定要阻拦我看的了？’

“那老仆道：‘古人说得好，不见所欲，其心不乱。我这是为了主人的好。但主人一定要看，那我也是无可奈何。’说罢，他拿出那纸信笺，但却紧捏在手中。”

谷啸风听至此处，方始恍然大悟，心里想道：“原来我发现的那半纸残笺，就是上官复写给韩大维的那封书信。”

包灵继续说道：“那老仆把信笺紧紧捏在手中，韩大维道：‘你这是什么意思？’那老仆道：‘君子一言既出，驷马难追。老奴虽然不配称为君子，但话既出口，又如何能够收回？只有请主公成全我吧！’

“那老仆人是说过‘主人一定要看，那就请主人先把老奴杀了’这样的话的。韩大维勃然色变，哼了一声，伸出中指，在他紧紧握着的拳头一弹，那老仆人登时牙关打战，格格作响，面似死灰，满头都是大汗。显然是韩大维不知用了什么狠毒的功夫，使他求生不得，求死不能，痛苦之极。

“一弹之下，那老仆人紧握着的五只指头不由得稍稍松开。只听得‘嗤’的一声，那封信给韩大维撕去了一半。可是那老仆人立即又把拳头握牢，韩大维抢这封信，只是抢到了半边。那老仆人靠着桌子，手肘压在桌上，‘蓬’的一声，桌子也裂了一块。

“韩大维见他忍受如此难堪的苦痛，还是不肯把书信交出来，越发大怒，喝道：‘你当真不要性命了么?’那老仆人颤声说道：‘老奴不想主人身败名裂，主人既是听不进逆耳之言，老奴也只好任凭主人处置了。’

“韩大维面上一阵青一阵红，忽地一声冷笑，说道：‘你以为我不敢杀你么?’说到一个‘杀’字，突然一掌就击下来。只听得那老仆人发出一声裂人心肺的惨叫，头颅已是开了个洞，一支血箭登时射了出来!”

听至此处，陆昆仑也不禁勃然大怒，说道：“韩大维平日一副正人君子的外貌，却原来竟是如此狠毒的豺狼。”

包灵接下去说道：“当时我看到这样惨酷的景象，吓得我几乎晕了。想来是我忍不着身躯颤抖，发出的声响，给韩大维听见，韩大维喝道：‘谁在外面!’立即呼的一掌，隔窗打出!

“我是伏在窗下的，掌风破窗而出，刮得我的头面隐隐作痛。幸亏是隔着窗子，否则只怕我早已是活不成了。

“这一掌也登时令我惊醒过来，我立即拔步飞逃。韩大维‘咦’了一声，似乎是因为我这个偷听的人，没有给他的劈空掌击倒而颇感意外。

“韩大维追了出来，也幸亏上天保佑，其时恰巧有乌云遮着月光，韩大维看不见我，他跳上一座假山，向东南西北发了四掌。

“我正在奔跑，突然觉得背心好像给人猛力击了一拳，五脏六腑都好像翻了过来。我不知是否受了内伤，但轻功已是不能施展。”

陆昆仑与谷啸风相顾骇然，一个想道：“想不到韩大维的掌力竟是如此厉害!”一个想道：“包灵不愧是号称夜走千家，日走百户的妙手神偷，轻功果然是高明之极。若是换了别个人，决不能在韩伯伯的掌下逃生!”

包灵似乎犹有余悸，抹了抹额上流出来的冷汗，喘过口气，这才接下去说道：“我不知是否受了内伤，但真气提不起来，轻功已是难以施展。倘若我继续逃避的话，一定会给韩大维听见我的脚步声。无论如何，我也逃不出他的掌心了!”

陆昆仑明知包灵是终于逃过了韩大维的毒手的，但听至此处，也不由得为他着急，连忙问道："那你怎么办？"

包灵说道："我想逃是逃不脱了，只好找个地方躲藏。但这是在韩大维自己的家中，什么隐蔽的地方他不知道？起初我想钻进假山洞里，后来想到了这一层，只好抛掉这个主意，另动脑筋。

"想来想去，给我想出一个法子。当时韩大维听不见我的脚步声，想心是以为我已经受伤，定然匿藏在什么地方，于是不再发掌，在园中到处找我。

"我悄悄的在地上爬，极之小心，不弄出半点声响，我找到了在树木丛中的一块洼地，试一试，土质较松，我就挖开个洞，钻了进去，自己活埋自己。"

谷啸风道："你挖土的时候，也没有弄出声响么？"

包灵笑道："这是我的看家本领，全仗这套本领，我才能够偷进大户人家，挖进他们的藏宝之所，予取予携。韩大维虽然耳聪目明，但我用十只指头悄悄挖土，他若不是走到身前数丈之地，谅他也不会听见。

"不过，我之所以能够死里逃生，却也靠了六七分运气。韩大维尚未找着我，他的家人已经闻声而出，问他是不是来了贼人。

"韩大维说道：'没事，没事！你们都聚拢来，我有话和你们说！'当时我伏在地上，眼睛看不见，耳朵还听得见。不过片刻，更惊人的事情发生了。

"只听得狂呼惨号之声此起彼落，随即有在地上爬滚的声音，有微弱的呻吟声音，不问可知，是韩大维把家里的仆人尽都杀了。

"说来惭愧，别人身受杀身之祸，我却趁这时机，赶紧救自己的命。那些人呻吟爬滚的声音掩盖了我挖土的声响，我放手挖土，迅即挖了个洞，钻了进去，口里含了一支细长的管子，这是我随身携带的工具，用作透气之用的，管子一端伸出地上，然后我把泥土拨拢，自己掩埋了自己。"

陆昆仑笑道："这件事倒是我猜错了，起初我以为是韩大维活埋你的呢。奇怪你怎么会有闭气的功夫。"

包灵接下去说道："我知道这是权宜之计，只能躲得一时，未能脱离险地。韩大维如果耐心寻找的话，迟早会找到我的。但想这个圈子很大，他的家又有几十栋房子，他料不到我是自己活埋自己，他要找到我，须得踏遍每一寸土地，才能发觉我挖的洞。也许很快就会发觉，也许要迟至两天三天。我反正是豁出去了，那就赌赌运气吧。

“我伏在地底也不知过了多久。既不知韩大维走了没有，也就不敢自己走出来。眼不见天日，肚子又饿得难受，心里更是着慌，只怕随时都有给韩大维揪出来的危险。心慌肚饿眼瞎，唉，这滋味可真不好受!”

陆昆仑笑道：“你这妙手神偷，出道以来，无往不利，这次也该受一点小小的磨折了。”

包灵说道：“我饿得迷迷糊糊的也不知过了多久，才听到有一男一女说话的声音，他们在找寻活人。我这才敢大着胆子，叫了一声救命。”说至此处，向谷啸风作了个揖，说道：“多谢你挖我出来，要不然只怕我当真要永远不见天日了。不瞒你说，我那气息奄奄的样子虽然是装出来的，但若要我自己破土而出，这时我也实在是做不到了。”

谷啸风道：“韩大维杀死了家人之后，发生了些什么事情，你完全没有听见么?”

包灵道：“我伏在地下，饿得迷迷糊糊，后来的事情，我完全不知道。”

陆昆仑道：“好，你累也累得够了，吓也给吓得够了。你先去睡一觉吧。待我想想，还有话要问你的，等你醒了，我再问你。”于是叫一个丐帮弟子，带包灵去另一间客房睡觉。

包灵走后，陆昆仑道：“谷贤侄，敢情你对包三的说话还有一点怀疑?但依我看来，他这惊恐的神情可是假装不来的。而且在我的面前，包三大约也不敢说谎。”

谷啸风道：“有件事情我觉得有点奇怪。”

陆昆仑道：“什么事情?”

谷啸风道：“上官复那封书信，关系十分重大，韩大维何以在杀了那个老仆人之后，不把另外的一半取过来。即使他当时要追拿包灵，但后来找不到包灵，他在临走之前，也该去把那老仆手中的半张信笺拿走呀。”

陆昆仑沉吟半晌道：“不错，是有点奇怪。但世间往往有许多意想不到的事情，说不定韩大维是碰上什么紧急的意外事情，迫得他不得不走。”

说话之间，刘赶驴已经回到分舵。他走进密室，一见陆、谷二人，就哈哈大笑。

陆昆仑笑道：“赶驴，什么事情这样高兴，是发了财啦？”其实他早已知道是什么事了。

刘赶驴道：“师叔，你猜猜韩大维有多少财产？”陆昆仑道：“我正是要你告诉我呀。看你这么高兴，大约是很出你的意外了？”

刘赶驴道：“我也不知道究竟有多少。但包老三说他富可敌国，这话可是当真没有说错。他家里的金银珠宝，堆积如山，幸亏我找来了十多个本帮弟子，搬了半天才搬得完。一共装了满满的四辆大骡车，现在骡车就停在外面，师叔，你要不要去开开眼界？”

陆昆仑笑道：“俗语说叫化子拾到金，表示天大的喜事。你可真是应上了这句俗语了。但这可是别人的‘财香’啊！”

刘赶驴笑道：“是义军的军饷，这才更值得咱们高兴啊。”

陆昆仑笑道：“我怕谷贤侄笑咱们这些穷叫化见钱眼开，你还是叫他们先搬进仓库去吧。”

刘赶驴道：“是。这事情我已交托靠得住的两个八袋弟子办了。”接着又道：“后天起程，还得请师叔亲自押运。明天我想到虎威镖局去，请孟总镖头和几位镖师也一同来帮忙帮忙。谷少侠，你若是没有什么紧要的事情，也请帮忙押运如何？多一些人，比较放心一些。”

谷啸风道：“我还要到韩家去打一转。你们后天起程，到时我赶回来就是。”

刘赶驴笑道：“不错，一个人应该有始有终，你还未曾正式退婚，韩家这位大小姐名义上还是你的未婚妻，你当然不能置之不理。说老实话，这位韩小姐和她父亲可全不一样，韩大维不知费了多少心机积下的偌大财富，她竟然毫不可惜的全都送给义军，我这穷化子起初本来还是有点怀疑她的，现在可是不能不由衷佩服她了。谷少侠，你若放弃退婚的念头，我也不会反对你的。”

谷啸风面上一红，说道：“我不是这个意思，我只是因为和她约好了要回去看看她的，不便食言。”心里却在想道：“韩小姐自是足以钦佩，但韩大维这笔巨大的财富却是从何而来的呢？”

刘赶驴道：“是呀，那位韩小姐如今家破人亡，正是伤心得很。你也是该去安慰安慰她的。唉，这样的好姑娘，若是给她知道了她父亲的为人，只怕是要更伤心了。”

陆昆仑道：“好，赶驴，你高兴过了，我可要问你一件更紧要的事了。那封信，你可找到了懂得蒙古文字的人翻译了么？”

刘赶驴将那半张信笺拿了出来，说道：“好在本帮那个懂得蒙文的弟子尚未逃难，我已叫他译出来了。”正是：

物证赫然惊入目，难分清浊惹猜疑。

欲知后事如何，请听下回分解。

第十七回　难解疑团惊毒手
重逢老父在囹圄

谷啸风连忙问道："信上说的是什么？"

刘赶驴道："这几行蒙文，甚为简单，译成汉文，意思就是：大功告成，关中之地，尽属阁下。为主为霸，任君自择。"

陆昆仑拍案说道："咱们所料果然不差，不必取得全函，只这半张信笺，已是韩大维勾结蒙古鞑子的如山铁证了。"

谷啸风默然不语，心中乱成一片。正如陆昆仑所说，这几句话意思实在太明显了。不必阅读全函，已经知道这是一件什么事情。"所谓大功告成，当然是指蒙古鞑子吞金灭宋之事了。上官复写的这封信，其实就是代表蒙古大汗给韩伯伯的允诺，许他事成之后，封他做关中王。"谷啸风心想。

刘赶驴道："谷少侠，你还有什么怀疑吗？"

谷啸风道："没有。只是此事来得太过突然，我实在是料不到。"

陆昆仑道："从这封信看来，咱们对韩家这次发生的事情，所下的判断，大约也不会错了。杀人放火的事情，还是他自己干的。他故弄玄虚，迷惑咱们，以便和蒙古鞑子里应外合。"

谷啸风道："这么说来，韩大维是没有死了？"

刘赶驴笑道："怎么，你好像还不敢相信你这位泰山是个大坏蛋？他当然没有死，而且他一定还在洛阳。"陆昆仑沉吟半晌，说道："但这样，咱们倒是碰上一个难题了。蒙古兵旦夕就可以攻到洛阳，咱们若是护送这批财物去给义军，那不是任凭韩大维和鞑子勾结了？有谁去破他们的奸谋？”

刘赶驴道：“这只怕还是一个陷阱。韩大维让咱们取了他的宝藏，他一定还会设法夺回，决不会让咱们平安送给义军的。但在这期间，咱们的心力都放在护送这批财物的事情上，他在城中，就可以肆无忌惮的活动了。”

陆昆仑道：“为今之计，必须先打探到韩大维确实的下落。谷贤侄，这件事可得有劳你了。我想他的女儿回家，他或许会念在父女之情，与女儿偷偷见上一面的。当然他也一定会捏造一篇假话，不会让女儿知道真相。”

谷啸风道：“好，那我现在就马上赶回韩家。若然打听到什么风声，我马上回来通报。”

刘赶驴道：“事情未水落石出之前，你也不必和韩小姐多说什么，免得她伤心太过。”谷啸风心知刘赶驴已是衷心的佩服韩珮瑛，故此为她着想。谷啸风心中甚为感慨，点了点头，说道：“我明白。”当下就离开丐帮的分舵，连夜赶回韩家。

可是谷啸风在途中却越想越觉得不对。

许许多多事情都是他百思不得其解的，韩大维何以会有那么多的金银财宝？他不带走又是什么道理？虽然刘赶驴认为这是“诱敌”之计，但谷啸风的内心却是不能同意这个说法的。“韩大维既然费尽心力才积聚了这偌大财富，他又怎肯轻易抛掉？虽说他可以设法夺回，但这究竟不是很有把握的事情。这样的‘诱敌’之计，也未免太笨拙了。”谷啸风心想。

还有，那半张信笺的事情，刚才在丐帮分舵，谷啸风曾提出自己的怀疑，陆昆仑也找不到令人可以信服的解释。陆昆仑只能推测韩大维可能是碰到什么紧急的意外事情，来不及把那老仆手中的另外一半拿走。“不错，世间往往有许多意料不到的事情，说不定可能如此。但这样的推测，却总是不大合乎常理。”

更重要的一层是因为谷啸风相信自己的父亲，因为相信自己的父亲，所以就不能相信韩大维是像陆昆仑、刘赶驴所说的那样一个大坏蛋。“爹爹和韩伯伯是几十年的知己，韩伯伯若是坏人，纵然他掩饰得如何好，在几十年的老朋友面前，总不会始终不露丝毫破绽。我爹爹疾恶如仇，若不是深知他的为人，焉肯与他结成儿女亲家?”

不过，谷啸风随即又想道：“爹爹常常称赞韩伯伯为人耿直，不负一个‘侠’字，他给我订下这门亲事，纯粹是为了与韩伯伯气味相投，决非为了他家的财富。但韩家富可敌国，爹生前若是知道的话，他一定会在闲话之中透露的，但他从没说过，可见他是不知道的了，以爹爹的为人，他若知道韩家富可敌国，只怕也就不会与他联姻了。但韩大维何以对爹爹隐瞒他的财富呢？这件事他可以隐瞒，别的事他是不是也可以隐瞒呢?”

许多事情，谷啸风都是百思不得其解。他不能完全相信陆刘二人对韩大维的判断，但也不敢断定韩大维就是好人。

但他心里总是隐隐觉得有点不对，蓦地他想起了一件事情，“怎的我把这重要的证物忘了?”

他曾经在那老仆的伤口刮下一块凝结了的血块，本来是准备在丐帮的分舵做一个试验的，但因陆昆仑催他赶快回去，一时却忘了这件事情。

这晚的月色很好，谷啸风在想到这件事情的时候，刚好走到一条小溪旁边，溪中游鱼在月光中清澈可数。

谷啸风心想：“我现在试验一下，也还不迟。”于是搬来了石头土块，堵住小溪的两头，围成一个小小的水池，把手帕中包着的血块捏得粉碎，倒入水中。过了大约一支香时候，只见堵住了的这一段小溪中的游鱼，尽都肚皮翻白，浮上水面!

小小一块血块捏碎的粉末，投入溪中，竟然毒死了无数游鱼！尽管谷啸风早已疑心这血块有毒，但见这毒性如此之烈，仍是不能不大吃一惊!

大惊之后，跟着却是大喜，谷啸风不由得叫出声道：“韩伯伯不是凶手，韩伯伯不是凶手!”

要知韩大维练的是正宗内功，修习正宗内功的人是决不能兼练毒掌的，否则在运气沉归丹田之际，自己就会中毒。而且谷啸风四年前曾到过韩家，他知道得清清楚楚，韩大维掌上的功夫乃是佛门的“般若掌”，那是最纯正的一种内功掌力。所以假如说韩大维是舍弃本身所学，改练毒掌的话，也不可能。因为短短的四年功夫，决不能练成这样厉害的毒掌——打伤了人，伤口凝结的血块，还含有这样的剧毒！

谷啸风心里想道：“这人不知是谁，朱九穆修罗阴煞功恐怕也没有他这毒掌这样厉害！”再又想道：“这样看来，韩伯伯的确是碰到一个极厉害的仇家了，而且这个人还不是朱九穆。我应该把这个发现马上赶回去告诉陆帮主！”

他刚想回转丐帮分舵，忽然瞿然一省，想道：“这人既然杀害了韩伯伯的全家，若是给他知道韩小姐已经回家，他焉能放过？韩小姐一个人守在家中，这可是危险得很哪！告诉陆帮主慢一些也不打紧，叫韩小姐躲避可是刻不容缓！”

心念未已，忽听得树林里似乎有人冷笑，谷啸风又是大吃一惊，喝道：“是谁?”不见有人回答。谷啸风立即施展“八步赶蝉”的轻功，朝着那声音的来处奔去，但见空林寂寂，哪里有什么人影？谷啸风惊疑不定：“难道是我的错觉?”当下再用“传音入密”的内功叫道：“朋友，你是否明白韩家的内幕，如果你是笑我糊涂，便请出来赐教！”要知他是在叫出“韩伯伯不是凶手”这一句之后，听到那一声冷笑的；假如真的是有人冷笑，并非错觉的话，这个人定然是嘲笑他判断的糊涂。

谷啸风的“传音入密”功夫已有相当火候，如果林中有人，即使这人已经施展轻功逃跑，也还是会听到他这番言语。但谷啸风等了一会，仍是不见有人回来。

谷啸风哑然失笑，心想：“想必是我太紧张了，以至有此错觉。说不定这只是夜枭的啼声。若然真是有人的话，他既然讥笑我，就不会不出来见我的。”

于是谷啸风匆匆忙忙的把泥土石块填塞那段溪流，免得有人误饮毒水。这个小小的工程也花了他大半个时辰，做妥之后，这才放心去找韩珮瑛。

韩珮瑛此时正在家中的断壁残垣之下独自发呆，但觉心中一片茫然，几乎以为这是一个噩梦！

这是她住了二十年的老家，家中有她熟悉的人，有她熟悉的种种美好的事物，她亲手种的花，她抚摸过的太湖石，荷塘里的莲蓬，假山上栖息的小鸟，书房里的满壁图书，练武场中第一次试剑时的剑痕。还有童年的欢笑，少女的情怀……这一切突然间就像化作了一缕轻烟，幻梦般的在她眼前消失了。

她还记得那天晚上，爹爹套上骡车，送她出门，叫展一环和陆鸿两个老人家，会同虎威镖局的孟总镖头，护送她到扬州去完婚。她爹爹曾有多少叮咛，多少祝福。……

别来不过三月，变化竟是如此之大。她的家给人烧了，她熟悉的家人给人杀了，她的父亲下落不明，她的希望和梦想也都毁了！

短短的三个月，把她整个人生都改变了！

短短的三个月，她经历了多少不幸的遭遇，咽下了多少令人难以忍受的悲伤！

她倚着断壁残垣，望着这残破的家，欲哭无泪！

这一把火不但烧毁了她的家，也烧掉了她的欢乐，烧伤了她的感情。

过去，在她心坎深处，藏有两个人。一个是她的父亲，与她相依为命的父亲。她的母亲早死，她是父亲一手抚养成人的。这是她在世间最爱的一个人，如今却已是死生未卜了！

还有一个曾经深藏在她心中，给过她以多少幻想的人是谷啸风。不错，她和谷啸风之间其实还说不上什么爱情，但自从她懂得人事的时候开始，她就知道谷啸风是她的未婚夫了。她知道他是武学名门之子，她知道他是个英俊的少年侠士，夫妻名分既定，尽管谷啸风对她那样陌生，她也还是把少女的情怀寄托在他的身上的。在她少女的心扉，并没第二个男子闯进过，她从没想到要反对这头婚事，更是做梦也没想到，这头婚事会有如此出乎她的意料之外的变化！

这两个她曾经爱过的人，虽然感情的性质不同，一个是天伦的骨肉之爱，一个是只为未婚夫的名分而付出朦胧的爱情，但在过去，却都是在她心中难分轩轾的两个亲人。如今这两个亲人都失掉了。或许父亲还会再找回来，谷啸风却已是在她心头一去不复返了。

月夜蓝天，天空飘过一片断云。韩珮瑛不觉喃喃自语：“我又将漂流何处呢?”

这时已经是过了三更的时分了，她早已埋葬了那几个家人，这个家也是没有什么可以留恋的了。谷啸风还不见回来!

她忍受不住这份寂寞与伤心，她想离开这伤心之地。可是她欲行又止，终于还是想道：“再等一会儿吧，他是说过要回来的!”

韩珮瑛忽地瞿然一惊，心中掠过一个朦胧的意念，就像一片难以捉摸的云彩一样。她自己也觉得有点奇怪：“我为什么这样相信他呢？我为什么又是这样盼望他回来?”

这次婚变发生，韩珮瑛虽然不至于对谷啸风有什么大不了的痛恨，但也总是气愤难消。这次婚变令她感到失面子，感到给人侮辱的难堪。她可以原谅谷啸风和奚玉瑾相爱，但她却不能原谅谷啸风损伤了她少女的自尊。可是这次出乎意外的在她自己的家中和谷啸风见了面，她忽然发觉谷啸风原来并不是像她想象的那样对她轻视，相反，却是对她有着一份深深的敬意，这从他的一举一动，一言一语，都可以体会出来。他对自己也并非如她想象的那样“寡情薄义”，相反，他还肯舍了性命来保护她，不但帮她赶走了朱九穆，而且对她的不幸遭遇，表现了深切的关怀。尽管他没有絮絮叨叨的慰问，但这也是她能够感觉得到的。

她知道这不是“爱情”，但尽管如此，总也不能否认谷啸风是有“情”有“义”的了。不是夫妻的“情义”，也是一种超乎普通朋友的“情义”了。

她当然也知道谷啸风是要来她家退婚的，若在过去，想起他是来退婚的她一定会忍不住气愤。但如今她却觉得谷啸风敢于这样做——敢于冒了给她父亲痛责的难堪，甚至给她父亲杀掉的危险。——这正是一种光明磊落的大丈夫行径。

她的少女的自尊得到了满足，她的不幸得到了关怀，她正在失掉亲人孤苦无依之际，又得到了谷啸风赶来保护。不知不觉之间，她对谷啸风的观感，已是为之一变。不知怎的，她突然觉得谷啸风就像她的父亲一样，可以让她依靠，所以她是这样急切的盼望他回来。

一九八八年五月画梁羽生先生之《鸣镝风云录》。

那人待韩珮瑛看清楚了，这才说道：“你不认识我，这戒指你总认得吧！”

可是当真只是为了他可以倚靠么？还是那一片少女的朦胧爱情，在她心中忽然又死灰重燃呢？她自己给自己辩解："不是的，不是的。我盼望他回来，不过是为了想知道爹爹下落的线索罢了。那个不知道何故被活埋在园子的怪人，一定会有什么消息给他带回来的。"她自己给自己辩解，觉得很有"理由"。却不知道正是一种"躲避"。她"躲避"发掘自己心底的"秘密"，因为少女的情怀本来就是难以捉摸的一片云彩，不但是别人难以捉摸，也包括自己在内。

正在韩珮瑛心乱如麻，正在她焦急等待谷啸风回来之际，忽地听得似有什么声息，韩珮瑛抬头一看，只见一条影子从墙上的缺口跳了进来。

韩珮瑛正想叫道："你回来了？"这四个字突然在她喉头梗住，原来跳进来的是一个陌生的人，约有四十岁年纪，面带病容。

韩珮瑛吃了一惊，说道："你是谁？"那人道："小姑娘，你别慌，跟我来吧。"面上木然毫无表情，但声音柔和，看来不似含有恶意。

韩珮瑛道："为什么我要跟你走？"

那人淡淡说道："你跟我来，就可以见着你的爹爹。"

韩珮瑛又惊又喜，急忙问道："我爹，他、他没有死？他在什么地方？"

那人道："当然没有死，要不然我怎能带你去见他？别多问了，快来吧。"

但韩珮瑛并非三岁小儿，岂能随随便便相信一个陌生人的说话？是以她在骤然的一阵惊喜过后，仍然问道："你究竟是谁，我可不认识你啊！"

那人似乎懒得多说，把掌心一摊，只见他的掌心上有一只黑黝黝的指环，指环当中嵌有一颗小小的赭红色的宝石。

那人待韩珮瑛看清楚了，这才说道："你不认识我，这戒指你总认得吧？"

这霎那间，韩珮瑛当真是惊喜交集，这才相信这个人确实是她父亲差遣来的。

原来这枚乌金指环正是韩大维的一件宝物，这几年来，他总是戴在手上，没有片刻离开的。

韩珮瑛记得这枚指环是她父亲的一个朋友送的。第二天，那位朋友走后，她的父亲曾对她说过这枚指环的来历，所以她的印象特别深刻。

那一年，正是韩大维受了朱九穆修罗阴煞功之伤不久，他爹爹体中的寒毒已经发作，只能僵卧床上，动弹不得。

有一天，来了一个名唤上官复的人，这人韩珮瑛从来没有见过，但她爹爹却像一个老朋友似的招待他。上官复在她家住了一晚，这枚指环就是上官复送给她的爹爹的。

她爹爹说，乌金虽然贵重，但最难得的还是嵌在指环上的这颗赭红色的宝石，名为“天心石”，天下只有在昆仑山绝顶的“星宿海”上才产有这种宝石。“星宿海”中这种赭红色的石子多得很，一定要识货的人才能知道哪一颗是“天心石”。星宿海在昆仑绝顶，武功稍差一点的都上不去，即使是武功好而又识货的人，也须在恒河沙数的石子之中才能拣出一颗“天心石”来，其难找可想而知。

她爹爹说，“天心石”的可贵之处还不在于它是一颗稀有的宝石，而是因为它可以当作药物使用。天心石药性极热，正是克制寒毒的一种极佳药物，用它来摩擦身体的各处关节，能治因寒毒引起的瘫痪。虽然还不能根治修罗阴煞功之伤，但却可以使他渐渐恢复行动的功能，而且可以使他少受许多寒毒发作的痛苦。是以她爹爹戴上这枚戒指之后便片刻也不能离开了。

韩大维这枚片刻不能离开的乌金指环，如今竟在这人手上，韩珮瑛当然是不能不相信他的说话。要知他若是用她家里别的珍宝当作“信物”，韩珮瑛还可能怀疑他是偷来的，只有这枚指环，非得韩大维给他不可。

这人摊开手掌，让韩珮瑛看清楚之后，立即便走。韩珮瑛更不迟疑，跟着便追出来。韩家是倚山建筑的，那人出了韩家，直奔上山。别看他似个病夫，跑起路来，却是捷若猿猴，登山如履平地。韩珮瑛使出“八步赶蝉”的轻功，这才勉强跟得上他。

韩珮瑛心想：“爹爹难道就是躲在这个山上，山上可是没有人家的呀?”吸一口气，走快几步，赶到那人后面，忍不住问道:“我爹爹伤得怎么样?他如今是在哪儿?”那人淡淡说道:“你跟着来!就会知道，何必多问?省点气力走路吧!”

韩珮瑛的轻功尚未练到炉火纯青的境界，一开口说话，真气稍泄，果然便即落后了十数丈之遥。韩珮瑛心道:“不错，这闷葫芦见了爹爹自会打破，也不必急在一时。”于是凝神静气跟着他走，不再多问。

这座山虽不很高，但也相当险峻，不久走到一个峭拔的山峰之下，前面已无去路。这座山峰，由东面看过去宛如一座楼台，在南面看过去却似一个城堡，西面则有一个瀑布倒挂下来。水由石壁奔泻而下，声如金石，随风飘忽，疏密不定，活像一幅银色的大竹帘，是这座山上有名的奇景。

韩珮瑛正自诧异:“为何他带我到这绝头路来?”心念未已，只见那人双袖一挥，已是穿过水帘直扑进去，身形倏忽不见，显然是瀑布后面藏有山洞。韩珮瑛心道:“哦，原来还是有路可通!”

跟着那人依样画葫芦地穿过水帘，果然发现一个山洞。衣裳沾了不少水珠，幸亏那瀑布流量不大，迅速穿过水帘，也不过等于是在雨中急跑片刻，衣裳尚未至于湿透。

穿出这座山洞，眼前豁然开朗。是一个平坦的山谷谷底。远远有一幢堡垒形的石屋。韩珮瑛心道:“原来水帘后面竟是别有洞天，我却一点也不知道。但这幢房子恐怕是新近才起的吧，否则，爹爹和展大叔他们，怎的也从来没有说过?”要知这是她家的后山，她从小就常常上来玩耍的。她家里的展一环、陆鸿等人，年纪比她大得多，对这座山也当然比她更熟悉。水帘洞后面别有洞天，她没有发现，她的家人总应该发现的，这家人家若是早就有了的话，她的家人总不会一个也不知道。韩珮瑛心里觉得有点奇怪，但反正就要到了，也就无暇多问。

那人带她到了那幢石屋前面，轻轻的弹了三下石门。

只听得轧轧声响，两扇石门左右分开，露出五寸多宽的缝隙，一个獐头鼠目的中年汉子探出头来，斜着眼睛盯了韩珮瑛一眼，阴恻恻地笑道:“哦，原来是二师哥把这小妞儿带来了，这小妞儿倒是长得好俊呀！”带韩珮瑛来的人道：“别胡说八道，快快开门！”

韩珮瑛见了这獐头鼠目的汉子，心里已是觉得几分憎恶，听了他用这种轻薄的口吻说话，更不舒服。但为了急于见父，却也不便和他争吵。当下就随那个人走进这座堡垒。

走进大门之后，堡垒里阴森森的就不见再有人了。韩珮瑛蓦地心中一动，想道：“不对，不对。爹爹若是在这里养伤，这屋子里的人应当是他的朋友才对。为什么看门的这个家伙，竟敢用这样不礼貌的态度向我说话？什么‘带来’不‘带来’的，倒好像是另有主使之人，叫这人把我‘带’到这儿，而不是奉了我爹爹的差遣。”想到此处，隐隐感到不妙，一阵寒意透上心头，想道：“莫非是我爹爹的仇家安排下的陷阱？但这个乌金指环却又怎能在他手上？莫非是我爹爹已经遇害了？但即使这乌金指环是他们抢来的，他们又怎地会知道这指环是我爹极宝贵的东西，因此可以拿来当作信物骗我？”

心念未已，那个似病夫的汉子已经带她踏上一道长廊，说道：“韩姑娘，令尊就在这间屋子里养伤。”长廊尽头有一间屋子，门头挂有一盏灯笼，因为不见外面的天光，一盏灯笼发出的光源仍是十分黯淡。

韩珮瑛一咬银牙，心里想道：“既然来到这里，就看它一个明白。”当下叫了一声“爹！”那人道：“你爹恐怕正在睡觉，轻声点儿。”

角落有一个带着毛毡帽的人忽地长身而起，韩珮瑛事先没有留意，倒是吓了一跳。那人道：“大师哥，请你开门让他们父女相会。”韩珮瑛心中不禁又是一动，暗自思忖：“我爹在这里养伤，为什么他们要反锁房门，倒好像是把我爹爹当作囚犯看待！”

心念未已，房门已经打开，那个戴毛毡帽的人回过头来，说道：“请吧！”

黯淡的灯光之下，韩珮瑛这才看清楚了这人的庐山真貌。这霎那间，韩珮瑛的这一惊当真是非同小可，原来这个人不是别人，正是以前在禹城的“仪醪楼”上，她和宫锦云曾经碰上的那个濮阳坚！那日濮阳坚用“化血刀”伤了黄河五大帮会的几个首脑，她和宫锦云还曾经与他交过手的。

韩珮瑛惊得跳了起来，喝道："好贼子，敢来骗我!"一指向濮阳坚戳去，濮阳坚反手抓她手腕，后面那个汉子在她背后一推，登时把她推进了这间牢房。

韩珮瑛跌跌撞撞的冲入牢房，黑漆中视而不见，几乎踏着一个人，幸而及时发觉，韩珮瑛大吃一惊，连忙按着墙壁，这才稳住了身形。

只听得"喀嚓"一声，牢门已经下锁，濮阳坚在外面骂道："好一个不知死活的野丫头，到了这儿，居然还敢与我动手，哼，若不是师父有命，我不毙了你才怪!"原来濮阳坚在刚才抓韩珮瑛之时，胸口的"气愈穴"也给韩珮瑛点个正着，"气愈穴"是内息运转的枢纽，虽然得他师弟立即给他解穴，也是痛得难受。

韩珮瑛无暇理会濮阳坚的咒骂，弯下腰看躺在地上的那个人，她是自小练过暗器功夫的，目力异于常人，此时已渐渐习惯了黑暗，隐约看得见这个人的形态了。

这霎那间，韩珮瑛不由得心头一震，吓得险些晕了过去，原来这个人果然就是她的爹爹。要知她虽然早已料到父亲受伤，但突然发现他僵卧在地上，不知是死是活，她焉得不惊?

韩珮瑛叫道："爹爹!"伸出手去，手指已是不由自己的颤抖，使不出气力来。韩大维握着她的手，慢慢地站了起来，说道："是瑛儿么?"声音虽然微弱，但也听得清清楚楚。

韩珮瑛这才稍稍宽心，原来她发觉韩大维虽是受伤，却还没有她想象的那样严重。韩大维抓着她的手站起来，她其实并没有怎样使劲，是韩大维使用上乘武学中的"借力"之诀，自己站起来的。

韩珮瑛抱着父亲，又是欢喜，又是伤心。欢喜的是终于见着了自己至亲至爱的人，伤心的是她爹爹绝世武功，竟然弄成这个样子。虽然伤得不如她想象的那样奄奄一息，但父女俩同被关在黑牢，恐怕也是插翅难飞。韩珮瑛宛如置身噩梦之中，一时间不知说些什么话来安慰父亲才好，不由得泪如雨下。

只听得将她带来的那个人在外面哈哈笑道："韩姑娘，我说过可以让你们父女会面，这可不是骗你的吧?你放心，我们不会害你们父女的。你们骨肉团圆，应该高兴才对。不必哭哭啼啼了。”说罢，又对濮阳坚道：“师父吩咐，可不许虐待这个丫头。大师哥，我先去禀告师父了。”濮阳坚“哼”了一声，说道：“我知道，你当我只是一个莽夫吗？你去吧。”那人赔笑道：“我只是怕大师哥的脾气一时按捺不下，既然师哥明白，那我就去了。”

韩珮瑛尚未开口安慰父亲，倒是韩大维先出声安慰她了。韩大维在她耳边低声说道：“瑛儿，在敌人面前，可不许哭！”韩珮瑛道：“是！”收起眼泪。韩大维道：“瑛儿，你没受伤吧？”韩珮瑛道：“没有。爹，但，你、你怎么啦？”韩大维苦笑道：“你来了，我就不会死了。”

韩珮瑛问父亲怎么样，意思当然是问他伤得如何，听了韩大维的回答，答非所问，不觉有点奇怪，心想：“爹爹为何不告诉我伤得如何，却说我来了他就不会死，这是什么意思？”

韩大维道：“瑛儿，你回过家了？”韩珮瑛道：“是，孩儿是昨天回到家的。一回到家中就碰到了朱九穆这老魔头。”

韩大维吃了一惊，连忙问道：“你不是一个人回家的吧，啸风呢？”心中惴惴不安，生怕他的爱婿遭了朱九穆的毒手。

韩珮瑛道：“啸风帮助孩儿打跑了朱九穆，他现在已到洛阳的丐帮分舵去了。啸风走后，孩儿才给那个人用爹爹的乌金指环骗来此地。”

韩大维松了口气，说道：“啸风真是个有情有义的汉子，不枉我将你终身托付与他。在这兵荒马乱的年头，他刚刚与你成婚，就愿意陪你回家省亲。唉，我让你到扬州完婚，本来是想你远走避祸的，谁知你们竟是这样的惦记着我，又回来了。但这是你们的一点孝心，我也不能怪责你们。”

韩大维只道他们夫妻一同来省亲，为的是怕蒙古鞑子打来，自己行动不便，故而他们夫妻要来把自己接出危城，哪里知道谷啸风和他女儿却是分道而来，而且谷啸风的来意，还是要找他退婚的。

韩珮瑛羞得满面通红，心中感到耻辱，又是感到难过。幸亏这牢房里一片漆黑，韩大维看不见他女儿的神态。

韩珮瑛怕父亲伤心，对病体更是不利，因此她只好把满肚子的委屈咽了下去，不敢向她父亲诉说。当下又再问道："爹爹，伤你的那个人是谁？你伤得到底怎么样？"

韩大维道："我是受了一个老魔头的'化血刀'之伤，哼，若非我行动不便，体中的寒毒未曾消除，这'化血刀'虽然厉害，也未必就能伤得了我！"

韩珮瑛大惊道："化血刀？呀，受了化血刀之伤，这可是非同小可的呀！"

韩大维笑道："你不必担心。不错，化血刀的确厉害，但除非我自己不想活，否则只用化血刀伤了我，可还不能取了我的性命。"忽地觉得有点奇怪，于是接着问道："瑛儿，你怎么知道有化血刀这种毒功的？"

韩珮瑛道："爹爹，用化血刀伤你的那个魔头，是不是名叫西门牧野？"

韩大维更是诧异，说道："不错，你怎么也知道这个老魔头？"

韩珮瑛道："在外面看守的那个人名叫濮阳坚，正是西门牧野的弟子，孩儿这次回家路过禹城之时，恰好碰上他用化血刀伤了黄河五大帮会的几个首脑。"

他们在牢房里低声说话，隔着厚厚一重石壁，声音本来很难传到外面。但濮阳坚却不知是否听到了他们的说话，在外面自言自语大声说道："暂时我不动你这臭丫头，但你终须逃不脱我的手心。哼，还有公孙璞这小子几时一并捉来，方能消我心头之恨！"

韩大维厉声喝道："你敢对我女儿出言不逊，我一出去就先杀了你。你莫以为我受了伤，杀你这等草包，韩某不费吹灰之力！"说罢一弹石壁，外面倚着石门偷听的濮阳坚，竟给震得耳鼓嗡嗡作响。濮阳坚吃了一惊，吓得果然噤不敢声，心里想道："这老儿受了我师父的化血刀之伤，居然还有如此深厚的内功，倒是不可小觑。师父会不会放他，我实在难以猜测，还是不要惹他恼怒为妙。"

韩大维慑服了濮阳坚之后，低声再问女儿道："公孙璞是谁？"韩珮瑛道："是孩儿在禹城碰上的一个少年，据说是公孙奇的儿子。濮阳坚这厮曾在他的手下吃了大亏。"

韩大维道："公孙奇是二十年前武林中最心狠手辣的大魔头，

江湖上人心难测，这公孙璞既然是公孙奇的儿子，你们夫妻，还是以少和他来往为宜。”韩大维只道女儿是与谷啸风一起碰上公孙璞的。韩珮瑛不想父亲知道详情，含糊应了一个“是”字。心里却在想道：“那位宫姑娘不知怎么样了，她去找公孙璞，也不知找着了没有。公孙璞有破解化血刀的功夫，倘若是他来到，说不定可以和西门牧野这老魔头斗上一斗。”

韩大维道：“西门牧野的来历是公孙璞告诉你的吧？”

韩珮瑛道：“不错。因此孩儿颇为觉得有点奇怪。”韩大维道：“奇怪什么？”韩珮瑛道：“听说西门牧野这老魔头是住在关外的，在禹城之外，濮阳坚收服了黄河五大帮会，也曾透露口风，说是替他师父在中原扬威立万。推测他这口气，他的师父当时还是在关外的。却何以突然到了此地？这里是什么地方？看来这幢堡垒是早就有了的，但咱们却不知道。难道这是西门牧野的别墅么？还是另有主人和他勾结的呢？”

韩大维道：“不错，这幢堡垒是早就有了的，我也早已知道。但我不许他们告诉你。”

韩珮瑛诧道：“为什么？”

韩大维叹口气道：“说来话长，暂时你还是不知道为宜。但西门牧野与这里的主人相识，倒是出乎我的意料之外。”

韩珮瑛大为奇怪，不解爹爹何以不肯让她知道。就在此时，忽听得似有声响，韩珮瑛抬头一看，只见有一篮东西从屋顶所开的天窗吊下来，平平稳稳地落在石几上，篮中盛满食物。

韩珮瑛把篮子里的食物拿出来，说道：“有酒有肉，倒是丰盛得很，就不知是否下了毒？”韩大维道：“这老魔头若要害咱们，无消使用如此伎俩。瑛儿，你肚子饿了，尽可放心来吃。”

韩珮瑛撕下一条鸡腿，说道：“你为什么不吃？”忽见亮光一闪，韩珮瑛抬头望去，只见有一张面孔贴在窗子上，鼓起一双白惨惨的眼珠正在盯着她。原来是这人打开了一面窗子，透进亮光。

这张脸孔冷森森的毫无表情，韩珮瑛骤吃一惊，不觉“啊呀”的一声叫了出来。那人说道：“小姑娘，别害怕。你爹说得对，我是不会暗中谋害你们的。你劝你爹吃点东西吧。”韩珮瑛听了这话，始知这人是西门牧野。

韩大维怒道："你这老怪物把我女儿骗来，打算怎么样？你以为我就会降服你吗？"

西门牧野笑道："韩大维，我让你们父女相会，你还不感谢我？嘿，嘿，你的女儿在你身边，你总舍不得就死了吧？还是先吃饱了再说吧！你还有一个老朋友也来了呢，你吃饱了，咱们大家商量商量。"

西门牧野的脸孔在窗口移开，接着是朱九穆的脸孔出现。韩大维"哼"了一声道："大不了是个死，你们二人联手，韩某又有何惧？"

朱九穆冷冷说道："韩大维，我本来要找你算账的，谁知你是如此不济事，未等得及我来，你已先着了西门兄的化血刀了。西门兄不想你死，我看在西门兄的份上，这笔账也可以一笔勾消，就看你知不知趣了。"

韩大维道："好，多谢你们请客。"倒酒就喝，抓肉就吃，抹了抹嘴，说道："东西我是吃了，但你们倘若是想要什么手段，我韩某人可是软硬不吃！"

西门牧野冷笑道："我何须要什么手段？告诉你吧，我即使现在放你出去，正派中人也决不能容你韩大维了！"这一阵冷笑，笑得令人毛骨悚然。笑过之后，两张脸孔，同时消失。

韩珮瑛道："爹，原来你一直没有吃过东西吗？"

韩大维苦笑道："我这次遭人暗算，伤心已极，自觉了无生趣，不如死了还好。但想不到你也来了，倒叫我不能死了。"

韩珮瑛这才懂得她刚进牢房之时父亲说的那两句话："你来了，我就不会死了。"原来是这个意思。韩珮瑛道："不错，留得青山在，不怕没柴烧。爹，以你的绝世武功，只要你不是自萌死志，说不定还有绝处逢生的机会。"韩大维把瓶中余酒一吸而尽，发出长叹。正是：

龙游浅水遭虾戏，虎落平阳被犬欺。

欲知后事如何，请听下回分解。

第十八回　香闺帐底偷窥秘
名画尘污见隐情

韩珮瑛觉得有点奇怪，说道："西门牧野想称霸武林，他容不得爹爹，这是意想中事。爹爹何必因为遭了他的暗算，而至如此伤心？"韩大维道："我不是因为他。"韩珮瑛心念一动，说道："爹，你和这里的主人本来是朋友的，是吗？"韩大维面色微变，点了点头，半晌说道："不错，很久很久以前，曾经与他交过朋友。"韩珮瑛道："后来闹翻了？"韩大维默然不语，韩珮瑛心里想道："爹爹平生最重友道，他和这里的主人闹翻，其中想必定有一桩伤心之事，不愿我再提起。"

韩大维道："我最伤心的还是因为连累了你，我受的修罗阴煞功伤还未愈，如今又再受了化血刀之伤，要想保护你平安出去，恐怕是很难做得到的了。不过，你也说得对，未到绝处，咱们还是活下去的好，说不定可以绝处逢生。"韩珮瑛喜道："爹，你能够这样想，那我就放心了。"

韩大维道："瑛儿你刚才说啸风到丐帮分舵去了，是他自己去的，还是刘赶驴到了咱家，探听我的消息碰上他邀他去的？"

韩珮瑛道："爹爹猜得不错，是刘舵主邀他去的，不但刘舵主到了咱家，丐帮的陆帮主也来了。"韩大维道："哦，陆昆仑这老儿也来了。哼，哼，他们倒是很看重我啦！"语气中颇似带有几分愤慨。韩珮瑛好生诧异，心想："怎的爹爹好像不欢迎他们前来探问？"

韩珮瑛道："爹，我要告诉你一桩事情，这桩事情或许是女儿做错了，请爹爹原谅。”韩大维道：“什么事情？你说吧，我不会怪你的。”

韩珮瑛道：“我把你的宝藏，都交给了陆帮主，请他代你送给义军了。”

韩大维皱了皱眉头，说道：“你是用我的名义送出去的？”

韩珮瑛诧道：“这不是咱家的宝藏吗？”心里想道：“若不是这次检阅家中财物，我也不知道爹爹如此有钱，难道这当真不是他的？”

心念未已，只听得韩大维果然说道：“瑛儿，你错了。家中的金银财宝十之八九都是人家寄存的。”

韩珮瑛惊道：“那可就真是糟了，咱们怎赔得起？但却不知这个寄存的人是谁？”

韩大维道：“是我的一个好朋友，他寄存这批宝藏其实也不是他的，他是要用来办一桩大事的。”正在考虑告不告诉女儿，他这朋友是谁，忽地瞿然一惊，连忙悄声说道：“瑛儿，你听听，外面又好似有人来了？”韩珮瑛靠着石壁，凝神细听，果然听得似有脚步声走近，但不过片刻，这个人又走了。韩珮瑛轻声说道：“是有人偷听，爹，你若有什么秘密不能让外人知道的还是不说的好。这人轻功甚高，我猜不是西门牧野，就是朱九穆。”

韩大维哈哈一笑，提高了声音说道：“瑛儿，你做得对。这批宝藏虽然不是咱们的，但你送给了义军，让他们有了充足的军饷好打蒙古鞑子，这却正合咱们那位大恩公的心意！”

韩珮瑛知道父亲这话是说来给西门牧野听的，心里想道：“这一下可把那老怪气昏了，不过，这话倘若是真的那就更好。”

韩大维听得西门牧野的脚步声已经去得远了这才低声说道：“瑛儿，你不必自疚，爹说这话也并非骗你欢喜的。”韩珮瑛大喜道：“那人当真是意欲如此？”韩大维道：“他是想留给另一帮人，却也正是殊途同归，所以我想他是不会怪责咱们的。”言下之意，当然是说那人愿意用来打蒙古鞑子的了。

韩珮瑛知道隔墙有耳，爹爹当然是不便详细说出其中秘密的，但却忍不住心里的好奇，于是在父亲的掌心用手指写字：“这人是谁?”韩大维在她掌心写了三个字:“上官复。”韩珮瑛道:“哦,原来是他。爹爹,为什么他对你这样好?”韩大维叹了口气,说道:“因为只有我知道他的为人。瑛儿,你倘若能够脱险,出去之后,可不许和别人说起他是我的朋友。”韩珮瑛道:“孩儿懂得。”但其实她是并不懂的,她只知道爹爹是不愿意泄漏这宝藏的秘密而已。

说起了上官复,韩珮瑛不由得连带想到上官复送给她父亲的那枚乌金戒指。说道:“爹爹,他们何以知道那枚戒指的来历?”韩大维道:“不,他们并不知道是谁所送。不过,西门牧野知道镶在戒指上那颗天心石的功用。”韩珮瑛道:“爹,你失了这枚戒指,是不是有点不便?”韩大维道:“我的半身不遂之症已经好了七八分,反正这枚戒指也不能根治我的体中寒毒,失了它并无大碍。”

韩珮瑛想起一事,说道:“爹,西门牧野既然杀了咱们的家人,何以他不取那批宝藏?”韩大维笑道:“你爹爹不会轻易给他打伤的,他用化血刀伤我之时,也曾给我打了一掌。”韩珮瑛道:“哦,原来他也受了重伤?”韩大维道:“当时还有另外一人在场,这人虽然希望我给西门牧野所擒,但多少还是有点维护我的。此人之志并不在于宝藏,故此在我受伤之后,他就立即迫着西门牧野将我抬回此地。西门牧野受了内伤,想来他恐怕丐帮的人来到,是以不敢在咱们家里久留,再给那人一迫,他唯有放弃发掘宝藏之念,乖乖听命了。”韩珮瑛心想:“爹爹说的这人,一定是这堡垒的主人了。这人能够迫使西门老魔听命,武功定必也是很高。唉,现在只有盼望宫锦云与公孙璞会来找我了。”

韩珮瑛哪里知道,宫锦云与公孙璞此时已经到了她家。

且说宫锦云那晚偷了奚玉瑾的“九天琼花回阳酒”,便即日夜兼程,一心想要赶到洛阳与她的“韩大哥”相会。压根儿就不知道她心目中这位潇洒风流的“韩大哥”却正是和她一样的女子。

公孙璞本来不满意宫锦云的所为,觉得宫锦云暗地里偷人家的东西很是不对。但后来宫锦云告诉了他这“九天琼花回阳酒”的功用之后,他心里一想救人要紧,也就乐意与宫锦云同行了。

公孙璞曾经听得他的师父江南大侠耿照谈过韩大维,知道韩大维是位武林隐士，武功极高，但却不知道韩大维只有一个女儿，他也如宫锦云一样，只知道韩珮瑛是个男子。那日他在“仪醪楼”与韩珮瑛一会，对韩珮瑛的印象，觉得“他”不愧是个侠义之士，因此在知道朱九穆要找韩珮瑛的晦气之后，也就觉得是义不容辞，应当去帮韩珮瑛这个忙了。

两人一路同行，宫锦云的一缕情丝虽然仍是紧紧的系在韩珮瑛身上，觉得若是拿公孙璞与她的“韩大哥”相比，公孙璞远远不及“韩大哥”的潇洒风流、知情识趣；但在另一方面，也渐渐的不知不觉的为公孙璞的纯朴性格所吸引，觉得他也并不怎么讨厌了。

这日他们到了韩家所在的那个山村，宫锦云不禁感到有些内愧，说道：“公孙大哥，我有一件事情瞒着你，很是惭愧。”公孙璞怔了一怔，道：“什么事?”

宫锦云面上一红，说道：“我多谢你陪伴我到这里来，本是应该对你说实话的，但这件事、这件事我却不知如何开口——”公孙璞莫名其妙，好生诧异：“怎的这位宫兄突然间变得忸忸怩怩，似个女子了?”

宫锦云讷讷说道：“我邀你来找韩大哥乃是出于私心，想得你的一路保护的。我很喜欢韩大哥，——”公孙璞不觉失笑，说道：“原来是这样吗? 我也很喜欢韩大哥呀。他是你的朋友，同样也是我的朋友呀。你不邀我，我也会来的。”

宫锦云说不下去，心想：“且待见了韩大哥，再和他说话吧。呀，他怎知道我是他的未婚妻子，而我却喜欢了别人。”

不料一到韩家，却见到了一片瓦砾场，瓦砾场中只有几个土馒头，活人却是一个不见。

宫锦云大吃一惊，心道：“难道韩大哥已经遭了那老魔头的毒手?”两人放声大叫：“韩大哥，韩大哥!”

忽听得一个阴恻恻的声音说道：“你们找谁?”宫锦云回头一看，只见一个老婆婆已经出现在她的面前。

这老婆婆一身绫罗绸缎，脸上堆满笑容，倒是颇有雍容华贵的气象。但她说话的那种阴恻恻的声音，不知怎的，却又是令人心里发毛。

公孙璞吃了一惊，心里想道："哪里钻出来的这个老婆婆，恁地了得！"要知道老婆婆的衣裳上并无半点泥污，显然不是匿伏瓦砾场中的了。她从外面进来，公孙璞练过"听风辨器"的功夫，事先竟然没有发觉，则其本领自是可想而知。

宫锦云道："我找韩英韩大哥。你老人家可是韩伯母吗？"

那老婆婆"哼"了一声，说道："韩大维的妻子早已死了，这儿哪里来的什么韩伯母？"

宫锦云道："对不住，晚辈胡乱称呼，多有失礼了。那么请问姥姥是韩家的什么人？"

那老婆婆道："你又是韩家的什么人？"

宫锦云道："我与韩英是结义弟兄。"

那老婆婆道："韩英又是谁？韩大维的家人中可并没有韩英这个人。"

宫锦云道："韩英就是韩大维的儿子，并非他的仆人。"心想："这老婆婆好似很熟悉韩家，何以竟不知道韩大哥的名字，倒是奇怪。"

那老婆婆怔了一怔，随即恍然大悟，心道："原来他说的是韩珮瑛这小妮子，敢情这小妮子是在外面乔装男子，把这两个小子骗过了。"

老婆婆也不说穿，却道："哦，原来你说的是韩家的少主人，你找他干吗？"

宫锦云道："我知道韩大哥有个仇家，我是想来帮忙他的。"

老婆婆道："你知道他有什么仇家？"

宫锦云道："我知道是朱九穆这老魔头。我正想请问姥姥，韩家是不是给这老魔头毁了的？"

老婆婆道："你先告诉我，你拿的这个坛子内里是什么东西？"

宫锦云道："是一坛酒。"

老婆婆道："你为什么老远的把一坛酒带来，是什么名贵的酒么？"

公孙璞想要阻止宫锦云泄露秘密，宫锦云已经说了："这是一坛九天琼花回阳酒，可以医治寒毒的。”原来宫锦云以为这老婆婆定是和韩家大有关系的人，又因为公孙璞在她身边，她想即使自己猜错了，这老婆婆是韩家的敌人那也不怕，故此坦直的就说了出来。

老婆婆道：“哦，原来你是打算送给你的韩大哥的，你怕他受了朱九穆的修罗阴煞功之伤？”宫锦云道：“不错。”

那老婆婆忽地哈哈一笑，说道：“你不必去找他了，你就交给我吧！”

笑声中身形一晃，这老婆婆已是到了宫锦云的身边。宫锦云大吃一惊，叫道：“你干什么？”话犹未了，只觉劲风飒然，虎口一痛，酒坛已给那老婆婆擘手夺去！

宫锦云焉能给她轻易夺去？左臂一圈，掌锋斜掠，如抓如戳，如劈如削，霎那之间，变了四式掌法，只听得“嗤”的一声，老婆婆的衣袖给她撕了一小片，但宫锦云给她衣袖一拂，却是不由自己的接连退出了六七步，方能稳得住身形。

那老婆婆“哼”了一声道：“原来你是黑风岛宫岛主的女儿，可惜你的七煞掌练得还未到家！”原来这老婆婆的眼光锐利之极，在欺身抢夺酒坛的这一瞬间，她不但看出了宫锦云的家数来历，而且看出了她是女扮男装了！

这霎那间，公孙璞也是惊诧无比，原来他与宫锦云一路同行，始终不知她是一个女子，心想：“这老婆婆说宫贤弟的来历倒是说得不错，但宫贤弟难道当真竟是女子么？”

公孙璞惊诧的还不止此，他和宫锦云距离得这样近，竟然无法阻止这老婆婆抢夺宫锦云的酒坛，这老婆婆出手如电，公孙璞刚一发觉，酒坛已是易手。

公孙璞大吃一惊，心里想道：“这老婆婆的本领，只怕最少也不在朱九穆那老魔头之下！”

本来以公孙璞的本领，虽然因为事出意外，迫切之间不能阻止到老婆婆抢夺宫锦云的酒坛，但在宫锦云使出七煞掌和那老婆婆交手之时，他是可以上前去夺回来的，但因他一来未知对方底细，二来听了这老婆婆的话十分惊异，三来他又看出了这老婆婆并无伤害宫锦云之意，他是个比较谨慎的人，因此暂时止住不发。

宫锦云满面通红，但此际她也顾不得身份给这老婆婆揭穿了，连忙叫道："公孙大哥，你还不赶快帮我抢回来?"

公孙璞道："老前辈慢走，请把话说个明白!"

那老婆婆冷冷说道："我为什么要听你这小伙子的话?"口中说话，手中提着那个坛子，已是越过短墙。

公孙璞早有准备，抢先一步身形斜掠，恰好拦在她的前头，合掌一揖，说道："请老前辈留步，凡事抬不过一个礼字，有话好说!"

公孙璞这一揖用的乃是耿照所教的"大衍八式"，这"大衍八式"乃是昔年一代武学大师桑见田所创的独门功夫，与桑家的两大毒功并称的，掌力中柔中带刚，厉害无比。

公孙璞像个乡下少年，这老婆婆哪里将他放在心上？不料一股大力突然似潜流涌至，这老婆婆虽不至于受伤，但在这一刹那，胸口也好似给重物突然一压似的，呼吸不舒，不由得停了脚步。

老婆婆"咦"了一声，说道："你是谁?"心想："这小子貌不惊人，本领可真是不错。"

公孙璞道："我们都是韩大哥的朋友，想要和他见上一面。我们并非不敢相信婆婆，但既然是反正要见他的，这坛酒还是由我们亲自交给他吧。婆婆若是知道他的所在，便请赐告，却不敢有劳婆婆了。"

公孙璞这番言语说得可算十分客气，不料老婆婆却道："我为什么要告诉你？哼，你的本领虽然不错，想要拦阻我，谅你不能!"

宫锦云赶了到来，同时叫道："你是什么人，你也得给我们说个明白!"

这老婆婆说到"不能"二字，身形已是倏地向公孙璞撞去，公孙璞重施故技，合掌一揖，叫道："老前辈留步!"

就在公孙璞施展大衍八式之时，宫锦云亦已拔剑出鞘，刷的一剑指到了这老婆婆的后心，喝道："我本来敬你是位前辈，但你不讲理，我也只好不客气了!"

两人前后夹攻，眼看这老婆婆无法可避。不料她双掌拍出，一掌向前，一掌向后，公孙璞蓦然间觉得有两股力道，左右齐来，互相牵引，顿然间好像身处在一个极为湍急的旋涡中心，不由自己的给推得转了一圈，说时迟，那时快，那老婆婆已是呼的一声从他身旁窜过。

宫锦云这一剑险些刺在公孙璞的身上，连忙收手叫道："公孙大哥，你怎么啦？"公孙璞见她居然没有跌倒，大为诧异，说道："没什么。你没受伤吗？"宫锦云道："没有。咱们快追！"

原来这老婆婆能用双掌发出不同的两股力道，右掌的力道刚猛，左掌的力道阴柔，她以阴柔的力道将宫锦云的力道牵引过来，加上她右掌刚猛的力道一同对付公孙璞，故而公孙璞给推得团团乱转，但宫锦云却只是身向前倾，除此之外，就没有受到影响了。

两人跟踪急追，追上了山，公孙璞见这老婆婆提着一坛酒，在山路上行走，居然还是纵跃如飞，心里好生佩服，想着："若在平地，那是一定追她不上了。"

宫锦云别的功夫不及公孙璞，轻功却不在公孙璞之下，两人并肩追赶，那老婆婆毕竟是因为手挽重物，跑了一程，终于给他们二人追上。

老婆婆"哼"了一声，斥道："不知死活的小辈！"一个转身，重施故技，双掌拍出。这次公孙璞已经有了准备，运用明明大师所教的须弥掌法，改用阴柔之力，随势屈伸，消解了老婆婆刚柔兼济的牵引之力。

这次他们不过受阻片刻，迅即又追上来。老婆婆心里想道："这小子难缠得紧，他和宫昭文的女儿联手，虽然也未必就能胜得了我，但我想保全这坛九天琼花回阳酒，却是难了。"

此时他们二人与那老婆婆之间还有十余步的距离，宫锦云心急，抢在前面，公孙璞反而稍稍落后。老婆婆眉头一皱，计上心来，忽地一个倒纵，反手一指，方位算得准确之极，恰恰点着了宫锦云胁下的气愈穴，宫锦云"啊呀"一声，"扑通"倒地。

老婆婆行动有如鬼魅，头也不回，反手一点，点着了宫锦云的穴道，立即又将倒纵之势改为前奔，当真是收发随心，轻功高明已极！

公孙璞大吃一惊，连忙把宫锦云扶起来。他知道宫锦云是给点了穴道。只好在她身上试探。

宫锦云女子的身份已给那老婆婆揭破，此时倒在公孙璞的怀中，不由得羞得满面通红，低声说道："是气愈穴。"

公孙璞替她解了穴道，问道："没受伤吧？"只怕那老婆婆除了点穴，还下了毒手，自己看不出来。

宫锦云轻轻的推开了公孙璞，面红直透耳根，说道："别多问了，快去追那老婆婆，咱们打不过她，至少也该知道她的下落。"原来那老婆婆对宫锦云的父亲多少也有几分顾忌，是以不敢伤她。

公孙璞道："但你，你一个人——"要知宫锦云虽然并没受伤，但穴道初解，气血未舒，倘若立即运用轻功，对身体甚为有害，因此公孙璞有点放心不下。

宫锦云道："我在韩大哥家中等你。你不用担心我，我没受伤，一个人也不见得就有人能够将我吃了。"

公孙璞知道宫锦云只须休息半个时辰，便可恢复如常。心想宫锦云的武功不弱，除非是碰到像那老婆婆的一流高手，她才对付不了，想来此处也不会有第二个这样的老婆婆了，于是说道："好，你在韩大哥家里暂且躲一躲，不要露面。我去去就来。"

宫锦云恼道："别啰唆了，快去吧！"神色虽似愠恼，心中却是暗暗感激公孙璞对她的关怀。

宫锦云回到韩家，看到瓦砾场中那几堆黄土，不由得心乱如麻，暗自想道："看来韩大哥是遇上仇家了，这里葬的这几个人不知是谁，但愿不要是韩大哥才好！"

宫锦云又再想道："公孙大哥如今已知我是女子，我要不要对他说明真相呢。唉，但这羞人答答的事情，却又怎生出口？"要知宫锦云乃是父亲指腹为婚将她许配与公孙璞的，但这件事情，公孙璞似乎还未知道。何况宫锦云的一缕情丝，又早已系在韩珮瑛身上，因此，自是更感到为难了。

宫锦云气血未舒，需要一个幽静的地方调匀气息。同时她又是心乱如麻，须得好好的想一想。

韩家被烧毁的只是几幢房子，其余的大部分房屋还保持完整，宫锦云想道："公孙大哥叫我躲起来不要露面，好，我就听他的话，找一间静室休息片时吧。他回来了，自然会出声找我的。"

宫锦云一面走一面想，不知不觉已是穿过藤蔓覆盖的回廊，深入韩家内院。忽见一间精雅的房间，纱窗半掩，一缕幽香从窗户中透出，宫锦云吃了一惊，心道："这似乎是炉中烧的沉香屑，难道这房间里有人?"

宫锦云步上白石台阶，但见台阶凿成朵朵莲花模样，那间房间的门栏窗户，也都雕有时新花式，不落富丽俗套。推开房门一看，房中布置，那就更是清雅绝俗了。两壁图书满架，墙上挂有字画。内里有张大床，珠帘半卷，床上有鹅绒被褥，折得整整齐齐，床前的梳妆台果然有一炉烧着的沉香屑，一面擦得十分明亮的古铜镜安放在梳妆台上。但却没有人。

这间房间分明是一位年轻小姐的绣房，宫锦云思疑不定，暗自想道："莫非这是韩大哥姐妹的房间？但他却从没有对我说过他有兄弟妹妹。这间房间倒是正合我用，不管它是谁的，我在这里歇息片时，料也无妨。"要知宫锦云是个爱美的少女，当然是喜欢这样的一座"香闺"。

挂在墙上的一幅中堂写得龙飞凤舞，吸引了宫锦云的注意，心想："这位韩小姐倒是个才女。"抬头细看，却原来写的是一首词。词道：

"长淮望断，关塞莽然平。征尘暗，霜风劲，悄边声。黯消凝，追想当年事，殆天数，非人力；洙泗上，弦歌地，亦膻腥。隔水毡乡，落日牛羊下，区脱纵横。看名王宵猎，骑火一川明。笳鼓悲鸣，遣人惊。　　念腰间箭，匣中剑，空埃蠹，竟何成！时易失，心徒壮，岁将零，渺神京，干羽方怀远，静烽燧，且休兵。冠盖使，纷驰骛，若为情。闻道中原遗老，常南望，翠葆霓旌。使行人到此，忠愤气填膺，有泪如倾。"

这是南宋词人张于湖的一首词，宫锦云一知半解，倒不觉得有什么特别。但后面的两行小字，她读了却是不由得更惊疑了。

那两行小字写的是："瑛女学词，无脂粉味，有须眉气，余心甚喜，因以于湖词一卷授之。六州歌头一阕为于湖词中压卷之作，并书以付之。愿其学步大家，并毋忘故国也。”

张于湖是南宋高宗绍兴年间的状元，他写这首词的时候，正是秦桧主和之际。故此词中充满悲愤之气，悲故土之沦亡，愤权臣之误国。宫锦云虽不精于诗词，词中大意则是懂的。

那两行小字就更容易懂了。这是父亲写给女儿的，父亲因为女儿学词，颇有须眉气概，他很欢喜，因此叫她学张于湖这一派的豪迈词风。写这首“六州歌头”给她，更含藏有叫她不忘故国的心意在内。

文字很容易懂，但令得宫锦云惊异的是“瑛女”二字。

宫锦云思疑不定，心里想道：“这位韩小姐的芳名中有个‘瑛’字，韩大哥名‘英’，这位小姐若是他的妹妹，何以兄妹的名字都取一个同音的字，妹妹的名字只多了一个‘玉’旁，叫起来岂不是很容易混乱？”

宫锦云起了疑心，但还不敢想到她所念念不忘的“韩大哥”竟是女子。

宫锦云眼光一瞥，忽又发现地上有一卷东西，似乎是个画轴，看得出有折皱的痕迹。还有一个浅浅的鞋印。宫锦云心里想道：“看来大约是这位韩小姐不高兴这幅画，将它掷在地上，又踏上一脚，才弄成这个样子。韩小姐为何这样讨厌这幅画呢？”

好奇心起，宫锦云不觉就把这画轴拾了起来，打开一看，只见画中是个丰神俊秀的男子，腰悬长剑，眉若朗星，看来这个男子也是个武林人物。宫锦云暗暗好笑，想道：“是了，这位韩小姐一定是私恋这个画中的美男子，这男子却不解她的芳心，是以她恨成这样。”

宫锦云哪里知道，原来这间房间就是韩珮瑛的绣房。

原来韩珮瑛在把宝藏交给刘赶驴之后，因为谷啸风未回来，她回到自己的房间，怀着念旧的心情看一看。这幅画是谷啸风的父亲谷若虚少年时候的画像，谷若虚赠给韩大维留念的。韩大维因为谷啸风相貌酷肖他的父亲，是以又将这幅画像送给女儿。韩珮瑛到扬州就婚之时，因为这幅画是她公公的画像，留给她父亲作纪念的，她自是不便带去。但韩大维也并没有取回自己的房中，仍让它在女儿的香闺悬挂。

韩珮瑛这次回来，见了这幅画像，想把它撕烂，但在她内心深处，对谷啸风虽有恨意，却也并非全无好感。是以终于没有撕烂，只是把它丢在地上。

这炉檀香也是韩珮瑛亲手点燃的。韩珮瑛等了许久，不见谷啸风回来，因此要借檀香消解自己心中的烦躁。

韩珮瑛当然料想不到以后所发生的一连串事情，她给西门牧野的弟子诱骗去会父亲，被关在石牢里；而对她患了单相思的宫锦云却来到了她的房间。

且说宫锦云在韩珮瑛的绣房见了种种可疑的事物，此时她也是极之心绪不宁，正像那刚才的韩珮瑛一样。

她面对着韩珮瑛父亲写的那首词幅，手中拿那张画像，心中不住在想："这位韩小姐是谁？是谁？为什么她的芳名有个'瑛'字，该不会是韩大哥的姐妹吧？这个画中的男子又是谁呢？"

袅袅的檀香并不能使她心头宁静，她也像韩珮瑛刚才等待谷啸风回来一样，在急着等待着公孙璞回来，希望公孙璞能为她揭开她的"韩大哥"的生死存亡之谜。

异样的寂静中，忽然好似听得是脚步声。这脚步声登时令得宫锦云清醒过来，不敢再胡思乱想了。

宫锦云听到这脚步声，初时一喜，跟着却是一惊。

起初她以为是公孙璞，但立即就知道不对了。因为如果是公孙璞回来的话，不会不出声叫她的。

脚步声突然静止，随即听得有好像翻箱倒笼的声音。不久，脚步声又响起来，而且是向着这一边，越来越近了。

宫锦云穴道解开尚未到半个时辰，功力未曾完全恢复，心里想道："如果来的是韩大哥的仇家，这可怎么是好？"要知她虽然是个胆大的女子，但想到韩大维这样的武学高手，竟然也会家破人亡，如果来的当真是韩家的对头，她贸然出去，只怕定然是凶多吉少。

忽听得那人自言自语道："奇怪，韩大维的宝藏在哪里，难道我得的消息竟然是假的么？"说话的声音，似乎是个上了年纪的人。

宫锦云心头一震，想道：“此人为了韩家的宝藏而来，即使不是韩大哥的仇家，一定也是不怀好意的了。”心念未已，脚步声已经来到门前，宫锦云无处躲藏，人急智生，身形一伏，钻进床底。这张大床上有珠帘，下有床幔，床幔覆地，若非揭开来看，决不会发现床底有人。

宫锦云刚刚躲好，只听得“乒”的一声，那人已经推开房门，走进房中，冷笑说道：“好雅致的房间，想必是韩珮瑛这丫头的香闺了。”宫锦云心道：“原来这位韩小姐名叫韩珮瑛。”她偷偷从床幔的缝隙看出去，只见那人的脚步向梳妆台移动，拿起了那卷画轴。

只见这人打开画轴，“哼”了一声，冷笑说道：“这臭丫头好不要脸，想郎想得疯了。人家不要她，她居然还有这样厚的脸皮，画了人家的图像躲在闺房里偷看！”跟着又自言自语道：“幸亏她没有做成我的外甥媳妇！”只听得“卜”的一声，这人又把画轴掷在地上。

原来这个人正是谷啸风的舅父任天吾。宫锦云躲在床底下偷听，不禁暗暗为这位韩小姐难过，心里又觉得有点奇怪，想道：“这老家伙似乎是韩家的亲戚，即使亲事不成，也该有点戚谊才对，为何他要这样臭骂人家的闺女，又要来偷人家的宝藏呢？哼，这老家伙也不是好东西！”

任天吾心想：“韩大维大约不会把珍宝藏在女儿的房里，不过也是搜一搜的好！”韩珮瑛的房间里四壁都是书架，堆满图书，除了书架之外，只有两个箱子，是厚实的樟木做的箱子，有大铁锁锁着。任天吾心想韩大维的珍宝为数甚多，决不能夹在书中，如果是藏在这间房中的话，那就一定是在箱子里了，他无暇去弄开铁锁，当下施展绵掌击石如粉的掌力，把两个樟木箱子劈开。

宫锦云躲在床底，看不清楚他的动作，但听得“噼啪”两声，跟着便看见书画散满一地。宫锦云虽然看不见他的动作，亦知他是用掌力劈开了箱子，吃了一惊，想道：“幸亏我没有给他发现。但这两个箱子里装的原来不是珠宝，这老家伙倒是要失望了。”

心念未已，果然听得任天吾咒骂道：“又是字画，哼，这臭丫头不好好练武，倒想做女状元呀！”

任天吾未肯放手，跟着揭开帐子，翻开床上的被褥，宫锦云躲在床底，看见他的脚尖已差不多碰到自己的鼻子，吓得慌忙将身子向里面缩，心里想道：“糟糕，等下他若是来搜床底，这却如何是好？难道束手待毙吗？”正想先发制人，用暗器偷偷插入他的腿弯，就在此时，忽听得有人叫道：“韩小姐，韩小姐！”

任天吾吃了一惊，连忙把帐子放下，正要出去，那个人已经来到，房门是早已打开了的，那人见了任天吾，也是吃了一惊，失声叫道：“舅舅，你也来了！”原来是谷啸风匆匆赶了回来，没见着韩珮瑛在外面等他，只好进来寻找，刚好听见这房间里任天吾劈破箱子的声音。

任天吾道：“我放心不下你，怕你吃了韩大维的亏。”谷啸风道：“多谢舅舅。我根本没见着韩伯伯，倒是韩伯伯似乎受了仇家之害了。舅舅，你发现了什么，这是怎么一回事？”不解舅父何以会在韩珮瑛的房间，房间里又是这样的一片狼藉。正是：

道貌岸然伪君子，心怀不轨入香闺。

欲知后事如何，请听下回分解。

第十九回　非为旧情怜弱女
回思往事起疑云

任天吾凛然道："韩大维与上官复往来已非一日，定有图谋，我要找他私通蒙古的证据。"

谷啸风道："哦，原来舅舅以为韩伯伯可能有什么密件藏在家中，找了出来，才好邀集武林同道，鸣鼓而攻之么？"

任天吾道："正是如此。"宫锦云躲在床底，听至此处，不由得心里暗骂："这老家伙好不要脸，身为舅父，居然对着外甥的面撒谎。分明是想偷人家的东西，反而诬赖人家是奸细。"

任天吾顿了一顿，又道："啸风，难道你不相信我的说话，怎么还叫他做韩伯伯？"

谷啸风道："你找着了什么密件没有？"

往天吾道："没有。你帮我搜搜看，可能是夹在哪一本书中。"

谷啸风淡淡说道："不用搜了。"任天吾道："为什么？"谷啸风道："密件你没找着，我却找到了。"

任天吾大喜道："密件上说些什么，快快拿给我看？"

谷啸风道："是用蒙古文字写的半张信笺，但如今却不在甥儿身上。"

任天吾道："谁拿去了？"

谷啸风道："我倒想先问一问舅舅，韩大维如今已给仇人害得家破人亡，他本身亦是生死未卜，只怕多半是凶多吉少了。你找到了密件，又将如何？"

任天吾道："你别上韩大维的当，这一定是他故弄玄虚，打死几个仆人，烧掉两间房子，好叫你们相信他是给仇家所害，不提防他的。”

谷啸风道：“原来舅舅也是这样想法，和丐帮的陆帮主倒是不谋而合。”

任天吾道：“哦，陆昆仑也到过这里了么?”谷啸风道：“正是，密件我已交给他了。”

任天吾心里暗暗得意，说道：“既然是铁证如山，那你还有什么可以怀疑的?但听你的口气，你的想法似乎和我并不一样。”

谷啸风道：“不错，你的想法，我确实是不敢苟同。”

任天吾变了面色，冷笑道：“那么，倒要听听你的高见了。”

谷啸风道：“甥儿并无高见，只是发现了新的证据。”任天吾道：“什么证据?”谷啸风道：“韩家的家人是给毒掌打死的，据甥儿所知，韩伯伯可没有练过毒掌。”

任天吾呆了一呆，说道：“但焉知不是韩大维串通了会使毒掌的人，布此疑阵?啸风，我看你恐怕是对韩家的丫头余情未断吧?”言下之意，当然是指谷啸风为了韩珮瑛的缘故，才千方百计的为她父亲辩护了。

谷啸风冷冷说道：“舅舅，我看你是对韩家父女成见太深吧?”

任天吾变了面色，说道：“然则你发现的那半张蒙文密信，又当如何解释?”

谷啸风道：“甥儿的看法刚好和舅舅相反，甥儿以为这是别人故布的疑阵，陷害韩伯伯的。”

任天吾冷笑道：“你既然是这样想法，那么你就大可以心安理得的和韩家小姐成婚了啦，用不着再退婚了。”

谷啸风道：“我相信韩伯伯不是奸细，和我要找韩伯伯退婚，这是两回事。”

任天吾又冷笑道：“韩大维是好人，韩小姐又是才貌双全，那你为何还要退婚?”

谷啸风心中着恼，淡淡说道：“这是甥儿的事情，不劳舅舅操心，不过为了免得舅舅说我偏袒韩家父女，我倒想告诉舅舅一桩事情。”任天吾道：“什么事情?”

谷啸风道："我们在韩家还发现了另外一些东西。"任天吾神色紧张，忍不着再问："什么东西？"谷啸风慢条斯理的缓缓说道："那是一批价值难以估计的宝藏，韩小姐把它都献给义军了。"

任天吾抹了抹汗，说道："韩小姐呢？"

谷啸风道："她本来说好在这里等我的，我也不知她到哪里去了。"

任天吾道："哦，原来她不是押解这批宝藏去找义军？"

谷啸风道："她是托陆帮主代为送去的。陆昆仑现在洛阳的丐帮分舵，舅舅若是不信，可以去问一问他。反正你和分舵的刘舵主是好朋友，和陆帮主也是多年的相识。"又道："舅舅，你要去就得快去，否则他们明天就要动身了。"

任天吾心想："陆昆仑一定要找人帮他押运这批宝藏。"于是说道："宝藏的事情还在其次，韩大维是不是奸细，这事情可就大了，我倒要去找陆昆仑问明真相。你也去吗？"

谷啸风道："请恕甥儿少陪。"任天吾冷冷说道："好，那你就留在这里等你的韩小姐吧。"

任天吾走后，谷啸风不禁苦笑道："怪不得妈与他吵翻。这位舅舅自以为是正人君子，谁拂逆他的意思，他就以为谁是坏人。"

谷啸风看了看地上散得乱七八糟的字画，吃了一惊，说道："咦，这是韩干画的马，这是米芾写的狂草。这些可都是名家的字画呀！舅舅只顾胡翻乱搜，一点也不知道爱惜。"于是他把地上的图书字画收拾起来，眼光一瞥，看见了那张画像。谷啸风不禁又是大感惊奇，说道："奇怪，韩小姐怎的会藏有我的画像？"

当谷啸风弯腰收拾字画的时候，躲在床底下的宫锦云看见了他的面貌，心里也在想道："原来画中人是他！"

宫锦云在床底下躲得久了，憋得十分难受，暗自寻思："此人虽然是对韩小姐负心，但对韩家却似甚有好感，我若出去见他，说明我与韩大哥的交情，想来也不至于害我。但我现在乃是女扮男装，他若问我为何钻进韩小姐的香闺，我却如何对答？"

谷啸风仔细看了那幅画像，这才发现画中人是他父亲并不是他，不觉失笑，说道："怪不得妈说我的相貌酷肖爹爹，原来爹爹少年之时，果然是长得和我一模一样，连我自己乍看之下，都几乎分别不出。这幅画像想必是爹爹赠与韩伯伯，给他留作纪念的了。韩伯伯如今不知下落，这既是爹爹的遗像，我可不能让它落在别人之手。”当下把画卷好，收进行囊。

从窗口望出去，只见日影西斜，已是将近傍晚的时分了，谷啸风等得心焦，不觉又自语道：“难道是珮瑛不高兴再见到我，独自走了？奇怪，怎的这个时候，还不见她回来？玉瑾兄妹，带了九天回阳百花酒来送给韩伯伯，他们是跟在我的后面的，他们的骡车虽然走得不快，此时也应该到了。我就再等一些时候吧。”

宫锦云正自踌躇，不知好不好出去，听了谷啸风的自语，不觉心头一凛，“原来那两兄妹也是他的好友，我偷了他们的九天回阳百花酒，他们一来，这就是正好碰上了。”又想：“那个本领高强的老头子已经走了，我若现在跑出去，这个少年未必拦得住我？但我若不与他攀谈，又怎能打听得到韩大哥的消息？”宫锦云既怕房中耽搁久了，会碰上前来送酒的奚家兄妹，又想从谷啸风口中，探听她想要知道的一些事情。心中七上八落，一时委决不了。

刚才任天吾在房中的时候，由于他自己做贼心虚，一心又在想寻找宝藏，没有听出床底下宫锦云的呼吸的气息，谷啸风与任天吾谈话之时，也没有发觉房中有第三个人。如今只有谷啸风一个人在房间里，他可听出来了。当下他故作不知，暗地留神注视，过了一会，只见床幔果然微微动一下。

谷啸风是个光明磊落的男子，不愿偷施暗算，但他也不敢揭开床幔，让别人暗算他。心里想道：“躲在床底下的人不知是谁，我且戏弄他一下。”

谷啸风自言自语道：“这间房给舅舅弄得乱七八糟，可是应该洗扫洗扫了。”说罢，拿起了一盆韩珮瑛刚才的洗脸水，突然向床下一泼。

宫锦云冷不及防，给洗脸水泼个正着，“哎哟”一声，不由得又怒又气，从床底下钻出来。

谷啸风看见是个少年男子，也不觉吃了一惊，喝道：“你这厮躲在这里做什么？”

宫锦云怒道：“岂有此理！”右臂一抬，指尖点向谷啸风面门，左臂一弯，反手便想给他一记耳光。要知宫锦云自小给父亲宠惯了，如今无端给谷啸风泼了她一盆洗脸水，这口气自是非发作不可。她本来想与谷啸风攀交情的，一气之下，什么都不顾了。

谷啸风焉能给她打着，当下一个“圈手”，化解了她的掌指兼施的招式，五指如钩，反抓对方虎口。宫锦云身形一侧，肘底穿掌，一托对方肘尖，骈指点谷啸风的腰胁的气愈穴。谷啸风提起右腿，膝盖迎着她的手指撞去，宫锦云大吃一惊，“这少年恁地了得！”迫得连忙收招，一退再退，不知不觉，退到床前。

谷啸风虽然连抢攻势，心中亦是好生诧异：“此人招式怪异，临敌的经验则显然不够，不知是哪一派大师门下的弟子？但无论如何，决不是一个寻常的小偷了。”

宫锦云的衣裳被水泼湿，玲珑浮凸的女子体态登时显露出来，谷啸风起了疑心，喝道：“你是什么人，快快说出来，否则休怪我不客气了！”呼的一掌削去，宫锦云霍的一个“凤点头”，双掌齐出，想化解他这一招。但她的气力比不上谷啸风，在这斗室之内，要闪躲也不容易。谷啸风内力一吐，拨开她的手掌，掌锋斜掠，把她头上的方巾扯下，露出了满头秀发。宫锦云业已感觉到对方的指尖碰着了她的额角，只道谷啸风是要点她的“太阳穴”，不由得吓得魂飞魄散，“咕咚”一声，倒在床上，不料谷啸风扯下她头上的方巾，便立即将手缩回，倒是大出她意料之外。原来谷啸风的用意正是要揭开她的庐山真面，并不是想伤她的。

宫锦云又羞又恼，掩面叫道：“你，你，你不要脸，你欺负我！”谷啸风呆了一呆，上前作了个揖，说道：“我不知你是个女子，无礼之处，请莫见怪。衣橱里想必还有韩小姐的衣裳，你换上一套吧。”说罢，走了出去，并且替她关上房门。

宫锦云怒气消了几分，心道：“这人虽然是对韩小姐薄幸，倒也是个守礼的君子。”当下打开衣橱，找了一套合身的衣裳换上，在梳妆台前揽镜自照，梳好了头发，心神定了下来，这才说道：“你可以进来了。”

谷啸风推开房门，只觉眼前一亮，刚才那个满身尘土的肮脏小子已是变成了一个俊俏的姑娘，谷啸风惊疑不定，不敢仰视，低下头再赔了个罪，问道：“不知姑娘何以躲在这儿？”

宫锦云道：“我是来找韩大哥的，你是韩家的女婿，想必知道他的下落。”

谷啸风诧道：“你怎样认识这位大哥的？”宫锦云道：“我们是在路上结识的，他对我很好，我们虽然是萍水相逢，却已是如同、如同兄弟一般。”当下将在“仪醪楼”上结识韩珮瑛之事，简单扼要的告诉了谷啸风。

谷啸风此时已是心中雪亮，笑道：“韩伯伯家里可并没有名叫韩英的男人，只有一位韩珮瑛小姐。”

宫锦云大为惊讶，说道：“这家人家主人是不是韩大维？”谷啸风道：“不错。”宫锦云道：“韩大哥说韩大维是他爹爹，他岂能乱认他人作父？”谷啸风道：“韩大维只有一个女儿，并无儿子！”

宫锦云呆了半晌，茫然说道：“如此说来，莫非韩大哥就是这位韩小姐，她，她为什么要骗我呢？”

谷啸风道：“请恕冒昧，不知姑娘贵姓芳名？”宫锦云没精打采的报了自己的姓名，谷啸风笑道：“宫小姐，你不也是女扮男装的吗，在这兵荒马乱的年头，女孩儿家本就不适宜单身行走，乔装打扮，这也是寻常之事。”

宫锦云心绪渐渐宁静下来，虽然有些失望，却也并不怎样伤心，倒似乎是什么难题突然得到解决似的，觉得这样也好，心里暗暗好笑：“我平生欢喜捉弄人家，如今受了韩大哥的捉弄，似乎也是活报应。”不觉就笑了出来，说道：“我真是走了眼了，原来她是和我一样。”又道：“但如果‘韩大哥’真是韩小姐的话，我可要替这位韩姐姐抱不平了。我和她不过相处两天，已经知道她是品貌双全、能文能武的女中丈夫，你是她的未婚夫，岂能不知她的好处？为什么你不要她？”

谷啸风想不到她说话如此直爽，不觉大是尴尬，说道：“我对韩小姐也是十分佩服的，但，唉，男女间的事情，那、那也是难说得很。”

宫锦云道：“你是不是因为受了你那个舅父的唆摆，哼，我告诉你，你那舅父不是好人!”

谷啸风心中一动，问道：“你怎么知道我的舅父不是好人?”心想：“她是早就躲在这里的，莫非舅舅有什么不端的行为落在她的眼里?”

心念未已，只听得宫锦云果然就冷笑道：“你的舅父当面对你扯谎，我告诉你真相吧，他是进来找寻韩大维的宝藏的!”

谷啸风吃了一惊，想道：“妈虽然讨厌舅舅，但也说他是个正人君子，想不到他竟是贪财的小人！这位宫小姐与他无冤无仇，想必不会诬赖他的。如此说来，舅舅作伪的手段，可真是厉害极了，妈是他的妹妹，也看不清他的面目。”

宫锦云道：“我不明的你舅舅何以这样的恨韩家父女，但你若为了讨舅舅的欢喜休妻，这可就是你的大大不对了!”

要知宫锦云是个感情极为丰富的人，她知道韩珮瑛是个女子之后，对她虽然不再相思，感情并没有改变。她对谷啸风也是颇有好感，因此心里想道：“韩大哥是个女子，我和她是不能做夫妻了，但愿她嫁得个好丈夫。这姓谷的看来很是不错，他们的婚事若能挽回，倒也是件美事。”

谷啸风苦笑道：“婚姻是自己的终身大事，何须理会别人欢不欢喜？我和韩小姐的事情，一言难尽，但决不是为了舅舅的缘故，宫姑娘，咱们谈别的吧，这件事不提也罢。”

宫锦云冷笑道：“你一个‘也罢’可把我的韩姐姐终身误了。我这个人就是这个脾气，非得打破砂锅问到底不可。韩姐姐有哪点不好，你为什么不喜欢她?”谷啸风给她弄得啼笑皆非，只能如此说道：“我不是说韩小姐不好。说实在话，我对她十分敬佩的。但‘缘分’二字难以强求，我也只有终生对她抱疚了。”

宫锦云呆了一呆，渐渐听懂了谷啸风的意思，说道：“你是另外有了意中人了?”

谷啸风默默的点了点头，宫锦云心念一动，忽地说道：“是不是奚玉瑾?”谷啸风诧道：“你怎么知道?”宫锦云笑道：“你刚才自言自语，不是说出了她的名字吗？我都听见了。”

谷啸风面上一红，说道：“不错，我正是在这里等她和她的哥哥。她和韩小姐也是很要好的朋友。”

宫锦云瞿然一省，心里想道：“我抢了奚玉瑾的九天回阳百花酒，如今又被那老婆婆抢去，见了奚玉瑾怎生交代？可得避开她才好。”不觉就想起了公孙璞来，“这位谷公子倒也说得不错，‘缘分’二字实是难以强求。有意栽花花不开，无心插柳柳成荫。我属意‘韩大哥’，不料‘韩大哥’是个女子，难道我的姻缘应在应在……”想至此处，宫锦云也不禁满面通红。姻缘是否应在公孙璞身上呢？她不敢再想下去，但却不由得挂念起公孙璞来了，“他为什么还不回来呢？”

宫锦云正想找个借口离开，谷啸风已在说道：“宫姑娘，你向我打听‘韩大哥’的下落，如今我却要向你打听了。你到了这里，想必已有一些时候，你来的时候，韩家有没有人？”

宫锦云道：“我正想告诉你，有一个坏女人来过，她骗我们说，她知道‘韩大哥’的下落，却把我们的一样东西抢去，我的朋友追她去了，如今已有半个时辰啦。”宫锦云急于离开，只能把她刚才的遭遇，简单的告诉谷啸风。

谷啸风听了，忽地神情有异，说道：“你说的那个坏女人是不是一个气度华贵的中年美妇？”

宫锦云“噗嗤”一笑，说道：“一身绫罗绸缎，打扮得的确是雍容华贵，但可惜面上已是有了皱纹的老婆婆啦。不过，看起来也不感到讨厌，她年轻时候或者是个美人儿也说不定。嗯，谷公子，你倒是很关心别的女人美不美啊，其实韩姐姐就长得天仙似的，你……”正想开他几句玩笑，只见谷啸风默然不语，如有所思，不觉诧道：“你怎么啦，你认识这个女人？”

尘封的记忆忽地打开，谷啸风想起了一段往事。他第一次来到韩家的一件遭遇。

那年他第一次跟随父亲来到洛阳，做了韩家的客人，他只不过是九岁大的孩子，韩珮瑛比他更小，才是一个还拖着两筒青鼻涕的四岁大的小女孩。

他比韩珮瑛大五岁，成年人相差五岁算不了什么，孩子们相差五岁可是玩不到一起的。他在韩家闲得无聊，交上了几个乡下的野孩子，天天跑上山去玩。钓鱼、捉鸟、采野花、拾石子，玩得不亦乐乎，小孩子有他们的小天地，大人们也不理会他。

这一天他又和两个小孩子上山去玩，忽然发现有一只羽毛碧绿、十分美丽的鸟儿，栖息在一棵树上，这棵树是长在悬崖上的，下面是一道水流湍急的山涧。

他的小朋友告诉他，这鸟儿名叫"翠凤"，不但长得很好看，叫得好听，还会打架。要是捉到一对"翠凤"看它们打架，才真是好玩儿呢。

谷啸风童心顿起，说道："好，那我就去捉一对翠凤回来，待我玩厌了送给你们。"小朋友道："鸟儿是飞的，焉能给你捉着?"谷啸风道："树上有鸟巢，说不定巢里有还未会飞的雏鸟，我去掏鸟巢。"小朋友道："不行呀，这棵树你爬不上去的。这么高，跌下来准没命!"

谷啸风最好强，看了看地形，说道："有办法，爬得上!"原来在那山涧中有块大石头，好像一座笔架，有两三丈高。谷啸风道："我跳上这块石头，就能攀着树枝，爬上树去。"两个小朋友大惊，慌忙拦阻："不行，不行，一个失手跌下来，你跌得头破血流还不打紧，韩伯伯可是一定要怪我们了。"可是谷啸风双手一推就把他们推开，根本不听他们的劝阻，一跳就跳上那块大石，再一跳就抓着了一株树枝。他年纪虽小，初步的轻功已是学会。

不料那株树枝乘不起他的体重，他又未曾学会使力的方法，用力一抓，树枝"喀嚓"一声就断了，谷啸风跌下涧中，幸好没有碰着尖利的石笋，但是抓不着那块大石，给湍急的水流一冲，也就身不由己的被卷进了旋涡，随着急流而下。那两个野孩子见闯了祸，吓得魂不附体，慌忙就跑。哪里还顾得设法子去救谷啸风?

幸亏谷啸风是在长江北岸的扬州长大，多少懂得一点水性，在激流之中挣扎，一时尚未至于遭受灭顶之祸。但他毕竟是个小孩子，虽然练了武功，气力也是有限。这条山涧水面不过两丈来宽，但因水流湍急，谷啸风努力挣扎，仍是爬不到岸。

谷啸风喝了两口水正自心慌，忽听得有人叫道："接住!"原来岸边站着一个女人，把一条束腰的绸带向他抛来，谷啸风也无暇思索一条绸带是否就能够将他拉起来，连忙伸手抓住。

蓦然间只觉身子一轻，谷啸风就像腾云驾雾一般离开水面，那女人不是将他从水中拉上岸去，而是悬空将他吊起来的。谷啸风虽是幼童，体重也有四五十斤，这女人只凭一条绸带，居然能够将他从急流之中吊了起来，气力之大，可想而知，谷啸风不禁大为佩服。

那女人放下了谷啸风，说道："你小小年纪，功夫倒练得不错呀，你爹爹是不是韩大维?"谷啸风道："不是，我爹爹是谷若虚。你认得我的韩伯伯?"

那女人叹了口气，说道："我和韩大维好多年没见面了，嗯，他有没有儿女?"谷啸风道："没有儿子，有个女儿，名叫珮瑛。"那女人道："哦，名叫珮瑛。"低首若有所思。

谷啸风道："韩伯伯的家就在山下，你既然认识他，我和你去见他好不好?"那女人道："不，我不想见他。你回去见了他，也千万别和他说曾经见过了我。"谷啸风道："为什么?"那女人道："小孩子，别多问。"替谷啸风敷上了金创药，又笑道："为你着想，今天的事情，你还是瞒着韩伯伯和你爹爹的好，否则他们恼你顽皮，非得责打你不可。"

那女人走后，谷啸风忽地想起今天出来的时候，父亲曾经吩咐过他，叫他不要贪玩，早些回来的。一看天色已晚，谷啸风不禁心慌，想道："刚才的事情，还是瞒着爹爹为妙。"

他怕给韩家的人发现他这满身泥泞的怪模样，于是悄悄从后园翻进去，打算换过一套干净的衣裳，再见爹爹。宁可让他责骂自己贪玩，也胜于在众人面前出乖露丑。

他们父子二人所住的客房在内里一间，须得经过韩大维的房间，才能回到客房。谷啸风在地下爬行，经过韩大维这间房的后窗之时，刚好听得韩大维夫妻正在谈论他。

韩大维说道："我看啸风这孩子很不错，我想把瑛儿许配于他，你意如何?"

韩夫人道："就只怕这孩子有点野，和瑛儿合不来。"

韩大维笑道："男孩子嘛，总是要比女孩子顽皮一点的。何况小时候顽皮，大了未必还是一样。”

韩夫人道：“既然你看得合意，我也愿意。你知道我从来都是依顺你的意思的。”

韩大维道：“我的脾气不好，这些年来，委屈你了。”韩夫人微笑道：“我知道你欢喜我就行。”韩大维道：“我也希望你得到快乐，但这几天你好似有什么心事，是吗？”韩夫人幽幽叹了口气，说道：“侍剑前天采茶，看见一个女人，躲在林子里，鬼影似的，刚刚看见，倏然间就消失了。”韩大维道：“你怀疑是她？”韩夫人道：“我是怕她来窥伺咱们。”韩大维道：“你讨厌她，我设法、设法将她赶跑便是。”韩夫人尖声叫道：“不，不，别惹她，我怕，我怕！”

谷啸风无意中偷听了他们的谈话，不觉又是害臊，又是吃惊。害臊的是韩伯伯要把女儿许给他，“阿瑛成天拖着两条鼻涕，她做了我的老婆，这有什么好玩？”吃惊的是韩大维夫妻谈论那个女人的口气，“他们说的这个女人，一定就是我今天碰见的这个了。伯母讨厌她，伯伯又说要赶她，难道这是个坏女人么？怪不得她不敢让我告诉韩伯伯。但她救了我的性命，即使是坏女人，我也应该听她的话。好，我替她遮瞒就是。”

谷啸风溜回自己的房间，抬头一看，只见父亲已在房中坐着，谷啸风吓得慌了，在父亲盘问之下，说道：“爹，我只能告诉你，你可不能告诉韩伯伯。我答应了人家的！”他从来没有在父亲跟前说过谎，是以开始虽然想要遮瞒，终于还是实话实说。

谷若虚听了，叹口气道：“原来你是碰上这个女人。好吧，我答应你，不告诉韩伯伯就是。赶快换衣服吧。”谷啸风当然少不了要问：“爹，这女人是谁，她是坏女人么？”但谷若虚却不肯告诉他，只说：“小孩子别多管闲事。”又道：“我已经给你订了亲啦，韩伯伯看得起你，把女儿许配给你，可要给我争气一点，别再这么顽皮了。”

就这样，谷啸风与韩珮瑛订了婚。第二年韩夫人死了。再过六年，谷啸风十六岁的时候，他父亲也去世了。那个女人究竟是什么人，他始终没有听父亲说过。童年这件事情渐渐也就淡忘了。谷啸风想起了这段往事，暗自寻思：“宫姑娘今日碰见的这老婆婆，一定就是我当年所遇的那个女人。晃眼十多年，当年的中年美妇当然是变成了鸡皮鹤发的老婆婆了。”宫锦云诧道：“你在想些什么？这老婆婆究竟是什么人，你一定知道她的，是么？”谷啸风道：“我也不知道她是谁，不过她说她知道韩家父女的下落，这却恐怕是真的！”

宫锦云解开了穴道，已有一个时辰，气血都畅通了，一来她要躲避奚玉瑾，二来她又挂念公孙璞，于是说道：“是么，那么咱们赶快去找她吧。我知道她是从哪个方向跑的。”

当下两人同上山，一路行去，没见着公孙璞，不知不觉，却来到了那道瀑布的所在。

谷啸风心里想道：“怪不得山涧的流水如此湍急，原来这里有一条瀑布，是它的水源。”又想：“听这位宫姑娘所说，那老婆婆对韩家发生的事情了如指掌，她一定是住在附近的了。她要躲避韩家的人，想必不敢住在村子里。但这山上并无房屋，到了此处，前面已无去路，她又住在何处呢？”

宫锦云到了瀑布下面，不能前进，不禁大为惶惑：“公孙璞跑到哪里去了呢？”叫了两声：“公孙大哥！”但闻水声轰鸣，却听不到人声回答。

谷啸风道：“这里已无去路，咱们还是回韩家等他吧。他找不着那老婆婆，想必也会自己回去的。”

他们哪里知道，公孙璞就在瀑布的后面，在山洞的那一边，此时正是碰到了他出道以来的第一个劲敌！

且说公孙璞追赶那老婆婆，由于他替宫锦云解穴，耽搁了一些时候，追到了瀑布的地方，已是看不见那老婆婆的影子。

初时公孙璞也是大为疑惑，心想：“我分明是看见她朝这里跑的，刚才跑上山坡之时，还看见她的背影，怎的突然就不见了呢？难道她是躲到瀑布里去了？”

公孙璞在耿照门下八年，跟耿照学会了一身水上的功夫，他又是个执拗的脾气，凡事非查个水落石出不可，心道：“那老婆婆没有地方好躲，除非是瀑布后面别有洞天？她若能钻进去，我为什么不敢?”

公孙璞硬着头皮，一个“燕子穿帘”式钻进瀑布，穿过了那道水帘，发现了瀑布后面的山洞，走出山洞，眼前豁然开朗，果然是别有洞天。

公孙璞抬头一看，看见那座堡垒形的石屋，心中大喜：“原来这老婆婆住在这里。”正自思量，如何叩门求见，忽听得有个人说道：“师父，就是这个小子了!”公孙璞听得声音好熟，侧身向那个方向看去，只见一个面目毫无表情的老者，正在向他走来，一双白糁糁的眼珠盯得他心中不觉有股寒意。跟在这冷酷的老者背后的，是个虬髯如戟的粗豪汉子。

公孙璞未曾找着那老婆婆，却先碰上了西门牧野和濮阳坚这两师徒了。

西门牧野哼了一声，冷冷说道：“原来就是你这小子废掉我徒儿的化血刀的功夫么?”

公孙璞道：“不错，他用化血刀害人，是我看不过眼将他的功夫废了，你要怎样?”公孙璞听得濮阳坚叫这老者做师父，心里当然也明白他是谁了。

西门牧野一声冷笑，说道：“好，听说你自夸你的‘化血刀’比老夫高明，老夫倒要试试!”正是：

除恶只缘曾受害，拼挥热血斗魔头。

欲知后事如何，请听下回分解。

第二十回　宝石环中藏诡计
　　　　　水帘洞里斗魔头

公孙璞冷冷说道："化血刀乃是邪派毒功，即使练得高明之极，又有什么值得夸耀？令徒想是以己度人，晚辈尚未至于如此浅薄！"濮阳坚仗着有师父撑腰，怒道："你分明是看不起我的功夫，如今在我师父面前却不敢认么？哼，你何不干脆说我是以小人之心度君子之腹？"公孙璞道："你自己说出来也是一样。不过，你好像还不怎样懂得我的意思，以至把我当时说的言语曲解了。我说，我所看不起的只是仗着这种毒功害人，练得又尚未到家，便即沾沾自喜之辈！并非仅仅指你们师徒而言。"言下之意，其实即是把西门牧野也包括在内了。

西门牧野冷笑道："你看不起化血刀的功夫，那你又为何要练？"公孙璞道："只因世上有人练了这种毒功害人，自也少不得要有人懂得以毒攻毒！"

西门牧野大怒道："我正是要练了这种毒功害人，你就来以毒攻毒吧！且看看是谁练的到家？"呼的一掌拍出，掌风中有着淡淡的一股血腥气味，虽然不很浓烈，却是中人欲呕。

公孙璞心头微凛："这老魔的化血刀果然是已经练到了第八重，功力却似乎尚在我之上。"公孙璞也是练到了第八重，双掌一交，西门牧野身形一晃，公孙璞斜退三步。西门牧野掌心微感麻痒，公孙璞却已是一条手臂麻木不灵。原来虽然是同样的练到了第八重，但西门牧野有四五十年的功力，自是比公孙璞深厚得多，"化血刀"的毒质全凭内力发出，公孙璞中的毒也就较重了。

但公孙璞也有个有利的条件，他自小即受“化血刀”的毒害，医好之后，身体自然而然的有了一种抗毒的功能。他练的又是正宗的内功心法，虽然不及对方深厚，却比对方纯正得多。是以他的手臂只是麻木一时，转瞬便即消失。西门牧野却必须运功抗毒，方能阻止掌心所受的毒质向上蔓延。

西门牧野见公孙璞竟似毫无中毒的迹象，不禁大大吃惊：“这小子的化血刀果然是比我高明，好在他的内力尚未能充分发挥，否则我只怕是必败无疑了。”西门牧野是个武学的大行家，看出了双方优劣所在之后，立即采取速战速决的战术，向公孙璞频频猛扑！

不知不觉斗到百招开外，公孙璞大汗淋漓，但仍可以支持得住。这一来，不由得双方都暗暗叫苦，各自心惊。西门牧野想道：“今日我若杀不了这小子，他日这小子必会成为我的克星。”公孙璞则在想道：“宫锦云不知是否尚在韩家，这老魔头如此厉害，但愿她不要来找我才好。”抬眼一看，只见斜阳如血，暮霭苍茫，已是黄昏时分了。

公孙璞哪里知道宫锦云此际与他只是一水之隔，但在这苍茫暮霭之中，却有一双男女到了韩家。

这一双男女就是奚玉帆和奚玉瑾这两兄妹了。

那天晚上，奚玉瑾的“九天琼花回阳酒”给宫锦云抢去，心中自是十分气恼，但追之不上，亦是无可奈何。她失了“九天琼花回阳酒”还不打紧，这酒虽然难得，她懂得酿酒之法，至多花两年功夫还可重酿；最最令她气恼的是：失了这“九天琼花回阳酒”，可就影响了她此行的计划了。

要知道她是准备把这“九天琼花回阳酒”送给韩大维，替他医好修罗阴煞功的寒毒的。韩大维倘若受了她的恩惠，纵然仍是不免要对谷啸风退婚之事愤怒，但当他知道谷啸风的移情别恋，那个女子就是奚玉瑾的时候，想来他也不便怎样发作了。

可是，现在“九天琼花回阳酒”给人抢去，这个计划登时就成了泡影。谷啸风早已赶往韩家退婚，哪还能等得她两年之后重酿此酒？

但虽然如此，他们两兄妹还是不能不按照原来的计划前往洛阳。“谷郎为我退婚，他此去韩家，是祸是福，我总得与他分担。”奚玉瑾心想。

她的哥哥奚玉帆则又另有一番心事，他知道妹妹要为他撮合姻缘，他对韩珮瑛也是好生敬佩，口里虽然不敢说出来，心中也是希望这段姻缘能够撮合的。但如今妹妹原定的计划已成泡影，谷啸风的退婚之事不知能否成功，他自也不免有点患得患失，忐忑不安了。“久闻韩老头儿性情刚正，疾恶如仇，如果他不允谷兄退婚，谷兄又不肯要韩小姐，韩小姐可怎么办呢？我又怎么办呢？”想至此处，不禁又暗自觉得有点羞愧，“我盼望谷啸风退婚成功，是为了妹妹呢还是为了自己？为了妹妹，犹自情有可原，为了自己，谋夺人妻，那可就大大不对了。其实谷兄和韩小姐结合，那也是一段大好姻缘。我为妹妹着想，也该为韩小姐着想才对。若然只是希望谷啸风退婚成功，如果韩小姐因此伤心欲绝，那又有什么好？我这一番心事，岂不也等于幸灾乐祸了么？”

两兄妹各怀心事在暮霭苍茫之中来到韩家。见了韩家的景象，都是不禁大吃一惊。

他们踏进了被焚毁的那片瓦砾场，几堆黄土，骇然入目。奚玉帆道：“看这情形，只怕韩家已是遭了仇人的毒手！”奚玉瑾道：“不知啸风和珮瑛已经来过了没有？”韩家所发生的事情是完全出乎她意料之外的，她一路担心谷啸风见着了韩大维，不知韩大维会如何对待他，如今则是担心谷啸风适逢其会，碰上了韩大维的仇家了。

奚玉帆道：“既然来到，那就进去看一看吧。”奚玉瑾道：“好，我在这里住过，待我带路。咱们先去看看珮瑛的香闺。”

韩珮瑛房间里那一炉沉香屑尚未熄灭，奚玉瑾踏进庭院，便隐隐闻得从窗户中透出的一股幽香。

奚玉瑾又惊又喜，叫道：“珮瑛，你回来了！”听不到回答，不禁又是大奇，“在这房间里的，难道还会是别的人么？”她与韩珮瑛曾同住数月之久，知道韩珮瑛有这个习惯，临睡之前或者静坐之时，必定要点一炉沉香屑的。心里想道：“别的人决不会跑到她的房间里点起沉香，想必是珮瑛来过，但现在已经走了。”当下在窗口一张，里面果然不见人。

奚玉瑾道："这是我和韩小姐住过的房间，哥哥，你要不要进来看看？"奚玉帆面上一红，说道："恐怕不大好吧？"奚玉瑾笑道："你太拘谨了，怕什么吗？如果将来……"奚玉帆正色道："妹妹，不许胡说！你别忘了，韩小姐现在还是谷啸风的未婚妻！"奚玉帆的意思是对朋友的妻子应该尊重，听进妹妹的耳朵，却变成了对她的讽刺。奚玉瑾不禁黯然，心里想道："不错，谷郎现在退婚尚未成功，世事难料，谁也不知将来会怎么样，我也不好想得太如意了。"

奚玉帆话出了口，发觉无意之中刺伤了妹妹，连忙安慰她道："你不用担忧，啸风是个说一不二的人，他不会对你负心的。"奚玉瑾勉强笑道："谁担忧了？我只是怕你担忧。不过，说正经话，这房间里好像有点异样，韩小姐既然不在里面，你进去也是无妨。帮忙我看一看吧，说不定会发现什么线索。"

妹妹这么说，奚玉帆倒是不能不进去了。进去一看，只见被褥凌乱，那是刚才给任天吾乱翻，谷啸风还未来得及收拾的。床前水渍未干，印有两双鞋印，一大一小，十分明显，是一男一女的鞋印，这是谷啸风刚才泼的那一盆水造成的。

奚玉瑾不觉心里起疑："这男子又是谁呢？难道，难道……唉，我不应该这样想，啸风怎会背着我又与珮瑛勾搭，珮瑛也不是那样的人。"止自胡思乱想，忽听得哥哥说道："好像有人来了。"

两人走出房门一看，只见一个相貌威严的青衣老者已经踏进庭院，正在叫道："啸风，啸风！"

奚玉帆怔了一怔，正要问他是谁，这老者先说道："你们是百花谷奚家的玉帆和玉瑾两兄妹吧？啸风已经走了么？"

奚玉帆诧道："请问老大爷高姓大名，怎的会知道我们的名字？"

青衣老者微笑道："老朽任天吾，正是谷啸风的舅父。"原来他是从丐帮分舵赶回来的。丐帮帮主陆昆仑因见谷啸风迟迟未到，恐怕他有意外，是以叫任天吾回来看看。

奚玉瑾怔了一怔，说道："久仰任老前辈大名，却不知老前辈原来就是啸风的舅父。”

任天吾忽地伸出中指，向庭院中的一棵佛手树戳去，指法快如闪电，一伸一缩，便即收回，只见树身上已现出七个小孔，都是指头般大小，当然是给他的指力戳穿的了。奚玉瑾和她的哥哥都不禁吃了一惊，看得出他是以指代剑，使出了一种极上乘的剑法。

任天吾微笑道：“这是我家的七修剑法，啸风早已得他母亲传授，想必你们也见过吧？”

奚玉瑾不敢再有怀疑，当下兄妹二人连忙以参见长辈的礼节，与任天吾重新见过了礼。任天吾哈哈笑道：“不必客气。奚姑娘，你和啸风的婚事，老朽也是早知道的了。你们是几时到的？”

奚玉瑾面上一红，说道：“我们是刚刚到的，还未找着啸风。任老前辈想必是已经来过这儿的了？”

任天吾道：“我是今日上午到的，而且就是在这间房间里和啸风甥儿会面的。”

奚玉瑾得知消息，又喜又恼，心里想道：“原来那个男子果然就是啸风。怪不得他的舅父会找到这里。”当下说道：“任老先生，我们正有许多疑问，想向你老请教。”任天吾道：“好，那咱们就进去谈谈。你们在这间房间，可是发觉有什么不对么？”任天吾老于世故，一看他们的神色，已经猜到了几分，心知奚玉瑾定是在吃韩珮瑛的无名醋了。

宫锦云是在任天吾离开房间之后，才给谷啸风发现的，是以任天吾重回这间房间，看见了女子的足印，也是颇为诧异：“原来那臭丫头躲在家中，我出去之后，他们二人方才私会。糟糕，倘若当真如此，我在她家的举动，岂不是要让这臭丫头知道了。”像奚玉瑾一样，任天吾也以为这个女子，必是韩珮瑛无疑。

心念未已，只听得奚玉瑾已经问道：“任老前辈可曾见着韩小姐么？她和啸风是不是在一起的？”

任天吾计上心来，故意叹了口气，说道：“奚姑娘，你是聪明人，啸风进了这间房间，不是为了与他的未婚妻私会，还是为谁？唉，我也曾劝过啸风的，他偏偏不肯听我的话。一个男子，三心二意，他是我的甥儿，我也要为他抱愧了！”

任天吾真不愧是老奸巨猾，奚玉瑾问他是否见着韩珮瑛与谷啸风同在一起，他没有说“是”，也没有说“否”，只是责备谷啸风不该三心二意，同时又用反问的语气问奚玉瑾：“啸风进了这间房间，不是为了与他的未婚妻私会，还是为谁?”这样的答复比直说“亲眼看见”更有效力，更能达到挑拨和离间的目的，但又不落把柄。即使将来三面对质，他可以把那句反问的说话，说成是他的猜测，谷啸风也不能指责他是说谎，因为他并没有说是“亲眼看见”嘛。何况涉及男女私情之事，每一方面都会感到难以为情的，照常理而论，也决无三面对质的可能。

但这番说话，在奚家兄妹听来，却不啻是证实了谷啸风是在韩珮瑛的香闺与她幽会了。奚玉瑾不禁心中一阵酸痛，暗自想道：“怪不得不见他们，想必是因为他们的幽会给舅父撞破，不好意思，故而跑了。真想不到啸风竟然是这样的负心汉子，一面与我海誓山盟，一面却又与珮瑛暗中勾搭。”

奚玉帆呆了半晌，心里很为妹妹难过，但却说道：“韩小姐本来是啸风的未婚妻，他们两人就是在闺房相会，也没有值得非议。其实啸风若是和韩小姐成婚，那也是一件美事。瑾妹，你和韩小姐是好朋友，你也该为她庆幸啊!”他说这话，一方面是替妹妹开解，一方面是为妹妹掩饰，一方面却也是自己替自己开解。

奚玉瑾却比哥哥精细得多，忽地想起：“任天吾何以不赞同啸风娶珮瑛呢?他和韩大维即使不是好朋友，也总是有交情的；相反，和我们奚家却是素无来往，何以他要偏袒我呢?”

任天吾似乎猜到了她的心意，说道：“我并非对韩姑娘抱有成见，我不愿意甥儿与韩家联婚，那完全是为了韩大维的缘故!”

奚玉瑾道：“对了，我正想向任老前辈请教，韩家究竟是发生了什么事情?”奚玉帆则是惊疑不定，说道：“这是什么意思，难道韩大维，他，他不是好人?”

任天吾叹了口气，说道：“这真叫做知人知面不知心，我也是直到今天，才知道韩大维确实是个私通蒙古鞑子的奸细!”

此言一出，奚家兄妹都是大吃一惊，同声说道：“韩大维确是奸细？这，这怎么会!”

任天吾道："他家的事情就正是他布下的圈套，叫别人以为他是遇上仇家的。丐帮的陆帮主已经发现了他私通鞑子的铁证了。"当下将他和陆昆仑说过的那番说话，重新对奚氏兄妹说了一遍，并说出了在那老仆手里发现的半封密信，如今正是在丐帮的手上。

任天吾在武林中德高望重，一向以方正不苟闻名，何况他又拖了一个丐帮帮主陆昆仑做"陪证"，这样一说出来，奚玉帆、奚玉瑾这两兄妹就是不敢相信也得相信了！

奚玉帆呆了半晌，说道："这真是想不到的事，不过——"任天吾已知他要说什么，立即便打断他的话头，说道："韩小姐是否父女同心，老朽并无所知，不敢妄加揣测。但韩大维既然是那样的人，老朽身为啸风的舅父，自是不愿他与韩家再有任何关系。可惜他不知怎的，本来说是要来退婚的，见了韩小姐之后，却又把心不定了。他不肯听从老朽之劝，那也是无可如何！但老朽却想劝劝你们——"奚玉瑾淡淡说道："劝我们什么？"任天吾道："听说你们要把九天琼花回阳酒送给韩大维，这酒不送也罢！"

奚玉瑾苦笑道："现在是要送也不能了，那一坛九天琼花回阳酒早已在途中给人抢去。"任天吾怔了一怔，道："是什么人抢去的？"心想奚家兄妹武功不弱，能够在他们手上抢了东西的，定非寻常之辈。

奚玉帆道："是两个年纪和我们不相上下的少年，惭愧得很，我们至今尚未知道他们的来历。"

任天吾听说是两个少年，颇感意外，当下说道："既然如此，你们似乎也不必在韩家久留了。"奚玉帆心里想道："这位任老前辈大约不会骗我们的，谷啸风和韩小姐既已重归于好，即使找得着他，那也没有什么意思了。见着他们，我可以为他们庆幸，只怕妹妹难免伤心。"思念及此，不觉黯然，说道："妹妹，任老前辈说得不错，咱们还是走吧。"

奚玉瑾尚在沉思，任天吾又道："你们可有什么别的事情么？"奚玉帆道："并无别事，只是离家日久，我们也想回去了。"

任天吾道："若是没有紧要的事情，老朽倒想请奚少侠暂缓归期。"奚玉帆道："不知老前辈有何差遣？"任天吾道："不是我的事情，是丐帮有件大事，老朽代陆帮主挽留两位，帮帮他的忙。”

奚玉帆道：“丐帮有事，晚辈理当效劳。但却不知是否力之能及？”任天吾道：“丐帮要给义军送一批军饷，须得多有几个高手帮忙押运。鞑子指日即将攻到洛阳，此地也得有人帮忙守城。这两件大事都是有性命之忧的，谁也不敢说一定可以成功，不过是尽力而为罢了。奚少侠愿不愿舍身帮忙，老朽不敢勉强！”

奚玉帆给他一激，不禁热血沸腾，说道：“晚辈虽然本领不济，为国赴难，却也不敢后人。只要陆帮主许我执鞭随镫，晚辈岂辞赴汤蹈火？就烦任老前辈给我们兄妹引见吧。”

奚玉瑾忽道：“哥哥，这是正事，你去我不阻拦。但我却想回家。”奚玉瑾忽然说要回家，奚玉帆不禁大感意外，心想：“妹妹一向不是怕事之人，难道她是受不起这次的打击，以至心灰意冷了？”

奚玉瑾道：“若在平时，有周二和小凤在家，我自是放心得下，但如今战火已起，虽未波及江南，亦已人心动荡，随时都可能有大小乱事发生。百花谷之役，咱们又得罪了不少各路好汉，虽说后来有珮瑛姐露面，风波暂告平静，但这梁子却是未曾化解的。难保没有哪一位在咱们手里吃过亏的好汉，趁咱们不在，又到百花谷来找麻烦。哥哥，你这一去不知什么时候才能回来，家中总得有人料理，我看还是让我回去的好，也免得你在外担忧。”

这番话说得合情合理，奚玉帆不禁心头酸楚，想道：“不错，我此去是否能够活着回来，实未可料，奚家也总得留下一个人。”于是说道：“好，那你就回去吧。有你看守老家，我更可以安心报国。”

任天吾安排下的圈套，只钓得哥哥上钓，不免有点失望，但一想：“天下女子没有哪个是不吃醋的，这位奚姑娘料想是决不能和那臭丫头和好的了。她回扬州去看守老家，当然也不会重来，更不必怕她坏了我的大事。”任天吾虽是老奸巨猾，但也不敢太着痕迹，奚玉帆既然同意了妹妹回家，他也只好不再说了。当下兄妹分手，哥哥跟着任天吾走，妹妹自行回家。

奚玉瑾在看不见哥哥的背影之后，暗自说道：“哥哥，我不是存心说谎的，但在这老家伙面前，我却不能实话实说。为了啸风，我只好如此，请你不要怪我。”她估量任天吾是看不见她的行踪了，于是，绕个圈子，又回到原来的地方。原来她并不是真的要回家的。

原来这两兄妹的性格颇有不同，奚玉帆忠厚老实，奚玉瑾却是精明能干，而且工于心计。她不是不信任任天吾的说话，但却不是完全相信。她想谷啸风不惜为了她力抗群豪，又当着金刀雷飙的面说过要到韩家退婚，他如何还能与韩珮瑛勾搭？即使他真的这样不要脸，韩珮瑛的为人她是知道的，韩珮瑛也决不会如此下贱！因此，她心里自思：“纵然他是在珮瑛的香闺与她相会，内中也一定别有因由。决不会是那老家伙所想象的男女幽会。我千里迢迢，来到此处，见不着谷郎，怎能轻易回家？不，我一定要查明真相，免得遗憾终生。”

按下奚玉瑾不说，且说谷啸风和宫锦云在山上找不着公孙璞，谷啸风一看天色已晚，说道：“前面已无去道，咱们还是回韩家等他吧。”心里则在想道：“这个时候，玉瑾只怕也已经到了韩家了？”

宫锦云无可如何，只好跟他回去。一路走一路叫：“公孙大哥，公孙大哥！”可怜公孙璞此时正在瀑布后面，和西门牧野作舍生忘死的恶斗，瀑布声若雷鸣，哪里听得见她的叫喊？

宫锦云听不见有回答的声音，失望之情，溢于辞色。谷啸风安慰她道：“你的朋友武功很高，大约不会出什么事的，多半是下山去了。天色已晚，这里既然找不着他，咱们还是早点回去吧。”

谷啸风不催她走还好，一催她走，宫锦云不觉动了小性子，忽地冷冷说道：“是啊，天色已晚，你那位奚姑娘想必也应该到了韩家了？你是在惦记着她吧？”

谷啸风给她说中心事，怔了一怔，未及回答，宫锦云的说话又似炒豆般的爆了出来：“我知道那位奚姑娘是你的心上人，你急着见她，你自己回去！”

谷啸风给她一轮抢白，又是尴尬，又是有点羞愧，心里想道：“这位公孙大哥想必也是她的意中人，将心比心，怪不得她一定要找见了他才能放心了。”

宫锦云见谷啸风默然不语，倒是有点不好意思，说道：“我这个人是直性子，心里藏不着话的，想到什么就说什么，冲撞了你，你莫见怪。”谷啸风仍然不说话，宫锦云急道：“你不是在恼我吧？咦，你好像在想些什么！”

谷啸风蓦地抬起头来，说道：“不错，我想起来了，你跟我来，我和你去找公孙大哥！”

宫锦云又惊又喜，连忙问道：“你想起什么了？”谷啸风跑得飞快，说道：“若是我的猜测不错，准能找着你的公孙大哥。咱们还是见了他再说吧。”

宫锦云不知他葫芦里卖的什么药，听他说得好像是很有把握，只好跟着他跑。谷啸风朝着回头路跑，跑到那瀑布底下，停下脚步。

原来谷啸风忽然想起，那一次他失足跌落山涧，一叫救命，那个女人就出来救他。这是十多年前的事情，那个女人想必就是宫锦云今日所遇的那个老婆婆了。这条瀑布又是山涧的水源，山上并无房屋，那老婆婆当年能够一听到他叫救命，就出来救他，后来见她朝着瀑布所在的高处走去，那么除非是瀑布后面别有洞天，否则她藏身何处？

宫锦云却是大为诧异，说道：“怎么你又回到这里来了，你是在和我开玩笑吗？”谷啸风道：“贵友的大名是——”宫锦云道：“他名叫公孙璞，怎么？”谷啸风默运玄功，猛地叫道：“公孙璞，出来吧！你的朋友宫小姐在瀑布外面等你！”

且说公孙璞在里面和西门牧野舍死忘生的恶斗，幸亏公孙璞的身体有抗毒功能，这才能够连接了西门牧野的十几招“化血刀”未受伤害，但西门牧野的功力比他高得多，在西门牧野的强攻猛扑之下，公孙璞渐渐感到气力不加，难以支持了。西门牧野冷笑道：“你年纪轻轻，居然也练到第八重的功夫，想必你是公孙奇的孽种了？哼，你是公孙奇的孽种，我就决不能容你再活！”

西门牧野口中说话，身形已似旋风般的疾扑过去，狠下杀手！

只听得“嗤”的一声，公孙璞身穿的一件蓝布长衫，给西门

公孙璞大战西门牧野。

牧野撕去了一幅。但他想要抓碎公孙璞的琵琶骨，却也未能如愿。公孙璞背着一把雨伞，遮掩着琵琶骨的位置，西门牧野的指尖已经触及那把雨伞，不知怎的，竟然抓它不破。

按说以西门牧野的指力，一两寸厚的木板，他的指力也可以洞穿，何况一把雨伞？如今竟然抓不进去，大大出乎他意料之外！

说时迟，那时快，公孙璞斜身一闪，转了一个圈圈，已是把雨伞拿在手中，绕到了西门牧野的侧面。大怒喝道："不错，我的爹爹不是好人，但你这老贼偷了他的东西，还要骂他，你比我的爹爹更为无耻！"拿起雨伞，当作剑使，一招"大漠孤烟"，笔直的就向西门牧野的虎口刺去。

儿子承认老子不是好人，这是十分少有的事，西门牧野哈哈笑道："你把我比作你的老子，好，那你就给我磕头吧，我倒可以收你做个干儿。哈，哈，哼，吓！岂有此理，儿子打起老子来了！"原来他笑声未绝，那把雨伞锋利的尖端已经指到了他的脉门，西门牧野不知厉害，掌锋斜偏，向雨伞击去，公孙璞倏地将剑法变为棍法，"卜"的在他手腕上打了一下。西门牧野的一掌未能打断雨伞，反而给雨伞打着，饶是他有一身横练的功夫，这一下也打得他的腕骨痛如刀割，急切间一条右臂几乎举不起来，禁不着破口大骂。

原来公孙璞这把雨伞正是一件十分厉害的奇门兵器，看起来好似一把普通的雨伞，那支伞骨却是"玄铁"铸造的。玄铁似铁非铁，是一种稀有的金属，比同样体积的铁要重十倍。雨伞的质料也是似布非布，而是用天蚕丝做成的。其色灰暗，看起来好像粗布，韧力之强，却是任何质料都不能与之相比！寻常的刀剑，也不能将它割穿，想要将它撕破，那是更办不到的了。这把雨伞本来是公孙璞的祖父公孙隐少年时候所用的兵器，只因公孙隐的儿子公孙奇行事不端，公孙隐没有传给儿子，他见孙儿品性纯朴，是以不传子而传孙。

这把雨伞拿来当作兵器，可以兼有长剑、判官笔和齐眉棍三种兵器的功能，撑开来还可以抵挡暗器。西门牧野哪想得到一把毫不起眼的雨伞，竟然是武林中的一种异宝，这就冷不防的吃了大亏。

可是西门牧野几十年的功力也端的是非同小可，给玄铁伞骨打了一下，虽然痛如刀割，腕骨却没有碎，而且不过片刻就恢复过来，又能挥动自如了。但在他一臂失灵的这片刻之间，却给公孙璞抢了先手，反守为攻。

公孙璞喝道："含血喷人，自污其口！"铁伞举起，一招"李广射石"，平刺出去。这是判官笔的笔法，在苍茫暮色之中，探穴尖，寻穴道，一招之内，遍袭西门牧野的七处大穴，居然是又狠又准。西门牧野双袖齐挥，霎那间身移步换，只听得"嗤嗤"声响，两边衣袖都穿了几个小孔。但公孙璞以铁伞刺来的那股力道，却也给他的衣袖轻轻一拂，就卸去了一半。

公孙璞这一招杀手，没有刺伤对方，暗暗叫了一声"可惜！"心里想道："这老贼功力远胜于我，只有使用险招，攻他个措手不及，或许还有取胜的机会！"当下一捏剑诀，倒持伞柄，以快捷无伦的手法，迅即又把雨伞变成了长剑使用，刷刷刷连环三"剑"，"剑剑"指向对方的要害。

西门牧野已知铁伞的厉害，不敢硬接，只能使出卸力化劲的上乘内功，双袖挥舞，间中夹着几记劈空掌的掌力，抵御对方的猛攻。公孙璞一口气疾攻了十数招，西门牧野东躲西窜，接连退了十几步！

西门牧野的大徒弟濮阳坚在一旁看得心惊胆战，转眼间只见师父的两条衣袖已是化作了片片蝴蝶，露出了光秃秃的手臂了。濮阳坚颤声说道："师父，我，我回去请、请朱九穆出来好不好？"原来他以为师父就要败在公孙璞的手下，生怕公孙璞杀得性起，殃及池鱼，想找个借口逃避。西门牧野气得七窍生烟，哼了一声，斥道："你以为师父斗不过这小子吗？哼，你在这里给我丢脸还不够，还要在外人面前给我丢脸？你这贪生怕死的浑账东西，你怕死就给我滚开！"

濮阳坚吓得慌了，糊里糊涂，只道师父是准他去请朱九穆，叫他"滚开"，就是默许的意思。于是连忙说道："是，弟子遵命滚开！"抱头鼠窜，朝着山上那座石屋跑去。

西门牧野大怒道："浑蛋，你跑去哪里，给我滚下来！"濮阳坚道："师父，你不是叫我上去的吗？"西门牧野喝道："滚下来！"

濮阳坚不敢便即下来，回头一看，一看之下，登时就似吃了一颗定心丸，原来在这片刻之间，双方的攻守之势已是转过来了。只见西门牧野掌劈指戳，公孙璞挥舞雨伞，给他迫到了离身八尺之外，无法与他近身搏斗。

濮阳坚大喜道："师父，你老人家真是神功无敌，徒儿在这里给你老人家助威！"立即拍起师父的马屁来，坐在一块大石上，给师父大声喝彩。

公孙璞气力不加，不由得暗暗叫苦。原来他打错了算盘，想要趁着抢了先手的机会，急攻以求取胜，却不知这正是西门牧野求之不得的事情。倘若他仗着玄铁宝伞稳守的话，西门牧野没有他的抗毒本能，那时谁能支持更久，可就是未定之数了。

激斗之中，公孙璞几乎喘不过气来，暗暗叫苦。但西门牧野也并不好受。他的抗毒功力不如公孙璞，在双方互以"化血刀"的毒功劈了十数"刀"之后，西门牧野只觉胸口的烦闷之感越来越甚，心知若是不能早些结束这场搏斗的话，只怕就是胜了，自己也得大病一场。

另外，西门牧野还有一层顾虑，他是个想做天下武林盟主的人，对方只不过是个后世小子，莫说是不能胜得对方，就是给对方抵挡到一百招开外，自己方能取胜，这也是大失面子之事。西门牧野心想道："幸亏朱九穆没有看见，若是给他看见刚才的情景，只怕他是一定要看轻我了。但打得久了，他总会闻声出来的，我必须在他未曾出来之前，赶快将这小子打发才行！"

西门牧野急于求胜，当下牙根一咬，不惜消耗真力，同时使出了他偷练成功的桑家两大毒功，左掌是"化血刀"，右掌是"腐骨掌"，左掌掌心鲜红如血，一掌劈出，腥风扑鼻；右掌掌心黑漆如墨，一掌劈出腐臭的气味熏人欲呕。公孙璞幸亏本身有抗毒的功力，不至于便即昏倒，但也必须运气抵御，越来越是感到难以支持了。

忽听得有个声音叫道："公孙璞，出来吧！你的朋友在瀑布外面等你！"那条瀑布从高山上冲击而下，轰轰发发，响若雷鸣。公孙璞初时只似隐约听到有人叫他的名字，那人接连叫了三遍，公孙璞方始把他说的这两句话听得完全。不由得又惊又喜，心里想道："这个人不知是谁，竟有如此深厚的内功造诣。纵然比不上西门牧野这老魔头，倒也可以做我一个好的帮手了。但我却怎样摆脱得了这老魔头的缠斗，冲出瀑布去呢？"又想："他所说的宫小姐，想必就是与我同行的那个宫锦云了。原来'他'果然是女扮男装。"

这声音西门牧野也听到了，不由得吃了一惊，心里想道："据朱九穆说，昨天他在韩家碰到韩大维的女婿，居然不畏他的修罗阴煞功，莫非来的就是此人？听说韩大维的女婿名叫谷啸风，他的父亲谷若虚在生之时，乃是与韩大维齐名的一代大侠，若然真的是谷啸风来了，给他们二人联手，只怕我就难取胜了。"着急之下，连连施展杀手。公孙璞更是给他迫得透不过气来。

就在此时，有一个青袍老者，从山坡上的小径走出来。濮阳坚一见，大喜叫道："朱老前辈来啦！"濮阳坚的功力比师父差得太远，他还未曾听到谷啸风在外面呼喊的声音。

朱九穆抬头向公孙璞望去，"哼"了一声，冷笑说道："原来又是你这小子！"接着叫道："西门老兄，这小子当真有点邪门，你要不要歇歇，待我替你走几招！"

在朱九穆倒是一番好意，但在西门牧野听来却变成了冷嘲。西门牧野哈哈笑道："朱老弟，你看我的吧。这小子再邪门谅他也逃不出我的掌心！"

公孙璞冷笑道："你们就是用车轮战，我也不惧！"玄铁宝伞一挥，攻守兼施，拼命抵挡，又解了西门牧野的一招杀手。正因为他是拼着豁了性命的，是以虽然将近到了精疲力竭的田地，但仍然是虎虎有威，教西门牧野摸不清他的虚实，一时间倒也不敢太过欺侮。

朱九穆那日给公孙璞以天下第一的点穴功夫"惊神指法"吓退，也是未曾摸清他的虚实。不过他想公孙璞与西门牧野已经恶斗了许多时候，自己一上，十九可以稳操胜算。他是和西门牧野并驾齐名的大魔头，对付一个后生小子，当然不能二人联手。因此他才要把西门牧野替下。

但西门牧野这么一说，倒是教他不便上去了。心里想道：“西门老儿犯了心病，好，那我也就何妨看他出乖露丑！再说，以我的名头，用车轮战也的确是有失身份。”于是朱九穆走到半路就停下来，袖手旁观。

西门牧野连使十数招杀手，都给公孙璞以玄铁宝伞架开，心中更是焦躁，生怕在朱九穆跟前失了颜面，给他看轻。高手比斗，哪容得稍有焦躁不安，西门牧野急于求逞，有一招杀手，不知不觉露了破绽，公孙璞猛地一声大喝，闪电般的就从缺口冲了出去。这还是因为他自知气力不支，不敢反扑，否则在这一招，西门牧野即使不受重伤，也必定要吃点亏了。

朱九穆失声叫道：“不好，要给他逃跑了！”西门牧野刚刚夸下海口，说是这小子决逃不出他的掌心，话犹未了，就给公孙璞逃了出去，此际又听得朱九穆这么一叫，不由得怒发如狂，大喝道：“往哪里跑，跑到天边我也要把你捉回来！”公孙璞飞身扑入瀑布，西门牧野如影随形的也跟着跃进，一时间却忘记了公孙璞在外面有人接应了。

西门牧野尚未穿出瀑布，一招“排山运掌”，掌力已是达到公孙璞身上。公孙璞在扑入瀑布之时，铁伞早已张开，在瀑布当中，铁伞倏地一转，湍急的瀑布登时有如飞珠溅玉，水箭激射回去，射得西门牧野双眼张不开来，给瀑布一冲，几乎跌倒。

那股掌力若在平地发出，公孙璞背心受袭，非受伤不可。但在瀑布之中，这股掌力给水流的压力抵消了一半，另一半又给他的玄铁宝伞挡住，公孙璞丝毫没有受伤。说时迟，那时快，公孙璞早已穿过了水帘洞！

西门牧野闭了双目，一提真气，从瀑布之中跃起，一前一后，跟着也穿过了水帘洞！

且说谷啸风在瀑布外面以传音入密的内功喊了三遍，只听得瀑布轰鸣，无人答话，不禁惊疑不定，心想：“难道是我猜测错了？”

心念未已，忽见瀑布浪花急溅，水箭纷射，水帘突然分开。宫锦云大喜道：“不必我进去了，他出来啦！公孙大哥，公孙大哥！”

公孙璞落汤鸡似的从瀑布中冲出来，宫锦云又惊又喜，上去拉他。公孙璞连忙叫道："后面有人！"话犹未了，西门牧野亦跟着冲出。

谷啸风刷的一剑刺去，西门牧野的双眼尚未张开，听得金刃劈风之声，呼的就是一掌扫出。谷啸风剑尖一歪，在西门牧野的长袍上划开了一道裂缝。西门牧野不由得大吃一惊！"这小子难道比那公孙奇的孽种还要厉害不成，他，他居然也挡得住我的掌力，还能刺我一剑！"其实这不是因为谷啸风比公孙璞厉害，而是西门牧野恶斗了一场之后，功力已是大大打了折扣了。

但虽然如此，认真的拼斗起来，谷啸风仍是斗不过西门牧野。但西门牧野吃亏在一照面便折了锐气，难免有点心慌。

说时迟，那时快，谷啸风一招"白虹贯日"，白晃晃的剑尖，又已刺到了西门牧野的胸口，西门牧野双眼已经张开，焉能给他刺中？骤然一个"鹞子翻身"，双臂"金鹏展翅"，反扣谷啸风的脉门。

这一招大擒拿手凶猛无比，眼看谷啸风若是不赶快逃跑的话，长剑就要给他夹手抢去。宫锦云一个箭步抢上前来，侧袭西门牧野。西门牧野眼观四面，耳听八方，一看宫锦云袭来的掌式，不禁又是大吃一惊，顾不得夺剑伤人，连忙回掌护身，喝道："你这娃娃是黑风岛宫岛主的什么人？"

原来宫锦云用的是家传的"七煞掌"，掌势飘忽不定，能够同时拍打按抓敌人的七处大穴，西门牧野见多识广，一眼就看出来了。正是：

敢夸毒掌真无敌？接二连三遇克星。

欲知后事如何，请听下回分解。

第二十一回　香闺名画谁偷换
月夜幽林慧婢来

宫锦云道："爹爹恨你口出狂言，叫我来找你的晦气！"西门牧野听说她是黑风岛岛主的女儿，不禁心头微凛，寻思："黄河五霸是宫昭文的旧属，想必是因为濮阳坚用我之名收服黄河五霸，此事已经大大的招恼了他。"心念未已，只见宫锦云宛如水蛇游走，飘忽不定的七煞掌二度向他袭来。

西门牧野喝道："纵然是宫昭文亲身到此，也得尊我一声老大，你这娃娃，胆敢对我无礼！"双掌一圈，护住全身穴道，陡然飞起一脚，向宫锦云踢去。

谷啸风脱困之后，迅即又扑上来，喝道："老匹夫休得逞强！"一振手腕，剑锋倒转，反手刺向西门牧野的小腹。这一招七修剑法，正是谷啸风最得意的杀手。

此时西门牧野正面对着宫锦云，侧面乃是"空门"（防御较疏的地方）所在，眼看这一剑是可以在他身上穿个窟窿，不料他的身子滴溜溜一转，踢向宫锦云的那一脚登时改了方向。原来他已自知气力不加，黑风岛的七煞掌与他偷学的桑家两大毒功同出一源，同样是歹毒之极的邪派功夫，他听得宫锦云是黑风岛岛主的女儿，对她的七煞掌自是不免有点顾忌，是以踢向宫锦云的那一脚本来是声东击西的脚法。谷啸风必将再次上来向他夹攻，这是早是在他意料之中的。他故意露出"空门"，也正是对谷啸风的诱敌之计。

西门牧野自以为得计，殊不知正是棋差一招。宫锦云虽然已得七煞掌的真传，但功夫未到，其实是难以伤害他的，他这一脚若是向宫锦云踢去，早已可以把她踢翻了。如今用来对付谷啸风，谷啸风的功夫可是比宫锦云高明得多，这就弄成两败俱伤的局面。

只听得“当”的一声，谷啸风的长剑给他踢个正着，脱手飞出。但谷啸风却没有给他踢翻，长剑刚一脱手，左手便倏地劈下，这一掌俨如利刃削过，正削着西门牧野的膝盖。饶是西门牧野功力深厚，但一足支地，重心不稳，给削着了膝盖关节，也不禁痛如刀割，大吼一声，“登、登、登!”的退出了三四步。

宫锦云笑道：“你不是想找我爹爹较量的么？怎么和我交手也要逃了!”

话犹未了，忽见瀑布中又冲出一人，原来是朱九穆赶来了。朱九穆喝道：“我和你较量!”掌风呼呼，寒飙卷地，第八重的修罗阴煞功已然发出!

谷啸风给西门牧野踢飞了长剑，只觉一条右臂已是麻木不灵，此时他正在去拾取长剑，一面默运玄功，通活气血，想要去援救宫锦云，不但是力所不能，且是来不及了。

幸而公孙璞此时喘息已定，功力恢复了几分，一见朱九穆发掌，立即撑开玄铁宝伞，挡在前面，遮住了宫锦云。

撑开的伞给朱九穆那股掌风一迫，登时是如涨满的风帆，公孙璞牢牢抓紧伞柄，兀是感到巨大的压力。但虽然如此，朱九穆以修罗阴煞功所发的冷气寒风，也给这一把伞挡了一大半，在宝伞保护之下的宫锦云，只是打了一个冷战而已。

修罗阴煞功的掌力并非以刚猛见长，而公孙璞竟然感到如此吃力，这当然是因为他在恶战之后，气力未曾恢复的缘故。公孙璞心头一凛，暗自想道：“我仗着玄铁宝伞，仅能自保，只怕是斗不过这老魔头的了。”当下以攻为守，宝伞团团一转当作盾牌，伞柄却使出判官笔的招数，一招“玄鸟划砂”，锋利的伞尖向朱九穆的脉门挑去。

朱九穆侧身一抓，五指如钩，抓着涨得卜鼓鼓的伞面。他哪里知道这不是普通的布料，而是韧性最强的天蚕丝织成的。一条天蚕丝就可以吊起十多斤的重物，天蚕丝织成的伞面，岂是他的五指之力所能撕破？

双方动作都快，朱九穆一抓之下，就像触着一个皮球似的，一股弹力登时将他的指头弹开。朱九穆吃了一惊，心里想道："怪不得西门牧野奈何不了这土头土脑的小子，原来他这把雨伞确实是有点邪门。"心念未已，说时迟，那时快，公孙璞的伞柄尖端已是刺破了他的外衣。

幸亏朱九穆先是侧身一闪方才进招的，否则给伞柄挑破脉门，吃亏可就要更大了。公孙璞一来因为气力不足，二来因为撑开的伞，使用起来，当然不及判官笔的灵活，伞尖刺破了对方的外衣，朱九穆一个吞胸吸腹，身形未动，已是凭空挪后几寸。就这毫黍之差，使得公孙璞这招奇袭，功败垂成。但朱九穆这一惊已是非同小可，不但吃惊于公孙璞奇妙的"惊神笔法"，更吃惊于这柄宝伞的"邪门"。大惊之下，只好连忙后退。

谷啸风拾起了长剑，喝道："老贼休走，吃我一剑!"朱九穆知道谷啸风不畏他的修罗阴煞功，自忖若是单打独斗，自己亦只是仅能胜他而已，有这"邪门"的"小子"与他联手，自己是必败无疑的了。当下硬着头皮喝道："你这个乳臭未干的小子，老夫还会怕你不成?"口硬脚软，不知不觉又退了三步。

公孙璞道："谷大哥，看在他们一把年纪的份上，今日暂且不要与他们为难了。"谷啸风道："也好，就暂且饶他一遭。"其实谷啸风亦已力竭精疲，只是虚张声势而已。

西门牧野看出他们是虚张声势，但他的膝盖受伤，暂时已是不能施展轻功，想追也是追不上的了。只好眼睁睁地看着他们三人离开。

谷啸风等人走出山坳，见那两个老魔头没有追来，方始松了口气。

谷啸风跑了一程，只觉浑身发热，原来他虽然没有直接给西门牧野的"化血刀"劈中，但那股腥风已是吸了进去，以致颇受影响，内息不能调匀。他见公孙璞面不红，气不喘，不由得好生佩服，说道："那红面老头的毒掌功夫好厉害，看来朱九穆这老魔头恐怕还比不上他。幸亏公孙少侠和他恶斗了一场，要不然我只怕十招都接不起。"

公孙璞道："那老魔头名叫西门牧野，用的毒功名为'化血刀'，正是昔年名闻天下的桑家两大毒功之一。"谷啸风恍然大悟，失声说道："原来如此，这就怪不得了。"宫锦云道："什么怪不得？"谷啸风道："我一直猜想不透，是谁有那样厉害的毒掌功力，把韩大维的家人尽都击毙的。原来是西门牧野这老魔头。"当下把他怎样发现韩家的老仆中毒，怎样将伤口的血块刮了下来，这一小块血块的粉末毒毙溪中无数游鱼之事说了出来，听得宫锦云也不禁为之矫舌。

公孙璞道："多谢兄台拔剑相助，还未请教大名？"宫锦云"噗嗤"一笑，说道："这位谷啸风大哥正是韩家的姑爷，但现在他却想做百花谷奚家的姑爷了。我正为'韩大哥'抱不平呢！"宫锦云还是小孩子的脾气，口没遮拦，说得谷啸风满面通红，讷讷说道："宫姑娘休要取笑。对啦，我正想请问公孙少侠，可探出韩姑娘的下落没有？"

公孙璞怔了一怔，心道："为何说他是韩姑娘？"宫锦云笑道："韩大哥原来就是韩大维的独生爱女，她的芳名叫韩珮瑛，不是叫做韩英。这是我刚才见了谷大哥方始知道的。你明白了吧？"

公孙璞哑然失笑，心里想道："我真是糊涂透顶，两个乔装打扮的女子我都看不出来。"他是个不好多管闲事的人，对别人的私隐，更是不愿多问，于是说道："原来如此。谷兄，你的胸口此际是否还有一点烦闷之感？"谷啸风道："正是如此。小弟功力太浅，连那老魔头劈空掌所发的腥风都受不起，真是惭愧。"

公孙璞道："这不是谷兄功力不足，而是因为谷兄从来未碰过这种毒功。小弟自幼曾受'化血刀'的毒害，幸得名医治好，倒是因祸得福，对这种毒功就不怎样害怕了。我这里还有几颗丸药，是以前服剩的。谷兄所受的毒很轻，只须服下一颗，当可确保平安。"

谷啸风吞下一颗丸药，果然顿觉气爽神清，谢过了公孙璞，又再问道："韩小姐的下落——"

公孙璞道："我追赶那老婆婆，进了水帘洞之后就不见她了。但瀑布后面，有一幢堡垒形的建筑，猜想这座堡垒就是那老婆婆所说的她与韩小姐藏身之处了。”

谷啸风心里想道：“这老婆婆是友是敌，尚未分明。她曾经救过我的性命，但那次我无意中偷听到的韩伯伯和伯母的谈话，却又似是和她结有梁子的。即使不把她算入敌方，也还是敌强我弱。”于是说道：“这两个老魔头太过厉害，咱们只有三个人，决计不是他们的对手。为今之计，只有先回韩家，待奚氏兄妹来了，再作计较如何?”

宫锦云正是怕见奚家兄妹的，听了谷啸风的说话，不觉面有难色。谷啸风道：“两位此次来到洛阳，不知可有别的事情?”公孙璞道：“正是为了拜访韩大哥、不，韩小姐而来，除此之外，并无别事。”谷啸风道：“我和韩家是世交，两位也是珮瑛的朋友，故此我敢冒昧请两位帮忙。但在下也不敢强人所难，两位今日已经帮过我的大忙，允应与否，我都是一样感激的。”

公孙璞是个老实人，心想：“若然不说实话，他一定当作我是害怕了那两个老魔头。”于是笑道：“我们倒不是害怕强敌，只是怕见了奚小姐不好意思。”谷啸风诧道：“为什么?”公孙璞道：“因为我们偷了她的一坛九天回阳百花酒，不料却又给那老婆婆抢了去了。”其实这只是宫锦云独自做出的事情，与公孙璞无关的。公孙璞勇于任咎，把责任分担了。

谷啸风恍然大悟，哈哈笑道：“我明白了，两位一定是想把这坛酒偷来送给珮瑛，但却不知奚玉瑾和珮瑛也是知交。这只是一场误会，说明白了，她是决不会怪责你们的。这坛酒若是在我的手上，我也一样会给那老婆婆抢去。两位不必引咎自责，咱们这就回韩家吧。”

回到韩家，已是午夜，谷啸风不见奚玉帆、奚玉瑾兄妹，心中忐忑不安：“难道他们在路上出了事情? 这么晚了，尚未来到!”

宫锦云虽然淘气，却甚细心，进入韩珮瑛那间卧房亮着了灯的仔细一看，笑道：“谷大哥，他们已经来过了。还有你那个爱说谎话的舅父，也好像是重来了一次。”

谷啸风一看地下，只见地上足印凌乱，但仔细辨认，仍可认出有三男两女的足印。他已知道其中的一男一女的足印，是他和宫锦云留下的，那么另外的二男一女，依理推测，的确应该是任天吾和奚家兄妹的。

谷啸风沉吟半晌，说道："不错，看来他们是来过的了。想必是因为他们兄妹见不着我，此刻已经跟随我的舅父一同到洛阳的丐帮分舵去了。丐帮的总帮主陆昆仑陆老前辈，如今也正是在洛阳的丐帮分舵，咱们一同去谒见陆帮主如何？"

公孙璞大喜道："小弟久仰丐帮帮主的英名，理该前去拜见。"又道："一有丐帮援手，那两个老魔头也就不足为惧了，咱们赶快去吧。"

谷啸风如有所思，默不作声。宫锦云奇道："谷大哥，你在想些什么，你不是急着要去见你那位奚小姐的么？"谷啸风道："请两位稍待片刻。"宫锦云朝着他的目光注视之处看去，却原来谷啸风是在对着一个箱子发呆。

宫锦云知道箱中藏的都是名家字画。昨日任天吾进来搜查，把字画乱七八糟的丢在地上，后来谷啸风来了，才把它重新收拾好的。宫锦云恍然大悟，说道："哦，你是舍不得这些名家字画？"

谷啸风忽道："这箱子是你锁上的吗？"宫锦云道："我根本没有碰过这个箱子。"谷啸风道："这就奇了，我记得我好似并没有加上锁的。"宫锦云道："这有什么奇怪，一定是奚小姐来过这里，看见箱子打开，恐防有人偷窃字画，因此给你锁上的。"

谷啸风给她一言提醒，点了点头，说道："也有这个可能。不过此地无人看守，加上了锁，也是不能防盗。"宫锦云道："你想把这一大箱字画都带走吗？唉，在这兵荒马乱的时候，多少宝贝的东西都只能抛弃了，你却不嫌累赘，还要带这些劳什子！"谷啸风道："你不知道这些都是极难得的字画，全部带走虽不可能，我也想挑选几件精品，替韩伯伯保存一点他所心爱的东西。"说罢，打开箱子，拿起放在最上面的一卷画轴。

谷啸风记得他最后放进去的一幅画是韩干画的马，但拿到手中，忽地觉得好似有点不对，打开一看，只见是一幅晋人顾恺之画的山水，谷啸风不禁大为奇怪，心道："我分明记得是韩干画的马，怎的忽然变了？"再留心一看，这幅画与顾恺之风格虽然相似，但印章笔法和纸张的质地都不对，比顾恺之的真品差得远了！谷啸风更奇怪了，想道："韩伯伯精于鉴赏字画，我都看得出是赝品，他怎会收藏？"

心念未已，忽听得公孙璞叫道："快快放下，这画上有毒！"谷啸风大吃一惊，道："这画上有毒？"果然觉得掌心已是有麻痒痒的感觉。

公孙璞取出一口银针，刺破他的中指，撒上一撮药粉，说道："幸好发现得早，你把毒血挤出就没事了。"谷啸风惊疑不定，说道："是谁换上这幅染毒的画的，这不是存心害人吗？"

公孙璞的内功不惧中毒，但为了小心起见，仍然用布包着双手，这才把箱中的字画一幅一幅打开来看，只见堆在上面的十几幅字画，虽然都是赝品，但总还是个字画，后面的就只是一张张白纸了。但有一点相同的是：不论字画和白纸，全都有毒！

公孙璞叹道："这人用心真是狠毒！谷兄想得到是什么人吗？"

谷啸风道："嫌疑最大的应是西门牧野，但这老魔头刚才还和我们交手，他又岂能分出身来？"公孙璞道："既然猜想不透，那么咱们还是先去拜见陆帮主吧。"

他们三人连夜动身，恰好在天亮时分，来到洛阳城下。只见已有数百难民聚集在门口，等候开城。谷啸风向难民打听，始知荥阳已经失陷，汜水也在两日前发现了敌踪了。汜水距离洛阳不过三百里左右，蒙古骑兵行军迅速，倘若敌骑马不停蹄的直向洛阳攻扑，今日便有可能攻到洛阳！

照平日规矩天一亮就该开城的，今日却迟迟不开，难民在城下鼓噪，越来越多。待到辰时，聚集的难民已是数以千计，城门仍未打开。

守兵在城头上张弓搭箭，作势放射，一个军官出来喝道："奉总兵大人谕，难民一概不许进城！你们赶快往别处逃生去吧。倘若还在这里闹事，我可要把你们当作乱民惩处了！"此言一出，城下的难民更为激动，骂声四起。谷啸风吸了口气，朗声说道："官府平日但知吮吸民脂民膏，有事之时，却置百姓于不顾，哪有这个道理？"难民齐声叫道："说得对，他不开城，咱们自己打开！"

那军官暴怒如雷，喝道："反了！反了！说话的人一定是鞑子的奸细，你们不要受他煽动，谁敢闹事，我可要下令放箭了！"

谷啸风怒道："岂有此理！谁是鞑子的奸细？"正要挺身而出，与那军官辩论，公孙璞将他按住，说道："且慢。"只见城墙上又出现了两个人，一个是军官，另一个却是叫化子模样的人。谷啸风认得这个化子乃是丐帮分舵的副舵主，与正舵主刘赶驴有八拜之交的索万滔。

和索万滔同来的那个军官向守城的军官低声说了几句话，谷啸风在城下听不见他们说什么，只见守城的军官向索万滔点了点头，随着打手势止了喧哗，大声说道："总兵大人体恤你们，现在准你们进城了。进城之后可不许骚扰，没有亲友投靠的一律到大校场集合，听候收容。"谷啸风旁边的一个难民发议论道："什么体恤民情？一定是丐帮的帮主出头，总兵大人才不能不卖他的情面！"

城门打开，难民潮水般地涌进去。谷啸风是曾经来过丐帮分舵的，当下就带了公孙璞、宫锦云二人，径往分舵求见陆帮主和分舵的舵主刘赶驴。

分舵中群丐出出进进，十分忙碌，过了差不多半个时辰，才有人将他们带引进去。在客厅坐定，又过了一会，刘赶驴方始出来，但却不见丐帮的帮主陆昆仑。刘赶驴抱歉道："谷世兄，我想不到局面变化得这样快，一直忙到现在，才有空闲，请恕怠慢之罪。"

谷啸风道："听说汜水已经发现敌踪，总兵大人想必是要贵帮协助守城的了。"

刘赶驴道："正是如此。说来也是令人又好笑又气愤，平日这些当官的老爷们怎会把咱们讨饭的穷叫化放在眼里，不给他们欺凌已算是好的了。如今大难临头，他们才不能不放下架子，求爷爷告奶奶的来向我们恳求，只要我肯答应，叫他们跪下来磕一百个响头，他们决不敢只磕九十九个。"

谷啸风道："这些金虏的官儿当真是可鄙可恨，不过为了老百姓着想，这个忙恐怕还是要帮一帮他们的了。"

刘赶驴道："是呀，所以我就对那总兵说道，我不是帮你们官府的忙，我的目的只是要保护百姓。你要丐帮协助守城，就得答应我们两件事，第一件是打开官仓和征集富户的粮食；第二件是准许难民入城，由丐帮负责将难民中的壮丁编成作战队伍，妇孺老弱之辈，官府负责他们的粮食，丐帮则负责保护他们。那个总兵没有办法，只好一口应承。如今丐帮的兄弟正在和穷人一道，分头出发，去搜查富户的余粮。这些有钱的老爷们的威风，这一下可全给穷爹打下了！”

谷啸风哈哈笑道：“痛快！痛快！但不知陆帮主是否还在城中？”

刘赶驴道：“帮主和你的舅舅、奚玉帆三人昨晚已经押运韩家的宝藏出城，有一支义军在洛阳城西一百多里的紫萝山上，陆帮主准备把这批宝藏交给紫萝山的义军首领，由他处置。然后再设法和北五省的绿林盟主柳女侠联络。

“他们出城之时，尚未知道军情已有变化的，否则恐怕他们也会留下来了。不过他们去了也好，我估计洛阳恐怕是守不住的，危急之时，我打算保护难民突围，就往紫萝山投奔义军。陆帮主得知这边的消息，想必也会和义军首领商量好接应的办法。”

刘赶驴讲完城里的情况之后，问道：“对啦，你们昨晚可探听到韩大维的下落没有？”

谷啸风道：“有了一点线索，正想来向舵主请教如何对付。”当下将昨日在山上发现堡垒，与及遇上西门牧野与朱九穆这两大魔头等等事情告诉刘赶驴。跟着介绍公孙璞和宫锦云与刘赶驴相识。

刘赶驴沉吟半晌，说道：“韩大维是友是敌，尚未分明。但目前我已是无暇顾及他了。你们来得正好，就请你们留下来帮帮我们的忙如何？”事有缓急轻重，谷啸风等三人只好答应，侦查堡垒援救韩家父女之事只好从缓了。

但谷啸风还有一重心事，令得他忐忑不安。奚玉瑾昨晚并没有和她的哥哥同往丐帮，她又到哪里去了呢？

奚玉瑾到哪里去了呢？她如今正在韩家屋后的那座山上，碰到了一件意想不到的事情！

奚玉瑾和哥哥分手之后，兜了一个圈子，又回到韩家，再找一遍，仍然找不着谷啸风和韩珮瑛。

此时天色已是渐渐黑了，奚玉瑾惴惴不安，心里想道："啸风先我动身，按说他是应该早已到了。他是知道我一定要来找珮瑛的，为什么他不在这里等我呢？难道当真是，当真是出了事了？"

奚玉瑾所想的"出了事"，有两个可能，一是遭遇了韩家的对头，他是韩家女婿的身份，城门失火，殃及池鱼，累他也受了祸。另一个可能则是当真如任天吾所说的，他和韩珮瑛重拾旧欢，知道她就要来，因此先行避开，和韩珮瑛一起走了。

本来奚玉瑾是不敢相信任天吾的说话的，但在恋爱中的女子，总是免不了有患得患失的心情，尽管她与韩珮瑛情如姐妹，韩珮瑛的性格她亦知之甚深，以韩珮瑛的性格，决不会在经过一场令她极度难堪的婚变之后，还要嫁给谷啸风的。但她仍是不禁有点着慌，生怕情郎给人夺去。

在韩家找不着谷啸风，奚玉瑾遂上山寻觅。她曾在韩家做过几个月的客人，和韩珮瑛上山游玩亦是不止一次。山上有几处风景幽美的僻静地方，正是最适合于谈情的幽会之所，奚玉瑾心乱如麻，脑海中已是不自觉的幻出了他们谈情说爱的情景了。

奚玉瑾茫然独行，踏过了旧游之地，回想起往日与韩珮瑛把臂同游，何等亲热，想不到姐妹般的情谊如今竟然有了裂痕，禁不住心里叹了口气，想道："如果珮瑛真的是为了失掉未婚夫而伤心，那我就让了她吧。"

她想起了与韩珮瑛相处的日子，韩珮瑛许多可爱的性格，她也禁不住怀念起来，又再想道："重拾旧欢这四个字是用得不对的，他们订婚之后，总共才不过见了两次面，那时珮瑛还是拖着鼻涕的小姑娘，哪里有什么男欢女爱的恋情可言呢？但在这场婚变之后，他们却可以说得上是较为相识了。珮瑛这小妮子我见犹怜，啸风真正认识了她之后，会不会也真的就爱上她呢？珮瑛又会不会为了争一口气，宁可将来把啸风抛弃，目前却要将他俘虏作裙下之臣呢？"要知奚玉瑾乃是一个工于心计的姑娘，在这利害关头，还是不禁把韩珮瑛设想得和她一样了。

奚玉瑾正自心乱如麻，胡思乱想，忽听得树叶沙沙作响，抬头一看，只见密林深处，有两个女子分枝拂叶而来。

此时已是月上梢头的时候，月色相当明亮，奚玉瑾吃了一惊，定睛看去，并没有韩珮瑛在内。这两个女子原来只是十六七岁的小姑娘，穿着同样的服饰，青衣蛮鞋，好像一般北方豪富之家的丫鬟模样。

奚玉瑾吃了一惊，心里想道："这两个小丫头的身法似是练过武功的，附近并无大户人家，不知是否珮瑛新买的丫头？"正想询问，尚未开声，只听得那两个丫头已在说道："请恕婢子唐突，请问你可是百花谷奚家的二小姐奚玉瑾姑娘么？"

奚玉瑾怔了一怔，说道："不错，我就是奚玉瑾。你们是谁？"

年纪较长的那个丫头说道："婢子贱名侍梅，她是我的妹妹侍菊。我们是奉了主人之命，来请奚小姐的。"

奚玉瑾道："不知贵主人是哪一位？"

侍梅道："见面之后，家主自会对奚小姐细道其详。现在我若说出主人的名字，奚小姐你也不会知道的。"言下之意，已是暗示主人不许她们说出名姓了。

奚玉瑾甚为纳罕，心想："若是韩珮瑛，不会如此藏头露尾，故作神秘。"于是问道："如此说来，我与贵主人是素昧平生的了。她何以知道我今日到此，请我相会，又是为了何事？"

侍菊笑道："家主早料到奚小姐有此一问。家主知道奚小姐惦记着一个人，是以代这人约奚小姐相会。"

奚玉瑾又惊又喜，只道她们说的这个人是谷啸风。连忙问道："此人是谁？"

侍梅道："是韩家的大小姐珮瑛姑娘。"

奚玉瑾稍为失望，但听到了韩珮瑛的消息，也还是很欢喜的，问道："韩姑娘在你们家里么？是否只是她一个人？"

侍梅道："大概是吧。我们只是供主人差遣的丫头，主人的朋友还轮不到我们服侍，是以我们并没有见过那位韩姑娘。"

奚玉瑾起了疑心，暗自想道："对方的来历我毫无所知，会不会是个圈套呢？"

侍梅似乎知道她的心思，说道："这里有一幅画，家主叫我们交给奚小姐权代请柬。家主说奚小姐看了这幅画，大概可以相信我们说的不是假话了。”

奚玉瑾满腹疑团，连忙打开那幅画来看。只见是米芾画的一幅山水人物，画中风景，酷似扬州城外，远山如黛，江中有两个小丫鬟驾着小船。画上题有姜白石的一首《琵琶仙》（词牌名），词道：

“双桨来时，有人似、旧曲桃根桃叶。歌扇轻约飞花，蛾眉正奇绝。春渐远，汀州自绿，更添了几声啼鴂。十里扬州，三生杜牧，前事休说。　　又还是、宫烛分烟，奈愁里、匆匆换时节。都把一襟芳思，与空阶榆荚。千万缕、藏鸦细柳，为玉尊、起舞回雪。想见西出阳关，故人初别。”

画的左上角盖有一方图章，是“若虚藏画”四字。

图章旁边，另有几行小字，写的是：“名画易得，良朋难求。若虚姻兄知余酷好丹青，乃以米芾此画相赠。姻兄家在扬州廿四桥边，眼底烟云，正是画中风景也。赠余此画，殊有招客之意乎？今姻兄仙逝，余亦病足，不能远行。廿四桥边同游之约，唯有期之来生矣。丙寅仲秋。大维补志。”

奚玉瑾见了此画，不觉发呆。

这幅画对她并不陌生，四年前她在韩家作客之时，韩珮瑛曾经给她看过这幅画，也正是由于看了这一幅画，她才知道韩珮瑛是谷啸风的未婚妻子的。当时看画的情景，在奚玉瑾的心头重现了。

原来这幅画乃是谷啸风的父亲谷若虚送给韩大维的，那天韩珮瑛给奚玉瑾看家中藏画，看到了这一幅画之时，奚玉瑾吃了一惊，却佯作不知，问道：“这位若虚先生，不知是否扬州的谷若虚大侠？原来他和你家是姻亲么？”韩珮瑛蓦地如有所觉，面红红的含糊应道：“我也不大清楚，或许是远房的姻亲吧。米芾这幅画虽然好，却似乎还不及顾恺之的山水。你看这一幅吧。”乱以他语，生怕奚玉瑾再问下去。奚玉瑾是个工于心计的姑娘，一看她这情景，不用再问，已是心中雪亮。四年前她虽然与谷啸风心心相印，尚未海誓山盟，后来待到她与谷啸风成为情侣之后，向谷啸风一问，证实了她当时的猜想无差：韩珮瑛果然是他自幼订下的未婚妻子。

这几年来，她心里一直有个疑团未能揭破，四年前韩珮瑛并未知道她与谷啸风相恋，以她们二人的情谊，为何韩珮瑛要瞒着这桩婚事，不敢向她直说？这与韩珮瑛平日的性格，是大不相符的。记得当时的情景，韩珮瑛让她见到这幅藏画，登时面都红了，好像是一个小孩子无意中做错了一件事似的，那神情不仅仅是女孩儿家的害羞，而且还似有几分惶急。“难道她当时就会预料得到我会横刀夺爱么？”

奚玉瑾当然不会知道，这是韩大维郑重的告诫过他的女儿，不许女儿让奚玉瑾知道的。因为谷啸风的母亲本来是奚玉瑾父亲的未过门的妻子，成婚前夕才和谷若虚私奔的。韩大维也绝对没有想到，上一代的事情，可能在后一代重演。

此际奚玉瑾见了这幅画，勾起了往事的回忆。但此际却不容她有余暇细想往事了，她必须立即决定，要不要跟这两个丫鬟去见她们的主人。

这是韩珮瑛家中的藏画，而且是韩珮瑛最珍贵的一幅画，这画既然不假，她们的话想来也是不假的了。奚玉瑾本来就是要探查韩珮瑛的下落的，当下就决定冒这个险。

奚玉瑾把米芾画的这幅画卷起，交回那个丫鬟，抬头一看，只见清辉如水，明月已上梢头。奚玉瑾笑道：“良夜迢迢，我正欲望门投止，难得有贤主人邀客，我是却之不恭了。”

那两个丫鬟见她答应，甚为高兴，侍梅收起了画，说道：“多谢奚小姐赏面，请跟我来。路上若然碰见有人问你，你不必说话，由我们替你回答好了。”

奚玉瑾不知她们葫芦里卖的是什么药，但既已决定冒险，也就顾不得这么多了。她见这两个丫鬟向山上走去，不觉怔了一怔，问道：“你们住得远吗？”侍菊答道：“不远，就在这座山上。再走一会就到了。”

奚玉瑾好生诧异，她在韩家作客之时，天天和韩珮瑛在山上游玩，深知山上没有人家，所以她刚才还以为这两个丫鬟是要翻过山头，带她到别的山村去的。这丫头的回答，大出她意料之外。

奚玉瑾忍不住再问：“你们是新搬来的吗？”侍梅道：“不是。我今年十七岁，我出生的时候，主人就是住在这里的了。”

奚玉瑾越发诧异，但心想她既然说是再过一会就可走到，闷葫芦迟早是要打破的，也就不再问了。

不知不觉走到了那道瀑布下面，前头已无去路，奚玉瑾方自纳罕，侍梅取出了一件五彩斑斓的斗篷，叫奚玉瑾披上。奚玉瑾道："要这个做什么?"侍梅道："请奚小姐跟我们穿过水帘，这斗篷可以权当雨衣，虽不能遮掩全身，也可以免得湿透衣裳。"

这两个丫鬟穿上了同样的斗篷，侍梅说罢，一个"燕子穿帘式"跃入瀑布，侍菊跟着过去。奚玉瑾把心一横，想道："管她弄的是甚玄虚，我跟着过去就是!"

穿过水帘，果然别有洞天。侍菊收起斗篷，赞道："奚小姐好功夫，衣裳全没着水，婢子是自愧不如了。"要知斗篷只能遮着上半身，要使衣裳不受水珠溅湿，那还得凭着上乘的轻身功夫。

奚玉瑾一看这件斗篷，这才知道是孔雀的羽毛织成的，拈在手上，轻如羽扇，心里想道："怪不得可以折起来放在身上。但这三件斗篷不知要用多少头孔雀的羽毛，纵非价值连城，也是胜于一般珠宝了。这家人家，想必是和韩家一样的大户人家。"

抬头一看，只见山上有一座堡垒形的建筑，侍梅嘘了一声，说道："快走，快走，最好不要给堡里的人看见。"

奚玉瑾以为她们是住在堡垒中的，听了侍梅的话，这才知道堡中住的又是另一伙人。奚玉瑾暗自想道："山中不知藏有多少诡秘的人物，珮瑛从未和我说过，想必她也不知这个所在。"心中更是觉得奇怪了!

这两个丫鬟的轻功颇是不弱，带领着奚玉瑾在乱石与茅草丛中找路，借物障形，蛇行兔伏，不多一会，已是远远离开了那个堡垒。侍梅长身而起，吁了口气，低声说道："幸好堡垒中没有人出来。"

奚玉瑾忍不住问道："堡中是什么人，是你们主人的仇家吗?"

侍菊比较喜欢说话，此时她松了口气，便叽叽呱呱地说道："堡中新近来了两个老家伙，一个名叫西门牧野，一个名叫朱九穆，听说都是练有独门的邪派功夫，杀人不眨眼的魔头。梅姐对这两个老魔头着实有点害怕，我倒不怕他们。"

奚玉瑾吃了一惊，心里想道："原来是韩家的对头住在这里。

朱九穆是曾经和我交过手的，可真是不能让他见着啊。”当下问侍菊道：“你为什么不怕他们?”侍菊撇了撇嘴，意殊不屑的说道：“谅这两个老魔头再凶，他们也不敢得罪我们的主人。”侍梅说道：“我并非害怕他们，只是不想多惹麻烦。”奚玉瑾弄不清楚朱九穆和她们主人的关系，不禁又担了一重心事。

这两个丫鬟带领她到了一条水流湍急的河边，这条河的水源就是山下的瀑布，奔腾而下轰轰发发的激浪拍岸之声，震耳欲聋。

河边系有一只小舟，侍梅招呼奚玉瑾上船，说道：“奚小姐请坐稳了，我们送你上山。”拿起一支碧玉船篙，轻轻一点，小舟立刻往前驶去，逆流而上。到了激流湍急之处，小舟颠簸得十分厉害，抛起抛落，好像腾云驾雾一般。

奚玉瑾用重身法帮忙她们使小舟平稳，不觉想起了题画的两句词来：“双桨来时，有人似旧曲桃根桃叶。”心中暗自好笑：“眼前的风光倒也是双桨轻舟，小鬟迎客。但与词中的诗情画意可差得远了。”

过了约一盏茶的时分，小舟逆流而上，到了山顶。侍梅、侍菊汗湿轻罗，仍是相当矫健。奚玉瑾不禁暗暗佩服，心里想道：“婢子如此，主人可知。一定是位极不寻常的武林前辈了。”

奚玉瑾跟着这两个丫鬟终于到了她们的住处。只见是几间用竹木搭盖的房子，令奚玉瑾颇感意外，她原以为是大富之家的，却不料住的是如此简陋的平房。

但房子虽然简陋，进去一看，却别有一种幽雅情调。只见门栏窗户，都是用绿竹雕花做成的，板壁也是漆上青绿的颜色。藤萝牵蔓，从屋檐上倒挂下来，萦砌盘阶，或如翠带飘风，或如金绳盘屈，幽香阵阵，扑入鼻观，令人俗念顿消。

只听得叮叮咚咚的琴声从内进的一间雅室传出，奚玉瑾踏上台阶，隔窗遥望，从碧纱窗上的影子，看得出是个女人正在弹琴。正是：

轻舟慧婢迎佳客，幽谷奇人独抚琴。

欲知后事如何，请听下回分解。

第二十二回　雅室调弦迎远客
游蜂戏蝶是何心

袅袅轻烟，透出纱窗，香气如兰，中人欲醉。奚玉瑾心里想道："月明之夜，焚香操琴，确是人生一大乐事。想不到这位前辈女侠，乃巾帼中高士！"忽觉这香气似乎甚为"熟悉"，想了一想，恍然大悟："原来她焚的这炉沉香屑，正是珮瑛经常用的那种檀香。"

侍梅低声说道："主人正在弹琴，我不便打断她，请你稍等一会。"

琴声恍似珠落玉盘，莺语花间。奚玉瑾颇解音律，听得出她弹的是诗经"小雅"中的"白驹篇"，这是一首送客惜别的诗，诗道：

> "皎皎白驹，食我场苗。絷之维之，以永今朝。所谓伊人，于焉逍遥。皎皎白驹，在彼空谷。生刍一束，其人如玉，毋金玉尔音，而有遐心！"
>
> 那意思是说："那人骑来的是白马，吃我场上的青苗。拴起它拴起它啊，延长欢乐的今朝。那个人那个人啊，会在这儿和我共乐逍遥。白马儿回到山谷去了，咀嚼着一捆青草。那人儿啊玉一般美好，别忘了你的约言——给我捎个信啊！别有疏远我的心啊！"

轻快欢愉的琴声，听得奚玉瑾神清气爽，心里却又不禁暗暗好笑，想道："这个曲调最适宜少女惜别她的情人，若不是我看得见弹琴的是什么人，真想不到是出于一位婆婆之手。"

心念未已，琴音忽变，恍如流泉幽咽，空山猿啼，说不尽的凄凉意味。翻来覆去弹的只是四句曲调："知我者谓我心忧，不知我者谓我何求。悠悠苍天，彼何人哉?"听得奚玉瑾也觉心酸，想道："我只道她是超然物外的巾帼高士，却原来也是伤心人别有怀抱。但不知她要弹到几时?"奚玉瑾急于知道韩珮瑛的消息，这女人的琴虽然弹得极好，她竟无心欣赏了。

弹琴的人像是知道她的心意，就在此时，五弦一划，琴声戛然而止。那女人说道："教贵客久候了，请进来吧。"

珠帘揭开，奚玉瑾抬头一看，只见主人是个年约五十左右的妇人，虽是年华已去，仍可看出当年风韵。奚玉瑾暗自想道："她少女之时，定然是个美人胚子。"

那女人向奚玉瑾仔细端详，笑道："百花谷的姑娘当真名不虚传，长得就像花朵儿似的。奚姑娘，咱们虽然是初次见面，我却是打心眼儿里喜欢你。你不必客气，请坐下说话。侍菊，你呆在这里做什么，给客人沏一壶香片来呀!"奚玉瑾想不到主人一见她就这样熟落，戒备的心情不由松懈下来。听得她称赞自己貌美，心里暗暗欢喜。

奚玉瑾道："多蒙召见，不知我应该怎样称呼前辈?"绕个弯儿，请教主人的姓名。

那女人笑道："别用前辈后辈的称呼了，我姓辛，排行十四，若不见外，你就叫我一声十四姑吧。"

按照当地的习惯，未婚的中年女人，才会对小辈的外客自称为什么"姑"。奚玉瑾心里想道："想必是她少年之时情场失意，故而幽谷独居。她不欢喜人家说她老，我倒是不宜叫她婆婆了。"

侍菊奉上香茶，侍梅将那幅画放在几上，行过了礼，两个丫鬟同时退下。辛十四姑道："清茶奉客，姑娘莫嫌简慢。"

奚玉瑾道："十四姑是世外高人，这正合上了古人'寒夜客来茶当酒'的诗句。"辛十四姑微微一笑，道："奚姑娘，你真会说话。"

奚玉瑾客套了几句，便即开门见山地问道："十四姑深夜相召，不知有何赐教?"

辛十四姑指着侍梅放在几上的书画说道："这一幅画，侍梅想必已经给你看过了?"

奚玉瑾道："我正想请问，这幅画不知十四姑从何处得来?"暗自寻思："看这情形，珮瑛不像是藏在这里的了。"

辛十四姑淡淡说道："这幅画是韩大维送给我的。"

奚玉瑾怔了一怔，心里想道："这不但是韩家珍藏的名画，而且还牵连着韩谷两家的情谊。倘若她说的不假，她和韩伯伯的交情，可真是太不寻常了。"

辛十四姑看出她有点半信半疑的神气，说道："不仅是这一幅画，韩大维把家中所藏的字画早已全部给我了。他所藏的都是珍品，寻常难得一见的。奚姑娘你若是有兴趣的话，我倒不妨给你看看。"

奚玉瑾心想："谅她不会知道，这些画我是看过的了。"当下说道："难得有此眼福，正所愿也，不敢请耳!"

辛十四姑笑道："素闻奚姑娘才貌双全，琴棋书画无不通晓，果然名不虚传。这些名画今晚是遇见识主了。"端起茶杯，接着说道："茶快凉了，请奚姑娘喝过了茶，咱们就去赏画!"

奚玉瑾笑道："我只是附庸风雅，哪说得是个解人。"当下喝了那杯香片，只觉香留舌底，沁人脾腑。不觉赞道："好茶!"辛十四姑道："这是我叫小丫头自采的山茶，难得奚姑娘欢喜，再喝一杯吧?"奚玉瑾道："佳茗不宜牛饮，咱们还是先去看画如何?"辛十四姑道："主随客意，那么咱们回头再喝。"

辛十四姑打开隔室的门，说道："这是我的画室，里面挂的都是韩大维送来的名画。"侍梅、侍菊刚才听说主人要请客赏画，早已在四壁挂上宫灯，光如白昼。

这间画室比琴房大得多，奚玉瑾放眼一看，只见满壁琳琅，她在韩珮瑛香闺看过的那些名画果然都在其中。

辛十四姑笑道："韩大维把他珍藏的名画全都送了给我，你不觉得奇怪吗?"

奚玉瑾的确是觉得奇怪，但却装出漫不经意的样子，接下话柄，顺口说道："宝剑赠壮士，红粉赠佳人。名画易得，知音难求。同道中人，赠画缔交，正是一件雅事。”

辛十四姑又是微微一笑，说道：“你这张小嘴儿真会说话。不错，我和韩大维的交情确实算得是好朋友，但他把藏画送我，却并非完全是为了知己的缘故。其中另有因由。奚姑娘，你想知道吗?”

奚玉瑾道：“不敢冒昧动问。”

辛十四姑道：“我知道你与韩大维的女儿情如姐妹，说给你听，也是无妨。他把藏画送我，那是因为他自知大祸将要临头的缘故!”

奚玉瑾吃了一惊，说道：“我刚才到过韩家，我正想请问韩家出了什么事情，如今竟然是家毁人亡？前辈想必知道吧?”

辛十四姑道：“我当然知道。这就是我今晚请你来此的缘故。你耐心听我说下去吧。”

辛十四姑在顾恺之画的一幅山水画前面停下脚步，歇了一歇，继续说道：“韩大维有个极厉害的对头，处心积虑，要向他报复。三个月前，韩大维知道那个对头已经准备妥当，即将向他发难。他自忖凶多吉少，只怕身家性命，都是难以保全，因此及早安排后事。这些画是他心爱之物，他不愿落在外人之手，是以付托给我。我并不想要他的，我打算代他暂时保管，将来交回他的女儿。”

奚玉瑾道：“韩伯伯既然预知仇人将要向他报复，何以不也早作准备。据我所知，他相识的武林高手不少，前辈住在此地，与他为邻，也是一个强援……”

辛十四姑不待她把话说完，便即苦笑说道：“你莫非是怪我袖手旁观吧？实不相瞒，他那个对头，和我亦是相识，我是不便出手助他的。而且我的武功，也比不上他的对头。

“韩大维倔强的脾气，想必你亦有所闻。他不愿求人相助，对我都没有出过一句声，更不要说请别人了。

“韩大维的确是有许多武功高强的朋友，但敌得过他那对头的却也没有几个。比如说近在洛阳的丐帮分舵舵主刘赶驴，他在江湖上也算得上一流高手了，不是我说大话，只怕他就未必打得过我这两个丫头。

“故此韩大维自知大祸临头，却不肯告诉朋友，他只能拜托知己为他料理后事。他把藏画送给我，把家财送给刘赶驴。韩家富可敌国，奚姑娘，想必你也未知道呢！他把藏宝交给刘赶驴处置，为的就是要通过丐帮，援助义军。”

奚玉瑾尚未曾见着韩珮瑛，当然不会知道，韩家的宝藏，虽然是和辛十四姑所说的那样：委托丐帮转送义军。但这却是韩珮瑛所为，并非出自韩大维之手。

奚玉瑾听了此言大为欢喜，不觉说道：“这我就放心了。原来任天吾果然是个骗子！”

辛十四姑怔了一怔，说道：“你说的这个任天吾是不是谷啸风的舅父？”

奚玉瑾喜道：“不错。原来前辈也知道啸风么？”

辛十四姑道：“谷啸风是韩大维的女婿，且又是武林中最著名的后起之秀，我岂能不知？谷啸风的舅父和你说了些什么话？”

奚玉瑾最挂念的其实远不是韩珮瑛而是谷啸风，她本来想要打听谷啸风的下落的，话未说完，辛十四姑就接过去说了。奚玉瑾听她说出“韩大维”的女婿这几个字，脸上不禁发烧，暗自想道：“她是韩大维的好友，当然是帮珮瑛的。我倒不可太着痕迹了。”但听得她满口称赞谷啸风，心里也是十分高兴。当下说道：“任天吾说韩大维是私通蒙古的坏蛋。”

辛十四姑怒道：“他才是个坏蛋！任天吾这厮胡说八道，不必理他。”

奚玉瑾应了一个“是”字，随即问道：“珮瑛姐姐现在不知怎么样了？十四姑可知道么？”

辛十四姑道：“珮瑛回到家中，不幸也给她爹爹那个对头捉去了。这件事我是刚刚知道的。”

奚玉瑾大吃一惊，连忙问道：“就只韩珮瑛一个人么？”

辛十四姑道：“不错，就只她一个人。”奚玉瑾放下了心上的一块石头，想道：“原来啸风并没有与她一同遭难。任天吾又说了一个谎话了。”

奚玉瑾定了定神，发觉辛十四姑似笑非笑的神情正在盯着自己，好像窥破了她的心事一般，不觉面上一红，说道：“珮瑛和她爹爹给仇人关在什么地方，前辈想必知道。”

辛十四姑道：“就在那个堡垒里面。堡垒的主人，也就是韩大维的大对头了。”

奚玉瑾诧道：“朱九穆原来是住在那个堡垒的吗？”

辛十四姑笑道：“你是只知其一，不知其二。朱九穆虽然也是韩大维的对头，但并不是最厉害的一个。朱九穆四年前与韩大维斗个两败俱伤，逃到远处养好了伤，昨天方始重回此地。他在这堡垒中作客，却并非堡垒的主人。”

奚玉瑾道：“那么这个堡垒的主人又是谁呢？”

辛十四姑道：“三十年前，江湖上出现过一位美艳非凡的侠女，人称武林第一美人。你可曾听人说过？”

奚玉瑾想了一会，说道：“是不是外号‘雪里红’的孟七娘？小时候，我曾听得家母和奶娘谈及此人。”

辛十四姑道：“是在什么情形下谈起的？”

奚玉瑾道：“奶娘给我妈做了一件新衣，这件衣裳很美，妈穿上身，初时很高兴，后来揽镜一照，不知怎的就不欢喜了。叫奶娘拿去送给别人，说是不喜欢学人家的装束。奶娘说人家都说‘雪里红’孟七娘是武林第一美人，但你若穿上这件衣裳，可就把她比下去啦。这当然是恭维我妈的说话。”辛十四姑插口道：“不是恭维。有其母必有其女。奚姑娘，你就长得比当年的‘雪里红’还美。令堂当然是位绝色美人。”奚玉瑾续道：“妈说我为什么要和‘雪里红’相比？快拿下去！后来我偷偷问奶娘这‘雪里红’是怎么样的一个人，妈为什么不喜欢她？奶娘说‘雪里红’孟七娘是位本领高强的美女，但在江湖上只是昙花一现就不见了。有人说她是短命死了。大约因为这个缘故，所以我妈不喜欢和她相比吧？”

辛十四姑道：“那件新衣裳是不是白绸做的料子，衣上用红色的丝线绣有花朵的？”

奚玉瑾道：“一点不错。你怎么知道？”

辛十四姑道：“这就是‘雪里红’这个外号的由来了。孟七娘当年最喜欢穿这样的衣服。可是你奶娘却说得不对，‘雪里红’孟七娘现在还活着，她就是这个堡垒的主人。”

奚玉瑾吃了一惊，说道：“她就是韩伯伯最厉害的那个对头？”

辛十四姑微微一笑道：“不错。她也正是我的表妹。”

奚玉瑾方始恍然大悟，心想怪不得她说不便帮忙韩伯伯对付他的这个仇人。

辛十四姑接下去说道：“不过，红颜多薄命这句话用在我表妹的身上也有点对。她虽然不是短命早死，但心却真是早已死了。

“表妹年轻的时候喜欢一个人，这个人不知怎么的却不喜欢她，娶了个才貌都比不上她的人，把她气得要死，从此就在山中隐居，不再在江湖出现了。”

奚玉瑾道：“这个男子一定是韩伯伯了？”辛十四姑点了点头，说道：“孟七娘因爱成恨，性情变得极为古怪。她立誓要把韩大维抓到手中，慢慢将他折磨。韩大维另外的两个仇人闻风而来，和她联手，终于弄得韩家家破人亡。这两个仇人就是朱九穆和西门牧野了。”

奚玉瑾道：“她要折磨韩伯伯那也罢了，却为何如此毒辣，把韩伯伯的家人也都杀了？”

辛十四姑道：“这不是我表妹的所为，是西门牧野干的。”奚玉瑾道：“这西门牧野又是什么人？”辛十四姑道：“是一个隐居关外，最近才出山的老魔头。十余年前，不知如何给他获得公孙奇留下的武功秘笈，练成了桑家的两大毒功。尤以‘化血刀’最为厉害。中了他的毒掌，就会血液中毒而亡。本领之强，只怕还在朱九穆之上。他想做天下的武林盟主，所以第一个就要对付韩大维。”

奚玉瑾吃惊道：“如此说来，韩家父女落在他们的手上，岂不糟糕？”

辛十四姑淡淡说道：“有孟七娘在那里，那两个魔头是不能加害他们的。孟七娘之志不在取韩大维的性命，不过，韩珮瑛姑娘只怕也是不免要受她父亲连累，受点折磨了。”

奚玉瑾暗自思量：“只一个朱九穆已难对付，照十四姑的说法，堡垒主人的本领还在朱九穆之上，再加上一个武功至少与朱九穆相等的西门牧野，即使把丐帮帮主请来，只怕也是难以救得他们父女了。”不觉顿足说道：“这怎么好！”

辛十四姑望了奚玉瑾一眼，忽地似笑非笑的说道：“听说你和珮瑛的感情很好，但她是谷啸风的未婚妻子，这，你想必也是知道的了。你愿意救她出来吗？”

奚玉瑾一听此言，情知辛十四姑已经知道她与谷啸风之事，不禁面上一红，说道：“我与珮瑛情如姐妹，只要救得她出来，我赔上一条性命亦是愿意。只是我本领太差，自知赔了性命也不能如愿。请前辈鼎力帮忙。”

辛十四姑道：“好，你既然有了这样决心，那就好办了。”

奚玉瑾大喜道：“多谢前辈帮忙。”

辛十四姑笑道：“你会错意了。我不是说过我不便出手吗，而且我的本领也比不上我的表妹。”

奚玉瑾诧道：“那么前辈说的‘好办’，不知又是什么办法？”

辛十四姑道：“办法就是在你身上。”

奚玉瑾道：“我，我怎么能够？请前辈细道其详。”

辛十四姑道：“韩大维受了朱九穆的修罗阴煞功之伤，以至半身不遂，卧病四年。这件事你是知道的了？”奚玉瑾道：“知道。”

辛十四姑接着说道：“韩大维就是因为受伤未愈，故此这次才逃不脱西门牧野的魔掌，又受了他的‘化血刀’之伤这才被擒的。否则西门牧野虽然厉害，也未必就胜得了他。因此想救他们父女脱险，只有先医好韩大维的伤。而且不能让堡里的人知道。”

奚玉瑾道：“前辈的意思是要使得韩伯伯自己逃出来？”

辛十四姑道：“正是如此。堡垒中人以为他业已受了重伤，插翼难逃，定然不加防备。据我所知，现在轮值看守他的，只是西门牧野的弟子。他的伤若然好了，这些弟子，不足当他一击！即使那两大魔头联手，可以胜他，但亦拦他不住。除非是孟七娘也来，三人联手，方可将武功完全恢复了的韩大维生擒。但哪里有如此巧法，这三个人会同一时候赶到阻拦他呢？他要逃走，当然是在黑夜里选择个最适当的时机逃走的。所以我说，这个计划有八九成把握，可以成功。”

奚玉瑾道：“只是有什么办法可以偷偷给他医好伤？”

辛十四姑道："听说百花谷有自酿的九天琼花回阳酒，奚姑娘为何还要问我？"

奚玉瑾心想："这辛十四姑知道的事情倒真不少。"当下苦笑道："不错，九天琼花回阳酒可以医治寒毒，我本来带了一坛准备送给韩伯伯的，但在路上给人抢了。说来惭愧，连对方是什么人我也不知。"

辛十四姑微微一笑，缓缓说道："我倒知道。那是一对少男少女，男的带有一把笨重的雨伞，像个乡下少年，女的有一对明如秋水的眼睛，模样儿却是机灵得很，对么？"

奚玉瑾怔了一怔，说道："那个模样像乡下少年的人你说得不错，但另一个也是男的。偷入我的房间偷了那一坛酒就是他。"

辛十四姑笑道："不，那人是个女扮男装的美貌姑娘，她故意扮成一个肮脏的小厮模样，把你骗过了。"

奚玉瑾诧道："前辈怎的知道这样清楚？"

辛十四姑道："他们日间到了韩家，比你早到只不过三两个时辰。但不幸被孟七娘发现，那坛九天琼花回阳酒也给孟七娘抢去了。"

奚玉瑾大为奇怪，说道："他们也到韩家？"

辛十四姑道："据我所知，孟七娘已经查明他们的来历。男的是公孙奇的儿子，女的是黑风岛岛主的女儿。公孙奇死了，但那两个大魔头对黑风岛岛主还是有点儿顾忌的。至于他们因何也到韩家，这我就不知道了。"

奚玉瑾道："这个暂且不必管它。但既然那一坛九天琼花回阳酒是给孟七娘抢去了，孟七娘又是韩伯伯的对头，咱们还有什么办法可想？"

辛十四姑道："我有一个办法，可以把药酒送到韩大维手中。只不过要你冒一点儿风险。"

奚玉瑾道："若是救得他们父女，赴汤蹈火，我亦在所不辞，但不知是何办法？"

辛十四姑正要说出办法，忽听得那大丫头侍梅说道："侄少爷来了。"带了一个少年，走进这间画室。这少年约有二十五六岁年纪，满面风尘颜色，显然是远道而来。

这少年叫了一声姑姑，辛十四姑笑道："我道是谁，原来是你回来了，却怎的这样晚才到，事先也没报个信儿？我恰巧有客，侍梅没有告诉你么？"

侍梅说道："我本来想告诉侄少爷说你有事，叫他明天才见你的。但侄少爷这么远回来，一定是很挂念你老人家了。请你别怪侄少爷，是我擅自做主带他进来的。"

少年跟着笑道："是呀，我一路惦记着姑姑，恨不得早一天回来见你。我想姑姑的客人想来不是外人，我也就顾不得莽撞了。这位姑娘是——"

辛十四姑道："这次你猜错了。这位奚姑娘芳名玉瑾，和我也是第一次见面的。不过，我们很是投缘，当真说得是一见如故。"少年笑道："是么，这么说我也不算完全猜错了。奚姑娘，你不讨厌我来打断你们的谈话吧？"奚玉瑾落落大方地说道："哪儿的话？是我来打搅了你们，倒是应该我向你们抱歉呢。"辛十四姑道："奚姑娘你别客气，咱们都是武林中人，无须讲什么男女避嫌。请大家都坐下说话，我给你们介绍介绍。"

这少年彬彬有礼，与奚玉瑾行过了宾主之礼，方始傍着他的姑姑坐下。辛十四姑说道："我这侄儿名叫龙生，是江南武林盟主铁笔书生文逸凡的弟子。他是五年前去江南投师的，一直没有回来过。今晚第一次回来，就碰上你。你们也真算得是巧遇了。"

奚玉瑾听说他是江南武林盟主文逸凡的弟子，不觉肃然起敬，说道："原来令师是文大侠，久仰了。"

辛龙生笑道："我的师父名满天下，可我的本领可还学不到师父的三成。"

辛十四姑道："不是我夸奖自家侄儿，龙生在师门的年月不算得长，在他的上面还有几个师兄，但因他专心学艺，文大侠似乎特别喜欢他，听说前年已将他立为掌门弟子了。这是真的吧，龙生？"

辛龙生道："姑姑，你的消息倒很灵通。不过，师父喜欢我这是事实，但我自己却很是惭愧，论才论德，我都不足做同门的表率，论理是不应立我为掌门弟子的。"

辛十四姑道："少年人谦虚一点是好的，但太过客气就变成虚伪了。我倒想问你，你既然新做了文大侠的掌门弟子，何以有空回来?"

辛龙生笑道："挂念姑姑嘛！五年不见了，姑姑你可还像从前一样，一点没老。"

辛十四姑道："瞧你小嘴儿说得多甜，说是挂念我，五年来也没捎个信儿。说正经的，你这次回来，一定是另有事情，你不要骗我了。"

辛龙生道："姑姑料事如神，这件事情，侄儿不说，姑姑也会想得到的。"

辛十四姑笑道："你就是会讨我喜欢，多谢你的高帽了。好，那我就猜猜看。你的师父身为盟主，这次叫你回来，定然是为了什么国家大事了。"

辛龙生道："一点不错，就是为了蒙古兴兵侵犯中原之事。师父深知鞑子的野心不小，这次用兵，恐怕不仅是要吞金，而且还要灭宋。金宋虽有长江之隔，百姓则是一家，武林同道，更有守望相助之责。是以师父遣我回来，叫我和北方的武林领袖联络，沟通南北两边的意见，大家才好采取同一步骤，抵御强敌。"

辛十四姑道："你的师父果然是很看重你啊，把这样重大的任务交托给你。但你却怎么有空跑回来看我，不怕误了正事吗?"辛龙生道："我已经到金鸡岭见过了北五省的绿林盟主柳女侠，这次是来和丐帮的陆帮主联络的，听说他已经到了洛阳。不料昨日我到了洛阳城下，守兵却不肯开城。"

辛十四姑道："为了何故?"

辛龙生道："因为蒙古的骑兵已经攻下荥阳，汜水亦已发现敌踪。难民纷纷拥来，洛阳的总兵官怕城中粮食不足，不肯开城。我在城中碰到一个丐帮弟子，听说陆帮主此际已经不在洛阳，到别处公干去了，不过，过两天还要回来的。又听说蒙古的骑兵已经在汜水停顿下来，暂时似乎未有南侵的迹象。洛阳丐帮分舵的刘舵主已在和总兵官商量，可能准许难民进城。陆帮主既然要过两天才能回来，目前我又不能进城，这两天我正好偷空回家，向姑姑请益。"

辛十四姑道："原来外面的局势已是如此紧张，我在这幽谷之中还是一点都未知道呢。我是个与世隔绝的人，对国家大事一向不闻不问，管他是谁打来都好，只要不打到我这儿，我就不用担心。"奚玉瑾听了这话，当然是不以为然，但也不便驳她。

辛十四姑接着说道："你在文大侠门下学了五年，想必已学到不少高明本领了，还要向姑姑请益什么？"

辛龙生道："侄儿得到师父的提拔，还是多亏了姑姑教我的这身武功。我是带艺投师的，师父考查过我的武功，对姑姑教我的剑法，大为赞赏。"

辛十四姑甚是高兴，说道："你师父以一双铁笔，技压武林，居然也称赞我的剑法么？"

辛龙生道："师父的点穴功夫自是武林第一，但在剑法上他却是很谦虚的，自承当世剑术比他高明的，至少有五家之多。咱们辛家就是其中之一。故此他因材施教，把一套点穴笔法传给我，叫我自己融会贯通，化到剑法上来。所以我用的兵器仍是长剑而不是判官笔。"

奚玉瑾听得出神，不觉插嘴说道："这样的教法新鲜。"辛龙生道："家师对于武学一道，素来是不拘泥门户之见的。他常常说若然只知墨守成规，那就是没有出息的弟子。"

辛十四姑忽地笑道："恭喜，恭喜。"辛龙生诧道："何喜之有？"辛十四姑道："恭喜你年纪轻轻，就能够自创一门武功啊。你师父这样教法，不就是要你把家传的剑法和师门的笔法融会起来，自创新招么？"

辛龙生道："目前我还只在摸索而已，哪里谈得到自创武功。姑姑，你老是夸奖自家的侄儿，不怕外人笑话么？"辛十四姑答道："你不是说过奚姑娘不算外人么？"

言者无心，听者有意，奚玉瑾不禁心中一动："她说这些话是什么意思？她是知道我和啸风的事情，似乎不该和我开玩笑吧？"

辛龙生也似有点不好意思，忙把话岔开道："对啦，我正想向姑姑请教一招剑法。若是碰到高手以金刚掌的'连劈三关'攻我，我应如何应付？我所拟的招数是用'长河落日'剑式，其中暗藏师传的‘直指天南’一招笔法。但师父说如此应付，雄浑有余，轻灵不足。师父说若论剑法的轻灵，当以百花谷奚家的剑法第一。他说‘百花剑法’中有一招‘游蜂戏蝶’，倘能糅合在我的自创新招之中，那就最妙不过了。可惜这一招的精妙变化，师父也是知而不详。姑姑，咱们家传的剑法之中，可有像‘百花剑法’中‘游蜂戏蝶’这样的招数么?”

辛十四姑笑道：“这位姑娘正是百花谷的衣钵传人，你何不向她请教?”

奚玉瑾面上一红，说道：“前辈取笑了，我这点本领，哪配与辛少侠切磋。”辛龙生正正经经地作了一揖，说道：“十步之内，必有芳草；三人同行，必有吾师。请奚姑娘不吝指教。”辛十四姑道：“是呀。彼此武林同道，相互琢磨，截长补短，又有何妨?”奚玉瑾一想，若再矜持，有失大家闺秀的风范，只好把这一招变化和辛龙生说了。

辛十四姑道：“你到过表姑那里没有?”辛龙生道：“恐怕没空去拜见她了。不过，刚才我经过她家，路上却碰到一个她家的客人，此人甚是横蛮无礼，一见我就盘问我的来历，不许我过去，初时我不知道他是表姑的客人，气不过和他动起手来，刚使出了刚才所说的自创新招，稍微吃了点亏。幸亏表姑的一个侍女出来，说清楚了，他才向我道歉。”

辛十四姑笑道：“怪不得你要急于向奚姑娘请教一招剑法。原来如此。这人是个身材高大的红面老头吧?”辛龙生道：“不错。”辛十四姑道：“这人名叫西门牧野，是当今之世有名的五大魔头之一。你能够和他交手而不受伤，已是很难得了。以后别再招惹他。”辛龙生皱皱眉头，说道：“表姑为什么请来这些妖邪客人?”正是：

太惜桃源境，却招恶客来。

欲知后事如何，请听下回分解。

第二十三回　巧扮丫鬟投古堡
痴情公子赠奇珍

辛十四姑道："说来话长，反正明天你还是在家里的，是么？"

辛龙生何等聪明，一点即透，说道："对啦，我倒忘了姑姑还有客人了。既然说来话长，待姑姑有空，再说不迟。"

辛十四姑点了点头，说道："你一路奔波，也该早点歇息了。"

辛龙生极为有礼，当下鞠躬告退，说道："奚姑娘，你也早点安歇吧。我们明天再见，我陪你游山，好么？"

辛十四姑笑道："明天恐怕你见不着奚姑娘了。"辛龙生怔了一怔，问道："奚姑娘一早就要走么？我给你送行。"

奚玉瑾正感到难以作答，幸而辛十四姑又再给她解围，说道："以后你们还有见面的机会的。奚姑娘与咱们来往，不愿意让表姑那些客人知道，所以你不必送行了。"辛龙生深表遗憾，说道："既是如此，那我只好盼望后会有期了。"

辛龙生退下之后，辛十四姑给奚玉瑾倒了一杯热茶，说道："不知不觉已经过了三更，你困不困？喝杯茶提提神吧。"奚玉瑾道："我在家里也是常常很晚才睡的。"

喝过了茶，辛十四姑笑道："给龙生打断了话柄，刚才咱们说到哪里？"

奚玉瑾道："你说有一个办法，可以把九天琼花回阳酒送到韩大维手中。不知是什么办法？"

辛十四姑道："这个办法不但要你冒点风险，而且还要委屈你的，你可愿意？"

奚玉瑾道："我已说过赴汤蹈火，在所不辞。"

辛十四姑道："我想委屈你充当我的侍女，我将你送给我的表妹，这样就可以进入那座堡垒了。"

奚玉瑾面有为难之色，辛十四姑抱歉道："我知道这是不情之请，太过委屈你了！"

奚玉瑾连忙说道："不，不。我不是这个意思。我若真的得做前辈的侍女，欢喜还来不及呢，哪会觉得委屈？不过，我和朱九穆这老魔头前几天恰巧见过面，这老魔头既然在堡垒之中，恐怕他是一定会认得我的。"

辛十四姑道："原来如此，这倒无妨。我有绝妙的改容易貌之药，给你换了一个装束，包管你对着镜子，自己也认不出本来面目。"

奚玉瑾道："这就最好不过了。但凭前辈安排。"

辛十四姑道："事情是这样的：孟七娘早几年就央求过我，请我代她物色一个懂得琴棋诗画的侍女，给她作伴，解她晚年寂寞。奚姑娘，你不嫌委屈，那就正是最适当的人选了。"

辛十四姑接着说道："那坛九天琼花回阳酒如今已是给孟七娘抢去，依我推测，这坛酒她一定珍藏起来，决不会将它毁掉。"

奚玉瑾道："不错。如果她要毁掉的话，也就不必费偌大的气力，从那位宫姑娘手里抢来了。只是我却有所不懂，她为什么要这样做呢？"

辛十四姑道："你是不懂我为什么还要叫你盗酒吧？因为孟七娘抢了这一坛酒，可能就是要拿去送给韩大维的，是么？"

奚玉瑾给她猜中了心思，连忙说道："我并不是怕冒危险，请前辈不可误会。"

辛十四姑道："你这推测很有道理，与我之见正是相同。也正因为这个推测合理，故所以我非得借重你不可了。"

奚玉瑾道："请前辈明白指示。"

辛十四姑道："孟七娘之所以囚禁韩大维，这是因爱生恨。她不会让他死去的。她最盼望的当然是韩大维向她低头。

"这坛酒是她用来要挟韩大维的武器，所以我说你的推测不错，只要韩大维肯向她低头，当然无须咱们再费气力盗酒。

“但韩大维的脾气想必你亦略有所知，他是个宁折不弯的硬汉。这次他遭了孟七娘生擒之辱，莫说要他低头，就是孟七娘毫无条件的求他喝这药酒，他也一定不肯沾唇。”奚玉瑾恍然大悟，说道：“原来前辈非但要我盗酒，还要我劝韩伯伯喝酒。”

辛十四姑道：“你改容易貌，做了我表妹的侍女之后，以你这样聪明，定能讨得她的欢心和信任，盗酒应该不会很难。”

奚玉瑾笑道：“不错，劝韩伯伯喝酒，可能比盗酒更难。”

辛十四姑道：“好在你与他的女儿情如姐妹，他决不会怀疑你真的是孟七娘的助手的。他只是不愿接受敌人的恩惠而已，是你把酒偷出来的，你说明了真相，劝他喝酒，也就不难了。”

奚玉瑾心里想道：“我却不知他们父女是否还在恨我呢？但这却值得一试。”当下说道：“我愿意冒这危险。不过，韩伯伯不仅是受了修罗阴煞功之伤啊。前辈刚才好像说过，他还受了那个西门牧野的化血刀之伤。”

辛十四姑道：“化血刀的毒性猛烈，但却比较容易治疗。我有一包药粉，可解血毒，虽非对症解药，但有韩大维那样深厚的内功根底，得了此药，化血刀之毒对他已是无妨。这包药粉，你可以溶化在九天琼花回阳酒之中，让他喝下，功效更大。”

奚玉瑾大喜道：“前辈费尽心力了。但愿我能不负前辈所托。”

辛十四姑道：“好，你现在可以去睡了。”拍了拍掌，那个大丫头侍梅进来，带领奚玉瑾入房。

这间客房，布置得十分雅致，白石台阶，绿窗油壁，墙外藤萝牵蔓，爬入窗来。窗明几净，几上焚着一炉檀香，正是韩珮瑛经常用的那种沉香屑。

侍梅指着桌上的一个绿玉瓶子，说道：“瓶子里装的是一种滋润皮肤的油膏，兼有可以改变肤色的功能，奚小姐临睡之前，可以搽在脸上。”辛十四姑要奚玉瑾改容易貌之事，显然已是告诉她了。

奚玉瑾道：“侍梅姐，明天是你带我去么？”侍梅道：“主人未有吩咐，不知是我还是侍菊。这位表姑脾气怪僻，说实在话，我不愿到她那里去的。”奚玉瑾笑道：“孟七娘曾向你的主人讨过你，是么?”侍梅道:“你怎么知道?”奚玉瑾道:“听你的口气，似乎你曾经拒绝过她。不知我猜得对不对?”侍梅道:“奚小姐，你真聪明。其实，我固然是不愿意去，主人也舍不得放我走的。”

侍梅弄好卧具，说道:“这套睡衣是婢子的，委屈奚小姐将就使用。桌上这壶茶是刚沏好的香片茶，奚小姐半夜若要喝茶，请恕婢子不来伺候了。”奚玉瑾很是过意不去，说道:“多谢你的照料。像你这样聪明伶俐的姑娘，真是人见人爱，怪不得你的主人舍不得你。”侍梅道:“多谢奚小姐给我脸上贴金，我可是受不起呢。”

侍梅告退之后，奚玉瑾对着袅袅的香炉，不禁浮想联翩，慨叹人生遇合之奇。这一日夜，碰到的事情，都是出乎她意想之外的，以韩大维那样绝世武功，竟会家破人亡，已是一奇；而自己在无办法可想之时，忽然会碰到这位洞悉一切的辛十四姑，更是奇中之奇了。

奚玉瑾心里想道:“这位前辈和蔼可亲，又是如此古道热肠，当真难得。只是她刚才的态度，似乎有点要给她侄子拉拢的意思，倒是叫我难以为情了。”转念一想:“这也怪不得她，她知道我与啸风之事，她是韩大维的好朋友，当然是不愿意我抢了珮瑛的如意郎君，兼且令韩家失了面子的。在她们老一辈的想法，这自是我的不好！而最好的解决办法，也自是给我另找一个人，使得皆大欢喜了。可惜她不知我与啸风似海深情，她的侄儿再好十倍，我也决不会移情别恋的。”

又想:“这且不管它，我担心的倒是珮瑛不知是否尚对我心怀芥蒂呢！但无论如何，我总是要冒险一试的了。”

抬头一看，只见月影西斜，估计已是将近四更时分，奚玉瑾抑制下自己的胡思乱想，搽上药膏，便即睡觉。但心想睡觉，翻来覆去，却睡不着，不知不觉，东方大白，侍梅也进来了。

侍梅进来请罢了安，说道:“奚姑娘，你起得好早。我以为你还未醒呢。主人已经吩咐下来，这个好差事果然是落在我身上了。”侍梅所说的“好差事”，当然是指陪伴奚玉瑾去见孟七娘之事了。

奚玉瑾知道她讨厌孟七娘，很觉过意不去，说道:“折腾了你一晚，又要你陪我这样早起来，去见你不喜欢的人，真是不好意思。”侍梅笑道：“奚姑娘，你一点没有把我当作丫头看待，我虽然不喜欢孟七娘，却喜欢亲近你呢。你不用客气，让我替你梳妆。”奚玉瑾道：“你真会说话。但不必你麻烦。”

侍梅打开锦套，把一面磨得光亮的铜镜移到奚玉瑾面前，说道：“奚姑娘，还是我替你化装的好。我虽然不喜欢这位表姑，但却知道她喜欢的是什么样的女子。”奚玉瑾这才省起，原来她是奉了主人之命，来替自己改容易貌的。

揽镜一照，只见镜中现出一个苍白的少女，楚楚堪怜。奚玉瑾这两月来在路上奔波，风吹日晒，肤色本来是黑里泛红的，此时变成了微带病容的清秀少女，果然是几乎连自己都不认得了。

奚玉瑾笑道：“这药膏的效力果然奇妙，我现在可以放心见那姓朱的魔头了。”

侍梅道：“奚姑娘，你的身份是个落魄秀才的女儿，因为家贫无奈，才卖你的。”奚玉瑾心道：“怪不得她把我打扮成一个文弱的姑娘。若然是我原来的面色，一看就知是奔走江湖的女子了。”

侍梅替她换上一身丫鬟的装束，画了两道细长的淡淡娥眉，再给她束上了腰，连身材都好似变得瘦削了许多。侍梅笑道：“委屈奚小姐了。现在成啦。”

辛十四姑已在客厅等候，奚玉瑾随着侍梅出来，辛十四姑一见便即笑道：“好一位小家碧玉，当真是我见犹怜。奚姑娘，你的身份侍梅已经告诉了你么?”

奚玉瑾点了点头，说道：“我会编一套说话的，就不知瞒不瞒得过孟七娘眼睛?”

辛十四姑懂得她的意思，说道：“我的表妹是个武学的大行家，你身具武功，要想完全骗过她是不行的。不过，你十分本事只露三分，我想仍是可以混得过去。你可以说这点本事是跟我才学的，谅她不至疑心。”

跟着吩咐侍梅道：“见了表姑，她一定会问起我。你可以和她直说，我讨厌那两个魔头。待她的‘贵客’去了，我再去看她。”侍梅应了一个“是”字，说道：“其实表姑也早已知道我们讨厌她的客人了。”

辛十四姑道：“龙生醒了没有？”侍梅道：“侄少爷还在熟睡。”辛十四姑道：“好，那你们现在就去吧。待你回来，再告诉他。”

奚玉瑾是个七窍玲珑的姑娘，辛十四姑昨晚在她的面前，一再夸奖自己的侄儿，想给他们拉拢，她这用心，奚玉瑾早已识破。不过奚玉瑾虽然不满意她这态度，对辛龙生却还是颇有好感的，听说辛龙生尚在熟睡未醒，不知怎的，忽地想道：“依常情而论，一个人在连日奔波之后，难得睡上一觉，这一觉睡得很沉，自是理所当然之事。但这是对普通人而言，倘若是武功高明之士，心中有事，决不会不知醒的。辛龙生不来和我道别，这是为了顺从他姑姑的意思呢，还是他的心上压根儿没有记挂这件事呢？辛十四姑不许他给我送行，这道理是容易懂的，我现在是丫头的身份，侄少爷送一个丫头，给孟七娘那边的人看见，难免惹起疑心。但他若是在家中和我道别，这总是可以的吧，难道辛十四姑连这个也加禁止？”

要知奚玉瑾是个心思甚细密的姑娘，她并非稀罕辛龙生起来和她道别，只是觉得此事似乎有点奇怪。不禁又想道：“辛十四姑既然有意给她侄儿拉拢，又何以不让他有这个向我献献殷勤的机会？”猜想不透，心里暗自好笑：“反正我不会再见他了，管他们是什么用心？这些无关重要的事情想它作甚？我现在想的应该是怎样讨好孟七娘？见了韩珮瑛之后，怎样才能消除她心中的芥蒂？”

忽听得水声轰鸣，如雷震耳，奚玉瑾在沉思之中惊醒，抬头一看，却原来已经到了那道瀑布的旁边，山上的堡垒隐隐在望了。

侍梅忽地说道：“奚姑娘，今天我送你下山，明天可又得送侄少爷下山了。嗯，奚姑娘，你觉得我们的侄少爷怎样？”

这句问话突如其来，奚玉瑾怔了一怔，说道：“我和你们的公子才是初次见面，对他什么也不知道。你这句话叫我无从答起。”

侍梅笑道：“主人不是告诉了你许多关于他的事情么。初次见面，也会觉得这个人是惹人讨厌，或是讨人喜欢的吧？”

奚玉瑾心想：“不知是辛十四姑叫她来试探我的，还是她自己多事？”当下落落大方的答道：“他年纪轻轻，做了江南盟主的掌门弟子，我当然是很佩服的。但说不上什么喜欢或不喜欢。”

侍梅笑道："辛公子对你却似乎是一见如故，对你挂念得很呢。他昨晚还吩咐我，叫我记得叫他起来，和你道别。"

奚玉瑾道："幸亏你没有惊动他，也给我省去了一番客套的麻烦。"

侍梅道："奚姑娘，这次你猜错了。并非我不听侄少爷的吩咐，这是主人故意作弄侄少爷的。我去叫他，他不会醒的。奚姑娘，你想不想知道是什么原因？"

奚玉瑾本来不想再谈辛龙生的，听她这么一说，倒不觉起了好奇之心，随口问道："这是什么原因？"

侍梅道："临睡之前，我替侄少爷燃上一炉檀香，这一炉檀香和你房中的那炉檀香稍稍有点不同，在沉香屑中是混了一种特殊的香料的。气味和檀香完全一样，但却有迷魂香的功效。不到今日午时，他是不会醒来的。"

奚玉瑾恍然大悟，说道："原来如此。"心里却在想道："辛十四姑为何要如此呢？是出于爱护侄儿，想他安安静静的睡上一觉呢，还是因为她已经看出了我并不属意于他，故而不想他自招烦恼呢？"

侍梅接下去说道："我也不知主人为什么叫我这样做，但主人之命，我不能违背，只好奉命而为了。我觉得很对不住侄少爷，他叮嘱我唤醒他好给你送行的，如今我却害了他不能见你一面。我，我觉得应该告诉你，让你知道，知道他的心意。"

奚玉瑾淡淡一笑，说道："这有什么紧要，用不着这样郑重其事的向我道歉的。"

侍梅说道："不，不。奚姑娘，在你或许觉得这是无关重要，我们的公子可是非常认真的呢。他明天一早就要走了，以后想见到你恐怕是很难了！"

奚玉瑾虽是芳心早有所属，但听得有人这样爱慕自己，心中仍是不禁暗暗欢喜。当下淡淡说道："多谢你们的公子关心。人生离合，本属寻常；萍水相逢，何须挂念？请你回去将我这几句话告诉你们的公子吧。"

侍梅叹口气道："这么说，你压根儿就是不想见他了。"

奚玉瑾不愿把话说得太绝，淡笑道："不是我不想见他，正如你刚才所说，我这一去，吉凶莫测，恐怕不但是见不着他，许多我想要见的人，以后都不能见的了。"

话犹未了，忽听得有人叫道："奚姑娘，慢走！"

奚玉瑾吃了一惊，心道："怎么是他来了。"回头一看，果然来的可不正是辛龙生是谁？刚刚还以为是不能再相见的，不料他就出现在自己的面前。奚玉瑾不由得呆了。

侍梅更是惊诧，说道："公子，你怎么来了？快，快回去吧！主人若是知道——"

说时迟，那时快，侍梅的话没有说完，辛龙生已经来到她们面前，微微一笑，道："侍梅，你不必惊慌。"突然伸指一点，点了侍梅的穴道。侍梅身子晃了两晃，向后倒下！

奚玉瑾做梦也想不到辛龙生会点侍梅的穴道，这一惊当真是非同小可，失声叫道："你，你干什么？"

辛龙生不待侍梅倒下，将她扶起，说道："侍梅姐，得罪了，你休息一会吧。奚姑娘，我有紧要的事，要和你说。"

奚玉瑾惊疑不定，说道："这事只能让我知道的么？"辛龙生点了点头，把侍梅放在花树丛中，说道："奚姑娘，咱们那边说话。"奚玉瑾道："你不是点了她的麻穴，她已经失了知觉的？"

辛龙生低声说道："她自小跟我姑姑，本来功夫并不在我之下，我恐她有自解穴道之能。"

奚玉瑾是个武学行家，看得出他刚才是用重手法点了侍梅的穴道的，即使侍梅的功力与他不相上下，想来自解穴道，必须苏醒之后，才能运气冲关，至少也要大半个时辰。奚玉瑾暗自思量："他有什么话要和我说上大半个时辰的呢？"

还有一层。侍梅是他姑姑的心腹侍女，这件事情既然要瞒着侍梅，不用说也就是要瞒着他的姑姑的了。奚玉瑾是个心思灵敏的女人，马上想道："恐怕他真正顾忌，还是怕给他的姑姑知道吧？"跟着联想到辛十四姑用迷香使他今早不知醒来的事，"他们姑侄之间，难道有什么不对，需要彼此提防么？"奚玉瑾心想。想到此层，越发是惊疑不定了。

辛龙生已经来到他们面前，微微一笑，道：“侍梅，你不必惊慌。”突然伸指一点，点了侍梅的穴道。

辛龙生似乎猜到了她的心思，微笑说道："这件事是要瞒住姑姑，你放心，我决不会伤害你的。"

奚玉瑾惊诧之极，但心想辛龙生既然是江南盟主文逸凡的掌门弟子，文逸凡敢于把联络北方武林领袖这样重大的任务交给他，自己似乎也应该可以相信他的。于是稍稍放下了心，跟着他来到花丛的另一边。

辛龙生道："奚姑娘，请你按照你本门功夫，试行运气。试试脊椎骨干第三节的风府穴，有没有异样的感觉？"

奚玉瑾盘膝坐在地上，试行运功，真气流转全身，初时并无异状，但过了一会，风府穴果然有点麻痒痒的感觉。

奚玉瑾吃了一惊，站起来道："是有点不对，我的风府穴好像蚂蚁叮了一口似的，这是什么道理？你，你又是怎样知道的？"

辛龙生道："这是因为你中了一种奇毒的缘故！这毒是要在七天之后方始发作的。"

奚玉瑾一惊道："我中了毒？何以你会知道？难道……"她是个十分聪明的人，此时早已想到如果真是中毒的话，下毒的人必定是辛十四姑了。奚玉瑾不觉不寒而栗，心里想道："辛龙生说的倘若是真，那就真是太可怕了！人心难测，一至如斯！但辛十四姑对我暗中下毒，这又是何因？真是不可思议！"

心念未已，只听得辛龙生已在说道："奚姑娘，请你和我说实话，姑姑是不是叫你到孟七娘那儿替她做一件事情的？"

奚玉瑾道："不错。你的姑姑叫我冒充她的侍女，将我送给孟七娘使用。为的是要救韩大维父女。但这件事也是我自己愿意做的。"

辛龙生道："果然不出我所料，但这件事可不是当要的啊，奚姑娘，你不能去！"奚玉瑾淡淡说道："我早已知道此行是凶多吉少的了。"

辛龙生摇了摇头，说道："孟七娘是我的表姑，你还未知道她的为人呢！"奚玉瑾冷笑道："她能够将我怎么样，大不了也不过是处死吧？"辛龙生道："她为人喜怒无常，心狠手辣。喜欢你的时候，你要她的性命她可以答应。恼怒你的时候，唉，她可是有手段叫你求生不得，求死不能！她对韩大维因爱生恨，好不容易才把他抓到手里，如今你却要去救韩大维父女。这正是最招她忌的事情！‘凶多吉少’四字，恐怕还不足以形容你此行的危险呢！”

奚玉瑾道：“就是她的家里有刀山火海等着我，我也是非去不可的了！”

辛龙生道：“孟七娘武功之高，连我的姑姑都要忌惮她几分。如今又有了朱九穆与西门牧野两大魔头做她羽翼，奚姑娘，不是我长他人志气，只怕你丢了性命，还是不能从她那儿救人的。”

奚玉瑾正色说道：“这些我都知道。但辛少侠，我倒想请问你，你这次奉了令师之命，回北方所做的事情，不也是危险得很么？”辛龙生怔了一怔，说道：“国家兴亡，匹夫有责。家师要我做的，也正是我应该做的事情。奚姑娘，你这样问，是什么意思？”

奚玉瑾道：“我知道这件事情不能相提并论。但有一点是相同的，那就是事情只问应不应该去做，应该做的，不管如何危险，也该做了，是么？”

辛龙生给她问住，只好说道：“不错。侠义道是该如此。”

奚玉瑾道：“你不用替我找逃避的借口了。我虽然不配做侠义道，但为朋友两肋插刀这一句话，我还是知道的。”说了这句话之后，忽地自己觉得有点惭愧，想道：“我这样做，当真只是为了珮瑛，而不也是为了自己么？”

辛龙生哪里知道她的复杂心思，听了此言，倒是十分佩服，面上一红，说道：“奚姑娘，你这么说，我倒是不便劝阻你了。只可惜——”说至此处，似乎有点踌躇，不知如何说下去的好。

奚玉瑾道：“可惜什么？”

辛龙生道：“可惜我的姑姑不知你有这样决心。”

奚玉瑾道：“不，她是应该知道的。因为我已经和她说得十分清楚的了。”

辛龙生苦笑道：“那就是我姑姑不肯相信你了，她这人本来是十分多疑的。”

奚玉瑾道：“你姑姑不信我，那又怎样？”

辛龙生道：“奚姑娘，你这样聪明，想必亦已猜想得到的了。

暗中给你下毒的人，不是别人，正是我的姑姑！”

奚玉瑾虽然早已料到是辛十四姑所为，但此际从她侄儿口中得到证实，仍是不禁骇然，心里想道：“这位前辈对人和蔼可亲，人又那样风雅，能操古琴，鉴赏名画，我只道她是一位世外高人，谁知她也会暗算小辈！这样的人才真可怕呢！但不知她是什么时候下的毒，我竟毫无知觉？”

辛龙生继续说道：“我姑姑是当世数一数二的下毒高手，配制的毒药，无色无味，下毒的方法，又是千奇百怪，令人防不胜防。好在这次我知道她下的是什么毒药，否则想要救你也难！”

奚玉瑾道：“我倒是弄不明白了，她既然要我助她救人，何以又要害我，这毒药很厉害吗？”

辛龙生道：“你昨晚不是喝了两杯茶？”奚玉瑾恍然大悟，原来那两杯她赞不绝口的香片茶，竟然是放了毒药的。

奚玉瑾点了点头，辛龙生接下去说道：“姑姑放的是一种非常古怪的毒药，名为狂笑散。这毒药是七日之后发作的，发作之时，令人奇痒难忍，非得大笑不行。但却不会要人性命。”

奚玉瑾虽然不擅使毒，但也知道痒比痛更难抵受，暗自想道：“这样的恶作剧真是够刁够绝，一个女子，时常忍不住要大笑一通，倘若在大庭广众之中，这还成什么体统？此毒不解，我还能够见人吗？”

果然便听得辛龙生说道：“姑姑用这方法整治你，就是料准了你要解此毒，非得求她不可。

“姑姑不肯轻易相信人的，依我推想，你虽然答应了助她救人，她却怕你是少年人一时激于义愤，轻于然诺。临到其时，说不定你会害怕起来，一走了之。但她给你服了狂笑散，你就是跑了，也非得回来求她不行，因为这解药是只有她才有的。她给你七天的期限，大约是她认为这件事情，你七天之内可以办到。在这期限内你若救出了韩大维父女，回来见她，她可以令你毫不知道悄悄的便给你解了毒。”

奚玉瑾道：“但我若从孟七娘那儿逃跑了一次，以后就不能再去啦。你姑姑给我解了毒，也不能利用我了。”

辛龙生叹口气道："我姑姑的厉害不在孟七娘之下，你若是违背了她的命令，她一定不会轻易放过你的，你要求她解药，只有给她奴役了。"

奚玉瑾道："哦，原来这是一种防患未然的惩罚！"奚玉瑾本来是个工于心计的姑娘，不料如今碰到的辛十四娘比她更工心计，令她禁不住不寒而栗！

辛龙生道："幸得侍梅之助，给我偷来一枚解药。她最得我姑姑宠信，人又极其聪明，哪一种药是解哪一种毒的，她都牢记心中，是以才能偷得对症的解药。假如换我去偷恐怕还会弄错呢。"

奚玉瑾接过解药，问道："她知不知道是偷来给我的？"

辛龙生道："我没有告诉她要作何用，不过我想她是会知道的。"

奚玉瑾服下解药，说道："她对你这么好，你却用重手法点了她的穴道！"

辛龙生道："我说姑姑的坏话，怎能让她听见？"奚玉瑾笑道："她敢担当风险给你偷取解药，还会告发你么？"暗自思量："侍梅冰雪聪明，吃亏的不过是个丫头身份而已。辛龙生欲求佳偶，其实不必外求。他是名门大侠的弟子，也不应看轻丫头。"

辛龙生道："告发是不会的。但我姑姑的手段人所难料，我却不能不防她在姑姑的软硬兼施之下，泄漏了一言半语。她没有听到我们的话，我就不用担心这一层了。"

刚说到这里，忽听得花丛那边，隐隐传来了呻吟之声。辛龙生道："不好，侍梅强自运气冲关，恐怕会受内伤的。"奚玉瑾慌忙说道："那你还不赶快去给她解穴！"

两人走过去一看，只见侍梅双眼已经张开，眼中流露出一种受了委屈的幽怨神情。

辛龙生给她解了穴道，说道："侍梅姐姐，委屈了你，请你原谅。"

侍梅站了起来，淡淡说道："你们的体己话说完了没有，何必这样快来给我解穴呢？不过，侄少爷，其实你也无须这样对付我的，你知不知道，昨晚我虽然在你的房中点了迷香，但分量却故意减少许多，只求能向你的姑姑交差便算。我倒是巴不得你能够赶来与奚姑娘相会呢。”奚玉瑾满面通红，但却不便向她解释，只好不加分辩。

辛龙生向她深深一揖，说道：“好姐姐，委屈了你，你别生气啦！姑姑面前，还求你包涵一二。”

侍梅这才化怒为喜，“噗嗤”一笑说道：“侄少爷，别这样，不怕折杀我么。我们做丫头的，受点委屈，怎敢抱怨，主人面前，我替你遮瞒便是。你们还有什么体己话要说的没有？时候不早，要说可得赶快说了。”

奚玉瑾道：“侍梅姐姐，休要取笑。辛公子不过跑来告诉我孟七娘的手段如何毒辣，要我小心提防这些话而已，其实你也已经告诉我了。”

侍梅原是调侃的语气，不料辛龙生却正正经经地说道：“奚姑娘，我是还有一些话和你说！”

侍梅笑道：“好，那么我到那边等你，奚小姐，你不必着忙。”她跑到前头躲开辛、奚两人，当然是表示不会偷听他们的谈话，令得奚玉瑾非常不好意思。

奚玉瑾红了脸，说道：“辛公子，送到这里已经够了，你回去吧。”

辛龙生悄声说道：“我几乎忘了一件紧要的事情，这个戒指给你。”说罢掏出一枚碧绿晶莹的戒指，递给奚玉瑾。

奚玉瑾满面通红，推开了他的戒指，说道：“你，你这是什么意思？”

辛龙生怔了一怔，随即恍然大悟，说道：“奚姑娘，你别误会，这枚戒指不过等于护身符而已，我送你戒指，并没有其他意思。”

奚玉瑾诧道：“怎么这枚戒指可以做护身符？”

辛龙生道：“侍梅在等着你，我不能与你细道其详了。总之，你戴了这枚戒指，孟七娘就会对你另眼相觑，即使你做了大招她忌的事情，至少她也饶你一命。”

奚玉瑾本待不受，但见辛龙生盛意拳拳，而且她一心想救韩珮瑛，假如这枚戒指当真可以做“护身符”的话，对她进行的事情可是大有好处，因此为了救人也就不拘小节，于是收下戒指，说道：“大恩不言谢。辛公子，你回去吧。”辛龙生道：“是，我回去了！”“回去”二字，说得特别大声，当然是说给侍梅听的。

侍梅停下脚步，回过头来，缓缓说道：“你们再想一想，还有什么话说的没有？”

奚玉瑾忽道：“辛公子，我也几乎忘记了一桩事情。”

侍梅掩袖偷笑说道：“是不是，果然给我料个正着。奚小姐，我说过的，你不必着忙。”

奚玉瑾拉着了她，说道：“侍梅姐，这件事情，我也想你知道，并非说给他一个人听的。”侍梅见她板起了脸，倒是吃了一惊，不敢再调侃她了。

奚玉瑾道：“我的哥哥奚玉帆如今正在洛阳的丐帮分舵，辛公子你不是正要去见陆帮主的吗，请你将我的行踪告诉我的哥哥，叫他转告与谷啸风知道，免得他挂念我！”

辛龙生似乎有点诧异，说道：“谷啸风？他不是韩家的女婿吗？”

奚玉瑾道：“不错，但他也是与我一道来的。侍梅姐，假如谷啸风跑到你们那儿找我，也请你将详情告诉他。好了，话说完了，辛公子，你回去吧。”说罢就径自前行，不理辛龙生了。辛龙生只好满怀疑团的独自回去。

侍梅七窍玲珑，心中已然明白几分，当下轻轻地叹了口气，却不再说。两人加快脚步，不一会就到了那个堡垒，一个髯须汉子出来向她们盘问。奚玉瑾认得此人是西门牧野的弟子濮阳坚。

奚玉瑾认得濮阳坚，濮阳坚却认不得她，见是两个青衣丫鬟，便贼忒忒地笑道：“好俊俏的两位小娘子，你们是谁，来做什么？”

侍梅心中有气，冷笑说道：“你又是谁，来做什么？”濮阳坚“咦”了一声，说道：“好个胆大的丫头，是我盘问你还是你盘问我？”侍梅道：“我来这里，从来不用通报，要盘问也轮不到你来盘问我！”“哼”的一声，双眼一翻，不再睬他，便往里闯。

在这个隐秘幽谷之中，除了孟七娘这家人家之外，就只有辛十四姑这一家了。濮阳坚当然猜想得到她们是辛十四姑的丫头，但因侍梅神态傲岸，他碰了这么一个大钉子，一口气如何咽得下去，心里想道："我佯作不知她们的身份，且给这野丫头难堪再说。我奉命守门，谅孟七娘也不能怪我。"

当下濮阳坚双臂一张，说道："今时不同往日，你不许我盘问，我就不许你进去！"伸手向侍梅胸前推来。侍梅喝道："你作死啦，敢调戏我！"话语未了，只听得"咕咚"一声，濮阳坚四脚朝天，跌了个仰八叉。原来侍梅已得辛十四姑武学真传，她笼手袖中使出辛家"兰花手"的拂穴绝技，濮阳坚一来是料不到这小丫头如此了得，二来又因他的"化血刀"刚在不久之前给公孙璞破去，其他武功虽然尚在，但元气尚未恢复；三来又是来不及防。故此侍梅尾指轻轻一颤，就点中了他的穴道。

吵闹之声，惊动了里面的人。一个丫头匆匆的跑出来，问道："什么事，什么事啊，侍梅姐姐，原来是你！"

这个丫头相貌甚丑，一张扁平的脸孔，两只招风耳，倒有点像是女中的"猪八戒"。奚玉瑾暗自好笑："辛十四姑的两个丫头那么标致，孟七娘的丫头却长得这样丑陋，俗语说物以类聚，想这孟七娘也不会漂亮到哪里去，怪不得韩伯伯不会爱她。"

这丑丫头名唤碧淇，是孟七娘跟前最得宠的丫头，侍梅不敢怠慢，说道："这人不许我进去，他是新来的仆人吗？"濮阳坚装作不知她的身份，她也即以其人之道，还治其人之身。

碧淇道："啊，原来是你们发生了误会了。他不是仆人，是我们客人的弟子。"当下给濮阳坚解了穴道，说道："你虽然是我们的客人，也不该对这位姐姐无礼，你知道她是谁？她是幽篁里辛十四姑那儿来的人，辛十四姑是我们主人的表姐，今日之事，若是给辛十四姑知道了，我们的主人还要向她赔罪呢。"

濮阳坚满面羞愧，只好一声不响，躲过一边。碧淇道："两位姐姐请随我来。"带了她们二人，进入门房坐下。

碧淇与侍梅私交甚厚，见她来到，很是欢喜，说道："咱们有一个多月没见面了吧，今天什么风把你吹来的。这位姐姐是——"

侍梅道："这位姐姐是新从江南来的，她本是好人家的女儿，父亲还是一位秀才呢。只因家贫无奈，迫得卖身养父。听说你们这边要物色一位精通琴棋诗画的侍女，是以主人叫我将她带来，给七娘看看。”

碧淇道：“原来如此。这位姐姐长得很漂亮，你叫什么名字?”

奚玉瑾低下了头说道：“主人赐名侍琴。”

碧淇道：“从江南来这儿，可真是不容易啊！侍梅姐姐，你家主人也真是神通广大，她足不出户，竟有本事从老远的江南把这位姐姐弄来。”

侍梅道：“是我家侄少爷代他姑姑物色的，这次趁着北归之便，亲自送她回家。”

奚玉瑾的“身世”本是事先和侍梅编排好的，但说是辛龙生从江南将她带来，这却是侍梅灵机一动，临时加上去的。这样一编，更能自圆其说，奚玉瑾心里虽然很不高兴，却也只好由她信口开河了。

碧淇道：“这真是好极了，难得有这样一位聪明伶俐的姐姐到来，我们也有伴了。不怕这位姐姐笑话，我可是个蠢丫头，什么琴棋诗画，我是一窍不通的。”

奚玉瑾记得自己是个秀才女儿的身份，装作羞怯怯的样子红了脸说道：“碧淇姐姐太客气了，我还得请姐姐多多指点呢。就不知有没有这个福气得和姐姐做伴?”

碧淇笑道：“你长得又好看，又聪明，当真是我见犹怜，我们主人哪有不收留你之理?”侍梅“噗嗤”一笑，说道：“一月不见，碧淇姐姐居然也会掉文啦。”碧淇笑道：“有这位知书识墨的姐姐来了，我虽然是个草包，也得装作附庸风雅了啊!”

侍梅见碧淇只是有一搭没一搭的与她闲话，不觉有点奇怪，以往每次她到来，碧淇都是很快的给她通报，甚至直接就带她去见孟七娘的，这次要在门房坐候，碧淇久未得到召见，这是从未有之事。

碧淇似乎知道她的心思，说道：“对不住，要你们久候了。你们来得不巧，此刻主人正在会客。”

侍梅道：“不忙，不忙。我倒是巴不得多坐一会，和你相聚。

你们这里有两位贵客，我早已知道。实不相瞒，我就是因此，无事就不便到你们这里来了。这一个多月，你也没有到过我们那边，想必也是因为家中来了客人，抽不开身吧？”

碧淇点了点头，悄声说道：“这两个恶客，实在惹人讨厌。不过，主人现在会的，却不是这两位魔头。”

侍梅道：“等闲之辈，你家主人决计不会见他。那人是谁？”

碧淇道：“韩大维父女关在这里，你们想必是早已知道的了，主人现在会见的就是那位韩姑娘。”

侍梅道：“听说那位韩小姐长得很美，可惜我没见过。”

碧淇道：“等会儿她们出来要从这里经过的，你可以偷看。”

奚玉瑾听说韩珮瑛就在里面的客厅，心头禁不住卜通通地跳。

侍梅把嘴唇贴着碧淇的耳朵小声问道：“听说七娘年轻的时候曾经喜欢过韩大维，该不会难为他们吧？她肯让这位韩小姐出牢房来见她，想必也是喜欢她的了？”

碧淇从窗口望出去，看见外面没人，这才小声说道：“我也摸不透主人的心意，看样子她倒有几分喜欢那位韩小姐，不过，如何处置韩家父女，如今已是由不得我家主人做主了。”

侍梅道：“难道那两个恶客竟敢越俎代庖么？”

碧淇愤愤不平地说道：“岂止越俎代庖，简直是鹊巢鸠占。那两个魔头表面上尊敬我家主人，实际却是把这里当作了他们的地方了。他们招朋引友，把门人弟子也带了来，里里外外都有他们的人把守，所以你刚才进来才会碰上那样的事情。”

奚玉瑾听了这话，心头越发沉重，暗自想道：“如此看来，要救珮瑛脱险，只怕比我预料的还更艰难呢。”

碧淇忽道：“那位韩姑娘出来了，你们不要作声，快来看吧。”奚玉瑾从窗口偷望出去，只见果然是韩珮瑛跟着一个丫头向她们这边走来。

且说韩珮瑛在牢房里父女相逢，转眼过了两天，韩大维起初本来打算绝食的，见了女儿之后，打消死志，开始进餐，气力渐渐恢复，精神好了许多。

这日父女二人偷偷商议，韩珮瑛道：“爹，你今天的气色似乎比昨天又好了一些，可以运功了吧？”

韩大维道：“真气已经可以开始凝聚，但内功恐怕还是不能运用。”

韩珮瑛道：“只要你能够恢复武功，咱们就可以选择时机，冒险越狱了。”

韩大维叹了一口气，说道：“我的寒毒尚未驱除净尽，又受了化血刀之伤，谈何容易恢复？”

韩珮瑛道：“只要他们不下毒手，让咱们活着，那就总会有恢复的一日。再说风声总会传出去的，说不定还会来了救星呢。”

韩大维道：“你是盼望谷啸风来救你么？”正是：

不识女儿心内苦，牢中犹自盼郎来。

欲知后事如何，请听下回分解。

第二十四回　物换星移情也老
鹊巢鸠占悔应迟

提起了谷啸风，韩珮瑛禁不住心中一阵酸痛。她的伤心还不仅仅是因为谷啸风的移情别恋，最伤心的还是她遭受了如此难堪的婚变，却还不能让父亲知道。“爹爹只道我和他已经是一对恩爱夫妻，却不知我未曾过门，已给人家抛弃了。唉，倘若爹爹知道了真相，不知要如何难过呢！”为了隐瞒真相，只好点了点头，说道：“啸风虽然本领不济，但我想他是一定会设法营救咱们的。”她说这话，心里也的确是相信谷啸风会这样做。

韩大维叹了口气，说道：“在年轻的一辈中，啸风的本领也很不错了，不过比起那两个魔头，却还差得很远。当然他可以找人帮忙，但这个地方，外人决不会知道，他又怎会找到这里来呢？”

韩珮瑛道：“那就拖得一时算一时吧，只盼能够拖到爹爹功力恢复之日——”

韩大维道：“我也但盼如此，但依我看来只怕也拖不下去了。目前他们想我投降，暂时是不会下毒手，再过些时，他们知道了我的决心，那时即使孟七娘不肯杀我，西门牧野和朱九穆也不会放过我的。”

韩珮瑛道：“这孟七娘究竟是什么人？何以她要处心积虑在这里设下巢穴，将爹爹捉来？既然如此处心积虑要害爹爹，爹爹又何以相信她不会杀你？”

韩大维默然不语，半晌才说道：“孟七娘之事，迟早我会告诉你的。”韩珮瑛觉得有点奇怪，心里想道：“何以一说到孟七娘，爹爹就好像有难言之隐呢?”

韩大维又叹了口气，说道：“我是决计不能脱险了，但说不定你却有活出生天的机会。”韩珮瑛道：“咱们父女一同遭难，要出去也只能一同出去，难道他们会单独放走我吗?”

韩大维道：“你先别问其中缘故，万一你能够出去的话，我要交代你一桩事情。”

韩珮瑛道：“爹爹请说。”

韩大维道：“咱们家中的宝藏是上官复的，这你已经知道了。上官复是辽国人，屈身做蒙古国师副手，为的是要恢复辽国。这人少年之时曾经做错过一件事情，但只不过是私德有亏，无伤大节。你出去之后，要找着他说明宝藏因你误会而送给义军之事，免得他以为是我骗了他的。你还要去见北五省的绿林盟主柳女侠，告诉她这件事的真相。她若是不肯相信，可以请她去问灵鹫山的青灵师太。青灵师太知道上官复的图谋。”

韩珮瑛道：“孩儿记住了。爹爹还有什么吩咐?”

韩大维道：“还有一桩事情，我想也应该让你知道。你知道你的母亲是怎么死的么?”

韩珮瑛大吃一惊，连忙问道：“妈不是病死的么?”

韩珮瑛五岁的那年死了母亲，那一年也正是她和谷啸风订了婚的第二年。她记得订婚之后没多久母亲就生起病来，父亲天天给她侍奉汤药，可惜药物无灵，回天乏术，病了约莫半年之后，母亲终于撒手人寰。

韩珮瑛一直以为母亲是病死的，如今听得父亲说道不是，大吃一惊，这才蓦地想了起来，母亲之死，果然是大有蹊跷。“妈的身体素来健壮，又是练过武功的女子，何以无端端地生起病来，方在中年，就短命死了?”她想起了有一天父亲给她吃药之时，自己也在旁边，母亲忽地一声长叹，摸着她的头道：“我这次病是决不会好的，放心不下的就是瑛儿。”父亲说道：“你要安心养病，万一有三长两短，我答应你亲自抚养瑛儿成人决不续娶，你不用担心她会给后母虐待。”母亲又叹了口气，说道：“你对我这样好，我死而无怨，你也不必怨人。”

韩珮瑛想起了这件事，心里惊疑不定，暗自思量："妈为什么会说那样的话？莫非她当真是给人害死的么？但若真是如此，为何她又不要爹爹替她报仇，反而劝爹爹不要怨人呢？"

心念未已，只听得父亲果然说道："你妈不是病死的，她是给人毒死的！"

韩珮瑛吓得跳了起来，失声叫道："什么人毒死的？爹，你快点告诉我！"

韩大维道："你的母亲心地善良，那人毒死了她，她明知是谁，却不愿意我给她报仇。我本来也打算原谅那个人的，但那个人千方百计设法害我。如今我改了主意，倒是想要你给你妈报仇了。这个人是——"

刚说到这里，忽听得有人打开牢门的声音，韩大维连忙住口，只见一个小丫鬟走了进来，说道："韩小姐，我家主人想要见你，请你跟我走吧。"

韩珮瑛道："她要见我，来这里好了。我不离开爹爹。"

那小丫鬟低声说道："主人有话和你说。"言下之意，这话当然也只能和她一个人说的了。牢房外面，有西门牧野的弟子看守，当然不是谈话之所。

韩大维道："瑛儿，主人家的好意，你就去见见她吧。"

韩珮瑛见父亲吩咐她去，心里想道："也好，我且听她说些什么？"

韩珮瑛虽不似奚玉瑾之工于心计，心思也并不迟钝，听了父亲的话，早已起了猜疑："毒死妈的，恐怕就是这儿的主人孟七娘了。爹爹说这人千方百计，害死了妈，又加害他的，除了孟七娘还有何人？"

韩珮瑛一路胡思乱想，不知不觉已是跟了丫鬟进了一间密室，见着了孟七娘。

韩珮瑛冷冷说道："你叫我来做什么？"

孟七娘好似没有听见她的问话，对她凝视片刻，忽地拉着她的手道："真像，真像！你长得和你妈简直一模一样！"

韩珮瑛用力一摔，说道："你找我来，为的就是要告诉我这两句话么？我和妈像，不用你说，我也知道。”

韩珮瑛虽然是个女子，但却是练过正宗内功的女子，她这次被骗遭擒，武功并未消失，这一摔的力道，等闲之辈定会跌个四脚朝天，可是孟七娘拉着她的手，韩珮瑛并不觉得对方怎样用力，自己却是挣脱不开，更不用说将她摔翻了。

韩珮瑛这才知道孟七娘的武功高明之极，父亲说的话一点不假，她的本领至少也不在那两个大魔头之下。但孟七娘丝毫没有运劲反击，却又似乎对她并无恶意。

孟七娘微微一笑，说道：“你妈性情温和，为人柔顺。你的脾气，却是更像你爹爹，不像你的妈妈。你坐下来吧，我当然还有话对你说的。”

韩珮瑛认定了孟七娘是害死母亲的凶手，挣脱不开，心头火起，忍不住便说道：“不错，我妈就是因为太柔顺了，所以给人欺负，受人害死！好，你妒忌我长得和妈妈像，你就把我也害死好了，不必假惺惺啦！”

孟七娘怔了一怔，放开了韩珮瑛的手，说道：“你说什么？你以为我害死了你的母亲？这是你爹告诉你的么？”

韩珮瑛道：“爹没有说出你的名字，但我知道是你！”

孟七娘叹了口气道：“你猜错了，不瞒你说，你妈讨厌我，我却是喜欢她的。我一直没有将她当作敌人，害死她的人不是我！”

韩珮瑛冷笑道：“你不要用花言巧语骗我，我不会上你的当的！”

孟七娘道：“我用不着骗你！你想想，你现在在我掌握之中，我要害你，易于反掌，何必骗你？至于害死你妈的人是谁，你将来自会明白！”

韩珮瑛听她说得有道理，心中半信半疑，想道：“就听她说些什么吧。”

当下按下怒气，坐了下来，冷冷说道：“好，你要和我说些什么？说吧！”

孟七娘道：“我有一件事情要和你商量，但你必须相信我的话才好！”

韩珮瑛道："我要听了你的话，才知道能不能相信。"

孟七娘摇了摇头，说道："你对我成见太深，但我委实是欢喜你。请你不要疑心我有恶意，不瞒你说，我找你来，就是想设法救你的，我希望你照我的话去做!"

韩珮瑛诧道："你不是这里的主人吗？你要杀便杀，要放便放，何须与我商量？再说你若当真有心放我，当初又何必将我骗来？"

孟七娘道："你是只知其一，不知其二。不错我是这里的主人，但此刻却是太阿倒持，以柄授人，不能自主了。"

韩珮瑛恍然大悟，低声说道："你是受了那两个魔头的胁持？"孟七娘道："还未到如此地步，但他们也只是表面对我尊敬而已，对你们父女的事情，却是不能由我做主了。"

韩珮瑛听她说出心腹之言，不觉对她有了几分好感，自思："她肯让我知道这个秘密，莫非真的是想救我？但却不知她说的是不是真话？"

孟七娘继续说道："我不骗你，你的爹爹是我授意叫他们捉来的，但并不想捉你，但你适逢其会，回到家中，他们当然是不能放过你了。"

韩珮瑛道："你何以要捉我爹爹？"

孟七娘叹了口气，说道："说起来其实也不过是为了争一口气，现在我已是好生后悔，你不必细问根由了!"

韩珮瑛心里想道："我问爹爹，爹爹也不肯说，莫非他们之间，竟是有甚难言之隐，连我也不能知道？"

孟七娘道："你的爹爹在他们监视之下，我是决计无法救他的。你的目标较小，或者我还可以为你设法。"

韩珮瑛道："请你把办法说给我听听。"心想："怪不得爹爹说我可能有独自逃生的机会，看来今日之事早已在爹爹意料之中，我是决意陪伴爹爹的了，要走除非与爹爹同走。不过，听听她的办法，也是无妨。"

孟七娘道："我想委屈你做我的侍女，当然这只是一个借口而已，我会把你当作自己的女儿一样的。我这样做，那两个魔头一定认为我要折磨你，他们就不会阻挠了。”

韩珮瑛对她的说话虽然有了几分相信，但也仍然免不了猜疑，暗自思量：“纵然她说的是真，我做了她的侍女，也是一生之耻！”

要知韩珮瑛的性格极为倔强，决不肯轻易向人低头的。这也就是她和奚玉瑾的不同之处了。

韩珮瑛恐怕孟七娘用花言巧语，骗她受辱，当下冷笑说道：“我没有福分做你的女儿。我妈早已死了，如今我只有爹爹，我决意与爹爹生死与共！”

孟七娘只道韩珮瑛还在当她是杀母仇人，不觉皱了眉头，说道：“也好，那你就先回去和你爹爹商量过后再说。谁是你的杀母仇人，你也可以向你爹爹问个明白。”

当下拍了拍手，把原来那小丫鬟叫来，带韩珮瑛出去。

且说奚玉瑾和侍梅二人坐在门房等候召见，陪伴她们的那个小丫鬟是孟七娘的贴身侍女碧淇，正自说到韩珮瑛之事，碧淇忽道：“那位韩姑娘出来了，你们不要作声，快来看吧！”奚玉瑾从窗口偷望出去，只见果然是韩珮瑛跟着一个小丫鬟，向她们这边走过来。

奚玉瑾心头卜卜乱跳，想道：“相别不过一月，珮瑛玉容清减，竟至于斯，想必她在这里受了不少折磨了。如今已证明了任天吾说的乃是谎话。但却不知她对我是否有芥蒂于心？”

侍梅说道：“这小丫头唤碧波，是这里出名的小淘气，最得七娘的喜欢。她和我也是很要好的，可惜我现在却不便出去见她。”侍梅似乎知道奚玉瑾此行的任务，故此特地出言，暗中指点，示意叫她以后可以笼络这个小丫鬟。

奚玉瑾心道：“这小丫头名唤碧波，一双眼睛水汪汪的倒是名符其实，很有几分秀气。”

碧波眼睛最灵，经过门房，眼光一瞥，瞧见了在窗口的侍梅和碧淇，心中一喜，便即拍手叫道：“侍梅姐姐，什么风把你吹来了？好久不见，你可把我想煞了。”

侍梅巴不得她有此一叫，当下便与奚玉瑾走出房门，与她相见，说道：“我见你有事不便打扰你。”

碧波笑道："你也不是外人，何须回避。反正这里的事情已瞒不过你们那边的。侍梅姐姐，你可不要忙着走啊，等我送走这位韩姑娘回去，回头咱们叙叙，这位姐姐却又是谁？"

碧淇笑道："好教你得知，这位姐姐也不是外人，她就要和咱们作伴了，她是辛十四姑特地给咱们主人从江南找来的好姐妹呢。"

碧波道："原来如此，好吧，那么咱们也回头见吧。"

韩珮瑛见了奚玉瑾，不由得心头一动："这人似乎在哪里见过？"但却想不起来。

奚玉瑾忽地咳了几声，韩珮瑛听了大吃一惊，原来韩珮瑛在她家养病之时，因为受了修罗阴煞功的内伤，是时常咳嗽的，咳声急促，数短一长。奚玉瑾此时的咳声，就正是模仿她的。

韩珮瑛做梦也想不到奚玉瑾会到这里来，心中惊疑不定，"不知真的是她还是偶然的巧合？只怕还是偶然的巧合吧，玉瑾怎会到这里来当丫头？"

碧波与韩珮瑛走了之后，奚玉瑾故作难为情，满面通红的样子说道："我有点咳嗽的小毛病，刚才失仪了。"

碧淇笑道："这有什么打紧，咱们只是丫头，又不是大家闺秀！"当下带了她与侍梅，进入内室，拜见主人。孟七娘见了她好生欢喜。

奚玉瑾绷紧的心弦稍稍放松，暗自想道："我只道孟七娘是一个不知如何厉害的女魔头，如今见了，却似乎并没有他们说的那么可怕。不过人不可以貌相，辛十四姑就是一个例子，看起来好像是个十分风雅的女中高士，谁想得到她会不动声色的暗中算计人。总之，我还是以小心为上。"

辛龙生本来给了她一个指环，说是戴了这个指环，孟七娘就会对她"另眼相看"的。但奚玉瑾却恐防孟七娘误会她与辛龙生有甚私情，正是不愿她"另眼相看"，故此没有戴上。

孟七娘对奚玉瑾仔细打量一番，笑道："长得倒很秀气，你是哪里的人，叫什么名字，读过书吗？"

奚玉瑾按照预先编好的话一一答上，孟七娘道："哦，原来还是一位秀才的女儿，真是委屈你了。"回过头来又对侍梅笑道：

“难为你家主人，从老远的江南给我找来了这样一个标致的姑娘，我很欢喜。但不知是谁送她来的?”

侍梅道：“正要禀告表姑，我家侄少爷昨天回来了。侍琴就是他替你老人家找来的。”

孟七娘道：“哦，龙生回来了吗？为什么不到我这里来坐坐?”

侍梅道：“侄少爷这次回来，听说是奉了他师父之命，有许多要紧的事情待做。顺便回家，也不过只住一两天，明天一早就要进城去拜会丐帮的陆帮主。二来他听说你老人家这里来了贵客，他也不便前来打扰。他叫我代为问候，请你原谅。”

孟七娘皱了皱眉头说道：“好几年没见过这孩子了，我倒是很挂念他呢。他是江南武林盟主文大侠的掌门弟子，也怪不得他要避忌和我这里的客人见面。好吧，这次不来，我不怪他。下次回来——”

侍梅立即说道：“下次回来，不用你老人家吩咐，他也会来给你请安的。其实侄少爷也很挂念你老人家，他知道是你老人家找的丫头，特别用心，给你物色，好不容易才找来了这样一位通晓琴棋书画的姑娘。你看，侄少爷也不枉你疼他了吧?”

孟七娘笑道：“侍梅，你真会说话，讨人欢喜，怪不得龙生小时候总是要你作伴，不喜欢第二个丫头服侍她。”

侍梅面上一红，说道：“这位侍琴姐姐才更讨人喜欢呢。她知书识礼，我们这些蠢丫头哪能比得上她?”话中隐隐有羡妒之意，奚玉瑾心中一动，不觉暗自好笑：“原来侍梅代辛龙生向我表白心意，其实却是试我口风，唉，这干醋可是吃得好没来由!”

孟七娘笑道：“你们两个我都一样喜欢。可惜你家主人离不开你，我想向她讨你，却是不敢开口。”

侍梅道：“我更可惜没有侍琴姐姐这样好福气——得以侍候你老人家。”说到“福气”二字，特别拖长语气，旁人听不懂，奚玉瑾却是心中雪亮，她说的“福气”是指什么。心想：“我才不稀罕你的公子爷爱慕我呢，他虽然是文大侠的掌门弟子，谷啸风也不见得就比不上他。”

孟七娘若有所思地又看了看奚玉瑾一眼，忽地问道：“龙生送你回来，一路上对你好吧?”奚玉瑾无法不替侍梅完谎，只好低下头，面红红地答了一个“好”字。

孟七娘微微一笑，说道:“龙生选中了你，当然他也是欢喜你的了。你在我这儿安心住下吧，我不会错待你的。”奚玉瑾忍不住说道:“他挑选的是丫头，我们做了丫头的但求得一个好主人照顾，决不敢痴心妄想。”话说出口才突然省起这几句话可能无意中得罪了侍梅，后悔已是莫及。

孟七娘怔了怔，心道:“这丫头倒是有几分傲气。”心里更为欢喜，说道:“你别多心，我知道你是秀才人家的女儿，迫不得已才卖身的，怎敢轻看你呢。嗯，你名叫侍琴，想必是通晓音律的了，你给我弹一曲江南时新的曲子如何?”

奚玉瑾知道孟七娘是有意考她，看她是不是真的从江南来的，于是说道:“琴棋诗画，我胡思乱学过了一些，说不上什么通晓。江南文士，最喜欢以新词谱曲，但只怕我弹得不好的，教主人见笑。”原来奚玉瑾家住扬州，与江南不过一水之隔，在地理上向来也是把扬州算做江南的，是以南宋流行的新词，她几乎能背诵、弹唱。

孟七娘道:“你不必客气，我这里有张古琴，你就弹吧。”

奚玉瑾调理琴弦，叮叮咚咚弹了起来，弹的是陆游的一首《卜算子》，词道:

“驿外断桥边，寂寞开无主。已是黄昏独自愁，更著风和雨。　　无意苦争春，一任群芳妒，零落成泥碾作尘，只有香如故。”

这首词是将梅花比作自甘寂寞的高人，可以比作个自负才华、志行高洁而无人赏识的女子。孟七娘正是一个情场失意终身不嫁的女子，这首词恰巧暗合她的心境。听了这支曲子，不由得怅怅惘惘，而又好像得到了知音人一样，怅惘之中也有几分欣慰。

孟七娘闭上眼睛，跟着琴音轻打节拍，一曲已终，好一会她才张开眼睛，叹口气道:“这是陆游的卜算子吧?陆游是个忠君爱国的词人，一生未得大用，这首词可说是寄托遥深了。”

孟七娘一听就听出了她弹的是什么词牌，何人所作，这不但需要精通音律，而且还得熟悉各大词家的风格才成，奚玉瑾不由得暗暗佩服，心里想道："她在幽谷隐居，想不到对南宋词人竟如此熟悉，从一点可以概见其余，可知她是关心故国的了。她称赞陆游是个忠君爱国的词人，更足以见得她是爱憎分明，不仅仅是缅怀故国而已。纵然不是侠义道，至少也该是同道中人，但却不知她何以会与那两个魔头勾结一起？"

心念未已，只听得孟七娘又说："我的表姐于琴棋诗画无所不通，尤其以古琴弹得最好，你可曾听过她弹琴么？"奚玉瑾道："昨晚曾听过她弹一首古诗。"孟七娘道："你还记得么，能不能弹给我听听？"

奚玉瑾道："只怕婢子邯郸学步，贻笑大方。"当下调理琴弦，将辛十四姑昨晚弹的那支曲子重奏出来，弹到"知我者谓我心忧，不知我者谓我何求，悠悠苍天，彼何人哉？"这几句的时候，眼光一瞥，忽见孟七娘的嘴角挂着一丝冷笑，颇似有蔑视之意。

奚玉瑾弹奏完毕，说道："想必是婢子弹得不好，教主人见笑了。"孟七娘道："不，你弹得或许还未及我的表姐，但已经是很好的了。我不是笑你，我只是觉得表姐选这一首诗来弹，未免、未免……""未免"什么，她可没有说出来。只见她望了侍梅一眼，顿了一顿，忽地哈哈一笑，曼声吟道："知我者谓我心忧，不知我者谓我何求，悠悠苍天，彼何人哉？说得不错，我亦云然！"笑得甚是凄凉。

奚玉瑾是个绝顶聪明的女子，登时恍然大悟，"原来她要知道辛十四姑最近弹的什么曲子，是想从她的琴音揣测她的心事。在她们表姐妹之间，只怕也是各怀心病的呢。她的冷笑，看来是针对辛十四姑而发的了。"

孟七娘笑过了后，意态落寞，说道："侍梅，你回去告诉你的主人，她肯把这位多才多艺的姑娘让给我，我很感激。"

侍梅正要告辞，忽听得有个苍老的声音说道："七娘好高兴啊，恕我来打扰你了。"一个身材高大的老头走进来，正是西门牧野。

孟七娘见他事先没有通报，便闯进来，心里极不高兴，但却不便发作，当下冷冷说道：“西门先生，何事赐教？”

西门牧野打了个哈哈，说道：“我一来是贺喜七娘得了一个称心的侍女，二来是向你们赔罪来的。”孟七娘怔了一怔，说道：“你有什么事得罪了我，我还不知道呢。”

西门牧野道：“小徒濮阳坚适才有眼不识泰山，冒犯了令亲的宠婢，我是特地来替他赔罪的。但却不知是哪位姑娘？”说罢，目光从侍梅身上掠过，又仔细地向奚玉瑾打量。

侍梅料不到他竟会如此小题大做，只好挺身而出，说道：“是我，我也不知他是西门先生的高足，以至引起小小的争执，说来应该赔罪的还是我呢。”

孟七娘这才明白，说道：“是不是濮阳坚不许你进来？”

碧淇替她答道：“濮阳坚非但不许她进来，对她似乎有点不大规矩。侍梅姐姐只好和他动了手。”孟七娘斥道：“多嘴，不许你加油添酱，一点点小事算得了什么！”

西门牧野道：“是呀，小徒如此胆大妄为，我实在非常惭愧。所以他虽然给这位姑娘打了一顿，我是应该来赔罪的。”

孟七娘淡淡说道：“这只是双方的小小误会，何必如此郑重其事。西门先生若是认为此事应该有个交待，那可以去找我的表姐说话，我是懒得管了。我的表姐最近练成了百毒真经，西门先生，你也是个中高手，正不妨趁此机会，结识结识。”

西门牧野心道：“你拿辛十四姑吓我，我才不怕她呢。不是我有要事在身，我早就到幽篁里去找她了。”

说是不怕，其实心里却着实是有点害怕的。尤其他在仔细地打量了奚玉瑾之后。

西门牧野暗自思量：“侍梅这小丫头不过十七八岁的年纪，濮阳坚竟然会在她的手下吃了大亏，婢子如此，主人可想而知。但侍梅的武功，看来又还不及新来这个丫头。这丫头目蕴神光，精华内敛，显然内功已经颇有火候。辛十四姑的丫头若然有两三个如她一样本领，我的一班弟子即使全都上去，也必定要大败亏输。看来这辛十四姑的确是不好惹的啊！何况我还想笼络她呢？”

想至此处，不由得自己解围，赔笑说道：“得罪了令亲的宠婢，就如得罪了你老人家一样，我怎么能不来赔罪呢？既然你不介意，那我就放心了。过几天我再到幽篁里向令亲赔罪便是。嗯，这位姑娘是新来的吧？”

孟七娘道：“不错。她就是辛十四姑的侍女。名叫侍琴。侍琴，你上前见过西门先生。”

奚玉瑾敛衽一福，说道：“我新来乍到，有失礼之处，请西门先生多多包涵。”

西门牧野赞道：“难为令亲怎样教出如此高明的侍女来？你在幽篁里有好几年了吧？”忽然心念一动，想道：“咦，这丫头我倒好像是在哪里见过似的？”但因奚玉瑾改容易貌甚为神妙，他只是觉得“似曾相识”，却想不起来。

奚玉瑾道：“没有几天。”孟七娘道：“她是新从江南来的，我的一个表侄带她回来。”

西门牧野吃了一惊，说道：“这就更难得了，辛十四姑竟然能够在短短的时间之内，调教出一个如此高明的侍女，当真是令人佩服！”

西门牧野说的是武功，孟七娘却以为他说的“高明”二字，是赞这个丫头多才多艺，当下微微一笑道：“是的，所以我很喜欢她呢。”原来孟七娘的武功虽然极高，但因大半生隐居幽谷，经验与见识却都是不及西门牧野。她当然也是看得出奚玉瑾身有武功的，但却看不出武功究竟有多深。不比西门牧野，一眼就看出了奚玉瑾的内功颇有火候，且是远在侍梅之上。孟七娘既然相信了这个丫头是辛龙生带回来的，那么辛龙生在路上指点她的武功，自是毫不出奇了。

孟七娘道：“好，这件小事，就此揭过。西门先生还有什么话要说？”言下已有逐客之意。

西门牧野道：“不错，我还有一桩事情要向七娘请罪。”

孟七娘怔了怔，拖长了声音道：“又是哪个丫头得罪了你啦？”

西门牧野赔笑道：“七娘别多心，这次的确是我要向你请罪的，我做了一桩事情，恐怕不合你的意思。”

孟七娘道：“究竟是什么事情？”

西门牧野道：“我明天要进城一趟，恐怕三天之后，才能回来。”

孟七娘心里暗暗欢喜，“你去了更好。”于是说道：“西门先生不过在此作客，我岂能管束你的行动，进城一趟，何须如此郑重其事的告诉我？”

西门牧野道：“我因为三天之后才能回来，对韩大维有点放心不下，是以我略施手法，封闭了他的两处经脉，在这三天中，他将全身瘫痪，手不能动，口不能言。”

孟七娘吃了一惊，神色上却不敢露出来，说道：“他不能自解么？”

西门牧野道：“这老儿内功深湛，可惜受了我的化血刀之伤，至少也要在三天之后方能自解。我就是估计到这一层，所以才没有更下重手，保存他一条性命的。不过我这闭脉之法，别人若是妄行通解，那就恐怕要促他死亡了。此事事前我没禀告七娘，七娘不会怪我吧？”

孟七娘强笑道：“韩大维武功实在太高，你多加小心，也是应该的了。”

西门牧野哈哈笑道：“七娘不予怪责，那我就安心了。好，告辞了。”

西门牧野走后，孟七娘恨得牙痒痒地道：“总有一天，我要叫这老怪也吃我一点苦头。”侍梅跟着告辞，孟七娘道：“好，碧淇，你送她出去。侍琴你留下来陪我。”正是：

魔障都由情与恨，鹊巢鸠占自招来。

欲知后事如何，请听下回分解。

第二十五回　翻云覆雨嗟棋局　暗箭明刀占鹊巢

孟七娘道："侍琴，你弹琴的本领我已经知道了，果然不错。现在我想请你陪我下一盘棋解闷。"

奚玉瑾道："只怕我的棋艺粗浅，不堪一击。请主人指点。"

孟七娘笑道："你真不愧是秀才的女儿，说话总是这么彬彬有礼。下棋不比弹琴，弹琴可以自己练，下棋必须是找个对手的。我就是因为没有棋艺相当的人陪我下棋，所以围棋总是下得不好。说老实话，你要我指点武功，那还可以，说到下棋，只怕就要你指点我了。"

下到半局，成了犬牙交错的混战局面，孟七娘拈子沉吟，欲下未下，自言自语道："这局面可有点不妙呀。"

奚玉瑾心头一动，暗自想道："我何不编一套说辞，试探试探。"当下应道："是呀，大局的确很不好。主人，你可听到什么新的消息没有？"

孟七娘怔了一怔，道："你说什么？"奚玉瑾道："我说的是外面的时局。"

孟七娘瞿然一省，停止了下棋，问道："外面怎么样了？"

奚玉瑾道："蒙古的骑兵已经侵入中原，听说现在已攻向洛阳！"

孟七娘吃了一惊，道："来得这样快呀，我还不知道呢！"

奚玉瑾道："即使蒙古鞑子打来，咱们这里想必是可以无妨的。"

孟七娘道："不错，这里无异世外桃源，鞑子决不会知道这个隐秘所在。唉，不过一个人总不能只为自己打算的……"

奚玉瑾道："不错，咱们可以无妨，那些在蒙古骑兵铁蹄下挣扎的百姓就惨了。"

孟七娘默然不语，半晌说道："可咱们又有什么办法可想。"拈着一颗棋子轻轻地放下来，忽地又如有所思的沉吟道："西门老怪为什么在这样紧张的时候，却要到洛阳这个危城去呢？"

奚玉瑾故意把话题兜回来淡淡说道："大势如此，人力难以挽回，各人能够自保平安也就好了。我想即使蒙古鞑子搜到这儿，咱们也是有惊无险！"

孟七娘觉得这话很是奇怪，睁大了眼睛道："为什么？"

奚玉瑾道："因为有西门先生和朱先生两位在这儿。"

孟七娘道："你这话是什么意思？朱九穆你并没有见过，你又怎么知道有这个朱先生在这儿？"

奚玉瑾道："我是听得辛公子说的，我也不知是不是事实，不敢乱说。"

孟七娘道："他可是说这两个人和蒙古鞑子有牵连么？"

奚玉瑾道："辛公子不过是据理推测，他说在这大军压境，洛阳危如坠卵之际，那两个魔头迟不来，早不来，偏偏这个时候来，不无可疑罢了。"

孟七娘点了点头，说道："这话他是什么时候和你说的？"

奚玉瑾道："不是和我说的，是昨天晚上和他姑姑说的，当时我恰好在旁。"

孟七娘道："辛十四姑没有告诉他这两个魔头是我请来的么？"

奚玉瑾道："说了。但十四姑说的和主人说的稍微不同。"

孟七娘道："什么地方不同？"

奚玉瑾道："十四姑说这两人是毛遂自荐，来为主人效力的。"

孟七娘诧道："我可没有这样告诉过她呀，她又怎么知道？"

奚玉瑾道："辛公子也曾如此问过他的姑姑，他的姑姑说：'表妹决不会把我当作外人，瞒住我的，既然她从来没有和我说过请客之事，这两人自是闻风而至的了。'辛公子也说：'对，表姑志行高洁，决不会请这样恶名昭彰的魔头。’至于‘闻’的是什么‘风’，‘效’的是什么‘力’，他们可就没有说了。”

孟七娘暗叫了一声“惭愧”，想道：“辛十四姑固然是谬托知己，但龙生把我设想得这样好，倒是有点出我意外。我和表姐有心病，我只道他也是帮着他的姑姑，对我无多好感的。”原来这件事情给奚玉瑾猜中了一半，朱九穆的确是闻风而来，但西门牧野则是和孟七娘曾有信使往还，合谋对付韩大维的，并非毛遂自荐。

孟七娘道：“龙生新从江南来到，何以消息这么灵通？”

奚玉瑾道：“他听得丐帮的人说起，说是有两个少年前天在这山上碰见那两个魔头，是以一回来就问他姑姑了。”

孟七娘道：“哦，这件事情他也知道了？”

奚玉瑾道：“这两个少年的名字一个好像叫谷啸风，这个名字比较容易好记，另一个少年叫做公孙什么的，我听过却忘了。辛公子说丐帮的人也认为这两个魔头有私通鞑子的嫌疑，否则即使要报仇，也不该在这战火弥天的时候来，而且专门和侠义道作对。据说叫做公孙什么的那个少年已经到了丐帮分舵，谷啸风的下落尚未知道。辛公子和谷啸风似乎是好朋友，还曾为此事担心呢。”奚玉瑾不知谷啸风早已到了丐帮，希望能够从孟七娘口中探出一些消息。

孟七娘不知奚玉瑾乃是乘机打听谷啸风的消息，说道：“奇怪，当时我虽没在场，但据我所知，谷啸风和公孙璞一同逃走的，怎的会不知下落呢？”

孟七娘想起一事，忽地问道：“侍琴，你是江南哪里人氏？”奚玉瑾道：“婢子家住常州。”常扬二字一音之转，奚玉瑾无暇思索，故此信口答是常州。

孟七娘道：“常州与扬州距离不远，扬州竹西巷谷家很是有名，你不知道？”奚玉瑾道：“听家父说过，扬州有人称‘小孟尝’的谷若虚已逝世多年了，不知是否竹西巷谷家？”

孟七娘道：“不错，你刚才提起的那个谷啸风就是谷若虚的儿子。我想向你打听一件事情，谷家是否在半年前办过婚事，你听人说过么？”

奚玉瑾明知故问：“谷家办的婚事，那新郎是否就是谷啸风？”

孟七娘道：“不错。我要问的就是他是否已经成了亲？”

奚玉瑾道：“婢子孤陋寡闻，可没听人说过谷家最近曾办过婚事。”

孟七娘道：“这就有点奇怪了。谷家不但在武林中极有名望，而且是扬州有名的世家，谷啸风是谷家的独子，他若成亲，必定办得风光热闹，而且新娘子又是远道来就婚的，人家一定会当作新鲜的事儿来讲，怎的你却没听过这件事呢？”原来孟七娘因见韩珮瑛独自回家，谷啸风虽然跟着也来韩家，但新婚夫妇，照理是不该分开的，是以起了疑心。

奚玉瑾道：“也许外面有许多人谈论，但婢子足不出户，是以不知。”接着装出忍不住好奇的样子问道：“主人说那位远道就婚的新娘子，不知又是何等样人？”

孟七娘道：“刚才碧波带领一位姑娘从这里出去，你见到了么？”

奚玉瑾道：“碧波姐姐和送我来的侍梅姐姐很熟，刚才她送那位姑娘从门房经过，曾与侍梅姐姐打了个招呼。故此婢子有幸见到那姑娘。那位姑娘长得真美，不知是谁？”

孟七娘道：“就是谷啸风的新娘子，她现在住在咱们这儿。”

奚玉瑾故作惊诧，说道：“何以她不和丈夫一起，却住在这儿？西门先生是这里的客人，他的妻子也是这里的客人，何以他们又打起架来？”

孟七娘道：“这位姑娘名叫韩珮瑛，她可以说是我家的客人，也可以说不是我们的客人。”奚玉瑾装出一副莫名其妙的神气，问道：“为什么？”孟七娘道：“她是给捉来的。”

奚玉瑾道：“我听辛公子说过，谷啸风是出名的少年侠士，这位韩姑娘想必也是好人，何以西门先生将她捉来？这件事他若做得不对，主人，你也由得他么？”

孟七娘面色一沉，说道：“侍琴，你也问得太多了！”奚玉瑾装作惶恐万分的样子连忙说道：“是，请恕婢子无知，婢子原是不该问的。”

孟七娘道：“你新来乍到，不懂这里的规矩，我也不会怪你。

以后凡是用不着你知道的事情，你不可多问。”奚玉瑾接连应了几个“是”字。孟七娘道：“不过，我倒有一件事要问你！辛公子既然断定了西门牧野与朱九穆私通鞑子，如今这两人在我这儿，可曾与他姑姑商议要如何对付我么？”

奚玉瑾道：“他说主人一定不会收容他们的。辛公子极是敬重主人，主人不用多疑。”

孟七娘却是暗自后悔，想道：“西门牧野在关外埋名隐姓多年，此次东山复起，我只道他要做中原的武林盟主，故而才跑来和我联手对付韩大维的。若然只是这样，不过是彼此利用而已。但若当真如辛龙生所说，他和朱九穆乃是私通蒙古鞑子的卖国求名之辈，那可就是我上了他的大当了！”

想至此处，孟七娘不觉意兴索然，一抹棋盘，说道：“这局棋不必下了。”当下把碧淇唤来，问道：“你给她安排了房间没有？”碧淇道：“安排好了，在水香榭西边，我让她和碧波住在同一个地方，不知主人以为如何？”孟七娘的住处也是靠近水香榭的，听了很是欢喜，说道：“很好，我可以随时叫她过来陪我，这样吧，你带她出去，她也应该歇息了。”

碧淇带领奚玉瑾走出书房，经过一条长廊，边走边道：“侍琴，你和主人真有缘分，她一见你就这么的欢喜你。”奚玉瑾道：“我新来乍到，不懂规矩，刚才几乎受主人的责备呢，以后还得请姐姐多多指教才好。”碧淇道：“你客气了，但不知主人要责备你什么？”

奚玉瑾道：“我问她何故将那位韩小姐捉来？”碧淇伸了伸舌头，说道：“幸亏是你，倘是我问的，恐怕还会挨打呢。不瞒你说，我们也都很想知道其中缘故，碧波最得她的宠爱，是这里出名的小淘气，她也不敢问。”

碧淇走过长廊，低声说道：“我怀疑和西门牧野这老魔头有关，那位韩姑娘就是给他的大弟子濮阳坚用他的一枚戒指骗来的。”又道：“这条长廊是内外分界，外面现在都让给那两个魔头的猪朋狗友住了，好在这里面他们不经召唤不敢进来，否则咱们可就更不得清静了。你看见了吗，假山旁边那座房子就是西门牧野住的，没事你可千万不要到那个地方玩。”

从此奚玉瑾以丫头的身份在孟七娘家中住下，接连三天，孟七娘不是叫她陪下棋就是弹琴唱曲，可是却从未叫过奚玉瑾进她的卧房。

奚玉瑾也不敢向丫头打听，不知那坛九天琼花回阳酒究竟藏在哪儿。

奚玉瑾另外担心着一重心事，韩大维给西门牧野用独门手法闭了两处经脉，据西门牧野所说，要三天之后方能自解，奚玉瑾不知韩大维的身体是否因此而受影响，三天之后，穴道能够自解的说法也不知是真是假，“倘若这是西门牧野欺骗孟七娘的话，韩伯伯成了废人，那可就糟透了。我屈身来做丫头，这一番心机也自白费了。”奚玉瑾心想。

这一天是第三天，孟七娘照例又叫奚玉瑾到书房陪她下棋，奚玉瑾记挂着韩大维这件事，心神不属，连败两局。孟七娘说道：“侍琴，你好像是有什么心事，是么？否则你的棋似乎是不该输给我的。”

奚玉瑾强笑道：“不是婢子的棋下得差，而是主人的棋艺比前高明多了。”

一般人总是喜欢戴高帽的，孟七娘笑道：“是么，我倒不觉得呢。不瞒你说，你没心事，我倒是有点心事。”

奚玉瑾道：“不知主人有何心事？可否让婢子分忧？”孟七娘道：“也不算什么大事，西门牧野说是今天回来，现在却还不见他的踪影。洛阳也不知陷落了没有？听了你那天的话，我现在也有点怀疑他和蒙古鞑子恐怕真的是有勾结的了。”

说到此处，忽见那小丫头碧波跑了进来。

孟七娘连忙问道：“有什么事，是不是西门牧野已回来了。”

碧波道：“西门牧野没有回来，倒是另一个人来了。”

孟七娘道：“什么人？你告诉他们，今天我不见外客！”

碧波道：“这人不是来求见主人的，他是来找西门牧野的。”

孟七娘道：“西门牧野不在，你叫他滚吧！”

碧波有点诧异，不解主人的脾气今天何以特别的坏，心想：

"好，趁这机会，我倒是可以挑拨一下，让主人把那些讨厌的东西都赶出去，那才好呢！"

于是碧波故意慢条斯理地说道："主人，我可不敢叫他滚呢，除非是你带我去，否则只怕我要吃不了兜着走！"

孟七娘怒道："我不见客，谁又能勉强我，你只管叫他走！"

碧波道："已经有人把他请进来了。"

孟七娘道："是朱九穆么？"

碧波道："正是。他们越来越不把主人放在眼里了，好像这里就是他们自己的家一样，有人来了也不通知主人一声。"

孟七娘道："你可知道来的那人是谁？"

碧波道："听说是任天吾的大弟子余化龙。"

此言一出，奚玉瑾不由得吃了一惊。

要知任天吾乃是谷啸风的舅父，在武林中德高望重，人人都以为他是正人君子，奚玉瑾当然做梦也想不到他的大弟子竟会在这个地方出现。

奚玉瑾不由得心里想道："那日在韩大维家里与他相遇，任天吾故意言辞闪烁，想令我疑啸风和韩珮瑛有什么见不得人的私情，并相信他们是在幽会之后私逃的。他为什么要造这个谣言呢？"又想："他那日说得何等慷慨激昂，邀哥哥去助丐帮押运珠宝给义军，何以他的大弟子今日却会跑来找两大魔头，不知是不是奉他的命令？"

心念未已，只听得孟七娘"哼"了一声，说道："原来是任天吾的大弟子，任天吾这老浑蛋为什么自己不来？"

碧波道："婢子不知，主人要不要叫余化龙来问他一问？"

孟七娘道："我一见他们这对师徒就忍不住心里有气，我才不愿意他败了我的棋兴呢。"

碧波道："是呀，老浑蛋不来，小浑蛋来了，眼里又好像没有主人一样，径自就去会见他们那一伙人了。朱九穆他们也是岂有此理，简直是把这里当成他们自己的家，直进直出不算，还要招朋引类，有人来了，也不向咱们知会一声。"碧波因为讨厌这班恶客，恨不得主人把他们一齐轰走。但孟七娘听了她的言语之后，倒像没有刚才的恼怒，而是沉吟不语了。

碧波接着说道："余化龙已经进了朱九穆住的那间屋子，我不敢叫他滚蛋。主人，我看只有你撕破脸皮，才能将他们'请'走了！"

孟七娘沉吟半晌，说道："我懒得生这闲气，今天暂且让他们放肆吧，以后再说。"

碧波还想说话，孟七娘挥手道："你出去吧。没有我的吩咐，你可不得多事！"碧波只得应了一个'是'字，退了下去。

奚玉瑾道："任天吾是什么人，主人何以这样讨厌他们师徒？"提问之后，突然装作瞿然一省的样子，说道："婢子又多嘴了，不知该不该问？"孟七娘气尚未消，说道："让你知道也好，任天吾是个口是心非的伪君子，真小人！以后你若是在外面行走，碰上他们师徒，可得分外小心。"

奚玉瑾道："哦。原来这样，我最讨厌的就是伪君子了！"她知道孟七娘正在气头，只要给她火上加油，略加挑逗，就可以引得她把话都说出来。

孟七娘果然说道："我并非不知道他是伪君子，但我与他往来却是有缘故的。可惜我自以为可以利用他，却上了他的大当。"

奚玉瑾装作不敢答话的神情。孟七娘又道："此事我如今已是后悔莫及，不瞒你说，咱们这里弄成这个样子，就是任天吾这老匹夫搞出来的！"

奚玉瑾手拈棋子，轻轻的"啊呀"一声，装作颇为惊讶但却不敢多话的神气。孟七娘见她没有发问，自己接下去说道："任天吾这老家伙消息也真灵通，不知怎的，给他知道了我与韩大维结有梁子。韩大维就是你刚来那天看见的那位韩姑娘的父亲。"她哪里知道奚玉瑾正是为了韩家父女而来，还耐心给她解释韩大维是谁，奚玉瑾心里暗暗好笑。

孟七娘继续说道："韩大维是当世的武学大师，我恨他看不起我，这口怨气非出不可。我也不想杀他，只是想给他一点苦头吃吃，要他在我跟前低下头来。任天吾这老匹夫老远跑来见我，说是可以帮我达成心愿。

“初起我还以为是他要与我联手，谁知当真是老奸巨猾，他根本就不想露面，他是要假我之手，除去韩大维。”

奚玉瑾忍不住问道：“这我就不明白了，那么他怎样帮你呢？”

孟七娘道：“原来他是替西门牧野来和我联络的，他只是个穿针引线的人。他说西门牧野想做武林盟主，韩大维是他的一大劲敌，不把韩大维打倒，他就不能登上盟主宝座，是以他愿意助我合力对付韩大维，把韩大维擒来，任凭我的处置，他不过问。

“当时也是怪我不好，我受了他的煽动，听信了他的说话，心想西门牧野既然应允任凭我来处置韩大维，我倒是不妨与他合作，谁知这就上了他的大当了。

“以后的事，你到了这里三天，想必你也知道了。不错，西门牧野与我联手，是助我达成了心愿，将韩大维捉来了。可是西门牧野招朋引类，他们的人越来越多，却也变成了鹊巢鸠占的局面了。如今，我在名义上虽然还是这里的主人，实际上已是不能由我做主。所谓‘任凭我处置’的说话，也只是一句空话，韩大维其实已是在他们的掌握之中。那天，西门牧野用重手法闭了韩大维的两处经脉，将他变成废人，也是事后才告诉我的。从这件事情，你就可以知道他们是如何的为所欲为，根本就不尊重我了。”

奚玉瑾听到这里，不由得心中一动，暗自想道：“孟七娘原来是为了韩大维的受害才发这样大的脾气，奇怪，她一面要折辱韩大维，一面却又好似要庇护他，但因力不从心，受制于人，因而悲愤，这是什么缘故呢？”她知道其中定有隐情，不敢探问，却道：“任天吾与韩大维不知又有什么深仇大恨？”

孟七娘道：“哪有什么深仇大恨，据我所知，任天吾不过是因为有一次他到洛阳，韩大维不招待他罢了。任天吾这个人心胸狭窄实是出乎我的意料之外的！”

奚玉瑾是个甚工心计，颇有见识的姑娘，听了这话，却是大大不以为然。

奚玉瑾暗自想道：“不错，任天吾心胸狭窄，这一点毫无疑问，但他为什么要陷害韩大维，内里因由，却一定不会这样简单。他平日假仁假义，谁都以为他是个疾恶如仇，侠义可风的老前辈，却怎知背地里他又是和西门牧野这类妖人有勾搭的？现在已有许多蛛丝马迹可以证明西门牧野是私通蒙古的奸人，成语有云：物以类聚，人以群分。依此看来，莫非这任天吾也是私通蒙古的奸细？”

想至此处，奚玉瑾越发心惊：“他邀我的哥哥去助丐帮，暗中却又派遣他的弟子来这里和这两个魔头勾搭，不知他有甚阴谋？糟糕，糟糕，倘若他真的是蒙古鞑子的奸细的话，哥哥的处境岂非甚为危险！”

奚玉瑾想到她的哥哥，心中无限忧虑，可是这些事情，她却是不能和孟七娘说的，也只有自己焦急而已。

孟七娘此时亦是意兴索然，说道：“这盘棋不必下了，我想独自静坐一会，你出去玩吧。这几天老是要你陪我，也把你闷坏了。”

奚玉瑾正想出去，当下假献殷勤，多谢了孟七娘的体贴，走出书房，便去找寻那小丫头碧波。

奚玉瑾和碧波住在水香榭，奚玉瑾匆匆忙忙走回去，只见碧波低下头走路，刚刚走到荷塘的旁边。奚玉瑾悄悄地走到她的身旁，轻轻拍她一下，笑道：“小鬼头，你在想些什么心事？”

碧波道：“咦，你怎么也出来了，主人还在生气吗？我只道她要留你解闷呢。”

奚玉瑾道：“主人正在为这件事着恼，她要独自一人思想，我猜她可能就是在想办法对付那两个魔头，我不敢扰乱她用神，所以跑来找你。”

碧波道：“可不是吗，这件事莫说主人生气，我也生气，咱们这里好好一个园子，都给那些老浑蛋小浑蛋糟蹋了。哼，他们简直不把主人放在眼内，要来便来，要去便去，连我也看不过眼。”

奚玉瑾道：“看不过眼，那咱们就该想法为主人分忧呀。”

碧波道：“有什么办法好想？那两个魔头再加上一个任天吾，咱们的主人虽然武功卓绝，也不能不对他们顾忌几分，你我恐怕连他们的徒弟都打不过呢，济得了什么事。侍琴，别提气人的事了，你看这花开得多好，咱们不能到外面的花园子去，就在这里赏花吧。”

奚玉瑾道：“赏花明天再赏不迟。”

碧波道："咦，听你这么说，你倒好像有什么办法？"

奚玉瑾道："办法是没有的，但我却有个主意，多少可以为主人尽点心事。"

碧波大喜道："怪不得主人赞你聪明，我想得到的只是怎样和人打架，你却会动脑筋，出主意，为主人分忧。那敢情好呀，快把你的好主意说出来吧。"

奚玉瑾笑道："你别先替我脸上贴金，这主意还不知道能行不能行呢。我想任天吾叫他的大弟子来咱们这儿，和那两个魔头勾搭，一定不会有好事。"碧波道："这还用说吗，当然是没有好事了。说不定还要串通了来算计咱们呢。"

奚玉瑾道："我看主人忧形于色，想必就是因为不知那厮所来何事而担忧。"碧波道："唉，你把我急死了。你别老是东想西想，还是把你的好主意说出来吧！"

奚玉瑾这才慢条斯理地说道："我想假如能够知道他们商量何事，也好叫主人有个提防。但怎样才能知道呢？只有一个办法，就是偷听他们的谈话了。"

碧波道："对。这样简单的事情，我为什么没有想到呢。好，咱们说去就去。"

奚玉瑾道："但恐怕不简单吧。园外面住的都是他们的人，碧淇姐姐曾经一再告诫过我，说是以那条长廊分界，咱们里面的丫头无事最好不要出去。朱九穆这老魔头和任天吾的大弟子在他的屋子里谈话，咱们跑去偷听，万一给他们的人发觉了，岂非弄巧成拙？"

碧波笑道："一点不难，包管你不会给人发现，我有办法。"

奚玉瑾喜道："我就是因为猜想你有办法才来找你商量的，果然给我找对了。什么办法？"

碧波道："就在水香榭的附近有一条地道，可以通到外面的园子里。地道的出口，是一座假山，躲在假山的石洞里，可以看得见朱九穆住的那间房子，他们在里面说些什么，咱们是一定可以听得见的了。"

奚玉瑾道："这秘密他们知不知道？"

碧波"哼"了一声，说道："园子里还有许多秘密机关呢。主人又不是把他们当作可托心腹的知己，怎会让他们知道?”

于是碧波带路，从那条地道钻出来，躲在假山的石洞里，望出去果然看见朱九穆和一个中年汉子说话，碧波悄声说道：“这汉子就是任天吾的大弟子余化龙了。看来他们正在说到紧要关头，哼，笑得多开心，一定是在商量什么阴谋计算咱们了，咱们用心听吧。”

只听得朱九穆笑过之后说道：“原来你也有好消息告诉我。好，那我先听你的。”

余化龙道：“还是请朱老前辈先说，好让我安心。”

朱九穆哈哈笑道：“你大可以安心！既然你急于知道，我就告诉你吧，韩大维已经落在我们掌握之中，谅他插翼也难飞了。”

余化龙小声说道：“不怕孟七娘瞒住你们，偷偷将他放了吗?”声音说得很轻，幸而奚玉瑾有伏地听声的本领，距离又相当近，所以还听得清楚。

朱九穆道：“牢房是我们的人看管，她怎瞒得过我们。何况韩大维就是给她放出去也没有用，他受了我的修罗阴煞功之伤，又受了西门牧野的化血刀之伤，这还不算，三天之前，西门牧野临走之时，又用重手法整治了他，他如今已是一个不能行动的废人啦!”

余化龙道：“我不解你们为何不将他杀掉，那岂不是更可以放心吗？你们是不是为了顾忌孟七娘?”

朱九穆道：“她是这里的主人，我们当然得给她几分情面。不过，这却不是最主要的原因。”

余化龙道：“另外还有原因?”

朱九穆道：“另外还有两个原因，第一，我们想迫他投降，为我们所用。第二，我们想知道他的藏宝秘密，杀了他这秘密就无从得知了。”

余化龙道：“韩大维这老家伙倔强得很，恐怕不会如你们所愿吧。”

朱九穆道：“不错，他是宁死也不肯吐一句实话。我和西门兄已经商量好了，只等西门兄从洛阳回来，请准了蒙古元帅的允许，如果韩大维还是那样倔强的话，我们就把他干掉!”

奚玉瑾听到这里，暗暗吃惊，想道：“果然给我料中，这两个老魔头和任天吾这老贼都是私通蒙古鞑子的奸细。”

余化龙哈哈笑道：“那宝藏的秘密早已给家师知道了，不但知道，而且已经搬走了。两位前辈可以不必多费心机向韩大维迫供啦。”

朱九穆大喜道：“真的吗，那我可要恭喜令师了！听说这批宝藏乃是价值连城的啊！老弟，你可见过这批宝藏?”

余化龙道：“老前辈且慢恭喜，我到这里，正是来请你们帮忙的啊!”

朱九穆道：“宝藏已经落在令师手中，还用得着我们帮什么忙?”

余化龙道：“不，宝藏如今是落在丐帮手上。不过却是由家师押运，运去送给义军的。押运的人，除了家师之外，还有丐帮的两位香主，另外还有一个奚玉帆，这奚玉帆乃是百花谷奚家的传人，本领也相当不错的。”

朱九穆一拍桌子，说道：“这批宝藏决不能落入义军之手!”正是：

干戈犹未息，夺宝又纷争。

欲知后事如何，请听下回分解。

第二十六回　阴图劫宝联双恶 欲晤良朋屈己身

余化龙道："是呀，这批宝藏当然不能让它落入义军之中，是以家师才差遣弟子前来请两位前辈鼎力相助。"

朱九穆道："令师要我如何效劳？"

余化龙道："乔装匪徒，半路截劫！"

朱九穆哈哈笑道："好主意，果然是好主意！但如此一来，我们岂不是要和令师交手么？"

余化龙笑道："不错。家师正是要两位前辈和他合演这一出戏，而且还要演得逼真一些，决不能让丐帮的人起了疑心。到时请老前辈不必客气，出手狠些。押运的人，只留一两个活口回去作见证就行了。家师也准备带点儿彩（受伤之意），好证明他是力抗不敌，无可奈何，才让这批宝藏给你们抢去的。当然在向家师下手之时，那可就得请老前辈稍有分寸了。"

朱九穆笑道："这个不劳令师嘱咐，我自理会得到。令师是武林中的成名人物，我也不能只是让他受伤，到时我也拼着披红挂彩，请令师不必客气，刺我一剑。这样既可保全令师面子，又更足以证明令师是力战而败了！"

余化龙大喜道："这就更好了。我回去禀告家师，一定依计而行。事成之后，咱们三一三十一的平分这批宝藏。"

奚玉瑾听到这里，又惊又怒，心里想道："想不到谷啸风的舅父竟是如此心狠手辣，串通两大魔头，要干出这等伤天害理的事情来。他们准备只留一两个丐帮弟子做活口，那么岂不是连我的哥哥也都杀了。”

朱九穆道：“多谢令师美意，不过我必须把话说明，这批宝藏恐怕不能按照令师之意，三一三十一的平分呢。”

余化龙道：“家师但求两位前辈鼎力相助，两位前辈若要多分一份，我想家师也不会争执的。”心里却在暗暗地咒骂：“这老魔头果然厉害，我们有求于他，他就乘机要挟了。”

朱九穆哈哈笑道：“老弟误会了，我不是这个意思。令师恐怕还未知道，这批宝藏之事，是已经通了‘天’的！”

余化龙莫名其妙，问道：“什么叫做通了天的？”

朱九穆道：“韩大维家中有价值连城的宝藏，早已给蒙古国师打听到了。他们怀疑这批宝藏是别人寄存在韩大维家里的。是以他们之志倒不在乎这批宝藏，更重要的是知道宝藏的来历。对啦，说到这里，我倒要问问你了，令师可有所知么？”

余化龙道：“家师并未与弟子说及此事，待弟子回去，再问家师。”

朱九穆继续说道：“蒙古国师虽不在乎这批宝藏，但他既然知道，咱们也就应该做得漂亮些了！”

余化龙道：“这是应该的。”心中却在暗暗咒骂。

朱九穆继续说道：“我们既然瞒不过国师，劫了这批宝藏之后，最好是原封不动拿回去献给他。他当然不会全要的，就算作是犒赏的话，至少也要分回三成给咱们，这批宝藏价值连城，咱们每份纵然是各得一成，也已经是大富之家了。令师徒立下这场大功，国师也自然会禀告大汗，将来蒙古人得了天下，功名富贵何求不得，令师徒的前程就更是无可限量了。”

余化龙起初听说他们师徒这一份只能分到一成，这一成之中，师父当然要占大份，那么分到他的名下就很有限了，心里本来是甚不愿意的，但后来听到了朱九穆以功名利禄相诱，心中不禁怦然而动，想道：“是呀，蒙古兵强马壮，看这情势，天下唾手可得，我将来的好日子还长着呢，又何必和他斤斤计较？”这么一想，于是眉开眼笑地说道：“好，就这样办吧，弟子回去禀告家师。”

朱九穆看了看天色，说道：“日头已经过午，西门牧野怎么还不回来，他说过今天一定回来的，你不等他么？”

余化龙道：“弟子恐怕出来太久，会惹起丐帮的疑心。请朱老前辈转告西门先生也是一样。”

朱九穆道：“这里的事，必须有一个人主持。我恐怕要等西门兄回来之后，方能进行咱们刚才所说的计划。”

余化龙道：“押运宝藏的队伍，每天最多走八十里至一百里路，西门先生就是明天回来，也还赶得上。”

朱九穆道：“这我就放心了。不过为了万无一失起见，最好还是请令师设法在路上拖延时候，走得更慢一些。”

余化龙应了一个“是”字，说道：“时候不早，那么弟子告辞了。”

奚玉瑾偷听了他们准备劫夺宝藏的阴谋，不由得心乱如麻，想道：“哥哥处境十分凶险，但我在这里却不能抽身跑去告诉他，怎么办呢？”要知这座堡垒有那两大魔头的人重重把守，奚玉瑾想要逃跑，谈何容易？何况她若逃跑的话，韩大维父女无人相救，处境也是一样的凶险。

正自心烦意乱之际，只听得脚步声响，朱九穆送余化龙出来了。

碧波在奚玉瑾耳边悄悄说道：“咱们回去吧。”奚玉瑾恐怕他们还有什么机密的话要在分手之时才说，想要再等一会。就在她们踌躇未决之际，忽听得铮铮铮一片声响，朱九穆突然用“刘海洒金钱”的暗器手法，向她们躲藏之处，撒出了一把金钱！

原来奚玉瑾因为心情紧张，不自觉的身躯颤抖，衣裳与假山的石壁摩擦，发出了轻微的沙沙声响。朱九穆送客出来，从假山侧面经过，刚好给他听到了。

她们二人藏在假山洞里，朱九穆瞧不见她们，隐隐听见沙沙的声响，不觉起了疑心：“是一只小老鼠还是有人躲在里面？”他不能断定又不想打草惊蛇，于是不动声色的突然就用一把铜钱向她们藏身之处打去。

铜钱碰着山石，发出一片铮铮声响，有七八枚铜钱给山石碰落，但也还有三枚铜钱打进山洞里来。这山洞甚狭窄，是只能容得两人藏身的，奚玉瑾无法闪避，只好使出“弹指神通”的功夫，双指疾弹，铮铮两声，把两枚钱镖弹开，但还有一枚她没有弹着，碧波伏在地上，只觉微风飒然，那枚铜钱从她颈背擦过，碰着了岩石，这才“铮”的一声跌了下来。

碧波忍着疼痛，连忙一按石壁上的机关，把暗门打开，待到朱九穆赶来，她们早已在地道里了。那道暗门关上之后，从外面看去，乃是一片光滑的石壁，若非精通机关削器之学的大行家，决计看不出其中秘密。

朱九穆发出钱镖之时，心里想道：“里面倘若有人，钱镖打不着他，也非得把他吓出来不可！”哪知却不见有人，进去一看，也没有发现老鼠，不觉惊疑不定：“难道我自己听错了？”

余化龙道：“朱老先生可是怀疑洞中有人埋伏？”朱九穆道：“不错，我刚才分明听得有声响的。”

余化龙道：“不会有人这样大胆吧？”朱九穆沉吟半晌，说道：“但也不可不防。我们刚才说的事情若是给人偷听去了，只怕会破坏了咱们的计划。请你回去告诉令师，把押运的路线改一改，防患未然。同时我这里也小心戒备，在这几天，决不许孟七娘的人出去！”他已经疑及这山洞里可能藏有机关，是孟七娘派来的丫头偷听他们的谈话了。

余化龙道：“孟七娘毕竟是这里的主人，倘若你们阻拦不了，那又怎样？”朱九穆道：“阻拦不了，那就派人跟踪他，监视他。孟七娘本人我想她是不会出去，她还要守着她的老巢呢。”余化龙笑道：“这样我就可以放心了，只要不是孟七娘亲自出马，派出的几个小丫头，谅也兴不起什么风浪。”

奚玉瑾和碧波从地道出去，回到了水香榭，这才松了口气。碧波摸摸颈背，伸了伸舌头笑道：“好险，好险！刚才好在我是俯卧，若是仰卧的话，给钱镖割破喉咙，这条小命恐怕就保不住了。”说到此处，突然觉得奇怪，问道：“侍琴姐姐，我听得是三枚钱镖打进来的，为什么你没有给钱镖打着？”

奚玉瑾暗暗吃惊，心里想道：“这小鬼头心思好细！”当下笑道：“说来侥幸，那两枚钱镖刚好碰着我头上的银簪，银簪都几乎给它打落了呢。”碧波道：“原来如此，我还只道你是身怀武功，不让我们知道呢。幸好你没给打着，这老魔头的功夫好生了得，你瞧我只是给他的铜钱擦了一下，就好像给小刀割着一般，皮破血流了。”奚玉瑾连忙装出吃惊的神气，叫道：“哎呀，你别动，让我给你裹伤。”碧波笑道：“这一点伤敷上金创药就行了，用不着这样大惊小怪。”

忽听得有人说道：“你们两个干了什么事情来了？碧波，是谁打伤你的?”奚玉瑾抬头一看，只见孟七娘分花拂柳，正自花间的一条小径向她们走来。

碧波道：“我正要禀告主人，我们刚刚偷听了朱九穆和那姓余的谈话。”

孟七娘皱起眉头，说道：“碧波，你也太大胆，太淘气了。”奚玉瑾道：“这不关碧波小妹子的事，是我出的主意。我恐怕他们密室聚谋，有所不利于主人，因此请碧波带我去偷听的。”

孟七娘道：“你们给发现了没有?”碧波道：“没有。那老魔头发出钱镖，也不过只擦伤了我的皮肉。我们马上就从地道逃走了。地道的秘密也没有给发现。”孟七娘这才松了口气，问她们偷听到了一些什么。

碧波一五一十的将偷听来的密谋告诉主人，孟七娘“哼”了一声，说道：“他们要干的果然不是好事！不过这却与我无关，你们也不必多理闲事了。”奚玉瑾好生失望，但也只好与碧波一同应了一个“是”字。

孟七娘跟着说道：“侍琴，我正有事情找你，你跟我来。碧波，你自己回去敷药吧，以后可不许这样胡作非为了。”

奚玉瑾只道孟七娘是找她下棋，不料孟七娘却把她带进了卧室。奚玉瑾还是第一次进入孟七娘的卧房，心中不觉惴惴不安，想道：她有什么事情找我商量，连最得宠的碧波都不许在旁呢?

进入了孟七娘的卧房，奚玉瑾定睛一看，忽然发现了一件物件，令她又惊又喜。

只见在当眼之处的一张小几上，端端正正地摆着一坛“九天琼花回阳酒”，这正是奚玉瑾这几天来日思夜想，想要盗取之物。

奚玉瑾一喜之后接着一惊，暗自思量："难道是她对我已经起了疑心，为什么她要把这一坛酒拿出来让我看见？"

孟七娘和颜悦色地说道："侍琴，你坐下来，我有话和你说。"

奚玉瑾忐忑不安，侧着半边身子坐下，说道："婢子恭听主人吩咐。"

孟七娘道："难得你我有缘，你虽然只是来了三天，我与你却是一见如故。我没有女儿，你就做我的女儿吧。"奚玉瑾道："婢子不敢。"孟七娘一皱眉头，随即笑道："你是秀才的女儿，琴棋诗画，样样精通，有你这样一个聪明的干女儿，只怕我还没福消受呢。从今之后，你不必以奴婢自居了！"

奚玉瑾这才亲亲热热叫了一声："干娘。"说道："多承干娘错爱，侍琴只好恭敬不如从命了。"

孟七娘眉开眼笑的将她搂在怀里，说道："这才是我的好女儿。侍琴，不是我夸赞你，你的确是讨人欢喜，你知不知道，这里还有一个人和你也是很有缘的。"

奚玉瑾莫名其妙，心头"卜通"一跳，想道："她说的难道是辛龙生？但辛龙生可不是'这里'的人呀。"

孟七娘道："你还记得那位韩姑娘吗，你刚来那天，见过她的？"

奚玉瑾又是一惊，不知孟七娘是否故意试探她的口气，当下小心翼翼地说道："记得。那天碧波带她出来，我本应该回避的，不料却碰上了。干娘可是怪我不懂规矩么？"

孟七娘答道："我非但不怪你，我还要你帮忙我做一件事呢。"

奚玉瑾道："干娘言重了。有什么事情要我做，请干娘吩咐就是。"

孟七娘道："韩姑娘对你似乎很有好感，她也记得你呢。"

奚玉瑾道："那天我只是看见了她，可没有和她说过话。"

孟七娘道："我知道。所以我才说你和她有缘分呢。这位韩姑娘对我颇有误会，对这里的人她也是谁都不理睬的。可是自从那天见了你之后，她已是接连两次向碧玉、碧钗打听过你了。"碧玉、碧钗是孟七娘的另外两个丫头，替孟七娘每天送饭给韩大维父女的。

奚玉瑾暗暗吃惊，想道："珮瑛也太不小心了，怎么可以向人打听我呢！这岂不是要弄出破绽来吗？"

心念未已，只听得孟七娘已是继续说道："她问你是不是新来的，又夸赞你长得秀气。碧玉告诉她你懂得琴棋诗画，她听了更是喜欢，又问了许多关于你的身世的事情，知道你是秀才女儿，她还替你惋惜呢。"

奚玉瑾佯作不满说道："碧玉也太多嘴了。"

孟七娘道："那位韩姑娘虽然没说出来，但是我知道她是一定喜欢见到你的。"

孟七娘继续说道："我也很喜欢那位韩姑娘，我想让你们见上一见。今天你就替碧钗送饭去给她吧。"

奚玉瑾道："这不过是举手之劳，干娘何须与女儿客气？"

孟七娘道："你顺便带一壶酒去，劝韩老先生喝。韩姑娘倘若问你这是什么酒，你也不妨告诉她，这是九天琼花回阳酒。"

奚玉瑾又喜又惊，喜者是她梦寐以求，不知如何才能够偷得到手的药酒，如今竟是得来全不费功夫！惊者是不知孟七娘是真心还是假意，万一是试探她的，这就糟了。

但这是求之不得的良机，奚玉瑾虽然惊疑不定，也是不愿错过。当下大着胆子，决定一试，极力按下一颗跳动的心，装作漫不经意地问道："那位韩老先生不是给西门牧野用独门手法闭了穴道的么？不知他能不能喝酒？倘若他连口也不能张开，我要劝他喝酒，也是无从劝起的了。"

孟七娘道："今天是第三天，他的穴道纵然尚未解开，不能说话，酒总是可以喝的。当然也必须是他甘心愿意才成，否则以他的功夫，你就是强迫他喝，也是不行。这就是我为什么要请你去劝他的原因。韩姑娘对你很有好感，你善言相劝，劝得动韩姑娘，韩姑娘也就会帮忙你劝她父亲了。"

奚玉瑾道："婢子拙于言辞，不知如何相劝？"奚玉瑾已是恨不得马上把酒送到韩大维手中，但为了恐防孟七娘起疑，故此仍要装作不识此酒的功效。

孟七娘道："你不要多疑，这酒对韩大维是有益无害的。如果是毒酒的话，我还会叫你去劝他喝吗？"

奚玉瑾初时听见孟七娘开口就叫她不要多疑，心头不禁"卜通"一跳，听下去才明白她是这个意思，连忙赔笑说道："婢子怎敢如此疑心？"

孟七娘皱眉道："我叫你今后不必以奴婢自居，你又忘了。好，你这就去吧。你对他们父女说，留得青山在，不怕没柴烧，他们会明白的。"

此时已有一个丫头把托盘拿进来，盘中有一海碗稀饭，两式小菜。孟七娘取出一个酒壶，亲自斟满了一壶九天琼花回阳酒，郑重的交给了奚玉瑾。

且说韩珮瑛那日见过了孟七娘之后，满腹疑团，心里想道："听孟七娘的口气，害死我母亲的乃是另有其人，那是谁？嗯，只怕是孟七娘故意骗我的吧？好在这件事爹爹本来就想告诉我的，我回去一问爹爹，就知道了。"

哪知她回到牢房，叫了一声"爹爹"，竟然听不见韩大维的回答。

韩珮瑛这一惊非同小可，连忙伸手去探父亲鼻息，见父亲尚有呼吸，这才稍稍放心。当下将父亲扶起，详细视察，也没有受毒的迹象，只见父亲的脉搏有点异乎寻常的跳动。韩珮瑛对家传的内功心法已经颇有造诣，这才明白过来，原来父亲是给高手封闭了两道经脉，此时正以本身深厚的内功，自行打通奇经八脉。

自行打通经脉，这是十分艰难的事情，韩大维正在运功之际，莫说他不能够说话，就是能够说话，韩珮瑛也不敢令他分神，只好尽自己所能，用本身真力，助父亲运功。

韩珮瑛的功力当然是和父亲相差甚远，但也不无帮助。在这三天之中，除了每日三餐，韩珮瑛要停下来喂她父亲吃点东西之外，其余的时间，两父女都是在静坐运功，以求尽快打通经脉。到了第三天的中午时分，韩大维深深地吸了一口气，忽地张开了眼睛，说道："瑛儿，辛苦你啦！"比西门牧野预料的时间提早半天打通了经脉。这是因为西门牧野没有把韩珮瑛的功力估计在内的缘故。

韩大维刚刚打通经脉，精神尚未恢复，韩珮瑛不敢刺激父亲，她本来想问是谁毒死母亲的事情，只好暂时按下。

韩大维却在记挂着她去见孟七娘之事，能够说话之后，便即问道："瑛儿，孟七娘和你说了些什么？"

韩珮瑛道："爹爹，我先告诉你一件喜讯。"

韩大维道："是孟七娘放你么？"

韩珮瑛道："她是说过要设法放我。但我现在说的喜讯却是另一桩。"

韩大维说道："另外还有什么喜讯？"

韩珮瑛道："我看见孟七娘的一个丫头，很像是奚玉瑾。"

韩大维道："奚玉瑾？她怎么会跑来这儿，而且做丫头呢？"

韩珮瑛道："女儿也是这么想。但那丫头不但身材举止像奚玉瑾，而且她还用动作暗示她是奚玉瑾。昨天我问了送饭来的那个丫头，她说这是一个新从江南来的丫头，来了还没有几天的。这种种可疑的事实加在一起，除了是奚玉瑾还有谁呢？她这个人很有点小聪明、鬼门道的，不知她是用了什么稀奇古怪的方法混了进来，但女儿相信不会看错。"

韩大维道："你以为奚玉瑾是来救咱们的吗？"

韩珮瑛道："她与女儿情如姐妹，不是为了搭救咱们，她又何必冒这危险？"心里有点奇怪，爹爹何以多此一问？

韩大维道："瑛儿，我有一件事情忘记问你，你大喜那天，你这位奚姐姐可来喝你的喜酒么？"

韩珮瑛为了恐防老父伤心，故此谎言骗父，说是已经和谷啸风成了亲的，此时听得父亲这一问，不由得又是羞愧，又是心酸。幸好牢房光线黯淡，韩大维看不见她脸上的神情。韩珮瑛忍住心中的酸楚，强笑说道："爹，你忘记了这次把我送往扬州完婚，是没有通知任何贵客的吗？咱们既然没有请帖给她，她怎么会来？"

韩大维道："奚玉瑾住的百花谷离扬州不远，我以为她自己会来的。男家也没有请她吗？"

韩珮瑛笑道："没有。"心里暗暗奇怪："爹爹为何这样问我，难道他已经听到了什么风声？"

韩大维道：“这么说她和谷啸风是未相识的了？”

韩珮瑛心头“卜通”一跳，说道：“我没有问过啸风。不过他们都是扬州人，认识也不稀奇。爹，你问这个是什么意思？”

韩大维道：“奚、谷两家上代有点过节，但这内里因由，你是不宜知道的。啸风或许知道，或许不知道。如果他没有和你说，你就不必问他。”

韩珮瑛松了口气，心想：“他们上一代的事情，这可就与我无关了。但这件事情想必啸风和玉瑾都未知道，否则他们也不会那样好了。”韩珮瑛是个不爱多管闲事的人，何况她又正有着更要紧的事情盘亘心中，因此虽然有点好奇，也没有再问下去。韩大维继续说道：“因此你和奚玉瑾虽然是如同姐妹，但对她也还是提防一点的好。”

韩珮瑛答了一个“是”字，说道：“爹，你元气未复，歇一会吧。”

韩大维道：“孟七娘和你说一些什么话，你还没有告诉我呢。这是非常紧要的事情，你不告诉我，我怎能安心？”

韩珮瑛只好说道：“她要我做她丫头，我不答应。”

韩大维道：“她是想用这个法子放你出去吧？”

韩珮瑛道：“她是这么说，但女儿可不能相信她的说话。”

韩大维道：“不，她这话倒是可以相信的。但你不愿意做她的丫头，这也是应有的傲气，我不怪你。另外她还说了一些什么？”

韩珮瑛忍不住说道：“她说她对妈很有好感，她还说可怜我的妈呢。我不相信！爹，到底毒死妈的是不是她？”

韩大维吃了一惊道：“你这样问过她了？”

韩珮瑛道：“不错，我问过她。她不肯承认！”

韩大维呼吸紧张，问道：“她怎么说？”

韩珮瑛道：“她说害死妈的另有其人。但我问她是谁，她又不肯说！爹，你告诉我吧，究竟是谁？”

韩大维沉吟半晌，说道：“我本来是怀疑一个人的。但现在仔细一想，又发现了一个老大的疑窦，我倒是不敢断定了。”

韩珮瑛道：“爹，你心目中怀疑的是谁，就告诉我吧。”

韩大维道："好，但此事说来话长——"正要说出那人的名字，忽听得轻轻的脚步声响，随即听得外面有一个女子的声音和看守的人说话。韩大维悄声说道："孟七娘的人来了，这个丫头的武功很有造诣，恐怕至少不亚于你。咱们小心一些，那件事情，待她走了再说。"原来韩大维虽然已成了半个废人，但他的武学见识却还是高人一等的，是以一听这女子走路的脚步声，对她的本领就已经略知大概。

来的这人正是奚玉瑾。

且说奚玉瑾奉了孟七娘之命，送饭给韩大维父女，另外还有一壶"九天琼花回阳酒"。奚玉瑾是个善用心思的女子，虽然是喜出望外，但也还不能不有点疑心，暗自想道："孟七娘虽说过这壶酒决不是毒酒，但也难保她不是骗我的。我还是试一试的好。"走进了花间小径，四顾无人，便拔下了头上的银簪，插进酒壶中一试。如果酒中有毒的话，银簪就会变色的。

奚玉瑾取出银簪一看，只见银簪光辉如故，色泽丝毫不变，这才放下了心。当下取出辛十四姑的那包药粉，倒入壶中。据辛十四姑所说，这是能治化血刀之伤的药粉，溶化在"九天琼花回阳酒"之中功效更大。辛十四姑的行径处处像个世外高人，此次又费尽心神，替她策划救人之事，是以奚玉瑾对孟七娘还有疑心，对辛十四姑却是半点也没起疑。

今日看守牢房的人恰好又是西门牧野的弟子濮阳坚。

濮阳坚认得奚玉瑾是那日新来的丫头，那日奚玉瑾是侍梅送她来的，濮阳坚吃过侍梅的大亏，却不知奚玉瑾的本领还在侍梅之上，他见了奚玉瑾，不觉有几分恼怒，也有几分欢喜，心想："这丫头长得真还不错哩！好，今日没人陪她，且待我将她消遣消遣！"上前拦住奚玉瑾。

奚玉瑾道："碧钗姐姐没空，七娘叫我替她送饭，你快开门吧。"

濮阳坚眯着眼睛道："且慢，七娘叫你送饭，为何又多了一壶酒？"

奚玉瑾道："酒菜都是主人叫我送的，怎么样？"

濮阳坚有意刁难，淡淡说道：“没怎么样，不过我觉得有点奇怪罢了。平时只是送饭，为何今天又多了一壶酒呢？”

奚玉瑾道：“我怎么知道你要知道？问我的主人去！”

濮阳坚冷笑道：“你拿七娘欺压我么？你知道你要进牢房，可还得求我开门么？我奉师父之命守牢房，我就有权检查你送的酒菜，嘿，嘿，多了一壶酒，我可不能让你马上进去了。”

说罢，揭开壶盖，闻了一闻，叫道：“好香，好香，韩大维不能喝酒，那小姑娘谅也不懂喝酒，这酒给我喝了吧。”拿起酒壶，作势就要喝酒。

奚玉瑾大吃一惊，喝道：“放下！”提起一双筷子，向他脉门点去。筷尖恰恰就要触着他的手腕之际，蓦然一省：“不行，我可不能显露出我的武功，叫他起了疑心，更要误了大事了！”心念电转之间，筷子已是改“点”为“敲”轻轻地在濮阳坚手腕上敲了一下。

其实濮阳坚虽然是狐假虎威，对这儿的主人到底还是有几分顾忌的。他作势喝酒，只是戏弄奚玉瑾而已。奚玉瑾这一出手，倒令他真起疑了。

奚玉瑾外貌清秀文弱，不是武学的大行家，决看不出她有武功。濮阳坚已经知道她是辛十四姑送来的丫头，懂琴棋诗画，来给孟七娘解闷的。是以他那天虽然吃了侍梅的亏，却还敢于将奚玉瑾刁难，就是因为看不出奚玉瑾的武功比侍梅更强的缘故。

奚玉瑾的筷子在他手腕上轻轻一敲，濮阳坚并没感到疼痛，但心中已在起疑：“她刚才筷子的来势，分明像是点穴，莫非是我走了眼了？但她又似乎丝毫没有内力，究竟她懂不懂武功呢？对这一壶酒，为何她又如此紧张呢？”

濮阳坚因为师父不在，倒是有点怕吃眼前之亏，于是说道：“我和你开开玩笑的，你别当真，好吧，你既然不知其中缘故，待我向七娘问个明白，再让你进去吧。”

奚玉瑾生怕夜长梦多，只可捏个谎话说道：“主人说牢房潮湿，怕他们父女生出病来，所以叫我送酒给他们喝喝，好去湿气，今后还要送呢。”

濮阳坚道："你既知道，为何你不早说？"

奚玉瑾道："为了这点小事，你就与我刁难，我气你不过，所以偏不告诉你。"

濮阳坚道："好，那么我向你赔礼。这酒菜就让我给你送进去，为你代劳，算作将功赎罪罢！"说罢，伸手要来接奚玉瑾拿的托盘。正是：

屈身为婢缘何事，各逞机心酒一壶。

欲知后事如何，请听下回分解。

第二十七回　薄命佳人遭陷害
痴情公子苦相随

奚玉瑾大吃一惊，连忙说道："不敢有劳大叔。"

濮阳坚装作讨好的神气，说道："要的，要的，牢房潮湿，霉气甚重，对你这样如花似玉的小姑娘实不适宜，还是让我来吧。"口里笑嘻嘻地说，手上已是突然加了一把狠劲，把那托盘夺了过来。

到了这个地步，奚玉瑾当然是非得显露武功不可了。可是濮阳坚亦已有了提防，奚玉瑾一指点向他脉门的"关白穴"，濮阳坚左手反掌一拍，右手把托盘抛了出去。

奚玉瑾若要抢接托盘，势必给濮阳坚的小擒拿手法反刁虎口。好个奚玉瑾，在难以兼顾的情形底下，当机立断，衣袖一挥，使了一股巧劲，恰好在那刚刚飞出手去的托盘边沿轻轻一拂，托盘改了一个方向，去势缓了许多，"当"的一声响，轻轻落在地上。

托盘落地的一霎那，奚玉瑾已是缩回手指，与濮阳坚硬对一掌。濮阳坚原来的功力本来是在奚玉瑾之上。幸亏他是在不久之前给公孙璞破了"化血刀"，元气大伤，未曾恢复。双掌一交，奚玉瑾身形一晃，濮阳坚却已是禁受不住，"登登登"的接连退了三步。

濮阳坚这才知道这小丫头身怀绝技，本领非凡，"啊呀"一声，刚要唤人，奚玉瑾身手何等矫捷，再一指点出，闪电般地点了他的穴道。这一次濮阳坚是避不开了。

奚玉瑾回过头来，只见托盘刚刚跌下，酒壶倾侧，壶盖也揭开了。幸好壶中的酒不过倒出了少许。奚玉瑾连忙盖上酒壶，再回过头来整治濮阳坚。

奚玉瑾在他身上搜出了牢门的锁匙，将他推到墙角，放了下来，让他倚墙而坐。濮阳坚不能动弹，任凭她的摆布。若不细察，看起来就好像是倚着墙壁打瞌睡的神气。

奚玉瑾心里暗暗祈求诸佛保佑，想道："只要求得半个时辰没人发现，我们就有逃生之望了。菩萨保佑，菩萨保佑，在这半个时辰之内，千万别让人来!"

奚玉瑾的算盘是这样打的：她知道韩大维的内功极其深厚，"九天琼花回阳酒"可以解"修罗阴煞功"的寒毒，酒中所下的药粉，据辛十四姑所说，是能治"化血刀"之伤的，而且见效甚快。倘若是真的话，那么以韩大维的内功造诣，在半个时辰之内，至少可以恢复四五分功力，加上她和韩珮瑛二人，即使孟七娘不便出头帮忙，他们三人已是足以胜得了朱九穆和西门牧野那班弟子了。因为西门牧野去了洛阳，尚未回来，这正是千载一时的良机。

韩大维父女听得外面有打斗的声音，正自惊疑不定，忽听得轧轧声响，牢门打开，奚玉瑾走了进来。

韩珮瑛被囚了几天，眼睛已习惯于牢中的黑暗，隐隐认出送饭进来的这个丫头，正是那天所见的那个令她起疑的丫头。

韩珮瑛惊疑不定，心想："她若是孟七娘的丫头，为何又与濮阳坚打架?"禁不住便即问道："你，你究竟是谁?"

奚玉瑾放下托盘，打开一扇窗子，让阳光透进牢房，抹掉了脸上的化装，说道："珮瑛，你不认得我了么?"

韩珮瑛又惊又喜，失声叫道："瑾姐，果然是你！你怎么来的?"

奚玉瑾道："说来话长，咱们出去之后慢慢再讲。韩伯伯，你的穴道已经解开了么?"

韩大维沉声说道："解开了，怎么样?"

奚玉瑾喜道："这就好了，请你赶快把这壶酒喝下，不消半个时辰，你就可以恢复几分功力了。"

韩大维道："是什么酒?"

奚玉瑾道："是我家自酿的九天琼花回阳酒。"

韩珮瑛更是喜出望外，连忙说道："爹爹不必多疑，这九天琼花回阳酒的确是能治修罗阴煞功之伤的。"韩大维微有诧意，说道："你怎么知道？"韩珮瑛道："孩儿已经试过了。"

要知韩珮瑛这次的婚变是瞒着父亲的，韩大维只道她是在结婚之后，得到谷啸风之助，以少阳神功医好了她的伤。却怎知道他的女儿是在半路上被奚玉瑾抢去，是奚玉瑾用九天琼花回阳酒医好她的。

韩珮瑛情知父亲业已起疑，心想："反正是瞒不过爹爹的了。"说道："爹爹，其中原委，也是说来话长，请你把这酒喝了再说！这的确是女儿喝过的九天琼花回阳酒，功效十分灵验的。"

韩大维道："我知道百花谷的九天琼花回阳酒能治修罗阴煞功之伤。但这酒我不能喝！"

韩珮瑛大为焦急，说道："为什么？"

韩大维道："奚小姐，这酒是孟七娘叫你送来的么？"

奚玉瑾道："不错。"韩大维又道："这么说，是孟七娘要你来救我的了？"奚玉瑾再次答道："不错。"韩大维面色一沉，说道："我宁死也不领孟七娘的恩惠！"韩珮瑛道："爹爹，你不是和我说过——"韩大维道："叫你有机会不可放过，但我本人可不能领孟七娘的情！"

奚玉瑾道："韩伯伯，你错了！"

韩大维道："什么错？"

奚玉瑾道："孟七娘并不知道我是谁，也不知道这酒本来就是我的。"

奚玉瑾这两句话说得十分含蓄，但韩大维却是一听就懂，当下淡淡说道："哦，这么说来，我喝这酒乃是领你的情，而不是领孟七娘的情了。所以，这酒我是喝得的？"

奚玉瑾又是着急，又是着恼，暗自想道："怎的韩伯伯对我也似乎是成见颇深，在这样紧张的当儿，他还要夹缠不清，不肯喝酒？嗯，难道是韩珮瑛把我横刀夺爱之事告诉他了？"想到这一点，不由得面上一红，尴尬笑道："韩伯伯言重了，我和珮瑛交情非比寻常，怎说得上领情二字？”韩大维见她神色很不自如，心中更是起疑。

韩珮瑛不知就里，大为着急，连忙劝道：“爹爹，我知道你不轻易受人恩惠，但奚姐姐和咱们等于自己人一样，这酒当然是喝得的。爹爹，你不要固执了！”

韩大维心里想道：“奚、谷两家的冤仇与我无关，瑛儿虽是谷家的媳妇，她也不该向我报复吧？何况瑛儿虽然也是她治好的，她不向瑛儿报复，想不至于对我下毒手的。”

韩珮瑛见父亲沉吟不语，又再劝道：“爹爹，你不为自己着想，难道就不为女儿着想吗？爹爹，只有你恢复了几分本领，女儿才有指望可以脱险啊！”

韩大维瞿然一惊，心里想道：“不错，为了瑛儿着想，冒这个险我倒是值得试一试了。”

韩大维道：“好，奚小姐，多谢你冒险救我，我领你的情了。”接过了奚玉瑾递过来的酒盅，一喝而尽。

奚玉瑾恐防药力不足，正要再斟第二盅酒，忽见韩大维面色大变，血红的双眼瞪着她，奚玉瑾大吃一惊，说时迟，那时快，韩大维哼了一声，反手一掌，已是扣着了奚玉瑾的脉门！韩大维乃是当世有数的武学大师，虽然身受两种邪派毒功之伤，对付奚玉瑾仍是游刃有余。奚玉瑾给他扣着了脉门，浑身酸软，动弹不得。只见韩大维左掌举了起来，就要朝着她的天灵盖拍下！

韩珮瑛莫名其妙，这霎那间，给吓得呆了！一时不知所措，失声叫道：“爹爹，不可！”

韩大维喝道：“好狠毒的丫头！快说，是孟七娘叫你下的毒，还是你自己干的？”韩珮瑛大惊叫道：“什么，酒中有毒？”

话犹未了，奚玉瑾只觉韩大维的手掌冰冷，突然把手一松，“咕噜”一声，就倒下去了。

奚玉瑾一片茫然，待至看见韩大维倒下，这才醒悟，辛十四姑交给她的那包药粉乃是毒药！

韩珮瑛一探父亲鼻息，只觉气若游丝，呼吸尚未断绝，但手足却已冰冷了。韩珮瑛又惊又怒，霍地跳了起来，喝道：“奚玉瑾，你要啸风，我也把他让给你了。你为什么还要害我爹爹?”她本来不敢相信奚玉瑾会用这等卑鄙的手段害她父亲的，但眼前的事实，却是不由她不相信。一怒之下，说出话来，自难免口不择言，也顾不得伤了对方的心了。

奚玉瑾这次冒了生命的危险，屈身来做丫头，想不到人未救成，反而害了韩大维，又给韩珮瑛误会，落得如斯结果，奚玉瑾当然也是难过之极，又是惊恐，又是伤心!

韩珮瑛冷笑道：“知人知面不知心，好，奚玉瑾，我如今才算认得你了，你没有话说了么？你的武功比我高，你上来吧！你害死了我的爹爹，不妨将我也害了呀!”

奚玉瑾好像从噩梦中惊醒过来，定了定神，叫道：“不，不是我害的!”

韩珮瑛喝道：“是谁害的?”

话犹未了，忽听得有人说道：“我知道是谁害的!”“当”的一声，那一壶酒给一颗石子打翻。说时迟，那时快，只见孟七娘已是进了牢房，出现在她们的面前了。

孟七娘一见韩大维已经倒在地上，顿足叫道：“我还是来迟了一步!”蓦然回过头来，一掌向奚玉瑾打去，骂道：“你虽然不是主凶，也是帮凶，饶你不得!”

韩珮瑛叫道：“谁是主凶，问明白了再处治她不迟!”此时韩珮瑛倒是有几分相信孟七娘了。但她听了孟七娘的话，知道其中定有蹊跷，却是不忍见奚玉瑾便即丧命。

学武之人遭逢危险，卫护自己，乃是出于本能。

奚玉瑾知道孟七娘的厉害，在这性命俄顷之间，倏地一个移形换位，使出了浑身本领，双掌斜挥，与孟七娘的单掌相抗。

孟七娘知道奚玉瑾懂得武功，但只道她的武功乃是辛十四姑姑侄临时传授的，大约只会一点皮毛而已，并未看出她的武功其实已是颇有造诣。因是她以为只是信手一击就可以取了奚玉瑾的性命的，这一掌虽然狠辣，却并非用尽全力。

但虽然如此，奚玉瑾以全力相抗，也还是禁受不起，只听得“蓬”的一声，奚玉瑾给她的掌力震翻，跌了一个仰八叉。但也幸亏孟七娘未出全力，奚玉瑾虽然跌倒，却未受伤。

孟七娘一掌没有打死对方，倒是颇出意料之外，当下越发认定了奚玉瑾是辛十四姑派来的“奸细”，怒意更增。

韩珮瑛失声叫道：“七娘且慢！”孟七娘道：“内里因由，我全都明白，无须再问！”这即是说，她已无须留下活口盘问口供，决意要杀奚玉瑾了！

奚玉瑾刚刚一个“鲤鱼打挺”翻起身来，只觉微风飒然，孟七娘已是一指点出，所点的方位，正是她胁下的“气愈穴”。冷笑说道：“念在你陪我下几天棋，给你一个全尸吧。”

孟七娘的点穴手法又快又狠又准，奚玉瑾即使全神应付，也是决计躲避不开，何况此际她刚刚跌了一跤之后爬起来，便给孟七娘攻个措手不及！

“气愈穴”是人身三十六道死穴之一，奚玉瑾心头一凉，只好闭目待死！

奚玉瑾以为必死无疑，不料事情却出她意料之外，她只觉胁下一麻，稍微有点疼痛，但却只像给蚂蚁叮了一口似的，并没受伤，当然更不会死了。

原来奚玉瑾的内衣袋中藏有辛龙生送她的那枚戒指，孟七娘的指尖刚好触及这枚戒指。孟七娘心念一动，指头一曲，改点为勾，把奚玉瑾袋中的戒指勾了出来。她的内力已到收发随心的境界，是以虽然触及了“气愈穴”，奚玉瑾也只是微感酸麻而已。

孟七娘见了这枚戒指，怔了一怔，“噫”了一声说道：“原来你与辛龙生已有白首之约，看在我表侄的份上，今日饶你不死。你给我滚开，从今之后，切莫让我再见到你！我只能饶你一次，滚罢！”一把抓着奚玉瑾的背心，将她摔出了门外。

原来孟七娘虽然与辛十四姑面和心不和，但对辛龙生却是十分疼爱的。辛龙生自小和她投缘，在她的家中的时候比在姑姑那儿更多。这枚戒指就是孟七娘送给他，准备给他作订婚的聘物的。

奚玉瑾被她摔出了门外，就好像给一股大力提了起来，又轻轻放下似的。脚跟着地，心中一片茫然。

误会又加上了误会，她想要辩解，可是孟七娘正在气头，话已经说得十分决绝了，她能够从容听她解释吗？韩大维眼见不能活了，那毒酒又正是她给韩大维喝的，韩珮瑛正在伤心之极的时候，又能够听她从容分辩吗？

奚玉瑾正在一片茫然，踌躇未决之际，忽听得耳边好像有人低声说道："快走，快走！迟就来不及了！"

奚玉瑾吃了一惊，游目四顾，墙角只有一个给她点了穴道的濮阳坚，这是什么人在和她说话呢？

心念未已，忽然听得有人哈哈大笑，只见一个身材高大的红脸老人，已经在角道的入口之处出现，来的正是西门牧野。

在西门牧野的大笑声中，奚玉瑾又听得刚才那个声音在她耳边低声说道："快走，朝东！"听这声音，竟似有些熟悉。

西门牧野笑声一收，说道："侍琴姑娘果然身怀绝技，但却因何老是难为我的徒儿？"说话完全是针对奚玉瑾的，显然他也未发现那人。

有一种功夫名为"天遁传音"，属于"传音入密"的上乘内功之一。普通的"传音入密"功夫，只能把声音送到远处，声音可以透过障碍。例如在门外说话，能令深藏在屋内的人听见。但"天遁传音"则仅是对方一人才听得见，说话的人必须把声音凝成一线，方能送入对方耳朵。所以能够练这种功夫的人，必定也是内功高明之士。

奚玉瑾家学渊博，曾经听过她的父亲和朋友谈论，知道有这种功夫，但却从未见过。此时方始恍然大悟，原来是有高人在暗中保护她。这人不敢露面，本领可能是不及西门牧野，但已是远在奚玉瑾之上了。

奚玉瑾含冤莫辩，本来心意踌躇，不知是走好还是不走的好，如今西门牧野已经来到，又有人催她快走，在这情形底下，奚玉瑾无暇考虑，只好走了。

西门牧野喝道："往哪里走！"铮铮两声，弹出两枚钱镖，一枚打向奚玉瑾后心的"风府穴"，一枚打向他的徒弟濮阳坚。

奚玉瑾正自纵起，尚未跃上屋顶，人在半空，听得暗器破空之声，已是无法躲避。

濮阳坚“啊呀”一声跳起来，叫道：“师父不要放过这臭丫头！”原来西门牧野分别打出两枚钱镖，功用却是恰好相反，打向濮阳坚的那枚钱镖，乃是替他解穴。

忽听得“当”的一声，一只酒盅从牢房里掷出，把西门牧野的那枚钱镖打落。酒盅是铜做的，比一枚铜钱的分量当然是要重得多，打落了钱镖，余势未衰，濮阳坚正在跑上去指手画脚的向奚玉瑾喝骂，给这酒盅打个正着，登时额角开花，血流满面。

孟七娘从牢房里走了出来，冷冷说道：“西门先生，你不知道侍琴是我的丫头么？”要知孟七娘是个性情高傲的人，西门牧野与朱九穆这些人在她家里喧宾夺主，她早已是不能容忍的了，此时情知决裂难以避免，当然只有挺身而出。

西门牧野怔了一怔，随即又哈哈笑道：“想不到七娘竟会纡尊降贵，跑到牢房来了。不错，打狗要看主人面，但我未曾打着你的丫头，你们主仆却已伤了我的徒弟。我的徒弟有何不是，我倒想向七娘请教呢！”孟七娘冷笑道：“好呀，你是要给你的徒弟出气是不是？”

西门牧野道：“不敢。”孟七娘淡淡说道：“多谢西门先生不予追究，那就请吧。”

西门牧野非但不走，反而迈前两步，冷笑说道：“比这样的事情更重大的都有呢。此须小事，自是不值一提。”

孟七娘柳眉一竖，峭声说道：“西门先生，你要追究什么？”

西门牧野道：“请问七娘来此贵干？”

孟七娘一声冷笑，说道：“这是我的家，我喜欢到哪里就到哪里，你管得着么？”

西门牧野道：“君子一言，快马一鞭。你说过把韩大维交给我看管的，为何你又插手？”

孟七娘纵声笑道：“西门先生自称君子，不怕人笑甩了下巴么？我可没有这样厚的脸皮自命君子，我只是一个气量狭窄的女人。我就是讨厌你们在我这里多事，我就是偏偏要管，你怎么样？”

西门牧野阴恻恻地说道：“不敢怎样，七娘既然一定要管，那就只好请七娘抖露两手给我们瞧瞧了。”

孟七娘道："哦，原来你是要较量我了！"西门牧野发出一声长啸，傲然说道："正是这样。"

在他们二人唇枪舌剑，针锋相对之时，奚玉瑾早已跳上屋顶，翻过了墙头，无暇听他们的争吵了。

孟七娘与西门牧野交手，胜负如何，暂且按下不表，先说奚玉瑾的遭遇。

孟七娘这座堡垒倚山修建，叠叠重重，恍若迷宫。奚玉瑾来此三日，每天都是陪七娘下棋，对堡垒的形势甚是陌生，也不知怎样走才能脱险。蓦地想起那人提起"朝东"，于是不假思索的便往东走。

往东走果然是走对了，她刚刚翻过墙头，只见朱九穆正自西面匆匆跑来。

朱九穆是听得西门牧野的啸声赶来赴援的，是以虽然看见奚玉瑾在东面逃跑，却也无暇拦她。

奚玉瑾已经在牢房里抹掉了化装的，朱九穆认出了她，放她逃走，心里又有点不甘，当下就揭了一叠瓦片，向她打去。

只听得哗啦啦一片声响，也不知是哪里飞来的一块石头，把这叠瓦片打碎了。朱九穆心头一凛："原来孟七娘在这里还伏有高手应援。"此时他已听得西门牧野与孟七娘高呼酣斗之声，一来是无暇去理会奚玉瑾，二来也是没有把握胜得过这个打碎瓦片的人与奚玉瑾联手。于是只好高声叫道："你们快来拦截这个丫头。"

奚玉瑾跑进园子，有两个人已经向她跑来，一个用剑，一个空手。另外还有三四个人，转眼就可到来。奚玉瑾以寡敌众，必须速战速决，当下便以快刀斩乱麻的手法向右面的那个汉子攻去。

那汉子是练有铁砂掌功夫的高手，骈指可洞牛腹，但看见奚玉瑾突然向他撞过来，也不觉吃了一惊。

要知孟七娘在一般不知她的底细的人的眼中，乃是一个心狠手辣的女魔头，连西门牧野和朱九穆二人对她也不能不有几分顾忌的。这两个人是西门牧野的党羽，在江湖上不过是二流角色，当然更是不敢得罪孟七娘了。

他们听了朱九穆所传的命令，不能不去追赶奚玉瑾，但奚玉瑾突然向他们攻来之时，他们就反而有所顾虑了。下手太重，恐怕会伤了奚玉瑾的性命，出手太轻，又怕给奚玉瑾伤了。

这汉子抱定了“不为已甚”的心理，一时间不知如何应付，只好横掌当胸，暂取守势。

奚玉瑾先当孟七娘的丫头，因为怕给她看出底细，当然不能携带兵器，她那柄随身的青钢剑早已交给辛十四姑代为保管。她的本领虽然胜过这汉子许多，但若用空手破他的铁砂掌，却也不是三招两式所能做到。

好个奚玉瑾，在这关键的时刻当机立断，突然一个转身，移形换位，倏然间就到了另一个汉子的身旁。

这汉子手持双剑，正合奚玉瑾使用，奚玉瑾喝声“撒剑!”出手如电，向这人臂弯的“曲池穴”点去。这人只道坐山掌斗，不料奚玉瑾突然欺到身前，冷不防，只觉手腕一麻，双剑已是到了奚玉瑾的手中。

有铁砂掌功夫的那个汉子见到同伴倒下，这才大吃一惊，知道这个丫头的本领远远在他想象之上，但后悔已经迟了。说时迟，那时快，奚玉瑾已是刷的一剑向他刺来，喝道：“你的心地不算太坏，饶你不死!”一剑穿过这人的掌心，破了他的铁砂掌功夫，立即反身跃出。

此时又有六七个人陆续来到，看见奚玉瑾伤了他们的两个同伴，哗然大呼，纷纷拥上。有人叫道：“西门先生已经和孟七娘在里面动手了，咱们无须顾忌!”

奚玉瑾见对方人多，不敢恋战，当下使出了奚家独门的百花剑法，双剑展开，身似水蛇游走，剑花错落，却似落英缤纷。这班人的功夫还不及刚才那两个汉子，只听得“哎哟，哎哟!”之声不绝于耳，片刻之间，七个人中有五个给奚玉瑾用剑刺着了穴道。

奚玉瑾刚脱重围，忽听得又有人喝道：“小丫头休得撒野!”只见两个人，腾身越过假山，向她追来。奚玉瑾见了这两人的身手，也不禁吃了一惊!

奚玉瑾认得其中一个是西门牧野的二弟子郑友宝，另一个却不知是谁。但听他那一声大喝，震得耳鼓嗡嗡作响，显然是内功的造诣还在郑友宝之上。

奚玉瑾在孟家三日，听得碧淇、碧波等通晓武功的丫头谈论，知道郑友宝的功夫只有在濮阳坚之上。在濮阳坚未有给公孙璞打伤之前，奚玉瑾曾经和他交过手，兄妹二人联手，方能占得上风。倘若单打独斗，奚玉瑾自问不是他的对手。

如今功夫胜过濮阳坚的郑友宝和另一个武功更强的人追来，奚玉瑾当然只有逃跑的份儿了。

园中人影幢幢，西门牧野的党羽、门人，都已闻声赶至，和郑友宝一起的那个汉子，提着一柄明晃晃的锯齿刀，眼看就要追到奚玉瑾的背后了。

忽听得“卜”的一声，一颗石子在奚玉瑾左斜丈余之地落下，那个人以为同伙发出的暗器，不以为意。奚玉瑾却是心念一动：“莫非暗中保护我的那个人，指示我逃跑的方向么？”

奚玉瑾朝着那个方向跑去，忽见迎面有一座高逾数丈的假山，那个似曾相识的声音又在她耳边说道：“钻进去！”

本来前无去路，后有追兵，躲进假山洞的话，那就等于给敌人瓮中捉鳖了，但奚玉瑾既然无路可逃，而且她也相信这个人不会让她上当，于是不假思索的便钻进去。

刚刚踏进山洞，只听得“蓬”的一声，一块大石头从假山上滚下来，封住了洞口。这座假山上的石头是用人工堆砌布成景致的，受到震动，滚下一块石头并非奇事。郑友宝等人根本想不到是有人暗中捣鬼，但对奚玉瑾来说，却是出现了奇迹了。

奚玉瑾大吃一惊，忽然发现洞中有光亮，原来来捉拿奚玉瑾的人，有好些是拿着火把的，火把的光从石头缝隙中透进来，隐隐照明了这个山洞。这个山洞竟然是和一条地道相连的。奚玉瑾走到地道的尽头，也有一块大石封住洞口，奚玉瑾试一试用力推它，石头应手滚过一边，钻出洞口，已经是在园子的外面了。

此时西门牧野的手下正在假山前面大呼小叫，有人试着要搬开封洞的大石，又怕奚玉瑾在洞里把暗器打出来，扛着大石，那就不易躲避了。有人叫道：“不用这样费力，用烟灌进去，熏这臭丫头，待她晕过去了，这还不手到拿来。”

又有人说道："不好，万一这丫头气绝而亡，岂非没了活口，朱先生是叫咱们将她活擒的。"

刚才和郑友宝同在一起的那个人名唤祝大由，乃是大名府祝家庄的少庄主，祝家以十八路锯齿刀刀法名闻武林，家中子弟，世代相传，多以保镖为业。这祝大由本来是一家镖局的镖头，给西门牧野拉拢来的。此人较有见识，见那大石头封住洞口，心里起疑，暗自想道："怎的会有这样凑巧之事，这丫头刚刚钻进去，这块大石头就掉下来封住洞口？而且按常理来说，这小丫头也不该如此之笨，躲进山洞里去等待人家瓮中捉鳖。嗯，莫非这山洞另有机关？而这小丫头也另有同党在暗中策应？"想到这层，便即和郑友宝说道："你在这里指挥他们搬石搜人，我和言兄到外面察看。说不定这小丫头已逃到外面去了，只有这样双管齐下，才可以担保不让这臭丫头跑掉。"

祝大由所料不差，此时奚玉瑾已是钻出洞口，到了园子外的树林中了。

奚玉瑾松了一口气，心里想道："暗地里帮忙我的这个人是谁呢？他似乎有什么顾忌，不敢露面，但却一定是非常熟悉这里情形的人，否则他焉能知道这个山洞的秘密？"蓦地想起一个人来："对了，一定是他！"想起此人，不由得脸上一阵阵发烧。

奚玉瑾想起的这个人不用说是辛龙生了。孟七娘是辛龙生的表姑，他熟悉孟家的情形自是意料中事。

奚玉瑾看了看那枚戒指，这戒指是孟七娘从她身上掏出来又给她戴上的。这枚戒指救了奚玉瑾一命，但此际奚玉瑾见了这枚戒指，却是不禁大感尴尬。

"辛龙生或者是出于一番好意，我却因此受了孟七娘的误会，这样的'恶作剧'也未免令人太难堪了。""嗯，莫非辛龙生本来就是这个意思，借这戒指向我表明心事？"奚玉瑾想至此处，不由得心烦意乱。忽地隐隐听得似有脚步声向她追来，奚玉瑾只道是辛龙生，心里想道："我是应该向他道谢还是责备他呢？他救了我的性命，我是应该感谢他的。可是，这枚戒指，唉，看来我只好坦白告诉他我已另有了意中人，才能打消他的痴心妄想了。"

奚玉瑾刚刚脱下戒指，准备交还给辛龙生，猛听得一声大喝：“臭丫头往哪里跑!”回头一看，只见两头大汉已然追到，其中一个正是刚才和郑友宝同在一起的祝大由，另外一个也并不是辛龙生。

奚玉瑾收起戒指，拔出双剑上前迎敌，祝大由道：“言兄，你给我掠阵，提防这臭丫头还有同党。”锯齿刀扬空一闪，便向奚玉瑾斩来。奚玉瑾使了一招“玉女投梭”，右手的青钢剑笔直刺去，只听得“喀嚓”一声，火花飞溅，断了两口锯齿，但奚玉瑾的剑却给锯齿刀锁住。

原来祝大由的锯齿刀另有一功，可以用来锁拿刀剑，那些锯齿就像白森森的牙齿一般，剑刃一给咬住，除非功力远胜对方，否则就定然要给对方夺出手去。

奚玉瑾能够以一柄普通的青钢剑削断两枚锯齿，功力实在不弱。但与祝大由相比，却还是逊了一筹，祝大由喝声“撒剑!”刀锯往下一按，“卡”住了剑锋，一股内力就像波浪般冲击过来，震得奚玉瑾虎口发热。

奚玉瑾也算见机得早，一觉不妙，立即把右手的青钢剑往前一送，一个退步抽身，跟着把左手的剑交给右手，随手又是一招“叠翠浮青”。

奚玉瑾本来是使单剑，失掉了一柄，剑法更见轻灵，这招“叠翠浮青”尤其是“百花剑法”中最为灵幻的一招，一使出来，但见青光闪烁，飘忽不定，祝大由莫测虚实，倒也不敢太过轻敌冒进，未攻先守，退了一步。

奚玉瑾暗暗叫了一声“侥幸”，原来她的剑法虽然精妙，但剧战之后，气力业已不支，对方刚才已得了先手，倘若乘胜追击，强攻硬打的话，或许她可以刺伤对方，但这一柄剑也必将给对方又夺了去，那时双手空空，如何抵敌。

对方失了一个机会，奚玉瑾立即先发制人，使出了一派进手的招数。百花剑法乃是剑法之中姿势最为美妙的一种，使到紧处，端的有如落英缤纷，春花葳蕤。以一个美貌的少女，使出了这套百花剑法，更是悦目无比，难以言宣。

祝大由那个姓言的同伴在旁边看得呆了，不由得赞道：“剑法妙，人儿更妙！祝兄手下留情，最好是把她生擒了吧。”

祝大由此时已看出奚玉瑾气力不加的弱点，笑道：“要擒她又有何难?”笑声中刀法登时一变，反守为攻。一口气横斫八刀，直斫九刀，迫得奚玉瑾连连后退。

祝家的锯齿刀法有“外八路，内九路”八九七十二招，交织成一面严密的刀网，敌人稍一不慎，就有被封闭在刀网之内的危险。

奚玉瑾的轻功造诣甚佳，能够躲在刀网之外，身法已算得是轻灵的了，但在对方外八路内九路的快刀疾砍之下，也是只有连连后退的份儿，招架都感为难。

眼看奚玉瑾就要给他迫到一棵参天大树的下面，后退已无去路。祝大由跨上一步，哈哈笑道：“小姑娘，还要打吗?我可真舍不得伤你呢!”不料笑声未已，脚底突然一滑，几乎摔了一跤。

原来在这千钧一发之际，有一颗松子恰好滚到他的脚下，他跨上一步，脚尖踏个正着，那颗松子也怪，好像本身具有向前滚动的力量似的，祝大由骤吃一惊，脚步就踉跄了。

奚玉瑾身手何等矫捷，一见有机可乘，立即便是反手一剑，只见青光闪处，一支血箭喷射出来，祝大由的肩头给她刺了一个窟窿。

在旁观战的那个家伙，这才大吃一惊，连忙收起怜香惜玉之心，上前助战。这人名叫言秉钧，使的是链子锤，能够在三丈之外，飞锤击敌。

奚玉瑾见他来势急猛，闪过锤头，横剑一削，只听得“当”的一声，剑锋削着了铁链，铁链没有削断，剑锋却损了一个缺口。这人的气力比奚玉瑾大得多。

奚玉瑾柳腰一扭，摆脱了铁链的缠绕，抽出剑来，一个移形换位，剑锋朝着祝大由刺去。

祝大由正在裹伤，大怒喝道：“好狠的丫头，我不取你的性命，你反而要取我的性命了！好，我拼着受朱九穆的责备，非杀你这个臭丫头不可。”

祝大由凶性大发，就似负了伤的野兽一般，抡起了锯齿刀猛斫狂劈，但他一臂受伤，气力究竟是弱了许多，奚玉瑾疾退三步，挡了两招，觑得一个破绽，刷的一剑刺去，这一剑对准了祝大由的小腹，若给刺个正着，祝大由性命难保。幸亏言秉钧来得及时，链子锤从三丈之外打来，奚玉瑾听得背后风声，无暇伤敌，只好先行避开。

言秉钧不知有人暗中捣鬼，只道祝大由当真是伤在奚玉瑾的剑下的，此时见她剑法精妙，越发不敢轻敌，心里想道："若是不能生擒，也只好将她打死了！"

祝大由业已裹好了伤，与言秉钧联手，左右夹攻，两人都已改变心思，下手绝不留情，一柄锯齿刀，一对链子锤，盘旋飞舞，不消片刻，已把奚玉瑾困在垓心。奚玉瑾的本领本来在他们二人之下，此时以一敌二，形势自是凶险之极，尚幸祝大由一臂受伤，否则她更是难以支持了。

再过片刻，奚玉瑾气力不加，身法渐见迟滞，好几次遇着险招，几乎受伤。祝大由狞笑道："捉着了这个丫头，我非得将她尽情的折磨一番，不能消我心头之恨！"

奚玉瑾又惊又急，心里想道："我决不能落在他们的手上。倘若无法拼个两败俱伤，我只好自尽了。"

对方越迫越紧，奚玉瑾已是力不从心，正想回剑自刎，忽地一阵风吹过，一颗松子掉下，无巧不巧，正好落在言秉钧的头上，言秉钧突然觉得天灵盖好像给一块石头打着似的，痛得他几乎晕了过去，奚玉瑾喜出望外，趁势一剑，削掉了言秉钧的左手两指，言秉钧的链子锤抛出，"卜通"跌倒。

祝大由恐防她再施杀手，只好挺身上前，掩护同伴，将奚玉瑾挡住。他一臂受伤，刀法仍在，横斫八刀，直斫九刀，内八路外九路的锯齿刀法展开，织成了一面刀网，奚玉瑾想在急切之间冲杀出去，却也不能。

可是祝大由毕竟也是因为只有一条手臂好使，内八路外九路的锯齿刀法严密非常，繁复无比，使起来极为吃力，渐渐便有点封闭不住，露出破绽了。尚幸奚玉瑾心神未定，一时未能看出。但祝大由已是大起恐慌，满肚皮的气，心里想道："这鬼丫头分明不是我的对手，我却莫名其妙的给她刺了一剑，言秉钧更不知是什么缘故，竟然在紧要的关头，自己摔了一跤，受了重伤，如今也不知是死是活。我们二人联手，糊里糊涂的输给一个黄毛丫头，还有何面目再见武林朋友?”

祝大由遮拦不住，又是生气，又是惊惶，正想舍弃同伴独自逃跑，忽听得有人喝道：“臭丫头，胆敢戏弄于我，我非要剥你的皮，抽你的筋不可。”人未到，掌先发，呼的一掌便从三丈之外打来，掌风竟是带着淡淡的血腥气味。

来的这人正是西门牧野的二徒弟郑友宝。他费了好大的气力方才搬开了那块大石头，钻进假山洞里，方始发现奚玉瑾已从那条秘密的地道逃跑，因此也是满肚子的气。

郑友宝的“化血刀”功夫尚在他的大师兄之上，奚玉瑾即使是在平时也打他不过，何况此际是在连番剧战之后。斗了一会，只觉那血腥的气味越来越浓，胸口发闷，头昏眼花，使出来的招数，已是章法大乱。

言秉钧爬了起来，定了定神，越想越觉奇怪，叫道：“郑大哥，这鬼丫头有点邪门，你可得提防她的暗算!”

郑友宝哈哈笑道：“区区一个黄毛丫头，还能够逃得出我的掌心吗？怕她什么暗算？哎哟，哟!”笑声突然变作了叫声。

原来话犹未了，忽地又有一颗松子掉下来，打着了他的额角。打着额角比打着天灵盖好得多，他的功力也比言秉钧较为深厚，是以尚未至于晕倒。但额角肿起了一个瘤，亦已是疼痛难当了。

这颗松子无风自落，比刚才那颗松子来得更是古怪，言秉钧登时省悟，喝道：“暗箭伤人，算得什么好汉？有胆的就滚下来吧!”

大笑声中，一个人从树上跳了下来，正是辛十四姑的侄儿辛龙生。正是：

蝗螂休得意，黄雀正相随。

欲知后事如何，请听下回分解。